Weitere Bücher auf Deutsch von Grace Callaway

Die Rache des Herzogs (Kommt bald)

IHR *begieriger* BESCHÜTZER

Mieder ᴵᴺ MAYFAIR

BUCH 3

GRACE CALLAWAY

USA TODAY BESTSELLER AUTORIN

Aus dem Englischen von
AMALIE HOFFMAN

Einbandgestaltung: Chris Cocozza

Buchdesign: KM Graphics

Kapitel 1

Lady Marianne Draven studierte die Ware hinter der Fensterscheibe. Sie war zwar Witwe und hatte ihre Unschuld bereits vor der Ehe verloren, doch beim Anblick dessen, was da hinter dem Glas dargeboten wurde, flatterte es ihr argwöhnisch unter dem Mieder ihres seegrünen Sarsenetts. Ausgefallene Einkäufe gefielen ihr durchaus, doch heute Nacht flanierte sie nicht müßig die Bond Street entlang. Auf der anderen Seite der Scheibe räkelte sich ein Mann wie ein römischer Gott auf einer scharlachroten Couch. Er trug eine kurze Toga, die nur wenig seiner muskulösen Figur der Fantasie überließ. Er warf seine dunklen Locken zurück und sandte ihr dabei einen schwelenden, auffordernden Blick.

Marianne unterdrückte ein Schaudern, während die Eigentümerin des Etablissements neben ihr kicherte.

„Von der allerhöchsten Güte, oder, Milady?" Mrs. Wilson war in ein rosa, mit Schleifen verziertes Kleid gehüllt und so grell geschminkt wie eine Marionette, hätte also eigentlich albern aussehen sollen. Stattdessen aber steigerte der Gegensatz zwischen dem mädchenhaften Aufzug und den harten Gesichtszügen der Madame nur die Aura der Erbarmungslosigkeit, die sie ausstrahlte. „Sie sagten, Sie wollten det Allerbeste, und hier isser."

Marianne überspielte ihr Unbehagen, indem sie geziert eine Augenbraue hob. „Ich fürchte, dieses Exemplar ist für meinen Geschmack ein wenig gewöhnlich, Mrs. Wilson", sagte sie affektiert.

„Aber Ernesto ist meen bejehrtester Hengst. Er steht bei den Fürstinnen und den Gräfinnen hoch im Kurs", protestierte die Kupplerin. „Sehnse sich ihn doch noch mal an, Liebe, dann sehen Se, wat ick meine."

Marianne unterdrückte ihre Ungeduld und warf noch einen Blick durch die Scheibe. Mrs. Wilson nickte, dabei mit ihren unnatürlich schwarzen Locken wippend, und in Erwiderung winkelte der Gigolo eines seiner sehnigen Beine an. Die weißen Falten der Toga öffneten sich und gaben den Blick auf seine Lenden frei.

„Der *italienische Hengst*, so nennen se ihm", erläuterte die Madame voller Befriedigung.

Als ob er ihre Aussage bestätigen wollte, fasste der Mann sein steifes, und fraglos an ein Pferd erinnerndes Attribut. Er streichelte es vom Ansatz bis zur Spitze, verweilte an der geschwollenen Eichel. Marianne schluckte ein plötzliches, panisches Lachen.

Heiliger Strohsack. Was zum Teufel mache ich denn hier?

Die feine Gesellschaft wäre freilich keineswegs überrascht, die berüchtigte Baronin Draven in einem Männerbordell anzutreffen. Marianne hatte in der Tat ihren liederlichen Ruf sorgfältig gepflegt, denn den Leumund einer Wollüstigen hatte sie gebraucht, um sich Zugang zu diesem exklusiven Etablissement zu verschaffen. Sie allein wusste, warum sie wirklich hier war.

Seit dem Tod von Draven – möge er in der Hölle schmoren – befand sie sich auf der Suche nach dem Einzigen, was ihr am Herzen lag. Eine Erinnerung entwischte aus der fest verschlossenen Schatulle in ihrem Herzen. Sie sah ein liebliches Kindlein vor sich, mit glänzenden flachsblonden Locken und großen Jadeaugen. Sie hielt sich in einem sonnengefluteten Garten an einer Bank fest, ein kleiner Engel auf wackeligen Beinchen, und gluckste etwas, das sich wie *Mama* anhörte. Marianne spürte wieder das Gras unter ihren Knien, fühlte ihren Puls besorgt und stolz zugleich aufflattern, während sie die Arme ausstreckte und der Kleinen ermunternd zuredete.

Nur zu, Rosie, du schaffst das schon. Schön einen Schritt nach dem anderen. Komm zu Mama.

Mariannes Finger krümmten sich in ihren Satinhandschuhen, während sich die Sehnsucht in ihre Brust krallte. Sie hatte Primrose seit sieben Jahren nicht mehr gesehen. Der Verlust schwelte eiternd in ihrer Seele und würde nicht eher heilen, bis sie ihr Töchterchen wieder in den Armen hielt.

Mit brennenden Augen sagte sich Marianne, dass sie es *wüsste*, wenn Primrose etwas zugestoßen wäre. Tagtäglich konnte sie die Bindung zu ihr noch fühlen, das Band, das zwischen ihnen geschmiedet worden war, als sie ihr Kind an ihre Brust gehalten und zum ersten Mal in ihrem Leben selbstlose Liebe empfunden hatte. Liebe, die ihr durch jede Prüfung helfen würde, einschließlich der, der sie gerade gegenüberstand: In den Mauern dieses Bordells lag die letzte Spur, die sie vielleicht zu ihrer geliebten Tochter führen konnte, und die galt es zu finden. Um an die Information zu gelangen, die sie brauchte, koste es, was es wolle.

Ich komme, Rosie. Warte auf mich.

„Also, nehmense den Ernesto?", fragte Mrs. Wilson hell.

Marianne legte ihre Lippen in ein kühles Lächeln. In den höllischen fünf Jahren ihrer Ehe hatte sie gelernt, ihre Gefühle zu beherrschen. Das hatte sie lernen müssen. Ihre Empfindungen verschlossen zu halten war ihre Überlebensstrategie gewesen; nun, drei Jahre nach Dravens Tod wagte sie immer noch nur selten einen Blick in ihr verborgenes Inneres. Gefasstheit war zu ihrer Rüstung geworden.

„Er ist nicht, wonach ich suche", sagte sie.

„Aber Sie haben doch schon alle meene Ställe jesehen", sagte die Kupplerin schmeichlerisch und wedelte dabei ihre juwelenbesetzten Finger in Richtung des Flurs hinter ihnen, „und Sie haben sich immer noch nüscht entschieden."

Marianne wünschte, sie könnte die lange Reihe gläserner Schauzimmer, die berühmten „Ställe" der Mrs. Wilson aus ihrer Erinnerung verbannen. In jedem hielten Hengste wie Ernesto ihre Ware feil, als wäre es Auktionstag bei Tattersall's. Es war eine Fleischbeschau, erstklassige Ware wurde vorgeführt und an den höchsten Bieter verkauft. Marianne unterdrückte ein Schaudern.

Männer in Glashäusern … in gewisser Weise ist das ja sehr treffend.

Bewusst leichtherzig sagte sie: „Nicht *alle* ihrer Ställe, glaube ich."

„Ick weeß nüscht, wovon Se sprechen, Milady." Mrs. Wilsons Blick wurde schärfer, und zusammen mit ihrer Hakennase verlieh ihr das den Ausdruck eines Raubvogels.

Mariannes Nacken kribbelte vor Argwohn. Sie hatte sich zu lange, zu unermüdlich abgemüht, um sich jetzt in die Karten blicken zu lassen. In den drei Jahren, die sie nun schon in London nach Rosie suchte, hatte sie entdeckt, dass das Laster sich um die Seinen kümmerte. Zutritt zu Mrs. Wilsons Etablissement zu erlangen hatte sich als mühseliger erwiesen, als eine Eintrittskarte zu Almack's zu ergattern. Wenn sie nun den Verdacht der Kupplerin erregte, würde sie aus Covent Garden geworfen, und jegliche Chance, ihre Tochter je wiederzufinden, wäre zunichte.

Du gibst doch vor, eine lüsterne Witwe zu sein. Also verhalt dich verflucht noch mal auch so.

„Man sagte mir, Sie hätten hier ein preisgekröntes Ross", sagte sie, „eines, das nicht nur heißblütig, sondern womöglich auch blaublütig ist. Und ich habe auch gehört, dass Sie Ihre bevorzugten Kundinnen auch gelegentlich darauf reiten lassen."

„Wo habense det denn jehört?", wollte die Madame wissen.

„So etwas spricht sich herum, Mrs. Wilson. Ich will das Allerbeste, was Ihr Etablissement zu bieten hat, und ich zahle auch gut." Marianne hielt inne. „Ein *majestätisches* Sümmchen sogar."

Die Augen der Kupplerin musterten sie abwägend. Marianne hatte einen kühnen Schritt gewagt und betete, er möge sich auszahlen. Es war schließlich keine Kleinigkeit, die Gesellschaft von Madames eigenem Liebhaber zu verlangen. Mariannes Quellen nach war Andrew Corbett ein Adonis um die zwanzig, der Bastard einer Schauspielerin und, wenn man den Gerüchten Glauben schenkte, des gegenwärtigen Königs. Sein gutes Aussehen und seine mutmaßliche hohe Abstammung hatten Corbett eine Sonderstellung als *Cicisbeo* der betuchten, betagteren Damen eingebracht. Derzeit lebte er gut abgeschottet als verwöhnter Spielgefährte von Mrs. Wilson.

Gefühle spielten nun mit den harten, gepuderten Gesichtszügen der älteren Frau. Zorn, Zwiespalt ... und, oh ja, die Hebelwirkung, auf die Marianne gezählt hatte. Gier.

Mrs. Wilson sagte brüchig: „Hinter meenem lieben Corby sind Se also her, hä?"

Gott, ja, Marianne wollte Andrew Corbett. Nicht für fleischliche Zwecke, sondern weil er möglicherweise mit dem Verschwinden ihrer Tochter in Verbindung stand. Nach Jahren der Suche, Sackgassen und Treuebrüchen derer, die ihr zu helfen versprochen hatten, war dies hier Mariannes einzige verbleibende Spur. Corbett war ihre letzte Hoffnung.

„Ich würde ihn mir nur für eine Nacht ausleihen, Mrs. Wilson." Sie hielt ihre Stimme gefasst, denn es wäre der Verhandlung nicht förderlich, wenn sie zu beflissen klänge. Sie strich eine Falte aus ihrem Handschuh und sagte: „Ich muss sagen, ich bin einfach neugierig, was es mit all dem Rummel auf sich hat."

Die andere Frau schniefte. „Det Jerede ist nüscht übertrieben, wennse darauf hinauswollen. Meen Corby ist ne andere Klasse. Een Prinz unter dem jewöhnlichen Volk."

„Und was kostet eine Audienz mit Seiner Hoheit?", fragte Marianne.

„Den können se sich nüscht leisten."

„Testen Sie mich."

Die Kupplerin schlug die geschwärzten Wimpern nieder. Als sie den Blick wieder hob, glänzte das Kerzenlicht wie Goldmünzen in ihren Pupillen. „Eintausend Pfund."

„Fünfhundert."

„Für weniger als neun geb ick ihn nüscht frei."

„Treffen wir uns in der Mitte. Siebenhundert Pfund für eine Nacht. Das ist mein letztes Angebot, Mrs. Wilson." Beim Anblick der bebenden Lippen der anderen Frau rauschte Mariannes Blut siegesgewiss. Eigentlich hätte sie auch eintausend Pfund für Corbett gezahlt, doch sie hatte ein wenig verhandelt, um weniger erpicht zu erscheinen.

„Abjemacht." Die Madame streckte ihr die Hand entgegen.

Marianne holte druckfrische, säuberlich gefaltete Geldscheine aus ihrem Beutel. Vorhersehbarer Weise zählte Mrs. Wilson nach. Das Bündel verschwand in ihren rosa Chiffonröcken.

„Hier entlang", sagte die Kupplerin.

Marianne folgte der Kupplerin den pompösen, in Scharlachrot und Gold gehaltenen Flur entlang.

Gemälde mit im Liebesakt verschlungenen Paaren zierten die Wände. Ein Duft nach Moschus und Rosen hing schwer in der Luft. Als sie an einer Reihe von Türen vorbeikamen und dahinter gedämpftes Stöhnen erklang, verkrampfte sich Mariannes Magen, doch sie hielt ihren Gang stetig und ihren Gesichtsausdruck nichtssagend. Der Flur endete in einem Paar Ebenholztüren, auf die goldene Sterne gemalt waren.

„Sie haben de Arabische Suite – für Corby nur det Beste." Mrs. Wilson ließ einen Schlüssel von ihren Fingern baumeln. „Det Zimmer und die Verköstigung kostet extra."

Bestimmt würde Marianne einen Wucherpreis für mittelmäßigen Kaviar und verwässerten Champagner zahlen müssen. Dennoch nickte sie. „Selbstredend."

„Und et wird ooch nüscht von Liebe oder so nem Unfug gesäuselt." Mrs. Wilsons Lippen wurden dünn, während sie Marianne von oben bis unten ansah. „Normalerweise übertreiben die Leute ja, wenn se von Schönheiten schwärmen, aber in Ihrem Fall isset ja tatsächlich berechtigt. Is mir schon klar, warum in Mayfair alles Ihretwegen Kopf steht."

11

Sie hielt inne, und die Drohung in ihrem Tonfall war unmissverständlich: „Aber det Herz von meenem Corby lassen Se in Ruhe, verstanden?"

„An diesem bestimmten Organ habe ich kein Interesse", sagte Marianne.

Mrs. Wilson schniefte. „Sie habn ihm ja noch nüscht jesehen."

„Gewiss doch trauen Sie Ihrem Liebhaber, wenn schon nicht mir?"

„Corby *vertrauen*? Wieso denn? " Die Kupplerin schnaubte. „Er is vielleicht een Prinz, aber een Mann isser ja immerhin ooch noch."

Und Männern war ja schließlich nicht zu trauen. In diesem einen Punkt waren sich Marianne und die Madame völlig einig. Aus wiederholter Erfahrung hatte Marianne gelernt, dass es unweigerlich zu Katastrophen führte, wenn man einem Mann traute; dieser Fehler würde ihr nie wieder unterlaufen.

„Dann gehnse rein!", knurrte die andere Frau, während sie die Türen aufschloss. „Ick lass Corby holen."

Allein in der Kammer besänftigte Marianne ihre unruhige Erwartung, indem sie ihre neue Umgebung studierte. Mrs. Wilson hatte fürwahr eine Gabe dafür, ihre Räumlichkeiten in Szene zu setzen. In der Mitte des Zimmers wogten Paneele aus purem Elfenbein von der Decke und bildeten dadurch so etwas wie ein Zelt. Die so gebildete Kuppel war ringsum mit juwelenbesetzten Liegekissen ausgelegt. Allein beim Gedanken an das, was sich alles auf diesen Kissen zutrug, zuckte Marianne zusammen und nahm sich vor, ihr Anliegen heute Nacht im Stehen abzuwickeln.

Sie ging um das Zimmer herum und suchte nach Gucklöchern in der ganz in Gold gehaltenen Damasktapete. Und sie fand vier davon. Aus ihrem Beutel holte sie kleine Rechtecke aus schwarzem Samt und ein winziges Fläschchen mit Kleister. Damit deckte sie die Löcher ab.

Für siebenhundert Pfund erwartete sie schon ein Mindestmaß an Ungestörtheit.

Die würde sie nämlich für das Thema, das sie zu besprechen gedachte, auch brauchen. Ihre Handflächen wurden feucht, während sie ihre Befragung von Corbett in Gedanken durchging.

13

Sie wollte ihn anfangs eher mit Honig als mit Essig locken. Falls allerdings Süße und Geld ihre Wirkung verfehlen sollten, hatte sie einen Ausweichplan. Der ruhte, perlenbesetzt und vollständig geladen in ihrer verborgenen Rocktasche. Der Umgang mit Waffen war ihr nicht fremd; ihr Kiefer verspannte sich, als sie sich an ihren letzten Pistolenschuss erinnerte.

Monatelang hatte Marianne einen Bow Street Runner namens Burke Skinner bezahlt, dass er ihr bei der Suche nach Rosie half. Er hatte sie bröckchenweise mit Auskünften gefüttert – und den Löwenanteil die ganze Zeit für sich behalten. Er hatte sie geschröpft, immer mehr Geld gefordert, und weil sie derart verzweifelt war, etwas über den Verbleib ihrer Tochter in Erfahrung zu bringen, hatte sie auch gezahlt. Als er dann aber für seine Dienste mehr verlangt hatte als nur bare Münze, als er die Unverfrorenheit gehabt hatte, für seine Mühen auch sexuelle Gefallen zu fordern...

Mariannes Finger krümmten sich um den zierlichen Griff der Pistole; Corbetts Namen in Erfahrung zu bringen war ihr teuer zu stehen gekommen. Das Klopfen an der Tür riss sie aus ihren Gedanken.

Schluss mit der Vergangenheit. Jetzt geht es nur um Corbett. Er ist deine letzte Hoffnung.

„Herein", sagte sie.

Die Türen öffneten sich und ein hochgewachsener Gentleman mit bronzefarbenem Haar kam hereinstolziert. Marianne begriff sofort, warum man Andrew Corbett als fleischgewordenen Frauentraum bezeichnete. Er hatte ein Gesicht wie Narzissus: hohe Wangenknochen, kantiger Kiefer, volle Lippen. Ein mit silbernen Drachen verzierter blauer Seidenmorgenmantel umschmeichelte seine drahtige Figur. Seine samtigen braunen Augen wanderten mit geübter Sinnlichkeit über sie hinweg. Er schloss die Tür, marschierte zu ihr hinüber und machte einen eleganten Kniefall.

„Milady", sagte er in einem Akzent, der eindeutig Sprecherziehung genossen hatte, „hat man Ihnen je gesagt, wie schön Sie sind?"

So ziemlich jeder Mann, dem ich je begegnet bin. Diese alberne Eröffnung überraschte sie kaum. Soweit Marianne wusste, rührte Corbetts Ruhm keineswegs von seinem Verstand.

„Wie nett von Ihnen", sagte sie. „Das Kompliment gebe ich zurück."

„Danke", sagte er geschmeichelt. „Wir zwei geben ein schönes Paar ab, nicht wahr?"

Es folgte eine Stille, während derer Marianne überlegte, ob sie dieses alberne Spiel fortfahren und ihm weiter Honig ums Maul schmieren sollte. Gewiss nicht. Plötzlich streckte Corbett einen Finger aus und fuhr damit ihren Oberarm entlang; unter ihrem Ärmel kribbelte die Haut. Sie zuckte zurück.

„Sind Sie etwa schreckhaft?", murmelte er. „Haben Sie keine Angst, schöne Lady. Corby ist ein ganz Sanfter."

Corby verliert gleich eine Hand, wenn er mich noch einmal anrührt.

„Ich hätte gerne etwas zum Trinken", sagte sie mit gefasster Stimme.

„Was auch immer die Lady wünscht." Er zwinkerte ihr zu und stakste auf seinen langen Beinen zum Sektkübel hinüber. Er füllte zwei Champagnergläser und brachte sie zum Zelt. „Wollen wir es uns etwas bequemer machen?", fragte er und nickte in Richtung Kissen.

„Es ist mir völlig bequem, wo ich bin." Als sie sah, wie Unsicherheit über sein Gesicht zog, ermahnte sie sich selbst, sich zu zügeln. In einem sanfteren Tonfall sagte sie: „Könnten wir ein paar Minuten reden?"

Argwohn bewölkte seine Stirn. „Worüber denn?"

„Ich würde gern mehr über Sie erfahren. Es fällt einer Lady schwer, sich in der Gegenwart eines Fremden wohl zu fühlen ... selbst wenn er sündhaft schön ist." Marianne machte einen Schmollmund, eine kokette Geste, die eigens dazu da war, Männern die Beherrschung zu rauben.

Corbetts Miene erhellte sich unverzüglich. Er kam zu ihr hinüber und reichte ihr ein Glas Champagner. „Was auch immer Sie wissen wollen, meine Liebste."

Sie nippte, tat so, als grübelte sie nach. „Sind Sie schon lange hier?"

„Ungefähr drei Jahre."

„Und Ihre ... Arbeit gefällt Ihnen?", fragte sie behutsam.

Seine makellosen hohen Wangen erröteten. *Interessant – so nonchalant, wie er scheint, ist er also doch nicht.* Sie merkte sich diesen Umstand für später.

„Was sollte mir nicht gefallen, wenn ich die Gesellschaft von einer so reizenden Lady wie Ihnen genießen darf, hä?", sagte er leichthin.

Gut gespielt. Corbett stieg in ihrer Achtung – was sie nur noch vorsichtiger vorgehen ließ. „Und vor Mrs. Wilson? Was taten Sie da?", fragte sie unschuldig.

Er zwinkerte. „Ach, dies und jenes. Nichts von Bedeutung." Er goss sich den Champagner hinunter und stellte das Glas ab. „Nun, lassen Sie mich Ihnen doch zeigen–"

Sie tat einen Schritt von ihm weg und wägte ab. Keine Täuschungen mehr, jetzt galt es, den Nagel auf den Kopf zu treffen. „Aber wissen Sie, Ihre Zeit bei Kitty Barnes ist mir *durchaus* von Bedeutung", sagte sie leise, aber deutlich. „Und das ist der Grund, warum ich heute Abend hier bin."

Die Farbe wich ihm aus dem Gesicht. Sein Blick schoss zu den Gucklöchern, und seine Brauen fuhren steil nach oben, als er sah, dass sie mit Samt verdeckt waren.

„Ich habe dafür gesorgt, dass wir ungestört sind", sagte sie.

„Wer sind Sie?", fragte er. „Was wollen Sie?"

„Ich will wissen, wo Kitty Barnes ist", sagte sie.

„Ich – ich weiß nicht, wovon Sie reden."

„Sie waren mehrere Jahre lang bei ihr, wenn auch unter einem anderen Namen. Und Ihr beider Verhältnis ging weit über das eines Angestellten zu seiner Arbeitgeberin hinaus. Dann ist Kitty vor drei Jahren verschwunden – die berüchtigtste, erfolgreichste Kupplerin ihrer Zeit, einfach *weg*" – Marianne schnippte mit den Fingern –„als ob es sie nie gegeben hätte. Ich will wissen, wo sie ist."

„Warum? Schuldet sie Ihnen Geld?" Ein verborgener Trumpf in Corbetts Ärmel hob sein Kinn. „Nun, da müssen Sie sich hinten anstellen. Aber Sie und der Rest der Halsabschneider und Geldverleiher werden leider enttäuscht werden. Kitty kommt nicht wieder. Ich weiß nicht, wo sie ist, und selbst wenn ich es wüsste, würde ich es Ihnen nicht sagen."

„Sie glauben, es geht mir um so etwas Gewöhnliches wie Geld?" Zorn rauschte durch Mariannes Adern. Sie holte ein gefaltetes Stück Papier aus ihrem Beutel. Sie hielt es Corbett unter die Nase.

„Was zum Teufel ist das denn?", fragte er und versuchte, sie von sich zu schubsen.

Sie rührte sich nicht vom Fleck. „Ein Belegschein. Für meine *Tochter*."

Corbett wurde still. In diesem Augenblick packte etwas Mariannes Herz, eine Hoffnung, die beißender war als Schmerz. Er *wusste* etwas.

„Dies habe ich nach dem Tod meines Gemahls unter seinen Habseligkeiten gefunden. Das Datum stimmt mit dem Zeitpunkt überein, als er meine Tochter Primrose entführt hat – sie im Schlaf aus ihrer Kinderstube gestohlen hat." Trauer und Wut ließen Mariannes Hand erzittern, als sie den Belegschein noch höher hielt und die Worte rezitierte, die sich ihr ins Gedächtnis gebrannt hatten.

„An den Baron Draven: Ihre Sendung und die fünfhundert Pfund sind eingegangen. Wie besprochen sind für den laufenden Unterhalt

monatlich fünfzig Pfund zu entrichten. Ihre untertänigste Dienerin, Kitty Barnes." Mariannes Atem brannte ihr in der Lunge. „Die *Sendung* war meine Tochter. Und ich will sie zurück."

Corbett starrte sie an. „Aber das … verstehe ich nicht. Warum würde Ihr Gemahl seine eigene Tochter entführen und bei Kitty unterbringen?"

Weil Primrose nicht Dravens Kind war. Weil Draven, obwohl er vor der Heirat gelobt hatte, sich um den in Mariannes Leib heranwachsenden Bastard zu kümmern, jeder Augenblick zuwider war, den Marianne mit ihrem neugeborenen Töchterchen verbrachte. Dies, und die Tatsache, dass die Mutterschaft Marianne Kraft verlieh, sie gegen seine Grausamkeiten wappnete. Und daher hatte er ihr Primrose weggenommen und das Leben einer Unschuldigen dazu benutzt, Marianne sklavisch seinen Launen zu unterwerfen.

Schuldgefühle, Scham – dafür war nun keine Zeit. Später würde Marianne sich erneut selbst für ihre Dummheit, ihre Achtlosigkeit bestrafen. Jetzt aber musste sich alles daran setzen, Primrose zurück zu bekommen.

„Meine Tochter musste für meine Fehler büßen." Die Worte schürften ihr in der Kehle. „Und ich werde tun, was auch immer nötig ist, um sie zu finden. Was wollen Sie als Gegenleistung dafür, dass Sie mir ihren Aufenthaltsort nennen, Mr. Corbett? Geld? Davon habe ich reichlich. Nennen Sie Ihren Preis."

Corbett starrte sie nur weiterhin an. Um seinen Mund zuckten Falten.

„Hier kann ich das nicht machen", sagte er leise.

Ihr Herz ging schneller. „Wo dann?"

„Ich komme zu Ihnen." Er sah sich rasch um, raufte sich mit der Hand die Haare, zerzauste dabei die wohlfrisierten Locken.

Als er begann, seinen Morgenmantel zu öffnen, kniff Marianne die Augen zusammen. „Was tun Sie da?"

„Mrs. Wilson wird uns nachher inspizieren, wenn wir aus unserem Liebesnest herauskommen." Er öffnete den Brokatstoff, entblößte seine nackte, wie gemeißelte Gestalt. Mit brennenden Wangen sah Marianne weg, während er sachlich weiter sprach: „Sie wird die üblichen Anzeichen des fleischlichen Verkehrs erwarten – sie nimmt mich nach dem Koitus gern in Augenschein. Wenn Sie nicht wollen, dass Ihr Motiv ans Licht kommt, kümmern Sie sich am besten auch um sich selbst."

Er hielt inne und hob eine neckische Braue. „Es sei denn, Sie möchten lieber, dass wir uns gegenseitig zur Hand gehen?"

Marianne sandte ihm einen vernichtenden Blick.

„Nun gut", murmelte er. „Dann behalte ich meine Hände und Augen eben bei mir." Mit diesen Worten kehrte er ihr den breiten Rücken zu. Die zuckende Bewegung seines Arms ließ keinen Zweifel daran, wie er die Prüfung seiner Arbeitgeberin zu bestehen gedachte.

Mit verkrampftem Magen zog Marianne sich ein paar Schritte zurück. Sie würde alles dafür tun, Rosie zurückzubekommen, und zum ersten Mal seit Langem sah sie einen Silberstreif am finsteren Horizont. Sie schnaufte resigniert und hob eine leicht bebende Hand zu ihrem Mieder.

Kapitel 2

Die Taverne war laut, verraucht, und nach Meinung von Ambrose Kent ein abscheulicher Ort für ein Vorstellungsgespräch. Doch Sir Gerald Coyner hatte vorgeschlagen, sich statt in den Räumlichkeiten der Bow Street im *White Hart* zu treffen, und weil er sich mit dem Amtsrichter – und möglicherweise künftigem Arbeitgeber – gleich gut stellen wollte, hatte Ambrose eingewilligt.

In dem Jahrzehnt, das er nun schon für die Thames River Police arbeitete, hatte sich Ambrose eine gute Menschenkenntnis angeeignet. Wenn er neue Rekruten anlernte, betonte Ambrose immer zweierlei: Beobachtungsgabe und Geduld. Seiner Ansicht nach machte einen erfolgreichen Flusspolizisten nicht die rohe Gewalt aus. Vielmehr ging es darum, Fakten zu sammeln, alle Einzelheiten lückenlos zu überblicken, und darauf zu warten, dass sich alles zusammenfügte.

Zum Beispiel konnte er aus der Viertelstunde in Coyners Gesellschaft bereits so Einiges über den Mann schließen. Wohlgenährt und elegant gekleidet, war Coyner offensichtlich ein begüterter Mann. Er hatte die teuersten Gerichte bestellt, die es in der Taverne gab, ohne überhaupt auf die Speisekarte zu blicken. Sein Akzent war gebildet, aber nicht von der allerhöchsten Klasse, und obwohl sein schütteres braunes Haar und seine faltigen Züge darauf schließen ließen, dass er in seinen Fünfzigern war, trug er keinen Ehering. Er hatte die gehobenen Gewohnheiten eines Mannes, der alleine lebte, wischte sich nach jedem Schluck aus seinem Humpen den Schnurrbart ab.

Ambrose blickte auf sein fast unberührtes Bier hinab. Obwohl das bernsteinfarbene Gebräu süffig und köstlich war und ihm der Magen knurrte, musste das Getränk ihm für die Dauer des gesamten Gesprächs reichen. Er hatte sich sogar zwischen diesem einen Trank und einer anschließenden Kutschfahrt nach Hause entscheiden müssen – für beides reichte ihm das Geld nicht.

Was ihn wieder auf sein Ziel brachte: Er brauchte Geld. Seine Vollzeitstelle bei der River Police warf nicht genug ab, also brauchte er eine zusätzliche Anstellung. Er räusperte sich, legte sich die Worte zurecht, mit denen er Auftragsarbeit für die Bow Street zu erlangen hoffte.

Ehe er sprechen konnte, kam die Bedienung an den Tisch zurück.

„Bitte sehr, Sir." Sie war rothaarig, pausbäckig und ihr großzügiger Busen wackelte, als sie eine Platte voll Rindfleisch und Sahnekartoffeln vor dem Amtsrichter abstellte.

Ambrose schluckte. Normalerweise zügelte seine strenge Selbstdisziplin seine Triebe, doch jetzt war es fast, als ob all seine Gelüste vor ihm ausgebreitet lagen. Nach Essen ... und nach weiblicher Gesellschaft. Er dachte an Jane – an ihre fröhlichen dunklen Augen und ihre üppigen

Kurven – und verspürte einen stechenden Schmerz.

Hast du gedacht, ich warte ewig, Ambrose? Ich bin vielleicht Witwe, aber ich bin noch jung, ich habe mein Leben noch vor mir. Du hattest die Wahl: ich oder deine Familie – und du hast sie getroffen, also traf ich meine. Ich gehe mit diesem sinkenden Schiff nicht unter.

Obwohl seither ein Jahr vergangen war, schmerzte der Verlust von Jane noch immer. Doch er verstand sie: Es war einfach zu viel verlangt, von Jane oder irgendeiner Frau, sich an einen Mann zu binden, der solche Lasten trug wie er. Er *hatte* seine Familie vor sie gestellt, und er würde es in derselben Lage wieder tun.

Die Familie zählt auf dich. Reiß dich am Riemen, Mann, und tu, was zu tun ist.

„Halbgar und saftig – wies de Gentlemen eben mögen", sagte die Bedienung, wobei sie Coyner zuzwinkerte. Mit einem gleichgültigen Kopfnicken schnitt der Amtsrichter sein Fleisch an.

Sie wandte sich an Ambrose und ihr Ton verlor das freundliche Säuseln. „Und Sie, Sir? Nüscht weiter alsn Bier?"

Ambrose fühlte seine Wangen warm werden. „Nein, danke", sagte er.

„Wiese wollen." Ihre prallen Lippen verzogen sich abfällig. „Obwohl Ihnen een weenig Fleisch oof den Rippen schon jut tun würde, wenn Se mir fragen."

Ambrose war solche Bemerkungen gewöhnt. Mit seinen fast zwei Metern Körpergröße war er ohnehin schlaksig; nun, da seine Kost seit Monaten aus Brot und Käse bestand, war er geradezu hager. Er sah keinen Grund, sich für eine schlichte Tatsache zu rechtfertigen. Er war nicht eitel.

Coyner meldete sich zu Wort: „Genug mit der kessen Lippe, Miss. Haben Sie keine anderen Gäste?"

Sie warf sich ihr Haar über die Schultern und wieselte davon.

Coyner runzelte die Stirn, Messer und Gabel schwebten noch über seinem Teller. „Sind Sie sicher, dass Sie nichts möchten, Kent? Ich esse ungern allein. Ich lade Sie ein, hä?"

„Danke, aber ich habe keinen Hunger." Ambrose hatte vielleicht keinen müden Schilling, aber seinen Stolz, den hatte er noch. „Bitte genießen Sie Ihr Essen. Wenn es Ihnen nichts ausmacht, würde ich allerdings gerne über eine mögliche Mitarbeit bei der Bow Street sprechen."

Der andere Mann nahm einen großen Bissen. „Ihr Ruf eilt Ihnen voraus, Kent. Was ich so höre, sind Sie ein engagiertes Mitglied der Thames River Police. Zum Hauptaufseher der Wapping Station befördert – wobei es meiner Ansicht nach viel zu lange gedauert hat, für einen Mann Ihrer Begabung." Der Amtsrichter sah ihn eindringlich an. „Politik liegt Ihnen wohl nicht so, hä?"

Wenn Coyner mit *Politik* meinte, ob Ambrose seinem eigenen Amtsrichter und Vorgesetzten John Dalrymple in den Hintern kroch, dann lautete die Antwort nein. Vor einigen Jahren war Dalrymple auf Ambrose zugekommen, mit der Aufforderung, ein Beweisstück gegen Bezahlung zu übersehen. Dalrymple hatte es einen Gefallen genannt; Ambrose hatte es als Bestechung gesehen. Er hatte diesen und weitere „Gefallen“ verweigert. Im Gegenzug hatte Dalrymple Ambroses Beförderungen ausgebremst und versucht, seinen Ruf zu beschmutzen. Ohne handfeste Beweise, dass sein Vorgesetzter ihm Unrecht tat, hatte Ambrose diese Übel im Stillen ertragen, in der Überzeugung, dass die Gerechtigkeit noch siegen würde.

Nun straffte er die Schultern. „Mir geht es allein um Gerechtigkeit, Sir“, sagte er rundheraus. „Falls Sie je etwas anderes gehört haben–“

„Entspannen Sie sich, Kent. Dalrymple ist ja nicht meine einzige Quelle“, sagte Coyner. „Ihre Kollegen sprechen in den höchsten Tönen von Ihrer Moral und Ihrem Können.“

Ambroses Spannung löste sich ein wenig. „Ach, die sind lediglich höflich. Ich tue nur meine Pflicht.“

„Und sie sagten auch, dass Sie über Gebühr bescheiden sind.“ Coyner griff nach seinem Humpen. „Lassen Sie sich es von mir sagen, Kent: Wenn Sie etwas werden wollen im Leben, dann müssen Sie sich daran gewöhnen, auch mal ins eigene Horn zu blasen. Fleiß allein bringt Sie nicht ans Ziel.“

„Jawohl, Sir", sagte Ambrose.

Sein Vater Samuel hatte immer behauptet, dass man sich Erfolg mit ehrlicher, redlicher Mühe verdiente. Obwohl er sein ganzes Leben als Dorfschulmeister dem Bilden junger Gehirne gewidmet hatte, steckte Samuel nun tief in den Schulden. Seine Zukunft und die von Ambroses fünf jüngeren Geschwistern hing in der Schwebe. Unter der Tischplatte ballte Ambrose die Fäuste.

„Ich zweifle nicht an Ihrem Können oder Ihrer Arbeitsmoral", fuhr Coyner fort. „Aber mir geht eine heikle Frage im Kopf herum. Darf ich?"

„Ich habe keine Geheimnisse."

Die dünnen Augenbrauen des Amtsrichters schwangen über seinen fahlblauen Augen hoch. „Nicht viele können das von sich behaupten. Meine Frage ist also die: Warum brauchen Sie überhaupt eine zusätzliche Anstellung? Als Hauptaufseher verdienen Sie einen anständigen Lohn. Und verheiratet sind Sie doch nicht, oder?"

„Bin ich nicht." Weil er es nicht gewohnt war, über seine Sorgen zu sprechen, fehlten Ambrose die Worte. „In letzter Zeit steht es um die

Gesundheit meines Vaters nicht zum Besten. Und ich habe Geschwister, um die ich mich kümmern muss."

„Was ist mir Ihrer Mutter?"

„Sie starb, als ich ein Knabe war. Meine Stiefmutter hat mich und meine Geschwister aufgezogen – das heißt, meine Halbgeschwister. Sie ging vor zwei Sommern von uns."

Ambrose vergaß oft, dass er ja mit seinen Geschwistern keine leibliche Mutter teilte. Seine Stiefmutter Marjorie hatte ihn behandelt, als wäre er ihr eigen Fleisch und Blut. Liebevoll und bodenständig, war sie der Familie ein Fels in der Brandung gewesen. Ihr Verlust hatte sie alle aus der Bahn geworfen – ganz besonders seinen Vater.

„Mein Beileid." Sein Gegenüber räusperte sich. „Ich will nicht zudringlich erscheinen, doch unter uns gesagt, ich hatte in der Vergangenheit oft Schwierigkeiten mit Angestellten, die ich freiberuflich angeheuert hatte. Lasterhafte Männer, die für Geld alles tun würden." Sein Mund wurde steif. „Ein Bow Street Runner muss für Gerechtigkeit stehen. Muss über jeden

Verdacht erhaben sein, wie die Gemahlin von Cäsar."

Ambrose hatte dem nichts entgegenzusetzen. „Sie haben mein Wort, dass ich meine Pflicht ehrbar verrichten werde."

Coyner musterte ihn einen Augenblick lang. „Das glaube ich Ihnen, Kent."

„Ich habe die Anstellung also?"

„Wenn ich einen passenden Auftrag habe, werde ich es Sie wissen lassen."

Ambrose musste sich damit zufrieden geben. Nachdem er sich vom Amtsrichter verabschiedet hatte, verließ er die Taverne und trat hinaus in die kühle Sommernacht. Zu dieser Stunde tummelte sich in den überfüllten Straßen zwischen den Bordellen, Theatern und Spielhöllen von Covent Garden ein bunt gemischtes Publikum aller sozialen Schichten. Unter einem Lampenpfahl verhandelte ein gut gekleideter Einfaltspinsel mit einer hübschen, gelangweilt wirkenden Hure über die Unterhaltung des Abends. Eine Bande junger Spunde lachte brüllend, als sich einer von ihnen übergeben musste und dabei die eigenen Stiefel besudelte. Schmutzige Straßenkinder rannten umher, mit scharfem Blick und flinken Fingern.

Des Lasters müde – er hatte die ersten zehn Stunden seines Tages damit zugebracht, Flussdieben nachzustellen – machte Ambrose sich auf den Weg nach Hause. Von seinem Zimmer in Cheapside trennten ihn noch zwei Meilen. An der Straßenecke kam er an einem Händler vorbei, der mit Kastanien gefüllte Papierkegel feilhielt. Beim köstlichen, zuckrigen Duft der gerösteten Nüsse knurrte ihm der Magen, doch er ging weiter. Daheim würde er sich Toast und Eier zum Abendessen gönnen.

Der Gedanke an eine warme Mahlzeit verlieh seinem Schritt neue Sprungkraft. Auf der Straße vor ihm erspähte er einen Tumult: Zwei Wägen waren zusammengestoßen, Waren und Gemüse lagen überall verstreut. Wütende Rufe hallten durch die Nacht, und es bildete sich ein Menschenauflauf, der die Straße blockierte. *Die lassen aber auch keine Gelegenheit zum Plündern und Fleddern aus*. Missmutig schlug Ambrose einen anderen Weg ein, direkt durch die nächste Seitengasse.

Nun ging er auf einer ruhigeren Straße mit gut in Schuss gehaltenen Palladienbauten. Bordelle, mutmaßte er, dem trüben rötlichen Schein nach zu schließen, der von den geschlossenen Fensterläden ausging. Die Nachtbrise trug einen überladenen, die Nase beißenden Geruch zu Ambrose. Den Reiz bezahlter Liebe hatte er noch nie verstanden. Sein ganzes Leben lang hatte er seine Stiefmutter geachtet und seine vier jüngeren Schwestern beschützt; die Vorstellung, die Mütter, Töchter oder Schwestern eines anderen Menschen für eigennützige Zwecke zu missbrauchen war ihm widerlich. Ihm würde es keine Freude bereiten, zu wissen, dass seine Bettgefährtin ihre Gefälligkeiten gegen Bezahlung bot – und das höchstwahrscheinlich aus reinster Verzweiflung heraus.

Sein Mund verzog sich in schiefem Humor. *Was du davon hältst, zählt wohl kaum. Weil du dir ja noch nicht einmal das Eintrittsgeld in so ein Etablissement leisten kannst. Genug davon also, du Moralapostel, es gibt Wichtigeres zu bedenken.*

Zum Beispiel, wie man seine Familie über Wasser hielt.

Zum Teufel, wenn Vater nur nicht versucht hätte, seine Geldsorgen zu vertuschen. Letztes Jahr hatte Samuel Kent einen Schlaganfall erlitten, der ihm seine Gesundheit, und nach dreißigjähriger Amtszeit, auch seine Stellung an der Dorfschule gekostet hatte. Seit jeher ein stolzer Mann, hatte er Ambrose versichert, dass er eine Pension erhielt und alles in Ordnung war. In Wirklichkeit, so hatte sich herausgestellt, war die Pension nur eine einmalige, dürftige Zahlung gewesen – die Samuel in seiner Verzweiflung leichtfertig in einen Bergbauschwindel investiert hatte. Letztlich hatte Vater alles verloren. Und war zu stolz gewesen, darüber auch nur ein Wort zu verlieren, bis es fast zu spät war.

Ambrose hatte seine sämtlichen Ersparnisse darauf verwendet, sich gegen die Schuldenflut der Familie zu stemmen. Das Geld, das er für eine spätere Ehe beiseitegelegt hatte, für das nette Ziegelhäuschen, das Jane haben wollte... das ging als Erstes drauf. Und damit auch seine zukünftige Braut. Doch das war nur die Spitze des sprichwörtlichen Eisbergs gewesen. Wie er so durch die Schatten streifte, drang sein allgegenwärtiger Kummer wieder an die Oberfläche: Er musste ja nicht nur dafür sorgen, dass alle ein Dach über dem Kopf und Essen auf dem Tisch hatten, sondern auch zusehen, dass Harry weiterhin zur Schule gehen konnte, dass die Arztrechnungen für seinen Vater und Dorothea bezahlt wurden, dass Violet und Polly gut gekleidet waren, und dass er Emma, die alles irgendwie zusammenhielt, ein wenig unterstützte–

Aus dem Augenwinkel sah Ambrose eine Regung. Sein Polizistensinn erwachte. Seine Gedanken waren wie fortgewischt, seine Sinne schärften sich. Seine Hand fasste den gediegenen Eichenholzknüppel an seiner Hüfte, er spähte achtsam in die Gasse zu seiner Linken. Da herrschte gähnende Finsternis... und doch spürte er eine Gegenwart in den Schatten. Seine Muskeln spannten sich an, seine Augen suchten die stockfins–

Ein Rangeln. Dann: „Det verdammte Luder hat mir jebissen!"

Ein weiblicher Schrei gellte durch die Nacht.

Die Furcht in diesem Schrei setzte Ambrose in Gang. Er hastete in die Gasse. Wie sich seine Augen an die Dunkelheit gewöhnten, konnte er zwei grobschlächtige Gestalten ausmachen, die eine dünne Person an eine Wand drückten. Das Gesicht des Opfers war unter einer Kapuze verborgen, doch in ihrer Stimme schwang Todesangst. Ambrose stürzte sich geduckt und eilig ins Geschehen, sein Knüppel krachte befriedigend auf eine Kniescheibe. Einer der Übeltäter ächzte vor Schmerz und fiel zu Boden.

„Lass sie los", befahl Ambrose dem anderen Unhold.

Als Erwiderung ging der Halsabschneider auf ihn los wie ein Bulle.

Seine Schulterblätter krachten gegen die Backsteinmauer, sein Knüppel entglitt ihm. Sein Angreifer hob eine Faust so groß wie ein Schinken, und Ambrose duckte sich gerade rechtzeitig und riss dabei sein Knie nach oben. Der Bastard stöhnte und krümmte sich bei diesem Schlag in die Magengrube. Ambrose zielte geschwind, ließ einen Hieb und einen Haken folgen und schnalzte dabei den Kiefer seines Gegners nach hinten. Der Mann sackte in sich zusammen. Mit brennender Lunge stand Ambrose über seinem Widersacher und stupste die gefallene Gestalt mit seinem Stiefel. Keine

Regung. Der Schurke würde wohl ein Weilchen bewusstlos bleiben.

Hinter ihm flatterte ein Umhang vorbei – das Opfer. Sein Beschützerinstinkt ließ ihn ihr nachstellen. Er musste sich vergewissern, dass sie unverletzt war, ihr nötigenfalls ärztliche Hilfe holen und auch Gerechtigkeit walten lassen. In seiner Arbeit hatte er nur zu oft erlebt, wie das Gesetz sich bei Verbrechen gegen die Minderbemittelten blind stellte. Und den Huren wurde die allerschäbigste Behandlung zuteil. Wenn es nach ihm ginge, würden diese Unholde dafür, dass sie in dieser Nacht eine elende Dirne angegriffen hatten, ins Gefängnis von Newgate geworfen.

Mit seinem langen Schritt holte er die fliehende Hure ein und streckte die Hand aus, um ihr auf die Schulter zu klopfen. „Entschuldigung, Miss, geht es Ihnen gut–?"

Sie wirbelte herum. Ihre Kapuze rutschte herunter... und ihm schwanden die Worte. Ebenso wie der Verstand. Denn da, vor seinen Augen, stand die atemberaubendste Frau, die er je gesehen hatte.

Ein Geschöpf wie aus Mondlicht und Wasser gemacht, zu schön, um wahr zu sein. Aus den Tiefen seiner Erinnerung kam ihm eine Geschichte, die ihm einst seine Stiefmutter erzählt hatte, über eine *Selkie*, eine betörende Meerjungfrau, die aus dem Ozean emporstieg und unselige Männer ins Verderben lockte. Er mochte fast glauben, dass sich dieser Mythos ihm gerade in Wirklichkeit darbot. Im trüben Schein der Straßenlampe fiel ihr Haar in silberblonden Wellen um ihr vollkommen ovales Gesicht, seegrüne Augen sahen ihn abschätzend an, in den lebhaften Tiefen ihres Blickes brauste die Angst. Zugleich stellte er fest, dass ihr Umhang aus opulentem Samt war und ein Strang von Smaragden ihren zierlichen Hals schmückte.

Keine Hure... sondern eine Lady?

Ambrose zwinkerte. Was zum Teufel war nur los mit ihm? Er versuchte, seinen bislang unerschütterlichen gesunden Menschenverstand heraufzubeschwören. Er öffnete den Mund, um ihr zu versichern, dass sie nichts zu befürchten hatte, dass er ihr nichts antun würde. Dass er sie beschützen und sicher nach Hause bringen würde.

40

Und dass sie die zierliche Pistole senken konnte, die sie auf seine Brust gerichtet hielt.

Während er um Worte rang, erschollen Schritte in der Gasse hinter ihm. Verflucht, hatte er die Bastarde wohl doch nicht erledigt? Gerade als er sich zu seinem Widersacher umdrehen wollte, sah er, wie sich die bestrickenden Augen der Lady zu eisigen Edelsteinen verhärteten. Ihre behandschuhten Finger schlossen sich fester um ihre Waffe. Ihm standen alle Haare zu Berge.

„Nicht!–" Das Wort entkam ihm als ein Schrei.

Sie drückte dennoch ab.

Kapitel 3

„Ich kann nicht fassen, dass Sie mich angeschossen haben", sagte der Fremde, und zwar nicht zum ersten Mal, seit sie in ihre Kutsche eingestiegen waren.

„Ich habe nicht auf Sie gezielt. Sie standen meiner Kugel im Wege", sagte Marianne.

Also, dieser Mann könnte sich wirklich ein wenig dankbarer dafür zeigen, dass sie ihm das Leben gerettet hatte. Sie hatte den Schuss abgefeuert, um den nahenden Unhold abzuschrecken, und nur wenige Sekunden später war ihr vertrauter Lakai Lugo aufgetaucht. Der Anblick Lugos imposanter Statur und seines unnachgiebigen Ebenholzprofils – und nicht zuletzt seiner doppelläufigen Flinte – hatten die Schurken Hals über Kopf in die Nacht verschwinden lassen. Sie hatte daraufhin Lugos Entschuldigung von sich gewiesen (ein Menschenauflauf auf der Straße hatte ihn aufgehalten) und ihn aufgefordert, ihren Möchtegern-Retter in die Kutsche zu verladen.

Nun rollte das Gefährt zügig voran und der große Mann mit den faszinierenden Bernsteinaugen starrte sie finster aus seiner Ecke an. Irgendwann im Tumult hatte er seinen Hut verloren; sein edelholzfarbenes Haar – das weder glatt noch lockig war, sondern irgendwo dazwischen – glänzte unter der Kutschenlampe. Hochgewachsen und in einem Mantel, der schon bessere Tage gesehen hatte, sah er auf den weichen Lavendelpolstern fremd aus. Mit einer großen Hand hielt er sich den verwundeten Arm; mit einem Schaudern bemerkte sie, wie ihm das Blut scharlachrot zwischen den Fingern hindurch rann.

„Lassen Sie mich das ansehen." Sie kam zu seiner Seite hinüber. Als er vor ihr zurückwich, sagte sie etwas kratzig: „Halten Sie gefälligst still. Ich habe gerade die Sitze neu beziehen lassen und Sie bluten mir überall hin."

Er starrte sie düster an, doch als sie ihm bedeutete, seinen Mantel auszuziehen, leistete er Folge. Ihr Herzschlag ging schneller, als sie den roten Flecken auf seinem linken Hemdsärmel sah. Doch sie sagte nichts, blickte geradeaus, während sie ein Taschentuch aus ihrem Beutel holte und es um die Wunde wickelte. Unter dem groben Hemdstoff zuckte sein Bizeps – ein unerwartet fester Muskelstrang angesichts seiner mageren Gestalt. Ansonsten aber ließ er sich keinen Schmerz anmerken. Was ebenfalls überraschend war. Ihrer Erfahrung nach wurden Männer bei Blutverlust zu Kleinkindern.

Dieser Kerl jedoch... war anders als andere Männer. Es gefiel ihr nicht, dass er so schwer zu deuten war. Sein Gesicht war nicht gerade schön, doch sie fand, dass seine asketischen Züge etwas an sich hatten. Sein energischer Kiefer ließ vermuten, dass er ein beharrlicher Mann war. Einer, der schwere Zeiten durchstanden hatte – seinen eingefallenen Wangen nach zu schließen. Allein sein voller Mund und leichte Lachfalten um die Augen linderten die Strenge ein wenig.

Im Augenblick war sein seltsam heller Blick allerdings verhüllt, und sie merkte, dass sie nicht die Einzige war, die hier jemanden studierte. Seine Lippen waren fest zusammengepresst, als ob er etwas an ihr… *auszusetzen hatte*? Das passierte ihr bei Männern in der Tat selten. Das wusste sie ganz ohne Eitelkeit: Sie war sich ihrer Schönheit bewusst, ebenso wie der Wirkung, die sie auf Männer hatte. Ihr Aussehen war ihr Segen und Fluch zugleich. Und selten machte sich jemand die Mühe, unter die Oberfläche zu blicken.

Wenn sie es täten, fänden sie alles andere als Liebreiz.

Sie verknotete das Taschentuch, fest genug, dass im Kiefer des Fremden ein Muskel zuckte. „Ich glaube, es ist an der Zeit, dass wir uns einander vorstellen", sagte sie. „Wer sind Sie?"

„Ambrose Kent, zu Ihren Diensten." Er nickte wenig freundlich.

Der Name kam ihr bekannt vor. „Sie sind mit den Hartefords bekannt." Sie kniff die Augen zusammen. „Sie sind so eine Art Wachtmeister, nicht wahr?"

45

Etwas flackerte in seinem Blick. Vielleicht nahm er den abfälligen Unterton in ihrer Stimme wahr. Ihrer Erfahrung nach nutzten die sogenannten Gesetzeshüter ihre Macht gegen die, die sie eigentlich beschützen sollten. Zum Beispiel Skinner, der verfluchte Runner, den sie einst angeheuert hatte. Sie traute keinem Kopfgeldjäger, keinem Charley, keinem Polizisten – im Grunde genommen *überhaupt* keinem Mann – über den Weg.

„Ich bin Hauptaufseher bei der Thames River Police", sagte er steif. „Und mit wem habe ich die Ehre?"

„Marianne Sedgwick, Baronin Draven", sagte sie.

Als er ihren Titel hörte, vertieften sich die angespannten Falten um seinen Mund. *Interessant, er hat also nichts für den Adel übrig?* Soweit sie sich allerdings erinnern konnte, schwärmte ihre Freundin Helena geradezu von diesem Mr. Kent, und die war immerhin die Marquise von Harteford. Offenbar hatte Kent Helenas Gemahl bei der Aufklärung mehrerer Diebstähle geholfen und einmal dem Marquis von Harteford sogar das Leben gerettet. Es schien, dass Harteford – auch so ein Mann der stoischen Art – sich offenbar gut mit Kent verstand, obwohl Marianne sich beim besten Willen nicht vorstellen konnte, was ein Marquis und ein Polizist denn miteinander zu besprechen hatten.

Fasziniert musterte Marianne ihren Gefährten weiter. Wenn es also nicht Adelsprädikate waren, die er verachtete, dann lag es wohl an ihr? Vielleicht hatte er von ihrem Ruf gehört; vielleicht war er wie diese selbstgefälligen, scheinheiligen Menschen, die sie als die „Lustige Witwe" bezeichneten. Die sie dafür verachteten, dass sie in vollen Zügen die Freiheiten genoss, die ihr von Rechts wegen zustanden – die sie sich mit den fünf Jahren Hölle erkauft hatte, die ihre Ehe gewesen war, und mit dem Schmerz, der sie bis zum heutigen Tag peinigte.

Wut straffte ihr Rückgrat. „Eilt mein Ruf mir voraus?", fragte sie kühl.

„Ihr Ruf?" Er runzelte die Stirn.

Also hat er die Gerüchte über mich doch nicht gehört. Nun, das ist auch nicht weiter verwunderlich. Wir bewegen uns ja wohl kaum in denselben Kreisen. Wie auch immer, es schert

47

mich ja eigentlich keinen Deut, was er von mir hält.

„Ich hoffe, es stört Sie nicht, wenn ich frage", sagte er plötzlich, „aber was haben Sie denn allein zu dieser Nachtstunde in dieser Ecke von Covent Garden zu suchen gehabt?"

Marianne blieb der Mund offen stehen. So hatte sie schon lange keiner mehr zur Brust genommen. Es ärgerte sie, dass sich dieser hagere Gendarm in seinen schäbigen Klamotten das anmaßte. Nach allem, was sie durchlitten hatte, war sie nun eine eigenständige Frau. Sie schuldete niemandem Rechenschaft. Sie antwortete mit eiskalter Gelassenheit, eine Klinge, die sie in der feinen Gesellschaft geschliffen hatte.

„Doch, das stört mich durchaus", sagte sie. „Meine Angelegenheiten gehen Sie gar nichts an."

„Nicht, wenn die Ihr Leben gefährden, und das anderer, die sich genötigt sehen, Sie vor Ihrem eigenen Aberwitz zu retten."

Also, was diesem Mann einfiel! „Ich habe Sie nicht um Hilfe gebeten", schnappte sie.

„Nein, das haben Sie nicht", pflichtete er ihr bei. „Wenn ich mich recht erinnere, haben Sie eher um Hilfe geschrien."

Zum ersten Mal seit Jahren fühlte Marianne ihre Fassung bröckeln. „Ich habe nicht geschrien. Ich habe meinen Lakaien Lugo wissen lassen, wo ich bin. Und überhaupt hatte ich die Lage bereits im Griff, bevor Sie sich eingemischt haben." Sie zuckte zusammen, als sie den Ärger in ihrer eigenen Stimme köcheln hörte. Sie atmete tief durch. Als sie sich wieder gefasst hatte, krümmte sie eine Augenbraue und blickte vielsagend auf seinen Arm. „Zweifeln Sie etwa daran, dass ich ohne zu zögern das Nötige tun würde?"

„Ich zweifle an Ihrem gesunden Menschenverstand, Milady. Und an Ihrer Selbstbeherrschung. Keine Vergnügung kann das Risiko wert sein, dass Sie heute Nacht eingegangen sind", sagte er grimmig.

Das reichte ihr. Dieser altkluge Prinzipienreiter hier gedachte wohl, ihr Vorschriften zu machen? Eine Erinnerung kam in ihr hoch, ehe sie sie verdrängen konnte: zwischen den runzligen Schenkeln von Draven kniend, vor Scham und Furcht würgend. *Streng dich ein wenig mehr an, du nutzloses Luder, sonst sieht du deine kleine Primrose nie wieder…*

Die Brust schnürte sich ihr zu, sie stieß das Bild von sich. Atmete aus. Von dem Moment an, als Draven starb, hatte sie sich geschworen, ihre eigene Herrin zu sein. Niemand – und schon gar nicht dieser selbstgerechte *Niemand* – würde je wieder über sie herrschen.

Der Zorn klärte ihr den Verstand, machte ihn so scharf und kristallklar wie Eis. Sie fasste einen Plan und musste fast darüber lächeln, wie herrlich einfach er war. *Mir wollen Sie also predigen, Mr. Kent? Nun, da wollen wir mal sehen, wer heute Abend eine Lektion lernt.*

„Sie gehen ganz offenbar nicht den richtigen Vergnügungen nach", sagte sie gedehnt. „Als Witwe kann ich Ihnen versichern, dass manche Vergnügen jegliches Risiko wert sind."

Seine dunklen Augenbrauen zogen sich zusammen, seine Wangen verfärbten sich. Gut – sie hatte den Moralapostel entrüstet. Ehe sie den Funken der Befriedigung genießen konnte, sagte er allerdings verbissen: „Es geht nicht um mich. Es geht um Sie und wie sträflich Sie Ihre eigene Sicherheit vernachlässigen. So manch ein

Wachtmeister hätte weniger Mühe, wenn Menschen einfach ein wenig mehr Vernunft walten ließen–"

„Und Sie, Mr. Kent, sind ein wahrer Quell der *einfachen* Vernunft, nicht wahr?"

Ihr Spott entging ihm nicht. Trotz seines scheinheiligen Hochmuts war Kent offenbar kein Narr. „In meiner Arbeit habe ich Leid gesehen", sagte er, „von dem man Vieles mit ein wenig Weitblick hätte vermeiden können."

„Tatsächlich", sagte sie gelangweilt.

„Ich will Ihnen keine Predigt halten, Milady. Ich will lediglich behilflich sein." Der Muskel an seinem Kiefer zuckte erneut; Kent war nicht so stoisch, wie er es gern wollte. „Wenn Sie glauben, dass Sie über meinen Rat erhaben sind, dann brauchen Sie ja nicht darauf zu hören."

„Erhaben, Sir? Überhaupt nicht. Ganz im Gegenteil, ich benötige Ihre Dienste gerade jetzt im Augenblick."

Er verkniff die Augen, die aussahen wie durch Bernstein schimmerndes Licht.

„Wir sind bei mir zu Hause angelangt", sagte sie. Er schlug überrascht seine langen Wimpern auf, hatte also den Halt der Kutsche vor lauter scheinfrommer Ratschläge gar nicht bemerkt. „Und nach den beunruhigenden Ereignissen des Abends" – sie schützte ein sanftes Schaudern vor – „muss ich ins Haus eskortiert werden."

Er runzelte die Stirn. „Kann Ihr Lakai Sie nicht begleiten?"

„Könnte er. Aber ich wünsche ausdrücklich Ihre Gegenwart." Sie warf ihm einen lohenden Blick zu, bei dem Vertreter des starken Geschlechts normalerweise zu ihren Schuhen in Pfützen zerflossen. Der Polizist jedoch beäugte sie weiter argwöhnisch. Sie lächelte verführerisch. „Ich würde meine Dankbarkeit für Ihr Eingreifen heute Abend gerne privat ausdrücken."

Er errötete. „Wenn Sie Ihre Lehre daraus gezogen haben, ist mir das Dank genug."

Meine Güte, dieser Mann war *in der Tat* eine Herausforderung. Ihr Interesse an ihm stieg noch weiter. Jeder Mann hatte eine verwundbare Stelle. Und sie hatte schon eine Ahnung, wo die Rüstung dieses Möchtegernritters ihren Riss hatte.

„Dann vielleicht ein anderes Mal", sagte sie gleichgültig.

Sie klopfte an die Tür. Sie öffnete sich und es erschien das ausdruckslose Gesicht von Lugo. Kent achtete gar nicht auf die Stufen, sprang herab und wandte sich um, um ihr die Hand zu reichen. Sie ergriff sie, und tat beim Aussteigen absichtlich einen Fehltritt.

Kent fing sie auf. „Ist alles in Ordnung?", fragte er.

Gegen seine starke Brust gedrückt empfand sie ein seltsam schwindelndes Gefühl. Sie sprach, wobei sie verstört bemerkte, dass die Atemlosigkeit in ihrer Stimme nur teilweise gespielt war. „Es muss mich doch alles mehr mitgenommen haben, als ich dachte", murmelte sie. „Danke, Sir."

Im nächsten Moment hob Kent sie vom Boden auf.

„Aber Ihr Arm", sagte sie überrascht.

„Es ist nur ein Kratzer", sagte er achselzuckend. „Ich bringe Sie hinein."

Kapitel 4

Es kam nur selten vor, dass Ambrose Kent nicht
auf seinen Instinkt hörte. Sein Bauchgefühl hatte
ihm mehr als einmal die Haut gerettet, und er
achtete alles, was ihn am Leben hielt. Und
dennoch war er doch tatsächlich gerade dabei,
wie in einem verqueren Traum eine
geheimnisvolle Baronin – die im Übrigen dem
Ausdruck *leicht wie eine Feder* alle Ehre machte
– die Stufen eines gewaltigen neugotischen
Herrenhauses hinaufzutragen. Drinnen zwinkerte
er in ein Atrium aus rosa Marmor. So düster und
grimmig das Äußere des Gebäudes war, umso
eleganter und heller war es von innen.

Über ihm blinkte ein gestufter Kronleuchter mit tropfenförmigen Kristallen, über die Wände glitt elfenbeinfarbene Seide mit Wasserwellen. Ambrose beäugte den großen Glasschrank in seinem Weg und steuerte vorsichtig um ihn herum. Trotz seiner Achtsamkeit schepperte darin eine chinesische Vase, und er hielt den Atem an, bis das verfluchte Ding wieder zur Ruhe kam. Das Stück aus blauem und weißem Porzellan war vermutlich mehr wert als sein Jahresgehalt.

„Würden Sie mich zu meiner Suite bringen, Sir?" Lady Draven kippte ihren Kopf nach hinten, um ihm in die Augen zu blicken. „Ich fürchte, die Stufen sind im Augenblick ein wenig zu viel für mich."

Wie konnte er diesem betörenden Blick etwas ausschlagen? Er fasste sie fester und folgte dem afrikanischen Lakaien die große geschwungene Treppe in den ersten Stock hinauf. Sogar der Flur flüsterte vor Extravaganz; seine Stiefel sanken in den cremefarbenen Teppich, der flauschig genug war, dass man darauf schlafen konnte, und er konnte gar nicht mitzählen, an wie vielen Zimmern sie vorbeikamen. Am Ende des Flurs führte der Lakai ihn in eine aufwendige

Suite, die in Pfirsich- und zarten Goldtönen gehalten war.

„Lass bitte eine Mahlzeit und das nötige Zubehör hinaufbringen, Lugo", sagte Lady Draven. Lugo verneigte sich und ging mit ausdrucksloser Miene. Vielleicht erschien es ihm nicht ungewöhnlich, dass seine Herrin in den Armen eines Fremden nach Hause kam und besagten Mann dann in ihren Schlafgemächern unterhielt. Der Gedanke zog Ambrose den Magen zusammen. Er erblickte das riesige Bett auf der Estrade – das Ungetüm aus Federkissen und rosenfarbener Seide konnte man ja auch nicht übersehen – und fühlte weiter unten noch eine Erschütterung.

Verflucht, was ist denn bloß los mit mir?

Er glaubte keine Sekunde lang, dass seine glamouröse Gastgeberin irgendein persönliches Interesse an ihm hatte; die Vorstellung war lachhaft. Worauf war sie also aus?

Was auch immer es war, es gefiel ihm nicht, wenn man mit ihm spielte. Er stellte sie mit Nachdruck auf ihre Füße.

„Nun, das ist dann wohl alles", sagte er schroff.

„Oh, nein, das ist noch nicht alles", sagte sie mit rauchiger Stimme. „Ich bin mit Ihnen noch nicht fertig, Sir."

Im flackernden Kerzenlicht traf ihn die volle Wucht ihres mit dichten Wimpern gesäumten Blicks. Ihre Augen lagen leicht schräg – nicht genug, um sie exotisch wirken zu lassen, doch ausreichend für englische Perfektion. Es schien ihm schier unmöglich, dass ein Blick derart eindringlich grün schimmern oder mit seinen wissenden, geheimnisvollen Tiefen derart bestricken konnte. Schlagartig begriff er, warum sie diese Smaragdkette trug: nicht etwa, weil sie zu ihrer Augenfarbe passte, sondern um zu betonen, wie mühelos ihre Augen den schillerndsten aller Edelsteine ausstachen.

Ja, schön war sie unbestreitbar.

Aber dass sie auch niederträchtig war, bezweifelte er ebenso wenig. Niederträchtig, durchtrieben... und gefährlich. Nun, da er sie eingeschätzt hatte, sagte er sich, dass ihre körperlichen Reize bedeutungslos waren. Er hatte kein Interesse an einer *Femme fatale* oder an verwickelten Spielchen. Er war ein einfacher Mann mit einfachen Wünschen. Obwohl der

Verlust von Jane seinen Optimismus getrübt hatte, hatte sich an seiner Zukunftsvision nichts geändert.

Er wollte nach wie vor eine treue, liebevolle Frau, eine Gefährtin, die die Einsamkeit des Lebenswegs ein wenig linderte. Zusammen würden er und sie in einem gemütlichen, mit wildem Wein überwucherten Landhäuschen wohnen. In seinen Träumereien nahm sich seine bessere Hälfte seiner Familie an und brachte ein wenig Stetigkeit in die chaotische Kent-Sippe. Und wenn es ihnen vergönnt wäre, hätten er und seine Frau vielleicht auch ein paar eigene Kinder, die sie hegen und pflegen konnten.

Anders gesagt, er sehnte sich nach Normalität. Nach Frieden.

Genau das Gegenteil davon, wofür Lady Marianne Draven stand.

Als ob sie seine Gedanken lesen konnte, lächelte sie und öffnete ihren Umhang. Sein Puls hämmerte, als der samtene Stoff ihren Körper hinabglitt und sich zu ihren Füßen häufte. Ja, diese sündhafte Verführerin würde keinem Mann je Frieden bringen. Sein Blut erhitzte sich, während seine Augen die schlanke Eleganz ihrer

Figur nachfuhren. Das diesige grüne Kleid zeigte ihre sahnig weißen Schultern, schmiegte sich um ihre hoch sitzenden runden Brüste und deutete ihre schmale Taille und sanft gerundeten Hüften an, ehe es sich zu ihren zarten Schuhspitzen kräuselte.

Sie war eine Frau ohne Gleichen. Und dennoch entdeckte er trotz ihrer makellosen Erscheinung Schatten in den leuchtenden Tiefen ihrer Augen. Konnte solch ein verwöhntes Geschöpf denn Schmerz und Leid überhaupt kennen? Seine Gedanken verschwammen, als sie sich ihm näherte. Ihr Parfüm stieg ihm in die Nase und der vielschichtige Duft – exotisch und dennoch rein und ganz und gar berückend – bewirkte in ihm eine primitive männliche Erwiderung. Das Verlangen traf ihn wie ein Hieb in den Magen, ihm wurde fast schwindlig im Kopf.

Kein Wunder: Sein Blut war ja vollständig in eine andere Körperregion geflossen. Zu seinem Schrecken fühlte er seinen Schwanz in den Hosen steif werden.

Innerlich seine mangelnde Beherrschung verfluchend sagte er: „Ich muss nun gehen."

„Unsinn. Sie sind doch gerade erst angekommen. Und mein Gewissen verbietet es mir auch, Sie gehen zu lassen, ehe ich nach Ihrer Verwundung gesehen habe."

Sie legte eine Hand auf seinen Arm und er zuckte bei dem plötzlichen Stechen zusammen. Er blickte nach unten und sah, dass der behelfsmäßige Verband blutdurchtränkt war. Verflucht, ihr Schuss hatte wohl doch mehr Schaden angerichtet, als er gedacht hatte. Sein Schwindel steigerte sich.

„Setzen Sie sich lieber, ehe Sie zusammenbrechen", fügte sie hinzu.

Er schüttelte den Kopf, was seine Benommenheit nur verschlimmerte, und sah schließlich keinen anderen Ausweg, als ihrer Anweisung zu folgen. Er stolperte zu dem vergoldeten Kanapee hinüber und streckte sich auf dem schneeweißen Samtbezug aus. Von der Anstrengung drehte sich das Zimmer.

Seine Gastgeberin blickte auf ihn herab. „Dann ziehen wir mal Ihre Kleider aus", sagte sie. „Schaffen Sie das selbst, oder soll ich es tun?"

Der Schock drang durch seine Benommenheit. „Wie bitte?", brachte er hervor.

„Ich kann Ihren Arm ja schlecht untersuchen, wenn Sie Ihr Hemd anhaben. Kommen Sie, Sie fürchten doch wohl nicht um Ihre Tugendhaftigkeit, oder?", fragte sie mit gekrümmten Augenbrauen. „Ich verspreche, ich nutze Ihre missliche Lage schon nicht aus."

„Ich fürchte gar nichts", murmelte er. „Aber es ist kaum schicklich."

Sie lachte kehlig. „Und Sie sind von der *ganz* schicklichen Sorte, nicht wahr, Mr. Kent?"

„Ich glaube an Sitte und Anstand, fürwahr", erwiderte er.

Ihr Blick würde schmäler. Da klopfte es. Auf ihre Aufforderung hin kam eine kleine Heerschar livrierter Diener herein, mit Tabletts, Handtüchern und einer dampfenden Kupferschüssel. Die Oberzofe, eine stämmige Brünette mit einer Narbe, die ihr vom Ohr bis in den gestärkten Kragen reichte, fragte knapp: „Wo wollen Sie det hinjestellt haben, Milady?"

„Das Waschzubehör bei mir", sagte Lady Marianne, „Und die Erfrischungen können da neben Mr. Kent stehen. Danke, Tilda."

Die Zofe machte sich ans Werk und warf dabei Ambrose einen bösen Seitenblick zu. Er runzelte die Stirn und fragte sich, was er wohl getan hatte, um ihre Missbilligung zu erregen. War es seine bloße Gegenwart? Dem Lakai hatte es doch scheinbar auch nichts ausgemacht. Was auch immer der Stein des Anstoßes war, das Gesinde von Lady Draven war, gelinde gesagt, ein seltsames Pack. Allerdings folgten sie den Anweisungen ihrer Herrin mit geübter Behändigkeit. Ein runder, mit silbernen Speiseglocken bestückter Tisch wurde flink zu seiner Rechten aufgestellt. Als die Diener wieder gingen, sandte Tilda ihm einen letzten warnenden Blick.

Der Gedanke an die Zofe verging ihm, als die Baronin sich neben ihn setzte. Sie war so dicht bei ihm, dass ihre Röcke gegen seine Hose raschelten. Sie streifte ihre Satinhandschuhe ab, und der Anblick eines Blutergusses um eines ihrer zarten Handgelenke drehte ihm den Magen um.

„Sie sind verletzt", krächzte er.

„Es ist nichts." Sie zuckte mit den Schultern, als wäre sie daran gewöhnt, von Halsabschneidern bedrängt zu werden. Sie nahm das Taschentuch von seinem Arm ab und legte dabei den quellenden scharlachroten Fleck auf seinem Hemd frei. „Nun, Mr. Kent, ich habe nicht die ganze Nacht Zeit. Haben Sie Ihre Schamhaftigkeit genug überwunden, um das Hemd auszuziehen?"

Seine Gefühle schwangen in einem weiten Bogen wie ein Pendel. Von Sorge um sie hin zu… Verärgerung.

Diese gekrümmten Augenbrauen und gekräuselten Lippen begannen ihm von Herzen zu missfallen, dieser ihr ganz eigene Ausdruck, bei dem er sich vorkam wie irgendein scheußliches Ding, das die Katze hereingeschleppt hatte. Sie hielt ihn also für prüde? Er war ihr nicht kultiviert genug – er ließ vielleicht ganz allgemein zu wünschen übrig? Obwohl er kein aufbrausender Mann war, entglitt ihm langsam die Fassung. In Wahrheit pochte sein Arm inzwischen teuflisch, und wenn es ihr nichts ausmachte, mit einem halbnackten Mann alleine zu sein, warum sollte er sich dann Sorgen um ihren Ruf machen?

Grimmig begann er, seine Weste aufzuknöpfen. Ihr Blick blieb beharrlich auf ihn gerichtet, während er sie abstreifte, gefolgt von seinen Lederhosenträgern und Krawatte. Er löste die Kordeln an seinem Hemd und streifte das grobe Leinen über den Kopf. Dabei zog er eine Grimasse, denn durch die Bewegung begann sein verwundeter Arm höllisch zu brennen. Er warf einen Blick auf die Wunde; sie sah böse aus, doch er hatte schon schlimmere Verletzungen erlitten. So saß er nun vor ihr, ein hemdloser, blutender Fremder... und ihr ruhiges, erlesenes Gesicht regte sich noch nicht einmal.

Nein, im Gegenteil, diese unverfrorene Frau *schätzte ihn ab*. Er sagte sich, dass ihm ja völlig einerlei war, was sie von ihm hielt, doch sein Körper gehorchte seinem Gehirn nicht. Unter ihrer gemächlichen Betrachtung zogen sich seine Schultern zurück, regte sich seine Brust, als würde er liebkost. Die Kerben seiner Bauchmuskeln zuckten, und als ihr Blick unter die Gürtellinie wanderte, schoss ihm Hitze ins Gesicht.

Nicht nur ins Gesicht.

Ihre Zunge berührte ihre Oberlippe, und er musste sich ein Stöhnen verbeißen.

Ein Bild blitzte in ihm auf, aus den finstersten Winkeln seiner Fantasie: Vom Mondlicht gewobene Haarflechten, die wie flüssige Seide in seine Handflächen und über seine Schenkel wallten. Ein Atemhauch, ein Lecken... und dieser weiche rosa Mund, wie er seinen härtesten Teil anbetete. Was da seine Vorstellungskraft ansprang, war der verruchteste aller Akte – den er sich schon oft in seiner Fantasie ausgemalt, aber noch nie erlebt hatte. Er kaufte sich sein Vergnügen schließlich nicht, und von einer anständigen Frau konnte man solch eine anstößige Handlung nicht erwarten. Und doch bemächtigte die Vorstellung sich nun seiner, das Bild dieser verruchten Witwe, wie sie ihn auf diese Weise nahm, mit wachem, wissendem Blick, während sie ihn ganz und gar verschlang–

„Nun, Mr. Kent, in Ihnen steckt doch mehr, als man auf den ersten Blick denkt."

Die amüsierte, blasierte Bemerkung schreckte ihn in die Wirklichkeit zurück. Er blinzelte, sein Nacken brannte vor Beschämung. Zur Hölle, was tat er denn da? Er verhielt sich wie ein nach Unzucht lechzender Frauenheld. Er war offenbar schon zu lange nicht mehr bei einer Frau gelegen – nicht seit Jane, und das war über ein Jahr her.

Das war aber keine Entschuldigung. Mit verkrampftem Kiefer rang er um Beherrschung. Er packte seine Schenkel, zwang mit Willenskraft seine Erektion nieder.

Beherrsch dich ein wenig, Mann. Und hol um Gottes Willen deine Gedanken aus diesem Pfuhl.

„Nun halten Sie still", sagte Lady Marianne.

Ehe er antworten konnte, legte sie ein heißes, feuchtes Handtuch auf seine Wunde. Er sog scharf Luft ein, während sie tupfte und tastete. Zwischendurch hielt sie inne, um das Handtuch auszuwringen, und begann dann wieder von neuem. Er sagte sich, dass der Schmerz eine gute Sache war, weil er das in seinem Bauch nagende Verlangen betäubte. Betäubte, aber nicht ganz bändigte. Er blickte starr auf die Waschschüssel, sah zu, wie sich das Wasser darin von seinem Blut rötlich verfärbte.

„Ich glaube, Sie werden es überleben", verkündete sie, „und nähen muss ich Sie auch nicht."

Das ließ ihn aufhorchen. „Sie haben schon einmal eine Wunde genäht?", fragte er ungläubig.

„Eine Wunde näht sich wie jede andere Naht auch. Ich habe ein ruhiges Händchen." Als wolle sie es beweisen, nahm sie ein Glas mit einer durchsichtigen Flüssigkeit und goss diese über seine Blessur. Feuer sengte sein lädiertes Fleisch.

„Und eine starke Verfassung wohl auch." Er biss die Zähne zusammen, während sie den Verband mit einem festen Knoten sicherte. Was für eine Art Frau war sie? Schoss sie gewohnheitsmäßig auf andere Leute und flickte sie im Anschluss wieder zusammen?

Sie lächelte. „Nun, wo wir Ihre Verletzung versorgt haben, glaube ich, haben Sie noch weitere Bedürfnisse, um die wir uns kümmern müssen. Womit sollen wir beginnen?"

Schweiß stand auf seiner Stirn, ihm fehlte plötzlich der Atem. Sie hatte doch nicht etwa seine lüsternen Gedanken erraten...

„Wie meinen Sie das?", fragte er erstickt.

Sie lehnte sich näher zu ihm, und seine Muskeln verspannten sich vor Erwartung. Er vergrub seine Finger in die Polster, weil er seinen Händen sonst nicht traute. In seinem Mund lief hungrig das Wasser zusammen, als ihr einzigartiger Duft seine Sinne einnahm. Unbändige Begierde wogte in ihm auf, er wollte das spöttische Lächeln von ihren Lippen küssen, jeden Zoll ihrer milchigen Haut kosten, wollte hören, wie sie voll Glückseligkeit seinen Namen keuchte–

Seine Lunge brannte, während sie lässig in Richtung seines Schoßes griff... und daran vorbei. Und zwar zum Tisch mit den Erfrischungen, den er irgendwie völlig vergessen hatte. Sie lüpfte eine der silbernen Speiseglocken. Darunter war ein Teller voll goldbraunem Gebäck.

„Ah, ausgezeichnet. Die Fasanenpastete meines Kochs", sagte sie. „Soll ich Ihnen etwas davon servieren?"

Er brachte keine angebrachte Erwiderung heraus.

Sie inspizierte die Speisen. Selbst das war eine besondere Art der Folter. Sie beugte sich über den Tisch und bot ihm dadurch einen quälenden Ausblick auf ihren Busen. Er konnte seinen Blick nicht von den runden weißen Hügeln abwenden, die über den Saum des grünen Stoffs lugten. Sie waren weder zu klein noch zu groß, reif und fest gewölbt. Es juckte ihm in den Fingern, sie zu berühren. Zu entdecken, welche Freude in deren Mitte lag. Wie wären ihre Brustwarzen, von einem schüchternen, zarten Rosa oder – Gott steh ihm bei, seine persönliche Schwäche – wären sie vielleicht satt beerenrot …

„Haben Sie Hunger, Mr. Kent?"

Nicht nach Essen. Sein Herz hämmerte, er musste die Worte geradezu aus seiner zugeschnürten Kehle hervorpressen. „Nicht besonders."

„Schade. Unser Koch macht so herrliche Würste."

Und mit diesen Worten spießte sie ein pralles, langes Stück Fleisch auf.

*Verflucht noch mal. Sieh nicht hin, wende
dich ab.*

Zu spät. Er saß angewurzelt wie ein Opfer der
Medusa. Die Analogie spann sich weiter, denn
als sie die Wurst hochhielt und das runde Ende
ihre Lippen stupste, wurde ein gewisser Teil von
ihm in der Tat zu Stein. Hart wie ein Fels klopfte
sein Glied, während sie den Mund öffnete. Das
Fleisch glitt qualvoll langsam hinein. Sie biss mit
graziler Präzision zu, der Saft rann ihr aus dem
Mundwinkel. Als ihre rosa Zunge erschien und
ihre Lippen sinnlich streifte, zertrümmerte die
Lust, was von seiner Beherrschung übrig war.

Es wurde ihm schwarz vor Augen. Die Bestie der
Begierde riss sich los und trampelte alles andere
nieder.

Er war aufgesprungen, ehe er wusste, was er
überhaupt tat. Seine Hände umschlangen ihre
Taille und er zerrte sie an sich. Lust rüttelte ihn
durch, als ihre weichen Kurven auf seine harten
Kanten prallten. Seine Finger verfingen sich in
der feinen Seide ihrer Haarsträhnen. Und das
Tier in ihm brüllte, während er sich zu ihr neigte
und den Kuss einforderte, der wichtiger war als
sein nächster Atemzug.

Heiß. Sinnlich. *Nimm.*

Sein Blut rauschte in seinen Ohren, während er ihren weichen Mund plünderte. Sie schmeckte süß und würzig, nach Zimt und Salbei, machte ihn unbeschreiblich süchtig. Er wusste nur eins: Er brauchte mehr davon. Er fuhr tief in sie hinein, stöhnte, als seine Zunge ihre fand. Bei diesem feuchten, geschmeidigen Spiel drohte seine Erektion ihm aus der Hose zu platzen. Er packte ihr Hinterteil, drängte sich näher an sie, zog sie an sein tobendes steifes Glied–

Die Ohrfeige ließ seinen Kopf nach hinten schnalzen.

Es dauerte einen Moment, bis er begriff. Lady Draven starrte ihn an, ihre Lippen von seinen Küssen rot und geschwollen. Das Haar, das er ihr zerzaust hatte, hing ihr in bleichen Bahnen bis zur Taille. Ihr Busen hob und senkte sich mit ihren raschen Atemzügen, als ihr Blick auf seinen prallte. Zorn schimmerte in den eisigen smaragdenen Tiefen. Entgeistert von seiner eigenen Zügellosigkeit ließ er die Hände fallen und tat einen Schritt zurück.

„Milady, ich…" Er verstummte, wusste nicht, was er weiter sagen sollte. Hatte er ihre Absicht falsch eingeschätzt? Großer Gott, wenn dem so war, dann hatte er sich wie ein wahrhaftiger Schurke verhalten. Die Art Mann, die er am meisten verabscheute. Selbstverachtung brodelte durch seine Adern, während sein Hirn fieberhaft nach einer angemessenen Entschuldigung suchte.

„Nun, Mr. Kent, *worüber* haben Sie mir vorhin in der Kutsche noch eine Predigt gehalten?"

Er schmeckte sie noch, was seinen Verstand benebelte. Sein Körper war steif, summte noch von der Berührung ihrer schlanken Gestalt. „Wie bitte?", fragte er.

Sie tippte sich mit einem eleganten Finger ans Kinn. „Ja, ich weiß es wieder. Ich glaube, Sie haben Ihre Expertise in Sachen Selbstbeherrschung mit mir geteilt." Ihre Augenbrauen hoben sich spöttisch. „Möchten Sie Ihrem Vortrag vielleicht noch etwas hinzufügen?"

Das Motiv ihrer Handlungen wurde ihm schlagartig klar. Erniedrigung packte ihn; dies alles war eine List gewesen, um ihm den Kopf zurechtzurücken? Die falsche Verführung hatte nur dazu gedient, ihm etwas zu beweisen? In diesem Moment war seine Wut so groß wie sein Verlangen... fast, nicht ganz. Was ihn nur noch weiter erzürnte.

„Ich habe nichts hinzuzufügen, Milady", sagte er verbissen.

Ihr Blick wurde hart. „Dann, glaube ich, kennen Sie ja den Weg hinaus."

Ein Wort bildete sich in seinem Kopf, eines, das er noch nie zuvor im Zusammenhang mit einer Frau gebraucht hatte. Er wahrte genug Beherrschung, um seinen Mund zu halten. Er zog hastig seine Kleider wieder an und machte mit geballten Fäusten eine steife Verbeugung. Während er auf die Tür zumarschierte, verfluchte er sich innerlich selbst und gelobte sich: Im Netz dieser schwarzen Witwe würde er sich niemals wieder verfangen.

Kapitel 5

Die sonnengeflutete Wiese schwirrte nur so von Vogelgezwitscher und blühendem Klee. Über ihr schwangen sich ein paar Lerchen in den azurblauen Himmel, ihre Schatten glitten über Mariannes Haut, während sie ausgestreckt im Gras lag, ihr Haar offen und frei. Ihre Augen schlossen sich vor Vergnügen, während ihr Liebhaber ihr ins Ohr flüsterte. Seine Worte waren so süß wie seine Küsse, die nach Beeren schmeckten. Er versprach ihr, dass er sie immer so geborgen in seinem Arm halten würde.

Mit siebzehn war es so leicht, an die Liebe zu glauben.

Seine Lippen berührten ihren Hals. Die zögerliche, doch süße Liebkosung lief ihr warm über die Haut. Sie wusste, dass sie ihn eigentlich davon abhalten sollte. Doch das Verlangen war stärker als jungfräuliche Keuschheit, und sie überließ sich ihren Impulsen, der leichtsinnigen Neugier, die durch sie strömte. Sein Mund fand den ihren, und die Begierde zitterte durch sie hindurch. Ihre Nerven kribbelten. Nicht mehr ungewiss und unschuldig. Dieser Kuss loderte mit einer ganz neuen Heftigkeit.

Es war nicht mehr der knospende Eifer eines Knaben... sondern der Hunger eines Mannes.

Jeder Teil von ihr erwiderte ihn. Ihre Lippen öffneten sich seiner forschen Zunge und sein würziger, männlicher Geschmack erfüllte ihr die Sinne. Er schmeckte richtig, roch richtig, *fühlte* sich richtig an... sie stöhnte, als seine lange, schlanke Gestalt sie tiefer in das weiche Gras drückte. Sie krümmte ihren Hals seinen Küssen entgegen, schmiegte sich schamlos an seine Härte, seine kühne Form heizte das Feuer in ihr weiter an. Ihr Inneres schmolz, und heißer Honig sickerte zwischen ihren Beinen.

„Oh, Thomas...", seufzte sie.

„Ich bin nicht Thomas." Sie riss die Augen auf. Über ihr schwebte nicht das schöne, knabenhafte Antlitz ihres Liebsten, sondern ein markantes Gesicht, von Zeit und Lebenserfahrung gemeißelt. Bernsteinfarbene Augen hefteten sich auf sie und drangen bis in ihre Seele hinein.

Marianne erwachte japsend. Sie klammerte sich an die Bettlaken, atmete schwer. Auf ihrer Zunge lag noch der Geschmack von Brombeeren, der Geschmack ihres allerersten Verlangens. Sie starrte hoch zu den wirbelnden Mustern auf dem Baldachin aus Damast.

Was ist nur los mit mir? Warum ausgerechnet er?

Es war nämlich schon die dritte Nacht in Folge, die sie von Ambrose Kent träumte.

Sie stupste eine verschwitzte Strähne von ihrer Wange und wartete darauf, dass sich ihr Herzrasen und ihre Erregung legten. Körperliche Bedürfnisse vergingen nämlich immer – und wenn nicht, dann wusste sie sich zu helfen. Denn sie traute keinem Mann, etwas für sie zu tun, was sie auf sichere und wirksame Weise selbst erledigen konnte. Und da sie mit einer heißblütigen Natur gestraft war – da machte sie sich nichts vor – befriedigte sie ihre eigenen Bedürfnisse regelmäßig.

Und dies in den vergangenen drei Tagen mit bedenklicher Häufigkeit.

Aus Gründen, die sich ihr nicht völlig erschlossen, hatte sie die Begegnung mit dem verfluchten Wachtmeister aus der Bahn geworfen. Ambrose Kent sah nicht gut aus, zumindest nicht im herkömmlichen Sinn. Gesellschaftlich war er ihr nicht ebenbürtig. Beides machte ihr zwar wenig aus, der nächste Punkt jedoch durchaus: Er hatte es gewagt, sich in ihre Angelegenheiten zu mischen und ihr Urteilsvermögen anzuzweifeln. Er, der rein gar nichts über sie wusste – über die Not, den Überlebenskampf ihrer Tochter – hatte sich angemaßt, über sie zu *urteilen*?

Wut brodelte in ihr auf. Sie lebte nach ihren eigenen Regeln, und kein Mann würde je wieder über sie herrschen. Sie drehte sich auf die Seite und packte unmutig ein Kissen unter ihre Wange.

Kent hat verdient, was ich ihm verabreicht habe. Soll er nur selbst einmal erfahren, wie es ist, wenn man die Kontrolle verliert. Soll er nur wissen, wie es ist, den Launen einer anderen Person ausgeliefert zu sein.

Trotz ihrer Wut kam ihr doch das Bild immer wieder in den Sinn. Das Bild von Kent, wie er sich vor ihr auszog, mit der Leichtigkeit eines Mannes, der keinen Kammerdiener hatte. Denn nur so ließ sich der jämmerliche Zustand seiner Weste erklären, und dieses Ding, das kaum als Krawatte durchgehen konnte. Doch sie musste zugeben, dass diese elenden, schmählichen Kleider eine kleine Überraschung verborgen hatten.

Der Körperbau von Ambrose Kent war... herrlich.

Ihr Puls beschleunigte sich bei der Erinnerung an seinen schlanken, sehnigen Körper. Etwas unterernährt war er, doch seine Gestalt war zweifellos männlich: Der Körper eines Mannes, den die Notwendigkeit gestählt hatte und nicht die Eitelkeit. Seine Kraft hatte er von Verbrecherjagden und dem Rudern von Streifenbooten, nicht aus einem eleganten Fechtsaal oder dem Boxring. Von der harten Wölbung seines Bizeps und der starken, flachen Brust war eine subtile Kraft ausgegangen. Das einzig Weiche an ihm war das schwarze Haar, das spärlich auf seiner Brust wuchs und sich dann zwischen seinen festen Bauchmuskeln zu einem dünnen Streifen verengte.

Sie schluckte bei der Erinnerung daran, wie dieser Streifen um seinen Nabel kreiste, ehe er nach unten deutete. Ihre Augen waren diesem köstlichen Pfad gefolgt, bis er unter seiner Gürtellinie verschwand. Und da, zwischen seinen Schenkeln, war eine deutliche Ausbuchtung gewesen, die noch nicht einmal der schlechte Schnitt seiner Hose verbergen konnte.

Kent sah aus, als wäre er in *jeder* Hinsicht ein großgewachsener Mann.

Verstört bemerkte sie, dass ihre Gedanken ihre Erregung eher anfachten als beruhigten. Ihre steifen Brustwarzen rieben gegen ihr Satinleibchen. Zwischen ihren Beinen war das Fleisch feucht geworden und pochte, die Spirale tief in ihr wand sich eng. Sie schloss die Augen und versuchte, das Bild von Kent zu vertreiben. Stattdessen wurde er vor ihrem inneren Auge nur noch größer. Ihr Atem ging schneller, während sie sich vorstellte, wie der stolze Polizist die Beherrschung verloren hatte. Der

Moment, in dem sein Wille seinem Verlangen unterlag, sein Mund sich in ein sinnliches Lächeln krümmte, seine bernsteinfarbenen Augen glühten, während er seine großen Hände nach ihr ausstreckte...

Ihr Vorsatz begann zu schmelzen. Sie war in letzter Zeit unter so viel Druck gestanden. Ein wenig Erleichterung würde ihr gewiss gut tun... Das Klopfen an der Tür bremste ihre Hand, die sich schon auf dem Weg nach unten befand. Sie öffnete die Augen, schnaufte und schüttelte die köchelnde Enttäuschung ab.

Du solltest froh sein, dass du unterbrochen wirst. Denn über Kent solltest du nicht fantasieren, egal wie du es dir schönredest.

Sie setzte sich auf, während Tilda in das Zimmer geweht kam. Wie immer war die Kammerzofe ein Ebenbild der Tüchtigkeit. Ihre gestärkte Haube saß aufrecht auf ihren gebändigten braunen Locken, und kaum ein Fältchen war auf dem schwarzen Bombasinkleid auszumachen, das ihre üppige Figur vom Hals bis zum Knöchel bedeckte. Außer der Narbe unter ihrem rechten Ohr und ihrem Akzent (der unter der Anleitung ihres Sprecherziehers rasante Fortschritte machte), verriet nichts an ihr den Umstand, dass Tilda Collier sich einst ihren Lebensunterhalt in den Gassen von St. Giles verdient hatte.

„Guten Morgen, Milady. Hab Ihr Frühstück gebracht", sagte Tilda und ließ dabei das Tablett auf den Tisch neben dem Bett gleiten. „Sie haben nen vollen Tag vor sich."

Marianne richtete sich weiter auf. „Gibt es Neuigkeiten?"

„Nein, Milady." Ein verständnisvoller Blick warf einen Schatten über die blaugrauen Augen der anderen, während Mariannes Herz sank. „Aber jibt es bestimmt bald. Der Kerl Corbett sagte doch, dat er vorbeikommt, nüscht?"

„Und auf das Wort eines Freudenjungen soll ich mich verlassen?", sagte Marianne bitter. „Die Zukunft meiner Tochter an ein Versprechen hängen, das ich ihm abgenötigt habe?"

„Det Wort eener Hure is ooch nüscht wenijer wert als det Wort von sonst jemand." Mit hängenden Schultern wandte die Zofe sich ab und goss die Schokolade ein.

Scham piekte Marianne, dass sie so achtlos gesprochen hatte. Sie erinnerte sich daran, dass sie nicht das einzige Trauerspiel war, das unter diesem Dach wohnte. „Vergib mir, Tilda", sagte sie ruhig. „So habe ich das nicht gemeint."

Tilda reichte ihr eine dampfende Porzellantasse. „Weeß ick doch", sagte sie so schlicht, dass Marianne sich noch kleiner fühlte. „Nach allem, was Sie für mir und meen Jung jetan haben, brauchen Sies sich nüscht zu Herzen nehmen."

Vor drei Jahren hatte Marianne auf dem Heimweg nach einer Nacht vergeblicher Suche nach Rosie auf der Straße einen Tumult beobachtet: Eine Prostituierte wurde von ihrem Zuhälter brutal zugerichtet. Obwohl der Anblick in der Gosse kein ungewöhnlicher war, war da etwas im Blick der Hure gewesen, das Marianne dazu veranlasst hatte, die Kutsche halten zu lassen. Diesen Blick kannte sie: So hatte sie selbst ausgesehen, wenn sie nach der allnächtlichen Erniedrigung durch Draven blind in den Spiegel starrte. Sie hatte den Zuhälter ausgezahlt und Tilda mit ihrem kleinen Sohn mit sich nach Hause genommen.

Es war ein Arrangement, das am Ende ihnen allen zugutekam. Marianne, die keine eigene Familie mehr hatte, verließ sich auf Tildas

Loyalität und gesunden Menschenverstand; sie vertraute dieser Frau, die so viel Schmerz erlitten hatte wie sie selbst. Denn auch Tilda war von einem jungen Liebhaber im Stich gelassen worden und danach alleine dagestanden. Da ihr kein anderer Ausweg blieb, hatte sich Tilda der Prostitution verschrieben; Marianne hatte sich für die Ehe entschieden. Am Ende hatten sie beide ihre Körper verkauft; und Marianne wusste gar nicht, welche von ihnen mehr gelitten hatte.

„Ihnen geht viel durch den Kopf, Milady, die Sache mit dem Corbett und... andere Ereignisse."

Marianne erkannte die missbilligenden Falten, die sich um Tildas Mund gruben. „Und mit anderen Ereignissen meinst du Mr. Kent?"

„Seinesgleichen trau ich nüscht", sagte Tilda grimmig. „N Wachtmeister isser, oder? Von denen sind mir früher etliche unterjekommen. Wenn se keene kostenlosen Jefälligkeiten erwartet haben, wolltense zumindest nen Anteil am Verdienst. Verfluchte Schufte, allesamt."

„Ich glaube nicht, dass Mr. Kent zu diesem Schlag gehört." Die Worte entwischten ihr, und

Marianne war sich selbst groll. Warum verteidigte sie ihn denn? „Soll heißen, er ist zu meiner Rettung gekommen. Er hat diese Halsabschneider vertrieben.“

„Was wissense denn über seene Absichten? Ick hab jesehen, wie er Sie angekiekt hat.“ Tilda schüttelte den Kopf. „Hörense oof mir: Een Mann macht nüscht umsonst. Sie wissen doch, was mit dem Bastard Skinner passiert is. Hab Sie ja jewarnt, dat man nem Runner nüscht traut, oder?“

Unbehagen kribbelte in Mariannes Nacken. Der Weisheit der anderen Frau hatte sie nichts entgegenzusetzen. „Nachdem ich ja nicht vorhabe, Mr. Kent je wiederzusehen, wird das wohl kein Problem sein.“

„Ja, sorgen Se bloß dafür“, sagte Tilda säuerlich.

Während Tilda die Morgengarderobe herrichtete, nippte Marianne an ihrer Schokolade. Das sahnige Getränk taute ein wenig die Kälte in ihr auf, und sie blätterte müßig durch die Gesellschaftsseiten von *The Times*. Sie wusste, Wissen ist Macht, und sammelte daher das Geschwätz der Leute, wie ein Münzsammler seltene Münzen sammelt. Sie lächelte, als die

die Anzeige sah, die die erwartete Rückkunft der Hartefords von ihrem Urlaub auf dem europäischen Festland ankündigte.

Schon seit ihrer Kindheit kannte Marianne Helena, die Marquise von Harteford. Sie waren auf benachbarten Anwesen aufgewachsen und als Mädchen unzertrennlich gewesen. Das Schicksal hatte ihre Wege getrennt, doch vor drei Jahren war ihre Freundschaft in London wiedererwacht, als Helena als schüchterne Neuvermählte dort angekommen und Marianne frisch verwitwet war.

Nun hatte Helena Zwillinge und einen ergebenen Gemahl. Obwohl Marianne sich redlich für ihre Freundin freute, verspürte sie dennoch ein bittersüßes Ziehen in der Brust. Neid, ja... doch hauptsächlich Schuldgefühle. Denn ein Geheimnis enthielt sie ihrer Freundin noch vor. Und sie wusste nicht, ob sie es jemals teilen würde.

Eines Tages – wenn du Rosie wieder hast. Dann erzählst du Helena alles.

Stolz und Scham waren mächtige Wächter der Verschwiegenheit. Außerdem war sich Marianne schon immer ihre eigene Ratgeberin gewesen, und die Jahre mit Draven hatten sie weiter darin bestärkt, dass Vertrauen allenfalls sparsam ausgeteilt werden sollte.

Tilda brachte ihr einen seidenen Morgenmantel. „Bereit für Ihre Waschungen?"

Marianne wollte gerade antworten, als es vertraut an der Tür kratzte.

Tilda ging und öffnete. Da stand die imposante Gestalt von Lugo. „Warum so een hünenhafter Kerl wie een Mäuschen an der Tür kratzt, werd ick nie verstehen", sagte die Zofe. „Warum klopfste nüscht wie jeder andere ooch?"

In Lugos schwarzen Augen blitzte etwas auf, eine Empfindung, die Marianne nur zu gut erkannte. Jahrelang war Lugo der Lakai von Draven gewesen; und die Lehren von Draven schüttelte man nicht so leicht ab. Obwohl er ein befreiter Sklave war, war Lugo durch Geldschulden an Draven gebunden gewesen, und der fand großen Gefallen daran, den großen Afrikaner zu misshandeln. Einmal hatte Marianne mitbekommen, wie Lugo versehentlich ein Glas zerbrach. Draven war in das Zimmer gekommen, und die bösartige Freude auf seinem Gesicht hatte ihr den Magen zusammengezogen.

Er war bereit, Lugo mit der Reitgerte zu peitschen; sie war eingeschritten, hatte behauptet, das Missgeschick sei ihr widerfahren. Eine Weile lang hatte auch sie Dravens sadistische Seite ertragen, doch waren seine Misshandlungen ihrer Person weniger gewalttätig gewesen. Er genoss ihre Schönheit zu sehr, als dass er ihr bleibende Narben beibringen wollte. Wenn er sie schlug, war er stets darauf bedacht, ihr keine Platzwunden zuzufügen. Er hatte bei ihr unsichtbare Narben hinterlassen, die sein stolzes Besitztum an ihr nicht trübten. Oder das Bild des wohlwollenden Gemahlen, das er nach außen pflegte.

Nach dem Tod von Draven war Lugo Mariannes vertrauter Hausdiener geworden, diente als Butler, Lakai und Leibwächter zugleich. Zwischen ihnen lag eine unausgesprochene Vertrautheit: Sie hatten denselben Krieg überlebt. Auf seine wortkarge Art hatte Lugo ihr versprochen, ihr bei der Suche nach ihrer kleinen Tochter zu helfen.

„Guten Tag, Milady", sagte er. Sein Bariton war afrikanisch gefärbt, und seine markanten Züge waren förmlich wie eine Maske. „Sie haben angewiesen, dass ich Sie über jegliche eingehende Korrespondenz in Kenntnis setze."

Er neigte den geschorenen Kopf und hielt ihr eine gefaltete Nachricht hin. „Dies ist soeben für Sie angekommen."

Mariannes Herz schlug etwas schneller. In einem Augenblick war sie auf den Füßen und zog sich hastig den Morgenmantel an. Sie nahm Lugo den Brief mit zitternden Fingern aus der Hand und brach das wächserne Siegel. Sie überflog die knappen Zeilen. Die Worte verschwammen, als Erregung sie packte.

„Was ist, Milady?", fragte Tilda.

„Eine Einladung", sagte Marianne atemlos. „Mach die Kutsche bereit, Lugo. Wir gehen einkaufen."

Kapitel 6

Eine Stunde später betrat Marianne auf der Bond Street einen der exklusivsten Salons der Stadt. Die silberne Ladenglocke kündigte sie klingelnd an und kurz darauf erschien die berühmte Modistin und begrüßte sie. Wie gewöhnlich sah Amelie Rousseau elegant und streng aus. Sie war ganz in Schwarz, ein straffer Dutt bändigte ihr schwarzes Haar und ihre dunklen Augen zuckten vor Energie.

„*Bonjour*, Lady Draven." Amelie küsste neben Mariannes Wangen in die Luft. „Der Tag bringt solche Überraschungen, *non*?"

„Für mich wie für dich. Ich hoffe, es hat keine Unannehmlichkeiten bereitet", sagte Marianne.

„Und du musst es mir gestatten, dich für die Nutzung deiner Boutique zu entschädigen."

„Normalerweise würde ich einen solchen Tumult in meinen Räumlichkeiten nicht dulden, aber für dich, *Chérie*, mache ich eine Ausnahme. Und unter Freunden spricht man nicht von Entschädigung."

„*Merci*, Amelie. Nochmals, ich stehe in deiner Schuld." Marianne neigte den Kopf. Sie hatte wenige Freunde, und die schlaue Schneiderin zählte sie darunter.

„*Pas du tout*. Deine Aufträge haben mir schließlich zu Ruhm verholfen. Bis heute scheint kein Stern so hell wie der der Baronin Draven." Amelie blickte würdigend auf Mariannes Garderobe. „Wie üblich hatte ich Recht mit der Ringelblumenseide. *C'est parfait*."

Marianne lächelte über die Zufriedenheit in der Stimme der anderen. „Nun, Amelie, wenn ich zur Sache schreiten darf...?"

„*Mais oui*. Der, äh, Gentleman befindet sich im Orchideen-Umkleideraum."

Als sie die subtile Geringschätzung in der Stimme der anderen vernahm, sagte Marianne:

„Ich kann nicht mehr dazu sagen, aber es handelt sich um kein verliebtes Stelldichein, Amelie. Soviel kann ich dir versichern."

Die enge Stirn der Modistin entspannte sich. „Das habe ich mir schon gedacht. Dein Geschmack, Milady, war schon immer unbestreitbar." Sie nickte knapp. „Geh nun und kümmere dich um deine geheimnisvolle Angelegenheit. Ich bleibe hier vorne und wehre neugierige Blicke ab."

Dankbar, dass die andere nicht weiter nachfragte – Amelie war überaus diskret – ging Marianne durch den Vorhang in den hinteren Teil des Ladens. Wie alles im Reich der Modistin war auch dieser Bereich makellos und elegant. Sie ging an zwei Ankleidezimmern vorbei, ehe sie in den letzten Raum rechts trat.

Sie schloss die Tür hinter sich. In der anderen Ecke des Zimmers wandte sich Andrew Corbett zu ihr um. Sein maßgeschneiderter blauer Frack und die hoch geschnittenen Hosen passten ihm wie angegossen. Er hielt das gesprenkelte Blütenblatt einer Orchidee zwischen seinen gepflegten Fingerspitzen.

„Hübsch, nicht wahr?" Sein Blick nahm von ihr Maß; bei Tageslicht lag in seinen braunen Augen eine Tiefe, die die Finsternis des Bordells verborgen hatte. Ein selbstironisches Lächeln krümmte seine markanten Lippen. „Musste selbst nachsehen, ob sie echt ist."

„Kommen wir gleich zur Sache, Mr. Corbett", erwiderte sie. „Wie viel?"

„Wie bitte?"

„Für Ihre Auskünfte heute", sagte sie ungeduldig. „Nennen Sie Ihren Preis."

Er ließ die Blüte los. „Warum glauben Sie, ich sei käuflich, um irgendeinen Preis?"

Sie hob die Brauen. „Sie haben sich große Umstände gemacht, dieses Treffen zu arrangieren, da ging ich davon aus, Sie erwarten gewiss eine Entlohnung für Ihre Mühen."

„Vielleicht, Milady, ist es mir ja schon Lohn genug, das Richtige zu tun."

Eine leichte Röte glitt über seine hohen Wangen. Seine Jugend schien plötzlich durch die Maske der Eleganz; schlagartig wurde Marianne klar, dass Andrew Corbett nicht älter als dreiundzwanzig sein konnte. So viel Manneskraft man ihm auch nachsagte, seine Knabentage lagen noch nicht weit hinter ihm.

„Wenn das stimmt", sagte sie ruhig, „dann sagen Sie mir, was Sie über Kitty Barnes und dem Verbleib meiner Tochter wissen."

Einen Augenblick lang schwieg Corbett. Dann straffte er die Schultern. „Ich kenne den Aufenthaltsort von Kitty oder Ihrer Tochter nicht. Die Wahrheit ist, ich hatte seit über drei Jahren keinen Kontakt mehr mit Kitty."

Wieder eine Sackgasse. Der ihr nur zu vertraute Sog zerrte an Marianne. Sie kämpfte gegen die Wellen der Verzweiflung an, die über ihrem Kopf zusammenschlugen. *Ich habe versagt, Rosie...*

„Aber ich habe eine Ahnung, wie Sie sie finden könnten", sagte er.

Die Worte zerrten sie hoch wie ein Angelhaken, sie kam keuchend wieder an die Oberfläche. „Wie?", brachte sie heraus.

Sein Blick wanderte zur geschlossenen Tür, als ob er erwartete, dass jeden Moment jemand hineinstürmte. Er atmete schwer ein. „Kitty hat ihr Verschwinden arrangiert, wegen ihrer

Schulden. Sie hatte ihren eigenen Erfolg überschätzt und schlecht investiert. Am Ende schuldete sie einen Haufen Geld – einem Mann, der nicht gerade für seine Geduld berühmt war. Als Warnung steckte er eines ihrer Bordelle in Brand. Wir kamen in jener Nacht kaum mit dem Leben davon."

„Aber Kitty lebt. Sie lebt und hat meine Tochter." *Bitte, Gott, lass das wahr sein.*

„Nach dem, was ich zuletzt gehört habe, ist sie aufs Land gegangen. Sie wollte mir nicht sagen, wohin – sie sagte, sie hätte Freunde, bei denen sie unterkommen konnte." Corbett machte eine Pause. „Zu dem Zeitpunkt hatte sie Ihre kleine Primrose noch."

Den Namen ihrer Tochter ausgesprochen zu hören raubte Marianne die Fassung. Sie schloss die Augen, kämpfte gegen die heiße Flut der Hoffnung an. In den drei Jahren ihrer Suche war dies die erste wahrhaftige Neuigkeit über ihre Tochter. Sehnsucht sickerte durch die Ritzen, die Scharniere ihrer Selbstbeherrschung krächzten, während alles, was sie in sich verschlossen hatte, herauszubrechen drohte.

Eine lachende Rosie, während Marianne sie kitzelte. Ein planschende Rosie im Badezuber, die Marianne nass spritzte. Eine behaglich kuschelnde Rosie in ihrem rosa Rüschenbett, an einem Abend noch da – und am nächsten Morgen verschwunden.

Oh, mein Schatz... warte auf mich. Mama kommt.

Sie atmete tief ein und betäubte ihr Herz. Sie verlagerte die Schärfe ihrer Empfindungen vom Herz in den Kopf. Nun, da sie endlich eine Spur von Rosie hatte, musste sie ihre Aufmerksamkeit ganz darauf richten.

„Warum sind Sie nicht mit ihnen gegangen?", fragte sie.

„Kitty und ich hatten uns schon eine Zeitlang nicht mehr gut verstanden. Wir hatten unterschiedliche Meinungen, was Ihre Tochter anging." Ein Muskel zuckte auf Corbetts glattem Kinn. „Im Gegensatz zu ihr war ich der Meinung, dass Kinder nicht auf solche Weise benutzt werden sollten."

Marianne schluckte die Rasierklingen in ihrer Kehle. „Benutzt?"

„Sie sagten, Ihr Gemahl hat Primrose zu Kitty geschickt?"

Marianne nickte taub.

Corbetts Mund wurde grimmig. „Er muss also derjenige gewesen sein, der für ihren Unterhalt zahlte. Kitty sagte, der Kerl zahlte fünfzig Pfund im Monat, mit der Weisung, sie sollte Primrose aufziehen, als wäre sie ihr eigenes Kind. Und Kitty hat das auch eingehalten – bis die Zahlungen dann vor drei Jahren plötzlich ausblieben."

„Als Draven starb", sagte Marianne durch trockene Lippen.

„Ohne dieses Einkommen, und weil sie selbst ohnehin schon in finanziellen Schwierigkeiten steckte, war es Kittys Hauptanliegen, die eigene Haut zu retten. Ehe unsere Wege sich trennten, hatte sie davon gesprochen... Primrose zu verkaufen." Der bittere Ausdruck in Corbetts Augen stieß den Dolch nur noch tiefer in ihr Herz. „Ich weiß nicht, ob sie es getan hat oder nicht. Aber jetzt, wo Sie von dieser Möglichkeit wissen – jetzt, wo Sie wissen, was Ihre Tochter womöglich erlitten hat, was aus ihr geworden sein könnte, wenn sie denn noch lebt – würden Sie sie dann überhaupt noch wollen?"

„Ich werde sie immer wollen", sagte Marianne hitzig, mit geballten Fäusten. „Nichts wird daran etwas ändern. Und ich schrecke vor nichts zurück, um sie nach Hause zu bringen."

Eine heftige Gefühlsregung blitzte in Corbetts Augen auf und verschwand so schnell wieder, dass Marianne gar nicht wusste, ob sie es sich vielleicht nur eingebildet hatte.

„Dann fangen Sie am besten bei Bartholomew Black an", sagte er.

Marianne standen die Nackenhaare zu Berge. Den Namen hatte sie zuvor schon einmal gehört. Auf ihrer Suche nach Primrose hatte sie die Elendsviertel abgesucht, und in dieser Brutstätte des Lasters und der Verderbtheit hatte es nur ein einziger Name vermocht, allseits Furcht und Schrecken einzuflößen. Ein Mann, der für seine Macht, sein aufbrausendes Gemüt und seine Lust am Töten verrufen war.

Bartholomew Black: der berüchtigtste Halsabschneider der Gosse.

„Was hat Black damit zu tun?", fragte sie.

„Kitty schuldete ihm Geld. Er war der Grund, warum sie die Stadt verließ. Wenn er das Kopfgeld auf sie aufhebt, taucht sie bestimmt wieder auf." Corbetts Lippen verzogen sich schief. „Kitty taugt nicht zum Landleben."

„Wenn ich also ihre Schuld bei Black auslöse, kann sie zurückkommen?"

Corbett schüttelte den Kopf. „So einfach ist das nicht. Black sah Kittys Flucht als einen Akt der Feigheit und als persönliche Beleidigung. Ihm stößt ihre Ehrlosigkeit genauso sauer auf wie das Geld."

Marianne dachte darüber nach. „Helfen Sie mir dabei, mit Black in Verbindung zu treten?"

„Den Teufel werde ich tun", sagte Corbett. „Ich bin ein junger Mann und habe ein langes Leben vor mir – so ist zumindest meine Absicht. Dazu fällt mir ein: Ich muss wieder zurück. Mrs. Wilson wartet nicht gerne; zum Glück habe ich einen Satz edler Taschentücher von Madame Rousseau, mit dem ich meine Abwesenheit erklären kann. Die Rechnung geht freilich auf Sie." Er verneigte sich tief und ging in Richtung Tür.

„Warten Sie", rief Marianne.

Er hielt inne und drehte sich mit gehobenen Augenbrauen um.

„Sie sind ein wahrer Gentleman, Mr. Corbett", sagte sie gefasst, „und ich kann Ihnen nicht genug danken."

Er errötete. „Einen schönen Nachmittag noch, Lady Draven."

Einige Augenblicke später hörte Marianne die Eingangstür gehen. Amelie Rousseau kam in das Ankleidezimmer, ihre dunklen Augen voller Neugier.

„Comment ça va, ma chère?"

„Bien. Tout est bien", sagte Marianne leise.

Und alles *würde* auch gut sein – sobald sie Bartholomew Black aufsuchte.

Entschlossenheit hob ihr Kinn. Black war vielleicht der gefürchtetste Schurke der Gosse, aber er hatte noch keine Bekanntschaft mit *ihr* gemacht.

Kapitel 7

Ambrose betrat das geräumige Kontor über dem Lagerhaus. Große Fenster rahmten die Aussicht auf die West India Docks, das Wasser selbst sah man kaum vor lauter Schiffen. Trotz der frühen Stunde marschierten Hafenarbeiter die Werften entlang, beförderten mit der Zielstrebigkeit von Ameisen Waren von und zu den Schiffen. Das Tageslicht drang durch den Morgennebel und die glitzernde Fensterscheibe und schimmerte auf dem dunklen Kopf des Mannes, der sich hinter seinem großen Schreibpult erhob.

Ambrose verneigte sich. „Guten Morgen, Milord.“

Nicholas Morgan, der Marquis von Harteford, warf ihm einen schiefen Blick zu. „Gut ist vielleicht etwas übertrieben", sagte er. „Aber Morgen ist es allemal, und ich danke Ihnen, dass Sie zu so früher Stunde gekommen sind, Kent. Besonders, nachdem Sie ja gestern Abend schon mit Miss Fines behilflich waren."

„Ich tat meine Pflicht, Milord", sagte Ambrose.

Was nicht ganz stimmte. Die Thames River Police gab sich normalerweise nicht mit den Angelegenheiten versprengter junger Ladies ab. Doch als der Marquis von Harteford – ein wichtiger Klient besagter Truppe – letzte Nacht um Hilfe gebeten hatte, eine enge Freundin der Familie aus einer potenziell ruinösen Situation zu bergen, hatte der Amtsrichter eifrig Ambrose und so viele Thames-River-Wachtmeister entsandt, wie Harteford brauchte.

Nicht, dass es Ambrose etwas ausgemacht hatte. Er war dankbar, dass Harteford die Thames River Police so unterstützte, und überdies achtete er den Mann auch. Trotz seines Reichtums und seiner Stellung war der Marquis nicht überheblich – ganz im Gegensatz zu gewissen anderen Adeligen. Ambroses Kiefer verspannte sich, als das spöttische, schöne Antlitz in seinem Kopf erschien, wie es ihm in den vergangenen

101

drei Tagen so oft widerfahren war. Mit verbissener Entschlossenheit schob er die demütigende Erinnerung beiseite und richtete seine Aufmerksamkeit auf die Gegenwart. Der Marquis beobachtete ihn mit scharfem grauäugigem Blick, geschliffen von der seinem Stande unziemlichen Tatsache, dass er in der Gosse aufgewachsen war.

„Pflicht oder nicht, Sie haben mir einen Gefallen getan", sagte Harteford, „und ich gedenke, Ihnen und der Truppe meine Wertschätzung auszudrücken."

Obwohl sich Ambrose bei der Anspielung auf Geld die Schultern versteiften, würde sein Ehrgefühl ihm verbieten, mehr als eine angemessene Vergütung anzunehmen. „Ihre Patronage der Thames River Police ist mir Lohn genug, Milord." Ehe der andere Mann etwas dagegenhalten konnte, fügte er hinzu: „Und wie geht es Miss Fines?"

Hartefords Ausdruck wurde bitter, die Falten um seinen Mund vertieften sich. „Die Wahrheit ist, Kent, dass ich mir immer noch Sorgen um ihre Sicherheit mache. Obwohl wir eingegriffen haben, ehe... unwiderruflicher Schaden entstanden war" –der Marquis fuhr sich mit der Hand durch sein silberdurchzogenes Haar– „steht sie völlig im Bann dieses Ganoven Gavin Hunt." In der darauf folgenden Stille sahen Hartefords Augen wie heimgesucht aus. Er trat zum Fenster und starrte in den Nebel hinaus. „Und ich glaube, wir wissen beide, was mein Verhältnis zu Hunt ist."

Vor drei Jahren hatte Harteford Ambrose einen Teil seiner Vergangenheit anvertraut. Der Marquis hatte eine finstere Kindheit überstanden, und nicht einmal seine gegenwärtige Macht und Stellung vermochten es, diese Schrecken ganz zu bannen. Ganz besonders suchte ihn die Erinnerung an einen Knaben heim, dem er einst Unrecht getan hatte. In der Hoffnung, Wiedergutmachung leisten zu können, hatte er Ambrose damit beauftragt, das Schicksal dieses namenlosen Straßenkinds zu ermitteln. Doch selbst mit größter Mühe hatten Ambroses Nachforschungen nur in Sackgassen geendet.

Nun schien es, als wäre der Geist aus Hartefords Kindheit plötzlich zurückgekehrt – und zwar nicht mehr als hilfloser Knabe, sondern als mächtiger Mann, der auf Rache aus war. Es schien, als wollte Gavin Hunt den Marquis verletzen, indem er Persephone Fines verführte, die Harteford wie eine Schwester war. Am Vorabend waren Ambrose und Harteford in der Spielhölle von Hunt angekommen und hatten Miss Fines dort umringt von Chaos vorgefunden. Hunt war gerade von rivalisierenden Clubbesitzern angegriffen worden und Miss Fines steckte mitten im Geschehen. Zum Glück war sie unverletzt geblieben – zumindest körperlich. Ihr gebrochenes Herz war wohl noch eine ganz andere Angelegenheit. Obwohl Ambrose dem Gespräch, das im Anschluss zwischen ihr, Harteford und Hunt stattfand, nicht beigewohnt hatte, konnte er sich vorstellen, dass es schmerzhaft gewesen war.

So war Verrat nun einmal.

„Ich sehe nun ein, dass jeder Gedanke an Wiedergutmachung töricht war", sagte Harteford matt. „Hunt hat jedes Recht, sich an mir zu rächen. Doch ich kann es ihm nicht erlauben, dabei Miss Fines wehzutun." Er wandte sich mit geballten Fäusten um. „Deswegen habe ich Sie heute herbestellt, Kent. Ich muss Sie um noch einen weiteren Gefallen bitten."

„Ja, Milord?"

„Sie müssen mir ein Auge auf Miss Fines haben. Ich befürchte, dass Hunt versuchen wird, mit ihr in Verbindung zu treten, und ich muss sie vor ihm beschützt wissen, bis die Sache geklärt ist. Wenn Sie einverstanden sind, werde ich meine Anfrage an Ihre Vorgesetzen bei Wapping Station richten."

Ambrose neigte den Kopf. „Ich stehe zu Ihren Diensten, Milord."

„Danke, Kent. Ich bin froh über Ihre Unterstützung." Er fasste seine Hände hinter seinem Rücken und blickte wieder aus dem Fenster in den Himmel, der sich zuzog. „Ich fürchte, da braut sich ein Sturm zusammen."

* * *

Am folgenden Morgen kam Ambrose zu dem Schluss, dass seine Mission vielleicht nicht so einfach war, wie es anfangs geklungen hatte. Wie schwierig konnte es schon sein, eine junge reiche Erbin auf ihren täglichen Besorgungen zu begleiten? Doch als Ambrose mit Hartefords Quasi-Schwester Miss Persephone Fines in einer gut gefederten Kutsche saß, wurde Ambrose schnell bewusst, dass er falsch lag. Hinter der hübschen Fassade und den unschuldigen Augen verbargen sich ein eiserner Wille und ein eigenständiger Kopf.

Das hätte er eigentlich ahnen müssen, schließlich hatte er selbst vier jüngere Schwestern.

In der Tat erinnerte ihn die frische Schönheit von Miss Fines ein wenig an Emma. Die Kehle schnürte sich ihm zu, als er an die älteste seiner Schwestern dachte. Mit ihren zarten sechzehn Jahren trug Emma eine viel zu schwere Last. Vater war krank und Ambrose fort, um das Einkommen der Familie zu sichern, also war die arme Em alleine dafür verantwortlich, den Haushalt der Kents tagtäglich zu verwalten. Obwohl sie sich kein einziges Mal beschwert hatte und alle Aufgaben mit scheinbar unermüdlicher Energie bewältigte, wünschte sich Ambrose für sie ein anderes Leben. Eines voller Bälle und Einkaufstouren, was auch immer jungen Mädchen gefiel.

Seine Brust war ihm eng. Es fiel noch ein weiterer Stein in den Sack, den er schleppte. Es war *seine* Aufgabe, für Emma und seine Familie zu sorgen, und dabei versagte er gerade.

„Mr. Kent, darf ich Sie um Ihren Rat bitten?" lenkte die heitere Stimme von Miss Fines seine Gedanken aus ihrer Abwärtsspirale.

Er nickte knapp.

„Ich frage mich, wie man den Aufenthaltsort eines Verbrechers aufspürt", sagte sie.

Einen Moment lang starrte er in ihr herzförmiges Gesicht, ihre arglosen blauen Augen. Seine Lippen zuckten. Er straffte sie und sagte: „So, das fragen Sie sich?"

Ihr Blick flitzte kurz zur Seite, ehe sie ihm wieder in die Augen sah. Für jeden Ermittler, der sein Handwerk verstand, ein deutliches Anzeichen von Hinterlist.

„Für meinen Roman", fuhr sie fort. „Eine der Figuren ist ein, äh…" –ihr kurzes Zögern verriet sie erneut– „ein Ermittler. Und er muss einen Unhold aus seiner Vergangenheit aufspüren."

Während sie ihre Geschichte so weiter spann, verkniff sich Ambrose ein Grinsen. Sie war schon ein draufgängerisches Mädchen, dass sie einen erfahrenen Polizisten derart um Auskünfte anzuzapfen versuchte. Von ihrer Vorstellungskraft amüsiert hörte er ihr zu, wie sie weiter plapperte. In dieser Hinsicht ähnelte sie eher seiner mittleren Schwester, Violet, die ebenfalls einen Hang zum Theatralischen hatte.

Allerdings durfte er Miss Fines leider nicht glauben lassen, sie könnte sich in die Angelegenheiten von Lord Harteford und Gavin Hunt einmischen. Es klang ganz so, als glaubte sie sich immer noch unsterblich in Hunt verliebt, auch wenn der Mann ganz klar beabsichtigte, sie für seine Zwecke zu missbrauchen. Der Bastard sollte dafür aufgehängt werden, eine Unschuldige in seinen Racheplan zu verwickeln.

Also teilte Ambrose Miss Fines auf sanfte, aber bestimmte Weise mit, dass sie sich aus der Angelegenheit herauszuhalten hatte. Sie seufzte und drehte sich zum Fenster. Ihre Hand spielte mit einer ungewöhnlichen Brosche in Form einer Schreibfeder auf ihrem Gehrock. Schweigend gelangten sie an ihrem Ziel an. Hatchard's war eine beliebte Buchhandlung auf dem Piccadilly, die sowohl bei der Ober- als auch der Mittelschicht beliebt war. Ambrose stieg zuerst aus der Kutsche.

„Warten Sie bitte hier, Miss Fines", sagte er. „Ich bin gleich wieder da."

Sein Blick suchte die Umgebung ab. Er sah keinerlei bedrohliche Anzeichen, dennoch stellte er zur Sicherheit zwei seiner Männer am Eingang auf. Drinnen überblickte er rasch die Reihen von Bücherregalen und fand nicht Verdächtiges. In der hinteren Ecke des Ladens war eine Tür verborgen, er rüttelte am Schloss und fand es gesichert. Zufrieden ging er zur Kutsche zurück und geleitete sein Mündel in den Laden.

„Ich sehe mich ein wenig um", kündigte Miss Fines an, „und es nützt nichts, mir durch die Gänge zu folgen. Vielleicht wollen Sie an einem Treffpunkt auf mich warten?"

Er sah die ungeduldige Falte auf ihrer Stirn und wägte die beste Vorgehensweise ab. Er entschied, es nicht darauf ankommen zu lassen. Seine Erfahrung im Umgang mit seinen Schwestern war, dass man unweigerlich auf Widerstand traf, wenn man sie zu sehr drängte. Außerdem konnte er fast den ganzen Laden vom Kamin in der Mitte aus überblicken. Seine Männer draußen hatten eine Beschreibung von Gavin Hunt und würden den Bastard sofort schnappen, wenn er es versuchten sollte, auch nur einen Fuß in den Laden zu setzen.

„Ich bin da drüben, wenn Sie mich brauchen", sagte Ambrose.

Er unterdrückte ein amüsiertes Schnauben, als Miss Fines davonsprang wie ein aus einer Falle befreiter Hase. Er behielt ihre Strohhaube wachsam im Blick, sah die Spitze der weißen Hutfeder über den Bücherregalen schweben. Um ihn herum saßen Gentlemen in übermäßig gepolsterten Stühlen beim Kamin und raschelten beim Lesen mit dem Zeitungspapier. Die Vorstellung, solche Muße zu genießen, war Ambrose völlig fremd. Er las gern – sein Vater hatte allen seinen Kindern das Lesen früh beigebracht – doch ließ sein Leben kaum Zeit für solchen Luxus.

Im Alter von sechzehn war Ambrose von der Schule abgegangen, um zum Unterhalt der Familie beizutragen. Der Vater hatte sich natürlich dagegen gesträubt; denn obwohl er ein glänzender Gelehrter und Philosoph war, war Samuel nie ein praktischer Mensch gewesen. Es galt, kleine Mäuler zu füttern, und Ambroses Pflichtgefühl, seine neuen Geschwister beschützen zu müssen, hatte seine persönlichen Wünsche bei Weitem überwogen. Zwischen ihm und seiner vernünftigen Stiefmutter Marjorie hatten sie es geschafft, die Kent-Sippe gut zu versorgen.

Ambrose verfolgte weiterhin die hüpfende weiße Feder seiner Schutzbefohlenen durch den Laden.

Miss Fines ging an einer anderen Lady vorbei, und die platinblonden Locken, die an den Seiten ihrer Haube wippten, erfassten seine Aufmerksamkeit. Als ob sie seinen Blick spürte, wandte sich die betreffende Lady um; ihr rechteckiges Gesicht legte sich in Falten und ihre kleinen Augen wurden zu misstrauischen Schlitzen.

Ambrose sah weg und verfluchte sich selbst.

Vermaledeit aber auch, warum bekam er Lady Marianne Draven nicht aus dem Kopf?

Sie war so etwas wie ein gefährliches Rauschgift in seinem Blut. Jedes Mal, wenn er glaubte, er wäre ihr Gift los, erinnerte ihn etwas an sie und ein fieberhaftes, verruchtes Verlangen entgleiste in seinem Inneren. Seine Vernunft wusste, dass seine Sehnsucht zwecklos war. Und möglicherweise auch zerstörerisch, denn sie erregte einen lüsternen, tierischen Wesenszug in ihm, der sich heftig mit seinen Prinzipien biss.

Er gehörte zwar nicht der Klasse der Gentlemen an, doch er war ein Ehrenmann, und er glaubte, dass man dem zarten Geschlecht mit Achtung zu begegnen hatte. Mit seinen zweiunddreißig Jahren hatte er ein paar Liebhaberinnen gehabt: erfahrene Frauen, die ihn in der weiblichen Lust geschult hatten. Jane, eine Witwe, hatte ihn während ihrer Verlobung in ihr Bett gelockt – wobei es keiner großen Verlockung bedurft hatte. Die Lust einer Frau hatte ihm schon immer gefallen, die weiche, üppige Erwiderung, die ihn wissen ließ, dass er seine Sache richtig machte. Im Gegensatz zu manchen anderen Männern freute er sich auf das Ehebett. Freute sich darauf, seine Gemahlin zu lieben und Vertraulichkeiten zu erkunden, die man nur mit seiner besseren Hälfte finden konnte.

Niemals hatte er mit Jane oder sonst einer Frau die Beherrschung verloren. Niemals hatte den Drang verspürt, Jane die Kleider vom Leib zu reißen. Ihr Haar in seine Fäuste zu nehmen und sie an eine Wand zu drücken. Sich so fest und tief in sie zu stoßen, bis er nur noch Lust in ihren Augen sehen konnte. Niemals hatte er sich danach gesehnt, sich selbst in ihrem glasigen, lüsternen Blick zu sehen, während er in sie hämmerte, sich so völlig in ihrem süßen Geschlecht verankerte, dass sie seinen Namen nur noch keuchen konnte–

„Entschuldigen Sie, Sir."

Erschrocken bemerkte Ambrose, dass ein Herr an ihm vorbei wollte. Das, und die Tatsache, dass sein Glied begonnen hatte, in seinen Unterhosen anzuschwellen. Mit einem stillen Fluch trat er zur Seite und gelobte sich, Marianne Draven ein für alle Mal aus seinen Gedanken zu verbannen. Solche Verderbtheit konnte nur übel ausgehen. Er besaß zwar nicht viel, doch Selbstdisziplin und Vernunft besaß er wohl.

Mit Entschlossenheit suchte er nach seiner Klientin. Ihm standen die Nackenhaare zu Berge, als er nirgendwo eine vorwitzige Feder sehen konnte. Er drängelte sich an dem erschrockenen Mann vorbei, den er soeben vorbeigelassen hatte, und begann, die Gänge abzuschreiten. Er sagte sich, dass Miss Fines sich wohl gebückt hatte, um ein Buch auf einem niedrigen Regal zu betrachten.

Er stürmte an Regal um Regal entlang. Nirgendwo eine Spur von ihr.

Es kann keine drei Minuten her sein, dass du sie zuletzt gesehen hast. Denk nach, Mensch. Sie muss hier irgendwo sein.

Ein plötzlicher Schauder schoss sein Rückgrat hinauf. Er rannte in den hinteren Teil des Ladens. Die Tür – die er verschlossen geglaubt hatte – schwang offen in den Angeln. Er hastete hindurch; die Gasse war schattig und leer, nichts Ungewöhnliches...

Bis auf die einzelne weiße Feder, die im Schmutz lag.

Kapitel 8

„Ist alles in Ordnung, Marianne?"

Die sanfte Stimme brachte Marianne in den eleganten cameoblauen Salon zurück. Helena, die Marquise von Harteford, saß neben ihr in der Karriole, die von kastanienbraunen Rössern gezogen wurde. Obwohl Marianne Helena gern hatte, missfiel ihr der Hauch von Sorge, der in den großen Haselnussaugen der anderen lag. Dass ihre Freundin in ihre Angelegenheiten schnüffelte, konnte sie überhaupt nicht gebrauchen.

Sie hatte Bartholomew Black angeschrieben und heute Morgen eine gekritzelte Antwort erhalten: *Ihre Ladyschaft wird von Mr. Black am*

Freitagabend um genau zehn Uhr empfangen. Beim Gedanken an das, was sie da losgetreten hatte, ging Mariannes Herzschlag schneller. Morgen Abend würde sie mit einem Halsabschneider um das Leben von Primrose feilschen.

Zunächst aber musste sie den Nachmittagstee überstehen.

„Alles ist in Ordnung", sagte sie leichthin. „Ich bin keines deiner Küken, liebe Glucke."

Helenas prozellanhafte Wangen wurden rosig. „Alte Gewohnheit. Nicht, dass das Gluckentum mir irgendetwas nützt." Sie warf einen verzweifelnden Blick auf ihre Zwillinge, die gerade damit beschäftigt waren, den Flügel auseinanderzunehmen. „Ich störe sie nur so ungern bei ihren Erkundungen, doch manchmal scheint mir ihr Tatendrang grenzenlos. Vielleicht sollte ich strenger mit ihnen sein."

„Du bist eine liebevolle, wunderbare Mutter", sagte Marianne. „Deine Jungen und das neue Kindchen haben großes Glück, meine Liebste."

Während sich Helenas Röte noch vertiefte und ihre Hand sich auf die violetten Musselinfalten über ihrem Bauch legte, nahm Marianne einen Schluck von dem edlen Darjeeling. Die Bitterkeit des Tees war nichts im Vergleich zu den Empfindungen, die in ihrer Brust sickerten. Helena war eine wunderbare Mutter – das konnte Marianne von sich nicht behaupten. Sie wurde zu schmerzvoll an ihr eigenes Versagen erinnert, daran, wie viel Rosie aufgrund ihres Leichtsinns hatte erleiden müssen. Aufgrund ihrer Dummheit.

Und manchmal blickte aus Helenas süßen haselnussbraunen Augen auch noch eine andere Art der Folter. Sie ähnelten so sehr denen von Thomas... was wenig verwunderlich war, denn Mariannes erster Liebhaber – und der Vater von Primrose – war Helenas verstorbener Bruder. Es klang wie eine abgedroschene Masche aus einem Schauerroman: Arme Miss vom Lande verliebt sich unsterblich in den älteren Bruder ihrer wohlhabenden Freundin.

Sie konnte Helenas unschuldige, schwatzhafte Mädchenstimme geradezu noch hören:

Jetzt, wo Thomas zu Hause ist, hat Papa eine ganze Heerschar heiratsfähiger Fräulein eingeladen. Ich selbst mag die Lady Louisa – sie ist so talentiert und wunderschön, und dazu auch noch eine Fürstentochter. Mama sagt, sie würde sich ganz wunderbar in unserer Familie einfügen und ich glaube, Thomas ist ihr ganz verfallen. Die ganze Teestunde über hatte er so ein verträumtes Lächeln auf dem Gesicht...

Helena hatte nicht die blasseste Ahnung gehabt, dass Marianne es gewesen war, die bei Thomas diesen Gesichtsausdruck bewirkt hatte. Marianne war mit ihm auf der Wiese gewesen, nur eine halbe Stunde bevor die hochgeschätzten Besucher der Northgates angekommen waren. Thomas, der Erbe der Grafschaft, hatte ihr Versprechungen zugeflüstert, während er sie im zitternden Gras nahm.

Bald sprechen wir mit Papa. Vertrau mir, Marianne, du wirst meine Braut sein–

„Gütiger Himmel, *was plagt* dich denn so?" Helenas Stimme riss Marianne zurück. „Irgendetwas stimmt doch ganz gewiss nicht, und ich wünschte, du würdest dich mir anvertrauen. Wie ich es so oft mir dir getan habe. Ich bin kein albernes, unschuldiges Ding mehr – du *kannst* mir vertrauen."

Marianne trank noch mehr Tee, um sich zu sammeln. An der Behauptung ihrer Freundin zweifelte sie nicht. Seit die beiden sich in London wieder getroffen hatten, hatte sie in der Tat festgestellt, dass die andere sehr erwachsen geworden war. Mit ihrer Beständigkeit hatte sie die Hingabe ihres Gemahls gewonnen, des brummigen Marquis von Harteford.

Und genau darin lag das Problem. Nicht jede Romanze hatte einen glücklichen Ausgang; im Vergleich war Mariannes Geschichte eine recht erbärmliche. In ihr regte sich die vertraute Mischung aus Zuneigung und Neid. Ehrlich gesagt war sie sich im Vergleich zu ihrer Freundin immer unzulänglich vorgekommen. Obwohl Marianne zweifellos den Ton angab, neidete sie Helena insgeheim alles, was der selbstverständlich erschien: Reichtum, in sie vernarrte Eltern, eine Kindheit voll privilegierter Unschuld.

Mariannes eigene Mutter war bei ihrer Geburt gestorben und ihrem Vater, einem verbitterten, verarmten Landjunker, war an seinen Jagdhunden mehr gelegen als an seinem einzigen Kind.

Ein Mädel, wütete er immer, wenn er zu tief ins Glas geblickt hatte. *Was soll ich denn mit einem nutzlosen Gör anfangen?*

Marianne erinnerte sich nur ungern an die Vergangenheit. Was geschehen war, war geschehen. Und sie wusste, dass es schäbig von ihr war, solchen Neid zu empfinden. Sie konnte sich dafür selbst nicht leiden, doch zumindest erkannte sie ihre eigenen Mäkel. Die süße, tugendhafte Helena verdiente ihr Glück; Marianne gönnte es ihr. Dennoch hatte Marianne wenig Lust, ihr eigenes Versagen noch zur Schau zu stellen. Und überhaupt, was würde sie denn schon sagen?

Übrigens, Helena, dein Bruder und ich haben es hinter deinem Rücken miteinander getrieben. Wir wollten uns den Segen deines Vaters holen; der Graf sagte, er würde Thomas eher enterben, als dass er seinen Erben ein Luder wie mich heiraten ließe. Thomas starb beim Versuch, zu mir zurück zu kommen. Ach ja, und den alten Lustmolch, den ich geheiratet habe? Er hat mein süßes Töchterchen entführt und ins Fegefeuer geworfen.

Marianne stellte ihre Sèvres-Tasse wieder auf den Tisch. „Danke, meine Liebe, aber es ist nichts."

Helena kaute auf ihrer Lippe herum, und Marianne stählte sich dafür, was wohl als Nächstes käme. Zum Glück wechselte Helena das Thema.

„In dem Fall wollte ich dich fragen, ob du gern nächste Woche zu uns auf ein geselliges Abendessen kommen möchtest. Harteford hat eine neue Bekanntschaft gemacht" –Eine winzige Pause verriet die Absicht der Marquise– „ein ganz netter Gentleman namens Mayberry. Er ist ein Graf und sehr gut aussehend…"

Während Helena ihr weiter von den Vorzügen des Grafen vorschwärmte, fragte Marianne sich, wann sie und ihre Freundin die Rollen getauscht hatten. Vor nicht allzu langer Zeit war es Helena gewesen, die *sie* in Herzensangelegenheiten um Rat gefragt hatte; nun war die glücklich verheiratete Marquise wohl der Ansicht, dass es an ihr war, Ratschläge zu erteilen. Und das stichelte Mariannes Stolz.

„Danke, aber meine Gentlemen finde ich schon ganz gut selbst", sagte sie gedehnt und schnitt der anderen damit das Wort ab. „Glaub mir, ich habe keinen Mangel an Verehrern."

„Das weiß ich doch. Du bist so begehrt, Marianne. Es ist nur..." Helena errötete, doch straffte sie die Schultern. „Ich frage mich, ob du *wirklich* glücklich bist. Und ob du deswegen so widerstrebend bist, dich auf eine Beziehung einzulassen, weil da etwas in deiner Vergangenheit liegt. Immer wenn ich dich nach deiner Ehe mit Draven frage, wirst du ganz verschlossen."

Obwohl Marianne sich dagegen wehrte, drängten sich ihr die genäselten, geifernden Töne von Draven auf, peitschten schärfer als eine Gerte: *Das ist deine Schuld, die nutzloses Luder! Das Problem hatte ich zuvor nie. Unter deiner schönen Fassade bist du nichts weiter als ein schmutziges Luder. Nun, bring deine Hurentricks lieber zur Anwendung, oder du siehst deine Primrose nie wieder...*

Ihre Hand zitterte leicht, als sie ihre Röcke glättete. „Sagen wir einfach, ich möchte nie wieder einen Mann meinen Herrn und Gebieter nennen. Bitte, Helena", sagte sie eisig, „sprechen wir über etwas weniger Ermüdendes."

Die Schultern der Marquise erschlafften, Kränkung schweifte über ihre weichen Gesichtszüge.

Marianne unterdrückte ein Seufzen und sagte sanfter: „Außerdem haben wir Dringenderes zu besprechen. Wie geht es unserer jungen Miss Percy?"

Vor einigen Tagen hatte Helena ihr erzählt, dass ihre gemeinsame Freundin Miss Persephone Fines in Verwicklungen mit einem Schurken namens Gavin Hunt geraten war. Marianne bedauerte, dass sie vielleicht nichtsahnend an dem Fiasko mitgewirkt hatte. Sie sah sich selbst als eine Art Mentorin der lebhaften Percy, und als Percy sie in Liebesangelegenheiten um Rat gebeten hatte, hatte sie diesen großzügig erteilt. Ohne jedoch zu wissen, dass das Objekt der Zuneigung der betriebsamen Miss der berüchtigte Spielhöllenbesitzer Hunt war, der überdies noch, wie sich herausgestellt hatte, der Erzfeind von Harteford war.

Zur Hölle, konnten sich die die Handlungsstränge noch mehr verwirren?

„Dem lieben Mädchen scheint es besser zu gehen", sagte Helena, wobei sie allerdings alles

123

andere als zuversichtlich klang. „Ihre Mama sollte jeden Augenblick hier ankommen, also muss ich dich bitten, die Sache nicht weiter zu erwähnen. Die arme Mrs. Fines ist ganz außer sich vor Sorge. Stell dir vor – Percy mit irgendeinem Lumpen aus der Gosse!"

Marianne hob die Augenbrauen. „Ja, man stelle sich das nur vor. Dass man sich in einen Mann aus den Elendsvierteln verlieben könnte."

„So habe ich das nicht gemeint", schnaufte Helena. „Außerdem ist Harteford vielleicht an diesem elenden Ort geboren, doch er ist durch und durch ein Gentleman. Ganz im Gegensatz zu diesem abscheulichen Kerl Hunt. Ach, ich möchte ihn am liebsten… dafür erwürgen, dass er Percy wehtun wollte, ganz zu schweigen von Harteford!"

Amüsiert betrachtete Marianne die hektischen Flecken auf den runden Backen ihrer Freundin. „Ich habe vorhin nicht den richtigen Ausdruck gewählt. Du bist keine Glucke, meine Liebe, du bist eine Tigerin, wenn es um die Deinen geht."

Die Ankunft der neuen Gäste unterbrach ihr Gespräch. Mrs. Anna Fines, eine gutmütige, bebrillte Frau in den besten Jahren wurde von ihrem Sohn Paul hereingeführt, einem gut aussehenden blonden Lebemann, der ungefähr in Mariannes Alter war. Helenas Butler brachte Erfrischungen und bald vermischte sich höfliches Geplauder mit dem Klirren der silbernen Zängchen, mittels derer die Häppchen serviert wurden. Marianne unterdrückte ein Gähnen, während Paul Fines sich aufs Äußerste bemühte, mit ihr zu tändeln.

Sie wurde der Angelegenheit überdrüssig und machte sich bereit, sich zu verabschieden. In diesem Moment jedoch kam Helenas Gemahl, der Marquis von Harteford, in den Salon gestürzt. Ihm dicht auf den Fersen folgte noch ein Mann, ebenso groß und recht derb aussehend, aufgrund einer Narbe, die ihm von der Backe bis zum Kiefer verlief. Mariannes Augenbrauen hoben sich.

Nun wird es ganz offenbar gleich interessanter.

Nachdem er den Fremden als keinen Geringeren als den berüchtigten Gavin Hunt vorgestellt hatte, sagte Harteford schroff: „Percy schwebt womöglich in Gefahr. Ich erkläre alles später. Jetzt müssen wir sie zuerst finden – wo ist sie?"

„Bei Hatchard's", sagte Anna Fines. „Mr. Kent begleitete sie und wollte sie danach hierher bringen."

Als der Polizist erwähnt wurde, verlor sich das Gespräch im Rauschen ihres Bluts in Mariannes Ohren. *Kent kommt vielleicht hierher... heute?* Es kribbelte ihren Rücken hinauf; sie schalt sich für die eigene Torheit. Sie hatte Kent schon eine Lektion erteilt, sie hatten sich nichts mehr zu sagen. Sollte sie ihn sehen, würde sie ihn mit kühler Höflichkeit behandeln. Und wenn er so schlau war wie sie vermutete, würde er ihr aus dem Weg gehen.

Die Tür schwang auf – es war heute Nachmittag eine hoch beschäftigte Tür – und Kent kam mit energischen Schritten herein. Sein scharfer Blick überblickte den Raum und blieb an ihrem Gesicht hängen. Das überraschte Flackern, das über sein Gesicht ging, wurde schnell von einem grimmigen Ausdruck gelöscht. Dann erspähte er Hunt und seine schlanke Gestalt wurde steif.

„Was machen Sie hier?", verlangte Kent zu wissen.

„Wo ist Percy?", schoss Hunt zurück.

Marianne klammerte sich an den Kordeln ihres Beutels fest, während ein unheilvolles Schaudern ihren Nacken kitzelte.

Eine rohe Empfindung blitzte in Kents bemerkenswerten Augen auf... war es Scham?

Heiser sagte er: „Sie wurde entführt."

* * *

Im Flur vor dem Salon sagte Helena: „Himmel, die arme Percy in den Klauen von Entführern? Wer weiß, wozu diese Feinde von Mr. Hunt fähig sind? Wenn ihr etwas zustößt – oh, ich wünschte, ich könnte helfen!"

„Bitte, überanstrenge dich nicht, meine Liebe", sagte Marianne. „In deinem Zustand wärst du eher ein Hindernis als eine Hilfe. Harteford würde vor Sorge um dich verrückt – und du weißt, dass er jetzt seine ganze Aufmerksamkeit braucht."

Helena biss sich auf die Lippe und nickte. Ihre braunen Augen schimmerten vor Besorgnis.

Beim Gedanken, in welch misslicher Lage Percy sich befand, musste Marianne die Sorge mit ihr teilen. Gavin Hunt hatte die Situation geschildert: Seine Rivalen hatten Percy entführt, um ihm zu schaden. Sehr zur Überraschung von Marianne – und aller anderen Anwesenden – schienen Hunts Feinde da den Nagel durchaus auf den Kopf getroffen zu haben. Hunt hatte *verzweifelt* ausgesehen, wild in seinem Bedürfnis, Percy wiederzubekommen. Der Schurke hatte Percy vielleicht mit Rachegedanken verführt, doch dabei ganz offensichtlich sein Herz verloren.

Doch wer konnte ein so offenes und warmherziges Mädchen wie Percy auch nicht lieben?

Marianne traf einen Entschluss.

„Ich komme am besten mit", schlug sie leichthin vor. „So müssen wir uns keine Sorgen machen, dass die Mannsbilder alles verderben."

Helena stiegen Tränen in die Augen, was Marianne leicht beunruhigte. Ausufernde Gefühle waren ihr noch nie gelegen. Ihrer Erfahrung nach waren Frauen in Helenas Umständen immer recht nah am Wasser gebaut.

„Oh, das würdest du?" Helena streckte die Hand aus und ergriff Mariannes Arm. „Du bist so schlau. Wenn ich daran denke, in welcher Gefahr sich Percy womöglich befindet..."

„Ich helfe gern." Marianne befreite sich gelinde aus der Umklammerung. „Nun setzt du dich am besten zu Mrs. Fines und beruhigst sie."

Mit einem feuchten Nicken kehrte Helena in den Salon zurück.

Marianne ging in die entgegengesetzte Richtung. Das Trio hochgewachsener Männer stand im Atrium und plante die Fahrt zum Club von Hunt, wo sie auf den Erpresserbrief der Entführer warten würden. Trotz ihrer Sorge um Percy musterte Marianne Kent. Er war der größte der drei, seine Schultern so breit wie die der anderen beiden, trotz seiner schmächtigeren Gestalt. Er hatte die Hände in die Taschen seines fadenscheinigen Wollmantels gestopft – hatte er denn nur den einen? – und sein welliges braunes Haar war wirr, als hätte er es sich wiederholt gerauft.

Aus irgendeinem dummen Grund fand sie diese Zerzaustheit... attraktiv. Über dem schlampig gebundenen Krawattenknoten erschien sein

Kiefer härter als Stahl, der Muskel dort tickte wie ein Uhrwerk. Es war, als gäbe es zwei Mr. Kents: den Predigen haltenden Wachtmeister, der nie vom rechten Pfad abkam – und den hier: ein gefährlicher Mann am Rande seiner Gefasstheit. Sie wusste schon, welcher ihr besser gefiel.

Als ob er ihre Gegenwart spüren konnte, riss er den Kopf hoch. Seine Mundwinkel spannten sich an. Sie schenkte ihm keine Beachtung und wandte sich an Harteford. „Ich komme heute Nacht mit, Milord", sagte sie. „Lassen Sie meinem Fahrer bitte den Weg zu Mr. Hunts Club beschreiben."

„Sie?", meldete Kent sich ungläubig zu Wort. „Das ist ein gefährliches Unterfangen. Nicht der rechte Ort für eine Lady."

Attraktiv... mit einer fast schon unheimlichen Gabe, sie zur Weißglut zu bringen.

„Was der rechte Ort für mich ist, bestimme ich selbst, Sir." Sie sandte ihm einen kühlen Blick und wandte sich an den Spielhöllenbesitzer. „Nun, Mr. Hunt, wie heißt Ihr Etablissement?"

„The Underworld. Covent Garden", sagte Hunt, dessen Blick auf den Ausgang geheftet war.

Harteford verzog das Gesicht. „Sind Sie sicher, dass das ein guter Einfall ist, Milady?"

„Ihre Gemahlin hat es vorgeschlagen. Entweder kommt sie heute Abend mit oder ich."

Das brachte Harteford zum Schweigen. Wenn es um Helena ging, hatte der Mann den Beschützerinstinkt einer Bulldogge. Und offenbar gehörte noch ein weiterer Wachhund zur Runde. Die Augen von Kent streiften über sie hinweg, und Mariannes Bauch zuckte. Seltsam, denn sie mochte keine anmaßenden Männer. In der feinen Gesellschaft war sie für drei Eigenschaften bekannt: Schönheit, Reichtum und vollkommene Unabhängigkeit. Männer, die ihr den Hof machten, wussten, dass man ihr besser nicht ins Gehege kam und ihr messerscharfer Verstand hatte ihr den Ruf eingebracht, sie sei unverwüstlich. Kalt.

Doch dieser Flusspolizist schien zu glauben, dass sie seines Schutzes bedurfte. Es war lachhaft. Und auf seltsame Weise... faszinierend.

„Der Einfall ist lächerlich. Sie können ihr nicht erlauben, sich in die Angelegenheit einzumischen", schnappte Kent den anderen Männern zu. Dass einer davon ein Marquis war

131

und der andere über die Gosse herrschte, scherte ihn keinen Deut – der Polizist in den schäbigen Kleidern behauptete sich. Und verflucht, es schimmerte eine Würde hindurch, die über jeglichen Adel und Mammon erhaben war. „Wir haben es hier mit *Blutsaugern* zu tun."

„Die sind Männer wie alle anderen auch", warf sie in einem bewusst gelangweilten Ton ein, um ihn auf die Spitze zu treiben. Es schien zu wirken. Wenn er noch tiefer errötete, kam womöglich noch Dampf aus seinen Ohren. „Wir haben aber keine Zeit zum Trödeln, oder? Ich treffe Sie alle im Club von Hunt."

„Um Himmels Willen, Weib, nun nutzen Sie doch nur einmal Ihren Verstand für etwas anderes als Unfug! Es ist eine Spielhölle – Sie können da nicht ohne Begleitung hingehen", barst es aus Kent heraus. „Denken Sie an Ihre Sicherheit."

Während Harteford Kent anstarrte und Hunt die Augenbrauen hob, packte Marianne eine köstliche und ganz und gar teuflische Idee. Sie hielt einen Moment inne: Warum fand Sie eigentlich so viel Gefallen daran, den aufrechten Mr. Kent zu provozieren? Doch der Teufel ritt sie, sie konnte nicht widerstehen.

„Ich sehe Sie dort, Gentlemen", sagte sie. Sie ging in Richtung Tür, hielt inne und fügte über ihre Schulter hinweg hinzu: „Kommen Sie, Mr. Kent?"

Die Furchen auf seiner Stirn vertieften sich: „Mit Ihnen?"

„Aber natürlich." Sie legte ein kühles Lächeln auf ihn. „Sie sind doch hier der Polizist, oder nicht? Da ich ja allem Anschein nach beschützt werden muss, können Sie das ja tun."

Kapitel 9

Während die Kutsche in Richtung Covent Garden klapperte, wusste Ambrose gar nicht, was ihn mehr erzürnte: die verruchte Witwe, die ihm gegenüber saß, oder er selbst. Sie hatte ihre silbrigen Röcke elegant über die Lavendelpolster ausgebreitet, ein Ebenbild von Kühle und Gefasstheit. Eine Königin in vollem Bewusstsein ihrer Macht. Sie hatte säuberlich ihre Falle ausgelegt und er war wie ein Narr hineingestolpert. Die Frage war nur, warum sie sich überhaupt die Mühe machte, ihn zu umgarnen... und warum ihm das Wohlergehen dieses wahnsinnig machenden Frauenzimmers nicht egal sein konnte. Wenn Sie ihren törichten Hals riskieren wollte, was ging ihn das an?

Nun… unter gesenkten Lidern wagte er einen Blick auf besagten Hals. Die elegante Säule war weiß und zart, anmutig wie die eines Schwans. Der Gedanke, dass ihr irgendetwas zustoßen könnte–

„Es ist wie ein *Déjà-vu*, nicht wahr? Sie und ich allein in einer Kutsche, umgeben von Halsabschneidern."

„Dies ist kein Spiel, Milady." Sein Kiefer verkrampfte sich bei ihrem amüsierten Tonfall. „Ich ersuche Sie, überlegen Sie sich das Ganze noch einmal. Sie müssen doch wissen, dass es unklug ist."

„Gar nichts weiß ich. Miss Fines ist eine Freundin von mir, und ich muss tun, was in meiner Macht steht, um ihr zu helfen." Lady Marianne kippte ihren Kopf zur Seite. Die Abenddämmerung verglühte unter der Vorhangkante und es legte sich ein kristallener Schimmer auf ihre hochgerafften Locken. „Wie geht es Ihrem Arm, Mr. Kent?"

Er zwinkerte. Sie erinnerte sich an seine Verletzung? „Gut", sagte er knapp. „Also, wenn Sie Miss Fines wirklich helfen möchten, lassen Sie Ihre Kutsche wenden und warten mit den anderen Ladies. Ich bin mir sicher, dass sie Ihre Unterstützung gebrauchen könnten."

„Tee und Gefühlsduselei waren noch nie meine Stärke."

„Und Entführer und Mörder fangen etwa schon?" Er versuchte gar nicht, seinen Spott zu verbergen.

Sie lachte kehlig. „Sie haben sich von meinem Geschick mit der Pistole doch schon selbst überzeugen können, Sir. Sagen Sie mir doch, was Sie davon halten."

Vor Wut verging ihm fast das Sehen. Er hatte einer Frau nie Gewalt angetan – weder in der Tat noch in Gedanken. Doch Lady Marianne Draven war keine gewöhnliche Frau. Plötzlich konnte er seine Zunge nicht mehr im Zaum halten. Zur Hölle damit, dass sie eine Lady war und gesellschaftlich über ihm stand.

„Warum genießen Sie es so sehr, mich zu schikanieren?", fragte er.

Wenn seine Unverblümtheit sie überraschte, zeigte sie es nicht. Ihre Mundwinkel krümmten sich nach oben, als sie erwiderte: „Ich glaube nicht, dass ihr gegenwärtiger Zustand auf meine

Rechnung geht – zumindest nicht ganz. Sie sind aufgezogen wie ein Uhrwerk, Mr. Kent. Ich frage mich, warum."

„Es geht um das Leben eines unschuldigen Fräuleins", sagte er zwischen zusammengebissenen Zähnen.

Und es ist meine Schuld. Ich habe Miss Fines und ihre Familie im Stich gelassen. Die Wahrheit schlang Knoten in seiner Brust.

Er hatte seine Pflicht noch nie verletzt; die Schmach, dass es ihm nun passiert war, beschämte ihn bis ins Innerste. Beim Gedanken daran, was die junge Miss vielleicht im Augenblick erleiden musste, wegen seiner Unachtsamkeit–

„Und Sie nehmen die ganze Verantwortung auf sich", sagte Lady Draven, als ob sie seine Gedanken lesen konnte.

„Wessen Verantwortung ist es denn, wenn nicht meine? Ich hätte ein Auge auf sie haben sollen. Ich sollte dafür sorgen, dass nichts geschieht, und stattdessen war ich–" Er verbiss sich den Rest des Satzes.

Nicht daran denken. Bitte. Nicht.

137

„Stattdessen waren Sie... abgelenkt. Nicht wahr?"

Der wissende Schimmer in ihren grünen Augen schnürte ihm die Kehle zu. Doch vor der Wahrheit würde er sich nicht verstecken. Er nickte bejahend.

„Wie lange?", fragte sie.

„Wie bitte?"

„Wie lange hatten Sie sie aus den Augen gelassen?"

„Vielleicht zwei oder drei Minuten." Die Schmach verdrehte ihm die Innereien. „Als ich mir dessen bewusst wurde, habe ich nach ihr gesucht. Da sah ich die Hintertür offen stehen und Miss Fines war verschwunden."

„Und in der Zeit, während Sie abgelenkt waren, gab es im Laden keine Unruhe? Keine ausreißenden Entführer, keine Hilferufe?"

„Das hätte ich bemerkt", sagte er. „Als ich die Kunden im Laden nachher befragte, hatte keiner irgendein Handgemenge bemerkt. Einer sah ein Mädchen, auf das die Beschreibung von Miss

Fines passte, in den hinteren Teil des Ladens gehen."

„Ah", sagte Lady Draven bedeutungsschwanger.

Er runzelte die Stirn. „Worauf wollen Sie hinaus?"

„Lediglich, dass Miss Fines scheinbar die Absicht hatte, den Laden zu verlassen. Und zwar ungehindert durch Sie." Die Baronin hob die blonden Augenbrauen. „Wenn Sie mich fragen? Sie wurde nach draußen gelockt – vielleicht unter dem Vorwand, dass Sie dort Mr. Hunt treffen könnte."

Ambrose dachte darüber nach. Die Vermutung ergab Sinn. Widerwillig anerkennend sagte er: „Ihre Kombinationsgabe ist beachtlich, Milady."

„Nun, Klugheit zeigt sich ja bekanntlich an Taten."

Ein Hauch echter Wärme kam in ihr Lächeln und das winzige Erweichen ihrer Lippen verschlug ihm den Atem. *Zu schön – für sich selbst und für dich.*

„Das ändert nichts daran, dass ich die ganze Zeit auf sie hätte aufpassen müssen", sagte er verbissen. „Ich hätte Miss Fines von solch einer fahrlässigen Entscheidung abhalten können."

„Oh, das bezweifle ich aber stark."

„Ich stelle Verbrechern von Berufs wegen nach. Ich glaube doch, dass ich mit einer jungen Lady fertig werde", sagte er steif.

Lady Draven lachte wieder. Trotz seiner köchelnden Wut ging ihm das heisere Geräusch geradewegs in die Lenden. Seine Hoden wurden eng; sein Glied wurde steif, als ob es liebkost würde. Die Vorstellung, dass diese vollkommenen rosa Lippen sich öffnen könnten, um zu beglücken, anstatt zu sticheln...

„Daran sieht man", sagte sie, „wie wenig Sie über junge Ladies wissen."

Hah. Da konnte er ihr widersprechen:

„Ich habe vier jüngere Schwestern. Sie können mir glauben, mir ist nur allzu vertraut, was in den Köpfen von jungen Fräulein vorgeht." Schuldgefühle ließen ihn verdrießlich hinzufügen: „Ich hätte in der Tat ahnen müssen, was Miss Fines vorhatte, so wie sie mich über die Angelegenheit zwischen Hunt und Harteford ausgefragt hat."

„Schwestern. Ah, das erklärt Einiges", murmelte Lady Draven.

„Was erklärt das?" Verflucht noch einmal, die Gedankengänge der Lady waren verwinkelter und verworrener als die Straßen der Gosse.

„Dieses Pflichtgefühl, das an Ihnen hängt wie eine rostige Ritterrüstung. Es ist recht *passé*, wissen Sie." Sie richtete sich die glatten Handschuhe. „Einen Langweiler mag niemand."

„Was zum Teufel soll das denn heißen?"

„Einfach gesagt? Sir, Sie sind eingebildet."

Einen Moment lang war er sprachlos. „*Ich* bin eingebildet? Von all den scheinheiligen–"

„Oh, im gesellschaftlichen Sinne sind Sie freilich nicht elitär", sagte sie mit einem schmalen Lächeln. „Sie sind von der anderen Sorte. Ein Moralapostel. Sie erwarten von sich und allen anderen immer nur Perfektion. Und nehmen immer die Verantwortung für alles auf sich – auch wenn Sie gar nicht verantwortlich sind."

„Ich erwarte überhaupt keine Perfektion von anderen. Und für Miss Fines war ich sehr wohl verantwortlich!"

Ihre sahnig weißen Schultern zuckten gleichgültig. „Wie dem auch sei, Sie können nicht alles kontrollieren, Mr. Kent, egal wie gewissenhaft Sie auch sind." Während er mit dem Zorn und dieser wenig schmeichelhaften Beobachtung rang, fuhr sie fort: „Wenn ich mich noch weiter vorwagen darf... Sie glauben, dass die Last Ihrer gesamten Familie, vier Geschwister und alles andere, auf Ihren Schultern liegt. Habe ich recht?"

„Fünf Geschwister", schoss er zurück. „Ich habe auch noch einen jüngeren Bruder. Und das glaube ich nicht nur, das *ist* so. Ihr Lebensunterhat hängt von mir ab."

„Keine Eltern?"

Wie waren sie denn nun bei einem Gespräch über seine Familie gelandet? Verwirrt fuhr Ambrose sich mit der Hand durchs Haar. „Meine Stiefmutter starb vor zwei Jahren. Meinem Vater geht es seither nicht gut."

„Das tut mir leid." Etwas huschte durch ihre Augen. Mitgefühl, ein Aufblitzen von...Wehmut? „Es ist schwierig, einen geliebten Menschen zu verlieren", sagte sie ruhig.

Er starrte sie entgeistert an.

Zweifellos war Lady Marianne Draven das aufreibendste, aufreizendste weibliche Wesen, das er jemals getroffen hatte. Gleichzeitig traf ihn eine verstörende Erkenntnis. Er hatte noch nie so viel über sich selbst gesprochen, noch nicht einmal mit seinen Verflossenen. Und dieser alles erkennende Blick von ihr? Trieb ihn an den ausgefransten Rand seiner Beherrschung. Er fühlte sich bloßgestellt. Aus dem Gleichgewicht gebracht.

Er versuchte einen Gegenschlag. „Haben Sie denn Familie, Milady?"

Ihre Augen flatterten. „Nein."

Eine eisige Still fiel über sie, während derer er sich fragte, warum sie ihn anlog. Denn er hatte das Flackern in ihrem Blick bemerkt, hatte gesehen, wie es sich in den meergrünen Tiefen brausend und finster regte. Sein Polizisteninstinkt sagte ihm, dass sie etwas verbarg... aber was?

„Keine Eltern oder Geschwister?", drängte er.

„Meine Eltern sind verstorben." Sie lächelte ihn spöttisch an. „Und ist es nicht offensichtlich, dass ich Einzelkind bin?"

Er versuchte es mit einer anderen Taktik. „Es muss schwer gewesen sein, so jung zu verwitwen."

Ihr Mund verhärtete sich. „Nicht wirklich."

„Ganz allein in der Welt dazustehen kann nicht leicht gewesen sein."

Bildete er sich das leichte Beben ihrer Kehle nur ein?

„Mein neugieriger Sir, mir wurden zehntausend Pfund Jahreseinkommen hinterlassen, ebenso wie die Freiheit, zu tun und lassen was mir beliebt. *Leichter* geht es gar nicht. Dravens Vermögen hat mir die Macht gegeben, alles zu kaufen, was mein Herz begehrt."

Sie sah ihn blasiert an, und seine Temperatur stieg unversehens wieder, Blut rauschte unter seiner Haut. Gleichzeitig hieb ihm der Ausdruck „was ihr Herz begehrte" in den Magen. Wie viele Männer hatte sie denn schon gehabt? Ein wahnwitziges, besitzergreifendes Gefühl überkam ihn. Andere Männer, die diese weiße Haut berührten, die diese Lippen wie Blütenblätter küssten–

„Wer weiß?" Ihre Augen ruhten auf ihm, kühl und berechnend. „Wenn mir der Sinn danach steht, biete ich vielleicht eines Tages sogar Ihnen ein Arrangement an."

Der Schreck raubte ihm die Worte. *Zur Hölle.* Diese schamlose Frau dachte, sie könnte ihn kaufen wie eine... *männliche Hure*? Hitze versengte sein Inneres. Wut. Lust. Eine übermächtige Mischung aus beidem.

„Dafür entschuldigen Sie sich", sagte er verbissen.

„Warum? Es ist doch die Wahrheit. Sie wollen mich." Ihre Augenbrauen hoben sich anrüchig. „Und dass Sie Geld brauchen, haben wir ja schon festgestellt."

Ihre Worte zerfleischten ihn mit der anmutigen Präzision eines Raubtieres. Das Biest in ihm leckte Blut, jaulte tief in seiner Kehle, wehrte sich gegen seine Ketten. Im nächsten Augenblick krachten seine Handflächen in die Polsterkissen neben ihrem Kopf. Er konnte einen Herzschlag fühlen – seinen, ihren –er pochte in dem schmalen Abstand zwischen ihnen.

„Entschuldigen Sie sich", wiederholte er.

Ihr Busen hob und senkte sich. Ihr Kinn hob sich herausfordernd. „Bringen Sie mich doch dazu."

Seine Hemmungen rissen. Mit brausendem Blut in den Adern neigte er seinen Kopf und erstickte diesen spöttischen Mund mit seinem. Der Kuss war wild, anders als jeder andere Kuss, den er je einer Frau gegeben hatte. Ihre Lippen gaben nach, und er fuhr mit der Zunge hinein. Sie stöhnte wie in seinen finstersten Fantasien. Ihr würziger Geschmack nach Zimt fachte seinen Hunger an. Der Kuss wurde gierig, heißhungrig, und als ihre Zunge an seiner entlangfuhr, war es um ihn geschehen.

Er stieß sie in ihren Sitz und kostete das glatte Gefälle ihrer Kehle. Ihr exotischer, blumiger Duft stieg ihm zu Kopfe, während er sich zu ihrem zarten Kinn und dann zu ihrem Ohrläppchen hochleckte. Das Keuchen, das ihr entfuhr, sagte ihm alles, was er wissen musste; er nuckelte, ringelte seine Zunge um die süße Rundung ihrer Ohrmuschel, bis sie sich ihm entgegen krümmte. Sein Schwanz spannte, rieb steif an die Hindernisse zwischen ihnen. Er stöhnte und warf sich in die Wiege ihrer Schenkel, seine Hände wanderten zu ihren Brüsten.

Weich und doch fest. Er fand die harten Spitzen, rieb sie durch die dünne Schicht von Seide hindurch. Sie japste nun, schloss die Augen. Ihre Hände packten seine Ärmel. Mit einem Knurren reinster Lust senkte er seinen Kopf, leckte die Spalte zwischen ihren bebenden Hügeln. Irgendwie gelang es ihm, die Schulter ihres Kleids hinunter zu zupfen, und sein nächster Atemzug entfuhr ihm zischend durch die Zähne.

Eine rosige Brustwarze, errötet und reif wie eine Beere.

Er fasste ihre Brust in seine Hand. Sein Schwanz sprang beim Anblick seines abgewetzten Lederhandschuhs gegen die bleiche Perfektion ihrer Haut. Das Ruckeln der Kutsche ließ ihr Fleisch wackeln, während er sie berührte. Er zog seinen Daumen über ihre freche Knospe und sie zuckte, riss die Augen auf.

Ihre Blicke prallten aufeinander

Noch ein Bedürfnis bemächtigte sich seiner, fremdartig und doch so mächtig wie das Verlangen, das in seinen Adern pochte. Er spielte erneut mit ihrer Brustwarze und ihre zitternde Erwiderung stachelte ihn weiter an. Noch nie hatte er so ein brennendes Verlangen empfunden, seine Dominanz zu behaupten– dieser unerträglichen Frau gegenüber seine Männlichkeit zu beweisen.

„Sagen Sie, dass es Ihnen leid tut", sagte er.

Ihre Augen wurden groß.

„Sagen Sie es." Dieses Mal zwickte er leicht ihren Nippel.

Ihre Lippen öffneten sich. „Das werde ich nicht", sagte sie, und die Atemlosigkeit in ihrem Ton raubte ihm fast die Sinne. Fast. „Für die Wahrheit kann man sich nicht entschuldigen."

„Die Wahrheit?" Während sein Schwanz noch pochte, legte sich etwas in ihm. Ein Gefühl der Macht, fest und ankernd, wie er es noch nie empfunden hatte. Denn jeder männliche Instinkt in ihm sagte ihm, dass er diese *Selkie* von einer Verführerin befriedigen konnte. Sie mit seiner Berührung zum Stöhnen, um den Verstand bringen konnte. Probehalber schnalzte er ihre Brustwarze erneut, und ihr Blick wurde vage, ihr Rückgrat wölbte sich seiner Liebkosung entgegen, trotz ihrer sturen Worte.

Verrucht und sündhaft war sie. Brauchte eine strenge Hand. Wer auch immer es mit dieser

Frau aufnahm, hatte Einiges vor sich. Und verflucht, dieser Aufgabe würde er sich gerne widmen.

Aufgabe… Pflicht. Miss Fines retten.

Allmächtiger, was tat er denn da?

Die Erinnerung an eine andere Begegnung mit Lady Marianne ohrfeigte ihn zu seinen Sinnen zurück. Durch den Schleier der Lust beäugte er die keuchende Schönheit unter ihm. Führte sie ihn schon wieder an der Nase herum? Warum fand sie derart Gefallen daran, ihn in den Wahnsinn zu treiben? Er war vielleicht ein armer Wachtmeister, aber er war keine Marionette. Kein Spielzeug, mit dem man seinen Spaß haben konnte.

Irgendwie beschwor er seine Willenskraft herauf und ließ sie los. Er zog ihren Ärmel wieder hoch. „Die Wahrheit ist, dass Sie eine leichtsinnige, rücksichtlose Frau sind. Sie brauchen jemand, der Sie vor sich selbst beschützt."

Ihr Blick wurde scharf. Im nächsten Augenblick stieß sie ihn von sich, Farbe flutete ihre Wangen.

„Lassen Sie mich in Ruhe, *Sie Rüpel*."

„Beruhigen Sie sich. Ich versuche nur, zu helfen", sagte er finster.

„Ihre Hilfe brauche ich nicht! Ich bestimme mein eigenes Leben", zischte sie, während sie sich aufsetzte. „Meine Angelegenheiten gehen Sie nichts an."

„Sie haben mich angeschossen, Sie haben mir Avancen gemacht. Und Letzteres schon zwei Mal." Jetzt lag es an ihm, die Augenbrauen zu heben, was sich verteufelt gut anfühlte. „Ich würde behaupten, Sie laden mich in Ihre Angelegenheiten ein, Milady."

Ihre Gesichtszüge glätteten sich. Eine *Selkie*, ihre zauberhafte, undurchdringliche Haut war ebenmäßig.

„Ich hoffe, Sie unterliegen da keinem Missverständnis, Mr. Kent. Sie sind noch nicht einmal der erste Mann, den ich angeschossen habe, geschweige denn, dem ich Avancen gemacht habe", sagte sie gedehnt. „Also lassen Sie uns eines klarstellen: Ich habe eine Nacht mit Ihnen in Erwägung gezogen – vielleicht zwei, wenn Ihre Leistung meinen Erwartungen entspricht." Sie raffte ihre Röcke. „Sie können mir glauben, kein Mann hat es je vermocht, meine Aufmerksamkeit für mehr als eine oder zwei Nächte zu bannen."

„Ich könnte der Erste sein." Warum zum Teufel hatte er denn das gesagt?

„Das bezweifle ich. Wenn ich darüber nachdenke", sagte sie, wobei sie sich mit dem Finger ans Kinn tippte, „sollte ich mich erst noch umsehen. Ein wenig das Angebot begutachten, ehe ich mich entscheide."

Er sah rot. Er war von Natur aus kein eifersüchtiger Mensch, und doch wütete beim Gedanken an einen anderen Mann in ihrem Bett der Zorn. Seine Fäuste ballten sich, er wollte brüllen.

„Eines Tages, Milady, treiben Sie mich noch zu weit", sagte er verbissen.

„Soll das eine Drohung sein?" sagte sie, und ihre Lippen krümmten sich spöttisch.

„Keine Drohung. Ein Versprechen."

Sie starrten einander an, die Luft war vor Spannung geladen. Als ob sie an einem unsichtbaren Tau zerrten und keiner nachgab. Seine Muskeln verkrampften sich vor dem

Bedürfnis, sie wieder in seine Arme zu zerren und die Sache auf tierische Art beizulegen. Mit seinem Mund auf ihrem, mit seinem Schwanz tief in ihrer seidigen Hitze...

Ihr Blick verengte sich. Ohne den Augenkontakt abzubrechen, streckte sie die Hand aus und klopfte hart auf die Kutschentür. Er war so geistesabwesend gewesen, dass er gar nicht bemerkt hatte, dass die Kutsche zum Stehen gekommen war. Die Tür ging auf und es erschienen Lugos undurchdringliche Züge. Hinter ihm erhob sich ein Spielclub.

Lady Draven nahm den Arm ihres Lakaien und entstieg der Kutsche mit hochmütiger Anmut.

„Halten Sie uns bitte nicht auf, Mr. Kent", warf sie über ihre Schulter zurück.

Ambrose brauchte einen Augenblick, um sich zu fangen. Um seine Selbstbeherrschung und gesunden Menschenverstand wiederzuerlangen und... bis sein verfluchter Ständer sich legte. Dann erst schnaufte er durch und folgte ihr in die Hölle.

Kapitel 10

Trotz der Dringlichkeit der nächtlichen Mission fand Marianne, dass es einer überraschenden Willensanstrengung bedurfte, um ihre Aufmerksamkeit zu beherrschen. Sie und die drei Männer saßen um einen Tisch im Kontor von Gavin Hunt. Der Erpresserbrief war angekommen und nun waren sie dabei, zu beratschlagen, wie man Percy am besten aus den Klauen der Unholde befreite. Marianne blickte bewusst weg von Kent, der neben ihr auf dem Diwan saß. Unter keinen Umständen würde sie ihm die Genugtuung geben, sie aus der Ruhe gebracht zu sehen.

Das Bewusstsein seiner Nähe kribbelte über ihre Haut. Gewiss bildete sie sich nur ein, dass eine Hitze von ihm ausging, ebenso wie das entsprechende schmelzende Gefühl in ihrem eigenen Bauch. Dass er die Unverfrorenheit besessen hatte, sie so kühn zu berühren... unter ihrem Mieder wurden ihre Nippel zu Stein, die Muskeln ihrer Scham flatterten.

Hör sofort auf mit dieser Narrheit. Du bist doch kein törichtes Mädchen mehr, das ihren Trieben zum Opfer fällt. Beherrsche dich – zumindest für Rosie, wenn schon nicht um deiner selbst willen.

Sie amtete tief. Dann kam das Schicksal zum Zug und nahm ihre ganze Aufmerksamkeit in Anspruch. Hunt warf ein Bündel Briefe auf den Tisch und beschrieb sie als Munition. Offenbar enthielten die Briefe Beweise, dass Hunts Widersacher – der Percy entführt hatte – auch jemand anderem Unrecht getan hatte. Und dieser jemand war kein Geringerer als *Bartholomew Black.*

„Wenn Black von dem Treuebruch erfährt, mischt er sich vielleicht ein", sagte Hunt. „Aber ihn darüber in Kenntnis zu setzen wäre, wie in ein Hornissennest zu stechen. Der Mann ist gefährlich, unberechenbar – und erschießt vielleicht auch gleich den Überbringer der schlechten Nachricht."

„Ich bringe ihm die Briefe."

Mariannes Blick schwang zu Kent, der diese ruhige Aussage gemacht hatte. Sein Kinn schob sich stolz nach vorne, seine Lippen waren fest zusammengepresst, er war entschlossen. Fest und sinnlich, diese Lippen, die sie so süß genuckelt hatten...

„Black kann einen Charley riechen. Sie sind tot, ehe Sie sich ihm auf zwanzig Schritte nähern." Hunts schroffe Worte brachten sie in die Wirklichkeit zurück, und sie konnte ihm nicht mehr beipflichten. „Ich muss derjenige sein."

„Gefährlich. Wenn Sie von ihm festgehalten werden, wird Percy..." Hartefords Augen wurden so hart wie Flintstein. Der Erpresserbrief hatte verlangt, dass Hunt sich den Häschern stellte. Der Austausch sollte um Mitternacht erfolgen, in einer alten Fabrik am Stadtrand. Genau wie die anderen im Raum wusste Marianne, dass es ein Himmelfahrtskommando war, mit geringer Hoffnung, dass Hunt oder Percy lebend herauskamen.

Marianne schnürte sich die Kehle zu. Manchmal traf das Schicksal die Entscheidungen für einen. Sie hatte sich ohnehin schon darauf vorbereitet, in die Höhle des Löwen zu gehen; was für einen Unterschied machte es, ob sie Black einen Tag früher aufsuchte?

„Ich tue es." Sie erhob sich und sammelte die Briefe ein.

„Den *Teufel* tun Sie." Kent war im nächsten Moment auf den Füßen. Er starrte sie an, seine finsteren Pupillen so groß, dass man kaum mehr das Bernstein sehen konnte; über der verknitterten Bescherung, die seine Krawatte darstellen sollte, traten die Halsmuskeln hervor und sie sah unter seinem Kiefer eine Ader zucken. Sein Ton war unverkennbar besitzergreifend.

Sie ignorierte das lachhafte Schaudern, das ihr über den Nacken ging und sagte ruhig:

„Ich brauche dazu keine Genehmigung von Ihnen, Mr. Kent." Sie steckte das Bündel in ihren Beutel und Kents Kiefer verkrampfte sich noch mehr. Also wirklich, wenn der Mann nicht aufpasste, brach er sich noch einen Zahn heraus.

„Das ist viel zu gefährlich–", hob Harteford an.

Ach, zum Kuckuck aber auch. Warum sind Männer so fest davon überzeugt, wir seien das schwächere Geschlecht?

Sie verkniff es sich, die Augen zu verdrehen und sagte: „Black ist vielleicht gefährlich, aber er ist immerhin auch nur ein Mann. Wir haben alle unsere Expertise, und meine ist zufällig das andere Geschlecht. Glauben Sie, ich habe nicht das Zeug dazu, mich mit Black auseinanderzusetzen – oder jeglichem anderen Mann?"

Mehr brauchte sie nicht zu sagen. Es ging hier nicht um Eitelkeit, sondern um Tatsachen. Sie kannte ihre Reize, und ausnahmsweise einmal gereichten sie ihr vielleicht zum Nutzen.

„Lady Draven hat recht." Das kam von Hunt – offenbar der einzige Mann im Zimmer mit einem Fünkchen Verstand. „Sie hat von uns allen die besten Chancen, eine Audienz bei Black zu bekommen. Allein schon aus Neugier wird er sie empfangen."

„Kommt überhaupt nicht in Frage." Kent sprach mit zusammengebissenen Zähnen.

Er sah so aus, als wollte er jemanden erwürgen – sie vielleicht, obwohl ihr Instinkt ihr sagte, dass er ihr nichts antun würde. Anders als Draven fehlte Kent die Heimtücke, seine wahren Wünsche zu verhehlen, und sie las in seinen angespannten Muskeln, in den Furchen, die um seine Mundwinkel flatterten, dass er sie beschützen wollte. Sie musste sich selbst eingestehen, dass sie ganz schön verschroben war: Obwohl sie den Schutz eines Mannes weder brauchte noch wollte, fand sie den Gedanken, dass sie an der Beherrschung dieses stolzen Polizisten rütteln konnte... fast charmant.

Wobei sie es freilich nicht zulassen würde, dass er ihre Entscheidungen oder Taten auf irgendeine Weise beeinflusste.

„Bitte überlegen Sie es sich noch einmal, Milady. Helena reißt mir den Kopf ab, wenn Ihnen irgendetwas zustößt", sagte Harteford.

Marianne unterdrückte ein gluckerndes Amüsement. Der wuchtige, herrische Marquis sah in der Tat so aus, als machte er sich darüber Sorgen, was ihm zu Hause blühte. Vielleicht hatte er doch mehr Verstand, als sie ihm zugutehielt.

„Sie tun Ihren Teil und ich den meinen", sagte sie. „Wir sehen uns um Mitternacht."

Kent versperrte ihr den Weg zur Tür. Sein Blick stand in Flammen, er ergriff ihren Arm mit seiner großen Hand. „Das geht zu weit", schnappte er.

Ihre Augen wurden schmäler, die Belustigung verging ihr. Es war eine Sache, dass Kent versuchte, ihr ihr Vorhaben auszureden – sie anzurühren war eine ganz andere. Ihre Wangen wurden heiß.

„Kein Mann rührt mich ungebeten an. Lassen Sie mich auf der Stelle los", sagte sie kalt.

„Nicht, ehe Sie nicht Ihr hirnrissiges Vorhaben aufgeben."

Hirnrissig? Sie war vieles, aber nicht dumm. Obwohl es diesen aufdringlichen Polizisten ja nichts anging, hatte sie durchaus einen Plan, wie sie mit Bartholomew Black umzugehen gedachte.

„Ich sagte, *lassen Sie mich los*", wiederholte sie mit einer deutlichen Warnung in der Stimme.

Kent rührte sich nicht. Als ob er das Recht hätte, ihr Vorschriften zu machen, starrte er sie finster an, hielt sie weiterhin fest. Als sie merkte, dass sie sich nicht aus seinem starken Griff winden konnte, ging ihr Temperament ging mir ihr durch. Er ließ ihr wirklich keine andere Wahl.

Sie ließ ihre freie Hand in ihre geheime Rocktasche schlüpfen – ihre Modistin war in vieler Hinsicht ein Genie – und zog ihre Pistole hervor. Sie richtete sie auf Kent. Etwas links von seinem Herzen.

Und der sture Mann weigerte sich immer noch, sie loszulassen. Sie entsicherte die Pistole, um ihm begreiflich zu machen, dass sie es ernst meinte. Ihre Blicke verschränkten sich ineinander; ihre Finger zitterten gegen das glatte Metall.

„Lassen Sie sie gehen, Kent. Sie können sie nicht aufhalten, und sie kann sich ja ganz offensichtlich selbst verteidigen." Hartefords Warnung schien endlich durch Kents dicken Schädel zu dringen. Seine dunklen Wimpern legten sich wie ein Schleier über seinen hellen Blick, und einen Moment lang packte er sie noch fester. Dann legte sich der Kampf in ihm. Mit offensichtlichem Widerwillen ließ er ihren Arm los – was gut war, denn sie wollte ihn wirklich nicht noch einmal anschießen.

Es sei denn, er zwang sie dazu.

„Vielleicht ist ja Lady Draven damit einverstanden, ein paar Männer als Eskorte mitzunehmen?" schlug Harteford mit einem besorgten Stirnrunzeln vor.

„Männer sind das Allerletzte, was ich brauche", sagte sie und sah dabei Kent an. Sein Gesichtsausdruck wurde noch bodenloser. „Ich kann mich sehr gut um mich selbst kümmern."

Und mit dieser herrlichen Verabschiedung ging sie fort.

Obwohl sie mitten im Elendsviertel lag, war die Festung von Bartholomew Black so ehrfurchteinflößend wie jede noch so großartige Residenz in Mayfair. Die neblige Nacht und das große Eisentor mit den Piken verbarg das Gebäude von der Straße aus; Mariannes Kutsche durfte erst passieren, nachdem die Wachen sich vergewissert hatten, wer sie war. Marianne schauderte, als sie aus der Kutsche stieg und der Backsteinbau sich vor ihr erhob. Wie Draven hatte Black eine Vorliebe für den gotischen Stil.

Das Mondlicht tüpfelte die steinernen Wasserspeier, die oben auf dem Dach saßen; sie spähten mit ihren stechenden Augen und grinsenden Fratzen auf sie hinab. Ein unheimliches orangefarbenes Licht flackerte hinter den verhängten Fenstern. Hinter einem Spitzbogen lag der Haupteingang im Schatten.

„Das gefällt mir gar nicht", sagte Lugo.

Es kam selten vor, dass ihr tapferer Lakai ihre Pläne anzweifelte. Dass er es nun tat, steigerte nur ihr Unbehagen. Ihr Blick schoss zu dem Wachmann im dunklen Umhang, der darauf wartete, sie hinein zu geleiten.

„Wir bringen das so schnell wie möglich hinter uns", sagte sie leise. „Bleib dicht bei mir." Sie machten einen Schritt nach vorne.

„Nur ihre Ladyschaft kommt rein." Der Wachmann fuchtelte mit dem Finger auf Lugo. „Du wartest hier."

„Er ist mein Lakai", setzte Marianne an.

„Und wenn er der Erzbischof von Canterbury is, ick hab meene Anweisungen. Mr. Black sagt, Sie kommen alleene rein oder jar nüscht."

Jetzt gab es ohnehin kein Zurück mehr.

Marianne nickte Lugo zu. „Dann warte hier."

„Aber Milady–"

„Ich mache das schon." Das musste sie einfach, für Percy und für Rosie. Eilig sagte sie zu dem Wachmann: „Gehen Sie voran."

Der Mann führte sie in die Schatten hinein. Er hämmerte an die Tür, eine komplizierte Folge von Klopfgeräuschen, die womöglich eine Art Losung waren. Die Tür öffnete sich krächzend und er führte Marianne hinein. Sie hob die Augenbrauen. Das Licht hunderter Kerzen brannte in einem Kronleuchter aus Messing; das Atrium aus Marmor hätte in eine Stadtresidenz am Grosvenor Square gehören können. Sie wurde einen Flur entlang geleitet, in dem kostbare Landschaftsgemälde burgunderrote Seidenwände zierten.

„Mr. Black empfängt Sie hier drinnen", sagte der Wachmann und öffnete eine Tür.

Sie trat ein und Blacks Geschmack stieg in ihrer Achtung noch weiter. Der Mann war vielleicht ein ruchloser Halsabschneider, doch er lebte wie ein König. Reich mit Edelholz und Leder ausgestattet, stellte die hoch emporragende Bücherei die eines manchen Lords in den Schatten. Eine Wand entlang gingen hohe Fenster mit waldgrünen Gardinen. Teure Antiquitäten standen überall herum. Beim Anblick der Sammlung, die neben dem Kamin hing, gefror ihr das Blut in den Adern.

Schlafwandlerisch näherte sie sich den schimmernden Gegenständen, die an der Wand hingen. Da baumelten vielleicht ein Dutzend Reitgerten: Antike Stücke aus Malakkarohr und exotischen Hölzern, manche mit Lederriemen, manche ohne. Die Griffe reichten von geschnitztem Ebenholz bis hin zu geformtem Messing. Panik stieg in ihrer Kehle auf, eine erniedrigende Erinnerung kroch ihr über die Haut.

Draven hatte eine ähnliche Sammlung gehabt.

„Jefallen Ihnen meene Spielzeuge, Milady? Der Satz jehörte nem französischen König. Eenem dieser Ludwigs."

Marianne wirbelte zu dem Besitzer dieser tiefen, volltönenden Stimme herum. In ihren Handschuhen waren ihre Handflächen feucht. Sie zwang sich, sich zu beruhigen, die Vergangenheit niederzuzwingen. Es ging um die Zukunft. Draven hatte versucht, ihren Mut zu brechen, doch er hatte es nicht. Er hatte sie nur abgehärtet, sie das Überleben gelehrt. Und das hier würde sich *auch* überleben – wenn auch nur, um Rosie zurückzubekommen.

Ihr Blick richtete sich auf Black. Er stand ein paar Schritte von ihr entfernt, majestätisch posierend, als wäre er ein Gainsborough-Portrait. Obwohl er klein war, hielt er seinen kesselförmigen Oberkörper aufrecht, mit der einen Hand hielt er einen juwelenbesetzten Gehstock wie ein Zepter. Seiner graue Perücke und Kniehosen nach zu schließen zog er die Mode des letzten Jahrhunderts vor, ein so mächtiger Mann wie Black konnte sich kleiden, wie es ihm beliebte.

Als sie sich gefasst hatte, sagte sie: „Guten Abend, Sir."

Sie ließ sich in einen anmutigen Knicks sinken und ging in Gedanken noch einmal ihre dreistufige Strategie durch: *Erster Angriff: Blacks Eigennutzen ansprechen. Zweitens, schon etwas gefährlicher: Seine Schwäche finden und sich zunutze machen. Falls notwendig, würde sie die dritte Stufe anwenden, nämlich tun, was auch immer nötig war, um Rosie zurückzubekommen und Percys Sicherheit zu gewährleisten.*

Er erwiderte ihren Knicks mit einer ausladenden Verneigung. „Bitte, setzen Sie sich", sagte er.

Sie wählte einen der nietenbesetzten Ohrensessel beim Kamin. Er setzte sich neben sie. Sein durchdringender Blick wanderte über sie hinweg. Nun gut, sie schätzte ihn ja schließlich ihrerseits auch ab.

„Es ist ein Vergnügen, Sie kennen zu lernen, Milady. Obwohl ick Sie heute Abend nüscht erwartet hätte." Sein Ton war leicht kritisch.

„Und dafür entschuldige ich mich, Mr. Black. Wissen Sie, es ist etwas recht Dringliches vorgefallen." Sie hielt inne. „Etwas, über das Sie gewiss gerne Bescheid wüssten, wie ich glaube."

„Dringlich, hä? Dann lassense mal hören."

Sie atmete tief durch. „Es geht um Ihre Tochter."

„Mavis? Was hat det denn mit ihr zu tun?"

Schwarze, buschige Augenbrauen senkten sich bedrohlich. Offenbar hatten Vatergefühle nichts mit Klasse zu tun; Verbrecher konnten durchaus welche hegen, und so mancher Landjunker eben nicht. Marianne merkte sich dies für später. Nun aber holte sie zunächst das Bündel mit den Briefen hervor und hielt es ihm hin. Black schnappte es ihr aus der Hand, riss die Schnur auf und faltete die erste Botschaft auf. Sein Gesicht wurde tiefrot. Er zerknüllte das Papier in seiner Faust. Er wiederholte das mit allen übrigen Briefen, bis rund um seine Schuhschnallen Papierbällchen verstreut lagen.

„Den Bastard nehm ick bei lebendijem Leib aus. Meene Köter sollen seene Einjeweide zu Abend fressen."

Die Ruhe, mit der Black diese Aussage machte, sandte Marianne einen Schauder den Rücken hinunter. Doch sie sagte nur: „Der Unhold wird heute um Mitternacht in Watson's Blacking Factory anzutreffen sein."

„Der bereut noch den Tag, an dem er et sich mit mir verscherzt hat. Ick vergess nie, wenn eener mir Unrecht tut", brummte Black, während er aufstand. „Nun, wennse mir entschuldijen, ick muss mir um de Jeschäfte kümmern."

Marianne atmete aus. Percys Sicherheit war gewährleistet. Nun weiter zu Rosie.

„Ich bin noch nicht fertig, Mr. Black", sagte sie süßlich.

Seine Augen wurden schmäler. „Was wollense denn noch?"

„Sie sagten, Sie vergessen ein Unrecht nie. Kann ich davon ausgehen, dass Sie auch nie eine Gefälligkeit vergessen?"

Black sah sie einen Augenblick an. Dann lachte er gackernd. „Netter Versuch, Milady. Sie sind ne janz Jewiefte. Aber Ihnen schulde ick nüscht."

Sie zwang sich zu einem Lächeln. „Aber ich bin eigens hierhergekommen, um Ihnen diese Briefe auszuhändigen."

„Na, aber det nützt Ihnen doch jenauso wie mir. Wenn ick een Trottel wär, hätte ick et im Leben nüscht so weit jebracht. Gavin Hunt hat Se darauf anjesetzt – er will, det ick dabei helfe, unseren jemeinsamen Feind zu schlagen, damit er seen kleenet Gör zurückbekommt."

Marianne schluckte. „Sie wissen von Percy?"

„Ick weeß allet, wat sich in der Gosse zuträgt", sagte Black rundheraus. „Versuchense also erst jar nüscht, mir wat vorzumachen, Milady."

Soviel dazu, an seinen Eigennutzen zu appellieren. Also auf zur zweiten Angriffstaktik. Was war seine Achillesferse?

Sie erhob sich und knickste erneut. „Sie sind nicht nur mächtig, sondern auch schlau, Mr. Black. Ich würde es mir nie anmaßen, Sie auf irgendeine Weise täuschen zu wollen."

Er schnaubte, jedoch sichtlich geschmeichelt. „Ne, det tun Se lieber nüscht."

„Und eben weil Sie so weise und einflussreich sind, möchte ich Sie um einen Gefallen bitten", sagte sie und hielt ihre Augen dabei groß und arglos.

„Dann raus damit."

Sie atmete noch einmal tief durch. „Es geht um Kitty Barnes." Als sie die buschigen Brauen wieder finster werden sah, fuhr sie eilig fort: „Ich weiß, dass Mrs. Barnes bei Ihnen hohe Schulden hat und dass sie deswegen aus der Stadt geflohen ist. Ich möchte Sie bitten, dass Sie ihr gestatten, zurückzukehren, damit ich sie sprechen kann."

„Wat wollense denn mit der fiesen Schlampe, hä?"

„Das ist eine private Angelegenheit."

„Privat, det ick nüscht lache. Sie bitten mir um nen Jefallen, Milady – und nen großen noch dazu." Black deutete mit dem glitzernden Knauf seines Gehstocks auf sie und dann auf die Tür. „Se sagen, worum et jeht, oder Se können gehen."

Er hatte sie in die Ecke getrieben, es gab keinen anderen Ausweg mehr als die Wahrheit.

Mit zugeschnürter Kehle sagte sie: „Vor sieben Jahren hat mein Gemahl mir meine uneheliche Tochter gestohlen und an Mrs. Barnes verkauft. Seit seinem Tod bin ich auf der Suche nach ihr. Kitty Barnes war die letzte Person, die mit ihr gesehen wurde."

Black machte große Augen. „Donnerwetter. Ihr Herr Jemahl war schon een abscheulicher Bastard, nüscht wahr?"

„Das war er in der Tat." Marianne atmete aus. „Werden Sie mir helfen?"

„Warum sollte ick? Jeht mir doch nüscht an."

Ihr Herz rutschte abwärts. „Sie sind doch selbst Vater, Mr. Black. Sie verstehen doch, wie es ist, eine Tochter zu lieben. Dass man für ihr Wohlergehen alles Erdenkliche tun würde."

Etwas flackerte in seinem nachtschwarzen Blick. „Allet Erdenkliche, sagense?"

Mariannes Mund wurde trocken. Die dritte Angriffstaktik, das letzte Geschütz. Ihr Blick huschte zu den Reitgerten, und sie bebte innerlich. Sie sagte sich, dass sie jede noch so grässliche Abscheulichkeit ertragen konnte. Sie hatte Jahre des Missbrauchs durch Draven überlebt, welchen Unterschied machte es schon, die jämmerlichen Überreste ihrer zerfetzten Seele nun auch noch aufs Spiel zu setzen?

Sie war eine Frau, die nichts zu verlieren hatte… und ein Kind wiederzugewinnen.

„Alles Erdenkliche", sagte sie.

Black nickte. „Nun jut."

„Gut? Sie… helfen mir also?"

„Ick sorge dafür, dass det Luder Barnes ihren Arsch herbewegt. Und dann lass ick se zu Ihnen bringen."

„Danke, Mr. Black." Sie atmete tief, kämpfte die Tränen der Erleichterung zurück und zwang sich zu fragen: „Und was kann ich Ihnen im Gegenzug anbieten?"

Sein finsterer Blick blieb ruhig. „Weeß ick noch nüscht. Aber eenes Tages hol ick mir, wat mir zusteht, und Sie geben mir Ihr Wort, det Se sich an den Handel halten."

Ein Handel mit dem Teufel. Obwohl es in ihrem Magen wühlte, zögerte sie nicht.

„Sie haben mein Wort."

Kapitel 11

Der Gentleman wartete in den Schatten, als die Tür in quietschenden Angeln aufschwang. Der Schurke, der auf den Namen Murdoch hörte, kam in die armselige Behausung getaumelt. Hinter ihm her wehte eine übelriechende Ausdünstung aus Gin, Harn und allerlei anderem Gestank. Der Gentleman widerstand einem Drang, sich sein Taschentuch an die Nase zu halten. Stattdessen nahm er ein Streichholz und zündete damit die Talgkerze auf dem Tisch an.

„Wat zum Teufel?" Murdoch zwinkerte in das plötzliche Licht. „Wat machen Sie denn hier?"

Der Gentleman erhob sich und dehnte seine Lippen in ein Lächeln. „Ich sehe nach Ihrem

Fortschritt. Habe seit Tagen nichts von Ihnen gehört, Murdoch. Mein Gold haben Sie eingesteckt, aber von Ergebnissen noch keine Spur."

Der Halsabschneider zwinkerte mit blutunterlaufenen Augen. „Ick hab mir alle Mühe jejeben", sagte er, „aber det Luder Draven is verdammt schwer totzukriegen. Sie hat mir anjeschossen – hier, in den Arm!"

Der hünenhafte Schurke hielt den linken Jackenärmel hoch, um den tatsächlich eine schmuddelige Bandage gewickelt war. Um die Ränder des kruden Verbands hatte sich eine ekelerregende Kruste gebildet. Dem Gentleman schauderte. Nicht so sehr wegen der eiternden Wunde seines Handlangers, sondern wegen seines Versagens.

Aus dir wird nie etwas. Du bist ganz der Papa – eine Enttäuschung durch und durch!

Obwohl sein Puls ins Holpern geriet, wehrte der Gentleman die mütterliche Stimme in seinem Kopf ab. Die Xanthippe war zum Glück tot. Er war nur sich selbst Rechnung schuldig.

„Wie überaus schade", sagte er. „Wann werden Sie es wieder versuchen?"

In einer plötzlichen Anwandlung von Dreistigkeit ließ Murdoch seine Fuselflasche auf den Tisch krachen. „Wenn ick jenug Geld bekomm, dann. Fürn Hungerlohn setz ick meenen Hals nüscht noch mal aufs Spiel, Milord."

„Ich habe Ihnen fünfzig Pfund gezahlt."

„Det is nüscht im Vergleich zu dem Schaden, den ick erlitten hab."

Als er die Gier in Murdochs kleinen Augen sah, seufzte der Gentleman unterdrückt. Er hatte schon geahnt, dass es so kommen würde. Er hatte mit Murdochs Vorgänger schon einmal etwas Ähnliches durchgemacht. Verbrecher waren einfach ein unzuverlässiges Gesindel.

Aus seinem Lederbeutel holte er eine Flasche Whiskey. Er stellte sie auf den Tisch, nebst zwei Gläsern, die er in weiser Voraussicht auch gleich mitgebracht hatte. Murdochs Augen wurden groß, und der widerliche Kerl leckte sich doch tatsächlich die Lippen.

„Was wäre denn dann eine angemessene Entlohnung?", fragte der Gentleman, während er den edlen Trank einschenkte.

Murdochs Blick war auf die braune Flüssigkeit geheftet. „Hundert Pfund."

„Abgemacht. Trinken wir darauf?", fragte der Gentleman und hielt dabei ein Glas hoch.

Ein wilder Ausdruck schärfte das Gesicht des Halsabschneiders. „Darauf sinse aber recht schnell einjegangen, nüscht wahr? Wissense, wat ick daraus schließe?"

„Ich habe nicht die geringste Ahnung."

„Dat Se ne janze Menge mehr zahlen würden. Dat Se mir vielleicht de janze Zeit über für dumm verkauft haben", sagte Murdoch böswillig. „Ick krieg, wat mir zusteht."

„Gut. Wie viel wollen Sie denn?"

Die Stirn des Schurken legte sich in angestrengte Falten, als ob er Schwierigkeiten hatte, so weit zu zählen, wie seine Gier ihn trieb. „Tausend Pfund", sagte Murdoch triumphierend.

„Das ist doch lächerlich", schnappte der Gentleman. „Eine derartige Summe würde ich Ihnen nie und nimmer zahlen."

„Doch, det werden Sie, wenn Se nüscht wollen, det die janze Stadt erfährt, det Se Lady Draven umbringen lassen wollen", gurgelte Murdoch.

Der Gentleman knirschte mit den Zähnen. Er versuchte, sich zu beruhigen, da ja derlei Überanstrengung seinem empfindlichen Magen nicht gut tun würde. Er atmete aus und sagte: „Sie wollen mich also erpressen?"

„Nüscht, wenn Se mir anjemessen entlohnen. Tausend Pfund und keen Penny weniger."

Der Gentleman wägte ab. Mit einem Seufzer sagte er: „Gut, Sie gewinnen. Ich lasse Ihnen das Geld morgen Früh überbringen."

Ein anzügliches Grinsen ging über Murdochs Gesicht. Er griff nach seinem Glas. „Darauf trinken wir."

Der Gentleman erhob sein eigenes Glas. Es dauerte weniger als eine Minute, bis Murdoch zu hecheln begann. Sein leeres Glas fiel zu Boden und zersprang. Der Körper des Schurken folgte hintendrein, japsend und gurgelnd. Als alles still war, trat der Gentleman herüber, um in Murdochs leere Augen zu blicken. Er stieß die Leiche mit seiner Stiefelspitze.

Er regte sich nicht mehr – würde sich nie mehr regen.

Während der Gentleman den Whiskey und das verbleibende Glas einsammelte, seufzte er wieder. Warum war es denn so schwer, gute Handlanger zu finden? Am Ende konnte er doch niemandem trauen als sich selbst. Und er konnte nur dankbar sein, dass der Herrgott ihn mit solcher Gerissenheit gesegnet hatte. Er hatte sich bereits eine neue Lösung zurechtgelegt. Um das Seine zu schützen, würde er sich Lady Marianne Draven ein für alle Mal vom Hals schaffen müssen... und die Klinge war ja nicht die einzige Antwort.

Im Gegenteil, es gab noch viel tödlichere Waffen.

Mit einem erleichterten Lächeln schloss er die Tür hinter sich und spazierte hinaus in die Nacht.

Kapitel 12

„Heilijer Strohsack, det Diebesjesindel hat mehr im Hirn, als ick dachte." Der Kapitän stand kopfschüttelnd auf dem Dock, konnte den Haufen Diebesgut nicht fassen, den Ambroses Team von Flusspolizisten aus dem Ruderboot gehievt hatte. „Det allet hat in diese Nussschale jepasst?"

Ambrose ging in die Hocke und führte den doppelten Boden des Bootes vor.

„Verflixt, da passen ja zwei oder drei ausjewachsene Männer rein!", sagte der Kapitän.

„Die Diebe haben eine ganze Flotte von diesen Kähnen", sagte Ambrose. „Sie rauben Schiffe wie das Ihre aus, füllen die geheimen Stauräume mit der Beute und segeln dann bei helllichtem Tag die Themse hinab."

Der andere Mann pfiff. „Wenn Sie und Ihre Männer auf Patrouille sind, ist der Fluss sicherer." Er griff in seine Tasche und holte einen Geldbeutel hervor. „Mit meinem Dank, Mr. Kent."

„Es ist meine Pflicht, auf der Themse Recht und Ordnung zu wahren", sagte Ambrose. „Es bedarf keiner Belohnung."

Obwohl er das Geld durchaus gebrauchen konnte. Die Miete für das Landhäuschen der Familie war nächste Woche fällig, und er hatte das Geld noch nicht beisammen. Er hatte keine andere Wahl, als sein letztes Besitztum zu verkaufen: die Philosophiebände, die sein Vater ihm geschenkt hatte, als er bei der River Police angefangen hatte. Samuel Kent hatte Ambroses Berufswahl nie zugesagt.

Vergiss nie, dass die Feder mächtiger ist als das Schwert, meine Junge, hatte er mit leichter Missbilligung gesagt.

Doch das Schwert zahlte die Miete. Zumindest hatte es das, bis Samuels Schulden ins Spiel gekommen waren.

„Kommense, nehmense doch an." Der Beutel baumelte von den Fingern des Kapitäns. „Ick bestehe darauf."

Ambrose schüttelte entschieden den Kopf – und die Verneinung galt für ihn selbst ebenso wie für sein Gegenüber.

Mit einem Brummen steckte der Kapitän das Geld wieder ein.

Nachdem er sich vergewissert hatte, dass die wiedererlangten Waren in rechter Ordnung waren, verabschiedete sich Ambrose von dem dankbaren Seefahrer. Vormittags war er am liebsten am Wasser, und weil ihm gerade der Sinn danach stand, erlaubte er sich, an einem ruhigen Fleck am Pier stehen zu bleiben und über die glitzernden Wellen hinweg zu blicken. Ein paar Augenblicke lang verscheuchten die salzige Brise und warme Sonne seine Sorgen und seine Last. Über ihm zogen die Möwen mit ihrem wehmütig schönen Kreischen.

Vor seinem inneren Auge loderte die Erinnerung an Feuer und Gewalt auf. Vor zwei Nächten hatten sie in einem schweren Gefecht die Unholde besiegt und Miss Fines gerettet. Der unerwartetste Triumph des Abends allerdings war ein anderer gewesen, nämlich der der Liebe über die Rache: Gavin Hunt, der ruchloseste Spielhöllenbesitzer der Gosse, hatte Miss Fines seine Liebe erklärt und vor aller Augen um ihre Hand angehalten.

Nun waren die beiden verlobt.

Liebe war schon eine wundersame Sache. Ambrose schüttelte belustigt den Kopf. Ende gut, alles gut, allerdings... seine Laune verfinsterte sich, als seine Gedanken schon wieder zu Lady Marianne Draven drifteten.

In jener Nacht hatte sie sich, sehr zu seinem Entsetzen, in den Kopf gesetzt, sich ganz allein Bartholomew Black zu stellen. Und schlimmer noch war er außerstande gewesen, sie davon abzuhalten oder zu beschützen. Wenn er versucht hätte, ihr zu folgen, hätte seine Gegenwart sie nur noch mehr gefährdet – dass Black nicht gut auf Gesetzeshüter zu sprechen war, war weithin bekannt. Nachdem sie gegangen war, hatte Ambrose Hunt davon überzeugt, ihr unauffällig ein paar von Hunts Schergen hinterherzuschicken, damit diese sie im Notfall verteidigen konnten.

Die Sorge hatte immer noch an ihm genagt, als er dann mit zur Rettung von Miss Fines aufbrach. Black war aufgetaucht, hatte alle gerettet und versichert, dass Lady Draven sicher zu Hause abgesetzt worden war. Das zerstreute Ambroses Sorge allerdings nur wenig. Also war er zu ihrer Stadtresidenz gegangen. Das Gefecht war ihm noch in den Adern gesurrt, der Geruch nach Blut und Rauch noch schwer auf den Sinnen gelegen... er war eigentlich in keinster Verfassung gewesen, in ihrer Gegenwart zu sein. Sie reizte ihn ja schon unter den besten Umständen; der Herrgott nur wusste, wozu er in jenem Moment fähig gewesen wäre.

Und dennoch hatte er sich einfach vergewissern müssen, dass sie wohlauf war. Aus den Schatten einer Ulme hatte er ihr Fenster im ersten Stock beobachtet. Seine Wache war belohnt worden, als ihre Gardinen sich öffneten. So jung hatte sie ausgesehen mit ihrem bleichen Haar, das in schillernden Wellen bis zu ihrer Taille floss. Sie hatte ihr makelloses Gesicht dem Mond zugewandt, und im silbrigen Schimmer hatte er Tränen auf ihren lächelnden Wangen glitzern sehen.

Ein Ausdruck des Glücks verstärkte die Schönheit einer jeden Frau. Auf dem Gesicht einer Frau jedoch, die ohnehin schon über alle Maßen schön war, hatte das Glück eine derartige Wirkung, dass Ambrose das Herz in der Brust gestolpert war. Zum ersten Mal hatte er Lady Marianne Draven ohne ihre Rüstung gesehen. Wer hätte gedacht, dass unter dieser vornehmen Hülle solch eine Mischung aus inständiger Freude und Schmerz, eine derartige Zerbrechlichkeit liegen konnte? Kein Wunder, dass sie seine tiefsten männlichen Instinkte erregte, in ihm das Verlangen geweckt hatte, sie vor allem Übel zu schützen.

Was hatte nur ihre bittersüßen Tränen hervorgerufen? Welche Geheimnisse hegte sie... und warum?

Und was zur Hölle geht dich das eigentlich an?

Sie hatte bereits zweimal eine Pistole auf ihn gerichtet. Und ihm ebenso oft Avancen gemacht.

Und das alles nur, vermutete er, um ihn in seine Schranken zu verweisen. Und sie hatte *ihn* eingebildet geschimpft! Sie hatte ihn bald verlockt, bald erbost. Unter dem verflixten Baum war er zu einer Entscheidung gelangt: Er musste sich von ihr reinwaschen, ehe sie ihn noch weiter verwirrte. Ehe sie seinen Verstand, seine Vernunft benebelte. Er musste mit seinen Familiensorgen fertig werden, er konnte seine Kraft nicht für selbstsüchtige Triebe verschwenden.

Letztlich hatte er dann aber doch gewartet, bis in ihrem Schlafgemach das Licht verlosch. Dann hatte er sich auf den Heimweg nach Cheapside gemacht und sich auf seinem knotigen Lager hin- und hergewälzt. Er hatte die Erinnerung an sie nicht abschütteln können. Daran, wie sie unter ihm keuchte, an ihren süßen, würzigen Geruch, wie sich ihr rosiger Nippel seiner Berührung entgegen gespitzt hatte... und nicht einmal sein Gewissen hatte das Unvermeidliche verhindern können. Wie ein dämlicher junger Bengel hatte er sich selbst befriedigt, sein Samen hatte seine Bettlaken durchweicht, während grüne Augen ihn heimsuchten...

„Wusste ich doch, dass ich Sie hier vorfinde, Kent."

Die beherzte Stimme lenkte Ambrose von seinen Gedanken ab. Errötend blickte er in das Gesicht von Sir Coyner, der das Dock entlang marschiert kam. Die Kette einer Taschenuhr baumelte glänzend im Sonnenlicht. Er bemerkte den zufriedenen Ausdruck des Amtsrichters von Bow Street und spürte Hoffnung aufsteigen.

Er hat gute Neuigkeiten. Gott, lass es einen Auftrag sein.

„Haben Sie nach mir gesucht, Sir Coyner?", fragte er.

„Der Amtsrichter von Wapping Station hat mir gesagt, dass Sie hier sind. Er sagte, Sie haben eine Diebesbande verhaftet und die Waren wieder den rechtmäßigen Besitzern zugeführt."

„Mit der Hilfe meiner Mannschaft, Sir."

„Bescheiden wie immer. Nun, Kent, ich bin mit einem Angebot hier."

Coyner hielt inne und sah sich um. Das nächste Boot war mindestens zwölf Meter entfernt, und im regen Treiben des Docks war Ambrose sicher, dass niemand ihr Gespräch mithören konnte. Doch als er Coyners Zögern sah, bot er an: „Soll ich einen Termin in der Bow Street vereinbaren, Sir?"

„Nein, hier ist es besser. Manchmal ist man in der Öffentlichkeit ungestörter als in den am schärfsten bewachten Räumen. Es ist eine heikle Angelegenheit, und ich verlasse mich auf Ihre Verschwiegenheit." Der Amtsrichter sah ihn streng an. „Ihre Laufbahn und meine hängen davon ab."

„Jawohl, Sir."

Coyner sah ihn eindringlich an. „Das ist kein leichter Auftrag, Kent, doch die Entlohnung ist ansehnlich. Wenn Sie annehmen, wäre Ihr Anteil fünfhundert Pfund."

Ambrose stockte der Atem. *Fünfhundert Pfund*... ein wahres *Vermögen*. Genug, seine Familie vor dem Ruin zu bewahren und sie auf mehrere Jahre hinweg gut versorgt zu wissen.

„Der Auftraggeber hat in diesem Fall besondere Bedingungen auferlegt. Diese Bedingungen stehen nicht zur Debatte. Jegliche Zuwiderhandlung führt dazu, dass Sie von dem Fall abgezogen werden" –Coyners fahlblaue Augen bohrten sich in seine– „und ich werde persönlich dafür sorgen, dass Sie nie wieder für Bow Street oder irgendeine andere Polizeitruppe arbeiten werden."

Bei dieser Drohung zog sich Ambrose der Magen zusammen. Er wusste, das Coyner die Macht hatte, diese Drohung auch wahr zu machen. Das Risiko war gewaltig... und die Entlohnung noch größer. Hier bot sich endlich eine Gelegenheit, seiner Familie das zu geben, was sie so sehr verdienten. Sicherheit. Eine Zukunft.

„Was sind die Bedingungen?", fragte Ambrose. „Können Sie mir sagen, wer der Auftraggeber ist?"

Coyner schüttelte den Kopf. „Die Identität unseres Auftraggebers kenne noch nicht einmal ich. Jegliche Verständigung ging über seinen Anwalt. Der Mandant hat sogar eigens einen Auftragsermittler gewünscht – jemanden, der keine Verbindungen mit anderen Runners oder

der Bow Street hat. Von diesem Fall wissen nur Sie und ich, Kent."

„Warum solche Geheimnistuerei?"

„Man befürchtet wohl einen Eklat. Soweit ich weiß, ist der Auftraggeber ein Mitglied des House of Lords. Die Bedrohung, um die es geht, ist von Bedeutung für die nationale Sicherheit."

Ambrose stellten sich die Nackenhaare auf. „Sir?"

„Anarchisten, Kent", sagte Cromer grimmig. „Ich wusste doch, dass wir von denen noch hören würden. Sie sind wie Unkraut, so leicht wird man sie nicht los. Sie schlafen im Untergrund, warten auf den rechten Moment, um zu keimen und unseren guten englischen Boden zu verderben. Mehr kann ich nicht sagen. Sie aber wissen nun genug, um eine Entscheidung zu fällen. Nehmen Sie den Auftrag an?"

Eine Gelegenheit, seine Familie zu retten und sein Land zu verteidigen. Eine ehrbarere, würdigere Aufgabe konnte er sich gar nicht wünschen – und gewiss würde er sich dann auch wieder sammeln können. Gewiss würden ihm die albernen Hirngespinste mit Lady Draven ein für alle Mal vergehen. Wahrlich, seine Gebete waren erhört worden.

„Ich bin dabei", sagte Ambrose, ohne zu zögern.

Die Männer besiegelten die Abmachung mit einem Händedruck.

„Ich werde ihre ganze Arbeitskraft brauchen und Sie von Ihrem Amtsrichter bei Wapping Station dafür freistellen lassen. Er schuldet mir einen Gefallen", sagte Coyner. „Wenn es vorüber ist, kehren Sie einfach zu Ihrer alten Stellung zurück und keiner wird je wissen, was Sie gemacht haben."

Ambrose hoffte nur, Coyners Arm würde lang genug sein, um Dalrymple zur Zusammenarbeit zu bewegen.

„Was genau wird meine Aufgabe sein, Sir?", fragte er.

„Der Auftraggeber hat mir die Person, die des Anarchismus verdächtigt wird, namentlich genannt. Ihre Aufgabe wird es sein, die Verdächtige und all ihre Bewegungen zu überwachen."

„*Ihre*?", sagte Ambrose überrascht. „Es handelt sich um eine *weibliche* Verdächtige?"

Sir Coyner nickte grimmig. „Und dazu noch eine Baronin."

Ambroses Magen wurde zu Eis. *Nein, es kann doch nicht etwa–*

„Ihre Aufgabe, Mr. Kent, wird es sein, Lady Marianne Draven zu überwachen."

Kapitel 13

Binnen einer Woche tauchte Kitty Barnes in London auf. Mit der Hilfe von Black hatte Marianne ein Treffen mit der ehemaligen Kupplerin arrangiert. Der vereinbarte Treffpunkt war das Hinterzimmer einer Parfümerie, und während Marianne auf Kittys Ankunft wartete, schweifte ihr Blick über die Regale mit den Glasflaschen, die den fensterlosen Raum säumten. Duftnoten von Muskat und Blumen vermengten sich in ihrer Nase, während sie ungeduldig mit dem Fuß gegen das hölzerne Stuhlbein klopfte.

Kitty Barnes trat ein paar Minuten später ein. Ihre Erscheinung überraschte Marianne. Mrs.

Barnes war Mitte dreißig, eine hübsche Frau mit glattem rotbraunem Haar und hellgrauen Augen. Ihr geschmackvoll geschneidertes taubengraues Kleid unterstrich ihre schlanke Linie, auf die sie offensichtlich gut achtete. Wenn man es nicht wusste, hätte man Mrs. Barnes geradezu für eine Edelfrau halten können, und nicht die kaltherzige Zuhälterin, die sie wirklich war.

„Lady Draven", sagte Mrs. Barnes mit kultivierter Stimme und machte dazu einen Knicks.

„Mrs. Barnes." Marianne neigte den Kopf, ohne sich von ihrem Stuhl zu erheben. Sie musste bei diesem Austausch ihre Machtposition behaupten. Sie trug ein entsprechend kühnes Ausgehkleid in Marineblau und Naturfarbe *à la militaire*. „Danke, dass Sie gekommen sind."

Die Lippen von Mrs. Barnes verzogen sich krumm. „Da hatte ich wohl keine Wahl. Sie haben mächtige Freunde, Milady."

„Sie wissen, warum ich sie hergebeten habe", sagte Marianne. „Wo ist meine Tochter?"

Als Erwiderung zuckte ein Muskel an Kittys Mund entlang. In Mariannes Adern gefror das Blut; die ohnehin schon kalten Hände wurden ihr taub.

Mrs. Barnes räusperte sich. „Lord Draven und ich hatten eine Abmachung. Er versprach mir fünfzig Pfund im Monat für die Pflege des Mädchens. Und daran habe ich mich auch gehalten. Ich habe mich um sie gekümmert, als wäre sie mein eigenes Kind–"

„Wo ist sie, Mrs. Barnes?"

„Dann, aus heiterem Himmel, setzten die Zahlungen aus. Ich versuchte, mich mit Lord Draven in Verbindung zu setzen, doch eine Antwort blieb aus."

„Er ist gestorben", sagte Marianne flach. „Das einzige Anzeichen, dass dieser Kerl überhaupt ein Herz im Leib hatte, war, dass es ihm versagt hat. Wo ist nun also mein Kind?"

Mrs. Barnes schluckte. „Ich hatte meine eigenen Sorgen. Aus Gründen, die Ihnen bereits bekannt sind, konnte ich es mir nicht leisten, in der Stadt zu bleiben." Sie leckte sich die Lippen. „Und ich konnte es mir nicht leisten, das Mädchen bei mir zu behalten."

„Sie haben Primrose verkauft." Marianne sagte diese Worte tonlos, obwohl sie innerlich, oh, innerlich... Nachdem Corbett sie ja gewarnt hatte, hatte sie eigentlich gedacht, sie wäre für diese Möglichkeit gewappnet gewesen. Für einen der schlimmsten Alpträume, der einer Mutter nur widerfahren konnte. Doch die Furcht weidete sie aus – und der Kummer machte sie wild.

Die Kupplerin wich bei dem, was sie in Mariannes Augen sah, unwillkürlich einen Schritt zurück.

„An wen?", fragte Marianne eiskalt.

„Ich weiß nicht, wie er heißt–"

„*An wen, du verfluchtes Luder.*"

Im nächsten Augenblick war Marianne auf den Beinen, zielte mit ihrer Pistole zwischen die entgeisterten Augen der anderen Frau. Die Parfümfläschchen klirrten, als Mrs. Barnes sich gegen ein Regal kauerte. „Ich h-habe den Gentleman nie selbst getroffen", wimmerte sie. „Der Handel ging über seinen Anwalt – Leach hieß der. Reginald Leach."

Mariannes Atem brannte ihr in der Lunge. „Wo kann ich Leach finden?"

„E-er hat seine Räume in der Nähe der Inns of Court." Die Stimme der Kupplerin wackelte. „Er sagte, sein Auftraggeber wollte gut für Primrose sorgen. Dass er ihr ein gutes Zuhause bieten würde."

„Und was für ein verderbter Lüstling würde denn ein Kind *kaufen*? Hatten Sie irgendwelche Zweifel daran, was dieser Abartige beabsichtigte?" Marianne stieg die Galle auf. „Aber das scherte Sie einen Dreck, nicht wahr? Denn Sie haben ja bekommen, was Sie wollten. Eine Handvoll Münzen dafür, dass Sie meine Tochter an den höchsten Bieter verscherbelt haben."

„M-mir blieb nichts anderes übrig. Ich konnte sie nicht behalten. Meine Schulden–"

Vor Wut verging Marianne Hören und Sehen. Einen lodernden Augenblick lang zog sie es in Erwägung, diese Frau zu durchlöchern. Kitty Barnes für ihre Vergehen leiden zu lassen.

Doch das würde Rosie nicht helfen. In der vergangenen Nacht hatte Marianne wieder von ihrer Tochter im Garten geträumt. Nur hatte Rosie diesmal fröhlich lachend Verstecken gespielt. Ihre hellblonden Ringellöckchen wippten immer gerade so aus Mariannes Reichweite. Dann hatte Marianne am Horizont Gewitterwolken wahrgenommen, und hilflose Furcht war in ihr aufgestiegen, während sie ihre Tochter munter in Richtung der aufziehenden Finsternis davon hüpfen sah.

Komm zurück, Rosie! hatte sie geschrien. *Geh nicht weg! Warte auf Mama...*

Mariannes Finger zitterte am Abzug ihrer Pistole. Sie beschwor sich selbst, nichts Unüberlegtes zu tun. Sie brauchte Kitty Barnes lebend; die Kupplerin war die letzte bekannte Spur zu Rosie. „Haben Sie Ihrem Käufer die wahre Identität meiner Tochter mitgeteilt?", verlangte sie zu wissen.

Barnes schüttelte den Kopf. „Ich – ich sagte, Primrose sei ein Waisenkind. Der Bastard einer Opernsängerin."

„Beten Sie lieber, dass ich mein Mädchen lebend und wohlauf finde. Denn falls nicht, hören Sie wieder von mir", gelobte Marianne. Sie senkte die Waffe. „Und was auch immer Black mit Ihnen vorhatte, ist gar nichts im Vergleich dazu, was ich Ihnen antun werde."

197

Mrs. Barnes erblich, ihre Brust hob und senkte sich flach.

Marianne machte auf dem Absatz kehrt und verließ den Laden. Lugo sprang vom Kutschbock auf.

„Erfolgreich, Milady?", fragte er, während er den Kutschenschlag öffnete.

Mariannes Fingernägel gruben sich in ihre Handflächen. „Wir besuchen heute Abend die Kanzlei von Reginald Leach."

Was die Kooperationsbereitschaft von Leach anging, machte sich Marianne nichts vor. Anwälte bauten ihre Vermögen auf Verschwiegenheit auf; Leach würde eher sein Gold in den Gassen verstreuen, als ihr den Namen seines Auftraggebers zu nennen. Und welcher Mann würde schon zugeben, in einen Menschenhandel verwickelt gewesen zu sein, noch dazu eines Kindes? Nein, am besten durchsuchte sie seine Räumlichkeiten selbst.

„Sie sind heute Abend mit den Hartefords verabredet", erinnerte Lugo sie.

Verflucht. Sie hatte ganz vergessen, dass zur Feier von Percys sicherer Rückkehr und unerwarteter Verlobung mit Gavin Hunt ein Abendessen angesetzt war. Marianne wollte sich durchaus vergewissern, dass es dem Mädchen gut ging. Außerdem würde ihre Abwesenheit zu so später Stunde auffallen.

Es machte nichts. Sie würde heute Abend beide Aufgaben bewältigen.

Sie stieg in die Kutsche ein. „Wir fahren zuerst zu den Hartefords und gehen vor Mitternacht wieder. Damit du Bescheid weißt, unser Unterfangen danach erfordert höchste Diskretion." Sie steckte die Röcke um sich herum zurecht und sah ihren Lakaien bedeutungsvoll an. „Ich verlasse mich darauf, dass du die nötigen Vorkehrungen triffst."

„Ich habe die Gewohnheit, immer vorbereitet zu sein", sagte Lugo.

In jener Nacht stieg Ambrose Kent die Stufen zu der prächtigen Palladien-Residenz hinauf, mit einer immer schwereren unheilvollen Ahnung. *Was zum Teufel tue ich da?* Diese Frage kam ihm unentwegt in den Sinn, seit er den Auftrag von Coyner angenommen hatte.

Der Zwiespalt in ihm wogte, und als er die Tür erreichte, zögerte seine Hand an der Klingelschnur. Er versicherte sich selbst, dass alles dafür gesprochen hatte, den Fall anzunehmen. Er musste an seine Familie denken; dieser Auftrag würde es ihm erlauben, seiner Verantwortung Genüge zu tun und das Versprechen zu erfüllen, das er seiner Stiefmutter auf deren Sterbebett gegeben hatte.

Kümmere dich um deine Geschwister, Ambrose, hatte Marjorie geflüstert. *Sie werden dich mehr brauchen als je zuvor.*

Er hatte auch seinem Land gegenüber eine Pflicht. Was auch immer er im Kleinen dazu beitragen konnte, das Wohlergehen der Bürger zu schützen, musste er tun. Insgesamt also konnte er es nicht zulassen, dass etwaige persönliche Gefühle für Lady Marianne ihn von seiner redlichen Pflicht ablenkten. Aus Moralgefühl heraus hatte er Sir Coyner allerdings mitgeteilt, dass er die zu Beschattende kannte.

Der Amtsrichter der Bow Street hatte die Stirn gerunzelt. „Welcher Art ist denn Ihre Bekanntschaft?"

„Wir haben uns zweimal getroffen." Da er ein Gentleman war, konnte Ambrose nicht mehr dazu sagen – und was gab es auch mehr zu sagen? Zwischen ihm und Lady Draven bestand keinerlei Beziehung, keine Verbindung; erst gestern Nacht hatte er sich gelobt, sich künftig von ihr fern zu halten. „Sie ist eine Freundin der Marquise von Harteford, mit der ich bekannt bin."

„Beeinträchtigt dies Ihre Fähigkeit, die Aufgabe zu erfüllen?", hatte Sir Coyner gefragt. Nein, das würde Ambrose nicht zulassen. Er war kein vermögender, gut aussehender oder mächtiger Mann; sein einziger Stolz war seine kluge Urteilskraft. Seine Vernunft hatte seine Triebe bislang immer beherrscht.

„Nein, Sir", versicherte er also mit Nachdruck. „Bei meiner Ehre, ich werde alles in meiner Macht Stehende tun, um die Wahrheit ans Licht zu bringen."

„Dann sehe ich da kein Problem", hatte sein Gegenüber erwidert. „Es kann sogar sein, dass sich Ihre Bekanntschaft mit der Verdächtigen und den Hartefords als Vorteil erweist. Sie können sich ihr auf diese Weise vielleicht besser nähern."

Und deswegen hatte Ambrose die unorthodoxe Einladung der Hartefords zum Abendessen angenommen. Unter normalen Umständen hätte er sich lieber die Zähne ziehen lassen, als sich unter eine ihm so fremde Gesellschaftsschicht zu mischen. Doch nachdem er einige Tage vergebens Lady Marianne hinterhergeschlichen war – und dabei nichts Aufschlussreicheres beobachtet hatte als Besuche bei mehreren erlesenen Geschäften auf der Bond Street – wusste er, dass er an seiner Strategie schleifen musste.

Wenn er Erleichterung darüber empfand, dass sie sich in keinster Weise verdächtig verhielt, versteckte er dieses Gefühl gut vor sich selbst. Seine Aufgabe war es, sachlich und teilnahmslos Beweise zu sammeln. Coyners Auskünfte gingen ihm durch den Kopf: Lady Draven pflegte Umgang mit Kupplerinnen und Verbrechern, mit Menschen also, die bei Anarchie und Gewalt nur so aufblühten. Ihr stetiger Begleiter war ein afrikanischer Lakai; und William Davidson, einer der Verschwörer der Cato Street, war aus Jamaika gewesen. Sie drückte sich vor den Regeln der Gesellschaft und lebte nach ihren eigenen.

Ambrose war der Auffassung, dass das alles nur Indizien und keinerlei Beweise für irgendwelche Vergehen waren. Dennoch konnte er nicht leugnen, dass Lady Marianne sich im Umgang mit ihm selbst als gerissen und skrupellos erwiesen hatte – und ohne jede Scheu, auf Menschen zu schießen. Davon zeugte sein Arm noch immer. Und tief drinnen wusste er, dass sie ein Geheimnis hegte. Er betete, es mochte nichts Aufrührerisches sein.

Er hatte lange genug getrödelt. Ambrose klingelte. Die Tür schwang auf, und die Brauen des nun erscheinenden Butlers hoben sich leicht, als er ihn erblickte. Ambrose fragte sich, ob er zum Dienstboteneingang verwiesen würde.

Noch ehe er den Mund aufmachen und erklären konnte, dass er auf Einladung hier war, führte der Butler ihn schon hinein. „Guten Abend, Mr. Kent. Lord und Lady Harteford erwarten Sie", näselte der Oberdiener. „Darf ich Ihren Mantel nehmen, Sir?"

„Danke", sagte Ambrose.

Er gab ihm seinen abgetragenen Mantel und über das Gesicht des Butlers huschte Überraschung. Ambrose war leicht beunruhigt. Als er Anfang der Woche die Einladung der Hartefords zum Abendessen erhalten hatte, war die Karte zusammen mit einem Satz Abendgarderobe gekommen.

Wir möchten Ihnen unseren Dank erweisen und lassen keinerlei Ausflüchte gelten, war auf der Karte gestanden. *Wir sehen Sie am Freitag um neun Uhr.*

Da steckte ganz gewiss Lady Harteford dahinter. Sie war eine überaus aufmerksame, gnädige Lady. Sein Leben lang hatte er nichts so Vornehmes besessen wie diesen Anzug, und als er ihn vorher angezogen hatte, war er der Meinung gewesen, dass er fast ganz passabel aussah. Gewiss besser als normalerweise. Ausnahmsweise einmal spannten seine Kleider nicht eng um die Schultern oder hingen lose von seiner schlaksigen Gestalt. Obwohl ihm die Hosen immer noch ein wenig kurz waren, passten sie ihm immerhin im Schritt.

Doch als er den Gesichtsausdruck des Butlers sah, fragte er sich, ob er die Krawatte vielleicht falsch gebunden hatte. Oder die Weste aus dunkelgrauer Seide falsch zugeknöpft hatte. Zum ersten Mal in seinem Leben wünschte er sich einen Spiegel.

„Hier entlang, Sir", sagte der Butler.

Ambrose blieb nichts anderes übrig, als zu folgen. Der Butler kündigte ihn an, dann schritt er schon in den Salon der Hartefords. Der Salon war recht voll, doch sein Blick ging geradewegs zu Lady Marianne. Sie saß auf der Klavierbank neben Mr. Paul Fines und blätterte die Noten um. Fines spielte eine rührselige Ballade über einen verliebten Jüngling. Ihre Köpfe – sein warmer Gold- und ihr kühler Platinton – steckten eng zusammen. Sie passten zusammen wie die Sonne zum Mond. Ambrose krümmten sich unwillkürlich die Finger.

„Mr. Kent, was für eine Freude, Sie zu sehen!"

Er riss seinen Blick von Lady Marianne los – die nicht einmal zu ihm aufgeblickt hatte – und wandte sich seiner Gastgeberin zu, die auf ihn zukam. Wie gewöhnlich sah die Marquise reizend aus; sie trug ein geraufftes saphirblaues

Kleid und in ihren haselnussbraunen Augen spiegelte sich ihre aufrichtige Herzlichkeit. Harteford konnte sich zweifelllos glücklich schätzen.

„Milady", sagte Ambrose mit einer Verbeugung.

Harteford gesellte sich zu seiner Gemahlin, legte ihr besitzergreifend den Arm um die Taille. „Ich bin froh, dass Sie kommen konnten, Kent. Wir stehen tief in Ihrer Schuld für Ihre Tapferkeit letzte Woche."

„Ich bin froh, dass ich helfen konnte, Milord", sagte Ambrose. „Und ich möchte ausdrücken, wie erleichtert ich bin, Miss Fines wieder sicher inmitten ihrer Familie zu sehen."

„Nicht so erleichtert wie ich." Diese freimütigen Worte kamen von Gavin Hunt, der mithilfe einer Krücke voran humpelte. Diese vorübergehende Behinderung hatte er von der Rettung von Miss Fines, die nun an seiner Seite spazierte. „Hätte nie gedacht, dass ich das jemals zu einem Charley sage, aber ich stehe in Ihrer Schuld, Kent", sagte der finster aussehende Zeitgenosse.

„Du bist froh, mich wieder zu haben, nicht?"
Miss Fines grinste zu ihrem Verlobten hinauf.

„Dich in Gefahr zu wissen, hat mich Jahre
meines Lebens gekostet, und das weißt du auch,
du freches Ding", sagte Hunt.

Beim Anblick des zärtlichen Gesichtsausdrucks,
der nun das vernarbte Gesicht des Mannes
erweichte, empfand Ambrose ein seltsames,
neidisches Ziehen. Gewiss freute er sich für das
strahlende Paar. Und für die Hartefords, die
voller Zuneigung und Gutheißung zusahen. Doch
aus dem Nichts packte ihn die Sehnsucht: Wie
wäre es wohl, solche Freude selbst zu erleben?
Seine ehemalige Verlobte hatte er gern gehabt,
er hatte geglaubt, sie mit der Zeit auch lieben zu
lernen – doch ihre Treulosigkeit hatte das
unmöglich gemacht.

Seine Augen wanderten ganz von selbst wieder
zum Flügel. Sein Kiefer verspannte sich, als
Fines sich zu Lady Marianne lehnte, um ihr
etwas ins Ohr zu flüstern. Ihr rauchiges Lachen
driftete hinüber, und Ambroses Lenden regten
sich.

Hat sie denn überhaupt kein Schamgefühl? Vor
nicht einmal einer Woche hat sie mir noch

Avancen gemacht – und jetzt liebäugelt sie mit diesem verfluchten Fines! Mein Gott, sie könnte zumindest grüßen.

Ehe er wusste, was er tat, war Ambrose auf dem Weg zum Pianoforte.

„Guten Abend, Lady Draven. Mr. Fines", sagte er knapp.

Fines stand gemächlich auf. „Ich grüße Sie, Kent. Habe Sie erst gar nicht erkannt. Haben Sie wohl einen neuen Schneider?"

Ambrose schämte sich der Wahrheit nicht. „Die Hartefords haben mir freundlicherweise die passende Abendgarderobe ausgeliehen. Als Polizist habe ich für derlei Luxus wenig Verwendung. Und leisten kann ihn mir noch weniger."

„Na, Sie reden aber ganz unverblümt, nicht?" Fines glattes Gesicht verzog sich zu einem wehmütigen Grinsen. „Das hat mir schon immer an Ihnen gefallen. Und noch besser gefallen hat mir, dass Sie meiner Schwester das Leben gerettet haben. Sie sind nicht beleidigt, oder?"

Ambrose schüttelte die ihm gebotene Hand. „Überhaupt nicht."

„Machen Sie sich da keine Gedanken, Mr. Fines. Unser Mr. Kent ist so leicht nicht zu kränken." Die gekünstelten Töne verkrampften Ambrose den Hals. „In der Tat, er ist ein Mensch der höchsten Selbstbeherrschung, nicht wahr, Sir?"

Zum Teufel, warum provozierte sie ihn den fortwährend?

„Keiner beherrscht sich immerzu. Und *keine*", schoss er zurück.

Lady Marianne lächelte nur, während sie sich von der Sitzbank erhob. Ihr dunkelviolettes Kleid war unter ihrem makellosen Busen geschnürt und floss in einer schlanken Säule bis zu ihren dunklen juwelenbesetzten Schuhen. Diamanten glitzerten an ihren Ohren und ihrem Hals, und waren dich nichts um Vergleich mit dem Strahlen ihrer hochgerafften Locken.

„Manchmal ist es vergnüglich, sich ein wenig gehen zu lassen", sagte sie. „Ich muss zum Beispiel gestehen, dass ich mir beim Einkaufen keinen Zwang antue. Kleider, Firlefanz... und was auch immer mir sonst noch gefällt."

Eine fremdartige Empfindung zerrte in Ambroses Brust. „Haben Sie sich denn in letzter Zeit... umgesehen, Milady?"

„Und was ginge Sie das denn an, Mr. Kent?", fragte sie.

„Äh, entgeht mir hier irgendetwas?" Mit gehobenen Augenbrauen blickte Fines zwischen den beiden hin und her. „Warum habe ich das Gefühl, dass ich mich besser verdrücken sollte?"

Weil du das verflucht noch mal auch am besten tätest, schnappte Ambrose beinahe.

Vor diesem *Fauxpas* bewahrte ihn Lady Harteford. „Das Abendessen ist angerichtet", verkündete ihre Gastgeberin heiter. „Da Sie ja schon mit Lady Draven plaudern, Mr. Kent, würden Sie sie hineingeleiten? Mr. Fines, Sie führen die liebe Miss Sparkler zu Tisch."

Paul Fines warf Lady Marianne einen sehnsüchtigen Blick nach, dann marschierte er gutmütig hinüber zum Diwan. Ambrose hatte die junge Frau, die da saß, gar nicht bemerkt. Ihre stille Art und schlichtes Gewand hatten sie geradezu mit den Sitzpolstern verschmelzen lassen.

„Ich habe die Ehre." Fines bot ihr galant seinen Arm.

Miss Sparkler errötete bis zum Ansatz ihres braunen Schopfs und legte ihren Stickrahmen beiseite. Ambrose bemerkte, wie die Finger des Mädchens an der Jacke des Lebemanns zitterten. Da hatte die Gastgeberin aber einen Löwen zu einem Lamm gesellt.

„Nun, Kent, haben Sie das Vergnügen, mich hineinzuführen?", fragte Lady Marianne.

Er wandte sich an seine eigene Tischgesellin und presste die Lippen steif zusammen. Die hier war kein Lämmchen. Am besten passte er gut auf und behielt seinen Auftrag im Sinn: Er war hier, um Lady Draven zu überwachen. Um handfeste Beweise über ihr Verhalten einzuholen. Soweit beschränkten sich seine Beobachtungen leider darauf, dass sie eine Frau war, die einen Mann bei lebendigem Leibe verschlingen konnte.

„Wollen wir uns beim Essen weiter austauschen?", fragte er mit verkrampftem Kiefer.

Ihre eleganten Finger streiften seinen Ärmel. „Unbedingt, *tauschen* wir uns *aus*."

Ihre Worte fuhren ihm heiß durch die Adern. Sein Hodensack wurde eng, sein Glied regte sich. Mit einem stillschweigenden Fluch wappnete er sich für den langen Abend, der vor ihm lag.

Kapitel 14

Marianne saß Kent gegenüber an dem prächtig geschmückten Tisch und warf ihm über den aufwendigen Blumenschmuck hinweg einen verstohlenen Blick zu. Er war im Gespräch mit Miss Charity Sparkler, die zu seiner Linken saß. Er hatte es nicht nur fertig gebracht, das wortkarge Mädchen in ein Gespräch zu verwickeln, sondern brachte ihre dünnen Wangen dabei auch noch rosig zum Blühen. Mariannes Hände verkrampften sich in ihrem Schoss.

Etwas an Kent rief die eigenartigsten Gefühle in ihr hervor. Kein Mensch konnte so redlich und aufrecht sein – so verflucht *gut* – wie der Polizist zu sein schien. Sie hatte sich vorige Woche ihm gegenüber unerhört verhalten, und doch saß er da, mit größter höflicher Gelassenheit. In der Tat schien er sich ihrer Gegenwart nicht einmal bewusst zu sein. Aus irgendeinem Grund trieb sie das bis an die Grenzen ihrer Beherrschung. Sie wollte dieses Abbild der Anständigkeit so weit treiben, dass er endlich sein wahres Selbst offenbarte.

Jeder Mann, den sie je gekannt hatte, hatte Schwächen und verborgene Beweggründe. Ihr Vater, beispielsweise, hatte den ehrbaren Landjunker gemimt und war doch in Wirklichkeit derart spielsüchtig gewesen, dass er für einen lukrativen Ehevertrag mit Freuden seine einzige Tochter an seinen alten Freund Baron Draven verkauft hatte. Draven hatte ihre Annahme nur weiter bekräftigt: Er hatte sich als barmherziger Retter ausgegeben, hatte vorgegeben, ihr ihre schamvollen Umstände zu verzeihen und sie mit seinem Namen zu schützen.

Darauf war sie hereingefallen – war so jämmerlich dankbar gewesen. Sie hatte sich geschworen, ihm die Frau zu sein, die er verdiente. Bald nach der Hochzeit aber hatten die Grausamkeiten angefangen und sie war in einer Hölle gefangen gewesen, die ihre bisherige Vorstellungskraft überstieg.

Und all das, weil sie töricht und blind vertraut hatte. Nun, wie sagte man doch, ein gebranntes Kind... Den Fehler würde sie nie mehr begehen. Am besten vergaß sie die Männer allesamt und richtete ihre Aufmerksamkeit stattdessen darauf, was sie nach dem Abendessen noch vorhatte. Gerade im Moment überwachte Lugo die Kanzlei von Leach und würde sie am Ende des Mahls abholen. Zusammen würden sie dann die Räume des Anwalts durchsuchen, um Primroses Häscher ausfindig zu machen.

Doch Marianne war abgelenkt. Ihr Blick wanderte zurück zu Kent, der *immer noch* mit Miss Sparkler sprach. Pikiert machte Marianne eine Bestandsaufnahme seiner Mäkel: Gut aussehend war er nicht... wobei sie allerdings zugeben musste, dass er in seiner Abendgarderobe verstörend männlich wirkte. Heute Abend passten ihm seine Kleider ausnahmsweise, schmiegten sich an seine breiten Schultern und betonten seine gertenschlanke Figur. Sein lässig zerrauftes Haar ließ ihn ungezwungen aussehen. Miss Sparkler sagte etwas und er lächelte.

Ihr Herzschlag setzte aus, als sich dabei sein Gesicht völlig verwandelte. Wie sich so seine Augenwinkel zusammenkniffen und sein sinnlicher Mund sich krümmte und entspannte, war Ambrose Kent unerwartet aber unbestreitbar attraktiv. Nicht auf die herkömmliche, aber dafür auf unendlich bestrickendere Weise. Sie erinnerte sich an die Glut in seinem Blick und die besitzergreifende Art, wie er sie berührt hatte. Ihr kribbelten die Brüste, die Brustwarzen verhärteten sich unter dem violetten Satin.

„Spargelsuppe, Milady?"

Sie nickte dem Diener gedankenverloren zu, vergrämt über ihren eigenen Gedankengang. Herrgott, sie wollte doch seine Mängel auflisten und nicht von seinen Reizen schwärmen. Das Problem war, dass sie alles, was sie an anderen Männern üblicherweise als Mängel bezeichnen würde, an Kent seltsam gefällig fand. Er war arm, ein Mann der Arbeiterschicht, und doch hatte er mehr Würde und Stolz als Männer, die eigentlich über ihn gestellt waren. Er war selbstgerecht, hatte bei mehreren Gelegenheiten versucht, sie zu gängeln; wenn sie ehrlich war, hatte er sie gleichzeitig aber beschützt – hatte ihretwegen sogar eine Kugel abbekommen.

Der Lakai kam zu Kent und schöpfte die sahnige grüne Brühe in die flache Schüssel. Sie sah zu, wie sich zwischen Kents dunkle Augenbrauen eine Falte grub, während er angestrengt das ihm zur Verfügung stehende Besteck studierte. Für einen Mann, der so aussah, als würde er vielleicht seinen Käse geradewegs von der Messerspitze essen, war es eine überwältigende Auswahl. Als sie den konsternierten Ausdruck in seinen bernsteinfarbenen Augen sah, wurde es ihr weich ums Herz.

„Mr. Kent, Sie müssen uns noch von Ihren Abenteuern bei der Thames River Police erzählen." So seine Aufmerksamkeit gewinnend, wählte sie überdeutlich den richtigen Suppenlöffel von ihrem eigenen Gedeck.

Seine Stirn entspannte sich, während er ihre Besteckauswahl nachahmte. Und wie niedlich war es doch, dass er dabei tatsächlich die Besteckreihe bis zum richtigen Löffel abzählte. Sie tauchte ihren Löffel in der richtigen Richtung in die Suppe und verkniff sich ein Lächeln, als er es ihr gleichtat.

„Ich möchte die Anwesenden nicht langweilen", sagte er.

„Oh nein, Mr. Kent", flötete Miss Sparkler mit irritierendem Eifer. „Ich würde so gern von Ihrer Arbeit hören. Es muss ja so aufregend sein."

Seine Wangen wurden rot. „So aufregend, wie es scheint, ist es leider nicht. An den meisten Tagen habe ich mit aufmüpfigen Hafenarbeitern und kleineren Diebstählen zu tun."

„Sie sind zu bescheiden, Kent", sagte Harteford vom anderen Tischende. Er wandte sich an die anderen Gäste: „Über die Jahre hat Mr. Kent Fines & Kompagnie dabei geholfen, bedeutende Mengen gestohlener Fracht wiederzuerlangen. Seine Arbeit wird von uns allen auf den West India Docks hoch geschätzt."

„Ganz zu schweigen davon, was Mr. Kent schon alles für uns persönlich getan hat", fügte seine Gemahlin hinzu. Helena saß am näheren Tischende und Marianne sah die Dankbarkeit im Blick ihrer Freundin. „Sie, Sir, beschützen die Menschen, die ich liebe, und dafür kann ich Ihnen gar nicht genug danken. Harteford, bring darauf doch einen Toast aus."

„Selbstredend, meine Liebste." Harteford stand auf und erhob das Glas. „Auf Mr. Kent, der ein

Glücksfall für seine Zunft ist, und unser Ehrengast. Auf Sie."

„Hört, hört", hallten die anderen Gäste wider.

Marianne nippte stumm an ihrem Wein, ihren Blick auf Kents verlegenes Gesicht gerichtet.

„Sie ehren mich sehr, Milord", sagte er, peinlich berührt.

Marianne erbarmte sich seiner und lenkte das Gespräch auf Percy, die neben Miss Sparkler saß. „Also, meine Liebe, wie gehen die Hochzeitsvorbereitungen denn voran?"

Percys blaue Augen tanzten zu ihrem Verlobten gegenüber. „Äh, zu langsam?"

Marianne verwehrte sich ein Lächeln. Hunts hungriger Blick hatte nichts mit der köstlichen Wachtel an Trüffelsauce zu tun, die vor ihm stand. Gute Güte, der Mann sah aus, als würde er gleich über den Tisch springen und Percy in einem Bissen verschlingen.

„Unsinn." Das kam von Percys Mama, deren Augen hinter ihrer Nickelbrille funkelten. „Drei Monate sind das Allermindeste, um eine

Hochzeit ordentlich vorzubereiten. Wir müssen ja schließlich Einladungen verschicken, ein Bankett vorbereiten, von deiner Brautausstattung ganz zu schweigen."

„Ich glaube nicht, dass es Mr. Hunt besonders kümmert, was ich trage, oder, Sir?", fragte Percy neckisch.

Hunt schluckte hart seinen Wein. „Sie sehen in allem schön aus, Miss Fines", sagte er mit einem unsicheren Seitenblick zu seiner zukünftigen Schwiegermutter. „In überhaupt allem."

Oder besser noch, in überhaupt *nichts*, las Marianne amüsiert den Gesichtsausdruck des Mannes. Trotz seiner rauen, wilden Erscheinung war Gavin Hunt ganz trunken vor Anbetung für seine Erwählte. Und Percy verdiente auch nichts Geringeres.

Zufrieden, dass es um ihren Schützling so gut bestellt war, schnitt Marianne den saftigen Vogel an.

Kent räusperte sich. „Wenn Sie gestatten", sagte er. „Ich glaube, wir dürfen in alledem auch den Beitrag von Lady Draven nicht vergessen."

Sie erstarrte, ihre Gabel war nur Zentimeter von ihren Lippen entfernt. „Mein Beitrag? Was meinen Sie denn damit?"

„Ihnen haben wir zu verdanken, dass Black uns zu Hilfe geeilt kam. Ohne Ihr Eingreifen wäre alles ungleich schwerer gewesen", sagte er mit unergründlichem Gesichtsausdruck.

„Ja, Marianne, du bist eine Heldin", sagte Helena lächelnd.

„Und die beste Mentorin", meldete sich Percy zu Wort.

Von strahlenden Gesichtern umringt wand sich Marianne in der ungebetenen Aufmerksamkeit. Seit Dravens Tod wandelte sie nur mit einem einzigen Ziel in der feinen Gesellschaft, und zwar um Rosie zu finden. Ihr Aussehen, Reichtum und geistreiche Schlagfertigkeit hatten Sie rasch zu einem Liebling der Lebemenschen gemacht – jener kultivierter, überdrüssiger Menschen, die sich zu ihrer eigenen Unterhaltung gegenseitig beleidigten und Wortgefechte lieferten. Dann hatte Marianne Helena wieder getroffen und ihre Freundin aus Kindertagen hatte sie mit einem anderen Kreis bekannt gemacht. Einen voller Menschen, die unwahrscheinlich... *aufrichtig* waren und vor lauter Wohlwollen nur so überschäumten. Ganz das Gegenteil ihres eigenen Wesens.

Obwohl die sie freundlich aufnahmen, kam sie sich in solcher Gesellschaft immer wie eine Hochstaplerin vor. Wie ein glänzender Apfel, der doch vom Kern heraus verrottet war und sich in einem Haufen vollkommener Früchte versteckte. Zu ihrer Beschämung wurden ihr unter der Bewunderung der anderen Gäste die Wangen warm.

Sie legte ihren Löffel ab und sagte leichthin: „Wie ich schon sagte, jeder hat seine Stärken. Ich habe die meinen gerne zum Einsatz gebracht."

„Wie haben Sie denn bei Black überhaupt Gehör gefunden, Milady?", fragte Kent.

Die Frage schien harmlos, doch der durchdringende Blick des Polizisten ließ sie wachsam werden. Seine Pupillen wurden dunkler, die bernsteinfarbene Iris im Vergleich dazu so hell wie zwei Lampen. Ihr standen die Nackenhaare auf, als sie – die so stolz auf ihre

Gefasstheit war – sich plötzlich durchsichtig wie Glas fühlte.

Sie konnte ihren Handel mit Black schlecht preisgeben. Falls Kent anfing, in ihren Angelegenheiten herumzuschnüffeln, verdarb er womöglich noch alles, worauf sie hingearbeitet hatte. Er würde Rosies Sicherheit gefährden – und das würde Marianne niemals zulassen.

„Ich habe meine Methoden", sagte sie geziert und unbekümmert. „Ich glaube, Sie haben mit der einen oder anderen bereits Bekanntschaft gemacht."

Während Kent rot wurde, konnte Marianne geradezu hören, wie ringsum gleichzeitig Augenbrauen in die Höhe fuhren. Sie konnte sich die Fragen vorstellen, die in die Köpfe der anderen Gäste schossen. Nun, lieber zerbrachen sie sich die Köpfe über ein mögliches Abenteuer zwischen ihr und dem Polizisten als ihre wahren Geheimnisse.

„Das ist nicht zum Lachen, Milady. Sie hatten zwar das Glück, unversehrt davon zu kommen, doch hätten Ihre Handlungen schreckliche Folgen haben können", sagte Kent steif. Er hielt inne, sein Gesicht war trotz der Röte eindringlich. „Ich bezweifle, dass eine Frau mit Ihrem Verstand sich auf eine derartige Gefahr einlassen würde... wenn Sie nicht fest darauf vertraut hätten, die Angelegenheit erfolgreich verhandeln zu können. Ich frage mich, Lady Draven, was gibt Ihnen im Umgang mit Verbrechern solche Selbstsicherheit?"

Nun, dass mein Gemahl einer war. Dass ich es schon mein ganzes Leben lang mit Verbrechern zu tun habe, auch wenn sie sich vielleicht als Gentlemen ausgeben. Und weil einer von ihnen meine Tochter in seiner Gewalt hat.

Unter ihrer Diamanthalskette war Mariannes Haut glatt vor Schweiß. Kent sah zu viel – er kam ihr zu nahe. Furcht und Vorahnung klopften in ihrem Blut, während sie um eine schlagfertige Antwort rang. Ihre Gastgeberin bewahrte sie davor.

„Mr. Kent, ich rechne Ihnen hoch an, dass Ihnen das Wohl von Lady Draven am Herzen liegt", sagte Helena sanft. „Als Polizist werden Sie gewiss täglich Zeuge von Tragödien. Wir können nur froh sein, dass Lady Draven bei ihrer mutigen Tat nicht zu Schaden gekommen ist."

Kent sah so aus, als wolle er noch etwas anderes sagen – vielleicht der Wahl des Wortes *tapfer* widersprechen – doch stattdessen nickte er nur schroff. Sein Blick blieb auf Marianne geheftet. Sie fühlte Panik an ihr zupfen, also wurde sie giftig, die sicherste Methode, ihn abzuschütteln.

„Wie Lady Helena schon sagt, Mr. Kent ist ein Polizist", sagte sie, und legte in dieses letzte Wort amüsierte Verachtung. „Man kann einen Mann herausputzen und neu anziehen, aber darunter bleibt er doch immer, wer er ist, oder nicht?"

Schweigen legte sich über die Tafel. In anderen Kreisen hätte sie mit solchem Hochmut Eindruck schinden können, doch hier traf ihre Spitze auf Entrüstung... und Ablehnung. Harteford runzelte die Stirn, sogar Percy sah sie verwundert an.

„Ich bin mir sicher, Lady Draven meint das nicht–", hob Helena an.

„Schon gut", sagte Kent besonnen. „Sie hat ja nur die Wahrheit gesagt."

Er nahm ihren Angriff so gelassen, dass Marianne sich kleiner fühlte als ein Insekt.

Sie hob das Kinn. „Wenn Sie mich nun entschuldigen, ich habe heute Abend noch eine andere Verpflichtung." Sie erhob sich und Stühle ruckelten, als die Männer es ihr höflich gleichtaten. „Danke für das Abendessen. Ich finde selbst hinaus."

Obwohl sie sich unter den neugierigen Blicken schämte, verließ sie den Speisesaal erhobenen Hauptes.

Der Nebel rollte von der Themse in die Stadt und füllte die Sommernacht mit einer feuchten Kühle. Trotz ihres schwarzen Samtumhangs schauderte Marianne, als sie an dem Gebäude hochblickte, in dem sich die Anwaltskanzlei von Mr. Reginald Leach befand. Das Gebäude gehörte zu einer Reihe von Backsteinhäusern in der Nähe der Fleet Street und von der schwarzen Gasse aus konnte sie sehen, dass das Gebäude von Leach die anderen überragte; ein zusätzliches drittes Stockwerk ließ das Haus aus der sonst ebenmäßigen Dachreihe herausstechen.

Lugo steckte einen Dietrich in das Gatterschloss und der eiserne Zaun öffnete sich.

„Rasch, Milady", sagte er leise. „Mir steckt ein ganz übles Gefühl in den Knochen."

„Ist jemand drinnen?", flüsterte sie, während sie ihm durch die Hintertür folgte.

„Die Gehilfen von Leach sind schon vor Stunden gegangen. Ich habe niemanden kommen oder gehen sehen, bevor ich Sie von den Hartefords abgeholt habe." Lugo öffnete auch dieses Schloss rasch. Das Klicken hallte in Mariannes Ohren so laut wie ein Gewehrschuss; sie warf einen wachsamen Blick um sich und sah nichts, also folgte sie ihrem Diener in das Haus.

Augenscheinlich war Leach ein Geizhals, denn das Innere des Gebäudes war so karg wie das Äußere. Ein schmaler Flur führte sie zum Vorderteil des Gebäudes. Die erste Kammer, in die sie traten, schien das Reich der Gehilfen zu sein. Der Raum war fensterlos. Von den Wänden blätterte die Farbe ab und in der Mitte war ein langer Tisch voller Kassenbücher und Register. Hocker standen um den Tisch, und Marianne konnte sich lebhaft vorstellen, wie die Gehilfen von Leach über diesen Tisch gebeugt saßen und im rauchigen Schein der Talgkerzen kritzelten.

„Wo sind die Räume von Leach?", fragte sie.

Lugos Kopf schwenkte zu einer Doppeltür.

Sie gingen hindurch und fanden sich in einem Atrium wieder, das als Wartebereich ausgestattet war. Hier war das Mobiliar auf Hochglanz poliert, frische Schnittblumen standen in Vasen. Marianne erblickte noch eine weitere Tür und ging hindurch.

Diese dritte Kammer, ganz offenbar das Allerheiligste von Leach, war warm und duftete nach Bienenwachs und Tabak. Die auf die Straße blickenden Fenster waren mit dunklen Gardinen verhängt. Edle Ledermöbel und hohe Bücherregale zeugten von Erhabenheit und Wohlstand. Marianne machte eine der Lampen an und durchsuchte gezielt die Schränke, fand aber nichts von Bedeutung. Sie ging hinüber zu dem großen Schreibtisch, rüttelte an den Schubladen. Sie waren verschlossen.

„Sehen wir doch einmal hier hinein", sagte sie zu Lugo.

Während er sich an dem Schloss zu schaffen machte, dachte sie an Kent, und Scham kroch wieder über sie. Was lachhaft war. Denn sie war gerade inmitten eines gesetzwidrigen Einbruchs und fühlte sich kein bisschen schuldig dabei.

Und da belastete es sie, einen Polizisten ein wenig gekränkt zu haben?

Außerdem hatte ihr Kent ja nichts anderes übrig gelassen. Er hatte sie mit diesen aufdringlichen Fragen, mit diesem durchdringenden Blick genötigt. Es war, als ahnte er ihre Geheimnisse, als wäre er darauf aus, alles über sie herauszufinden, die Finsternis in ihrer Seele zu entblößen–

„Bitte sehr, Milady."

Marianne atmete aus und richtete ihre Aufmerksamkeit wieder auf ihre Aufgabe. Sie ging in die Hocke, untersuchte die erste der vier Schubladen, die alle voller Ledermappen waren. Sie öffnete die erste Akte, blätterte durch die Unterlagen: Es waren Rechnungen vom vergangenen Jahr. Ganz der diskrete Anwalt hatte Leach lediglich den Namen des Mandanten und die Gebühr aufgeführt. Über den Betreff stand nichts vermerkt.

Sie ließ den Aktendeckel wieder zuschnappen; sie würde drei Jahre zurückgehen müssen, um das Geschäft zu finden, das Leach mit Kitty Barnes gemacht hatte.

„Während ich die hier durchsehe", sagte sie zu Lugo, „durchsuchst du die anderen Räume. Sieh nach, ob noch irgendwo anders Akten aufbewahrt werden."

Während Lugo davonmarschierte, ging Marianne die Akten durch und suchte nach dem richtigen Datum. Die Antwort *musste* hier sein. Wenn sie die Identität von Rosies Häscher heute Nacht nicht herausfinden konnte, würde sie den Anwalt persönlich befragen müssen. Sie würde Leach drohen müssen, und der war schließlich Jurist – und würde womöglich seinem schändlichen Mandanten von ihrer Suche berichten.

Wird das Rosie nur in noch größere Gefahr bringen? Aber was bleibt mir anderes übrig?

Sie war nun bei der letzten Schublade angelangt. Sie öffnete die erste Akte und fand Unterlagen vom falschen Jahr. Sie nahm die nächste in die Hand. 1817. Dravens Todesjahr, das Jahr, in dem Primrose verkauft worden war. Mit zitternden Fingern blätterte Marianne hastig durch den dicken Stapel Papier. Ihr Atem blieb ihr in der Luftröhre stecken, als sie das Gesuchte fand.

Eine Rechnung aus dem Monat, in dem Mrs. Barnes Rosie verkauft hatte. Die auf dem Beleg

vermerkte Summe war astronomisch hoch –
doch der Mandant konnte sie sich leisten.
Schließlich verfügte der Earl of Pendleton über
ein sagenhaftes Vermögen.

Pendleton. Erregung strömte ihr durch die
Adern. *Endlich eine Spur.*

Sie nahm den Bogen heraus und erblickte das
Blatt, das darunter lag. Zur Hölle, noch ein Beleg
für denselben Monat. Und dieselbe
ungeheuerliche Summe. Nur hatte Leach in
diesem Fall dem Viscount Ashcroft
Rechtsbeistand geleistet.

Ashcroft oder Pendleton? Welcher der zwei Kerle
hatte nun ihr Mädchen gekauft?

Verwirrt blätterte Marianne weiter durch die
Akte. Und fand noch eine dritte Rechnung für
denselben Monat. Diese war an den Marquis
Boyer gerichtet.

Sie atmete zitternd aus. Zum Teufel mit Leach,
der Schuft war hoch beschäftigt gewesen. Ein
Marquis, ein Earl und ein Viscount, welcher der
drei Schurken hatte ihr Kind?

„*Milady.*" Das bange Flüstern lenkte ihre
Aufmerksamkeit zur Tür, wo Lugo stand. Sogar

aus der Entfernung konnte sie ihm die Anspannung ansehen. „Wir müssen weg. Sofort."

Sie stopfte die drei Belege in ihren Beutel. „Warum?"

„Leach ist tot", sagte Lugo knapp. „Ermordet. Nebenan im Salon."

Sogleich hörte sie Stimmen in der Entfernung, Schritte, die sich draußen näherten. Es hämmerte laut an der Eingangstür. *Mr. Leach, wir sind von der Bow Street. Wir müssen mit Ihnen sprechen.*

Marianne sprang auf. Ihr Herz schlug in wildem Stakkato. Ohne ein weiteres Wort rannte sie hinter Lugo aus dem Zimmer. Sie hasteten zurück durch das Wartezimmer, woher sie gekommen waren. In Mariannes Kopf tobten die Gedanken, während sie Lugos breitem Rücken durch die Tür der Gehilfenkammer folgte.

Haben sie das Gebäude umstellt? Großer Gott, sie werden glauben, wir haben Leach getötet–

Ihr Verstand setzte aus, als aus dem Nichts ein Arm erschien und sie bei der Taille packte. Eine große Hand erstickte ihren Schrei. Ihr Herz donnerte in ihren Ohren, sie kämpfte, biss und trat nach ihrem Häscher.

Kapitel 15

„Ich bin es, Kent", knurrte Ambrose. „Hören Sie auf, sich zu wehren, oder wir landen beide im Gefängnis von Newgate."

Sogar in der Finsternis konnte er die glasige Panik in Mariannes Augen sehen.

„Draußen stehen Wachtmeister. Wenn Sie hier herauskommen möchten, folgen Sie meinen Anweisungen. Verstanden?" Als sie nickte, schwenkte Ambrose sein Kinn in Richtung Lugo. „Das gilt auch für Ihren Diener."

Der Afrikaner kniff die Augen zusammen, doch er nickte zustimmend. Ambrose ließ Marianne los, die von ihm weg stolperte.

„Was machen Sie denn hier?", fragte sie erstickt.

„Dazu ist jetzt keine Zeit. Das ganze Gebäude ist umzingelt."

Die Stimmen draußen wurden lauter. Mit einem Knoten im Magen wägte Ambrose seine Möglichkeiten ab. Wenn sie Marianne beim Einbrechen in eine Kanzlei erwischten – aus welchem Grund auch immer – würden die Amtsrichter sie in eine Zelle werfen. Zusammen mit den anderen Indizien, die Coyner hatte, käme Sie vielleicht für Gefährdung der öffentlichen Ordnung vor Gericht.

Ambrose hatte sich selbst eingeredet, dass er sachlich bleiben konnte – dass er seine Pflicht erfüllen konnte, egal zu welchem Ausgang das führte. Er hatte geglaubt, dass die Vernunft über seine Gefühle herrschte.

Und in diesem Augenblick war er völlig *entgeistert* über seinen Mangel an Urteilsvermögen. Wie hatte er sich selbst derart belügen können?

Dann setzten seine Instinkte ein und blendeten seine Gedanken aus. Jeder Muskel in ihm spannte sich an, machte sich bereit, Marianne aus diesem Schlamassel zu befreien. Jetzt würde er sie zuerst einmal retten und später Fragen stellen.

„Wir werden nach oben gehen müssen. Folgen Sie mir", brummte er.

Er führte sie zu einem Treppenhaus, das er gleich hinter dem Gehilfenzimmer gesehen hatte. Dicht gefolgt von den anderen beiden erklomm er die Stufen bis zum obersten Stockwerk. Sie betraten ein Dachzimmer. Die Dunkelheit darin wurde von einem silbrigen Schimmer erhellt. Er folgte dem Licht bis zum Fenster, riss es auf und blickte rasch nach links und rechts. Er konnte von hier aus zwar keine Wachtmeister sehen, doch er hörte ihre Stimmen von der Vorderseite des Gebäudes. Die Männer waren gerade im Begriff, die Tür einzutreten.

Er sah hinab auf das Dach des Nachbarhauses. Er konnte es im Nebel und in der Finsternis zwar schlecht sehen, doch schätzte er, dass es zum nächsten Dach wohl drei Meter nach unten ging. Dieses Wagnis mussten sie eben eingehen.

„Ich springe zuerst", sagte er. „Lady Draven als Nächstes. Und Lugo, Sie schließen das Fenster hinter sich – es soll uns ja niemand hinterherkommen."

Ambrose kletterte auf das äußere Fensterbrett. Er sprang und landete leichtfüßig auf den Ziegeln. Er hockte sich nieder, wartete angespannt auf ein Zeichen, dass er gesehen wurde. Doch niemand schlug Alarm. Im Gegenteil, die Stimmen waren sogar verstummt. Die Wachtmeister mussten schon in das Haus gelangt sein. Er blickte hinauf und sah Mariannes Gesicht bleich am offenen Fenster.

„Nur zu, ich fange Sie", sagte er so laut, wie er es nur wagte.

Sie nickte rasch und kam nach kurzem Zögern zu ihm herabgestürzt. Er fing sie mit Leichtigkeit. Er gab Lugo ein Zeichen. Der sprang und landete gediegen neben ihnen.

Sie hatten keine Zeit zu verlieren, also ergriff Ambrose Mariannes Hand. Sie hielt sich an ihm fest, während sie rannten. Er hielt sich dicht an die Schornsteine und hielt hin und wieder inne, um sich zu vergewissern, dass sie nicht entdeckt worden waren.

Als sie das Ende der Häuserreihe erreichten, zog Ambrose sie in den Schutz eines Schornsteins. Keuchend spähte er um sich, zurück zum Gebäude von Leach, das nun sechs oder sieben Häuser entfernt lag. In der Entfernung, die sie zurückgelegt hatten, kräuselte sich schützender Nebel. Es gab keinerlei Anzeichen, dass ihre Flucht über die Dächer bemerkt worden war.

„Am besten warten wir hier", sagte er japsend, mit dem Rücken flach gegen die Backsteinmauer. „Wenn die Wachtmeister wieder weg sind, finden wir schon einen Weg hinunter."

Marianne biss sich auf die Lippe. Im Mondlicht waren ihre Augen unergründlich.

„Vielleicht hilft das, Mr. Kent?", fragte Lugo und holte dabei aus seiner Schultertasche ein dickes Seil.

Ambrose blickte ungläubig, dann erleichtert.

„Das will ich verflucht noch mal meinen", sagte er grinsend.

Vielleicht erschien es ihm nur so, doch er glaubte, den Lakai einen Augenblick lang zurückgrinsen zu sehen.

* * *

Die Fahrt zurück zu Mariannes Haus war zu kurz, um die in Ambroses Kopf dröhnenden Fragen zur Sprache zu bringen. Er wartete also ab und versuchte stattdessen, seinen Gemütszustand zu bändigen. Nun, da die unmittelbare Gefahr vorüber war, wurde er unruhig, sein Blut köchelte nahe am Siedepunkt. *Was zum Teufel hatte sie da in dieser Kanzlei getrieben? In was für Missetaten war sie verwickelt?* Er war ihr vom Abendessen aus gefolgt und gerade rechtzeitig angekommen, um sie im Arbeitszimmer des Anwalts herumstöbern zu hören. Dann hatte die Polizei angefangen, an die Tür zu hämmern und er war einfach seinem Instinkt gefolgt.

Nun saß Marianne ungewöhnlich still in ihrer Ecke der Kutsche. Es stach ihn im Herzen, wie bleich sie war, wie fest sie ihre Hände verschränkt hielt. Er erinnerte sich daran, dass diese Hände dazu fähig waren, in die Räume eines Fremden einzubrechen.

Wut wallte in ihm auf, auf sie – und auf sich selbst. Wie hatte er sich nur in diese Sache hineinziehen lassen können? Er hatte seine Moral betrogen, seine Auftragspflicht vernachlässigt. Und warum? Die Wahrheit verblüffte ihn. Weil er den Gedanken nicht ertragen konnte, dass Marianne etwas zustoßen könnte. Weil etwas Urtümliches, Vernunftwidriges in ihm darauf beharrte, eine Frau zu beschützen, die sich nicht beschützen ließ. Und weil sein Bauchgefühl ihm sagte, dass sie, allem Anschein zum Trotz, keine Anarchistin war.

Er hatte allerdings keinen Zweifel daran, dass sie ein Geheimnis hegte. Er würde mit dieser verantwortungslosen Witwe noch heute Nacht abrechnen.

Die Kutsche hielt. Die Tür öffnete sich und Lugo ließ die Trittstufen herab.

Marianne räusperte sich. „Es ist recht spät", begann sie.

„So leicht kommen Sie nicht davon", widersprach Ambrose bestimmt. „Nach den Ereignissen heute Abend will ich doch meinen, Sie schulden mir eine Erklärung."

Sie presste die Lippen zusammen. Sie stieg aus und sagte unhöflich über ihre Schulter: „Na gut, dann kommen Sie mit, wenn Sie darauf bestehen."

Als sie drinnen waren, führte sie ihn nicht in den Salon, wie er erwartet hatte, sondern nach oben in ihre Gemächer. Beim Anblick des prächtigen Betts zog sich sein Bauch zusammen. Er hörte ein Schnauben und sein Blick schoss zum Sitzbereich beim Kamin. Er erinnerte sich von seinem letzten Besuch an die braunhaarige Zofe, und diesmal erschien sie kein bisschen freundlicher. Sie war dabei, einen Imbiss anzurichten, – der Duft nach Kaffee und gewürzten Früchten stieg ihm warm in die Nase – dann blickte sie ihn finster an und sagte zu ihrer Herrin: „Soll ick nüscht lieber bleiben, Milady?"

„Geh zu Bett, Tilda. Ich komme schon zurecht", antwortete Marianne.

„Aber Sie brauchen doch Hilfe beim Umkleiden–"

„Das kann ich selbst", sagte ihre Herrin geziert. „Und außerdem finde ich schon ein paar helfende Hände, falls ich sie brauche."

Die Anspielung wanderte heiß Ambroses Nacken hinauf. Und auch in andere Körperregionen. Plötzlich wurde er sich bewusst, wie angespannt sein ganzer Körper war – wie angestrengt er sich selbst zügelte. Gott stehe ihm bei, wenn sie ihn heute Abend wieder reizte...

Die Tür schloss sich hinter der Zofe und sie waren allein.

„Es war ein langer Abend, nicht wahr?" Mit einer ermatteten Bewegung streifte sich Marianne die Handschuhe ab.

„Genug mit den Spielchen", sagte er barsch. „Was zum Teufel haben Sie an diesem Ort getrieben?"

„Dasselbe könnte ich Sie fragen."

Vorsicht. Nicht den Auftrag preisgeben. Seine Eingeweide verknoteten sich. Nach allem, was er heute Abend schon gefährdet hatte, durfte er jetzt seine Pflicht gegenüber Coyner und dem Auftraggeber nicht noch weiter verletzen. Zumindest musste er die Vertraulichkeit des Falles wahren.

„Ich bin Ihnen von den Hartefords aus gefolgt. Sie schienen erregt und ich wollte mich vergewissern, dass es Ihnen gut ging." Er wollte sie nicht belügen, und was er sagte, war zumindest ein Teil der Wahrheit. „Ich habe nicht erwartet, dass Sie von einem Abendessen zu einem Einbruch gehen. Ich frage Sie noch einmal, worauf waren Sie aus, Milady?"

Sie hob die Augenbrauen, „Ist dies ein amtliches polizeiliches Verhör? Denn dann würde ich es mir lieber etwas bequem machen."

Ehe er antworten konnte, war sie schon zum Paravent neben ihrem Bett gehuscht. Auf dem Weg dorthin ließ sie ihren Umhang fallen. Der Samt flatterte auf den Teppich. Ambrose schluckte, als ihre Silhouette hinter den seidenbezogenen Paneelen erschien. Das flackernde Kerzenlicht zeigte ihm jede vollkommene Kontur ihrer Figur. Er sah gebannt zu, wie ihre Hände ihre Rundungen entlang fuhren, aufhakten, aufknöpften...

Reiß dich zusammen, Mensch. Sie steht unter dem Verdacht, eine Anarchistin zu sein. Du musst die Wahrheit herausfinden – du musst sie vor den Vorwürfen schützen, falls sie falsch sein sollten.

Stirnrunzelnd zwang er sich, sich abzuwenden. Er starrte in die prasselnden Flammen des Kaminfeuers. In seinem Kopf herrschte Tumult. Schweiß trat ihm auf die Stirn; er riss sich den

Mantel vom Leib und warf ihn auf einen der Stühle.

Warum glaubte er immer noch beharrlich an ihre Unschuld, wenn doch alles gegen sie sprach? Er war doch so stolz auf seinen folgerichtigen Verstand, und dennoch: Wann auch immer sie in der Nähe war, unterdrückten seine Instinkte sein Urteilsvermögen. Instinkte, derer er zu seinem großen Verdruss nicht Herr werden konnte.

„Sie schulden mir eine Erklärung, Lady Draven", sagte er verbissen.

„Ich glaube, die Zeit für Formalitäten ist vorüber." Ihre spöttische Stimme schwebte zu ihm herüber. „Ich gestatte Ihnen, mich beim Vornamen zu nennen."

„Nun gut, *Marianne* also", sagte er mit verkrampftem Kiefer. „Was zum Teufel taten Sie in der Kanzlei des Anwalts?"

Auf seine Frage folgte eine Stille, in der nur sanft Stoff raschelte. Die Spannung zerrte ihm an den Nerven, und unvernünftiger Weise drehte er sich wieder zum Paravent um. Sein Mund wurde trocken, seine Männlichkeit erhob sich sofort zum Gruße. Denn hinter dem Paravent offenbarte sich Mariannes makellose Figur in dem wohl spärlichsten Unterkleid, das er je gesehen hatte. Sein Blut wallte, während ihre Hände über die sanfte Kurve ihrer Hüften, die schlanke Taille strichen. Als sie zu ihren Brüsten gelangte und die beiden Schönheiten kurz umfasste – musste er sich ein Stöhnen verbeißen.

Doch als sie hinter dem Raumteiler hervortrat, konnte er ein tierisches Geräusch nicht länger unterdrücken. Schweiß stand im auf der Stirn.

Verflucht. Das kann doch alles nicht wirklich geschehen.

Lady Draven stand vor ihm wie ein erotischer Fiebertraum und trug nichts weiter als einen durchscheinenden Unterrock und ein Korsett. Derart unerhörte Kleider hatte er sich noch nie vorgestellt, geschweige denn gesehen. Schmale Spitzenträger hielten ein tief ausgeschnittenes Mieder; das kurze Korsett drückte ihren Busen nach oben, sodass die glatten runden Hügel fast aus dem Mieder platzten. Unter dem Korsett offenbarte der durchsichtige Rock ihre wohlgeformten Unterschenkel und Knöchel. Am

Saum kräuselte sich Spitze, strich über ihre hübschen nackten Zehen.

„Wollen Sie mich mit Ihren verführerischen Tücken verwirren?“, fragte er heiser.

Ihre Lippen zuckten, ihr Blick schweifte über ihn hinweg. „Ich bin mir nicht sicher. Ist das denn möglich?“

Zur Hölle, ja.

„Nein“, sagte er bestimmt, zwang seinen Blick auf ihr Gesicht und befahl sich, die Augen dort zu halten.

„Was haben Sie heute Nacht in der Kanzlei von Leach mitbekommen?“, fragte sie.

„Ich weiß, dass Sie etwas gesucht haben.“ Ambrose schluckte, als sie an ihm vorbeiging, mit bis zur Taille wallendem platinblondem Haar. „Worauf waren Sie aus?“, beharrte er. „Stecken Sie in Schwierigkeiten? Denn falls ja, werde ich Ihnen helfen–“

Ihr heiseres Lachen ging ihm kochend heiß den Rücken hinunter. Hitze flutete seine Lenden, seine Hoden pochten mit einem Druck, der an

Schmerz grenzte. „Sie möchten mir helfen, Ambrose?"

Gott, sogar sein klotziger Name klang von ihren Lippen wie der Gesang einer Sirene.

„Zuerst müssen Sie mir vertrauen und die Wahrheit erzählen." Sein Gehirn raste durch all die Theorien, die er erwogen hatte. Ihm kam eine Erklärung, die nicht davon ausging, dass sie mit einer Bande geistesgestörter Umstürzler zu tun hatte. „Dieser Leach – verfügt er etwa über Informationen, die Sie suchen? Oder geht es vielleicht um Erpressung. Erpresst er Sie?"

Etwas flackerte in ihrem Blick auf, er hatte einen Nerv getroffen. *Der Anwalt weiß etwas, und entweder will sie es wissen, oder er kann sie mit seinem Wissen unter Druck setzen. Was für ein Geheimnis verbirgt sie?*

Sein Verdruss stieg noch weiter, als Marianne nicht antwortete, sondern stattdessen eine reife Erdbeere nahm und die Frucht zwischen ihre noch reiferen Lippen schob. „Sind Sie bei Dingen, die Sie nichts angehen, immer so beharrlich?"

„Wenn Sie sich selbst in Gefahr bringen, geht mich das wohl etwas an. Es geht mich etwas an, wenn ich Sie ständig retten muss." Er fuhr sich mit der Hand durchs Haar. „Verflucht, Weib, ich bin Polizist, und dennoch habe ich Ihnen heute Nacht geholfen, dem Gesetz zu entgehen. Und Sie erklären mir jetzt, was hier vorgeht, oder, so wahr mir Gott helfe–"

„Oder was? Sie melden mich dem Amtsrichter?" Sie kam auf ihn zu, ihre Augen so stürmisch wie ein Sommergewitter. „Unterscheiden Sie sich dann noch von irgendeinem der anderen Männer, die mich zu manipulieren versucht haben?"

„Ich versuche nicht, Sie zu manipulieren, Sie kleine Närrin", spie er aus. „Ich versuche, Sie zu beschützen."

„Ich will Ihren Schutz nicht." Sie hob ihr Kinn und ihr Blick glitzerte hart. „Wenn Sie klug sind, halten Sie sich von nun an aus meinen Angelegenheiten heraus. Oder es tut Ihnen noch leid."

„*Drohen* Sie mir?", fragte er ungläubig.

„Das war keine Drohung, sondern ein Versprechen." Und als ob es noch nicht genug gewesen wäre, ihm seine eigenen Worte ins Gesicht zu werfen, sagte sie: „Und lassen Sie uns auch die Unterschiede zwischen uns nicht vergessen. Seien wir doch ehrlich, Kent" –sie hob die Augenbrauen– „Sie haben doch gar nicht das Zeug dazu, mich aufzuhalten."

Die Zügel seiner Selbstbeherrschung rissen. Es wurde ihm finster vor Augen. Er erkannte die Stimme kaum, die nun knurrte: *„Nicht das Zeug dazu?"* Ehe er wusste, was er vorhatte, zerrten seine Hände sie an ihn, kamen seine Lippen auf sie hernieder, um dem unerträglichen Luder zu beweisen, wie falsch sie lag.

Kapitel 16

Marianne wusste, welches Wagnis sie dabei einging, Kent zu verführen. Sie war es so zweckmäßig wie möglich angegangen, nämlich indem sie ihn über seine Grenzen hinaus reizte. Sobald seine Lippen ihre berührten, barst der Funken der Anziehung zwischen ihnen in Flammen. Ganz, wie sie es geahnt hatte. Sie hatte sich darauf verlassen, denn sie musste ihn von seiner Fährte ablenken. Kent wusste offensichtlich nicht, dass Leach tot war. Sie konnte es gar nicht gebrauchen, dass er nun anfing, Fragen zu stellen und sie als die Schuldige hinzustellen.

Ihr Schachzug, Kent abzulenken, loderte nun allerdings in einen derartigen Brand auf, dass ihre eigene Beherrschung in Gefahr war. Seine männliche Hitze ließ ihre Entschlossenheit schmelzen, ihr Inneres zerfließen. Hunger entbrannte, als seine Zunge gegen ihre stieß. Sie gab ein wenig nach, schlang ihre Arme um seinen Hals, um näher an seine lange Männlichkeit zu gelangen. So stark. So fest. Während schon die Lust durch ihr Blut rauschte, sagte sie sich noch, dass dies ja alles nur Teil ihres Kalküls war...

Sei nicht töricht. Du warst doch immer ehrlich zu dir selbst, warum jetzt lügen? Du begehrst Kent – du begehrst ihn schon, seit er dich zum ersten Mal gerettet hat.

Die Schrecken und der Triumph der Nacht rauschten immer noch in ihren Adern. Sie empfand ein stechendes Verlangen, nur dieses eine Mal an nichts mehr zu denken. Nur eine lang Nacht Ruhe vor den Dämonen zu haben. Die allgegenwärtige Beklommenheit wallte auf, doch Marianne wusste, dass sie jetzt in diesem Moment nichts für ihre Tochter tun konnte. Nicht, während ihr Geist und ihr Körper vor Erschöpfung taub waren. Nicht, während ein so lange unterdrücktes Verlangen auf ihren Willen einhieb…

Ihr Verstand verschwamm, während sich ihr Kuss vertiefte. Kent hatte eine besondere Art zu küssen – er schien den Mund einer Frau wahrlich zu genießen. Seine Lippen waren fest und köstlich, wie sie so über ihr Kinn, ihr Ohr streiften.

„Es ist Wahnsinn, doch es ist mir einerlei. Sag mir, dass du das hier willst." Sein rauchiges Knurren sandte ihr ein Schaudern bis in die Knie. „Bei Gott, sag mir, dass du mich willst, so wie ich dich will."

Sie konnte weder sich noch ihn länger belügen.

Morgen fange ich von vorne an, gelobte sie. *Ich gehe Boyer, Ashcroft und Pendleton auf den Grund – und ich höre nicht eher auf, als ich Rosie wieder sicher in den Armen halte.*

„Ich will dich", flüsterte sie.

„Gutes Mädchen." Ihr Hals krümmte sich unter dem Lob, das heiß an ihrem Hals geflüstert wurde. „Nun sag mir, was du in der Kanzlei von Leach gemacht hast."

Sie wurde steif. Stieß ihn von sich. „Das kann ich nicht."

„Kannst oder willst nicht?" Der Rand um die Iris seiner Augen verdunkelte sich, was seinen Blick nur noch durchdringender machte.

Trotz der Begierde, die in ihrem Blut klopfte, hob sie ihr Kinn. „Das ist meine private Angelegenheit, Kent. Wenn Sie mich deswegen verführen wollen, können Sie gleich wieder aufhören."

„Wer verführt hier denn wen?", sagte er und brachte sie damit zum Erröten. Ehe sie sich abwenden konnte, ergriff er mit einer großen Hand ihr Kinn. „Wenn Sie mir keine Einzelheiten nennen können, dann sagen Sie mir wenigstens das Eine: Haben Sie einen persönlichen Grund, warum Sie die Kanzlei von Leach durchwühlen?"

Warum leugnen, was er ohnehin schon erraten hatte. „Ja", sagte sie.

„Was hat er, was Sie wollen?"

Sie rang um einen Teil der Wahrheit, den sie ihm geben konnte. „Auskünfte."

„Hat diese Auskunft mit Krone und Königreich zu tun?"

Sie zwinkerte bei dieser seltsamen Frage. „Nein", sagte sie stirnrunzelnd. „Es geht um etwas Privates."

Er sah sie eindringlich an, seine hellen Augen undurchschaubar.

Sie schauderte. Konnte er ihr Geheimnis erraten? Unerfüllte Leidenschaft und die Aufregung der Nacht hämmerten auf ihre Fassung ein, sie klammerte sich an ihren letzten Fetzen gesunden Menschenverstand.

„Es ist spät", brachte sie heraus. „Sie gehen wohl besser–"

Im nächsten Moment hatte Kent sie vom Boden aufgehoben, sein Mund so heiß und hungrig, dass sie vor Erleichterung hätte weinen können. Stattdessen aber erwiderte sie seinen Kuss mit all dem verzweifelten Verlangen, das in ihr emporstieg. Es drehten sich ihr die Sinne, während er sie zum Bett hinüber trug, als sein harter Leib sie in die seidene Bettdecke presste. Er streichelte ihren Hals, ihre Schultern. Das

Reiben seiner hornhäutigen Finger war seltsam erregend.

„So schön", murmelte er. „Eine *Selkie*, zu schön, um wahr zu sein."

Ihr Hals krümmte sich, während er ihr Schlüsselbein nachfuhr. „Was ist eine Sälki?", fragte sie atemlos.

„*Selkie*. Ein verzaubertes Meeresgeschöpf. Sie verhext die Männer in Gestalt einer schönen Frau", –er neigte sich hinab, um den Pfad zu kosten, den er gerade nachgefahren hatte– „dann entflieht sie in der Zauberhaut einer Robbe ins Meer."

„Eine Frau mit Optionen. Gefällt mir", sagte sie lächelnd. „Ich glaube, das ist das beste Kompliment, das man mir je gemacht hat."

Kent fuhr mit einer Fingerspitze um den Saum ihres Mieders und ihr Atem ging schneller. Ein paar Fingerbreit weiter und er könnte ihre Brustwarzen erreichen, die sich steif und schmerzend nach seiner Berührung reckten. Als ob er ihr Verlangen erriet, zuckten seine Lippen und er zog böswillig seinen Finger weg, glitt damit stattdessen die Kordeln ihres vorne geschnürten Mieders entlang.

„Es gibt Mittel und Wege, wie man eine *Selkie* halten kann", sagte er und zog prüfend an einem der Knoten.

Quelle surprise. Wenn es darum ging, wie man sich Frauen unterwerfen konnte, waren Männer ja schon immer sehr einfallsreich gewesen.

„Lass mich raten", sagte sie spöttisch. „Mann nimmt ihr die Haut weg. Versteckt sie, sperrt sie weg."

„Das ist die eine Art", stimmte er zu. „Aber nicht die Methode, derer ich mich bedienen würde."

„Oh, dann bitte sag mir doch, wie du es anstellen würdest."

Er zog sich zurück und bückte sich nach etwas... in seinem Stiefel. Ihr stockte der Atem, als sie eine Klinge in seiner Hand sah. Er hielt seinen Blick fest auf sie gerichtet, hob ein Korsettband hoch und ließ die Klinge sachte darunter gleiten. Ein Schnitt, und die Kordeln lösten sich auf. Ihr Atem kehrte mit Schwindel erregender Hast wieder.

„Ich bin der Meinung, wenn man ein wildes Geschöpf haben will, muss man es befreien." Unter seinem durchdringenden Blick fühlte sie sich wieder nackt und verwundbar – nur, dass er diesmal keine Angst, sondern Sehnsucht und Erregung hervorrief.

Ist es denn möglich? Ein Mann, der mich tatsächlich versteht...

„Was, wenn sie nicht zurückkommt?"

Er warf das Korsett beiseite. Er nahm die Träger von ihren Schultern und schob sie ihre Arme entlang nach unten, ihr Mieder folgte. Ihr Rückgrat bäumte sich auf, während der feine Musselin über ihre Brustwarzen strich und seinen heißen Blick auf die festen Nippel freigab.

„Ich würde ihr genug Grund geben, zu mir zurückzukehren", sagte er und senkte den Kopf.

Sie keuchte, als er eine der empfindlichen Knospen in den Mund nahm. Als seine Zunge sich darum ringelte, schoss ihr die Empfindung bis zwischen die Schenkel. Als ihre Suche sie in Bordells geführt hatte, hatte sie beobachtet, wie Männer an Frauen nuckelten – sie hatte sogar noch viel mehr gesehen als das – aber selbst erlebt hatte sie diese Lust noch nie. In der Tat überstieg ihre theoretische Kenntnis der fleischlichen Liebe ihre tatsächliche Erfahrung bei weitem. Thomas war noch Jungfrau gewesen; die drei Male, die sie sich geliebt hatten, hatten sie gerade erst begonnen zu entdecken, wozu ihre Körper imstande waren.

Kent verfügte eindeutig über das Wissen eines gestandenen Mannes. Ein Stöhnen löste sich aus ihrer Kehle, während er ihren Nippel mit nassem Schnalzen neckte. Auf der anderen Brust hielt er denselben Rhythmus ein, seine Finger umkreisten, kniffen gerade fest genug, um sie in den Wahnsinn zu treiben. Ihr Rückgrat krümmte sich, ihre Hände klammerten sich in sein dichtes Haar, während die Lust über sie hinweg schwappte. Jahre der aufgestauten Sehnsucht schwemmten die letzten Überbleibsel ihrer Beherrschung fort.

„Hör nicht auf." Die Worte kamen aus dem Nichts, in einer kehligen Stimme, die sie nicht wieder erkannte. „Hör… einfach nicht auf."

„Ganz ruhig, Süße. Ich bin ja da." Sogar seine Stimme erregte sie, wie sein Mund die Worte gegen ihre angespannte, pochende Brustwarze formte. „Eines Tages wirst du mir vertrauen und wissen, dass ich alles für dich tun würde."

Sie wollte dem etwas entgegensetzen, doch seine Lippen schlossen sich um ihren zweiten Nippel, und das Toben in ihr erreichte einen fiebrigen Höhepunkt. Ihre Haut schien zu brennen und feuchte Hitze rann aus ihrem Kern, während er sich zwischen ihren Rippen hinab küsste. Seine Zunge tauchte in ihren Nabel. Bei dieser heftigen, ungewohnten Empfindung klammerten sich ihre Hände in die Bettdecke. Ihr Petticoat wurde ihre Hüften hoch gezerrt, ihre intimste Stelle lag frei. Ihre Lunge rang nach Luft. Sie sagte sich, dass sie ruhig bleiben, sich einfach zurücklegen musste und... Seine Lippen berührten die Innenseite ihres Schenkels und der siedende Kuss entriss ihr ein Japsen.

„Gefällt dir das nicht?", fragte er und hob den Kopf zu ihr.

„Ich weiß nicht. Es fühlt sich etwas fremdartig an", brachte sie heraus.

Seine Stirnfalte vertiefte sich. „Bist du denn an dieser Stelle noch nie geküsst worden?"

Sie wollte lügen, doch aus irgendeinem verflixten Grund schüttelte sich ihr Kopf von selbst. Verwunderung bewölkte seinen Blick, und sie wusste, was er dachte. *Die verruchte Baronin Draven hatte noch nie den Mund eines Mannes zwischen ihren Beinen?* Wenn er die Wahrheit wüsste, würde er wohl lachen – oder schlimmer noch, denken, dass sie arglos war, nur weil sie die Dinge, von denen sie so viel wusste, nicht selbst ausprobiert hatte.

„Mir war noch nie danach." Ihr Ton kam so hochnäsig heraus, wie es unter den Umständen nur möglich war, denn seine Daumen zogen zu beiden Seiten ihres zitternden Geschlechts Kreise, die ihr den Verstand zerfließen ließen. „Wenn du möchtest, gestatte ich dir allerdings, mich... mit dem Munde zu nehmen."

Seine Augen flackerten bei der unanständigen Aufforderung. Ausgezeichnet, sollte er nur wissen, dass sie nicht naiv war.

Dann zuckten seine Lippen.

„Mit deiner Erlaubnis also", sagte er.

Sie verkniff sich ein Geräusch, als er ihr siedendes Fleisch teilte. Ihre Schamlippen brannten, während er sie einige Momente lang einfach nur ansah. Der finstere Hunger in seinem Blick reizte sie unerträglich und ihr Geschlecht wurde noch feuchter.

„Nun, tust du es oder nicht?", fragte sie, als sie die Spannung nicht länger aushielt. Kents verschleierter Blick traf ihren. In diesem hellen, erotischen Blick steckte ein Hauch von... war es Lachen? Sie begann sich zu winden, doch seine Hände packten ihre Schenkel und hielten sie gespreizt.

Seine heiseren Worte erregten ihre feuchten Locken, schürten das Feuer in ihrem Blut. „Ein Mann will sich erst satt sehen, ehe er den Schmaus beginnt", sagte er. „Besonders, wenn das Festmahl so üppig ist."

„Dann mach lieber schnell, bevor es kalt wird", sagte sie.

„Kalt?" Seine Augenwinkel legten sich in Falten. „Das glaube ich nicht, Süße. Du bist die Hitze schlechthin..."

Der erste Strich seiner Zunge ließ sie vor Schreck keuchen. Der zweite hob ihre Wirbelsäule von der Matratze. Gott, so etwas hatte sie noch nie… Ihr Verstand war leergefegt, die reine Empfindung schwemmte sie fort. Sie war nur noch eine Flut der Lust, die über ihre Sinne rollte. Sein freimütiges Lob und seine unzüchtige Liebkosung hoben sie in schwindelerregende Höhen.

„Du schmeckst so gut. Salzig und süß. Mir läuft das Wasser im Munde zusammen."

Wie zum Beweis fuhr er mit der Zunge in ihren Schlitz, tief in ihre pochenden Falten. Ihre Hüften bäumten sich auf, die Freude raubte ihr den Atem. Ihr verging das Sehen, während ihre anderen Sinne sich schärften. Sie war so nah, so nahe dran….

„Kent", keuchte sie. „Ich werde… ich werde…"

„Oh ja, das wirst du." Sein wilder Blick brachte sie an den Abgrund. „Komm für mich. Jetzt sofort, mit deinem süßen Kätzchen an meinem Mund – lass mich deine Lust schmecken."

Seine Zunge bog sich nach oben, zu dem kleinen Knoten, der im Takt mit ihrem Herzschlag klopfte. Seine Lippen schlossen sich, saugten sanft. Ihr Kopf kippte nach hinten, während der Höhepunkt sie packte. Die reinste

Freude pumpte durch sie, wie sie es noch nie zuvor erlebt hatte. Ehe sie sich davon erholen konnte, spürte sie erschrocken, wie sie gedehnt wurde... es war sein Finger. Er stieß sanft gegen den anfänglichen Widerstand ihres Eingangs. Beide ächzten, als ihre Muskeln weicher wurden und sich dann um den erregenden Eindringling schlossen.

„Du bist so eng", raspelte er. Seine Stirn glänzte vor Schweiß. „Verflucht, du ziehst mich noch weiter hinein. So süß." Seine Brust hob sich, der primitive Blick in seinen Augen erregte sie noch mehr, ihr Schacht wurde noch schlüpfriger. „Du hältst doch noch mehr aus, oder?"

„Ja, *mehr*..."

Sie stöhnte, während er mit einer festen, stetigen Bewegung zu pumpen begann. Ihr Becken hob sich jedem Stoß entgegen. Er geriet mit jedem Mal tiefer und tiefer in sie hinein, sein Rhythmus und sein Druck trieben sie vor Verlangen in den Wahnsinn. Während seine Finger in ihr spielten, klatschte seine Handfläche feucht gegen ihren empfindlichen Schamhügel. Vor ihren Augen schlug es Funken. Gerade als sie dachte, sie könnte nicht mehr ertragen, senkte er seinen Kopf erneut.

„Noch einmal", sagte er.

Sie schrie, während eine erschütternde Hitze in Wellen über sie kam. *Zu viel, zu neuartig*.... Wogen markerweichender Süße trugen sie fort.

* * *

Mit donnerndem Herzen wischte Ambrose eine feuchte Strähne von Mariannes Wange, die vom Liebesspiel erhitzt war. Sie war benommen von den Orgasmen, die er ihr gerade geschenkt hatte. Vor Stolz schwoll ihm die Brust. Bei Gott, ihre Lust war herrlich gewesen... davon zeugten seine feuchten Unterhosen. Verflucht, das war ihm noch nie zuvor passiert, doch allein von dem Druck ihrer Scheide um seine Finger, von der Süße ihrer Säfte auf seiner Zunge... er atmete aus, während sein Glied noch einmal steif wurde.

Ihre Leidenschaft hatte ihn auf mehr als eine Weise überwältigt. Er konnte kaum fassen, was er da entdeckt hatte. Was sie so sorgfältig unter ihrer blasierten Fassade verborgen hielt.

Die berüchtigte Baronin Draven war in der Kunst der Liebe fast noch eine Anfängerin.

Ihre vergangenen Liebhaber hatten kläglich versagt. Zurückblickend kam Ambrose zu dem Schluss, dass es davon nicht allzu viele gegeben haben konnte, angesichts dessen, wie fassungslos sie über ihre eigene Lust gewesen war, wie eng ihre Hitze sich um seine Finger geschlossen hatte. Während sein Blut vor Erregung gerann, verspannte sich ihm zugleich der Kiefer beim Gedanken an andere Männer, die Marianne berührt hatten. Sie verdiente etwas Besseres als achtloses Ficken. Sie verdiente einen Mann, der sich um ihre Bedürfnisse kümmerte. Der die Geduld hatte, sich durch diese Schichten aus Eis zu meißeln, um zu der leidenschaftlichen, verletzlichen Frau dahinter zu gelangen.

Was Marianne brauchte, war ein Liebhaber, dem sie vertrauen konnte.

Sein Atem ging harsch, als er sie im Schlaf murmeln hörte, ihre Lippen in seinen offenen Hemdkragen brabbelten. Die Lust stieg ihm in den Adern empor, und er konnte nicht widerstehen, mit der Hand die süße Rundung ihrer Brust zu fassen. Sogar im Schlaf reagierte sie auf ihn. Ihr rosiger Nippel stellte sich auf, ihr sanfter Seufzer hauchte heiß auf seine Haut. Der Instinkt, sie zu nehmen, seine Erektion aus den Hosen zu befreien und sich in ihrem süßen Kätzchen zu vergraben, überwältigte ihn schier.

Doch er tat es nicht. Denn dann würde er ihr Vertrauen nicht verdienen.

Was sie vorher gesagt hatte, hallte in seinem Kopf wider. *Unterscheiden Sie sich dann noch von irgendeinem der anderen Männer, die mich zu manipulieren versucht haben?* Wer hatte versucht, sie zu verletzen? Was hatte sie erlitten? Trotz all dem, was er nicht über sie wusste, wusste er doch das Eine: Marianne Draven war nicht das anrüchige, herzlose, raffinierte Biest, das sie zu sein schien. Gewiss hatte sie Geheimnisse, aber eine verfluchte Anarchistin war sie nicht. Als Ambrose sie gefragt hatte, ob sie in Angelegenheiten der Krone und des Königreichs verwickelt sei, hatte er die ehrliche Verwirrung in ihrem Blick gesehen. Sie hatte nicht gelogen, als sie sagte, dass ihr Interesse an Leach persönlicher Natur war.

Schon früh hatte er ihren verborgenen Schmerz gespürt. Das hatte ihn zu ihr hingezogen, und nun konnte er seinen Wunsch, sie zu beschützen, nicht länger leugnen. Er würde ihr helfen – was aber hieß, dass er sich erst um eine andere Angelegenheit kümmern musste.

Mit größter Überwindung befreite er sich aus ihrer seidigen Umarmung. Er steckte die Bettdecke um ihren prächtigen Körper herum fest. Er warf noch einen letzten Blick auf sie, las seine Sachen auf und ging.

Kapitel 17

Marianne erwachte, blinzelte müde, bis die pfirsichfarbenen Wände ihres Schlafgemachs Gestalt annahmen. Verflixt, sie musste tief geschlafen haben, denn sie hatte sich seit Jahren nicht mehr so ausgeruht gefühlt. Gähnend streckte sie sich, und es zuckte dabei ungewohnt zwischen ihren Schenkeln. Die Erinnerung schoss durch sie, ihre Lunge leerte sich in einem Ruck, während ihr mehrere Tatsachen gleichzeitig zu Bewusstsein kamen.

Großer Gott. Leach ist tot, und ich habe drei Verdächtige für die Verschleppung von Rosie. Und letzte Nacht ließ ich Kent...

Die Vertraulichkeiten, die sie zugelassen hatte, schossen ihr heiß in die Wangen und in den Bauch. Derlei Dinge hatte sie mit Thomas nie getan. Doch Kent hatte eine Art an sich, die ihre Abwehr völlig vernichtete, ihr ihre geheimsten Wünsche entlockte. Sie hätte es besser wissen sollen; keinem Mann war zu trauen, und doch war da so etwas verflucht *Vertrauenswürdiges* an ihm. Er hatte sie schon zweimal gerettet. Das erste Mal hatte er eine Kugel abbekommen und das zweite Mal Kopf und Kragen dabei riskiert, sie über die Dächer zu schleppen.

Warum beschützte er sie denn immer wieder?

Ihr Gesicht wurde heiß, als ihr noch eine Tatsache in den Sinn kam: Nachdem Kent ihr gefällig gewesen war, hatte er... keine Gegenleistung erhalten. Sie legte großen Wert auf einen fairen Handel, und nach allem, was zwischen ihnen vorgefallen war, hatte er jedes Recht, irgendeine Form von *Quid pro quo* einzufordern. Und doch war er nach seinen Heldentaten – ganz zu schweigen von den berauschenden Höhepunkten, die er ihr entlockt hatte – verschwunden... und sich ihr noch *nicht einmal empfohlen*?

Was zum Kuckuck war bloß mit diesem Mann los?

Stirnrunzelnd warf sie die Laken beiseite und zog sich einen seidenen Morgenmantel an. Sie musterte sich im Cheval-Spiegel. Sie sah so aus wie immer – vielleicht besser, mit einem neuen Glühen auf den Wangen und wachem, ausgeruhtem Blick. Ihr ganzes Erwachsenenleben hatte sie ihre Anziehungskraft auf das männliche Geschlecht nie in Frage gestellt. Gewiss doch war Kent in dieser Hinsicht auch nicht anders als andere Männer. Gewiss doch hatte er mit ihr Liebe machen *wollen*. Gewiss doch fand er sie begehrenswert... oder nicht?

Verflucht, *verunsichert* mich dieser Ambrose Kent etwa?

Lächerlich. Mit verspanntem Kiefer redete sie sich ein, dass es nur daran lag, dass sie Unvorhersehbarkeit nicht leiden konnte. Kent verhielt sich anders als jeder andere Mann, den sie kannte. Kein Mann konnte wirklich so aufrecht und redlich sein, wie dieser Mann zu sein schien. Mit einem plötzlichen Schaudern fragte sie sich, ob er sich so ritterlich verhalten hätte, wenn er die Leiche von Leach gesehen hätte. Wenn er vom Tod des Anwalts erführe – und das würde zweifellos bald der Fall sein – würde er davon ausgehen, dass sie etwas damit zu tun hatte? Würde er sie den Behörden melden? Oder würde er schweigen?

Ihr wurde bange, sie beruhigte sich mit der Tatsache, dass Kent seine Gegenwart am Tatort den Behörden nicht berichten konnte, ohne sich dabei selbst in Bedrängnis zu bringen. Wie sähe es denn aus, dass ein Hauptaufseher der Thames River Police in den Räumen eines Mordopfers herumlungerte? Dann zwei Verdächtigen zur Flucht verhalf... und anschließend mit einer davon Liebe machte?

Da würden Kents Hände genauso schmutzig erscheinen wie ihre eigenen. Sie atmete wieder gleichmäßig. Im besten Fall würde er ihr Geheimnis wahren – wodurch sie allerdings nur noch tiefer in seiner Schuld stehen würde. Unter seinem Einfluss. Sie *hasste* es, irgendeinem Mann gegenüber verpflichtet zu sein. Schluckend erinnerte sie sich an ihren Handel mit Bartholomew Black. Bei der Erinnerung an seine widerliche Reitgertensammlung bekam sie eine Gänsehaut.

Was geschehen ist, ist geschehen. Du hattest keine Wahl. Für Rosie musst du alles in Kauf nehmen.

Sie straffte den Rücken. Die Sache mit Black lag nicht in ihrer Hand, doch mit Ambrose Kent konnte sie es durchaus aufnehmen. Der Gedanke, händeringend dazusitzen und darauf zu warten, dass Kent seine Bedingungen nannte, war ihr unvorstellbar... Da kam ihr eine Idee: köstlich pervers.

Eine Lösung, wie sie ihren Verpflichtungen genügen konnte. Wie sie eine Machtposition einnehmen konnte, statt einfach zuzusehen. Und es Kent in barer Münze heimzahlen konnte, dass er sie wie ein Dieb in der Nacht zurückgelassen hatte.

Sie schrieb hastig auf ihrem Schreibpult eine Nachricht, versiegelte sie und klingelte nach Tilda.

„Lass das an Mr. Kent überbringen", sagte Marianne.

Tilda nahm die Botschaft mit offensichtlichem Widerwillen. „Ja, Milady."

Als sie die Missbilligung in Tildas Gesicht gekerbt sah, unterdrückte Marianne ein Seufzen. „Möchtest du etwas zu mir sagen? Ich warne dich Tilda, mir steht nicht der Sinn nach einer Predigt."

„Wennse wissen, wat ick denke, muss ick et ja nüscht sagen, oder?"

Während Tilda ging, um die Gardinen zu öffnen, dachte Marianne verdrossen, dass sogar die Zofe mit ihr umsprang, wie es ihr beliebte. Ausnahmsweise einmal bedauerte sie, ihr Gesinde nicht etwas konventioneller ausgewählt zu haben. Sich mit scharfsinniger Ehrlichkeit zu umgeben hatte auch seine Nachteile.

„Genug geschwätzt, Tilda", sagte sie. „Hast du Lugo heute schon gesehen?"

„Er ist in aller Frühe zu einer Erledigung aufgebrochen." Tilda brachte ihr ihre Vormittagsgarderobe und half Marianne vor dem Spiegel beim Ankleiden. „Ick soll Ihnen ausrichten, er glaubt nüscht an Zufälle und will herausfinden, was et mit dem Vorfall gestern Nacht auf sich hatte."

„Da sind er und ich ja derselben Meinung", sagte Marianne grimmig.

Während die Zofe ihr die Korsettbänder zurrte, ging Marianne die vielen Ereignisse noch einmal durch. Sie war also zur Kanzlei von Leach gegangen, nur um ihn dort tot aufzufinden. Die Wachtmeister waren nur Minuten später angekommen – wie äußerst günstig. Ganz zu schweigen davon, dass sie vor weniger als zwei Wochen in Covent Garden von zwei Schurken überfallen worden war.

Zufälle? Das glaubte sie nicht.

Die Umstände führten zu einer einleuchtenden und schauderhaften Schlussfolgerung: Jemand wusste, dass sie auf der Suche nach Rosie war. Jemand beschattete sie und wollte sie aufhalten. Wenn Kent ihr nicht zweimal zur Hilfe gekommen wäre, wäre sie vielleicht tot oder hätte den Mord an Leach am Hals.

Mrs. Barnes hatte behauptet, dass der Käufer von Primrose nicht wusste, dass das Mädchen Mariannes Tochter war. Hatte er vielleicht die Wahrheit dennoch herausgefunden?

War einer der drei Verdächtigen – Boyer, Ashcroft oder Pendelton – Mariannes geheimer Widersacher? Sie kannte alle drei flüchtig. Sie führte sich das, was sie über jeden von ihnen wusste, noch einmal vor Augen.

Marcus Tilson, Marquis Boyer, war ein verwitweter Mittvierziger. Er sah unscheinbar aus, doch galt als hübscher Fang – obwohl sie sich daran erinnerte, dass da etwas Seltsames in seinen Augen gelegen war. Nicht gerade die Farbe, sondern eher, dass etwas darin fehlte. Ein Ausdruck wahrer Gefühle. Nichtsdestotrotz war Boyer ein geachteter Edelmann und ein aktives Mitglied des House of Lords.

Im Gegensatz dazu sah Devlin St. James, Viscount Ashcroft, verteufelt gut aus und war ein Lebemann durch und durch. Der Erbe eines Fürstentitels war in mehrere Skandale verwickelt gewesen, die dank des väterlichen Einflusses rasch unter den Teppich gekehrt worden waren. Marianne schnürte sich die Kehle zu, als sie an einen der Vorfälle dachte, bei dem es um eine blutjunge Pfarrerstochter gegangen war.

Eugene Patten-Jones, Earl von Pendleton, war der Älteste der drei und wohl auch der

Mächtigste. Er machte mit seinen Mitte fünfzig eine robuste Figur. Wenn das Parlament gerade nicht tagte, hielt er sich auf seinem Landsitz auf, der für seine Jagdgründe berühmt war. Er hatte einen makellosen Ruf und war für seinen Hochmut berüchtigt. Als sie ihm einmal vorgestellt worden war, hatte er sie nur kurz mit einem verächtlichen Blick gestreift.

„Was werdense nun tun?", fragte Tilda, während sie die smaragdgrünen Mullröcke glättete.

„Ich habe die Suche auf drei Spuren eingegrenzt. Einer von ihnen hat meine Tochter, dessen bin ich mir sicher", sagte Marianne.

Warum sonst würde der Bastard denn sonst versuchen, sie unbedingt aufzuhalten? Sie spürte einfach, dass sie sich Rosie näherte. Trotz der langen Jahre der Trennung war das mütterliche Band so stark wie eh und je. Es war, als ob ein Teil von ihr – der *beste* Teil – bei der Geburt auf ihr Kind übergegangen wäre. Ihre Brust kribbelte vor bittersüßer Erinnerung. Ein paar Wochen lang hatte sie die Freude gehabt, ihre Tochter selbst zu stillen... bis Draven dem ein Ende gesetzt hatte.

Du bist eine Baronin und keine Milchkuh, hatte er kaltherzig gesagt. *Dein Bastard wird von einer Amme gestillt oder verhungert. Du hast die Wahl.*

Mariannes Kehle wurde eng. Sogar das hatte er ihr genommen.

„Wir kriegen Miss Primrose wieder, Milady." Tilda drückte ihr die Schulter und holte sie so wieder in die Gegenwart zurück. „Ick weeß, wie es is, wenn man sich um sein Kindlein sorgt. Ohne Sie würde meen Arthur in der Gosse ums Überleben kämpfen, mit ner Hure als Mutter. Ick schulde Ihnen sein Leben und meins. Wat ooch immer Se brauchen, sagenses nur."

Marianne schnaufte. „Zwischen uns gibt es keine Schuldigkeit. Du und Arthur, ihr bringt Licht in meinen Haushalt. Apropos..." –sie ging hinüber zu ihrem Waschtisch und nahm eine bunt verpackte Schachtel aus der untersten Schublade– „Morgen hat doch Arthur Geburtstag, nicht wahr?"

Tilda machte ein gackerndes Geräusch. „Sie verwöhnen ihn, Milady."

„Es ist nicht viel. Man sagt mir, dass Zinnsoldaten unter Jungen seines Alters gerade sehr gefragt sind." Marianne lächelte wehmütig. „Er ist ein guter Junge, Tilda, und du kannst stolz auf ihn sein."

„Ja, det bin ick ooch." Die Zofe stellte das Geschenk beiseite. Sie nahm eine Bürste und drehte Marianne zum Spiegel. „Sie werden ooch ne stolze Mutter sein, Milady, wennse Miss Primrose erst wieder haben. Was habense denn vor, um sie zu retten?"

„Ich gehe am Wochenende auf den Ball von Lady Auberville. Die *Crème de la crème* wird vollzählig versammelt sein" –Marianne zuckte, als Tilda an einem Knoten in ihrem Haar rupfte– „einschließlich der betreffenden Schurken. Ich habe vor, sie auszufragen, wenn sie es am allerwenigsten erwarten."

„Ist det denn nüscht jefährlich, Milady? Lugo wird in der Kutsche warten müssen und Sie werden janz alleene sein."

Was blieb ihr denn anderes übrig? Sie konnte sich auf niemand anderen verlassen... Kents Gesicht blitzte in ihrem Kopf auf. *Eines Tages wirst du mir vertrauen und wissen, dass ich alles für dich tun würde*. Sehnsucht flackerte, doch sie erstickte sie. Diese Worte waren in der Hitze der Leidenschaft ausgesprochen worden – und dazu von einem Mann.

Wie gesagt, sie konnte sich auf niemanden verlassen.

„Was könnte denn bei einer Abendveranstaltung in Mayfair schon passieren?", fragte sie.

Schnaubend steckte Tilda die letzten Locken fest. Marianne sah sich von allen Seiten an, ihr gefiel der glatte Mittelscheitel und die locker geringelten Locken, die auf beiden Seiten ihren Wangen schmeichelten. Ihr Ausgehkleid betonte ihre Augenfarbe. Auch wenn sie alle immerzu mit Aphrodite verglichen, sah sie sich eher als Athena, die sich für die Schlacht rüstete. Schönheit war eine Waffe; und weil sie ein umsichtiger Mensch war, zog sie nur bestens gerüstet in den Kampf.

„Wir besuchen Madame Rousseau", sagte sie. „Melde mich also bitte an. Lass der Madame ausrichten, dass ich den ganzen Nachmittag buchen möchte, und dass es nicht zu ihrem Schaden sein soll."

Tilda ging, um zu tun, was ihr geheißen worden war, und Marianne beendete ihre Toilette mit Cremes und Tinkturen aus den verschiedenen bunten Kristallflaschen auf ihrer Frisierkommode. Sie blickte auf ihre gepflegte Erscheinung und erinnerte sich daran, was Kent sie genannt hatte. *Selkie*. Eine Frau, die ihre Zauberhaut an- und abstreifen konnte, wann immer sie wollte – und die keinem Mann hörig war.

Sie lächelte grimmig. Kent wusste ja noch nicht einmal die Hälfte. Diese *Selkie* würde vor nichts zurückschrecken, um einzufordern, was von Rechts wegen ihr gehörte. Wer auch immer sich ihr den Weg stellte, musste sich vorsehen.

* * *

Ambrose betrat das Büro von Sir Coyner auf der Bow Street mit dem Eifer eines Mannes, der vor sein Erschießungskommando trat. Aber an diesem Besuch führte kein Weg vorbei: Er war gekommen, um von dem Fall zurückzutreten. Durch eine schwere Fehleinschätzung hatte er sich in eine Zwickmühle manövriert. Zur Hölle, Marianne hatte schon recht, wenn sie ihn als eingebildet bezeichnete: Er hatte von sich selbst moralische Vollkommenheit erwartet. Und diese Bescherung hatte sein Hochmut ihm nun eingebrockt.

Jede Faser von ihm wollte Marianne verteidigen, doch seine Ehre gebot ihm, seine Pflicht dem Auftraggeber gegenüber zu erfüllen. Es zog ihm den Magen zusammen. Verflucht, wie sollte er aus diesem Minenfeld herausfinden, ohne dass ihm etwas unter der Nase hochging?

„Guten Tag, Kent." Coyner erhob sich hinter seinem Schreibtisch. „Was für ein Zufall, dass Sie gekommen sind. Ich wollte Sie nämlich gerade rufen lassen."

Ambrose ging in Gedanken durch, was er sagen wollte. *Ich bin heute hier, um zu kündigen, Sir Coyner. Aufgrund unvorhersehbarer Umstände bin ich für den Auftrag nicht mehr geeignet.* Das war nicht ganz gelogen. Aber die ganze Wahrheit war es ebenso wenig, verdammt noch mal. Er brachte es nicht fertig, Marianne den Wölfen vorzuwerfen, und den Zorn des Amtsrichters durfte er auch nicht auf sich ziehen, denn so würde er seinen Lebensunterhalt und damit die Zukunft seiner Familie aufs Spiel setzen.

Mit hängenden Schultern hob Ambrose zum Sprechen an.

Doch der Amtsrichter war schneller. „Ich habe schlechte Neuigkeiten, fürchte ich, also rede ich nicht lange um den heißen Brei herum. Die Untersuchung ist ausgesetzt."

Ambrose zwinkerte, während die Worte in sein Bewusstsein durchsickerten. „Wie bitte, Sir Coyner?"

„Der Fall hat sich vorerst erledigt. Es tut mir leid, Ihnen das so mitteilen zu müssen, besonders, da ich sie ja gerade erst auf den Fall angesetzt habe." Der Amtsrichter verschränkte die Hände hinter dem Rücken und sah Ambrose finster an. „Ich sage Ihnen einmal etwas, Kent; normalerweise würde ich eine solche Auskunft nicht teilen, aber ich glaube sie Ihnen zu schulden. Was ich Ihnen nun sage, ist streng vertraulich."

„Gewiss, Sir."

„Die Wahrheit ist… der Anwalt des Auftraggebers wurde gestern Abend tot aufgefunden."

Ambroses Innereien zuckten plötzlich und ahnungsvoll.

„Sein Name war Reginald Leach. Unter seinen Mandanten waren mehrere Adelige, also wissen wir nicht, in wessen Namen er unsere Dienste ersucht hatte. Wir haben also im Moment keinen Auftraggeber, es sei denn, der betreffende Lord meldet sich."

Coyner rieb sich die gerunzelte Stirn. „Kein Auftraggeber, kein Honorar, und kein Beweis, dass irgendwelche Missetaten begangen wurden."

Ambrose zwang die Worte aus seiner zugeschnürten Kehle: „Wie ist Leach gestorben?"

„Vergiftet", sagte Coyner grimmig.

Die Waffe einer Frau. Schrecken sickerte durch seine Ungläubigkeit. Nein, Marianne war keine Mörderin. Nach der vergangenen Nacht traute Ambrose ihr das nicht zu. Sie zeigte vielleicht eine eiskalte Fassade, doch hatte er die weiche, verletzliche Frau im Innern entdeckt. Wie sie gezittert hatte, als er ihr ungekannte Freuden gezeigt hatte... Aber hatte sie die Leiche von Leach gesehen? Und wenn, warum hatte sie dann nichts davon gesagt?

„Die Wachtmeister kamen leider zu spät. Sie trafen keine Verdächtigen am Tatort an. Es sei denn…" Coyners scharfer Blick durchbohrte Ambroses Benebelung. „Wo war Lady Draven gestern Nacht?"

In ihm wütete ein Kampf. Sein Pflichtgefühl und sein Gewissen gegen einen primitiven Instinkt, der darauf beharrte, dass Marianne unschuldig war. Der ihm sagte, er müsse sie schützen… Der Knoten in seiner Brust wurde so eng, dass er kaum sprechen konnte.

„Sie war bei den Hartefords zum Abendessen", sagte er.

„Und danach?"

Ihm drehte sich fast der Magen um. „Ist sie nach Hause gegangen."

Zwischen Coyners Augenbrauen erschien eine Furche. „Und dessen sind Sie sich sicher?"

Ambrose nickte knapp, sein Herz raste.

„Und es gibt auch keine anderen verdächtigen Machenschaften zu berichten?"

„Nein, Sir."

Coyners Blick flackerte, sein Gesichtsausdruck ließ sich nicht deuten. „Wie gesagt, wir haben weniger als Nichts in der Hand. Wenn der Mandant sich nicht zu erkennen gibt, ist der Fall, fürchte ich, geschlossen. Es tut mir leid, Ihre Zeit vergeudet zu haben, Kent. Wenn sich irgendetwas anderes ergibt, komme ich sofort auf Sie zu."

So sehr Ambrose es auch dabei belassen wollte, wusste er doch, dass er es nicht konnte. Er konnte nicht sowohl mit Marianne und mit dieser Ermittlung zu tun haben. Und er war heute hierhergekommen, weil er sich nicht länger selbst darüber belügen konnte, wohin seine Loyalitäten unerklärlicher Weise gefallen waren.

„Sir, zu dieser Sache." Er räusperte sich. „Sollte dieser Fall wieder aufgenommen werden, fürchte ich, dass ich nicht mehr zur Verfügung stehen würde."

„Und weshalb nicht?"

Die Wahrheit brannte ihm auf der Zunge. Doch sein Verhältnis zu Marianne zu offenbaren würde sie gefährden; es war ihm bewusst, dass er im Moment ihr einziges Alibi war. Sein Wort stand zwischen ihr und einer Verurteilung für ein

Verbrechen, zu dem er sie nicht imstande hielt. Aber warum *war* sie denn dann bei Leach gewesen? Der Zeitpunkt ihres Besuchs und des Mordes an dem Anwalt waren ein viel zu großer Zufall.

„Ich werde mich anderen Aufgaben widmen", sagte er.

„Ach ja?" Der Kiefer des anderen Mannes verkrampfte sich, seine Gesichtszüge verhärteten sich missbilligend. „Das höre ich nur ungern. Ich muss Sie an unsere Vereinbarung erinnern, Kent."

„Sir?"

„Wenn ich jemanden anheure, erwarte ich, dass er die Verschwiegenheitspflicht der Bow Street wahrt, egal wie lange seine Beschäftigung währte. Dass Sie mir Ihre Dienste kündigen, entlässt Sie nicht von der Zusicherung, die Sie mir gemacht haben."

Ambrose schnürte sich die Kehle zu. Nach all den wenig ehrenhaften Dingen, die er getan hatte, war Verschwiegenheit das Geringste, was er bieten konnte. „Gewiss. Selbstredend."

Der Schnurrbart des Amtsrichters sträubte sich, seine Augen waren misstrauische Schlitze. „Das ist mein Ernst, Kent. Wenn Sie auch nur ein Wort darüber verlieren, arbeiten Sie nie wieder für die Bow Street – oder sonst eine Behörde." Er machte eine Pause, zweifellos, um seine Worte wirken zu lassen. „Wie Sie wissen, sind Amtsrichter Dalrymple und ich alte Freunde."

Ambrose nickte dumpf.

„Nun denn. Ich lasse Ihre Vorgesetzten wissen, dass Sie morgen in deren Dienste zurückkehren." Er ging zu seinem Schreibtisch zurück und fing an, mit Zetteln zu hantieren, ein deutliches Zeichen, dass Ambrose entlassen war.

Ambrose verließ Coyners Amtsräume und machte sich auf den Weg zurück zu seinem Zimmer in Cheapside. Während er die Straße entlang ging, nahm er die grölenden Rufe der Straßenhändler kaum wahr. Seine Brust bebte vor Scham. Zum ersten Mal in seinem Leben hatte er seine Pflicht wissentlich verletzt. Er hatte Mariannes Besuch bei Leach verschwiegen, obwohl sein Amtseid ihn zur Ehrlichkeit verpflichtete.

Deine Gefühle sind dir im Wege. Du darfst dich von deiner Zuneigung zu ihr nicht beeinflussen lassen. Geh zurück, sag es Coyner–

Doch er... konnte nicht. Denn der Teufel in ihm erklärte ihre Unschuld. Er würde alles tun, um sie vor Anschuldigungen zu schützen, die sie an den Galgen bringen würden. Sein Magen verknotete sich. Er gab nur einen Ausweg: Er musste ihre Geheimnisse für sich selbst herausfinden. Was hatte sie von Leach zu erfahren gehofft? Und wenn sie Leach nicht umgebracht hatte, wer dann?

Er stieg die steilen Stufen zu seiner Wohnung hoch. Er würde sich waschen, umziehen, und dann Marianne aufsuchen und die Wahrheit herausfinden. Während er auf sein Zimmer zuging, sah er einen Lakaien. Er lehnte lässig an der Tür, von der die Farbe abblätterte. Ambrose erkannte die blau-silberne Livree sofort.

„Mr. Kent?", fragte der Lakai.

„Ja?"

„Meine Lady schickt Ihnen dies hier." Mit einer Verbeugung übergab der Diener ihm eine Botschaft.

Mit hämmerndem Herzschlag fuhr Ambrose mit dem Daumen über das geschmeidige Wachssiegel mit dem Buchstaben „M". Er brach es. Als er den Inhalt sah, wogte Unglauben in ihm auf... dicht gefolgt von Wut.

Der Teufel sollte sie holen. Er zerknüllte die Botschaft in seiner Faust.

Kapitel 18

„Danke, dass du mich so kurzfristig empfängst, Amelie", sagte Marianne, während sie den Ankleideraum ‚Orchidee' betrat. Interessiert beäugte sie die bunten Stoffballen, die in hohen Stapeln auf dem großen Arbeitstisch lagen. „Frische Lieferung?"

„*Mais oui*. Man muss mit der Zeit gehen. Also, ich nehme an, es geht um etwas Dringendes?"

„Äußerst dringend. Ich gehe in zwei Tagen auf die Soirée von Lady Auberville und ich muss umwerfend aussehen. Ich brauche überhaupt eine neue Garderobe – die neueste Mode für den Rest der Ballsaison."

Marianne sah die hageren Gesichtszüge von Amelie Rousseau flimmern, mit dem Feuereifer einer Künstlerin, mit der Wonne einer Geschäftsfrau. Wie zu erwarten war, erwähnte die schlaue Amelie mit keinem Wort, dass Marianne ja schon zu Beginn der Saison eine gehörige Anzahl neuer Kleider gekauft hatte.

„Diese Bestellung wird allerdings ein Eilauftrag", sagte die Modistin mit gerade der richtigen Spur Zweifel in der Stimme.

„Den Aufpreis zahle ich gerne", sagte Marianne.

„Dann, *Chérie*, lass uns keine Zeit verschwenden." Begeisterung tanzte in den schwarzen Augen der Französin und sie klatschte in die Hände. „Schaffen wir Kunstwerke." Während die Assistentin Marianne dabei half, sich bis aufs Leibchen auszuziehen, ging Amelie und durchwühlte die Stoffe auf dem Tisch. Sie nahm einen geschmackvollen Ballen nach dem anderen auf, wobei sie nuschelte: „*Non, ça ne suffit pas...*" Endlich sagte sie: „*Bien*. Ich habe es gefunden. Sehen wir es uns vor dem Spiegel an."

Mit geschickten Händen drapierte Amelie den Stoff über Marianne. Sie steckte hier eine Nadel, zupfte dort eine Falte, murmelte dabei auf Französisch vor sich hin. Endlich tat sie einen Schritt zurück. „Was meinst du?"

Schimmernde Blau- und Grüntöne glänzten wie geheimnisvolle, verführerische Wellen. Obwohl er noch nicht einmal in seiner endgültigen Form war, floss der Chiffon mit natürlicher Anmut, schmiegte sich an Mariannes Rundungen. Seine Schönheit gab ihr ein Gefühl der Macht – ihre Rüstung, die sie beschützen würde.

Marianne seufzte vor Entzücken. „Eine Meisterleistung, wie immer, Amelie."

„*C'est parfait*", pflichtete Amelie ihr bei. „Mit einem durchscheinenden Unterrock und *à la Grecque* geschnitten wird es ein Kleid ohne Gleichen."

Vorne ertönte die Ladenklingel. Amelie nickte ihrer Assistentin zu, die dem neuen Kunden entgegen eilte. Die Modistin fuhr damit fort, mit dem Stoff an Mariannes Dekolleté zu spielen, drehte und wendete ihn. „Der genaue Schnitt hängt natürlich von deinen Absichten ab, *non*?"

„Ich gehe jagen", sagte Marianne kurz und bündig.

„*Ah.*" Amelie ließ den Ausschnitt ein paar Fingerbreit hinuntergleiten. Verführerisch, doch geschmackvoll. „Geht es um einen bestimmten Gentleman?"

Kents Gesicht sprang in Mariannes Kopf. Seine Augen, die Lider schwer vor Leidenschaft, sein Gesicht eindringlich, während seine Berührung sie immer höher trieb... Sie sah sich im Spiegel schlucken und erröten.

Bleib bei der Sache. Du bist auf Ashcroft, Boyer oder Pendleton aus – sie sind deine Ziele.

„Nicht so, wie du denkst", sagte sie.

„*Non?* Warum errötest du dann, *Chérie*?"

Marianne wollte es erst leugnen. Dann sagte sie aber verdrießlich: „Vor dir kann man aber auch gar nichts verbergen, oder, Amelie?"

„Eine Schneiderin versteht die Gestalt ihrer Kundin. Eine Modistin muss auch ihr Herz verstehen."

„Und du bist natürlich eine Modistin", sagte Marianne voller Zuneigung.

„Und eine Freundin, hoffe ich. Wie du bin ich eine Frau von Welt… und dazu noch Französin. Hier kannst du frei und ohne Furcht sprechen."

Marianne glaubte der Modistin. Mit ihrem philosophischen Verstand und freiem Geist hatte sich Amelie über die Jahre als eine enge Vertraute erwiesen. Marianne war zwar nicht so weit gegangen, von Rosie zu sprechen, doch hatte sie einmal ihre Ehe mit Draven erwähnt. Amelie hatte ihr zugehört, ohne Urteil über sie zu fällen oder sie zu bemitleiden. Am Ende hatte sie einfach gesagt: „Er ist tot und du bist reich, *ma chère*. Die Welt ist zwar nicht barmherzig, aber wenigstens ist sie mitunter auch einmal gerecht."

Marianne verspürte den Drang, von ihren Intimitäten mit Kent zu erzählen. Sie hatte niemand anderen, mit dem sie über derlei Dinge sprechen konnte: Tilda traute ihm nicht und Helena, nun… Marianne schauderte. Das Letzte, was sie wollte, war dass die Marquise von ihrer Liebelei erführe. So wie sie Helena kannte, würde sie Marianne wahrscheinlich belehren wollen, über solchen Unsinn wie Romantik und Beziehungen. Womöglich auch noch über *Gefühle*.

„Es gibt da einen Mann", sagte Marianne.

„Ein Liebhaber?", fragte Amelie.

Marianne nickte langsam.

„Ich hatte selbst den einen oder anderen. Manche sind besser als andere", sagte die Modistin mit kontinentalem Freimut. „Ist dieser denn gut?"

„Sehr", gab Marianne zu. Sogar der beste, den sie jemals hatte, obwohl sie ja nur einen anderen gekannt hatte. Und Kent hatte sie ja noch nicht einmal wirklich *kennengelernt*, nicht im strengen biblischen Sinne. Allein mit seinen Händen, seinem Mund, hatte er ihr solch eine überwältigende Freude bereitet...

Während ihr Geschlecht noch bebte, erkannte sie die Gefahr. Mit Kent hatte sie sich gehen lassen, und das hatte sie seit Thomas nicht mehr getan, aus gutem Grund: Denn aus diesen übermütigen Liebestollereien war ein Kind entstanden. Obwohl sie mittlerweile wusste, wie man eine Empfängnis verhüten konnte – Methoden wie etwa der *Coitus Interruptus*, gefolgt von einer besonderen Essigspülung – hätte sie Kent vertrauen können, ihren Wünschen zu folgen? Und konnte sie ihm denn überhaupt vertrauen? Er hatte schon zwei Mal in ihre Angelegenheiten geschnüffelt und seinen Beweggrund dafür kannte sie noch immer nicht.

Männern ist nicht zu trauen. Wenn du diese Lektion immer noch nicht begriffen hast, bist du ganz bestimmt eine Närrin.

„Über diesen Liebhaber scheinst du dich ja nicht gerade zu freuen", beobachtete die Modistin.

Marianne seufzte. „Es ist schwierig und außerdem habe ich Dringenderes im Sinn. Außerdem sollte ich mich auf einen Mann wie ihn ohnehin nicht einlassen. Wir zanken uns jedes Mal, wenn wir uns sehen – und wir kommen aus völlig unterschiedlichen Welten."

Die andere Frau zuckte mit den Schultern, während sie Stecknadeln aus dem Chiffon zog. „*C'est l'amour.*"

Marianne blinzelte. „Es geht gar nicht um Liebe."

„Eine unvernünftige, ungünstige Anziehungskraft, eine Beziehung, die nicht sein soll, und dazu noch ein *sehr* gutes Liebesspiel." Amelie zählte an ihren Fingerspitzen ab. „Wenn das nicht *Amour* ist, was dann?"

Dieser Gedanke traf Marianne wie eine Klinge in die Brust. Sie konnte doch unmöglich Gefühle für Kent entwickeln. Ausgeschlossen. Wenn sie etwas empfand, dann war es eher... Pflichtgefühl. Ganz bestimmt, denn er hatte sie ja zweimal gerettet. Weil sie noch nie zuvor jemanden wie ihn getroffen hatte. Weil... er ihr die größte Lust geschenkt hatte, die sie jemals erlebt hatte?

Das ist rein körperliche Anziehung. Nichts weiter.

Mit steifen Schultern sagte sie: „Gefühlsduselei kann ich mir nicht leisten. Hat mir stets nur schlechte Dienste geleistet."

„Aber *Amour* soll doch zu nichts dienen. Sie ist einfach *da* – zu unserer Freude und zu unserem Leid. *Alors*, wenn wir schon unter den Folgen unserer törichten Herzensangelegenheiten leiden müssen, warum dann nicht auch die Süße der Hingabe genießen?"

„Du sprichst für gebrochene Herzen?", fragte Marianne mit gekrümmten Augenbrauen.

„Lieber gebrochen als brachliegend. *Le coeur va guérir* – es ist nur eine Frage der Zeit."

297

Vielleicht heilte die Zeit die wunden Herzen mancher Menschen, doch der Schmerz in Mariannes Brust hatte sich kein bisschen gelegt, seit diesem schicksalhaften Morgen, an dem sie die Kinderstube von Primrose betreten hatte. Sie war am Vorabend lange aufgeblieben, weil sie für ihren kleinen Wildfang einen Ball gehäkelt hatte. Doch Rosies Bettchen war leer gewesen, die Schränke waren ausgeräumt, ihre niedlichen, von Marianne selbst genähten Kleidchen verschwunden. Der Ball war aus Mariannes eisigen Händen gefallen...

Sieben Jahre später und die Wunde fühlte sich noch so frisch und schmerzhaft an wie damals, als Draven ihr mitgeteilt hatte, dass er ihr das Töchterlein genommen hatte:

Von nun an tust du, wie dir geheißen. Du atmest, wenn ich es sage, und du hörst auf, wenn ich es sage. Das hast du dir selbst eingebrockt mit deiner Liederlichkeit.

Eine Berührung am Arm holte sie zurück. „Liebe erfordert Mut", sagte Amelie sanft. „Eine Tugend, die du ja reichlich besitzt. Warum gönnst du dir selbst nicht ein kleines bisschen Glück?"

Weil ich es nicht verdiene. Nicht nach all den Fehlern, die ich begangen habe.

Mit trockener Kehle sagte Marianne: „Es ist zu gefährlich."

„Gefährlich, *ma chère? Ah, je comprends.*" Die Augen der Französin glitzerten. „Wie der Zufall so will, kann ich da behilflich sein – warte hier."

Die Modistin verließ das Zimmer und ließ Marianne mit ihrem Spiegelbild allein. Sie hatte nur ihr Leibchen an und sah weniger wie eine elegante Witwe aus als eine Marianne in jüngeren Tagen. Miss Marianne Blunt, die ungesittete Tochter eines verstaubten Junkers... In ihr spielte sich eine Erinnerung an das erste Mal ab, als sie Thomas auf der Wiese traf, wo die Güter ihrer Väter aneinander grenzten. Als Helenas Bruder in jenem Sommer aus Oxford zurückgekehrt war, hatte Marianne gleich gewusst, dass er der Mann war, den sie heiraten wollte. Der reizende Thomas, mit seinem kastanienbraunen Haar und haselnussbraunen Augen, und dazu noch der Sohn eines Earls.

War das Liebe gewesen? Gewiss keine reife Liebe, doch war ihre jugendliche Verliebtheit berückend gewesen. Aufregung war berauschend wie Champagner durch sie geschäumt, hatte sie über die in der Brise tanzenden Felder auf ihre Träume zu getrieben. Sie hatte damals weder Furcht gekannt, noch Bitterkeit, noch Schuldgefühle. Sie hatte einfach in der Sonne, in der sanften Liebkosung der Brise geschwelgt.

Wie lange war es her, seit sie sich zuletzt so lebendig, so frei gefühlt hatte?

Die Antwort kam ihr mit überwältigender Klarheit in den Sinn: *Gestern Abend, mit Kent.*

„Ich bin wieder da." Amelies Stimme durchschnitt ihre Gedanken. Die Modistin schloss die Tür und ging mit einer kleinen, flachen Schachtel auf sie zu. „Für dich."

„Was ist es?" Marianne öffnete amüsiert den Deckel.

„*Pariser*, wie man sie hierzulande so beharrlich nennt." Amelies Augen verdrehten sich himmelwärts. „Eine Freundin von mir hat einen Laden in Covent Garden, und das hier ist ihre beste Ware. Sie sind in einer Lösung aus Rosenwasser aufbewahrt, damit sie schön geschmeidig bleiben und duften daher auch ganz köstlich. Die roten Bänder sind ganz nett, *non*?“

„Ähm, gewiss.“ Marianne kämpfte gegen ihre Schamesröte an. „*Merci*, Amelie.“

„Keine Ursache.“ Die Französin nickte lächelnd. „*Maintenant* habe ich noch ein paar andere Ideen bezüglich deiner neuen Kleider…“

Draußen vor dem Ankleidezimmer regte sich Unruhe. Die Modistin verstummte. Im nächsten Augenblick flog die Tür auf. Mariannes Puls begann zu rasen, als Kent dastand und sein Blick sich brennend in ihren bohrte.

Verflixt und zugenäht, er hatte ihre Botschaft offenbar erhalten.

Die Assistentin stürzte sich ihm tapfer in den Weg. „Ich habe versucht, diesen Mann aufzuhalten, *Madame*. Aber er hat nicht gehört–“

„Wer glauben Sie denn, wer Sie sind, *Monsieur*? Verschwinden Sie augenblicklich, oder ich verständige den Amtsrichter“, zischte Amelie, wobei sie sich schützend vor Marianne stellte.

„Ich bin ein Freund von Lady Draven“, sagte Kent in einem so ruhigen Ton, dass er warnend

Mariannes Rückgrat hinaufkribbelte. „Und ich glaube, sie erwartet mich."

Amelie wirbelte zu Marianne herum. „Kennst du diese Person?"

Marianne leckte sich die Lippen, die plötzlich trocken geworden waren. „Wie haben Sie mich hier gefunden?"

„Ich bin ein Ermittler, schon vergessen?", sagte er. „Nun, wenn Sie Ihre schmutzige Wäsche nicht vor aller Welt waschen möchten, schlage ich vor, Sie bitten die *Madame*, uns kurz alleine zu lassen."

„*Merde*. Ich lasse meine Kundin ganz *gewiss* nicht–"

„Schon gut, Amelie. Wenn es keine Umstände macht, möchte ich gern mit Mr. Kent reden."

Obwohl ihr die Knie weich waren, straffte Marianne die Schultern. „Unter vier Augen."

Amelies dunkle Augen blitzten begreifend auf. „Natürlich, Milady. Ähm, lassen Sie sich nur Zeit. Bernadette", sagte sie eilig zu ihrer Assistentin, „*allons-y*."

Die Tür schloss sich erneut. Während die Spannung im Zimmer sich verdichtete, fielen Marianne gleich mehrere Dinge gleichzeitig auf. Sie trug nichts weiter als ihr Leibchen, und dem aufflackernden Verlangen in Kents Augen sah sie an, dass dieser Umstand auch ihm nicht entgangen war. Dennoch war er zornig, sein verkrampfter Körper bebte wie ein Stier vor dem Angriff. In ihrer Hand brannte die Schachtel mit den Parisern. So unauffällig wie sie nur konnte ging sie hinüber zum Arbeitstisch und stellte sie ab, nutzte die paar Augenblicke, um sich zu sammeln.

Dann drehte sie sich um, lehnte sich an den Tisch und verschränkte die Arme in einer Haltung, die kühle Gleichgültigkeit bedeuten sollte. „Wir haben ein paar Dinge zwischen uns zu regeln, nicht wahr?", fragte sie.

Kapitel 19

Ambrose knirschte mit den Zähnen. Die Frau war völlig unmöglich, und sie rief eine Erwiderung in ihm hervor, die wüst und verstörend war. Er wusste gar nicht, ob er sie lieber drosseln oder auf den Tisch werfen und nehmen wollte. Er tat weder das Eine noch das Andere. Stattdessen riss er ihren Brief aus seiner Jackentasche. Er warf ihn – zusammen mit den beiliegenden fünfhundert Pfund – auf den Tisch.

„Was soll das hier bedeuten?"

„Habe ich mich nicht klar ausgedrückt?" Ihre Augen weiteten sich in schlecht gespielter Unschuld. Mit größter Gelassenheit, als wäre sie nicht halbnackt – und obwohl er sich dagegen wehrte, lief ihm das Wasser im Munde zusammen, als er durch den Stoff ihre vergnügten Brustwarzen schimmern sah – hob sie die Botschaft auf und las sie laut vor. „*Danke für die erwiesenen Dienste*. Hmm. Was haben Sie denn daran nicht verstanden, frage ich mich?"

„Ich habe sehr wohl verstanden, Milady. Ich bin erbost", sagte er mit zuckendem Kiefer.

„Erbost? Aber worüber denn?"

„Ich bin kein vermaledeiter Gigolo. Geld gehört nicht in das, was zwischen uns vorgefallen ist, und das wissen Sie ganz genau." Seine Augen wurden schmäler, als ihre Lippen verdächtig zuckten. „Sie *wissen* das, und zum Teufel, Sie haben die Botschaft absichtlich geschickt, um mich aufzustacheln, nicht wahr? Warum?"

„Wir müssen reden", sagte sie.

Er stützte die Arme in die Hüften. „Warum haben Sie mich nicht einfach zum Tee eingeladen, Sie unmögliches Weibsbild?"

„Die herkömmliche Art war noch nie die meine." Sie kippte ihren Kopf zur Seite. „Obwohl, wenn ich so darüber nachdenke, es wäre herrlich ironisch, die Ereignisse über einem kultivierten Ritual wie dem Teetrinken zu besprechen. *Möchten Sie Milch und Zucker, Mr. Kent?*", spottete sie leichthin. „*Und übrigens, was war das doch für eine waghalsige Flucht aus der Kanzlei von Mr. Leach über die Dächer neulich.*"

„Leach ist tot", sagte er, ihre Reaktion abwartend.

Ihre dicken Wimpern verhüllten kurz ihren Blick. „Tatsächlich."

„Haben Sie ihn umgebracht?", fragte er angespannt.

Ihr glänzender smaragdgrüner Blick heftete sich auf seinen. „Glauben Sie das?"

„Genug mit den Spielchen", knurrte er, „Ich will einmal nur die Wahrheit von Ihren Lippen hören. Haben Sie Reginald Leach umgebracht?"

Das Schweigen zwischen ihnen zog sich. Ihre Willenskraft lag fast schon spürbar in der Luft, zerrte die Anspannung noch weiter. Doch er war nicht minder entschlossen, eine feste Mauer gegen ihre Böe.

„Nein." Sie hob das Kinn. „Ich habe ihn nicht umgebracht."

Ambrose verspürte eine Woge der Erleichterung. Obwohl sein Bauchgefühl ihm sagte, dass es die Wahrheit war – denn er konnte sie auch in ihren Augen sehen – verdiente er doch eine Erklärung. Seit dem Tag, an dem sie sich kennen gelernt hatten, war sie übel mit ihm umgesprungen. Nun war Schluss damit.

„Sagen Sie mir, was geschehen ist", verlangte er.

„Leach war schon tot, als wir angekommen sind. Lugo hat ihn im Salon vorgefunden", sagte sie kühl und tonlos. „Ich erwarte nicht, dass Sie mir glauben, und ehe Sie noch mehr Atem verschwenden: Nein, ich habe keinerlei Beweise."

„Ich glaube Ihnen", schnappte Ambrose.

Ihre Wimpern flatterten, ihr Mund öffnete sich leicht. „Das... das tun Sie?" Der kaum hörbare Riss in ihrer Stimme ließ seinen Zorn bröckeln. Trotz seiner Wut wallte ein Bedürfnis in ihm auf, sie zu beschützen. Was zum Teufel war Marianne widerfahren, dass ihr Vertrauen völlig fremd war?

„Es ist schon ein verflucht großer Zufall, dass Sie ausgerechnet in seiner Todesnacht in seinen Räumen waren", sagte Ambrose grimmig. „Was wusste Leach über Sie, Marianne? Worum handelt es sich bei dieser *Information*, die Sie wiederhaben wollen?"

Ihr Blick senkte sich, doch zuvor sah er noch Furcht in ihren Augen flackern. „Das geht Sie nichts an."

„Zur Hölle, das tut es wohl." Er machte einen Schritt auf sie zu und das sture Ding regte sich nicht, wich kein bisschen zurück, selbst als er nur wenige Fingerbreit vor ihr zum Stehen kam. Er war ihr so nahe, dass er den Jasminduft ihrer Haut riechen, das sie rüttelnde Beben spüren konnte. „Ich habe mich an einem Verbrechen beteiligt, um Ihnen zu helfen. Ich habe meine eigenen Prinzipien verletzt, weil ich den Gedanken nicht ertragen kann, dass Ihnen Leid geschieht." *Ich habe die Zukunft meiner Familie gefährdet, weil ich nicht glauben kann, dass du wirklich so verrucht bist, wie du vorgibst.* Seine Hand schoss nach vorne, fasste ihren Hinterkopf, damit sie ihren Blick nicht von ihm abwenden konnte. „Und nun sind Sie so höflich und sagen mir die Wahrheit!"

„Oder was sonst?"

Die Herausforderung brachte sein köchelndes Blut zum Sieden. Seine Vernunft zerging in einer dickflüssigen Lava aus Wut und Lust. „Oder sonst das", raspelte er und zerrte sie an sich.

Seine Lippen eroberten ihre in einem Kuss, der alles andere als sanft war. Seine Finger vergruben sich in ihrer seidigen Kopfhaut und ihre Lippen erweichten sich mit einem Seufzer, hießen ihn willkommen. Er neigte seinen Mund über ihren, seine Zunge fuhr in ihre Hitze hinein. Würzig und süß, ein Festschmaus von einer Frau. Gott, er würde sich satt essen – und die Wahrheit erfahren. Er würde sich nicht länger wie irgendein treudoofer Untertan behandeln lassen. Er packte ihre Hüften mit seinen Händen, hob sie auf den Tisch und trat zwischen ihre baumelnden Beine, spreizte sie dabei weiter. Er griff nach dem Ausschnitt ihres Leibchens und riss den dünnen Stoff mit einem ungestümen Ruck von ihrem Körper.

Sie keuchte – jedoch nicht vor Angst, sondern vor Erregung, das sah er in den wirbelnden Tiefen ihrer Augen. Einen Moment lang versuchte sie ihn halbherzig abzuwehren.

„Sie sind ein Wüstling", sagte sie atemlos, presste ihre Hände gegen seine Brust.

„Ich glaube langsam, genau das willst du von mir." Mit unerbittlicher Präzision griff er nach ihrem Geschlecht. Eine urtümliche Befriedigung verengte ihm die Hoden, denn er fand sie nass und bereit vor. „Warum sonst wärst du dermaßen nass, dermaßen heiß?"

Ein unkenntliches Geräusch entfuhr ihr, während er weiter mit ihren satten Falten spielte. Und sie ließ ihn gewähren. Nein, sie begrüßte es. Sie stützte die Hände auf dem Tisch auf, krümmte sich mit benommenem, schwerem Blick seiner Berührung entgegen, während er sie streichelte. Sein Atem ging schwerer, während ihr Tau seine Finger benetzte, ihm in die Handfläche rann.

„So ist es gut. Reib dich an meine Hand. Zeig mir, wie sehr du das willst", befahl er.

Sie machte ein ersticktes Geräusch. Ihre Hüften bewegten sich und ihr wollüstiger Gehorsam sandte ihm noch eine weitere Welle berstender Hitze in die Lenden. Seine Erektion schmerzte, drängte gegen die dünne Wolle seiner Hosen, wollte unbedingt das Kätzchen fühlen, das sich so allerliebst an seine Hand schmiegte. Sie war klatschnass, und ihr verzweifeltes Winden zeigte ihm genau an, was sie wollte. Doch so leicht würde er ihr nicht entgegenkommen. Nicht ohne ein wenig Gegenleistung.

„Kent, ich halte es nicht aus", japste sie. „Verflixt, fass mich an…"

„Wo?"

Zur Antwort kippte sie das Becken, lenkte seinen Finger auf ihren schmerzenden Gipfel zu, auf diese liebliche Knospe, die unter ihrem seidigen Flaum lag. Er umkreiste den Hügel, doch berührte sie nicht, wo sie es wollte.

„Verflucht, Kent, neck mich nicht so", sagte sie keuchend.

„Du wirst befriedigt, wenn ich befriedigt bin", sagte er. „Was für Informationen wolltest du von Leach?"

Ihre Wimpern flatterten auf. Wut und Erregung glitzerten in ihrem Blick. „Wie wagst du es?"

Er war schneller als sie. Er fing die Hand, die auf sein Gesicht zuflog. Im nächsten Augenblick räumte er mit einem Ruck den Tisch ab und schob sie flach auf den Rücken. Mit einer Hand hielt er ihre Handgelenke über ihrem Kopf fest. Mit der anderen streichelte er ihr Geschlecht.

„Nun sag mir, was ich wissen will", sagte er.

Ihr Haar lag um sie herum wie der Mondschein. Sie funkelte ihn böse an: „Fahr doch zur Hölle."

Er drückte seinen Daumen sanft auf ihre Perle und ihr entfuhr ein Wimmern. Ihr Busen hob und senkte sich mit schweren Atemzügen. „Sag es mir", wiederholte er.

Als sie ihm einen widerspenstigen Blick zuwarf, senkte er seinen Kopf und fing mit den Lippen einen rubinroten Nippel ein. Sie stöhnte, ihre Scheide drängte flehend an seine Hand, während er sie mit seinen Lippen und Zähnen folterte. Er zog sich zurück, als sie am Rande ihrer Beherrschung anlangte.

„Ich lass dich kommen, wenn du mir sagst, was du von Leach wolltest."

Ihre Augen waren glasig, ihre Wangen rot. „Ich hasse dich."

„Mag sein. Doch die Wahrheit schuldest du mir dennoch, Süße." Er umkreiste erneut ihre Perle und fühlte, wie ihr ganzer Körper bebte.

„Das ist Privatsache." Diese Worte presste sie zwischen den Zähnen hindurch.

Er schnalzte mit dem Finger, immer wieder, ließ sie auf dem Grat ihrer Lust balancieren wie auf einer Rasierklinge.

„Man hat mir etwas weggenommen", keuchte sie, während sie sich gegen seine Hand rieb. „Verflucht Kent, man schuldet mir etwas, und ich will, was mir gehört."

Gott, sie war so geschmeidig... er konnte nicht anders, musste einen Finger hineinschlüpfen lassen. Ihre enge, pochende Hitze raubte ihm fast die Sinne. „Sag es mir. Lass mich dir helfen."

„Das kann ich nicht. Das werde ich nicht." Sie schrie eifrig auf, als er seinen Finger tief in sie stieß. „Ambrose, bitte verlang nicht von mir..."

Da sah er den feuchten Schimmer auf ihren Wimpern, noch während sie sich in hilfloser Begierde unter seiner Berührung wand. Sein Herz erweichte sich, seine Wut verebbte. Sie war so verletzlich, seine *Selkie*. So verängstigt, trotz ihrer perfekten Hülle. An die Stelle der Wut trat eine wachsende Entschlossenheit, ihr Vertrauen zu gewinnen, ein zu zartes Pflänzchen, als dass man es gewaltsam nehmen und wegsperren konnte.

Er ließ ihre Handgelenke los, spielte jedoch weiter mit ihr, mit bedächtigen, sanften Strichen. „Sag mir nur das Eine", lockte er sie, „und ich gebe dir, was du willst."

„W-was?"

„Bist du in kriminelle Machenschaften verwickelt?" Weiter konnte er nicht gehen, ohne Coyners Vertrauen und die Vertraulichkeit des Falles zu brechen.

Ihre Stirn legte sich in Falten. „Ich würde alles tun, um das Meine wiederzuerlangen, da bin ich ganz ehrlich. Ich bin bei Leach eingebrochen. Aber eine Verbrecherin bin ich nicht, wenn das die Frage ist."

Das wusste er. Sie hatte jede Menge Geheimnisse, und im Stillen gelobte er sich, diese sehr bald herauszufinden. Im Moment schwoll ihm die Brust vor Stolz, was er erreicht hatte – und sein Schwanz schwoll vor Eifer, sie für ihr Vertrauen zu belohnen. Denn ob sie es zugeben wollte oder nicht, Marianne ließ ihn langsam ein… und zwar nicht nur in ihren köstlichen Körper, obwohl das im Augenblick Vorrang hatte. Er fügte noch einen Finger hinzu, dehnte sie sanft. Himmel, war sie eng. Eng und so wundervoll geschmeidig. Ihre Muskeln schlossen sich um seine tauchenden Finger, ihre seidigen Säfte bahnten ihm den Weg.

Ihre Lippen öffneten sich seufzend. „Großer Gott, das gefällt mir…"

„Du bist so empfänglich. So wunderschön", murmelte er. „Bist du bereit für mich?"

„Ja", sagte sie, wobei sich ihr Rückgrat aufbäumte. „Oh, ja."

„Gut. Denn ich zerplatze noch, wenn ich nicht gleich in dir sein kann", sagte er.

Er öffnete seine Hosen– für die Stiefel hatte er keine Zeit. Er schob die Wolle seine Hüften hinab, befreite seine pochende Männlichkeit. Beim Anblick seiner Erektion machte sie große Augen.

„Kent, warte. Wir müssen… vorsichtig sein", sagte sie mit zittriger Stimme.

Durch seine Lust drang zu ihm durch, was sie meinte. „Ich komme nicht in dir", sagte er heiser. Um seine Willenskraft zu testen, griff er seinen Schwanz bei der Wurzel und ließ die gewölbte Spitze an ihrem Schlitz entlangfahren. Sie stöhnten beide, während ihr Geschlecht an seinem rutschte, seine Eichel mit ihren Säften benetzte. Ihr enger Kanal umklammerte seine Schwanzspitze, Schweißtropfen traten ihm auf die Stirn. „Ich schwöre, ich ziehe ihn heraus, und wenn es mich umbringt." Was er durchaus für möglich hielt.

„Es gibt noch ein anderes Mittel. Hier." Sie tastete die Tischplatte um sich herum ab, fand die Schachtel und schob ihm den Inhalt zu. „Streif dies über."

Trotz seiner starken Erregung hoben sich seine Augenbrauen, als er den weißen Schlauch mit den roten Bändern am Ende sah. „Bist du immer so gut vorbereitet, Süße?"

„Madame hat sie mir – ach, vergiss es", sagte sie. „Weißt du, wie man das macht?"

In Wahrheit hatte er noch nie einen Pariser getragen. Er frequentierte keine Huren und die Frauen, bei denen er gelegen hatte, hatten andere Mittel und Wege gehabt, eine Empfängnis zu verhüten. Er tat sich also ein wenig schwer, als er versuchte, sein geschwollenes Glied einzuführen. Der Rosenduft vermengte sich mit seinem Verdruss.

„Es passt nicht", knurrte er.

„Vielleicht ist es nicht groß genug für dich." Die rauchige Note in ihrer Stimme machte ihm die Sache nicht leichter. Sein Schwanz schwoll noch weiter an. „Vielleicht kann ich behilflich sein?"

Sie stützte sich auf den Ellenbogen auf und griff nach seinem Schwanz. Diese kühne Geste, die Art, wie sie sich eifrig mit der Zunge über die Lippen fuhr, während sie den Schafsdarm über seinen dicken, geäderten Schwanz dehnte, ließ ihn bereits ein wenig kommen. So geschmiert ließ sich der Pariser einfacher überstreifen. Mit rosigen Wangen befestigte sie die roten Bänder.

„Du bist bereit", flüsterte sie.

Und wie. Er küsste in ihren offenen Mund, führte sie wieder in Rückenlage. Er brachte seinen Schwanz an ihrem Eingang in Stellung und drängte vorwärts. Obwohl sie so feucht war, leisteten die Muskeln ihrer Scham Widerstand.

Ihr Schacht war klein, bemerkenswert eng. Er machte langsam, wollte ihr nicht wehtun.

„Alles in Ordnung?", fragte er heiser und hielt sich zurück, während seine Eichel in Flammen aufging.

Ihre Unterlippe blieb an ihren Zähnen hängen. „Ich glaube schon. Mach einfach langsam..."

Schweiß kribbelte auf seiner Stirn, während er sich vorsichtig weiter vorwagte. Verdammt, es war, als schritte er in eine Höllenbrunst, Feuer umfing seinen Schwanz, die Hitze breitete sich auf seine Hoden, seine Lenden, sein ganzes Wesen aus. Er knirschte mit den Zähnen, stieß ein wenig weiter, und gerade, als er glaubte, die Folter müsste ihn umbringen, gab ihr Schacht nach. Beide stöhnten auf, als er mit einem Mal ganz hineinglitt.

„Verfluchte Hölle, ist das gut", hauchte er. Er strich eine entwischte Locke von ihrer Wange. „Süße?"

Ihre Wimpern flogen auf und ihn traf ein Blick, der lebendiger war als der Frühling. „Ja. Oh, Ambrose, *ja*."

Eine weitere Ermunterung brauchte er nicht. Er begann, sich langsam vor und zurück zu bewegen. Dabei beobachtete er ihr Gesicht genau. Er wollte die Lust darin sehen, alles über sie wissen. Während er sie so liebte, achtete er genau auf die Anzeichen ihrer Begierde: wie ihre bebenden Brüste erröteten, wie sich ihr Hals anmutig krümmte, während sie seine Stöße empfing. Als jedoch ihre Beine seine Hüfte umschlangen, kippte seine Beherrschung. Über ihn fegte ein finsteres Verlangen, sie zu besitzen. Er drang tiefer ein, mit größerer Wucht, wollte alles, was sie hatte.

„Mmm, ja. Oh *Ambrose*…"

Als er seinen Namen hörte, ihre Stimme dabei zittern hörte, riss sich etwas in ihm los. Er stieß so tief er konnte, vergrub sich so völlig, dass ihr Nest seine Hoden streichelte. „Das gefällt dir, nicht wahr?", knurrte er. „Hart und tief? Kommst du mit meinem Schwanz in dir?"

„Ich bin fast da", keuchte sie. „Bring mich hin, *bitte*."

Stöhnend schob er sich in und aus ihrem satten, engen Loch. Sein Daumen fand ihre Perle, spielte damit zum Takt seiner Stöße, und sie verlor die Besinnung, bäumte sich wild unter ihm auf. Er rieb sie immer schneller, fickte sie immer fester. Als die Hitze ihn zu verschlingen drohte, wurde sie steif, hob sich ihr Rücken vom Tisch. Er bedeckte ihren Mund mit seinem, erstickte ihren Aufschrei und fütterte ihr seinen eigenen grölenden Ruf, während ihre Scheide sich um ihn verkrampfte, seinen Samen einforderte. Er schoss heiß, immer und immer wieder, in einem nicht enden wollenden Erguss.

Er wusste nicht, wie viel Zeit vergangen war, ehe er die Kraft fand, sich auf seine Ellenbogen zu stützen. Er atmete schwer, blickte seiner Liebsten ins Gesicht. Ihr Haar lag in wirren Strähnen über den Tisch ausgebreitet; ihre Lippen waren von seinen Küssen rot und geschwollen. Ihre Augen glühten vor Befriedigung und Erstaunen, ein Ausdruck, den er noch nie zuvor an ihr gesehen hatte. Seine Brust schwoll vor Stolz, und ebenso, erstaunlicherweise – sein Schwanz. Sie machte große Augen, denn er war noch in ihr.

Er verdrehte leicht die Hüften, und von ihren Lippen kam ein Schnurren. Er strich seine Fingerknöchel über ihre samtweiche Wange. In diesem Moment, wo ihre Körper so wunderbar vereint waren, spielte es keine Rolle, dass er ein Polizist war und sie eine Baronin. Dass sie sich in eine Affäre verstrickt hatten, die nirgendwohin führen konnte.

„Vertraust du mir, Marianne?", fragte er, während er sie gemächlich stupste.

Ihr Blick verschleierte sich, eine pfirsichfarbene Röte ging über ihre Haut.

„Ich... ich denke darüber nach", flüsterte sie.

Er sagte sich, dass er nicht weiter drängen sollte. Diese Antwort musste ihn zunächst befriedigen. Denn in diesem Augenblick gab es reichlich andere Befriedigung, und er war darauf aus, ihr zu zeigen – zumindest in diesen gestohlenen Momenten – dass er der Mann war, der sie ihr geben würde.

Kapitel 20

„Zeit, dass ich nach Hause zur meiner Frau Gattin komme. Gehen Sie auch bald, Mr. Kent?"

Ambrose blickte von dem Bericht auf, den er gerade schrieb. John Oldham – der gemeinhin als Johnno bekannt war – hatte eben seinen Kopf in den Türrahmen von Ambroses beengter Schreibstube im Hauptquartier der Wapping Street gesteckt. Er war einer der vier Mitarbeiter von Ambrose. Der Flusspolizist hat eine Mütze auf sein gelocktes rotbraunes Haar gezwängt und ein Grinsen auf seinem sommersprossigen Gesicht.

„Ich brauche noch eine Weile, Johnno. Sir Dalrymple will bis morgen Früh diesen Bericht auf seinem Schreibpult haben", sagte Ambrose.

„Dieser ausgestopfte Ziegenbock bedrängt Sie wohl immer noch?", sagte Johnno mitleidig.

Das konnte man wohl sagen. Seit Ambroses Rückkehr war das Verhalten von Dalrymple immer böswilliger geworden. Ein großer Fall, den Ambrose mit seinen Männern hätte bearbeiten sollen, war einem anderen Hauptaufseher übertragen worden. Statt Verbrechern nachzustellen, war Ambrose aufgetragen worden, Berichte mit zweifelhaften Änderungen zu überarbeiten. Doch dass ihm Unrecht geschah, hieß noch lange nicht, dass er deswegen weiteres Unrecht in Form von Ungehorsam anstacheln wollte.

„Genießen Sie Ihren Feierabend, Johnno", sagte er einfach.

„Das werd' ich versuchen. Die Fratzen sind heute Abend bei Lizzies Mutter, wir haben das Haus für uns allein." Der Flusspolizist zwinkerte und ruckelte seinen Beutel auf seiner Schulter zurecht. „Wenn Sie sich ein Weib zulegen würden, Sir, hätten Sie auch Grund, nach Hause zu gehen."

Vor nicht allzu langer Zeit hätte Kent ihm beigepflichtet. Seine Vorstellung von Zufriedenheit war ein gemütliches Landhäuschen gewesen, in dem seine bessere Hälfte ihn mit einer warmen Mahlzeit und einem Lächeln erwartete. Was ihn aber nun zur Eile trieb, war ein brennendes Verlangen, den Mord an einem Anwalt zu untersuchen. Und das nur, damit er eine geheimnisvolle Edelfrau beschützen konnte, die er wider aller Vernunft begehrte... und die sich weigerte, ihm zu vertrauen.

Nach ihrer heißblütigen Begegnung bei der Schneiderin – um Gottes willen, er konnte es immer noch nicht fassen, dass sie in einem *Laden* Liebe gemacht hatten – hatte er Marianne nach Hause begleitet. Während der Kutschfahrt hatte er noch einen Versuch unternommen, mehr über ihren Kummer herauszufinden. Er hatte sie rundheraus gefragt, ob sie in Gefahr war: Wusste sie von irgendjemandem, der ihr den Mord an dem Anwalt vielleicht anhängen wollte? Mit zusammengepressten Lippen hatte sie geschwiegen. Als er weiter auf einer Antwort beharrt hatte, hatte sie scharf gesagt: „Dräng mich nicht, Ambrose."

An ihrer Residenz angelangt, hatte sie ihn nicht eingeladen, mit hineinzukommen.

Obwohl ihn das verdrossen hatte, verstand er sie gut genug, um zu wissen, dass sie Zeit und Raum brauchte, zu einer Entscheidung bezüglich seiner Person zu gelangen. Angesichts des prekären Waffenstillstands zwischen ihnen hatte er entschieden, sie nicht weiter zu drängen. In der Zwischenzeit jedoch würde er keine Däumchen drehen. Er hatte die Namen der Gehilfen von Leach bereits in Erfahrung gebracht und wusste, wo er sie am wahrscheinlichsten auffinden konnte. Heute Abend würde er seine eigenen Ermittlungen aufnehmen.

„Geben Sie nicht so an, Johnno, oder ich lasse mir noch einen Grund einfallen, Sie hier zu behalten", sagte Kent milde.

„Na dann, gute Nacht, Sir." Der Flusspolizist tippte sich an die Mütze und marschierte pfeifend von dannen.

Ambrose stellte den Tätigkeitsbericht fertig und legte das Buch oben auf den ordentlichen Stapel auf seinem Schreibpult. Er blickte auf die Uhr. Er war fast acht Uhr am Abend: Zeit, Antworten auf seine Fragen zu suchen. Er zog seinen Mantel an, verließ die Schreibstube und rief eines der Boote. Es glitt nach Westen, auf die City zu. Die Sterne waren wie glitzernde Stecknadelköpfe am samtigen Himmel. Mit der kühlen Nachtbrise im Gesicht und dem dunklen Wasser unter ihm ließ er seinen Gedanken freien Lauf.

Man hat mir etwas weggenommen, hatte Marianne gesagt. *Man schuldet mir etwas, Kent. Und ich will, was mir gehört.*

In den vergangenen beiden Tagen hatte Ambrose Auskünfte über Reginald Leach eingeholt; was er entdeckt hatte, bestärkte ihn in seinem Glauben, dass der Anwalt Marianne erpresst hatte. Leach hatte sich einen Ruf von Verschwiegenheit und biegsamer Moral gemacht; wer genug Geld hatte und eine schmutzige Angelegenheit bereinigt haben wollte, musste sich nur an Leach wenden. Uneheliche Kinder, missglückte Duelle, im Trunk oder Zorn begangene Morde... wenn der Preis stimmte, konnte Leach so ziemlich alles unter den Teppich des Rechtsschutzes kehren.

Ambrose traute es dem skrupellosen Bastard durchaus zu, dass er eine Frau mit unredlich erlangter Information erpresste. Er fand es auch nicht überraschend, dass Leach letztlich umgebracht worden war. Marianne war vielleicht nicht die Einzige, die von Leach erpresst worden war. Der Anwalt wusste eine Menge schmutziger Dinge über die mächtigsten Männer Londons – von denen jeder Beliebige vielleicht zum Töten bereit war, um ein Geheimnis zu wahren. Was für Auskünfte hatte Leach über Marianne gehabt?

Während das Boot unter der London Bridge durchschlüpfte, grübelte Ambrose über den Zufall nach, der ihn am meisten störte. Warum hatte der Auftraggeber, der die Bow Street zur Überwachung von Marianne angeheuert hatte – der sie als Umstürzlerin verdächtigt hatte – ausgerechnet *Leach* als seinen Mittler verwendet?

Wer war dieser angebliche Lord des Königreichs, und warum wollte er Marianne beschatten lassen?

Sogar Coyner hatte zugegeben, dass es keine handfesten Beweise gab, dass Marianne mit einer Gruppe von Anarchisten in Verbindung stand. Alles, was gegen sie sprach, waren reine Indizien. Obwohl ihr Benehmen durchaus unerhört sein konnte, begriff Ambrose langsam, dass sie sich absichtlich so verhielt. Sie war nicht auf Anarchie aus, sondern auf etwas ganz Bestimmtes. Etwas Wertvolles war ihr genommen worden; warum sonst wäre ihr Handeln so verzweifelt, ihr Blick so schmerzerfüllt?

Und wichtiger noch, warum hatte es dieser anonyme Mandant auf sie abgesehen? Ambrose hatte mehrere Annahmen. Im besten Fall hatte sich der Mandant schlichtweg getäuscht, hatte Marianne aufgrund reiner Indizien verteufelt. Eine weitere Möglichkeit: Es gab gar keinen Mandanten und Leach hatte hinter allem gesteckt. Vielleicht hatte er gewusst, dass Marianne hinter ihm her war. Vielleicht hatte er sie vorsichtshalber überwachen lassen und ihren Namen verleumdet. Wenn es Leach gewesen war, dann erlosch mit seinem Tod jegliche Bedrohung für Marianne.

Ambrose ließ es aber nicht darauf ankommen. Sein Gedankengang brachte ihn zurück zu dem toten Anwalt. Er würde damit beginnen, so viel wie möglich über Reginald Leach und seine Kundschaft herauszufinden. Wenn er allen Spuren nachging, würde ihn eine davon zu Mariannes Geheimnis führen.

Das Boot schlug an der Kaimauer an. Ambrose bezahlte den Fährmann und ging die Stufen zur Straße hinauf. Er ging nach Norden bis zur Fleet Street. Auf halbem Weg fand er in einer verrauchten Gasse einen Eingang, über den drei Kronen gemalt waren. Innen war die Taverne ein Gewirr von schmalen Gängen und gemütlichen Nischen. Ambrose musste sich mehr als einmal unter den niedrigen Streben der Holzdecke ducken. Das Aroma von Hopfen und deftigem Kneipenessen erfüllte die Luft.

Ambrose überblickte den halbleeren Raum und ging zum Tresen.

„Was hättense denn gerne, der Herr?", fragte der Kellner am Ausschank.

„Ich suche jemanden", sagte Ambrose und legte eine Münze auf den Tresen. „Tom Milford. Hat mal für einen Anwalt namens Leach gearbeitet."

Der Kellner schwenkte den Kopf in Richtung eines Tisches in einer abgelegenen Ecke. „Der rübengelbe Kerl, der alleene da sitzt. Der so kiekt, als wär ihm de eigene Mutter jestorben. Um den Geizhals Leach trauert er jedenfalls bestimmt nüscht. An dem hat de Welt nüscht verloren." Der Kellner schnaubte. „Tom grämt sich wahrscheinlich um det verlorene Einkommen – er nuckelt schon den janzen Abend an dem einen Bier."

„Dann nehme ich gleich noch zwei davon", sagte Ambrose.

Er fischte nach einer weiteren Münze und erinnerte sich dabei schmerzlich an die Bücher, die er gestern verkauft hatte. Das Vermächtnis seines Vaters lag nun in einer staubigen Ecke eines Pfandleihers in der Nähe der Drury Lane. Den Löwenanteil des Geldes hatte er Emma geschickt. Damit würde die Familie bis zum Monatsende im Haus bleiben können, und dann würde Ambrose nach Chudleigh Crest reisen. Er würde sich andere freie Behausungen im Dorf ansehen und Emma ein wenig wohlverdiente Entlastung geben.

Der Kellner kehrte mit den Getränken zurück. Ambrose nahm die beiden schäumenden Humpen und ging damit zum Gehilfen von Leach hinüber. „Mr. Milford?"

Ein blutunterlaufener Blick hob sich zu ihm. Obwohl Tom Milford nicht älter als fünfundzwanzig sein konnte, hatte er dunkle Ringe unter den Augen und Sorgenfalten um seinen Mund.

„Wer will das wissen?", sagte Milford.

„Ambrose Kent. Ich arbeite für die Thames River Police. Darf ich mich zu Ihnen setzen?" Ambrose hielt die beiden Humpen hoch.

Milford brauchte entweder dringend das Bier oder ein wenig Gesellschaft, denn er zuckte mit den Schultern. „Wie Sie wollen, Mr. Kent."

Ambrose setzte sich und schob einen der Humpen über den Tisch.

„Schwerer Tag?", fragte er. Bei der Befragung von Zeugen hatte es sich immer als nützlich erwiesen, erst einmal eine Verbindung herzustellen. Die Leute sprachen freier, wahrhaftiger, wenn sie ihr Gegenüber mochten und ihm vertrauten.

„Das kann man wohl sagen." Milford nahm einen langen Schluck seines neuen Biers; der Schaum bildete auf seiner Oberlippe einen Schnurrbart. „Allmächtiger, das habe ich gebraucht. Ich gehe davon aus, dass Sie über Mr. Leach reden wollen? Ich habe den Wachtmeistern schon alles gesagt, was ich weiß."

Nach dem, was Ambrose gehört hatte, war mit Milfords Aussage nur wenig anzufangen gewesen. Und genau deswegen wollte er noch einmal selbst mit dem Gehilfen sprechen.

„Manchmal kommt einem nach ein paar geruhsamen Nächten noch einmal etwas in den Sinn. Ich vermute, es war für Sie ein rechter Schock, vom Ableben Ihres Arbeitgebers zu erfahren", sagte Ambrose.

„Schock beschreibt es gar nicht. Eher verdammte Verzweiflung." Milford trank noch einmal von seinem Getränk. Seine Stimme war brüchig. „Drei Jahre meines Lebens habe ich für den alten Geizhals geschuftet. Und nichts habe ich davon – weder Geld noch den rechten Sachverstand, um alleine zurechtzukommen. Ich bin erledigt."

„So schlimm kann es doch gar nicht sein."

„Doch, schlimmer noch. Auf mich wartet ein Mädchen." Der Lehrling sah Ambrose elend an. „Und in meiner jetzigen Lage wartet sie bestimmt nicht viel länger."

Ambrose empfand einen Funken des Mitgefühls, denn diese Lage kannte er nur allzu gut. Seine eigene ehemalige Verlobte hatte es mit dem Warten auch nicht so gehabt.

„Am Ende richtet sich alles wieder von selbst", sagte er.

Er war überrascht, wie aufrichtig er das meinte. Trotz all der Schwierigkeiten in seinem Umgang mit Marianne klopfte es ihm hohl in der Brust, wenn er sich vorstellte, dass er sie nie hätte treffen können. Obwohl er es nur ungern zugab, hatte er nicht halb so heftige Gefühle empfunden, als Jane sich von ihm getrennt hatte – und sie waren immerhin drei Jahre lang ein Paar gewesen.

„Manchmal", fügte er hinzu, „wird aus einer Enttäuschung eine neue Gelegenheit."

„Ja. Ja, wenn eine Tür zugeht, dann geht eine andere auf... Sie klingen ja wie meine Mutter."

Milford lächelte ihn schief an. „Also, was wollten Sie denn wissen, Mr. Kent?"

„Hatte Leach Feinde? Wollte ihm jemand Böses?"

Milford verdrehte die Augen. „Hat ein Hund Flöhe? Über die Toten soll man ja nicht schlecht reden, aber Reginald Leach war ein Bastard durch und durch, und seine Auftraggeber waren nicht viel besser. Aber Leach behielt die ertragreichsten Fälle für sich selbst und ließ uns Gehilfen nur die banale Arbeit verrichten. Statt uns die Juristerei zu lehren, ließ er uns Tee kochen und hinter ihm her fegen wie verfluchte Dienstboten. Nur, dass wir Armleuchter das auch noch unentgeltlich taten."

„Haben Sie je eine Auseinandersetzung in der Kanzlei erlebt? Aufgebrachte Mandanten, so etwas?"

„Jeden Tag wurde im Arbeitszimmer von Leach irgendwer laut." Milford runzelte die Stirn. „Wenn ich darüber nachdenke, es gab erst letzte Woche einen Streit. Hatte ich ganz vergessen, bis Sie danach gefragt haben. Oh ja, da ging es hoch her."

Ambroses Instinkte erwachten. „Wer war daran beteiligt, worum ging es?"

„Ich weiß gar nicht genau, worum es ging. Aber das Geschrei war laut. Es war kein Geringerer als der Earl of Pendelton, der aus dem Zimmer von Leach gestürmt kam."

Ambrose packte seinen Humpen. Pendleton war ein Mitglied des House of Lords, ein wohlhabender Adliger. Konnte er der geheimnisvolle Mandant sein, der über Leach die Dienste der Bow Street eingeholt hatte?

„Haben Sie von dem Gespräch zwischen dem Earl und Ihrem Arbeitgeber etwas mitbekommen?"

Milford schüttelte den Kopf. „Das Zimmer von Leach hat dicke Wände. Doch bevor er ging, sagte Lord Pendleton so etwas wie... *wenn ich zugrunde gehe, nehme ich Sie mit*." Die Augen des Gehilfen wurden groß. „Guter Gott, Sie meinen doch nicht etwa, er hat das buchstäblich gemeint?"

Ambrose hatte keine Ahnung. Doch diesen Pendleton würde er sich ganz bestimmt näher ansehen. „Sonst noch unzufriedene Mandanten, an die Sie sich besonders erinnern?"

„Nicht so unzufrieden wie der Earl", sagte Milford. „Obwohl Sie das – und alles andere – nicht von mir gehört haben."

Ambrose erhob sich und streckte die Hand aus. „Sie waren sehr hilfreich, Mr. Milford. Danke sehr."

Der Gehilfe hob in einem spöttischen Gruß seinen Humpen. „Das ist mein Abschiedsgeschenk an den Beruf der Rechtspflege."

„Man weiß nie, was kommt, Mr. Milford. Eine andere Lehrstelle, oder ein anderer Beruf... oder eine andere junge Dame." Mit einem schwachen Lächeln sagte Ambrose: „Das können Sie mir glauben, mein Junge: Das Leben steckt voller Überraschungen."

Kapitel 21

Der Ball von Lady Auberville war eine der Hauptattraktionen der Saison, und das diesjährige Fest war da keine Ausnahme. Marianne schritt die Stufen zu dem riesigen Ballsaal hinab und überblickte das rauschende Bild. Lady Auberville hatte sich geschickt von ihrem eigenen Garten inspirieren lassen: Die Gastgeberin hatte den Saal so hergerichtet, dass er nahtlos in den äußerst englischen Garten überging, der unmittelbar hinter den Terrassentüren lag. Statt der üblichen hohen Palmen säumten Töpfe mit Lavendel und getrimmtem Efeu den Tanzboden. In der Luft hing der Duft von Maiglöckchen.

So reizend das Ambiente auch war, Mariannes Aufmerksamkeit richtete sich sofort auf ihre Ziele. Sie erspähte Ashcroft zuerst. Der Viscount stand neben dem Büffet, das mit Picknickspeisen überladen war. Wie üblich war er von Frauen umringt – vornehmlich verheiratete Damen und Witwen – die zweifellos alle den Wunsch hegten, den Abend in seinem Bett ausklingen zu lassen. Mit seinem sandblondem Haar, guten Aussehen und liederlichen Charme hatte Ashcroft den Ruf eines begnadeten Liebhabers.

Ein begnadeter Liebhaber… schöne goldene Augen blitzten in ihrem Kopf auf. Ein vor Verlangen und Zielstrebigkeit brennendes Gesicht. Die Erinnerung an Kents geschickte Hände, seine gezügelte Manneskraft, während er sie immer wieder zum Gipfel ihrer Lust brachte–

Ihr Atem ging schneller. Ihre Brustwarzen wurden hart, in ihrem Kern blühte die Hitze.

Bleib bei der Sache, ermahnte sie sich selbst.

Marianne beobachtete, wie Ashcroft ein Glas in einen Miniatursee aus Champagner tauchte, in dem sogar winzige Marzipanschwäne schwammen; er hielt das tropfende Glas an die

Lippen einer Lady. Sie nippte gehorsam. Er wiederholte es mit der nächsten Frau, die kichernd Folge leistete. Zweifellos hatte er vor, sie alle bis zum Ende des Abends hübsch handzahm zu machen. Er erschien, ehrlich gesagt, ein klein wenig gelangweilt. Plötzlich hob sich Ashcrofts Blick.

Marianne zwang ihre Lippen zu einem sinnlichen Lächeln, während seine Augen sie mit kühlem Interesse abtasteten. Sie ließ den Austausch noch einige Sekunden lang weitergehen, ehe sie wegsah. Ihr Herz hämmerte. Sie hatte den ersten Köder des Abends ausgelegt. Nun auf zum nächsten.

Sie umkreiste den Tanzboden und fand den Earl von Pendleton. Er stand bei einer Gruppe Hochadeliger und versuchte sich an einem Gespräch mit der Tochter eines Freundes. Der Blick der Debütantin huschte sehnsüchtig in Richtung Tanzboden, es war offenkundig, dass sie gerne woanders gewesen wäre.

Marianne entschied, sich Pendleton später vorzuknöpfen. Sie suchte den dritten und letzten Verdächtigen auf ihrer Liste; den Marquis Boyer, den sie aber nirgendwo fand.

„Marianne, da bist du ja. Wir warten schon eine Ewigkeit auf dich."

Marianne drehte sich um und sah Helena auf sie zukommen. Ihre Freundin sah reizend aus, in einem violetten, mit goldenen Kleeblättern verzierten Seidenkleid. Das schmeichelhafteste Accessoire der Marquise war jedoch ihr sehr großer und äußerst besitzergreifender Gemahl an ihrer Seite.

„Lady Draven", sagte der Marquis mit einer Verbeugung.

Helena sah sie mit einem leicht besorgten Ausdruck an. Peinlich berührt erinnerte sich Marianne an ihren überstürzten Aufbruch vom Abendessen der Hartefords.

Leichthin sagte sie: „Es scheint, dass Madame Rousseau sich ihre beste Arbeit für dich aufgehoben hat. Das Kleid ist göttlich, Helena."

„Deines aber auch", erwiderte ihre Freundin. „So schillernde Blau- und Grüntöne habe ich noch nie gesehen. Du siehst aus wie eine schöne Meerjungfrau."

Oder ein anderes verwunschenes Meereswesen.

Marianne sagte mit einem schwachen Lächeln: „Dein Mieder ist entzückend. Freie Schultern sind in Paris der letzte Schrei, und jetzt, wo du es in den englischen Gefilden einführst, wird es bald auch hier Mode sein."

„Wenn man bedenkt, was sie verlangt, kann ich nicht nachvollziehen, warum Madame Rousseau so knauserig mit den Stoffen ist", murmelte der Marquis. Er warf einen finsteren Blick auf den tiefen Ausschnitt seiner Gemahlin. „Darüber muss ich mit ihr einmal reden."

Helena sah ihren Gemahlen verzweifelnd an. „Das tust du nicht. Ich werde bald aussehen wie ein Heißluftballon in Vauxhall und aller Stoff der Welt wird es nicht verbergen können. Bis dahin gedenke ich mich so adrett zu kleiden, wie es mir beliebt, und daran kannst du überhaupt nichts–"

Harteford neigte seinen Kopf und flüsterte seiner Frau etwas ins Ohr; was auch immer er sagte, ließ Helena mitten im Satz verstummen. Ihr Mund klappte auf, rosige Farbe stieg ihr in die Wangen. Harteford richtete sich mit einem zufriedenen Glanz in den Augen wieder auf.

„Ich mache mich nützlich und hole etwas Limonade, Liebste. Lady Draven?"

„Für mich nichts, danke."

Helena starrte ihrem Gemahl nach und sagte amüsiert: „Eines Tages treibt mich der Mann noch in den Wahnsinn."

„Du hast ihn geheiratet. Und hast so Einiges geleistet, um dir seine Zuneigung zu sichern", sagte Marianne. „Hoffentlich war es die Mühe wert."

Wenn das überhaupt möglich war, errötete Helena noch tiefer. „Selbstredend war es das – tausendfach. Du weißt, ich bewundere Harteford. Er kann nur manchmal etwas überfordern."

„Eine vorhersehbare Eigenschaft der Männer."

Es entstand eine Pause, in der Helena sich räusperte. „Apropos, als deine langjährige Freundin, die sich um dein Wohlergehen sorgt, muss ich dich etwas fragen."

Marianen wurde steif. Sie wusste, was nun kam. „Selbstverständlich."

„Was geht zwischen dir und Mr. Kent vor?" Helena kippte den Kopf zur Seite und musterte

Marianne mit besorgten nussbraunen Augen. „Nach dem Feuerwerk, das ihr auf unserem Abendessen veranstaltet habt, erinnerte sich Harteford an einen ähnlichen Schlagabtausch zwischen dir und Mr. Kent während Percys Rettung. Er sagte, Mr. Kent schien sehr erpicht darauf, dich zu *beschützen*.“

„Ist das denn so ungewöhnlich bei Männern? Sie sind ja wirklich nicht viel anders als Hunde, sie kläffen bei der geringsten Veranlassung“, sagte Marianne geziert.

Innerlich allerdings klopfte in ihr mit jedem Atemzug die Panik. Sie war Kent betreffend zu noch keiner Entscheidung gelangt. Ob sie ihm vertrauen sollte. Ob sie sich ihren Neigungen hingeben sollte, was ja in der Vergangenheit zu nichts als Ärger geführt hatte. Wenn sie sich selbst nicht ganz verstand, wie sollte sie sich dann Helena erklären?

„Es stimmt, dass du Männer ganz aus dem Häuschen bringst. Das schien dir aber sonst nie Unbehagen verursacht zu haben.“ Obwohl Helenas Worte sanft waren, waren sie auch sehr scharfsichtig. „Und dennoch haben sowohl Harteford als auch ich selbst beobachtet, dass es dir offenbar Vergnügen bereitet, Mr. Kent zu schikanieren."

Marianne hasste es, wenn jemand zögerlich war... insbesondere sie selbst. Sie hatte keinerlei Bedürfnis, ihre schmutzige Wäsche hier und jetzt zu waschen, daher entschied sie sich für die klassische Ausflucht.

„Gewiss wirfst du mir nicht vor, dass ich Interesse an einem *Polizisten* hätte, oder Helena?", sagte sie herablassend.

Nichts würgte ein Gespräch besser ab als Hochnäsigkeit und Standesdünkel.

„Wenn ich das sagen würde, wäre es kein Vorwurf. Mr. Kent ist ein guter, rechtschaffener Mann, dem meine Familie viel schuldet." Helenas Stirn legte sich in Falten. „Ich mag ihn und Harteford vertraut ihm. Meiner Ansicht nach könntest du wesentlich schlechter davonkommen."

Eine alte Verbitterung brach zitternd an die Oberfläche. „Wegen meiner eigenen niederen Herkunft, meinst du wohl? Weil mein Vater ein trunkener, missratener Landjunker war?"

„Freilich nicht." Helena zwinkerte sie an. „Warum würdest du so etwas überhaupt denken? Was ich meinte ist, dass Mr. Kent klug und gut aussehend ist, und gutherzig noch dazu. Du verdienst einen Mann, dem du wirklich am Herzen liegst."

„Oh." Marianne schluckte, fühlte sich klein und töricht, dass sie ihre Freundin falsch eingeschätzt hatte. Was sie als Nächstes sagte, verbesserte ihr Selbstbild auch nicht gerade: „Du findest Mr. Kent gut aussehend?", brach es aus ihr heraus.

Helenas nussbraune Locken wippten eifrig. „Er hat sehr stattlich ausgesehen in seiner Abendgarderobe, findest du nicht? Und was noch wichtiger ist, er ist ungekünstelt und ehrlich – ein Mann, der weiß, wer er ist. Findest du solche Selbstsicherheit nicht attraktiv, Marianne?"

Helena ahnte ja gar nicht, wie sehr. Oder – so wie die Augen der Marquise funkelten – wusste sie es vielleicht nur allzu gut.

„Doch", hörte Marianne sich selbst zugeben. „Das finde ich durchaus."

„Dann kann es ja nicht schaden, Mr. Kent besser kennenzulernen, oder?", sagte Helena heiter. „Mit deiner Erlaubnis arrangiere ich ein kleines Stelldichein. Ein gemütliches Abendessen vielleicht…"

Während Helena dazu anhob, ihre Pläne zu erörtern, gestattete sich Marianne das Hirngespinst eines normalen Lebens. Sie und Kent würden sich gegenseitig den Hof machen wie jedes andere Paar auch, würden zusammen Zeit mit ihren engsten Freunden verbringen. In dieser Fantasiewelt hätte sie Rosie nie verloren, ihre Tochter wäre auch da, würde mit den Bälgern von Helena spielen…

So lange war Marianne alleine gewesen, und bei dem Gedanken, dass sie irgendwie mit ihrer Umwelt wieder in Verbindung treten könnte, bildete sich ihr ein Kloß in der Kehle. Dass sie frei sein könnte, nach Liebe und echter Kameradschaft zu streben. Dass sie in ihrer eigenen Haut leben könnte.

Doch das war ja leider nicht so. Sie musste Verdächtigen nachstellen und eine geliebte Tochter wiedererlangen. Könnte irgendein Mann sie bei solch finsteren Mühen unterstützen? Das unvollkommene, verletzte Wesen, das sie wirklich war, verstehen und akzeptieren?

Konnte Kent das?

Der Gedanke flog ihr durch den Kopf wie ein heller Stern, eine blendende Möglichkeit. Sie musste zugeben, dass sich Kent bislang als sehr unerschütterlich erwiesen hatte. Er hatte sich von ihr anschießen, schikanieren, beleidigen und behelligen lassen; er hatte sie über die Dächer von London gezerrt, um sie zu retten. Ganz zu schweigen von der Tatsache, dass er ihr immer wieder eine ungekannte Wollust gezeigt hatte. All dies hatte er getan und keine Gegenleistung verlangt.

„Soll ich Mr. Kent also einladen?", fragte Helena.

Marianne wurde die Kehle eng. Konnte sie Kent die Wahrheit anvertrauen? Gewiss würde er sie nicht verraten, wie andere Männer sie verraten hatten – oder doch? Er hatte versprochen, ihr zu helfen: Wenn sie ihm von Rosie erzählte, würde er ihr dann helfen, ihre Kleine zu finden? Sie sah Helenas erwartungsvolles Gesicht, und Schuldgefühle durchlöcherten ihre Hoffnung. Sie hatte so lange schon Geheimnisse gehabt, konnte sie denn diese Mauern der Angst und der Scham überhaupt überwinden?

„Ich denke darüber nach." Als die andere niedergeschlagen dreinblickte, sagte sie leise: „Ich danke dir dafür, wie du dich um mich sorgst. Du bist zu gut zu mir, meine Liebe."

„Denk nur nicht zu lange darüber nach", seufzte Helena, während ihre Hand über die violette Seide über ihrem Bauch strich. „Denn bald kann ich keine Gesellschaften mehr halten, und du weißt ja, wie Harteford wird, wenn ich schwanger bin."

Als ob man ihn gerufen hätte, kam der Marquis mit einem Glas Limonade durch die Menge marschiert. Sein Blick schärfte sich voller Besorgnis, als er sah, wo Helenas Hand ruhte. „Müde, meine Liebe? Soll ich dir einen Sitzplatz finden?"

„Nein, danke. Ich will lieber tanzen", sagte Helena.

„Tanzen?" Hartefords dunkle Augenbrauen zogen sich zusammen. „Aber bist du dir sicher–"

„Es wird gerade ein Walzer gespielt, und du bist mein Lieblingspartner. Du weißt, dass der Arzt mir meine üblichen Tätigkeiten gestattet hat."

Als der Marquis ein Gesicht zog, als wolle er ihr weiter widersprechen, stellte die Marquise sich auf die Zehenspitzen und flüsterte ihm etwas ins Ohr. Was sie sagte, musste gesessen haben, denn sein Kinn wurde recht rot.

Er räusperte sich und sah seine Frau schwelendem Blick an. „Sie entschuldigen uns, Lady Draven?"

„Natürlich", sagte Marianne.

Das Paar machte sich von dannen – allerdings nicht in Richtung Tanzboden, wie Marianne mit einer Mischung aus Belustigung und Neid feststellte – sondern in Richtung Ausgang. Als Helena sich noch einmal umwandte und mit den Lippen „*Sag mir Bescheid*", formte, nickte Marianne knapp.

Nun war sie ganz alleine den übereifrigen Herren ausgesetzt. Sie lehnte Champagner, Tänze und andere Vorschläge ab, die man besser nicht wiederholte, und floh an den Rand des Geschehens. Sie suchte kurz den Schutz eines kleinen weißen Pavillons, den die Gastgeberin einfallsreicherweise drinnen hatte errichten lassen. Sie spähte um den hölzernen Rahmen herum und sah die Männer verdattert dreinblicken – zum Glück hatten ihre Verehrer nicht so viel Verstand wie Trieb.

„Ermüdend, nicht wahr?"

Ihr Kopf wirbelte in Richtung der aalglatten Stimme. Gleich im nächsten Augenblick fasste sie sich wieder.

„Was ist ermüdend, bitte sehr?", fragte sie mit erhobenen Augenbrauen.

„Verfolgt zu werden. Ich persönlich ziehe es vor, auf der anderen Seite der Jagd teilzunehmen." Der Lebemann mit dem flachsblonden Schopf ließ ein weißes Lächeln aufblitzen. „Devlin St. James, Viscount Ashcroft, zu Ihren Diensten, Lady Draven."

„Ich weiß, wer Sie sind", sagte sie. *Und nun habe ich vor, zu entdecken, was Sie vertuschen. Was hatte Leach gegen Sie in der Hand, Sie Schuft – hat er Rosie für Sie gekauft?*

„Mein Ruf eilt mir wohl voraus. Auf gute Art und Weise, hoffe ich."

Sie drückte fest die Stäbe ihres Fächers und lächelte anbändelnd. „Wenn Ihr Ruf so groß ist, wie man sagt, Milord, dann würde ich sagen, auf *sehr* gute Art und Weise."

Ashcroft lachte. Aus der Nähe sah sie, dass er ein schwaches Kinn hatte – verweichlicht vom Lasterleben und der Prasserei. „Touché, Milady. Aber Sie haben ja selbst auch einen ganz ordentlichen Ruf."

„Deswegen habe ich ja sie auch gleich durchschaut", sagte sie kokett.

„Dann schlage ich vor, wir genießen Aubervilles edlen Champagner und lernen unseren jeweiligen *Ruf* besser kennen." Mit einem Augenzwinkern bot Ashcroft ihr seinen Arm.

Obwohl sich ihr Magen zwirbelte, legte sie ihre Finger leicht auf den erlesenen schwarzen Stoff.

„Aber gewiss doch, Milord, ich möchte Sie nur allzu gern besser kennen lernen."

Kapitel 22

Eine Stunde später fand Marianne sich in
Ashcrofts gut gefederter und rasch fahrender
Kutsche wieder. So manche Frau würde ihr diese
Lage gewiss neiden, doch sie konnte nur ein
Schaudern unterdrücken, als er einen
behandschuhten Finger ihren Arm hinabgleiten
ließ. Obwohl sie in ihren Umhang gehüllt war,
standen ihr unter seine Berührung die Haare zu
Berge. Sein bleicher Blick war blutunterlaufen,
sein Ausdruck eher lüstern als zärtlich. Das lag
bestimmt daran, dass sie ihm bei den
Aubervilles ein Getränk nach dem anderen
aufgedrängt hatte, während sie kaum von ihrem
eigenen genippt hatte. Sie wollte ihn

sturzbetrunken haben, denn das würde ihr das Verhör erleichtern.

„Sie haben so wunderschöne Augen. Wie große, glänzende Smaragde", lallte er.

„Oh, wie *einfallsreich* von Ihnen", sagte sie.

Er grinste, weil ihm ihr Sarkasmus völlig entging. „Das sagen mir die Ladies alle. Ich zeige Ihnen im Bett Dinge, von denen Sie überhaupt noch nie gehört haben. Ich habe zu Ihrer Vergnügung so manches Ass im Ärmel – und auch anderswo."

Ganz ruhig bleiben, Marianne.

„Oh, wie… vergnüglich. Ich dachte allerdings, dass wir Ihr Geschick zuerst anders nutzen sollten. Ich befinde mich nämlich in einer Zwickmühle und hoffte, Sie könnten mir vielleicht helfen."

„Ich fühle mich selbst ein wenig eingezwickt." Obwohl angetrunken, war er doch schnell; er packte ihre Hand und drückte sie an seine Lenden. Sie zwang sich, die Fassung zu wahren, ihre Maske anzubehalten, auch wenn ihr Magen einen Satz machte. „Und hart wie ein Stein. Ich wette, das ist das Härteste und Größte, was Sie je erlebt haben, hä?"

Eigentlich… nicht.

„Wie beeindruckend, Milord. Ich habe allerdings gehört, dass nicht nur Ihre Männlichkeit großzügig veranlagt ist." Sie drückte leicht zu.

Er stöhnte, sein Kopf kippte nach hinten in die Polster. „Was wollen Sie denn, Sie freches Weibsbild? Geld? Juwelen? Ich dachte, Ihr verstorbener Gemahl hätte Ihnen von beidem jede Menge hinterlassen."

„Ich brauche weder das Eine noch das Andere. Lediglich ein wenig Rat."

Ashcroft schloss die Augen, während er seine Erektion in ihre Handfläche rieb. Guter Gott, sie würde sich nachher die Hände mit Kernseife schrubben müssen. „Was für Rat?"

„Man sagt, Sie kannten einen gewissen Reginald Leach", sagte sie.

Seine Augen öffneten sich zu schmalen Schlitzen. „Wer hat Ihnen das gesagt?"

Trotz seiner Trunkenheit war sein Ton scharf. Sie hatte also den Nagel auf den Kopf getroffen. Durch die unverhangenen Fenster sah sie, dass sie bei ihr zu Hause angelangt waren. Die Straße lag in stiller Finsternis. Sie atmete tief ein, fasste Mut, um mit ihrem Plan fortzufahren. Im schlimmsten Fall würde sie einfach wegrennen. Ihr Haus war nur Schritte entfernt, und sie konnte Lugo zwar nicht sehen, wusste aber, dass er von drinnen beobachtete.

Sie setzte sich ein Lächeln auf und sagte: „Das spricht sich eben herum. Wissen Sie, ich kannte Mr. Leach nämlich auch."

Die einstudierte Lüge rollte ihr so sämig von der Zunge wie ihre morgendliche heiße Schokolade. „Und ich mache mir Sorgen, was nun mit gewissen Informationen passieren wird, wo er nicht mehr ist."

Ashcroft starrte sie an. Sie schätzte seinen Ausdruck als überrascht ein… jedoch nicht als besorgt. Er sah keineswegs schuldbewusst aus, zeigte keinerlei Sorge, dass sie den Anwalt kannte, den er vielleicht verwendet hatte, um sich ein Kind zu verschaffen. Den Anwalt, den er vielleicht umgebracht hatte.

Stattdessen lachte er bellend. „Wir beide passen in der Tat zusammen, Täubchen. Aber zerbrechen Sie sich darüber nur nicht Ihr hübsches Köpfchen. Leach war ein Bastard, aber seine Lippen waren fester verschlossen als die Schenkel einer Jungfrau. Was hat der alte Bock denn Schändliches für Sie unter Verschluss gehalten?"

Sollte Ashcroft wirklich Rosie in seiner Gewalt haben, dann war sein Verhalten bezüglich des Anwalts unglaublich blasiert, sogar für einen abgehärteten Schurken. Sie begann an seiner Schuld zu zweifeln, doch sie musste Gewissheit haben. Nun war sie schon so weit gegangen...

Sie lehnte sich nahe an sein Ohr und murmelte auffordernd: „Ich offenbare Ihnen mein Geheimnis, wenn Sie mir Ihres offenbaren. Ich glaube, es wäre recht anregend, wenn wir uns unsere Missetaten gegenseitig ins Ohr flüstern, oder?"

„Ein verruchtes Luder sind Sie, oder? Na, wenn ich Sie jetzt nicht noch mehr ficken will", hechelte er. „Also, bei drei..."

Beim Stichwort flüsterte sie irgendeine erlogene und reißerische Geschmacklosigkeit. Gleichzeitig legte Ashcroft ihr eine Entgleisung ins Ohr, und obwohl die mit ihrer Tochter nichts zu tun hatte, pochte ihr dennoch vor Abscheu das Herz.

„Ich weiß, dass ich Sie nicht erschüttert habe." Sein feuchter, heißer Atem ließ sie schaudern. „Im Gegenteil, ich glaube, meine Art von Kurzweil wird Ihnen gefallen. Auf jeden Fall besser als dieser quietschenden Landpomeranze..."

Marianne wich seinen Lippen aus. Als sie versuchte, ihm zu entgehen, packte er ihre Arme.

„Lassen Sie mich los", zischte sie.

„Nicht, ehe ich bekomme, was Sie mir schon den ganzen Abend unter die Nase halten. Ja, wehren Sie sich ruhig" –mit hartem, höhnischem Gesichtsausdruck riss Ashcroft ihr den Umhang von den Schultern– „das heizt nur das Blut weiter an."

Die Furcht verlieh ihr jäh Kraft. Sie wand sich fort, streckte sich nach der Tür. Der Griff regte sich nicht. Im nächsten Augenblick war Ashcroft über ihr, zwang sie in die Polster. Sie krallte nach seinem Gesicht und sein Fluchen erfüllte die Kutsche, bevor er sie ohrfeigte. In ihrer Wange barst Schmerz, ein metallischer Geschmack flutete ihren Mund, während sie gegen eine Welle der Finsternis ankämpfte.

Vergangenheit und Gegenwart prallten aufeinander.

Du schmutzige Hure. Du verdienst das hier. Es gefällt dir.

Schreiend kämpfte sie weiter gegen ihn an, doch er überwältigte sie. Seine Hand legte sich über ihren Mund, er hielt sie fest. Panik erstickte sie, während er ihre Röcke nach oben schob. Sie verlor die Orientierung, es war ihr, als verließe sie ihre eigene Haut und schwebte nach oben, dahin, wo man ihr nicht wehtun konnte. Wo sie weder Worte noch Gewalt erreichen konnten.

Wo nur taube Stille herrschte.

Sie hörte einen Schrei. Eine Tür krachte. Ashcrofts Gewicht hob sich von ihr.

Die Wirklichkeit stürmte dröhnend zurück. Sie schoss auf. Durch die offene Tür sah sie Ashcrofts Körper auf das Straßenpflaster fliegen. Eine dunkle Gestalt kam auf ihn zu.

„Steh auf", knurrte Ambrose. Blutrünstig rauschten seine Adern, während er auf den

Lackaffen zuging, der schniefend auf der Straße lag. „Steh auf und stell dich mir wie ein Mann."

„Du hast mir die Nase gebrochen, du Schuft! Weißt du denn, wer ich bin?" Der Fatzke starrte ihn böse an, Blut rann aus einem vornehmen Nasenloch. „Ich bin der Viscount Ashcroft, und ich lasse dich ins Gefängnis von Newgate werfen!"

Ambrose schenkte dem Gejammer keine Beachtung, er hob den Mann beim Kragen hoch und rammte ihn gegen die Wand der Kutsche. Der Bastard ächzte. „Kutscher! Hilfe–"

„Dazu ist der, fürchte ich, nicht in der Lage." Lugos tiefe Stimme kam vom Kutschbock, wo der Kutscher bewusstlos bei den Rädern lag. Der Afrikaner war zur selben Zeit am Ort des Geschehens angelangt wie Ambrose, und sie hatten sich wortlos die Arbeit aufgeteilt.

Ashcroft wurde bleich. „Mein Vater ist der Duke von–"

„Das schert mich einen Dreck, wer er ist, oder wer du bist", sagte Ambrose mit bedrohlicher Ruhe. „Du warst dabei, dich an einer Lady zu vergreifen. Und dafür wirst du büßen."

„Ich habe mich an niemandem vergriffen. Wir haben uns nur ein wenig g-geneckt." Ashcrofts Augen traten aus den Höhlen, als Ambrose seine Kehle fester zudrückte. „Um Himmels willen, albernes Flittchen, so sag es dem Mann doch!"

Marianne stand ein paar Schritte vom Kutschenschlag entfernt. Im Mondlicht schimmerte ihre Haut durchscheinend wie Porzellan. Aus Ambroses Kehle drang ein tierisches Geräusch, als er den dunklen Bluterguss auf ihrer linken Wange sah.

„Zur Hölle mit Ihnen, Ashcroft", sagte sie.

Obwohl ihre Augen dabei blitzten, hörte Ambrose das Zittern in ihrer Stimme. Seine Muskeln verkrampften sich. Seine Finger drückten unwillkürlich zu.

Der Viscount machte ein ersticktes Geräusch. „Lass dich von ihrer Erscheinung nicht blenden, Mann! Sie sieht vielleicht aus wie eine Lady, aber ist ein Hure durch und durch. Sie hat mich dazu gebracht", flehte er. „Frag, wen du willst, sie macht für jeden die Beine breit–"

Ambroses Faust pflügte in das Gesicht des anderen Mannes. Geräuschlos sackte der Kerl in sich zusammen, landete als Häuflein Mensch neben den Rädern der Kutsche. Schwer atmend drehte Ambrose sich zu Marianne um. Blut rauschte in seinen Ohren, er brachte kein Wort hinaus.

„Lugo, sieh zu, dass diese Bescherung hier bereinigt wird", sagte sie zittrig.

„Jawohl, Milady." Der Lakai ging zum Viscount, um ihn zu begutachten. Er stupste den gefallenen Lord unsanft mit dem Stiefel und lockte dadurch ein Stöhnen hervor. Er nickte Ambrose fast schon anerkennend zu. „Ich bringe diese beiden dahin, wo sie gehören", sagte der Afrikaner. „In der Zwischenzeit, Milady, glaube ich, müsste Mr. Kent ein wenig verarztet werden. Soll ich die Haushälterin holen?"

„Ich kümmere mich schon darum. Du kümmerst dich um Ashcroft", sagte Marianne.

Lugo verneigte sich. Als er seinen dunklen Kopf wieder hob, glaubte Ambrose, ihn ganz leicht zwinkern zu sehen.

„Kommen Sie, Mr. Kent?" fragte Marianne.

Angespannt folgte er ihr hinein.

Kapitel 23

Marianne saß auf dem Diwan in ihrem Schlafgemach und hielt sich eine Kräuterkompresse an die schmerzende Wange. Sie tröstete sich damit, dass sie Ashcroft von ihrer Liste streichen konnte. Die Vorfälle des Abends hatten sie in der Suche nach Rosies Häscher einen Schritt weiter gebracht, alles lief nach Plan.

Warum also war sie dann ein Nervenbündel?

Die Antwort war freilich Ambrose Kent. Er stand hemdsärmelig beim Fenster, seine lange, schlanke Gestalt ihr abgewandt, und spähte zwischen den Vorhängen durch auf die Straße hinunter. Sein Profil war scharf vor

Aufmerksamkeit, seine wachen Augen streiften eindringlich umher. Ein seltsames Ziehen packte ihre Brust; selbst nachdem die Gefahr gebannt war, blieb er wachsam. Beschützte sie. Ihr Blick wanderte zu seinen großen Händen und das Ziehen wurde zu einem ausgewachsenen Schmerz.

Die Knöchel seiner rechten Hand waren rot und geschwollen, die Haut stellenweise aufgeplatzt. Sie räusperte sich und legte ihren Wickel beiseite. „Wir sollten uns um deine Hand kümmern. Tilda hat etwas Wundsalbe und Eis gebracht."

Er wirbelte zu ihr herum, und ihr stockte der Atem, als sie sah, wie gefühlsgeladen und finster sein Blick war. Ein Muskel zuckte an seinem steinharten Kiefer. Er sah gefährlich aus, ein Mann am Abgrund, der sich an die letzten Fetzen seiner Selbstbeherrschung klammerte.

Sie sollte ihn fürchten. Das tat sie aber nicht. Diese Erkenntnis überraschte sie, verdatterte sie genauso wie Ashcrofts Ohrfeige. Bis ins Mark spürte sie, dass Kent ihr nichts antun würde.

„Zum Teufel mit meiner Hand. Du schuldest mir eine Erklärung." Kents leise, ruhige Stimme ließ einen Schauder über ihren Rücken gehen. „Warum warst du heute Abend mit Ashcroft zusammen?"

„Setz dich erst." Obwohl ihr Puls in einem harten Stakkato hämmerte, lächelte sie und tätschelte das Sitzpolster neben ihr. „Du kannst mir nicht den Aubusson-Teppich vollbluten."

Er kam zu ihr hinüber, doch er setzte sich nicht. Stattdessen stand er über ihr wie ein Turm, über ein Meter achtzig nur mühsam gebändigter Männlichkeit. Er stützte die Hände in seine schmalen Hüften. Spannung knisterte in der Luft zwischen ihnen.

„Hast du eine Affäre mit Ashcroft?", fragte er verbissen.

Ausflüchte schossen ihr durch den Kopf. Zahllose Lügen. Sie blieben ihr auf der Zunge kleben wie Asche.

Wie leicht wäre es, ihn in dem Glauben zu lassen. Ihn dasselbe glauben zu lassen wie all die anderen, nämlich dass du ein laszives Luder bist. Dann wird er dich in Ruhe lassen.

„Nein", brach es aus ihr heraus.

Sie erwartete nicht, dass er ihr glaubte. Angesichts ihrer bisherigen Begegnungen hatte er allen Grund, sie für ein herzloses Flittchen zu halten. Zu glauben, was Ashcroft über sie gesagt hatte. Die Vorstellung schnürte ihr die Kehle zu.

„Warum warst du dann mit dem Viscount alleine? Dieses Mal lasse ich mich nicht abwimmeln, Marianne. Erst Leach und nun das hier. Was ist dein verfluchtes Geheimnis – was bringt eine sonst verständige Frau dazu, sich immer wieder mutwillig in Gefahr zu stürzen?"

Gefühle umzingelten sie, sie stand auf. Zu ihrer Überraschung ließ Kent sie vorbei und sie ging zum Kamin, um Zeit zum Nachdenken zu schinden. Was würde Kent davon halten, dass sie einen Bastard hatte? Würde er sie für ihre Verfehlung geringschätzen? Würde er sich immer noch in ihre Angelegenheiten mischen wollen, wenn er wüsste, was für Sünden sie begangen hatte –und dass ihr kleines Mädchen bis zum heutigen Tag leiden musste, ihres Versagens wegen?

Marianne leckte sich die Lippen und sah den Flammen im Kamin beim Tanzen zu. „Ich habe dir gesagt, dass ich keine Affäre mit Ashcroft habe. Das sollte genügen–"

„Das genügt nicht annähernd."

Sie drehte sich um, während Kent auf sie zukam. Er kam immer näher, mit stetigem Schritt, und ihr blieb nichts anderes übrig, als zurückzuweichen. Einige Herzschläge später hatte er sie gegen die Wand neben dem Kaminsims gedrängt. Seine Arme schlossen sie ein. Sie sollte eigentlich wütend und verängstigt sein. Stattdessen... verzehrte sie sich. Er berührte ihre wunde Wange und sie zitterte von Kopf bis Fuß.

„Wovor fürchtest du dich? Sag es mir, Marianne." Seine Berührung war zwar sanft, aber sein Gesicht war eindringlich und nur mühsam beherrscht. Sie verstand, warum Verbrecher unter diesen durchdringenden hellen Augen all ihre Sünden gestehen wollten. „Ich tue dir nicht weh. Ich will lediglich helfen. Vertrau mir."

„Ich... kann nicht", sagte sie hilflos. Sehnsüchtig.

„Kannst du wohl", sagte er und neigte seinen Mund zu ihrem.

Seine Wärme floss in sie, schmolz ihren Widerstand. Guter Gott, wie sie das vermisst hatte – sich nach seinem Kuss gesehnt hatte, seit der letzte geendet hatte. Er zog sie in sich hinein, mit seinem Geschmack, seiner Kraft. Seine drahtige Gestalt stieß sie gegen die Wand, und nichts hatte sich je richtiger angefühlt. Mit einem Seufzer zog sie an seiner Krawatte, an den Knöpfen seiner Weste. Sie musste ihm näher kommen, seine Hitze musste die Kälte der Vergangenheit bannen und das Feuer des Augenblicks entfachen.

Wortlos trat er einen Schritt zurück und streifte seine Weste ab. Riss sich das Hemd über den Kopf. Die glatten, geschmeidigen Muskeln seiner Schultern glänzten wie polierte Bronze im Kerzenschein. Sie berührte seine Brust, ergötzte sich an dem Gegensatz zwischen rauem Haar und harten Sehnen. Sein Herz schlug stark und stetig unter ihrer Handfläche. Ihr Blick wanderte hinab zu den Rillen seiner Bauchmuskeln, folgte dem verführerischen Grat aus Behaarung, der im Bund seiner Hosen verschwand. Als sie die gewölbte Ausbuchtung darunter sah, flutete eine sämige Wärme ihr Geschlecht.

„Du bist an der Reihe." Obwohl seine Stimme streng war, umspielten seine Augen leichte Lachfalten. „Dreh dich zur Wand, Marianne und lass dich von mir ausziehen."

Sein Befehl brachte ihr Blut in köstliche Wallung. Sie folgte nur ungern Anweisungen, und doch… gehorchte sie nach kurzem Zögern. Soweit konnte sie sich ihm ruhig ergeben. Sie drehte den Kopf und ließ ihre Wange die Seidentapete streifen. Jeder Atemzug drückte ihren Busen nach außen, ließ ihre steifen Nippel an die harte Oberfläche reiben. So stand sie da, erregt, von Erwartung gefoltert.

Der heiße Mund auf ihrem Nacken erschreckte sie. Ein Ächzen entfloh ihren Lippen, während er die empfindliche Stelle leckte und saugte, sanft an der zarten Sehne ihrer Schulter knabberte. Sie schloss die Augen, während seine Finger sich flink ihr Rückgrat hinaufarbeiteten und sie entkleideten. Schicht um Schicht fiel flüsternd zu Boden. Ihr schauderte, sie trug nur noch ihre Strümpfe und Strumpfbänder.

„Du schöne *Selkie*, darf ich dich befriedigen?", murmelte er.

„Ja", seufzte sie. „Aber spute dich."

Sein heiseres Lachen schabte an ihren Sinnen. „Es gibt keinen Grund zur Eile. Wir haben die ganze Nacht." Seine Hände fassten ihre und führten sie über ihren Kopf; er legte ihre Handflächen an die Wand. „Halt deine Hände hier, Süße."

Diese Stellung schien ihre Nerven auf eine neue Stufe der Empfindsamkeit zu spannen. Ihre Wahrnehmung steigerte sich: Die Luft streichelte sachte ihren Rücken, die Tapete kratzte sanft ihre angespannten Nippeln. Ein Gefühl der Freiheit schwappte über sie. Sie fühlte sich auf seltsame Weise mächtiger als je zuvor. Denn nichts hielt sie hier. Keine Zwänge, keine Drohungen, nichts hielt sie davon ab, ihre Hände zu entfernen und diesem Spiel ein Ende zu setzen. Und doch entschied sie sich, sich diesem Mann hinzugeben – zu nehmen, was sie selbst wollte.

Er küsste ihre Schulterblätter, eines nach dem anderen, und seine Hände fanden ihren Busen. Er spielte mit den Knospen, kniff und rollte sie, bis sie sich ihm entgegen krümmte und seinen Namen keuchte.

„Genug der Spielchen, Kent, ich brauche dich *jetzt*–"

„Lass die Hände an der Wand", ermahnte er sie.

Sie verzog gekränkt das Gesicht, als seine Hände von ihren schmerzenden Brüsten abließen. Doch ihr Unmut schmolz in heiße Erregung, als er mit seinem Schenkel zwischen ihre Beine fuhr, was sie zwang, sich breitbeiniger hinzustellen. Ein ruchloser Takt bemächtigte sich ihres Herzschlags, im Gleichklang mit ihrem pochenden Fleisch, während sie den männlichen Grat ritt. Sie rieb sich an seinen sehnigen Widerstand, der ihr Feuer nur weiter schürte. Sie brauchte mehr Druck, sie brauchte einen Winkel, den sie alleine nicht ganz erreichen konnte.

„Willst du mehr?" Seine bröckelige Stimme kratzte an ihr Ohr. Seine Hände hielten ihre Hüften fest, stützten sie, während sie sich in hilfloser Wollust an sein Bein wand. „Sag es nur, Marianne, ich gebe dir, was auch immer du brauchst."

„Berühr mich", keuchte sie.

Er nahm sein Bein weg, ließ sie im Stich. Dann aber berührten seine Lippen sie ganz oben an der Wirbelsäule und folgten der Krümmung mit sanfter Beharrlichkeit. Ihre Lunge ging schwer, als er sich hinter ihr hinkniete, seine Daumen die empfindliche Innenseite ihrer Schenkel liebkosten, ihren Schritt noch weiter öffneten. Als er sie an der Pobacke knabberte, setzte ihr Atem ganz aus.

„Du bist so hübsch hier unten. Weiß und zart wie ein Kuchen."

Er tröstete küssend die Stelle, wo er sie gebissen hatte. Ihr wurden die Knie weich. Sein Mund war überall, schmeckte, saugte, trieb sie in den Wahnsinn. Schamlos schob sie ihm ihren Po entgegen, bot ihm Zugang zu allem, was er wollte. Er leckte sie, erkundete ihre Schamlippen. Sie grub ihre Finger in die Tapete. Dann arbeitete seine Zunge sich nach oben, glitt an ihrer Ritze entlang, umkreiste einen unsagbar verruchten Ort. Das heißblütige Schnalzen um den empfindlichen Saum entriss ihrer Kehle ein Ächzen.

„Zu viel?", fragte er heiser.

„Ich halte nicht mehr aus", keuchte sie. „Bitte, genug herumgespielt. Tu es einfach."

Das ließ er sich nicht zweimal sagen, sein noch bekleideter Schwanz brannte schwer gegen ihren Steiß. Seine heißen Worte flossen in ihr Ohr. „Das werde ich. Aber du musst darum bitten. Sag mir, was du dir wünschst, Liebste, und ich gebe es dir."

„Deinen Schwanz. Ich will deinen Schwanz in mir haben", seufzte sie.

Sie hörte leise Stoff rascheln, und dann war er da, seine stumpfe Schwanzspitze stieß sachte an ihre geschwollenen Schamlippen. „Du bist schon so nass für mich", murmelte er und rieb sich quälend an sie. „Du machst mich steif, Marianne – ich will ganz und gar in dir versinken. Wo sind die Pariser?"

Vor Freude drehten sich ihr die Sinne. „In der Schublade... bei meinem Bett."

„Warte hier. Rühr dich nicht von der Stelle."

Vor Vorfreude lagen ihre Nerven blank, während sie zitternd und verletzlich dastand. Leer und schmerzend, für den Augenblick lebend, an dem er zu ihr zurückkehren würde. Ihr Atem hauchte gegen die Wand, jedes Geräusch beflügelte ihre Fantasie. Das Öffnen und Schließen der

Schublade. Schwere Schritte. Das sanfte Rascheln, während er seinen Schwanz in den Pariser einführte...

Ihre Augen schlossen sich vor Verzückung, als er in sie eindrang. Er tat es quälend langsam, ließ sie jedes erbarmungslose Zoll spüren – sein beachtlicher Umfang dehnte sie, erfüllte sie, sie sehnte sich nach mehr von ihm. In diesem Winkel schien seine Männlichkeit kein Ende zu nehmen, er nahte sich ihren tiefsten Geheimnissen. Er hielt einen stetigen Rhythmus, schenkte ihr eine Kadenz der Freude nach der anderen... doch er erlaubte ihrem Crescendo nicht, bis zum Höhepunkt anzuschwellen. Schweiß trat ihr auf die Stirn, während sie sich an ihn drängte, stumm um mehr bat.

„Ja, Liebste, ich gebe dir, was du willst. Doch musst du mir vertrauen", wisperte er in ihr Ohr.

„Das tue ich, das tue ich", flüsterte sie. Ihre Handflächen rutschten verschwitzt die Seidentapete entlang. „Gott, lass mich nur kommen."

Im nächsten Augenblick zog er sich zurück. Ehe sie dagegen Einspruch erheben konnte, wirbelte er sie zu sich herum, hob sie an der Wand hoch.

Er ließ sie jäh auf sein Glied niederkommen, sie ächzte unter der erschütternden Wucht. Sie klammerte sich an seine angespannten Schultern, während er ihr ganzes Gewicht hielt. Unter seinen gleichmäßigen Stößen glitten ihre Schultern an der Wand auf und ab. Ihre Selbstbeherrschung schwand, ein wirbelnder Druck baute sich auf, sammelte sich in dem lüsternen Gipfel, der pochend seine Berührung begehrte.

„Gib mir alles. Halt dich nicht mehr zurück." Seine Augen brannten in sie hinein, sein kehliger Befehl und wilder Rhythmus duldeten keine Widerrede. „Vertrau mir."

Ihre Kopfhaut wiegte sich gegen die Wand, während der Strudel noch stärker wütete, während ihr Bedürfnis nach Erleichterung immer weiter wuchs und es kein Halten mehr gab. Seinen eindringlichen Augen, seinem stoßenden Schwanz war nicht mehr zu widerstehen. Er hielt sie dicht am Abhang der Erleichterung gefangen. *So nah dran.*

„Kent, *bitte*." Das Flehen kam kratzig aus ihrer Kehle.

„Alles, Marianne", sagte er, und sie wusste, was er wollte, noch während seine Hüften sich drehten, sie zum Stöhnen brachten. „Lass dich gehen. Lass dir helfen."

„Ich... ich... *oh, Gott*." Die Worte brachen aus ihr heraus, als er ihre Perle fand. Er zupfte und streichelte in Harmonie mit seinem bohrenden Schwanz, gab ihr alles, was sie wollte. Alles, was sie brauchte. *Ein Mann, dem ich vertrauen kann*. Ihre letzten Bollwerke brachen ein.

„Meine Tochter. Ich will meine Rosie zurück", schluchzte sie.

Im nächsten Augenblick barst der Sturm in ihr. Sie zersprang, zerrissen von Lust, von unerträglicher Erleichterung. Kent hämmerte noch ein letztes Mal in sie hinein, seine Muskeln spannten sich an, sein kehliger Schrei berauschte sie. Mit einem Seufzer ließ sie sich sachte von der Woge davontreiben, warm und geborgen in den Armen ihres Liebhabers.

Kapitel 24

Ambrose hielt seine Liebste fest in den Armen, streichelte ihr Haar, während sie schlief. Ihr Atem ging tief und gleichmäßig wie der eines Kindes. Seine Arme schlangen sich beschützend um sie. In seiner Brust schmerzte das Wissen, dass die Frau, die da in seinen Armen schlummerte, viel zu viel hatte erleiden müssen.

Marianne hat eine Tochter.

Dieses Geheimnis hatte sie gut gehütet. Daraus schloss er, dass das kleine Mädchen nicht der Verbindung mit dem viel älteren Lord Draven entsprungen sein konnte. Hatte Marianne eine außereheliche Affäre gehabt? Der Knoten in

Ambroses Brust wurde noch fester, als er sich an ihre gepeinigten Worte erinnerte:

Ich will meine Rosie zurück.

Was für ein Unmensch wäre grausam genug, Mutter und Tochter voneinander zu trennen?

Lange seidige Locken glitten auf seinen Arm, und Mariannes dichte Wimpern flatterten, als sie erwachte. Ihr Blick wanderte im Zimmer umher, und ihre Benommenheit wich, als sie ihn erblickte. Ihre Lippen öffneten sich, ihre Wangen blühten rosig auf.

„Wie fühlst du dich?", fragte er zärtlich.

Er wusste, dass ihr gerade alles wieder zu Bewusstsein kam. Ihr Körper versteifte sich, Panik verfinsterte ihre Augen. Sie richtete sich hastig auf, wollte fliehen; er hielt sie fest, indem er sich auf sie rollte und dabei sein Gewicht auf den Ellenbogen aufstützte.

„Geh nicht", sagte er ruhig. „Noch nicht. Sprich mit mir, mein Schatz."

„Ich habe schon zu viel gesagt." Ihre Stimme war belegt, ihr Atem hastig und ruckartig. Sie schubste seine Schultern. „Geh runter von mir."

„Nicht, ehe du mir von deiner Tochter erzählst."

Ihre Haarflechten glitten über das Kissen, während sie heftig den Kopf schüttelte. „Du weißt nicht, wonach du da fragst. Bitte, geh einfach runter von mir…"

„Du hast das schon zu lange alleine mit dir herumgeschleppt. Du musst deine Geheimnisse mit mir teilen." Er sah, dass seine Worte ins Schwarze getroffen hatten. Sie biss sich auf die zitternde Unterlippe, ihr Kinn bebte. „Du weißt, dass ich dir helfen werde, Marianne. Wenn du mir alles erzählt hast."

Ihre Brust wogte mühselig. Ihr Blick glitt zur Seite. „Lass mich erst aufsetzen", sagte sie leise. Er ließ es zu, und sie setzte sich auf, umschlang mit den Armen ihre angewinkelten Knie. Wie ihr Haar ihr so den Rücken hinunterwallte, sah sie jung, so sehr verletzlich aus. „Ich – ich weiß gar nicht, wo ich anfangen soll."

„Am Anfang. Wer ist Rosies Vater?", fragte er sachte.

Sie blickte starr auf die Bettdecke. „Ein junger Bursche, in den ich verliebt zu sein glaubte. Ich hatte ihn schon jahrelang gekannt, und in dem

Sommer, in dem ich siebzehn wurde, haben wir... haben wir unseren Gefühlen nachgegeben. Er und ich wollten heiraten. Doch er starb." Sie seufzte. „Bei einem Kutschunfall. Und ließ mich mit gebrochenem Herzen und in ungünstigen Umständen zurück."

Ambroses Herz schwoll vor Mitleid für das Mädchen. Doch er kannte die Frau zu gut, um dieses Gefühl in seiner Stimme mitschwingen zu lassen. „Gab es irgendjemanden, an den du dich wenden konntest?", fragte er.

„Niemanden. Mama starb kurz nach meiner Geburt und Papa..." Sie lachte höhnisch. „Der Landjunker war eher an Karten und Pferden interessiert als an seiner Tochter. Aus Verzweiflung erzählte ich ihm von meiner Schwangerschaft und er drohte, mich zu enterben. Mich zu verstoßen, es sei denn..."

Ambrose nahm eine ihrer Hände, verschränkte ihre eleganten mit seinen hornhäutigen Fingern. Er drückte sie, gab ihr Kraft, fortzufahren.

„Papa hatte einen Freund. Ein reicher, mächtiger Mann", sagte sie.

„Baron Draven."

„Ja", sagte sie hohl. „Er hatte um mich angehalten, weißt du. Er war willens, mir meine mangelnde Mitgift nachzusehen und versprach, Papas Schulden als Gegenleistung für meine Hand abzubezahlen. Papa sagte mir, ich solle den Mund halten, Draven schleunigst mit Sondergenehmigung heiraten und acht Monate später einen Erben präsentieren. Papa sagte, Draven würde es nie erfahren – schließlich kommen ständig Kinder zu früh auf die Welt. Aber ich konnte nicht... ich konnte niemanden unter falschen Vorwänden heiraten."

„Freilich nicht", sagte Ambrose, während er sich fragte, was für eine Art Vater solch eine Täuschung vorschlagen würde. „Du bist ein prinzipientreues kleines Ding."

„Du hältst *mich* für prinzipientreu?" Ihre Augen blickten forschend in seine.

„Nicht im herkömmlichen Sinne. Aber du hast deine eigene Moral, und dazu gehört Ehrgefühl und unerschütterliche Treue gegenüber den Menschen, die dir etwas bedeuten", sagte er bestimmt. „Ich kann mir nicht vorstellen, dass du einen Mann in einer so wichtigen Sache wie seiner Nachkommenschaft belügen würdest."

„Danke." Er war überrascht, wie weich ihre Augen dabei schimmerten. „Das ist das netteste Kompliment, das ich jemals bekommen habe."

„Ja. Nun." Er räusperte sich. „Was ist mit Draven geschehen?"

Das Weiche verschwand aus ihren Augen. „Er hat sich meine Geschichte angehört. Am Ende sagte er mir, dass das für ihn nichts änderte. Er wollte mich, egal wie. Er versprach, sich um mein Kind zu kümmern, als wäre es sein eigenes; wenn es ein Junge würde, wollte er ihn zu seinem Erben erklären. Ich war verblüfft, zu erleichtert und dankbar, um seine Versprechungen überhaupt in Frage zu stellen.

„Wir heirateten mit Sondergenehmigung und Draven nahm mich mit auf seinen Sitz in Yorkshire. Sieben Monate später brachte ich ein Mädchen zur Welt. Ich nannte sie Primrose. Sie ähnelte mir, weißt du." Mit einem traurigen Lächeln spielte Marianne mit einer Strähne ihres blonden Haars. „Das erste Jahr war Rosie die Welt für mich. Mutter zu sein beglückte mich, erfüllte mich auf eine Art und Weise, wie ich es noch nie zuvor gekannt hatte. Ich wachte morgens auf, voller Vorfreude auf Rosies süßes

Gesicht, und nachts schlief ich ein und träumte von den Abenteuern, die wir am nächsten Tag zusammen erleben würden. Und dann…" Ihr versagte die Stimme.

„Was geschah dann?", fragte Ambrose sanft.

Die Stille spannte sich, ehe sie antwortete: „Während meiner Schwangerschaft forderte Draven keine ehelichen Pflichten von mir ein. Er hatte mir erklärt, dass er mich nicht anrühren wollte, solange ich den Bastard eines anderen Mannes in mir trug, solange ich… schmutzig war. Befleckt." Ihre Stimme bebte vor Scham. „Ich nahm es ihm nicht übel und war, offen gestanden, erleichtert. Doch nach der Geburt änderte sich das. Er drängte auf seine ehelichen Rechte."

Zorn köchelte in Ambroses Adern. „Er zwang dich also?"

„Nein." Marianne schüttelte den Kopf. „Das wäre nicht nötig gewesen. Nach allem, was er für mich und Rosie getan hatte, war ich fest entschlossen, ihm im Gegenzug eine gute Gemahlin zu sein. Alles zu tun, was er von mir wollte. Er stellte sich jedoch heraus, dass *er* der Sache nicht gewachsen war." Sie lachte spröde, trocken.

„Und er gab mir die Schuld dafür. Sagte, ich hätte ihm die Manneskraft geraubt. Und von dem Moment an wurde mein Leben eine Hölle auf Erden."

Ambrose konnte seine Wut nur mühsam beherrschen. Er fragte: „Was hat er dir angetan, Marianne?"

„Die Beschimpfungen, die Vorwürfe über meinen Charakter wurden schlimmer. Und ich hatte dem ja nichts entgegenzusetzen." Sie zuckte mit den Schultern, so gleichgültig, dass Ambrose die Wand schlagen wollte, aber nur weil das, was er noch lieber getan hätte – nämlich Draven in Grund und Boden zu prügeln – ja nicht mehr möglich war. „Er hatte ja recht. Ich *hatte* ja außerhalb des Ehebetts Unzucht getrieben. Ich *hatte* ja einen Bastard zur Welt gebracht. Ich *war* ja nicht besser als eine Hure–"

„Hör auf damit." Sein scharfer Ton schnitt ihr das Wort ab, sie zwinkerte, als tauche sie gerade aus einer tiefen Trance auf. „Hör auf, die Worte dieses Scheusals zu wiederholen. Du warst siebzehn, ein Mädchen noch. Du glaubtest, verliebt zu sein. Ja, du hast dich gehen lassen, dich unklug verhalten. Aber du bist keine Hure, und ich dulde nicht, dass du dich selbst so nennst. Verstanden?"

Sie sagte nichts, ihr Blick war unsicher.

„Also fahr fort." Er stählte sich, ehe er fragte: „Ging der Missbrauch über Worte hinaus?"

„Gelegentlich", flüsterte sie.

Ambrose sah rot. Seine Muskeln erzitterten von der Anstrengung, seine Rage zu zügeln.

Lass sie ausreden. Das Gift muss aus ihr heraus.

„Körperliche Grausamkeit war aber nicht Dravens bevorzugte Methode. Wenn er mich prügelte, achtete er darauf, dass ich nicht blutete. Er wollte, dass sein Besitztum nach außen hin makellos aussah." Ihr schmerzliches Lachen bohrte sich in Ambroses Brust. „Aber mir waren in Wahrheit die Prügel noch lieber als..."

„Was hat er getan?", fragte Ambrose schroff.

Sie zog die Beine an ihre Brust. „Weil er mir vorwarf, ihn entmannt zu haben, sagte er, es sei meine Pflicht, seine Mannbarkeit wiederherzustellen. Er zwang mich... zu gewissen Dingen. Erniedrigenden Dingen. Jede Nacht musste ich liederliche Kleidung anziehen und vor ihm posieren, als wäre ich das schändlichste Flittchen. Mit einer Peitsche in der Hand zwang er mich vor ihm auf die Knie, und ich musste ihn anregen, indem ich…" Ihr versagte die Stimme.

Ambrose zog sie an sich. „Zu was auch immer er dich zwang, es war nicht deine Schuld. Das weißt du, oder?" sagte er rau in ihr Ohr. „Du hattest nie Schuld an seiner Impotenz. Dem Bastard gefiel es, dich zu erniedrigen, weil er sein eigenes Versagen als Mann nicht ertragen konnte."

„Was ich tun musste, zeigte nie Wirkung", sagte sie zittrig, „und das erzürnte ihn nur noch mehr. Er warf mir vor, seinen Trieb abgestumpft zu haben, abgelenkt zu sein, meinen Pflichten als Gemahlin nicht gewissenhaft genug nachzukommen. Eines Tages also, zur Strafe… nahm er mir Rosie weg."

Tränen strömten lautlos Mariannes Gesicht hinab. Ambrose konnte nichts tun, als sie noch fester zu drücken, ihm brannten die eigenen Augen vor hilfloser Wut.

„Er drohte mir an, dass er Rosie etwas antun würde, wenn ich nicht genau täte, was er sagte. Vier Jahre lang war ich eine Sklavin seiner Launen. Ich tat alles, was er verlangte, und als einzigen Lohn erhielt ich ab und zu eine Haarlocke von Rosie. Einen Bericht, dass sie gesund war und, oh Gott," –sie schluckte– „ich wusste ja nie, ob er log. Aber ich sagte mir selbst, dass ich es *wüsste* wenn... wenn..." Sie rieb sich mit den Fäusten die Augen. „Wenn meinem kleinen Mädchen etwas zugestoßen wäre. Mein Mutterherz würde es spüren", sagte sie inbrünstig. „Und ich gelobte, dass ich die Suche nach ihr nie aufgeben würde. Egal wohin sie mich führt oder was ich tun muss, ich *werde* sie zurückbekommen."

„Und deswegen bist du hier in London", sagte Ambrose.

In seinem Kopf fügten sich die Stücke zusammen. Du lieber Himmel, Mariannes Streifzüge in die Gosse, ihr angeblich verruchtes Benehmen, über das so viel getratscht wurde – war alles nur Schall und Rauch? Ein Schutzschild, hinter dem sie ihre Suche nach ihrer kleinen Tochter verbarg? Nun ergab alles Sinn. Ihr blasiertes Äußeres und die verzweifelte Verwundbarkeit, die er darunter vorgefunden hatte...

„Nach Dravens Tod habe ich herausgefunden, dass er Rosie bei einer Kupplerin namens Kitty Barnes untergebracht hatte. Es hat mich drei Jahre gekostet, diese Frau aufzuspüren, nur um dann zu erfahren, dass sie meine Tochter verkauft hatte", –Mariannes Stimme bröckelte– „und zwar an einen Gentleman."

Ambrose ballte die Fäuste. Als Polizist war er gegen menschliche Niederträchtigkeit abgehärtet; das musste man sein, um diesen Beruf zu verkraften. Doch Schandtaten gegen Kinder gingen ihm immer bis ins Mark. Wozu diente denn das Recht, wenn es die Unschuldigen und die Schwachen nicht beschützen konnte?

„Barnes behauptete, dass sie den Kunden nie selbst gesehen hätte", sagte Marianne, „weil er die Übergabe über einen Anwalt hatte durchführen lassen."

Ambrose standen die Nackenhaare auf. „Leach."

Sie nickte mit versteinerten Lippen. „In jener Nacht in seiner Kanzlei fand ich drei Rechnungen. Sie benannten zwar nicht den Betreff der Transaktion, aber alle waren in dem Monat ausgestellt worden, in dem Rosie verkauft wurde. Einer dieser drei Mandanten muss meine Tochter haben."

„Ashcroft ist einer der Verdächtigen?"

Sie erschauderte. „War er. Aber ihn kann ich von der Liste streichen. Heute Abend habe ich das Wesen seiner Sünden herausgefunden, und so abscheulich sie auch sind, mit Rosie haben sie nichts zu tun." Sie hielt inne. „Damit bleiben mir zwei mögliche Übeltäter: Der Marquis Boyer und–"

„Der Earl von Pendelton", sagte Ambrose grimmig.

Sie starrte ihn an. „Woher... woher wusstest du das?"

Wie waren die Dinge nur so verzwickt geworden? Ambrose wünschte, er hätte den Fall von Coyner nie angenommen; nun, da er Mariannes Geheimnis kannte, war ihm übel vor Schuldgefühlen darüber, dass er sie einige Tage lang beschattet hatte. Dass er ihr nachgestellt hatte, wo *sie* doch das Opfer gewesen war – wo sie doch so dringend seine Hilfe gebraucht hatte.

Wie würde Marianne auf seinen Verrat reagieren?

Selbstverachtung versengte ihn von innen, während ihm das ganze Ausmaß seines Dilemmas bewusst wurde. Er hatte Coyner bei seiner Ehre Geheimhaltung geschworen. Wenn er nun Marianne von seinem Auftrag erzählte, bräche er damit seinen Eid dem Amtsrichter gegenüber, und wenn Coyner davon je erführe, würde er Ambroses Laufbahn zunichtemachen. Wenn es nur um ihn alleine ginge, würde Ambrose schon irgendwie mit den Folgen leben, doch was war mit seiner Familie? Wo würden sie leben? Wie würden sie sich ernähre … wie überleben?

„Woher hast du das gewusst?“, wiederholte Marianne scharf.

Ambrose atmete aus, voller Groll über die Zwickmühle, in die er sich gebracht hatte. „Ich habe einen der Gehilfen von Leach ausfindig gemacht und befragt. Er erwähnte, dass Leach vor kurzem mit Pendleton eine Auseinandersetzung hatte.“

Sie schwieg – und dabei war er noch gar nicht zu seinem eigentlichen Geständnis gelangt. Sie stieg aus dem Bett und griff nach einem Morgenmantel. Als sie sich ihm zuwandte, war ihr Gesicht eine Maske der Wut.

„Was gab dir das Recht, deine Nase in meine Angelegenheiten zu stecken?"

Trotz seiner Schuldgefühle stichelte ihn dieser Vorwurf.

„Du wolltest mir ja nicht sagen, was zwischen dir und dem Anwalt vor sich ging, also musste ich es selbst herausfinden. Ein Mann wurde ermordet, verdammt noch mal", sagte er verbissen. „Du warst in einer gefährlichen Lage. Ich wollte nur helfen."

„Ich habe dich nicht um Hilfe gebeten."

„Ja, das hast du auch nicht, als damals in der Gasse Halsabschneider auf dich losgegangen sind, oder mit Ashcroft heute Abend. Verflucht, Marianne, erwartest du, dass ich daneben stehe und zusehe, wie du immer wieder Kopf und Kragen riskierst?"

„Ich erwarte, dass du nichts hinter meinem Rücken tust. Ich erwarte, dass ich dir vertrauen kann", sagte sie eiskalt. „Ich erwarte, dass du dich nicht verhältst wie dieser verfluchte, heimtückische Runner!"

Ambrose runzelte die Stirn. „Welcher Runner?"

„Den ich angeheuert habe, damit er mir hilft, Primrose zu finden. Burke Skinner behauptete, dass er Vertragsarbeit für die Bow Street leistete, doch ich heuerte ihn privat an – ich wollte so viel Verschwiegenheit wie möglich." Sie lachte höhnisch, doch Ambrose sah, wie aufgebracht ihr Atem ging. „Wie konnte ich nur so töricht sein?"

Ambrose ging zu ihr und nahm ihr Kinn in seine Hand. Obwohl ihre Augen ihn anblitzten, sah er die Angst unter ihrem Zorn. Die flimmernden Facetten der Hilflosigkeit.

„Was hat Skinner getan, Marianne?", fragte er.

„Er ließ mich monatelang zappeln. Obwohl ich später erfuhr, dass er schon früh Hinweise auf den Verbleib von Primrose gefunden hatte, gab er mir nur stückchenweise Informationen, schröpfte mich dafür. Dann eines Tages", sagte sie bitter, „wollte er mehr als Geld."

Skinner fand es angemessen, sich einer verzweifelten, trauernden Mutter sexuell aufzudrängen? Dafür würde Skinner *büßen*, das schwor sich Ambrose.

„Was ist geschehen?", raspelte er.

„Er ließ sich nicht abwimmeln. Also habe ich ihn angeschossen." Sie hob das Kinn. „Ich habe ihn nicht getötet, aber genug erschreckt, dass er mir alles preisgab, was er wusste. Das hat mich zu Kitty Barnes geführt."

Ihm dämmerte eine vage Erinnerung. *Sie sind noch nicht einmal der erste Mann, auf den ich geschossen habe...* Trotz der schrecklichen Lage wärmte Stolz seine Brust. Obwohl sie sich dagegen wehrte, umschlang Ambrose sein tapferes Mädchen und hielt sie fest. Wie konnte eine Frau so viel überstehen?

„Du hast genau das Richtige getan, Liebling", murmelte er ihr ins Ohr. „Er hat es verdient. Ich wünschte, ich hätte es selbst tun können."

Er hörte sie abgehackt atmen. Kurz darauf gab sie es auf, sich gegen ihn zu wehren. Ihre Stimme erklang gedämpft gegen seine Brust.

„Du enttäuschst mich nicht, oder, Ambrose?" Sie legte den Kopf in den Nacken, um ihn anzusehen, und der Glanz in ihren Augen überwältigte ihn. Verschlimmerte seine Schuldgefühle. „Ich habe mir geschworen, mich nie wieder auf jemanden zu verlassen. Doch ich glaube bei dir... eine Ausnahme machen zu können."

Seine Brustmuskulatur dehnte sich, als wäre er auf einer Streckbank. Nur bestand sein Foltergerät nicht aus Eisen und Holz, sondern aus Gewissensbissen und Begierde. So sehr er ihr die Wahrheit auch gestehen wollte, er wusste, was darauf folgen würde: Sie würde ihn für immer aus ihrem Leben ausschließen. Hatte sie das nicht fast schon getan, weil er den Gehilfen von Leach ohne ihr Wissen aufgespürt hatte? Ihr Vertrauen war zerbrechlich. Nach allem, was sie durch Männer erlitten hatte, konnte er es ihr nicht verübeln.

Aber er konnte ihr auch nicht gestatten, diese gefährliche Suche allein fortzuführen. Sie *brauchte* seine Hilfe, seinen Schutz – sie hatte es mit einem mächtigen Widersacher zu tun. Er war innerlich zerrissen.

„Hilfst du mir, meine Tochter wiederzubekommen, Ambrose?" Ihr Blick erkundete sein Gesicht.

Und sein Entschluss stand fest.

„Ich gelobe dir, ich ruhe nicht, ehe du Primrose wieder sicher in deinen Armen hältst", sagte er. Er würde tun, was auch immer nötig war, um ihr zu helfen – zur Hölle mit seiner Schuld und seiner Ehre.

Sie lächelte durch ihre Tränen und sah so engelsgleich aus, dass sein Atem in seiner Kehle stecken blieb. Sie zog seinen Kopf zu sich, und die heiße, offene Süße ihres Kusses brachte sein Blut zum Trommeln, ertränkte seine Gedanken. Sie schmiegte ihren Körper an den seinen, ihre Augen schwer vor Verlangen. Ihre Hingabe heizte seinen Hunger an; er wollte ihr geben, was auch immer er konnte. Seinen Kuss, seinen Schwanz... vielleicht sogar ein Stück seiner Seele.

Während er sie wieder auf das Bett fallen ließ, schwor er sich selbst:

Ich finde einen Weg. Ich werde mich ihres Vertrauens würdig erweisen. Ich lasse sie nicht im Stich.

Kapitel 25

Der Rauch, der von den Schornsteinen aufstieg, hüllte den Nachthimmel in einen violetten Dunst. Während Ambrose Cheapside entlang marschierte, sein Weg nur vom Kerzenschimmer aus den Fenstern beleuchtet, sog er die vertrauten Bilder und Klänge seines Stadtviertels in sich auf. Der Geruch nach Hopfen und gebratenem Fleisch erfüllte die Luft. Die Glocken von St. Mary-Le Bow bimmelten mit zeitloser Beharrlichkeit, zeigten den Zapfenstreich um neun Uhr an, erlöste die Lehrlinge von der Mühsal des Tages. Junge Männer in ihrer braunen Einheitstracht drängten sich in die Tavernen, konnten es kaum erwarten, endlich die Freiheit der Nacht zu genießen.

Trotz seines schweren Arbeitstages – den er damit zugebracht hatte, mehrere Schiffe zu durchsuchen und letztlich ein Schmugglertrio zu verhaften – war Ambroses Schritt voller Schwung. Er bog auf Throgmorton Street zu seiner Wohnung ab, mit schnellem, ungeduldigem Gang. Er wollte vor dem Zubettgehen heute Abend noch die Steckbriefe durchgehen, die er über Pendleton und Boyer zusammengestellt hatte. Er und Marianne würden sich morgen treffen, um den Fortschritt der Ermittlungen zu besprechen. Während sie durch diskretes Nachforschen in den Salons der feinen Gesellschaft so viel wie möglich von ihren Standesgenossen herausfand, tat Ambrose das Gleiche in weniger erlesenen Kreisen. Zuerst hatte er einen Mann namens Willy Trout darauf angesetzt, sich die Finanzlage der Verdächtigen genauer anzusehen. Er hatte Trout vor einiger Zeit kennen gelernt, als er und seine Männer einen Erpresserzirkel gesprengt hatten, der es auf Bootsmänner auf der Themse abgesehen hatte, darunter auch Trouts Bruder. Seitdem war Trout ihm ein treuer Verbündeter gewesen. Er war ein diskreter, freidenkender Mensch, der über fast jede beliebige Angelegenheit

Auskünfte einholen konnte – wenn der Preis stimmte.

Ausnahmsweise einmal war Ambrose nicht von den Budgetzwängen der Thames River Police eingeengt; Marianne hatte ihm in der Suche nach Rosie ausdrücklich eine *Carte Blanche* ausgestellt. Ambrose hatte allerdings nicht zugelassen, dass sie *ihn* bezahlte.

Er hatte schon so viele Prinzipien schleifen lassen, doch von der Frau, mit der er schlief, Geld anzunehmen – das ginge zu weit. Von der Frau, für die er Gefühle empfand. Gefühle, die ihn verstörten, die seine Überzeugungen über sich und die Welt in ihren Grundfesten erschütterten. Von der Frau, bei der er sich lebendiger fühlte als je zuvor. Er schnaufte aus. Sagte sich, es sei alles nur eine Mischung aus starker körperlicher Anziehung und einem urtümlichen Beschützerinstinkt, einem Bedürfnis, ihr die Gerechtigkeit zuteilwerden zu lassen, die sie verdiente.

Auf eigene Kosten – er hatte seine spärlichen Einkünfte ein wenig aufbessern können, indem er Überstunden bei Wapping Station machte und hatte das Meiste davon seiner Familie geschickt

– hatte er Trout überdies beauftragt, ein Auge auf Burke Skinner zu haben, den Runner, der Marianne betrogen hatte. Obwohl Marianne mit dem Bastard äußerst geschickt umgegangen war, ging Ambrose davon aus, dass sie von diesem Skinner noch hören würden. Er wollte sich vergewissern, dass der Schurke Marianne nie wieder zu nahe kam.

Morgen Abend gedachte Ambrose Marianne wieder zu lieben. Vielleicht sogar in ihren Armen einzuschlafen. Er war so zuversichtlich, dass er sogar unauffällig einen Laden in Covent Garden besucht hatte, um noch mehr Verhütungsmittel zu kaufen; es war schließlich seine Verantwortung genauso wie ihre. Während er um die Ecke zu seinem Wohnhaus bog, zog es ihm vor Vorfreude in den Lenden – gleichzeitig aber meldete sich sein Gewissen mit der alten Leier:

Du kannst sie nicht weiter täuschen. Eine Lüge ist eine Lüge, auch wenn sie nur fünf Tage andauerte. Du musst ihr irgendwie beichten, dass du für die Bow Street gearbeitet hast.

Aber wie? Nun, da er entschieden hatte, die Wahrheit zu verschweigen, wurde es immer schwieriger, mit der Wahrheit herauszurücken. Er wusste, dass sie ihm nie wieder trauen würde, und der Gedanke, dass sie ihre Suche alleine fortsetzte... Er unterdrückte seine Skrupel mit eiserner Entschlossenheit. Er musste in ihrer Nähe bleiben, musste auf sie aufpassen und ihr helfen, ihr kleines Mädchen wiederzufinden. Bis er eine bessere Lösung fand, ging Mariannes Wohlergehen über sein Ehrgefühl.

Er gelangte am Treppenabsatz an und erstarrte. Da kauerte eine Gestalt vor seiner Wohnung. Ihr Kopf lehnte gegen den Türrahmen. Zerzauste rabenschwarze Locken fielen ihr zwar über das Gesicht, doch er hätte sie überall erkannt.

„Emma?", sagte er ungläubig.

Sie wachte erschrocken auf, strich sich das Haar aus dem Gesicht. Ihm zog sich der Magen zusammen, als er ihre geschwollenen, geröteten Augen und ihre schmutzverschmierten zarten Wangen sah. Sie rappelte sich auf.

„Ambrose?" flüsterte sie.

Sorge flutete ihn, während er seine Arme öffnete. „Was ist passiert, Em? Was machst du hier?"

Seine Schwester stürzte auf ihn zu, ein Schluchzen entkam ihren Lippen.

* * *

Marianne lugte aus dem Kutschenschlag auf das Wohnhaus. Trotz der späten Stunde hingen schäbige Kleider vernachlässigt auf Wäscheleinen herum, die zwischen den armseligen Gebäuden aufgespannt waren. Ein paar verlotterte Rohlinge lungerten in den Eingängen herum, schlürften von ihren Flaschen und waren eindeutig auf dem Weg ins trunkene Nichts. Der Lärm schreiender Säuglinge und zankender Erwachsener war fast so laut, wie das Glockengeläut eben gewesen war. Das Leben in Cheapside war alles andere als beschaulich.

„Du bist dir sicher, dass wir hier richtig sind?", fragte sie.

Lugo stand neben dem Kutschenschlag und zeigte auf eine Tür im zweiten Stock. „Mr. Kent wohnt auf Nummer acht. Soll ich ihn holen, Milady?"

„Nein danke", sagte sie. „Ich gehe selbst."

Sie spürte Lugos wachsamen Blick, während sie sich auf den Weg zu Ambroses Wohnung machte. Die Trunkenbolde, an denen sie vorbeiging, waren schon zu nichts weiter imstande, als anzüglich zu grinsen. Der Geruch nach gekochten Zwiebeln drehte ihr den Magen um, während sie die knarzenden Stufen erklomm. Ihr Puls ging schneller, allerdings nicht von der Anstrengung, sondern von der Ungewissheit, die sie plagte, seit sie ihr Geheimnis mit Ambrose geteilt hatte.

Mach dir keine Gedanken mehr und sei nicht so verflucht argwöhnisch. Du kannst ihm vertrauen.

Doch alte Gewohnheiten schüttelte man nicht so leicht ab. Sie hatte überreagiert, als Ambrose ihr erzählt hatte, dass er den Gehilfen von Leach verhört hatte, das wusste sie. Es war ein Reflex gewesen, geschürt vom Misstrauen und Verfolgungswahn aus ihrer Vergangenheit. Doch all das *lag eben* in der Vergangenheit, sagte sie sich selbst. Ambrose hatte ihr keinerlei Anlass zur Verunsicherung gegeben. Er hatte sie beschützt. Er hatte ihr geglaubt. Er hatte gelobt, ihr bei der Suche nach Rosie zu helfen.

Sie kannte keinen anderen Mann wie Ambrose. Bei ihm konnte sie *sich selbst* spüren, auf eine Art, die sie gleichzeitig vor Freude und vor Besorgnis erschaudern ließ. So lange hatte sie ihre Gefühle bändigen müssen, hatte gar nicht bemerkt, was für einen hohen Zoll diese Selbstbeherrschung von ihr forderte, bis er in ihr Leben kam und ihr zeigte, wie herrlich es war, loszulassen. Einfach da zu sein. Mit seiner Beharrlichkeit und Zärtlichkeit lehrte er sie Stück für Stück zu vertrauen.

Sie beobachtete ihre eigene Veränderung mit Freude und Furcht zugleich. Ihr ungestümes Wesen, das sie unter Verschluss gehalten hatte, drängte nun wieder an die Oberfläche, hatte sie jetzt zum Beispiel zu Ambroses Wohnung getrieben, weil sie das für den morgigen Abend geplante Wiedersehen nicht erwarten konnte. Sie wollte ihn *jetzt sofort* sehen. Sie ging auf seine Tür zu. Ihr Herz flatterte wie das einer Debütantin vor dem ersten Tanz.

Hat er mich in den vergangenen zwei Tagen vermisst? Hat er sich auch so sehr wie ich danach gesehnt, wieder Liebe zu machen?

Sie hob ihre behandschuhte Faust und klopfte an die Tür.

Keine Antwort. Sie kämpfte gegen die Enttäuschung an. Vielleicht war er ja noch nicht von der Arbeit nach Hause gekommen. Oder vielleicht war er mit Freunden ausgegangen, um sich zu entspannen, wie Männer das eben taten, mit Wein und... Weibern? Sie runzelte die Stirn – nein, Ambrose war nicht diese Sorte von Mann. Vielleicht war er ja einfach schon im Bett und schlief... die Vorstellung von Ambroses Bett ließ ihr Herz schneller schlagen. Sie erwartete nicht, dass der Türknauf sich öffnen würde, trotzdem griff sie danach. Er drehte sich in ihrer Hand.

Ihr Atem ging gespannt schneller, sie trat ein. Ihr Blick schweifte über den schäbigen Raum mit der armseligen Möblierung – und heftete sich dann auf Ambrose. Er war nicht allein. Er saß auf einem Stuhl neben einer jungen Frau. Ihre dunklen Schöpfe waren dicht beieinander. Nadeln stachen Mariannes Brust, als er in einer Geste unendlicher Zärtlichkeit die Wange seines Gastes kraulte. Die beiden waren derart in ihr vertrauliches Gespräch vertieft, dass keiner der beiden überhaupt aufblickte, als sie sich näherte.

Marianne hörte sich selbst in einer seltsam gefassten Stimme sagen: „Es tut mir *so* leid, dass ich störe."

Ambrose sprang auf. Er zwinkerte, als müsse er Mariannes Gegenwart erst verarbeiten, der elende Bastard. Marianne konnte die andere Frau nun zum ersten Mal richtig in Augenschein nehmen und ein heißes, fremdartiges Gefühl schwoll unter ihrem Brustbein. Die Frau hatte tintenschwarzes Haar und große Rehaugen; sie war jünger, als sie zunächst angenommen hatte – jung und ausgesprochen hübsch, mit einem ebenmäßigen Antlitz voll Frische und Unschuld, Eigenschaften, die Marianne schon vor Jahren verloren hatte.

„Wer sind Sie denn?" fragte das freche Fräulein.

„Emma, lass mich erklären...", hob Kent an.

„Emma, ja?" Mariannes herber Ton schnitt Kent das Wort ab. Die Falte zwischen seinen Augenbrauen, die sie einst charmant gefunden hatte, vertiefte sich. Ihr Herz verknotete sich schmerzhaft, doch ihr Stolz eilte ihr zur Rettung. „Ich bin Lady Draven. Kents Liebhaber", sagte sie mit vollkommenem Hochmut. „Und wer sind Sie?"

Die Augen des verfluchten Geschöpfs wurden noch größer. Ihre Wangen wurden scharlachrot und Marianne empfand eine kalte Befriedigung, dass nicht sie die Düpierte war. Ihr Blick schoss vorwurfsvoll zu Kent.

Er beobachtete sie, und seine Mundwinkel zuckten eigenartig. Er räusperte sich.

„Lady Draven, darf ich meine Schwester vorstellen, Emma Kent?", sagte er.

* * *

Trotz der trostlosen Umstände, die Emmas Besuch veranlasst hatten, verspürte Ambrose ein seltsam freudiges Gefühl in seiner Brust. Das führte er darauf zurück, dass ja schließlich nicht alle Tage eine wunderschöne Witwe in seiner Wohnung erschien und dann ein eindrucksvolles Schauspiel weiblicher Eifersucht darbot. Eifersucht – *seinetwegen*. Es war ungewohnt und ganz und gar erquicklich. Als ob sie seine Gedanken lesen konnte, blitzten Mariannes Augen ihn an, heller als die Feuerwerke in Vauxhall.

Emma brachte etwas, was man großzügig als Teetablett gelten lassen konnte, und setzte sich auf den Stuhl neben Marianne. Kent saß beiden gegenüber auf einer Holzkiste, die als dritter Stuhl diente.

„Danke, Miss Kent", sagte Marianne.

Die Gagatperlen auf ihrem burgunderroten Gehrock schimmerten, während sie die abgestoßene Tasse annahm. Ein teuer aussehender Goldanhänger ruhte auf ihrem Dekolleté. Der Gegensatz zwischen ihrem Putz und der bescheidenen Umgebung schien sie nicht zu stören.

„Bitte nennen Sie mich Emma, Milady. Das tut fast jeder, und da Sie ja…" –seine Schwester errötete– „da Sie ja, äh… mit Ambrose befreundet sind, müssen Sie das auch tun."

Emmas taktvolle Worte verliehen Mariannes Wangen einen Hauch von Rosa. Obwohl Ambrose seiner Schwester nachher alles genauer würde erklären müssen – und darauf freute er sich im Anbetracht des zarten Alters und der Unschuld seiner Schwester nicht gerade – gefiel es ihm aber doch, dass seine schamlose *Selkie* auch einmal einen Moment lang peinlich berührt sein konnte.

„Dann musst du aber den Gefallen erwidern und mich Marianne nennen." Lange hielt das Unbehagen seiner *Selkie* jedoch nie an. „Also, Emma, was bringt dich denn nach London? Dein Bruder hat gar nicht erzählt, dass er Besuch von seiner Familie erwartet." Marianne sah ihn mit schmalen Augen an.

Emma seufzte, und ehe Kent sie davon abhalten konnte, hob sie zu der Geschichte an, die sie ihm vorher unter Tränen berichtet hatte. Und beim zweiten Mal wurde die Lage, die sie schilderte, auch nicht besser. Seine Nackenmuskeln verkrampften sich, während er darüber nachgrübelte, was er denn verdammt noch mal nun tun sollte. Die Verwirrung seines Vaters – und dabei betete er, dass es wirklich nur das war, und nichts Schlimmeres – hatte der Familie nun den sofortigen Rauswurf aus ihrem Haus eingebrockt. Am nächsten Morgen schon stünden die Kents auf der Straße.

Ihm begannen die Schläfen zu pochen, während er seine Möglichkeiten erwog. Wenn er ihnen keine andere Bleibe im Dorf finden konnte – und das bezweifelte er, weil sich in Chudleigh Crest Nachrichten wie Lauffeuer verbreiteten – würde er sie alle nach London bringen müssen. Vielleicht konnte er seine Familie für ein paar Tage hier unterbringen, ohne dass seine Vermieterin es bemerkte...

„Vater hatte wirklich nicht die Absicht, einen Brand zu stiften", erzählte Emma Marianne aufrichtig. „Er ist einfach beim Lesen eingeschlafen. Es war ein verflixtes Pech, dass Tabitha die Kerze umgestoßen hat."

„Tabitha?", fragte Marianne.

„Unsere Katze. Eine gescheckte", erklärte Emma. „Meistens ist sie ja ganz brav, aber in letzter Zeit heischt sie einfach um Aufmerksamkeit." Sie ließ die schmalen Schultern hängen, als lasteten die Sorgen der ganzen Welt darauf. „Ich habe einfach keine Zeit mehr, mich um sie zu kümmern, mit meinem Vater und meinen Geschwistern."

Ambroses Fäuste ballten sich. Die arme Em – *er* sollte doch da sein, um ihr zu helfen. Sie war zu jung, um so eine Last zu tragen. Ehe er aber etwas sagen konnte, überraschte Marianne ihn, indem sie ihren Arm um seine Schwester legte. Emma wurde steif – und dann hauchte sie einen bebenden Seufzer aus. Langsam legte sie den Kopf auf Mariannes Schulter. Ambrose fühlte sich schmerzlich an die tröstenden Umarmungen seiner Stiefmutter Marjorie erinnert.

„Man kann nicht überall gleichzeitig sein", sagte Marianne. „Du bist viel zu jung, um solche Verantwortung zu tragen."

„Ich bin sechzehn", sagte Emma erstickt. „Alt genug, um zu wissen, dass ich Vater nicht so lange hätte allein lassen dürfen. Aber Thea fühlte sich nicht wohl, und Violet und Polly brauchten Hilfe beim Nähen ihrer neuen Unterröcke – denn die sind ja beide seit dem Frühjahr in die Höhe geschossen wie Unkraut – und Harry hat mit seinem neuesten Experiment fast die Gartenhütte in Brand gesteckt..."

„Meine Güte, wie viele Kents *gibt es* denn?", fragte Marianne.

Emma hob den Kopf und blickte Ambrose fragend an. „Hat denn Ambrose nicht von uns erzählt?"

„Nicht detailliert genug. Außerdem", sagte Marianne mit einem Seitenblick auf ihn, „glaube ich, dein Bruder ist es gewohnt, Dinge für sich zu behalten."

„Oh. Nun, wir sind insgesamt zu sechst, einschließlich Ambrose", gab Emma mit ihrer natürlichen hilfsbereiten Art Auskunft. „Er ist sechzehn Jahre älter als ich."

„Das ist ein großer Altersunterschied."

„Das liegt daran, dass seine Mutter Vaters erste Frau war. Nachdem sie gestorben war, hat Vater erst nach vielen Jahren wieder geheiratet, nämlich als er unsere Mutter Marjorie kennen lernte. Dann kam ich, dann Dorothea, Harry, Violet und Polly – sie ist acht und somit unser Nesthäkchen."

„Und du kümmerst dich um sie alle? Du Ärmste", murmelte Marianne.

„Ich hatte alles gut im Griff, bis zu diesem letzten Zwischenfall. Und jetzt müssen wir den Schaden am Haus bezahlen *und* der Vermieter wirft uns morgen hinaus. Ich wusste nicht, was ich tun sollte." Zu hören, wie seine zupackende, fleißige Schwester ihre eigene Hilflosigkeit eingestand, schmerze Ambrose bis ins Innerste. „Also sagte ich Harry, dass er auf alle aufpassen sollte und kam hierher. Weil Ambrose eine Lösung findet. Das tut er immer."

Lass dir etwas einfallen, du Hanswurst.

„Wir holen alle und bringen sie hierher", sagte er. „Mach dir keine Sorgen mehr, Em. Alles wird gut."

Seine Schwester lächelte ihn erleichtert an. „Sehen Sie? Ambrose löst alle Probleme."

„In der Tat." Marianne sah ihn geheimnisvoll an. „Bist du wohl ein Zauberer, Kent?"

„Das habe ich nie behauptet", sagte er kurz angebunden.

„Zauberei wird aber vonnöten sein, wenn du deine ganze Familie hier hineinzwängen willst." Marianne warf einen bedeutungsvollen Blick um die Wohnung, es beschämte ihm, dass er ihr Recht geben musste.

„Es hat kaum *ein* Mensch hier Platz."

„Wir brauchen nicht viel. Die Mädchen und ich teilen gerne ein Lager", sagte Em. Doch er hatte gesehen, wie die Augen seiner Schwester durch das Zimmer gesaust waren.

„Es ist nur eine Übergangslösung", sagte er bestimmt. „Bis mir etwas Besseres einfällt."

„Warum darauf warten? Ich habe bereits eine Lösung." Sie öffnete die kleine perlenbesetzte

Handtasche auf ihrem Schoß, zog eine Visitenkarte heraus und gab sie Em.

„Was ist das?" Seine Schwester runzelte die Stirn.

„Die Adresse meiner Stadtresidenz. Ich habe so viel Platz, ich werde kaum bemerken, dass ihr da seid", sagte Marianne leichthin.

Emma machte große Augen. „Oh, aber wir können doch nicht..."

„Das können wir freilich nicht." Ambrose, der sich von seinem Schreck erholt hatte, zog sich hoch. „Obwohl es zweifellos ein großzügiges Angebot ist, können wir Kents uns dir nicht derart aufdrängen."

Marianne erhob sich, wobei ihre dunkelroten Röcke majestätisch um sie wirbelten. „Dann sieh es nicht als Zumutung, sondern als eine Gegenleistung."

„Eine Gegenleistung? Wofür denn?", sagte er stirnrunzelnd.

„Du hast dich geweigert, für die Ermittlungen, die du für mich machst, von mir Geld anzunehmen. Das Geringste, was ich tun kann, ist deiner Familie Gastgeberin zu sein. Komm doch bitte mit, Emma, Liebes." Marianne machte sich auf zur Tür, sichtlich in der Erwartung, dass man ihr folgte. „Du hilfst mit, zu Hause die nötigen Vorbereitungen zu treffen. Kent kann deine Familie holen und zu uns bringen."

Emmas Blick schwang zu ihm. „Ambrose?"

Er studierte Mariannes hochmütigen Ausdruck. Vor nicht allzu langer Zeit hätte er sich von dieser gleichgültigen Fassade noch täuschen lassen. Doch inzwischen kannte er sie besser, und ein Gefühl brach in ihm, so heftig und fremdartig, dass er nur mit belegter Stimme sagen konnte: „Dann geh. Aber sei ein gutes Mädchen und geh ihrer Ladyschaft nicht auf den Geist."

Mit einer fast benommenen Erleichterung, die seiner eigenen entsprach, stellte sich seine Schwester auf die Zehenspitzen und küsste ihm die Wange. Während sie das tat, schweifte sein Blick zu Marianne. Ihre Maske war ihr leicht verrutscht, ihre vollkommenen Lippen waren leicht gekrümmt. Übermütige Worte begannen in seinem Herzen zu klopfen, und ihm blieb gerade noch genug Vernunft übrig, sie nicht auszusprechen.

Stattdessen formte er über den Kopf seiner Schwester hinweg ein *Dankeschön*.

Marianne lächelte und ihr Strahlen wärmte ihn bis ins Mark, rührte ihn tiefer, als er für möglich gehalten hatte. Dann neigte sie den Kopf und führte seine Schwester hinaus.

Kapitel 26

„Du hast *was* getan?" Helena starrte Marianne an, als wären ihr soeben zwei Köpfe gewachsen.

Marianne, die ihrer Freundin gegenüber im Salon saß, hob die Brauen. „Nachdem du ja diejenige bist, die Kent in den höchsten Tönen gelobt hat, hätte ich gedacht, du würdest das gutheißen."

Sie lenkte ihren Blick wieder auf den Speiseplan und überflog ihn, ehe sie ihn der wartenden Haushälterin zurückgab. „Das sieht gut aus, Mrs. Winston. Nachdem, was Miss Kent mir sagt, ist in der Sippe niemand wählerisch. Halten Sie es einfach – und sagen Sie Monsieur Arnauld, er soll von seinen abenteuerlicheren Gerichten absehen."

„Das wäre von uns alle von Vorteil, wenn Sie mich fragen. Es geht doch nichts über die gediegene gute englische Küche", murmelte Mrs. Winston, während sie wegging.

„*Miss* Kent?", fragte Helena mit großen Rehaugen.

„Das ist Emma, Kents jüngere Schwester. Ich habe sie endlich dazu überreden können, sich oben hinzulegen. Sie hat einen größeren Tatendrang als alle Zofen zusammen. Sie hat keinen Mittagsschlaf mehr gehalten, seit sie am Gängelband lief, kannst du dir das vorstellen?" Marianne schauderte. „Nun, dem habe ich ja Abhilfe geschaffen. Ich will nicht unhöflich sein, Helena, aber ich wünschte, du hättest deinen Besuch angemeldet. Ich erwarte nämlich jeden Augenblick den Rest der Kents."

„Tut mir leid, dass ich dir Unannehmlichkeiten bereite", sagte die Marquise spitz, „aber *warum* ziehen die Kents denn bei dir ein?"

„Es ist eine lange Geschichte, meine Liebe. Zu lang, wir haben jetzt keine Zeit dafür."

Das war nur Teil der Wahrheit. Marianne war noch nicht so weit, als dass sie den anderen Teil mit ihrer Freundin erörtern könnte. Sie wollte nicht wie ein Grünschnabel klingen, und gewiss würde sie das, wenn sie davon schwafelte, wie gut und edel sie Ambrose fand. Wie ungemein attraktiv ihr seine Hingabe an seine Familie erschien. Wie keimende Saatkörner schwollen ihre Gefühle wieder an, wollten an die Oberfläche brechen, doch sie waren noch zu zart, um die grellen Strahlen einer eingehenden Prüfung zu überstehen. Und was war mit ihrem anderen Geheimnis, das auch immer näher ans Licht drängte?

Ach übrigens Helena, du hast auch eine Nichte. Ein hübsches kleines Mädchen... die meinetwegen an eine Kupplerin verkauft wurde. Meiner Nachlässigkeit wegen – meiner selbstsüchtigen, verruchten Triebe wegen.

Marianne schnürte sich die Kehle zu. Sie hatte keinerlei Recht, an ihr eigenes Glück zu denken, während die Zukunft von Primrose noch immer in der Waage hing. Sie hatte ihre Tochter schon einmal im Stich gelassen; sie konnte es nicht noch einmal tun. Rosie zu finden hatte Vorrang vor allem anderen – einschließlich ihrer Gefühle

417

für Ambrose. Obwohl sie nicht länger leugnen konnte, dass sie sich körperlich zu ihm hingezogen fühlte, durfte sie weder den Kopf noch die Orientierung verlieren.

Es klingelte an der Tür. Sie war dankbar für die Unterbrechung.

„Ah, die Kents sind hier." Sie stand auf. „Komm mit, wenn du sie kennen lernen möchtest."

Dicht gefolgt von Helena ging Marianne ihren Gästen entgegen, die gerade von Lugo hineingeführt wurden. Die vier Kinder kamen bunt gemischt herein, sie alle trugen schlecht passende Kleider aus demselben scheußlichen grauen Stoff. Kents kamen offenbar in allen Varianten vor: Ihre Haarfarbe reichte von hellbraun bis fast schwarz und auch ihre Augen hatten die unterschiedlichsten Farben. Was sie jedoch alle gemeinsam hatten, war ein wache, rege Art, die fast die Luft um sie herum zum Knistern brachte. Noch keiner von ihnen hatte Marianne wahrgenommen, denn sie waren zu sehr damit beschäftigt, aufgeregt durcheinander zu plappern.

„Es weint Tränen." Das kleinste Mädchen, das, wie Marianne schmerzhaft feststellte, ungefähr in Rosies Alter sein mochte, nahm ihren Daumen aus dem Mund und zeigte auf den Kronleuchter. „Das arme Licht. Es ist traurig, obwohl es so schön ist."

„Das ist ein Kronleuchter. Und das sind keine Tränen, Polly", erklärte der schlaksige braunhaarige Knabe, „sondern Glaskristalle. Sie werden so geschliffen, dass sie das Licht reflektieren. Es gibt eine einfache Gleichung, mit der sich beschreiben lässt, wie der Schliffwinkel die Strahlkraft des Kristalls bestimmt–"

„Oh, verschon uns mit deinen Belehrungen, Herr Professor." Ein burschikoses Mädchen, das fast so hochgewachsen war wie der Junge, verdrehte ihre karamellbraunen Augen. „Die haben wir alle schon gehört."

Der Junge sah sie von oben herab an. „Wenn das der Fall wäre, Vi, warum konntest du dann die simple Rechenaufgabe nicht lösen, die ich dir auf dem Weg hierher gestellt habe?"

„Im Leben gibt es mehr als Mathematik, du Schnösel", sagte Vi und stützte die Hände in die schmalen Hüften. „Lass uns doch einmal sehen, wer schneller in Mr. McGregors Baum hochkommt–"

„Hört auf, ihr zwei." Eine zierliche Schwester mit eichenfarbenem Haar stellte sich zwischen die beiden. „Wir sind hier Gäste, schon vergessen? Wir sollen uns wohlerzogen betr…" Ein Hustenanfall unterbrach sie. Das Zanken hielt inne. „Thea, ist alles in Ordnung?" sagten die Streithähne wie aus einem Mund.

„Geht schon", sagte ihre Schwester zwischen röchelnden Atemzügen. „Es war nur der Staub von der Fahrt–"

„Ihr seid hier! Ich warte schon den ganzen Tag auf euch!" Eine strahlende Emma kam die Treppe herabgeeilt, mit wehendem schwarzem Haar. „Vi, hilf doch Thea mit ihrem Umhang. Harry, hilf Polly mit ihrem. Und Polly, du weißt doch, dass du nicht Daumenlutschen sollst. Nun, wo sind Vater und Ambrose?"

Marianne beobachtete belustigt – und nicht wenig erstaunt –, wie Emma ihre Geschwister bändigte. Nun, ein Stück weit zumindest.

„Vater weigert sich, aus der Droschke zu steigen. Du weißt doch, wie er ist, wenn sich etwas verändert. Ambrose redet gerade auf ihn ein." Harrys Stirn legte sich in Falten, während er sich mit den Kordeln des schwesterlichen

Kleidungsstücks abmühte. „Herrgott noch mal, Polly, ein Seemann könnte keine festeren Knoten machen als du."

„Du sollst den Namen des Herrn nicht missbrauchen", sagte Violet.

„Dann eben zur Hölle."

„Harry", schalt Thea milde.

Emma seufzte. „Vielleicht sollte ich Ambrose helfen."

„Das tue ich", sagte Marianne.

Fünf Paar Augen richteten sich auf sie. Wenn sie nicht schon Ambroses eindringlichen Blick gewöhnt gewesen wäre, hätten diese scharfen, wissbegierigen Blicke sie bestimmt verstört.

„Oh, Lady Draven! Ich habe Sie gar nicht gesehen. Guten Tag", sagte Emma und knickste. „Wenn ich vorstellen darf, meine Schwestern Dorothea, Violet und Polly, und mein Bruder Harry."

Emma sah ihre Geschwister scharf an. Die verstanden, die Mädchen beugten die Knie und Harry machte einen überraschend ordentlichen Diener.

„Seid alle willkommen", sagte Marianne. „Das ist meine Freundin, die Marquise von Harteford."

„Wie schön, euch kennen zu lernen, Kinder", sagte Helena lächelnd. „Seid ihr zum ersten Mal in London?"

Sie nickten alle. Pollys Daumen machte sich wieder auf den Weg zu ihrem Mund.

„Ich bin mir sicher, es wird euch sehr gut gefallen. Vielleicht möchtet ihr euch kurz erfrischen und einen Imbiss zu euch nehmen?" Helena, ganz die mütterliche Glucke, sah Marianne auffordernd an.

„Ich habe einen Mordshunger. Wir haben in letzter Zeit nicht allzu viel zu – uff." Violet grunzte und rieb sich die Stelle, wo Emma sie diskret mit dem Ellbogen gerammt hatte. „Wofür war das denn?"

„Benimm dich. Wir machen der Baronin Draven so schon genug Umstände", sagte Emma mit zusammengebissenen Zähnen.

„Ich versichere euch, es macht keine Umstände. Und lassen wir die Förmlichkeiten. Es wird so schon anstrengend genug sein, die ganzen Fräulein und Herren Kents auseinander zu halten. Nennt mich also Marianne." Sie wandte sich an ihren wartenden Lakaien. „Lugo, kümmere dich bitte um das Wohl unserer Gäste. Ich sehe in der Zwischenzeit nach den beiden, die noch draußen sind."

Sie ging in Richtung Tür. Während sie an den Kindern vorbei ging, spürte sie ein Zupfen an ihren Röcken. Polly blickte schüchtern zu ihr hinauf.

Mariannes Herz schmolz ein wenig. „Was, mein Täubchen?"

In einem sonst schlichten Gesicht glühten die meerblauen Augen des Mädchens mit bemerkenswertem Scharfsinn. „Du bist noch schöner als das Kronenlicht", sagte sie.

„Danke, meine Liebe."

Polly kippte den Kopf zur Seite. „Aber warum bist du denn genauso traurig?"

Mariannes verging das Lächeln.

„Es tut mir so leid, Lady – ich meine, Marianne." Emmas Hände schlossen sich um die Schultern ihrer Schwester. „Ich hätte dich vorwarnen sollen. Polly sagt manchmal die unerhörtesten

Dinge, aber sie meint es nicht böse." Sie wandte sich an ihre jüngste Schwester, deren Unterlippe inzwischen zitterte. „Jetzt entschuldigst du dich auf der Stelle."

„Das ist nicht nötig." Marianne ging in die Hocke und blickte dem kleinen Mädchen ins Gesicht. Mit einer zärtlichen Geste nahm sie Polly den Daumen aus dem Mund, wo er wieder gelandet war. „Du hast ja recht, mein Liebes. Ich bin traurig. Aber ich glaube, das ändert sich jetzt bald, wo ihr alle hier seid."

Polly langsames Grinsen erhellte ihr kleines Gesicht und Marianne stockte der Atem. Gute Güte, hatten denn alle Kents solch ein atemberaubendes Lächeln?

„Das glaube ich auch", sagte das kleine Mädchen vertraulich. „Ich habe es eigentlich sogar gleich *gewusst*, als ich gesehen habe, wie du–"

„Nun halten wir ihre Ladyschaft aber nicht weiter auf", unterbrach sie Emma eigenartig nervös. „Sie muss Ambrose helfen, Vater aus der Kutsche zu locken."

Harry kam anmarschiert und nahm Pollys Hand. „Komm, Schwesterherz. Ich wette, es gibt für dich ein wenig Milch... äh, nicht wahr, Mr. Lugo?"

Lugo neigte ernst den Kopf. „Wir treiben schon welche auf, Sir."

„Ich helfe mit den Kindern", meldete sich Helena. „Geh du nur, Marianne."

Amüsiert ging Marianne hinaus, um zu sehen, was für Überraschungen sie als nächstes erwarteten.

„Zeit is Geld, Meister, und meene is nüscht billig." Der Stiefel des Kutschers tappte gegen den Kutschbock. „Entweder holense den alten Herrn heraus, oder ick mach et."

„Geben Sie uns nur noch einen Augenblick." Ambrose kämpfte mit seinem steigenden Verdruss. Er duckte seinen Kopf wieder zum Kutschenschlag hinein und sagte: „Vater, du kannst hier nicht bleiben. Alle Kinder sind bereits drinnen. Du willst doch zu ihnen, oder nicht?"

Sein Vater blickte ihn aus der Tiefe der Kutsche finster an, doch Ambrose erkannte die Furcht in den bleichen Augen. Bis vor einiger Zeit war Samuel Kent ein furchtloser Mann gewesen – ihn nun so zu sehen, verwirrt am Haltegurt der Kutsche hängend wie ein Ertrinkender an einem Stück Treibholz...

„Ich wollte ja nicht fort von Chudleigh Crest. Warum hast du mich dazu genötigt?", schrie Samuel.

Zum Teufel aber auch. Mit schwindender Geduld versuchte Ambrose noch einmal, alles zu erklären. „Wir hatten keine Wahl, Vater. Nachdem du das Haus fast niedergebrannt hattest, wollte keiner im Dorf euch alle aufnehmen. Komm nun, wir haben doch keine Zeit–"

„Kann ich vielleicht helfen?"

Ambrose verdrehte den Hals und sah Marianne hinter sich stehen. Schon ihr Anblick allein nahm ihm ein wenig Druck vom Herzen. Ihr platinblondes Haar fiel aus einem lockeren Dutt und ein schmales Korallenkleid glitt ihre elegante Figur entlang. Sie sah zu reizend aus, um wahr zu sein. Doch es war mehr noch als ihre Schönheit, was ihn besänftigte: Es war ihr gelassener Gesichtsausdruck. Sie sah aus, als fände sie diesen neuesten Trubel mit seiner Familie überhaupt nicht ungewöhnlich oder geschmacklos. Sie sah aus, als würde sie sich nicht deswegen von ihm abwenden – wie Jane es getan hatte.

Sehnsucht kroch über ihn. Unvernünftige Wünsche, die er nur immer schwerer zurückhalten konnte. Gott, er begehrte Marianne – und nicht nur für ein paar leidenschaftliche Nächte. Er wollte sie an seiner Seite und seinem Bett, er wollte ihr Gesicht sehen, wenn er abends einschlief und wenn er morgens erwachte...

Aber was hast du ihr denn verdammt noch mal zu bieten? Du bist ein Polizist, der noch nicht einmal seine eigene Familie versorgen kann. Und die Wahrheit kannst du ihr auch nicht geben, Herrgott noch mal.

Er klammerte sich an den Kutschenschlag.

„Geht et hier nu voran oder nüscht?", grummelte der Fahrer.

Marianne warf dem mürrischen Zeitgenossen eine Münze zu, und der glitzernde Bogen landete genau in dem schwarzen Handschuh des

427

Kutschers. „Das sollte Ihre Zeit abdecken – und Ihren Mund hoffentlich auch."

Der Mann blickte finster drein, dann wandte er den Blick nach vorne und verstummte.

„Das hätten wir schon einmal", sagte Marianne. „Nun, Kent, hilfst du mir herein?"

Nach kurzem Zögern leistete Ambrose Folge. Sie setzte sich neben seinen Vater.

„Guten Tag, Mr. Kent." Ihre Stimme war sanft, einlullend, ohne die übliche Schärfe. Welcher Mann konnte dem Ruf dieser Sirene denn widerstehen?

Sein Vater jedenfalls offenbar nicht. Samuel blickte sie interessiert an. „Wer sind Sie?"

„Marianne Sedgwick", gab sie Auskunft, wobei sie ihren Titel ausließ. „Ich habe das Vergnügen, Ihnen und Ihrer Familie hier in London die Gastgeberin zu sein."

Samuels Ausdruck verfinsterte sich. „Ich will aber nicht in London sein. Wollte mein Dorf nie verlassen, und mein Sohn soll sich was schämen, dass er uns aus unserer Heimat vertrieben hat!"

Ambrose klammerte sich verdrossen an den Türrahmen. Er verstand ja die Beklemmung seines Vaters, doch wenn sich Samuel erst einmal in diesen Gemütszustand hineinsteigerte, konnte man mit ihm einfach nicht mehr vernünftig reden…

„Ihr Sohn will nur das Beste für Sie", sagte Marianne in demselben ruhigen, beschwichtigenden Ton, „und das Beste ist, nun mit ins Haus zu kommen. Die Kinder sind bereits drinnen. Emma hat ein Zimmer für Sie hergerichtet, mit Blick auf den Garten – wie ich höre, mögen Sie Rosen."

„Rosen waren Marjories Lieblingsblumen. Haben Sie sie denn gekannt?"

Dieser Bruch in der Logik des Alten tat Ambrose im Herzen weh. Ehe er krank geworden war, waren Samuel Kents Verstand und Urteilskraft ohne Gleichen gewesen.

„Ich fürchte, leider nicht. Aber Rosen habe ich, und sie duften ganz lieblich. Wollen Sie kommen und sich selbst davon überzeugen?"

Sein Griff um den Haltegurt der Kutsche löste sich leicht, doch seine Augen wurden groß. „Ich will nicht gehen. Hier drinnen ist es sicher."

Marianne rümpfte die Nase. „Hier drinnen ist es schmuddelig und es riecht wie in einer Höhle. Möchten Sie nicht lieber im Garten einen Tee trinken? Ich lasse welchen kommen, mit Kuchen und Häppchen, gleich neben den Rosen."

„Haben Sie auch Plum Pudding?" fragte Samuel mit dem schmerzlichen Eifer eines Kindes. „Den mag ich nämlich."

„Wenn Sie einen möchten, dann sollen Sie einen haben. Kommen Sie doch mit, Sir." Marianne bot ihm die Hand.

Zu Ambroses Erleichterung griff sein Vater nach ihren schlanken Fingern. Er half Marianne und seinem Vater beim Aussteigen und bemerkte, dass Samuel ihre Hand auch dann noch nicht losließ, als er schon auf dem Straßenpflaster stand. Die Droschke raste davon und Samuel zwinkerte Marianne an.

„Sie sind aber eine Hübsche, nicht wahr? Sie erinnern mich ein wenig an meine Marjorie."

Ambrose verkniff sich ein Lachen. Er hatte seine Stiefmutter abgöttisch geliebt. Aber die gute Marjorie war eine kleine, robuste Dame mit eher behaglichen Zügen gewesen.

Marianne lächelte. „Das ist aber ein nettes Kompliment. Danke, Sir. Nun, gehen wir?"

Ihr Blick wanderte von Vater zu Sohn und Ambrose bemerkte, dass ihm seine Gefühle ins Gesicht geschrieben standen. Ausnahmsweise einmal war er außerstande, sie zu verbergen. Was auch immer sie in seinem Gesicht sah, ließ sie erröten und auf ganz untypische Weise den Kopf einziehen. Hoffnung blühte auf, wo sie nicht blühen sollte. Die Blütenblätter verfingen sich in den Dornen seines Dilemmas.

„Nun, essen wir nun den Pudding oder nicht?"

Samuels ungeduldige Forderung brach den Zauber. Ambrose räusperte sich und nahm seinen Vater beim Arm. Zusammen stiegen sie alle drei die Stufen zur Stadtresidenz hinauf.

Kapitel 27

In einen Smoking aus braunem Samt gekleidet machte sich der Gentleman auf den Weg zu seinem Arbeitszimmer. Er hatte entschieden, heute Abend zu Hause zu bleiben. Es gab viel zu überdenken, und er wollte sich von nichts ablenken lassen. Er sperrte die Tür zu seinem privaten Zufluchtsort hinter sich ab und ging zu seinem Schreibpult. Er ließ den geheimen Mechanismus unter der Tischkante einrasten; einen Augenblick später glitt ein Wandpanel daneben raunend auf.

Er betrat sein innerstes Heiligtum. Niemand wusste, dass es diese Kammer gab. Während er die goldgerahmten Porträts an den Wänden betrachtete, löste sich etwas von der Spannung in ihm. Er fuhr mit dem Finger über eines der Gemälde und konnte statt nur Öl auf Leinwand fast eine sanfte Wange fühlen.

„Vermisst du mich, meine süße Blume?", murmelte er. „Keine Angst. Wir sind bald zusammen."

Er ging von Gemälde zu Gemälde und studierte jedes mit besitzergreifender Freude. Es gab insgesamt vier: eines für jeden Geburtstag von Primrose, seit sie in sein Leben getreten war. Seine kindliche Braut – fast war sie reif genug, dass er sie einfordern konnte. Fast, aber nicht ganz.

Das gejagte Gefühl kam wieder, bebte in seiner Mitte. Seine Mama hatte ihn immer für seinen empfindlichen Magen gescholten. Allerdings war sie aber eine zanksüchtige Nervensäge gewesen, die allen um sich herum das Leben schwer machte, einschließlich seinem Vater. Der Gentleman machte seinem alten Herren keinen Vorwurf, dass der sich frühzeitig in sein Grab verabschiedet hatte; der Tod war einem an eine Xanthippe geketteten Leben vorzuziehen.

Nun, der Gentleman hatte seine Lektion gelernt. Im Gegensatz zu seinem Vater war er in der Lage, eine Brautwahl zu treffen, die ihm Glück brachte, und nicht mehr Geld im Familiensäckel. Er hatte das Vermögen seiner verstorbenen Mutter so investiert, dass er bei seiner Brautwahl einzig und allein seinen Wünschen folgen konnte. Selbst wenn diese Wünsche einer Tradition entsprangen, die für die moderne Gesellschaft viel zu edel waren.

Darstellungen mittelalterlicher Kinderbräute hatte er erstmals in den Büchern der Bibliothek von Eton gesehen. Sein Magen rumorte wieder unruhig, als er sich an diesen gottverlassenen Höllenpfuhl erinnerte. Die Piesacker. Ihr Hohn, ihre Fäuste. Schweiß trat ihm auf die Stirn, während das Zimmer um ihn herum zu schrumpfen begann, zum stickigen Keller einer Dorftaverne wurde. Die Ausdünstungen von abgestandenem Bier und fleischlicher Liebe erstickten ihn. Die Stimmen der Burschen hallten in seinem Kopf.

Beweis, dass du ein Mann bist. Steck deinen Schwanz in sie. Fick sie.

Die alte Hure mit ihrem runzligen Busen und faulem Atem schrie: *Ihr verschwendet eure Zeit und meene, Jungens. Der hier is so winzig, den muss man ja wieder ins Wasser zurückwerfen! Er ist schlaff wien junger Aal!*

Mit brennendem Gesicht schüttelte der Gentleman das Gespött und Gelächter ab. Wut ergoss sich über ihn. Er war ein Mann – das würde er ihnen allen noch zeigen. Während seine alten Schulkameraden inzwischen unter dem Pantoffel ihrer faltigen Ehefrauen standen, würde *er* die schönste Braut von allen bei seiner Seite haben.

Sein Puls beruhigte sich, während er auf das neueste Porträt seiner Liebsten starrte: Im Alter von acht Jahren hatte Primrose seine Erwartungen an ihre Schönheit bereits übertroffen. Ihr reines gelbblondes Haar und ihre leuchtenden Augen von goldgesprenkelter Jade ergaben eine atemberaubende Mischung. Sein Engel. Sein Püppchen mit der sanften Stimme, mit der weichen Haut. Sie würde ihm nie widersprechen. Ihn nie hänseln.

Seufzend drückte er seine Lippen an ihre winzigen rosa Schühchen. Gott sei Dank hatte er sie gefunden, eine frische Blüte im Schutt der Gosse. Das Schicksal hatte ihn zu Kitty Barnes geführt. Die Kupplerin hatte eine Vierjährige in ihrer Obhut gehabt; ihrer Aussage nach war das Kind einer Affäre zwischen einer Opernsängerin und einem Edelmann entsprungen. Ein einziger Blick auf Primrose, auf ihre Schönheit und Klasse, hatte dem Gentleman genügt. Er hatte gleich gewusst, dass er sie retten musste.

Er hatte Leach angeheuert, den Handel anonym für ihn durchzuführen. Beim Gedanken an den verfluchten Anwalt verkrampfte sich sein Magen. Mit zitternder Hand goss er sich ein Getränk ein und setzte sich damit in den Ohrensessel. Er redete sich ein, dass er diese letzte Angelegenheit mit Leach einwandfrei abgewickelt hatte. Er hatte sich eines lästigen Problems entledigt... und dabei noch ein paar falsche Fährten gelegt. Genug, dass dieses Luder Draven beschäftigt blieb, während er sich überlegte, wie man sie ein für alle Mal loswerden konnte.

Diese schmutzige Hure wollte haben, was sein war? Seine Hand schloss sich fester um den Kognakschwenker, während die Wut in ihm aufschoss.

Ich habe Primrose gerettet. Ich. Keiner nimmt sie mir weg.

Angesichts der starken Ähnlichkeit zwischen seiner süßen Primrose und der Baronin war es ihm offensichtlich: Kitty Barnes hatte über Primroses Herkunft gelogen; die Dravenhure war ihre Mutter, und alles, was sie seit ihrer Ankunft in London getan hatte – herumschnüffeln, einen Runner anheuern – hatte bewiesen, dass sie Primrose wieder haben wollte.

Nur über meine Leiche. Ich pflege meine Blume schon die ganzen Jahre. Sie gehört MIR.

Der Gentleman zwang sich dazu, mehrmals ruhig durchzuatmen. Gewiss, Lady Marianne hatte sich als ein größeres Ärgernis erwiesen, als er zunächst angenommen hatte, doch sein Geheimnis war noch sicher. Er hatte Primrose sicher verborgen. Er musste Ruhe bewahren, er musste den Kurs halten und bei seinem ursprünglichen Vorhaben bleiben.

In drei oder vier Jahren würde Primrose heranreifen. Dann, wenn sie auf dem Gipfel ihrer Vollkommenheit angelangt wäre, würde er sie ein für alle Mal pflücken. Seine Lenden regten sich vor Vorfreude. *Da sieht man es doch! Ich bin ein*

Mann! Ein Mann mit erlesenem Geschmack. Er lächelte verträumt und stellte sich vor, wie er mit ihr ins Ausland reisen würde, sie irgendwo heiraten würde, wo keine unsinnigen Altersbeschränkungen galten. Nach ein paar Jahren würden sie nach Großbritannien heimkehren, ohne dass irgendjemand je davon erführe.

Ein einziges Hindernis stand ihm noch im Weg: Lady Marianne Draven. Das Luder hatte mehr Leben als eine Katze. Irgendwie hatte sie nicht nur die von ihm angestifteten Mordversuche überlebt, sondern war auch noch seinem schlau eingefädelten Plan entgangen, ihr den Mord an Leach anzuhängen. Sein Coup hätte gleich zwei sprichwörtliche Fliegen mit einer Klappe geschlagen. Und doch war sie irgendwie entkommen. *Verfluchtes Weibsbild.*

Diese Unannehmlichkeiten würde sie ihm noch büßen – sie und dieser Tor von einem Polizisten, den sie so betört hatte. Wut raunte in den Ohren des Gentlemans. Er war ein großes Wagnis eingegangen, Leach damit zu beauftragen, die Dienste der Bow Street zu verpflichten, und alles hatte zu rein gar nichts geführt, weil dieser *Niemand*, dieser verdammte Flusspolizist seine Pflicht nicht getan hatte.

Erregt sprang der Gentleman auf die Füße. Er ging unruhig die Porträts entlang, blickte in Primroses große grüne Augen und sah die liebevolle Weisheit darin schimmern.

„Du bist die Einzige, die mich versteht", murmelte er. „Sag mir, mein Schatz, wie werden wir sie los?"

Die Lösung fiel ihm ins Hirn. *Divide et impera* – Caesar hatte es richtig gemacht. Er kicherte beim Gedanken daran, wie einfach der erste Schritt war. Ein *Fait accompli*. Ach, nichts zerwarf Menschen besser als ein Treubruch. Dann der zweite Schritt... um Primroses Willen – und er *tat* ja schließlich alles nur für sie, um sie zu beschützen, und für die Liebe, die er ihr schenken würde – würde er keine Gnade zeigen. Draven und Kent mussten sterben, und zwar so sauber, dass es ihm niemand würde nachweisen können.

So wie... ein Unfall etwa.

Ja, ein tragisches und öffentliches Unglück käme ihm sehr gelegen.

Der Gentleman schenkte sich noch einen Brandy ein, während der Plan in seinem Kopf Gestalt annahm.

Kapitel 28

Kent ging zur Suite von Marianne, dankbar für die dicken Teppiche, die seine Schritte dämpften. Bei jeder geschlossenen Tür auf dem Flur, an der er vorbeikam, fürchtete er, sie könnte jeden Augenblick aufgehen und dahinter eines seiner Geschwister erscheinen. Was würde er sagen, wenn sie ihn fragten, warum er denn mitten in der Nacht hier herumschliche? Emma war von Natur aus taktvoll, sie hatte sein Verhältnis mit der Gastgeberin nicht verraten und hielt sich stattdessen an seine Behauptung, dass er in den Diensten von Lady Draven stand, die sich entschlossen hatte, die Familie unter ihren Schutz zu nehmen.

Er hatte die Lage so beschönigt, um Mariannes Ruf zu wahren; als sie es beim Abendessen mitbekommen hatte, hatte sie nur die Augenbrauen gehoben und war damit fortgefahren, seinem Vater die Kartoffelsuppe mit dem unaussprechlichen französischen Namen schönzureden. Jede noch so kleine Abweichung von seinem gewohnten Tagesablauf machte seinen Vater widerspenstig, doch Mariannes unerwartet geduldige und besänftigende Art schien Samuels Charme zu erwecken. Ambrose hatte seinen Vater seit dem Tod seiner Stiefmutter nicht mehr so rege erlebt.

Ambrose gelangte an Mariannes Tür an, die angelehnt war. Er atmete aus, trat ein und schloss die Tür hinter sich. Sein Blut brodelte heiß, als er Marianne auf ihrem Bett liegen sah. Sie sah zu ihm auf und ihr begrüßendes Lächeln ließ seinen Schwanz eifrig salutieren.

„Warum hast du so lange gebraucht?" Sie legte ihr Buch beiseite und ihr rosafarbener Morgenmantel flatterte gemächlich um sie herum, als sie die Arme streckte. „Ich bin fast beim Lesen eingeschlafen."

Er hatte vorgehabt, sie zunächst über den Stand seiner Ermittlungen zu unterrichten. Ihr zu beweisen, dass er unermüdlich auf der Suche nach ihrer Tochter war – dass ihre Großzügigkeit seiner Familie gegenüber vergolten werden würde. Doch war ihr Blick so einladend, dass ihm die Worte vergingen. Er marschierte auf die Bettkante zu. Vergrub seine Finger in ihrem Haar und verlangte ihre Lippen in einem harten, fordernden Kuss. Als sie voneinander abließen, atmeten sie beide holprig.

„Das wollte ich schon den ganzen Abend tun", sagte er und fasste ihr Kinn. „Das ganze Abendessen lang konnte ich an nichts anderes denken."

Sie sah ihn schwelend an. „Deswegen sahst du so heißhungrig aus? Und ich dachte, das lag an Monsieur Arnaulds ausgezeichneter Küche."

„Das Essen war köstlich." Mit jedem neuen Gang, der aufgetischt wurde, waren die Augen seiner Geschwister immer größer geworden, und sie hatten mehr auf ihre Teller geladen, als schicklich war. Doch er hatte sie nicht schelten wollen, wo sie doch in letzter Zeit so wenig zu

Beißen gehabt hatten. „Es war eine Wohltat für meine Familie", sagte er schroff. „Danke sehr."

„Es war ja nichts Großartiges."

„Für meine Familie sehr wohl. Deine Großzügigkeit…" Er verstummte, als sich die Knoten in seiner Brust noch fester zuschnürten. „Mit einem Polizistengehalt kann man sich nur ein einfaches Leben leisten. Meine Geschwister kennen keinen Luxus."

„Sie sind ganz reizend und nicht verzogen." Mit geschickten Fingern nahm ihm Marianne die Krawatte ab. „Und Letzterem werde ich mit dem größten Vergnügen Abhilfe schaffen."

Seine Kehle wurde ihm trocken, als sie mit seiner Weste fortfuhr. „Warum tust du das alles?"

Sie kam auf ihre Knie hoch, küsste sein Kinn und murmelte dabei: „Sind meine Absichten nicht offensichtlich?"

„Das meine ich nicht. Ich meine", –seine Stimme wurde raspelig, als sie sein Ohr sanft knabbernd und leckend erkundete– „warum bist du so gütig zu meiner Familie?"

Sie lehnte sich zurück und lächelte ihn an. „Sie gefallen mir."

„Wirklich?", fragte er.

„Warum klingst du so überrascht?"

Weil meine ehemalige Verlobte sie eine zerlumpte, verzogene Rasselbande genannt hat. Alles kribbelte ihm vor Scham, als er bemerkte, dass sich diese Worte von Jane in seine Erinnerung eingebrannt hatten. Er suchte nach den rechten Worten.

„Wir sind nicht gerade eine gewöhnliche Familie. Meine Geschwister sind lebhaft und aufgeweckt – vielleicht sogar aufgeweckter, als für sie gut ist. Und meinem Vater geht es nicht gut. Er ist seit seinem Schlaganfall nicht mehr der Alte. Vorher war er der klügste Mann, den ich kannte."

„Die Ärzte haben dir gesagt, ein Schlaganfall habe die Veränderungen bei ihm bewirkt?"

Ambrose runzelte die Stirn. „Zweifelst du daran?"

„Ich bin keine Expertin in Sachen Medizin. Aber beim Abendessen schien Samuel bei klarstem Verstand zu sein."

„Weil er mit dir schäkern konnte", sagte Ambrose schief. „Das fesselt die Aufmerksamkeit eines jeden Mannes."

„Ganz genau. Er hat reagiert, wie jeder andere Mann in dieser Situation reagiert hätte. Folglich scheint er mir im Besitz seiner Vernunft zu sein."

Ambrose dachte über ihre Bemerkung nach. „Seine Verwirrung... kommt und geht."

„Vielleicht ist es schlimmer, wenn er einsam ist, und bessert sich, wenn er Zerstreuung hat."

Marianne hielt inne. „Ich habe schon erlebt, dass Kummer sich als Verwirrung tarnt. Die Symptome deines Vaters haben nach dem Tod deiner Stiefmutter eingesetzt, nicht wahr?"

Ambrose zwinkerte. „Jawohl."

„Ich glaube, er hat sie sehr geliebt. Solch ein Verlust kann einen empfindsamen Mann aus der Bahn werfen."

Warum war ihm dieser Gedanke nicht selbst gekommen? Wenn Samuels Verwirrung von seiner Trauer herrührte, dann konnte er sie vielleicht eines Tages überwinden, wieder der Alte werden... Ambrose verspürte einen eigenartigen Druck hinter den Augen, er griff nach Mariannes Hand und verschränkte seine Finger mit den ihren.

„Danke", sagte er heiser. „Es tut gut, mit jemandem zu sprechen – von jemandem Rat zu bekommen."

„Du hilfst mir", sagte sie sanft. „Kann ich das nicht erwidern?"

Schuldgefühle durchbohrten ihn. Das *Letzte*, was er wollte, war, dass sie sich ihm gegenüber verpflichtet fühlte. „Ich helfe dir so oder so. Meine Ermittlungen machen Fortschritte. Du bist mir zu nichts verpflichtet–"

Ihre Lippen brachten ihn zum Schweigen. Raubten ihm die Sinne, den Atem. Er fiel mit ihr rücklings in die Satinbettwasche, rollte sich auf sie und küsste ihren Hals, die weiche Kuhle über ihrem Schlüsselbein. Sie zupfte an seinem Hemd, und er riss sich das raue Leinen über den Kopf. Er fingerte an der Kordel ihres Morgenmantels, schob die Aufschläge aus Gossamer Seide beiseite. Ihm stockte der Atem; egal wie oft er diese makellosen Rundungen sah, sie würden ihn immer wieder in Staunen versetzen. Denn sie war schön – viel zu verflucht schön für jemanden wie ihn. Und weil…

Weil er sich in sie verliebte.

Die Wahrheit hämmerte in seiner Brust, und zwar im Takt der Angst. Abgesehen davon, dass ihre Beziehung auf einer Lüge beruhte, konnte er von der Frau, die er liebte, nicht verlangen, dass sie seinetwegen ihr privilegiertes Leben aufgab. Eine zeitweilige Affäre war alles – nein, war sogar mehr, als er je erhoffen durfte.

Er versuchte, sich gegen die kalte Woge der Verzweiflung zu stemmen. Seine Aufmerksamkeit stattdessen auf die süße Hitze der Verführerin in seinen Armen zu richten. Sich zu nehmen, was der Augenblick ihm bot… für die langen kargen Jahre danach vorzusorgen.

„Was ist?", fragte sie.

„Was meinst du?" Ihm wurde heiß im Nacken.

Ihre seladongrünen Augen wurden schmäler. „Woran denkst du, Ambrose? Und ehe du mir erwiderst, es sei *nichts*, dann lass dich bitte daran erinnern: Ich bin keine Närrin."

„Das bist du freilich nicht." Er ringelte eine helle Locke um seinen Finger, schindete damit Zeit. Verflucht noch mal, warum konnte er sich nicht einfach seine Lust nehmen wie andere Männer auch? Warum musste sich bei ihm Begierde immer mit ungleich schwierigeren Sehnsüchten vermengen? Er war zu diesem Gespräch nicht bereit. Hemmungslos Liebe zu machen erschien ihm die sicherere Alternative.

„Ich dachte nur…" *Lass es, Mann.* Die Strähne wickelte sich von seinem Finger ab, und er hörte sich selbst sagen: „An die Zukunft."

„Die Zukunft." Eine Pause. „Zwischen… dir und mir?"

Die Ungläubigkeit in ihrer Stimme reizte ihn. War ihr die Vorstellung denn derart abwegig? Obwohl er sie verstand – und niemals von ihr verlangen würde, ihren Stand und ihr luxuriöses Leben für ihn aufzugeben – tat ihr Erstaunen dennoch weh. Er rollte von ihr herunter und setzte sich an der Bettkante auf.

„Vergiss es." Er griff nach seinem Hemd. „Ich gehe lieber."

„Was? Warum? Sieh mich an, Ambrose."

Er war ein Mann, der sich gewöhnlich nicht zum Narren machte. Der normalerweise nichts begehrte, was ihm nicht zustand. Eine Welle der Demütigung wusch über ihn hinweg.

Er sah ihr in die lebhaften Augen und sagte steif: „Ich kann nicht riskieren, dass meine Familie mich hier sieht. Sie wissen nicht, wie es sich mit der vornehmen Gesellschaft verhält. Uns Kents fehlt dafür der Sinn."

Ein Schatten flackerte in den klaren Tiefen ihrer Augen. Wut? Verletzung? Was könnte sie denn schon verletzen? Er war doch derjenige, der so tief unter ihrer Würde lag, dass sie schon der bloße Gedanke an eine Beziehung mit ihm entgeisterte.

„So siehst du mich also? Vornehm und blasiert? Eine liederliche Witwe, die nur einmal ordentlich gevögelt werden will?"

Ihr scharfer Ton holte ihn zurück. Warum griff sie denn nun *ihn* an?

„Das habe ich nie behauptet", sagte er knapp.

„Das brauchtest du nicht. Deine Taten sprechen Bände." Sie verschränkte die Arme vor der Brust, und einen Moment lang war er davon abgelenkt, wie sich ihre weißen Hügel mit den festen rosigen Gipfeln hoben. „Hörst du mir denn überhaupt zu?"

Sein Blick fuhr hastig nach oben. „Natürlich. Aber ich verstehe überhaupt nicht, wovon du sprichst. Von welchen Taten redest du?", gab er im gleichen Ton wie sie zurück.

„Hm, lass mich nachdenken... vielleicht die Tatsache, dass du *gelogen* hast?"

Sein Magen fuhr ihm fast bis in den Hals. Hatte sie irgendwie von seinem Vertrag mit Bow Street erfahren...?

„Schämst du dich so für mich, Ambrose" –ihre Stimme kippte für einen Sekundenbruchteil– „dass du deiner Familie nicht die Wahrheit sagen kannst?"

Er runzelte die Stirn. „Ich fürchte, ich komme nicht ganz mit."

„Du hast deine Familie über die Art unserer Beziehung angelogen", sagte sie knapp, „und Emma lässt du auch darüber lügen. Ich habe gehört, wie ihr beide beim Abendessen allen erzählt habt, dass ich euch bei mir aufnehme, weil ich deine Arbeitgeberin bin. Die selbstlose

Witwe, die sich der Familie ihres Arbeitnehmers erbarmt."

Er kniff die Augen zusammen. „Ich kann mich nicht entsinnen, dich selbstlos genannt zu haben. Oder dass man sich mit uns Kents erbarmt habe. Abgesehen davon, was soll ich denn meiner Familie bitte sehr sagen?"

„Wie wäre es mit der Wahrheit?", schoss sie zurück. „Wenn das für deine hohe Moral nicht zu nieder ist."

Er starrte sie entgeistert an. „Du glaubst, meine *Moral* hält mich davon ab, meiner Familie von unserer Beziehung zu erzählen?"

„Warum sonst würdest du ihnen verschweigen, dass wir Liebhaber sind?" Ihre hohen Wangen leuchteten rot auf. „Ich bin keine Närrin, Ambrose. Ich kenne meinen Ruf." Obwohl ihre Stimme bebte, hob sie ihr Kinn. „Ich hatte gehofft, dass du etwas anderes in mir sehen würdest."

Da dämmerte es ihm. So unglaublich es auch schien, konnte denn dieses prächtige Wesen ihrer selbst.... *unsicher* sein? „Du *bist* eine Närrin", sagte er.

„Wie wagst du es–"

Er ließ sie ihren Satz nicht beenden. Er wich ihrer Ohrfeige aus, umklammerte sie auf der Matratze. Küsste sie, bis sie an ihn schmolz, ihre Lippen sich wieder an seine schmiegten.

„Wir sind beide Narren", murmelte er, „du, weil du dachtest, ich könnte mich für dich schämen. Und ich...weil ich mich für mich selbst geschämt habe."

„Du?" Sie starrte ihn aus den Kissen an. „Wofür hast du dich denn zu schämen?"

Er fand es überraschend schwer, ihr in die Augen zu sehen. „Wir wissen doch beide, dass du normalerweise mit Männern wie mir keinen Umgang pflegst."

„Mit denen ich normalerweise *Umgang pflege*?" Aus irgendeinem Grund erzürnte sie das erneut. Sie starrte ihn böse an und schubste seine Schultern. „Mit wie vielen Männer glaubst du denn, dass ich Umgang hatte?"

Er ahnte eine Falle. „Ähm, ich habe nicht... das ist..."

„Zwei, Kent. Einer davon *bist du*", sagte sie beißend.

Er konnte nicht anders, als zu lächeln, trotz des misslichen Augenblicks. Aus ihrem bisherigen Liebesspiel hatte er schon geschlossen, dass sie unerfahren war. Die Tatsache, dass sie nur einen anderen Liebhaber gehabt hatte, erfüllte ihn mir einer primitiven Befriedigung. Weniger Erinnerungen, mit denen er es aufzunehmen hatte. Mehr erste Male, die er ihr schenken konnte–

„Warum müssen Männer nur solche Esel sein?", spie sie aus, da sie offenbar seine Gedanken erriet. „Lass mich einfach los, du Trottel. Lass mich... und geh."

Er rührte sich nicht. Stattdessen atmete er aus und sagte: „Es tut mir leid. Vergibst du mir, Liebling?"

Ihre Wimpern waren wie geschmeidige Halbmonde gegen ihre porzellanhafte Haut. „Du entschuldigst dich?"

„Das tut man, wenn man im Unrecht ist. Ich hätte nicht einfach davon ausgehen sollen, dass du unsere Beziehung geheim halten willst", sagte er. „Deswegen wollte ich es meiner Familie nicht sagen: Ich wollte deinen Ruf schützen."

„Du hast es für *mich* getan?"

Diesmal rührte ihn ihre Überraschung. So stark und doch so zerbrechlich, seine *Selkie*. Er fasste ihre Wange. „Bestimmt nicht für mich." Er wurde nüchtern, zwang sich, der Lage sachlich ins Auge zu sehen. „Ich habe keinen Ruf zu verlieren, Marianne. Ich bin weder reich noch blaublütig – es schert niemanden, was ich tue oder mit wem ich schlafe. Aber du…. jeder Mann würde sich glücklich schätzen, sich dein Liebhaber nennen zu dürfen." Schroff gab er zu: „Ich weiß gar nicht, warum du mich gewählt hast."

„Du hast recht, du bist ein *Narr*." Sie zog seinen Kopf zu sich hinab, bis sich beinahe ihre Nasenspitzen berührten. „Hast du mir denn gar nicht zugehört? Einen Mann wie dich habe ich noch nie zuvor getroffen, Ambrose. Keinen einzigen."

Er schüttelte den Kopf. „Ich bin ein einfacher Mann. Ein gewöhnlicher Mann."

Ein Mann mit viel zu vielen Schwierigkeiten. Die Stimme seiner ehemaligen Verlobten erklang in seinem Kopf: *Ich gehe doch nicht mit einem sinkenden Schiff unter.* Im Vergleich zu Jane hatte Marianne ungleich mehr zu verlieren, ihren Status, ihre Aussichten. Wie konnte er solch ein Opfer von ihr verlangen?

„Ich habe es dir doch schon gesagt. Du weißt doch, was dein Problem ist, oder?", sagte sie.

Die Schulden seines Vaters? Seine halbverwaisten Geschwister? Oder vielleicht die Tatsache, dass er wie ein wahrhaftiger Schurke seine Liebhaberin anlog, um sie zu schützen?

„Du hast es mir schon gesagt: Ich bin hochnäsig", sagte er dumpf. „Ein Moralapostel."

Und da musste er ihr Recht geben. Sein törichter Stolz war sein Verderben. Wenn er nur die Zeit zurückdrehen, alles anders machen könnte…

„Nein, ich glaube, du bist ein Mann, auf dem zu viel lastet." Ihre Hand legte sich auf sein Kinn und ihre Berührung war so zärtlich, so wunderbar. Zu seiner Scham konnte er sich nicht dazu durchringen, sich ihr zu entziehen. „Warum musst du alles alleine tragen?"

Sie hatte es ans Licht gebracht: Die kalte, nackte Wahrheit.

„Weil", sagte er mit wunder Stimme, „ich niemanden habe, mit dem ich die Last teilen kann."

Seegrüne Augen schimmerten zu ihm hoch. „Ich vertraue schon lange nicht mehr auf die Zukunft. Oder darauf, Versprechungen zu machen, wenn ich doch das wichtigste Versprechen noch nicht eingelöst habe – das an Primrose am Tag ihrer Entführung." Mit stockender Stimme sagte Marianne: „Viel habe ich nicht zu bieten. Aber was ich habe – diesen Augenblick – gebe ich dir von ganzem Herzen. Heute Abend gehöre ich dir, wenn du mich willst."

„Das ist mehr, als ich verdiene", sagte er rau.

So viel mehr, als ich verdiene – aber ich kann nicht von dir lassen. Gott steh mir bei, ich kann nicht.

Ehe sie antworten konnte, nahm er ihre Lippen, trank den zimtigen Balsam ihrer Lippen. Wie lange diese Fantasie – dieses *Jetzt* – auch andauern mochte, sie war nun sein. Er war ein Narr gewesen, auch nur einen Moment davon zu verschwenden. Er stützte sich auf seiner Seite auf, studierte die Freuden, die vor ihm lagen. Ihre vollen, festen Busen, diese reizenden

Nippel, die er einfach wieder kosten musste. Er neigte den Kopf... und blinzelte, als er plötzlich auf den Rücken gestoßen wurde.

Marianne kletterte auf ihn, setzte sich wie ein Reiter auf seine Hüften. Ihr Haar taumelte ihr bis zur Taille, zwischen den Flechten blitzte ihre sahnige Haut hindurch. Als ihr dauniges Haar seinen Bauch streifte, stellte sich in seinen Unterhosen unverzüglich sein Schwanz auf.

„Ich will heute Abend etwas anderes ausprobieren", flüsterte sie. „Einverstanden?"

„Selbstverständlich", brachte er heraus. „Sag mir nur, was du willst, und ich–" Er stöhnte verbissen, als sie ihre Fingernägel sanft über eine seiner Brustwarzen streichen ließ.

„Ich will, dass du einfach daliegst und mich nach Lust und Laune erkunden lässt. Geht das?" Sein Glied wurde härter als ein Schürhaken, drohte durch seine Hosen zu brechen, als sie murmelte, „kannst du mich das Ruder übernehmen lassen, Ambrose?"

Allmächtiger, das hatte ihn noch niemand gefragt. In der Vergangenheit war es immer nur um die Bedürfnisse seiner Gefährtin gegangen.

Darauf war er stolz gewesen. Er wusste, dass er weder gut aussehend noch wohlhabend war, aber er hatte genug Trieb und Geschick, um seine Bettgefährtin zufrieden zu stellen. Marianne aber drehte mit ihrer Bitte den Spieß um. Keine Frau hatte ihm je die Zügel aus der Hand genommen. Keine Frau hatte ihn je mit solch hungrigen Augen angesehen – mit solch süßem, lüsternem Verlangen.

Herrgott, wozu war Marianne fähig? Flammen der Erwartung züngelten an seinem Rückgrat, und der Funken der Ungewissheit machte sie nur noch heißer. Konnte er sich ihr ergeben, dieser unerhörten, unvorhersehbaren *Selkie*? Sie befeuchtete ihre Lippen, eine kleine, nervöse Geste, und ihm wurde bewusst, dass auch *sie* aufgeregt war. Hinter der betörenden Schale steckte etwas Verletzliches: Ja, es ging hier um Verführung, aber auch um mehr. Da lag noch etwas Tieferes, was sie ihm zeigen wollte. Seine Antwort kam ihm belegt und gurrend aus der Kehle: „Tu, was dir beliebt, mein Schatz."

Kapitel 29

Mariannes Haut kribbelte. *Er vertraut mir. Er lässt mich übernehmen.*

Bis zu diesem Moment war ihr gar nicht bewusst gewesen, wie sehr sie sich nach seinem Vertrauen sehnte. Vielleicht war es ihr eigenes Ehrgefühl, das dieses *Quid pro Quo* verlangte: Denn schließlich hatte sie sich ihm mehr ergeben als sonst irgendeinem Mann. War es da verwunderlich, dass sie im Gegenzug auch sein Vertrauen wollte? Doch ging es um mehr als nur Ebenbürtigkeit. Oder sogar Vertrauen. Was sie wirklich wollte war... seinen Schmerz lindern. Diesem stolzen, auf sich gestellten Mann die Einsamkeit nehmen, wenn es auch nur für heute Nacht war.

Sie erinnerte sich an die Anweisung, die er ihr einst gegeben hatte, und sagte: „Also, leg deine Hände hier ans Kopfende. Und reg dich nicht, ehe ich es dir sage."

Mit aufmerksamen bernsteinfarbenen Augen streckte er die Hände über seinen Kopf und schloss seine Finger um zwei gedrechselte Holzstangen. Wie sie ihn so köstlich lang vor sich liegen sah, flatterte es ihr warm im Bauch.

„So?", fragte er ernst.

„Genau so." Ihre Stimme hörte sich in ihren eigenen Ohren kehlig an. „Und für deinen Gehorsam sollst du belohnt werden."

Sie neigte sich zu ihm hinunter und küsste sein Kinn, wo schon die ersten Stoppeln sprossen. Es gefiel ihr, wie leicht raspelig seine Haut war und wie er nach Seife und Leder roch, ehrlich und männlich, wie er eben war. Ihr lief das Wasser im Munde zusammen, sie musste jedes Zoll von ihm schmecken.

Sie fuhr also fort, kostete die harte Unterseite seines Kinns. Sein Adamsapfel regte sich, als sie ihn liebkoste, sich seine festen Schultern hinab arbeitete, bis hin zu den starken, behaarten Flächen seiner Brust. Mit der Zunge umkreise sie eine flache Brustwarze. Als er scharf einatmete, schürzte sie die Lippen und nuckelte, bis er stöhnte.

„Das gefällt dir", sagte sie mit unverhohlener Selbstgefälligkeit.

„Ja, Liebste", sagte er mit kiesiger Stimme. „Fast so sehr, wie es mir gefällt, an deinen hübschen Brüsten zu saugen. Darf ich?"

Nun, das war keine unangemessene Bitte. Ihr Puls beschleunigte sich etwas, weil es in der Tat eine *Bitte* war – und sie die Macht hatte, sie zu gewähren oder zu verweigern. Sie ließ sich an seinem Körper entlang gleiten, seufzte, als ihre festen Nippel an der männlichen Behaarung entlang strichen, ihre Erregung anfachten... und auch seine, dem Feuer in seinem Blick nach zu schließen. Mit den Knien auf seiner Brust lehnte sie sich nach vorne und bot seinen Lippen einen Busen dar.

„Nuckel daran", flüsterte sie.

Er machte ein kehliges Geräusch, während er gehorchte. Er nahm ihre Brustwarze in einem wilden Kuss, der ihr sofort heiß zwischen die Beine fuhr. Als seine Zähne an der empfindlichen Spitze knabberten, wimmerte sie. Honig schwemmte ihr Geschlecht, während er stetig an sie schnalzte. Sie spürte, wie sie schmolz... aber sie wollte doch eigentlich den Ton angeben. Sie zog sich keuchend zurück.

Rohe Lust glühte in seinen Augen. „Gib mir deine andere Titte. Ich will dich überall lecken und nuckeln."

„Nein. Das reicht erst einmal", brachte sie hervor. „Ich bin diejenige, die hier erkundet, schon vergessen?"

Seine Armmuskeln spannten sich an. Er war so stark – er musste lediglich die Stäbe des Betts loslassen, um sie zu nehmen. Sie war so erregt, dass ein Teil von ihr sich wünschte, dass er wieder die Führung übernahm. Wollte, dass er sie auf ihren Rücken legte, sie bestieg, ihre Leere mit seinem brodelnden Schwanz eroberte...

Er kniff die Augenwinkel zusammen, als ob er ihre Unentschlossenheit spüren konnte. Seine

Hände umklammerten weiterhin das Holz. „Dann mach", sagte er.

Sie rutschte zurück, verbarg ihre Unsicherheit, indem sie seine prächtige Gestalt weiter studierte. Er hatte so einige Zerstreuungen zu bieten, und jede davon trieb ihre Lust an. Ihr Atem ging keuchend und heiß zwischen ihren Lippen, während ihre Finger über die strammen Rillen seines Bauches fuhren. Sie folgte dem sinnlichen Pfad aus Behaarung, der in seiner Mitte bis zum Hosenbund verlief. Sie ließ ihre Handfläche über seinen straff gespannten Hosenschritt gleiten, und aus ihrem eigenen Kern strömte zerflossene Hitze.

Er war so groß, so hart – so ganz und gar Mann.

„Ja, das stellst du mit mir an. Ein Lächeln, eine Berührung" –als sie zudrückte, zog er vor Lust eine Grimasse– „Gott, Marianne, bei dir verliere ich den Kopf."

Sie fand die verborgenen Hosenknöpfe und öffnete sie. Mit einem raschen Ruck befreite sie ihn aus den Schichten von Wolle und Leinen. Ihre Scheidenmuskeln bebten, als sie seine kühne Erektion sah, vom fedrigen dunklen Haar am Ansatz, den langen, mit Adern durchzogenen

Stamm entlang bis zur stolzen Kuppel. Sie hatte diesen Teil der männlichen Anatomie früher nie so recht geschätzt. Bei Thomas war sie zu schüchtern gewesen, hinzusehen oder ihn zu berühren. Bei Draven... ein Überbleibsel der alten Demütigung kam wieder hoch, in hässlichen Wellen, die ihre Lust verzerrten.

„Schatz, willst du lieber aufhören?"

Sie blickte ihrem Liebsten in die Augen und sah das Verlangen darin, rein und klar. Es gab keinen Grund zur Scham. Es gab nichts zu befürchten. „Nein", sagte sie sanft. „Es sei denn, du willst, dass ich aufhöre."

„Wohl kaum. Aber..." –sein Atem zischte zwischen seinen Zähnen hindurch, als sie ihre Finger um sein Glied kraulte– „Du sollst nichts tun, das du nicht tun willst."

Sogar jetzt war er noch um sie besorgt. Das war so typisch *Ambrose*, dass sie lächeln musste – und wieder ganz erregt wurde. Die Macht stieg ihr berauschend zu Kopfe, wirkungsvoller als jedes Aphrodisiakum, weil Vertrauen sie zähmte. Weil sie frei entschied, sich Befriedigung zu suchen, wie es ihr beliebte.

Und was ihr gerade beliebte war, Ambrose Kent größere Freude zu bereiten, als er je erlebt hatte. Dafür zu sorgen, dass er diese Nacht nie vergessen würde, egal, was die Zukunft brachte. Es war bedeutungslos, dass sie sich dieses mächtigen männlichen Biestes nicht ganz würdig fand. Vielleicht würde sie ja eines Tages die Dämonen der Vergangenheit bezwingen. Heute Abend tat es nichts zur Sache.

Denn heute Abend konnte sie Ambrose befriedigen, wie es ihr gefiel.

Sie kniete sich zwischen seine Schenkel und streichelte ihn sanft weiter. „Sag mir, was dir gefällt."

„Was du gerade machst, gefällt mir." Seine schweren Lider bestätigten ihr, dass er die Wahrheit sagte.

„Da gibt es doch gewiss noch mehr. Was haben andere Liebhaberinnen für dich getan?" *Was auch immer sie getan haben, ich tue es besser.* „Erzähle mir von deinen Gelüsten", sagte sie heiser.

„Ich küsse dich gern, ich schmecke dich gern", murmelte er. „Besonders zwischen deinen Beinen."

Die Erinnerung an seine geschickte Zunge, an den unbändigen Genuss, mit der er sie dort geleckt hatte, ließ ihr Geschlecht feuchter werden. Offenbar dachte er an dasselbe, denn aus dem Schlitz seiner Eichel leckte ebenfalls Flüssigkeit, wodurch ihr Griff klamm wurde. Er stöhnte.

„Das gefällt mir auch", sagte sie. „Aber wir reden ja von dir. Und deiner Lust."

Ein kurzes Zögern. „Das hat man mich zuvor noch nie gefragt."

„Nie?", fragte sie überrascht.

„Nun, früher hatte die Befriedigung meiner Gefährtin immer Vorrang." Als sie ihn weiterhin verwundert ansah, murmelte er: „Es ist ja nicht so, als hätte es da Dutzende von Frauen gegeben."

„Keine Dutzende?" sagte sie so beiläufig, wie sie nur konnte.

„Eher vier. Und das schließt dich mit ein." Das letzte Wort konnte er nur ächzen, wahrscheinlich weil sie auf ihrer Erkundung am Ansatz seines Glieds angekommen war. Seine Hoden passten behaglich in ihre Handfläche, weich und doch faszinierend schwer. „Guter Gott, Frau, unser Spiel wird gleich vorüber sein, wenn du so weiter machst."

Doch sie konnte nicht anders. Freude sprudelte in ihr. Sie war beglückt darüber, dass er sein Bett nicht mir jeder beliebigen Frau geteilt hatte. Dass er mit körperlicher Liebe nicht leichtsinnig umging, machte ihre Intimitäten nur noch bedeutender. Sie wollte alles mit ihm tun... sogar die Dinge, die sie fürchtete. Denn mit Ambrose waren ihre Triebe nicht schmutzig, nicht erniedrigend. Verlangen schoss durch sie, ungestüm, ermutigend lebhaft.

Sie beäugte seine hervorstehende Männlichkeit. „Bist du hier schon einmal geküsst worden?"

Seine harte, markante Burst hob und senkte sich. Er schüttelte den Kopf. „Ich weiß, wozu Draven dich gezwungen hat. Ich möchte nicht, dass du-"

Er verstummte mit einem Fluch, weil sie sich nach vorne gebeugt und mit der Zunge die

Spitze seines Schwanzes berührt hatte. Seine Essenz kitzelte ihre Sinne. Salzig und sauber. Männlich, stark… köstlich. Dies hier hatte mit ihrer Erfahrung mit Draven nichts zu tun. Die Schatten wichen, während hell und läuternd die Begierde über sie hinwegwusch. Hier und jetzt, geborgen im Schein von Ambroses inniger Wärme, unter seinem steten, beruhigenden Blick, gab es nur Vertraulichkeit. Sie schmeckte ihn erneut, verweilte diesmal länger, und sein zermürbter Atem brachte sie dazu, ihre Lippen über die dicke Eichel zu stülpen.

„Verfluchte Scheiße", stieß er aus.

Obwohl ihre Lippen beschäftigt waren, krümmten sie sich zu einem Lächeln. Ihr aufrechter Ambrose – fluchte? Hmm. Wozu konnte sie ihn denn sonst noch bringen? Sie saugte sanft, und es vergnügte sie, wie er ihren Namen knurrte. Es beglückte sie, dass sie die Erste und Einzige war, die ihm diese Freude bereitete. Sie schloss ihre Finger um den mächtigen Schaft, strich sanft die samtige Haut zurück und legte die gewölbte Eichel frei. Sie rieb ihre Zunge an der Unterseite, und er fluchte erneut, seine Hüften zuckten unwillkürlich.

Sie griff seinen Stamm fester, entspannte ihren Mund und nahm ihn tiefer. Das war angesichts seiner Größe keine leichte Aufgabe, doch sie war nicht zimperlich. Die Herausforderung erregte sie, ebenso wie das dicke, wollüstige Rutschen seines Schwanzes, das ihren Schlund erfüllte.

„Himmel, Schatz, das ist so verflucht gut." Sein Gesicht war vor Erregung angespannt, er beobachtete jede ihrer Bewegungen. „Du hast ja keine *Vorstellung*..."

Er verstummte, stöhnte auf, während sie auf ihm wippte. Mit jedem Schub trieb ihre Leidenschaft sie weiter. Es schürte ihre Erregung, wie sie diesen starken Mann, ihren so besonnenen Liebhaber, völlig um den Verstand bringen konnte. Seine drahtige Länge vibrierte, seine Hüften krümmten sich ihrem Kuss entgegen. Die ganze Zeit über ließ er den Blick nicht von ihrem Gesicht, noch nicht einmal, als er ihre Grenze entdeckte, als er so tief in ihrem Rachen an eine Barriere stieß, dass sie unwillkürlich schluckte. Ein tierisches Geräusch drang aus seiner Brust.

„Genug", japste er. „ Ich komme nicht allein."

„Und ich höre nicht auf", sagte sie atemlos.

„Du sollst ja auch nicht aufhören. Komm einfach her."

Ehe sie wusste, was er vorhatte, setzte er sich auf und packte ihre Hüften.

„Augenblick mal. Ich sagte nicht, dass du loslassen darfst. Du schummelst–" Sie verstummte stöhnend, schmelzend, während er sie in eine neue Stellung zerrte: Nun kniete sie breitbeinig direkt über seinem Kopf. Ihr Mund schwebte über seinem Schwanz, ihre Scheide über seinem Mund. Sie schrie auf, als seine Zunge tief in sie eintauchte. *„Ambrose*, großer Gott–"

„Ja, Liebste", sagte er belegt. „Gib mir dein Kätzchen, deinen süßen Tau. Lass mich dich ganz haben."

Seine heiseren Befehle entfesselten ihre Wildheit. Die Handflächen auf seine Schenkel gestützt, wiegte sie sich an seinen heißen Kuss. Sie ließ zu, dass er sie mit seiner Zunge nahm, ritt auf einer Welle der Empfindung nach der anderen. Als die Hitze zu heftig über sie wütete, versuchte sie sich zurückzuziehen, doch er hielt sie fest. Sie wimmerte, während seine dicken Finger ihre Öffnung dehnten.

„Drück dich an mich, Liebste. Nimm mich noch tiefer."

Sie konnte nicht anders, als seinem knurrenden Befehl zu gehorchen, ihr Rückgrat krümmte sich, als sie sich auf seine Berührung pfählte. *Solche Wollust*. Keuchend nahm sie ihn so tief sie nur konnte, während er sie weiter verschlang. Als seine Zunge ihren Gipfel umkreiste, nach ihrem Knopf suchte, verschwamm ihr die Welt vor den Augen. Sein feuchtes Schnalzen ließ sie stöhnend nach vorne kippen... und ihre Wange streifte an seinen Schwanz, was ihn erschaudern ließ.

„Vergessen wir aber dich nicht", sagte sie mit einem benommenen Lachen.

Sie nahm ihn so tief sie nur konnte, ihre Hände bearbeiteten, was nicht in ihren Mund passte. Sein Stöhnen rumorte an ihrem Fleisch, und sie erschauderte, unerträglich erregt. Sie wiegte sich hingebungsvoll an ihn, während sie gleichzeitig sein Glied verschlang. Sie ritt auf den Höhepunkt zu, musste ihn mitnehmen.

„Ich bin nah dran, Liebste", warnte er heiser.

Er wollte sie von sich absetzen, doch sie wehrte sich dagegen.

„Komm mit mir", keuchte sie, nach Atem schnappend. „Ich will dich auch schmecken."

Sein ganzer Körper bebte bei diesen Worten. Seine Berührung wurde grober, sein Tempo treibend und unnachgiebig, und sie erwiderte seine Liebkosungen mit gleicher Münze. Sie saugte und molk ihn, während seine Finger in sie stießen, seine Zunge ihren Aufruhr schürte. Als er mit den Zähnen an ihrer Perle knabberte, schrie sie auf, brach das Fieber aus, splitterte sie in Stücke.

Er brüllte im selben Augenblick, und sie kostete seine Beglückung, trank sie, die perfekte Beilage zu ihrer eigenen Freude. Seine Lust wärmte sie von innen heraus, ließ ihre Knochen schmelzen. Endlose Augenblicke lang lag sie erschlafft auf seinen Schenkeln, geborgen von der Musik ihrer schweren Atemzüge und dem würzigen Duft ihres Liebesspiels.

Irgendwie fand er die Kraft, sich zu regen. Er nahm sie auf seine Brust, drückte ihr einen Kuss auf die Stirn. Seine Stimme rumorte unter ihrem Ohr.

„Eine Nacht mit dir, Marianne... ist mehr, als ich von einem ganzen Leben erwartet hätte."

Weil ihr Herz zu voll für Worte war, schmiegte sie sich noch näher an ihn.

Kapitel 30

Später in derselben Woche warf Emma einen Blick um Madame Rousseaus Umkleidezimmer und flüsterte: „Bist du dir da sicher, Marianne? Ich brauche keine französische Schneiderin, ich schneidere mir meine Kleider selbst. Wenn du mich einfach zum nächsten Tuchhändler bringst–"

„Wenn es um Einkaufen geht, bin ich mir *immer* sicher." Marianne verbat sich mit einer Handbewegung weitere Einsprüche. „Mach dir um die Kosten keine Sorgen, mein Liebes. Deine Aufgabe ist es, deinen Stil zu pflegen."

„Meinen Stil?" Die glatte Stirn des Mädchens legte sich in Falten, als sie auf ihre geflickten und formlosen Unterkleider hinabblickte. „Ich weiß nicht, ob ich einen habe."

„Eben. Und dem gilt es Abhilfe zu schaffen."

Wie auf Kommando kam die Modistin mit Bergen von Stoff in den dünnen Armen durch den Türvorhang gewieselt. *Je les ai trouvés!* Die Musselinstoffe, die ich meinte." Sie legte alles auf ihrem Arbeitstisch ab und rollte eine Bahn weißen Stoff mit chinablauen Streifen aus. „Was hältst du davon?"

Emma machte große Augen. „Das ist das Schönste, was ich je gesehen habe."

„Leider bist du da nicht die Einzige. Ich habe dieses Muster an allen möglichen Leuten gesehen, von Milchmädchen bis hin zu alten Matronen", sagte Marianne. „Wir brauchen etwas Originelleres."

Amelie nickte eifrig. „*Alors*, hier habe ich noch etwas anders. Fliederzweiglein: unaufdringlich und doch raffiniert."

„Das ist das Schönste–", hob Emma an.

Marianne rümpfte die Nase. „Ich finde es recht fade."

„Irgendwo habe ich doch–" Amelie stöberte durch den Haufen und zog eine Stoffbahn heraus. „*Voilà*. Die perfekte Wahl."

Marianne musterte den Stoff. Der eierschalenfarbene Musselin war schlicht und hatte doch einen zarten, warmen Schimmer, was pragmatisch und lebhaft zugleich wirkte. In der Woche, die sie mit Emma verbracht hatte, hatte sie eben diese Eigenschaften an dem Mädchen bewundern gelernt.

„Nicht schlecht", gestand sie ein. „Was meinst du, Liebes?"

„Das ist das Schönste... äh, oder?", sagte Emma.

Marianne und die Modistin tauschten einen kläglichen Blick aus.

„*Charmant*." Die Lippen der Modistin zuckten. „Dem Mädchen steht der Gehrock, *n'est-ce pas*?"

„Dann beginnen wir hiermit. Was hast du bezüglich der Passimetrie vor, Amelie?"

„Bezüglich was?", warf Emma ein.

„Der Besatz, mein Liebes", sagte Marianne. „Madame Rousseau ist berühmt für ihre raffinierten Verzierungen."

Amelie war geschmeichelt. „Wir halten es schlicht, *non*? Rosetten aus demselben Stoff... und in der Mitte nähen wir vielleicht ein paar Amethystperlen ein. Und den Saum entlang sticken wir Weinranken."

„Frisch und erquicklich. Wie Emma eben", lächelte Marianne.

Emma errötete. „Das ist so großzügig, Milady. Aber was das kostet–"

„Darum musst du dich nicht sorgen", sagte Marianne bestimmt. „Nun halt schön still, damit die Madame von dir Maß nehmen kann."

Nach der Anprobe verließen Marianne und Emma die Boutique. Sie entschieden sich, zu Fuß die von Ulmen gesäumte Straße zu Gunter's Tea Shop zu gehen, wo sie sich mit den anderen verabredet hatten. Helena und Percy hatten sich bereit erklärt, die anderen Kents zu betreuen, während Marianne mit Emma die dringend notwendige Einkaufstour machte.

Nun, das wäre schon einmal erledigt. Zufrieden mit den Erfolgen des Vormittags öffnete Marianne ihren Sonnenschirm. Jetzt, wo Emma bald nicht mehr wie ein Landei aussehen würde, wollte sich Marianne als nächstes Harry vorknöpfen. Mit seiner drahtigen Gestalt und spritzigem Geist hatte der Junge das Zeug zu einem wahren Gentleman – wenn er nur davon ablassen könnte, ständig Dinge in die Luft zu jagen. Harry war der Wissenschaftler der Familie, und wie Polly erzählt hatte, lebte er nach dem Grundsatz, dass „jeder Fehlschlag ein Schritt zum Erfolg" sei.

Was seine Experimente betraf, befand sich Harry allerdings ganz klar auf Umwegen zum Triumph. Marianne hoffte, dass das Opfer ihres Krugs aus Dresdner Porzellan sich gelohnt hatte. Ehrlich gesagt fand sie Harry einfach nur herzerwärmend amüsant; sein aufrichtiger Charme erinnerte sie nur allzu sehr an seinen älteren Bruder. Allein der Gedanke an Ambrose erweichte ihr die Brust, als wäre sie ein weich gekochtes Ei.

Ihr kribbelte die Haut, als sie sich daran erinnerte, wie sie heute Morgen geweckt worden war: von Ambroses Kuss, vom langsamen, erfüllenden Stoß seines Körpers. Seine Geduld hatte sie ganz verrückt gemacht, und nichts, was sie tat – ihr Flehen, ihre Küsse – hatte ihn davon abbringen können, sie so zu nehmen, wie er es sich vorstellte. Mit einem lausbübischen Grinsen hatte er sie umgedreht und bei der Erinnerung daran, wie sie ihren Orgasmus in die Kissen gesungen hatte, wurden ihr immer noch die Wangen heiß.

„Wird dir zu warm, Marianne? Du siehst überhitzt aus."

Emmas besorgte Stimme brachte sie jäh zurück, ihr Gesicht brannte nur noch mehr.

„Es ist die Hitze, ja", sagte sie sich räuspernd. „Ein Eis bei Gunter's wird höchst erfrischend sein. Deinen Geschwistern wird es auch schmecken, glaube ich."

„Oh, da bin ich mir sicher. Und mir auch." Dabei erschien eine Falte auf Emmas düsterer Stirn.

„Du siehst darüber aber nicht glücklich aus", beobachtete Marianne.

„Oh, das bin ich aber. Bitte halte mich nicht für undankbar." Unter der Kante ihrer abgetragenen

Haube schlug Emma die Wimpern auf. „Ich fühle mich einfach nur... schuldig."

„Worüber denn?"

Das Mädchen kaute auf ihrer Lippe. „Dass du dich für uns in solche Unkosten stürzt. Wie sollen wir dir das denn je verg-"

„Emma, Liebes, zerbrich dir bitte über Geld nicht den Kopf", sagte Marianne. „Dein Bruder ist mir bei einer Angelegenheit behilflich und ich kann dir versichern, wenn hier jemand in der Schuld steht, dann ich bei ihm."

„Darf ich fragen, wobei Ambrose dir hilft?"

„Das ist Privatsache."

Emmas Blick fiel aufs Kopfsteinpflaster und Marianne schalt sich insgeheim für den schneidenden Ton, der ihr herausgerutscht war. Wann würde sie endlich diese Neigung ablegen, andere von sich zu stoßen? Würde sie denn eines Tages diese Mauern einreißen können, die sie um sich selbst herum errichtet hatte?

Sie rang mit einer Entschuldigung – noch so eine Sache, die sie nicht gut beherrschte.

Emma sprach zuerst. „Ich muss noch eine Frage stellen, Milady. Ich fürchte, eine recht dreiste Frage."

Als Marianne die resolute Haltung des Mädchens sah, sagte sie: „Ich gehe davon aus, dass du mich nicht um Erlaubnis fragst."

„Offen gesagt, es geht um Ambrose", sagte Emma auf diese beharrliche Art der Kents, „und deine... äh, Beziehung zu ihm." Das Mädchen holte tief Atem und blickte Marianne geradewegs in die Augen. „Von der wir ja wissen, dass sie nicht nur ein Arbeitsverhältnis ist."

„Du machst dir Gedanken darüber, dass Ambrose und ich Liebhaber sind?", sagte Marianne ebenso rundheraus.

Emmas knappes Nicken ließ Mariannes Herz ein wenig sinken. Sogar dieses kleine Ding von einem Mädchen stellte solch eine Liaison in Frage. Nun, Marianne konnte es ihr nicht verübeln. Wie sie im Lauf der vergangenen Woche beobachtet hatte, verehrten die jüngeren Kents ihren älteren Bruder. Zweifellos wünschten sie sich für ihn eine andere Art von Frau – eine, die so besonnen und gut war wie er.

Gewiss keine berüchtigte Witwe.

„Was sind deine Absichten ihm gegenüber?", fragte Emma.

„Das geht nur ihn und mich etwas an", erwiderte Marianne knapp.

„Nicht, wenn wir anderen davon betroffen sind. Wir wohnen bei dir, wir hängen von deiner Großzügigkeit ab", sagte Emma mit bebender Stimme, „und es ist einfach nicht richtig. Es sei denn..."

„Es sei denn...?", fragte Marianne mit gekrümmten Augenbrauen.

„Wirst du dich ihm gegenüber ehrenwert verhalten?"

Marianne machte ein ersticktes Geräusch. „Obliegt das nicht normalerweise dem anderen Geschlecht?"

„Da kennst du offensichtlich meinen Bruder nicht so gut wie ich. Er ist ein Gentleman durch und durch. Er würde im Traum nicht daran denken, dir einen Heiratsantrag zu machen, weil du reich bist und wir... nicht." Emma zuckte mit den Schultern, und Marianne musste ihr ihre

483

Offenheit zugutehalten. „Mich persönlich schert das Geld kein bisschen. Wir Kents brauchen nicht viel zum Glücklichsein." Emma kam zum Stehen, Feuereifer in ihrem jungen Gesicht. „Aber dass Ambrose wieder wehgetan wird, dabei kann ich nicht zusehen."

Sich der neugierigen Blicke der Passanten bewusst, nahm Marianne Emma beim Arm und führte sie weiter. Sie fragte ruhig: „Wurde ihm denn schon einmal wehgetan?"

„Hat er dir denn nicht von Jane erzählt?", brach es aus Emma heraus.

„Über seine Vergangenheit haben wir nicht viel gesprochen", sagte Marianne mit einem Gewissensbiss. *Wir waren zu sehr mit der meinen beschäftigt.*

„Vielleicht hätte ich nichts sagen sollen–"

„Jetzt ist es zu spät. Man kann nicht nur mit der halben Wahrheit herausrücken", sagte Marianne trocken.

„Das stimmt wohl." Seufzend sagte Emma: „Jane Harrow war eine Bäckerwitwe. Sie war erst vierundzwanzig, als ihr Mann starb, und äußerst hübsch. Alle Männer im Dorf waren hinter ihr her, aber sie hatte es auf Ambrose abgesehen."

Eifersucht stichelte Mariannes Brust. Lächerlich… doch da war sie. „Und hat er das Interesse von Miss Harrow erwidert?"

Emma nickte. „Jane kam am Wochenende zu uns, wenn Ambrose da war. Sie brachte immer Gebäck mit – sie buk die herrlichsten Kuchen – und tändelte mit ihm. Bald fing mein Bruder an, ihr den Hof zu machen. Nach einem Jahr haben sie sich verlobt. Ich glaube, Ambrose gefiel die Vorstellung, zu heiraten. Er sparte auf ein Häuschen für sich und Jane."

Ein Häuschen und eine Landschönheit, die kochen konnte. Freilich war es das, wonach Ambrose sich sehnte.

„Was ist passiert?", fragte Marianne grimmig.

„*Wir* sind passiert. Eine Tragödie nach der anderen hat die Familie heimgesucht. Erst ist Mutter gestorben und dann hat Vater einen Schlaganfall erlitten und konnte nicht mehr arbeiten. Ambrose musste für uns alle sorgen. Er hatte uns ja eigentlich schon die ganze Zeit unterstützt, aber jetzt musste er seine ganzen

Ersparnisse darauf verwenden, uns über Wasser zu halten. Die Hochzeit musste vorerst warten." Mit finsterem Blick fügte Emma hinzu: „Und das hat Jane erbost."

„Aber seine Lage – gewiss hat sie doch verstanden, dass seine Familie ihm am Herzen lag."

„Ihr ging es eher um ihr eigenes Fortkommen", sagte Emma flach, „und sie war das Warten leid. Außerdem glaube ich, konnte sie uns nicht besonders leiden."

„Warum denn nicht?", fragte Marianne überrascht. Obwohl sie erst eine Woche mit ihnen verbracht hatte, fand sie die Kents ganz und gar reizend. Gewiss, sie waren eine Rasselbande, doch wohnte ihnen eine Unschuld inne, eine innige Hingabe zueinander, die in ihr das Bedürfnis weckte, sie vor der Hässlichkeit der Welt zu beschützen. Einen wehmütigen Augenblick lang ließ sie ihre Gedanken treiben, stellte sich vor, wie es wäre, zu jemandem zu gehören... an solch bedingungsloser Liebe teilzuhaben.

„In Chudleigh Crest hielt man uns für ein wenig... eigenartig." Ein Blick schoss über

Emmas Gesicht und sie zuckte eilig mit den Schultern. „Nicht, dass es uns etwas ausgemacht hätte. Jedenfalls fand Jane einen anderen Beau – einen reichen Kaufmann, der gerade auf Durchreise im Dorf war. Sie machte sich mit ihm auf und davon."

„Ach du lieber Gott."

Emma nickte grimmig. „Als Ambrose davon erfahren hat, ist er ihnen hinterher. Er fühlte sich verantwortlich, glaube ich, weil er Jane hatte warten lassen. Er holte sie in Brighton ein."

„Und?"

„Jane lebte unter dem Schutz des Kaufmanns, der offenbar auch noch eine Frau in London hatte." Mit Abscheu im Blick sagte Emma: „Ambrose bot an, Jane zurückzunehmen, sie zu heiraten – aber sie lehnte ab. Sie sagte, sie sei lieber die Mätresse eines reichen Mannes als die Frau eines armen."

Wut brodelte unter Mariannes Brustbein. *Dieses herzlose Luder.*

„Mein Bruder hat unseretwegen schon so viel geopfert. Ich hoffe, du verstehst, warum ich nicht will, dass er wieder verletzt wird", sagte Emma.

„Ich habe nicht vor, ihn zu verletzen." Schuld stach Marianne wie Nadeln. Sie hatte Ambrose so wenig geboten – nicht mehr als immer nur den Augenblick. Während er… ihr dabei half, ihr Herzblut wiederzugewinnen.

„Könntest du dir denn vorstellen, ihn zu heiraten?", fragte Emma.

„Das kam noch nicht zur Sprache." Unangenehm berührt von dem eindringlichen braunäugigen Blick sagte Marianne etwas herb: „Er hat es nicht zur Sprache gebracht, weißt du."

„Und wenn er es täte?"

„Dann ginge es nur ihn und mich etwas an." Zum Glück waren sie am Berkeley Square angekommen. Marianne erspähte Helenas offene Kutsche unter den Ahornbäumen, die in der Brise rauschten. Die Köpfe der Kents glänzten im Sonnenlicht, während sie ihre Sorbets aßen. „Ah, da ist ja deine Familie. Gesellen wir uns zu ihnen."

Emma schnaufte aus. „Darf ich nur noch eines sagen?"

Marianne hob eine Augenbraue.

„Ich mag dich", sagte das Mädchen mit aufrichtigem Blick. „Und ich hoffe, dass du es in Erwägung ziehst, meinen Bruder zu heiraten. Er ist ein guter Kerl – treu und liebevoll." Ihr Blick senkte sich zu ihren abgestoßenen Stiefelspitzen. „Und ich verspreche, Milady, dass ich mein Bestes tun werde, für meine Familie zu sorgen. Wir werden euch nicht im Wege sein."

Marianne schnürte sich die Kehle zu. Wie mächtig doch Aufrichtigkeit sein konnte. Und die Kents besaßen diese Tugend im Übermaß. Sie hob mit dem Finger die Kinnspitze der anderen.

„Mein liebes Mädchen", sagte sie, „wie auch immer es mit mir und Ambrose weitergeht, du und deine Familie werdet nie das Problem sein, verstanden?"

Emma zwinkerte, ihr Nicken war unsicher.

„Nun gehen wir zu den anderen–", begann Marianne, als ein verlottertes Straßenkind auf sie zugetrabt kam.

„Sin Sie die Lady Draven?", fragte der Knabe.

„Die bin ich", sagte Marianne stirnrunzelnd.

Das Straßenkind hielt ihr eine Botschaft hin. „Für Sie, Ihre Ladyschaft."

Marianne tauschte die versiegelte Botschaft gegen eine Münze aus. Das Kind wieselte davon. Eine böse Vorahnung überkam sie, als sie sah, dass ihr Name in einer ihr fremden Handschrift geschrieben war.

„Von wem ist die?", wollte Emma wissen.

Marianne zwang sich zu einem Lächeln. „Ich bin mir nicht sicher. Geh du schon einmal vor zur Kutsche von Lady Hartford. Ich komme gleich."

Mit gerunzelter Stirn gehorchte Emma.

Marianne brach das wächserne Siegel. Sie las die eine Zeile und ihr Magen wurde zu Eis.

Hat Kent Ihnen gesagt, dass er von Sir Coyner bezahlt wird, gegen Sie zu ermitteln?

* * *

„Warten Sie hier auf Sir Coyner, Milady." Der Gehilfe errötete bis zu seinem hellen Haaransatz, führte Marianne in eine gut ausgestattete Amtsstube und zog hastig einen der Stühle gegenüber dem Schreibtisch heraus. „Wenn ich Ihnen irgendetwas bringen kann–"

„Das ist nicht nötig", sagte Marianne ruhig, während sie sich setzte. Innerlich aber stürmten ihre Gefühle wie ein Gewitter. „Lassen Sie sich nicht von Ihrer Arbeit abhalten."

Der Gehilfe verließ mit einer Verneigung das Zimmer. Sobald die Tür zufiel, stand Marianne auf und ging hinüber zur anderen Seite des Pults. Sie wusste nicht so recht, wonach sie eigentlich suchte – einen Hinweis, einen Grund, warum Bow Street sich für sie interessierte. Sie durchsuchte die ordentlichen Stapel und fand nichts. Als Schritte nahten, flitzte ihr Blick zur Tür... doch wer auch immer es war, ging an dem Zimmer vorbei. Sie richtete ihre Aufmerksamkeit wieder auf den Schreibtisch, beäugte die Schubladen. Konnte sie es wagen?

Sie öffnete die oberste Lade.

Ihr Herz schoss ihr bis in die Kehle. *Verflucht*.

Mit einer zitternden Hand nahm sie die goldverzierte Einladung aus der Schublade. Eine Jagdpartie, an diesem Wochenende auf dem Gut des Earl of Pendleton. Der Zufall brachte ihre

Gedanken ins Schwirren, Verbindungen hopsten in ihrem Kopf herum. Die Einladung zeugte davon, dass der Amtsrichter Pendleton kannte. Und Leach war im Dienst von Pendleton gestanden. Hatte Pendleton die Bow Street angeheuert, um sie zu überwachen – war der Earl derjenige, der Primrose hatte? Ihr Kopf schoss hoch, als wieder Schritte hallten. Sie stopfte die Einladung hastig in ihren Beutel und schloss die Schublade. Sie erreichte gerade rechtzeitig das Fenster neben dem Schreibtisch, ehe die Tür aufging. Mit rasendem Puls wandte sie sich an den Amtsrichter. Als sie Sir Coyners überfreundlichen Gesichtsausdruck sah, gefror ihr das Herz.

Er weiß etwas. Er ist in die Sache verwickelt – heißt dass, Kent ist das auch?

Der Gedanke brachte sie fast zum Weinen. Stattdessen aber sagte sie herzlich: „Sie haben eine ganz reizende Aussicht, Sir Coyner."

„Danke, Milady." In der gepflegten Sprache von Sir Coyner schwang keinerlei Ehrfurcht, sie erinnerte sich vage daran, dass er mit Adel verwandt war und eher aus Laune als aus Notwendigkeit arbeitete. Ein wahrer Verfechter der Gerechtigkeit. Die Ironie machte sie ganz krank.

„Was verschafft mir die Ehre Ihres Besuchs?" Unter seinem sauber gestutzten Schnurrbart erinnerte sein gezwungenes Lächeln eher an eine Grimasse.

Sie hatte sich auf der Kutschfahrt hierher eine Strategie zurechtgelegt. Sie brauchte Antworten: Die Zeit der Heuchelei war vorüber. Überraschung wäre ihr größter Verbündeter.

„Warum lassen Sie mich überwachen?", fragte sie.

Coyner schluckte, sein Adamsapfel erschien über seinem seidenen Krawattenknoten. Er erholte sich rasch. „Ich weiß nicht, wovon Sie reden", sagte er beherzt.

„Doch, das wissen Sie durchaus", sagte sie und kam ihm näher. „Und ich will den Namen Ihres Auftraggebers wissen. Wer hat Sie auf mich angesetzt?"

Der Amtsrichter richtete sich auf. „Bow Street ist eine ehrwürdige Einrichtung, Milady. Im Gegensatz zu anderen", –Coyner sah sie vernichtend an– „glauben wir hier an Recht und

Ordnung. Und auf Vertraulichkeit legen wir höchsten Wert."

„Also hat jemand Sie angeheuert", sagte sie kalt.

„Das werde ich weder bestätigen noch leugnen–"

„*Sie elender Bastard, haben Sie Ambrose Kent auf mich angesetzt?*"

Coyner zwinkerte hastig, seine Augen regten sich. Er befeuchtete seine Lippen. Ohne auch nur ein Wort zu sagen, hatte er ihr soeben die Antwort gegeben. Die letzte glimmernde Hoffnung erlosch. Ambrose hatte sie verraten. Von Anfang an hatte er sie belogen.

Alles war nur Lug und Trug… er ist nicht anders als alle anderen. Ob Draven oder Skinner oder jeder andere Mann. Und ich bin die größte Närrin, dass ich mich wieder an der Nase herumführen ließ.

Ihr Herz zerbröckelte in ihrer Brust. Sie hielt es verbissen zusammen – sperrte es in eine Mauer aus Eis. Kalt und undurchdringlich, nur so konnte man überleben.

„Wie viel haben Sie ihm dafür bezahlt?", fragte sie mit eisigem Hohn. „Hat er eine Zulage dafür bekommen, die Verdächtige zum Zwecke der Wahrheitsfindung zu verführen?"

„Großer Gott, er ist mit Ihnen ins *Bett* gestiegen–?" Er verstummte, wohl begreifend, dass er sich gerade verraten hatte. Er presste die Lippen zusammen. „Die Vergütung unserer Angestellten erfolgt für ethische Zwecke."

Ambrose hat mich verraten… gegen Geld. Alles, was zwischen uns geschehen ist, war nur eine Lüge.

Sie merkte, dass sie zitterte. Vor Wut – und vor anderen Empfindungen, die sie vielleicht die Fassung kosten würden, wenn sie nicht augenblicklich ging.

„Machen Sie mich zum Gegenstand noch einer Ihrer *ethischen* Vorhaben, und ich verspreche Ihnen, Sie müssen sich für Rufmord verantworten", spie sie aus.

Sie verließ Coyners Amtsstube. Mit jedem Schritt wichen ihre Gefühle zurück. Keine Wut, kein Schmerz – nur eine Taubheit, die aus ihrer Seele emporzuwallen schien. Die nur abgewartet hatte, bis ihr törichtes Glück verwelkt und abgestorben war.

Lugo wartete bei der Kutsche auf sie. Er hatte wohl ihren Ausdruck gelesen, denn besorgte Falten gruben sich in seine breiten Züge, als er ihr beim Einsteigen half. „Milady, was werden Sie tun?"

„Was ich die ganze Zeit schon hätte tun sollen. Ich finde Rosie allein." Die Wahrheit hallte hohl in der Kutsche. „Spute dich, Lugo, wir haben eine Reise vor uns."

Kapitel 31

Es war schon fast Mitternacht, als Ambrose die Stufen zu Mariannes Stadtresidenz emporsprang. Er öffnete mit dem Schlüssel, den Marianne ihm gegeben hatte. Während er in das dunkle Atrium marschierte, brodelte in seinen Adern schon die Vorfreude. Heute Abend hatte Willy Trout das Geheimnis des Marquis Boyer geliefert. Wie sich herausgestellt hatte, hatte Leach dem Marquis tatsächlich dabei geholfen, einen Skandal zu vertuschen; es ging allerdings nicht um Primrose, sondern um ein paar von Zwillingslakaien.

Damit verengte sich der Kreis der Verdächtigen auf eine einzige Person: Pendleton.

Wie jeder Ermittler hatte Ambrose einen sechsten Sinn, der ihm anzeigte, ob ein Fall vielversprechend aussah, und sein Instinkt sagte ihm, dass er in diesem Fall einen Durchbruch erreicht hatte. Er konnte es kaum erwarten, Marianne davon zu erzählen, die Hoffnung in ihren Augen aufleuchten zu sehen. Nach allem, was sie überstanden hatte, verdiente sie Glück. Er war derart optimistisch, dass er sich selbst auch ein wenig Hoffnung erlaubte. Wenn er ihr Primrose erst wiedergebracht hatte und ihr endlich die Wahrheit gestehen konnte, würde sie ihm seine Täuschung vielleicht verzeihen?

Konnte es für sie beide vielleicht doch eine Art von Zukunft geben?

In seiner Eile stieß er auf dem Weg zur Treppe beinahe mit einer der Zofen zusammen.

„Ach du liebe Zeit, haben Sie mich erschreckt!" Die Hände des Mädchens flogen zu ihrer Brust.

Er erinnerte sich, dass er den Hut absetzen sollte. Er fuhr sich mit der Hand durch sein nebelfeuchtes Haar und lächelte entschuldigend: „Alice, nicht wahr? Ich bitte sehr um Verzeihung. Ich habe etwas Wichtiges mit Lady Draven zu besprechen."

„Ihre Ladyschaft ist nicht zu Hause, Sir."

Ambrose runzelte die Stirn. Er kannte ja Mariannes Ruf, dass sie des Nachts um die Häuser zog, doch in letzter Zeit hatte sie ihre nächtlichen Aktivitäten aufgegeben, um bei seiner Familie zu sein. Es hatte ihn berührt, wie gut sie sich mit seinen Geschwistern verstand. Wer hätte gedacht, dass die vornehme Baronin Draven daran Gefallen finden würde, Charaden und Versteck-den-Hausschuh zu spielen? Ihr Lächeln, unverstellt und offen, hatte seine übermütigen Träume nur beflügelt.

„Wann wird sie zurückerwartet?", fragte er.

„Ich weiß nicht, Sir. Könnte Tage dauern", sagte die Zofe.

„*Tage*?"

Er hatte gar nicht bemerkt, dass er die Stimme erhoben hatte, bis er Schritte auf dem Flur hörte.

„Bist du das, Ambrose?" Emma kam ins Vorzimmer geeilt. Sie trug einen alten Morgenmantel aus Flanell, ihr Haar hing in einem Zopf über ihre Schulter. Ihr Vater humpelte an einem Gehstock hinter ihr her.

„Stimmt etwas nicht?", fragte Ambrose. „Warum seid ihr beide noch auf? Wo ist Marianne?"

„Vater und ich haben die Lage gerade über heißer Milch besprochen. Komm, Ambrose", sagte Emma ruhig, „sonst weckst du noch die anderen auf. Es war schwer genug, Polly heute Abend ins Bett zu bekommen."

Mit jedem Augenblick wurde Ambrose unruhiger. Er folgte ihr in den Salon. Sobald die Tür sich schloss, sagte er: „Sag mir, was hier vor sich geht."

Emma und ihr Vater tauschten einen Blick aus.

„Marianne ist heute Abend fortgegangen. Sie wollte uns nicht sagen, wohin." Emma zupfte nervös an ihrem Zopf. „Aber sie hat fürchterlich viel Gepäck mitgenommen und Lugo und Tilda sind beide mitgekommen."

Ambrose starrte seine Schwester an, seine Gedanken wirbelten. „Sie hat dir *überhaupt nichts* darüber gesagt, wohin sie ging und wann sie wiederkommt?"

„Sie sagte, ihr wäre... langweilig", gab Emma kleinlaut zu. „Und sie bräuchte Zerstreuung."

„Ich verstehe das nicht." Ambrose rieb sich den Nacken, versuchte klar durch den schlammigen Morast in seinem Kopf, in seiner Brust zu sehen.

Gelangweilt? Brauchte Zerstreuung? Was zum Teufel sollte das denn heißen?

„Hat sie dich denn nicht benachrichtigt, mein Junge?" Sein Vater blickte aus einem der Ohrensessel zu ihm hinauf.

„Nein." Ambrose ballte die Fäuste.

Obwohl seine Beziehung mit Marianne alles andere als beständig war, hatte er doch geglaubt, dass sich zwischen ihnen eine gewisse Vertrautheit entwickelt hatte. Dass auch ohne Versprechungen ein gewisses... Einverständnis herrschte. Eines, das zumindest beinhaltete, dass sie ihm sagte, wenn sie auf eine verfluchte Reise ging.

„Vielleicht hat sie eine Botschaft gesandt und sie ging verloren?", sagte Emma.

Das glaubte Ambrose nicht. Und den Gesichtern der anderen nach zu urteilen, glaubten die das auch nicht. Er lehnte sich ans Kaminsims und starrte in die Flammen, weil er nicht wusste, was er sonst tun sollte. Seine Empfindungen drifteten in eine gefährliche Richtung, unstet, unbeherrschbar. Dieses Gefühl *verabscheute* er.

„Habt ihr Turteltäubchen euch gezankt, mein Junge?"

Ambrose sah seinen Vater erschrocken an. Hinter Samuels Stuhl stand Emma mit großen Augen. Sie schüttelte den Kopf. Mit den Lippen formte sie lautlos: *Ich habe nichts gesagt.*

„Äh, ich weiß nicht, was du meinst", sagte Ambrose.

Samuel schnaubte. „Ich bin vielleicht alt, aber kein Narr. Ich war auch einmal jung."

Trotz seines eigenen inneren Aufruhrs war Ambrose erleichtert, den scharfsinnigen Blick hinter der Brille seines Vaters zu sehen. Marianne hatte doch recht gehabt. Aber das hatte sie ja oft... der Schmerz in seiner Brust wurde schlimmer.

„Ich erkenne doch Liebe, wenn ich sie sehe", fuhr Samuel fort. „Bei dir und dem anderen Mädchen habe ich sie nicht gesehen, und das hat sich ja als richtig erwiesen, nicht? Aber mit dieser hier ist es anders. Du wärst ein Narr, sie gehen zu lassen."

„So einfach ist es nicht."

„Ihr jungen Leute macht euch immer das Leben schwer", seufzte Samuel. „Es ist eigentlich ganz einfach. Entweder du liebst sie oder nicht. Was ist es denn?"

Ich liebe sie. Hals über Kopf, wie ein armseliger Trottel.

„Sie ist eine Baronin", sagte er unwirsch. „Und ich bin.... ein Niemand."

„Du bist ein verfluchter Narr, wenn du das glaubst. Ein verfluchter Narr." Zur Betonung klopfte Samuel mit seinem Stock auf den Boden und erklärte: *„Das Glück hängt von uns selbst ab. Wie oft habe ich dir das gesagt?"*

Ambrose raufte sich das Haar. „Oft genug, dass ich weiß, dass es ein Ausspruch von Aristoteles ist."

„Dann erkennst du das hier wohl auch: *Liebe, das ist eine Seele in zwei Körpern.* Nun, ist das bei dir und Marianne der Fall oder nicht?"

Das war es, für ihn zumindest. Wenn er und Marianne nicht zusammen waren, kehrten seine Gedanken ständig zu ihr zurück. Und jetzt, wo sie weg war, fühlte er sich nur wie ein halber Mensch. Nur halb am Leben.

„Ich weiß nicht, wie sie das empfindet", sagte er rau.

„Warum? Weil sie reich ist? Schön?" Samuel sah ihn eindringlich an. „Sie ist zweifellos stolz und unabhängig. Doch das bist du auch, Sohn. Ich habe noch nie erlebt, dass sich zwei Menschen in dieser Hinsicht so ähneln. Soweit ich sehe, braucht ihr euch."

Konnte es sein, dass sein Vater recht hatte? Ambrose war sich bewusst, dass er Marianne brauchte – doch brauchte sie ihn? Abgesehen von seinem Versprechen, ihre Tochter zu finden? Er fiel ihm schwer, zu glauben, dass ihm das Glück diesbezüglich hold sein würde.

Außerdem, wenn es denn stimmte, warum hatte sich Marianne dann davongemacht, auf der Suche nach *Zerstreuung*?

Seine Eingeweide verknoteten sich, doch die Wut verdrängte langsam die Verzweiflung. Verflucht, er würde sie nicht einfach ohne Erklärung gehen lassen. Nicht ohne Kampf. Er musste sie finden – doch wo sollte er anfangen?

Du bist doch bitte sehr ein Ermittler, oder? Denk nach, Mann.

„Ich werde morgen früh ihre Dienerschaft befragen", sagte er. „Jetzt durchsuche ich erst einmal ihr Schlafgemach auf irgendwelche Hinweise."

Er ging auf die Tür zu, doch die bebende Stimme seiner Schwester hielt ihn zurück. „Ambrose?"

„Was ist, Em?", fragte er, während er sich umwandte.

Zu seiner Überraschung standen ihr Tränen in den Augen. „Ich glaube, ich weiß, warum Marianne gegangen ist. Es ist alles meine Schuld!"

„*Deine* Schuld?"

Emma holte zitternd Luft. „Heute früh habe ich mich in Dinge eingemischt, die mich nichts angingen. Ich... ich habe Marianne gefragt, was für eine Beziehung ihr habt."

Ambroses Stirn verfinsterte sich.

„Ich weiß, ich weiß, mir sagen ja alle immer, dass ich zu forsch bin", klagte seine Schwester. „Und nun war ich es schon wieder."

„Sag mir, was ihr besprochen habt", sagte er.

„Ich habe Marianne gefragt, ob sie vorhat... vorhat..."

„Heraus damit, Kind", sagte Samuel.

„Ich habe sie gefragt, ob sie vorhat, Ambrose zu heiraten." Emma biss sich auf die Lippe und schlug die Augen zu Ambrose auf. „Es tut mir *so* leid. Ich wollte doch nur helfen."

Ambroses Kehle fühlte sich an wie Schmirgelpapier. „Was hat Marianne erwidert?"

„Sie sagte, es ginge mich nichts an. Sondern nur sie und dich." Em ließ den Kopf hängen. „Ich weiß, ich hätte mich nicht einmischen dürfen, aber ich habe mir Sorgen um dich gemacht. Nachdem, was mit Jane passiert ist... oh Ambrose, ich will doch nur, dass du glücklich bist."

Taub begriff er, warum Marianne gegangen war. Der Gedanke an eine Zukunft mit ihm verschreckte sie. Er hatte ihre Reaktion neulich schon richtig eingeschätzt. Dass seine Schwester es nun erneut angesprochen hatte... hatte Marianne wahrscheinlich vertrieben. *Du bist ein sinkendes Schiff, Mann – glaubst du denn im Ernst, dass eine Frau wie sie bei dir bleibt? Dass sie sich dich aufbürdet?*

„Du hast immer für uns gesorgt – aber wer sorgt sich um dich?", sagte Emma betreten. „Ich wollte, dass ihre Ladyschaft weiß, dass sie sich dabei keine Last einhandelt. Dass wir uns nicht in euer Eheglück einmischen würden."

Ambrose rieb sich die Schläfen, die inzwischen pochten. „Das würdet ihr freilich nicht", sagte er zerstreut. „Es geht ja schließlich nicht um euch."

„Bei Jane aber schon. Du musstest sie unseretwegen aufgeben."

Trotz seiner eigenen Enttäuschung sah Ambrose das Kinn seiner Schwester beben. Mit einem Seufzer sagte er etwas sanftmütiger: „Jane hat mir nie wirklich gehört. Vater hatte recht. Es tut mir nicht leid, was geschehen ist."

„Und Marianne?" Emma zögerte. „Wenn daraus.... nichts wird, wird es dir leid tun?"

Für den Rest meiner Tage.

Er zuckte müde mit den Achseln. „Zerbrich dir nicht den Kopf darüber, Em. Wenn Marianne wiederkommt, sprechen wir uns aus." Mit beklommener Brust sagte er schroff: „Ich fürchte, für euch wird sich noch mehr ändern."

Er hatte zwar nie gewollt, dass seine Familie sich an die gegenwärtigen Lebensumstände gewöhnte, doch seine Suche nach einer dauerhaften Bleibe hatte bislang nichts Brauchbares ergeben. Doch er würde schon etwas finden. Die Kents würden nicht bleiben, wo sie nicht erwünscht waren.

Emma ging auf ihn zu und ergriff seine Hand. „Solange wir zusammen sind, wird alles gut gehen", sagte sie aufrichtig.

„Hört, hört", sagte ihr Vater.

Ambrose wünschte, er könnte ihre Zuversicht teilen.

* * *

Marianne spähte durch den Vorhang, während die Kutsche durch das Tor auf die gepflasterte Einfahrt rollte. Zu beiden Seiten erstreckte sich makelloser Rasen, dahinter Wälder, die als die besten Jagdgründe in ganz Berkshire galten. Das Hauptgebäude erhob sich nun vor ihr, eine stattliche georgianische Residenz mit ausgedehnten Seitenflügeln und einer eindrucksvollen Kuppel über dem Eingang.

Ihr gegenüber schnarchte Tilda. Sie waren die ganze Nacht über gereist, um hier am Vormittag anzukommen. Die Kutsche hielt und sie hörte, wie einer der Diener draußen Lugo nach ihrem Anliegen fragte. Kurz darauf erschien Lugo am Kutschenschlag.

Leise und eindringlich sagte er: „Ich bitte Sie dringend, sich das noch einmal zu überlegen, Milady. Noch ist es nicht zu spät, umzukehren."

„Unsinn. Wir sind so nahe daran, Rosie zu finden." Marianne rückte ihren Ausschnitt zurecht und glättete ihre Handschuhe. Für ihren nächsten Schritt war es von höchster Wichtigkeit, dass sie glänzend aussah. „Wir kehren ganz bestimmt nicht um."

Lugo blickte sich um, ehe er flüsterte: „Wenn Pendleton der Schurke ist, wie Sie annehmen, dann ist er gefährlich, und wir wagen uns unvorbereitet in sein Hoheitsgebiet vor. Ich kann es nicht alleine mit all diesen Männern aufnehmen. Bitte, Milady, kehren wir um und sprechen mit Mr. Kent. Er ist ein anständiger

Mann. Vielleicht ist ja alles nur ein Missverständnis–"

Schmerz stach durch ihre Rüstung, schärfer als jede Klinge. Sie brauchte ihre ganze Kraft, um ihre Gefühle zurück in ihre alte Schatulle zu zwängen. Taub zu bleiben, ihre Aufmerksamkeit ganz auf das einzig wichtige Ziel zu richten.

„Es gibt kein Missverständnis", sagte sie flach. „Wir haben das doch schon besprochen. Sir Coyner hat mir im Grunde bestätigt, dass Kent für ihn gearbeitet hat. Kent hat mich verraten, Lugo – ich werde ihm nie wieder trauen."

Ich hätte ihm von Anfang an nicht trauen sollen. Wer auf dieselbe List zweimal hereinfällt, ist selber schuld.

Ihre Kehle schwoll zu. Es gab jetzt nur noch einen Weg zur Erlösung. Sie musste Rosie alleine zurückgewinnen.

„Aber was ist mit dem Straßenkind? Wer hat ihn geschickt? Sie denken nicht klar–"

„Wer denkt hier nicht? Worüber?" Tilda fuhr hoch, rieb sich die Augen. „Sind wir denn schon da?"

Weil draußen auf dem Kies Schritte knirschten, zischte Marianne: „Still, ihr beiden. Er kommt."

„Ah, Lady Draven. Was für ein… unerwartetes Vergnügen."

Sie nahm die glatte, gepflegte Hand, die man ihr bot, und stieg aus der Kutsche. „Lord Pendleton", murmelte sie und knickste elegant. „Das Vergnügen liegt ganz bei mir."

Der Earl sah gut aus für seine Anfang fünfzig. Sein eisengraues Haar über der edlen Stirn war wohlfrisiert, seine hochgewachsene, langsam korpulent werdende Figur steckte in einer gut geschnittenen Jägerjacke aus Tweed. Er musterte sie mit einem finsteren, echsenhaften Blick – versuchte sich wohl daran zu erinnern, wann er sie eingeladen hatte. Auf Pendletons erlesener Gästeliste stünde unter normalen Umständen keine Witwe eines gewöhnlichen Barons. Doch weil er ein Gentleman war, konnte er sie nicht offen als ungebetener Gast bloßstellen.

„Ich war mir nicht sicher, ob Sie kommen", sagte er spitz.

„Ehrlich gesagt wusste ich das selbst nicht", sagte sie und lachte leichtherzig. „Doch dann hat sich mein ursprüngliches Vorhaben erübrigt und ich habe mich an Ihre reizende Einladung erinnert." Dazu zog sie die goldumrandete Karte aus ihrem Beutel und wedelte damit absichtlich über ihrem Busen. „Da konnte ich der Gelegenheit nicht widerstehen, Sie besser kennen zu lernen."

Sein Blick blieb kurz an ihrem Ausschnitt hängen. Er sagte nur: „Tatsächlich."

Verflucht, Pendleton wurde seinem Ruf als zugeschnürter Schnösel ganz und gar gerecht. Sie lächelte noch strahlender und versuchte es mit einer anderen Taktik. „Ich glaube, Sie kennen meine liebe Freundin, die Marquise von Harteford. Die Tochter des Earls von Northgate? Als ich ihr sagte, dass ich herkomme, trug sie mir auf, Ihnen schöne Grüße auszurichten."

Bei der Erwähnung Helenas vornehmer Abstammung entspannte sich Pendletons Haltung etwas. „Eine edle Familie, die Northgates. Ich habe den Earl seit Ewigkeiten nicht mehr gesehen – ich wollte ihm eigentlich mein Beileid ausdrücken." Pendeltons Mund zuckte in ein Grinsen. „Aber Titel bleibt wohl Titel."

Marianne wusste, dass er von Helenas Heirat mit Harteford sprach, der einst von der vornehmen Gesellschaft wie ein Aussätziger behandelt worden war, weil er als Kaufmann tätig und in niederen Verhältnissen aufgewachsen war. Hartefords gewaltige Macht und Reichtum hatten den Skandal in den letzten Jahren verblassen lassen. Doch bei ein paar besonders Vornehmen hielt der Hochmut offenbar noch an.

Marianne biss sich auf die Zunge und gähnte gekünstelt. „Entschuldigen Sie vielmals", sagte sie hübsch. „Doch ich fürchte, die Fahrt war recht anstrengend. Reisen beansprucht mich doch sehr."

„Wie es bei jeder Lady der Fall wäre." Nach kurzem Zögern sagte Pendleton: „Kommen Sie doch herein und erfrischen Sie sich. Ich lasse Ihr Gepäck auf Ihre Zimmer bringen."

„Sie sind so zuvorkommend, Milord", murmelte Marianne.

Als sie seinen Arm nahm, kribbelte ihr der Nacken. *Und so beginnt das Spiel.*

Kapitel 32

Später am Nachmittag kam Ambrose die Stufen zu seiner Schreibstube auf Wapping Station hinaufgestampft. Er war übel gelaunt, hatte wegen Mariannes überstürzten Aufbruchs die ganze Nacht zuvor kein Auge zugetan. Er hatte ihre Gemächer durchsucht und keinerlei Hinweis auf ihren Verbleib gefunden. Die Dienerschaft war auch nicht gerade hilfreich gewesen. Eine der Zofen hatte vermutet: *Vielleicht ist sie zu einer Einladung gegangen, Sir? Meine Lady wird ständig eingeladen. Sie ist ja so beliebt.*

Sein Kiefer verkrampfte sich. Vergnügte sich Marianne auf irgendeiner Einladung? Falls ja, hatte sie deutlich gemacht, dass er keinerlei

Recht hatte, sich in ihre Pläne einzumischen… ja, nicht einmal das Recht hatte, davon zu erfahren. Hatte sie ihm nicht immer wieder gesagt, dass sie ihm nichts bieten konnte als den Augenblick?

Du bist ein verdammter, verfluchter Narr.

Er warf seinen Hut auf seinen Schreibtisch. Seine Stimmung verfinsterte sich noch mehr, als er den Bericht sah, den er noch fertigstellen musste. Er hatte den Tag damit zugebracht, einen Kapitän ausfindig zu machen, der ohne Abgaben zu zahlen an den Zollbeamten vorbei gewitscht war, doch hatte der Schurke sich schlüpfrig wie ein Aal erwiesen. Ambrose war erfolglos einer Spur nach der anderen nachgegangen.

Verflucht, er brauchte dringend einmal wieder gute Neuigkeiten.

Johnnos Lockenkopf erschien im Türrahmen. Ein Blick auf die verdrießliche Miene seines Untergebenen genügte Ambrose, um zu ahnen, dass aus den guten Neuigkeiten wohl nichts werden würde.

„Was ist, Johnno?", fragte er müde.

Eindringlich flüsterte der Flusspolizist: „Dalrymple sucht Sie. Er hatte Besuch, während Sie unterwegs waren. Von einem Amtsrichter der Bow Street–"

Ambrose stellten sich die Nackenhaare auf. Gleichzeitig fuhr Johnnos Kopf herum.

„G-Guten Tag, Sir Dalrymple", hörte er Johnno stottern.

Der Amtsrichter stieß den Burschen beiseite. Sein Körper erfüllte den Türrahmen. „Da sind Sie ja, Kent." Der selbstgefällige Blick seines Vorgesetzten steigerte nur die böse Vorahnung in Ambrose. „Ich suche Sie schon überall."

Ambrose stand auf. „Ich war auf einer Ermittlung, Sir. Der Zollfall–"

„Vergessen Sie den. Ich muss mit Ihnen reden. Kommen Sie mit in meine Schreibstube", sagte Dalrymple herrisch.

Ambrose blieb nichts anderes, als zu gehorchen. Als er an Johnno vorbeiging, nickte der ihm mitleidig zu. Während er seinem Vorgesetzten folgte, wappnete Ambrose sich dafür, vom Regen in die Traufe zu geraten.

* * *

„Ich hoffe, Sie finden uns nicht fade, Lady Draven. Vielleicht sind Sie einfach nur... andere Gesellschaft gewöhnt, als wir es sind?"

Mariannes Aufmerksamkeit schnappte hastig in den Salon zurück. Zurück zu dem Kreis von Damen, die auf zierlichen vergoldeten Stühlen saßen und sie abfällig ansahen. Seit einer Stunde war sie bereits unaufhörlichem Spott ausgesetzt; zum Glück hatte sie kaum zugehört, war zu sehr damit beschäftigt gewesen, sich ihren nächsten Schachzug mit Pendleton zu überlegen. Nun aber, da eine Frage unmittelbar an sie gerichtet worden war, musste sie antworten.

„Andere Gesellschaft? Inwiefern, Lady Castlebaugh?", sagte sie in gespielter Unschuld.

Die Fürstin mittleren Alters lachte brüchig. „Ich meinte nur, dass Sie wohl die Gesellschaft des schwächeren Geschlechts nicht gewöhnt sind. Es ist ja weithin bekannt, dass Sie sich bei den Gentlemen großer Beliebtheit erfreuen, meine Liebe."

Verlegene Blicke gingen um den Kreis, und eine der Ladies, eine zierliche, frisch verheiratete Gräfin, wurde hochrot.

Marianne erwiderte das Lächeln der Fürstin. „Ja, das ist in der Tat ein Problem, fürchte ich." Unter den neidischen Blicken mehrerer Damen raffte sie ihre Röcke, Amelie Rousseaus neueste Schöpfung. Der zartgrüne luftige Musselinstoff schmiegte sich eng an Mariannes Oberkörper, ehe er in einer unerwarteten Kaskade gestufter Volants hinabflatterte. „Dann wiederum", sagte sie gedehnt, „muss ich schon sagen, mein Problem ist mir lieber als der umgekehrte Fall... aber dazu müsste ich Ihre Meinung bemühen, meine *liebe* Lady Castlebaugh."

Einige der Ladies kicherten. Die kleine Fürstin fächelte sich hastig Luft zu.

„Dazu kann ich ganz *gewiss nichts* sagen", schnappte Lady Castlebaugh. Obwohl ihre Züge ungemein an ein Pferd erinnerten, war Ihre Durchlaucht für ihre Eitelkeit bekannt. „Wenn *ich* mich allerdings in der Gegenwart von Gentlemen befinde, dann nur im Rahmen von Sittlichkeit und gutem Geschmack."

„Selbstverständlich, Milady. Würde ich jemals etwas anderes unterstellen?" Marianne wartete einen Herzschlag lang. „Und wenn wir schon von gutem Geschmack reden, ich hörte, Ihr neuester Stallbursche sei ganz... köstlich."

Die hageren Wangen von Lady Castlebaugh wurden scharlachrot, während die Blicke aller auf sie flogen. Marianne lächelte zufrieden. Es lohnte sich immer, über das neueste Geschwätz auf dem Laufenden zu sein. Allerdings war die Neigung der Fürstin, sich Diener ins Bett zu holen, ermüdend vorhersehbar.

Marianne konnte eigentlich diese abgedroschene Theatralik überhaupt nicht gebrauchen; sie hatte sich um wichtigere Dinge zu kümmern. Sie stand blasiert und langsam auf. „Ich muss schon sagen, das ganze Gerede von Gentlemen macht mir Lust, ein paar davon aufzutreiben. Wo sind sie denn alle hin?"

Eine gespannte Stille erfüllte den Raum. Dann meldete sich die junge Gräfin zu Wort. „Ich glaube, sie sind im Billiardzimmer", bot sie schüchtern an. Überrascht bemerkte Marianne den Funken Bewunderung im Blick der jungen Gräfin.

„Wenn man einen Haufen Gentlemen in ein Zimmer packt, müssen sie freilich gleich mit Bällen spielen", seufzte Marianne. „Ich gehe ihre männliche Betriebsamkeit einmal unterbrechen."

Mit einem anzüglichen Knicks verließ sie die Gruppe. Hinter sich hörte sie die Gräfin gurgelnd lachen, was sogleich durch eine Ermahnung der alten Schrulle Castlebaugh unterbunden wurde.

Allein im Flur machte Marianne sich auf den Weg zum Billiardzimmer. Sie hielt vor den Türen inne, horchte auf das Rumoren männlicher Stimmen. Sie klangen ausreichend beschäftigt, also wagte sie sich weiter. Sie bog nach rechts ab und ging mit sicherem Schritt geradewegs auf Pendletons Arbeitszimmer zu. Mit rasendem Herzschlag sah sie sich vorsichtig um. Keine Spur von Gästen oder Dienern: eine selten günstige Gelegenheit.

Der Türknauf ließ sich nicht drehen. Sie pflückte eine juwelenbesetzte Haarnadel aus ihrer Frisur und machte sich am Schloss zu schaffen. Die Haarnadel diente zwei Zwecken; als Dietrich und als Alibi. Pendleton hatte sie vorher durchs Haus geführt. Sollte er ihr nun im Arbeitszimmer begegnen, würde sie einfach behaupten, sie hätte ihren Haarschmuck verloren und sei auf der Suche danach hierher zurückgekehrt.

Das Schloss klickte; sie sah sich noch einmal rasch um und schlüpfte hinein. Ihr Blick wanderte über die barocke Pracht von Pendletons privatem Zufluchtsort. Gold und Samt, antike Möbel, die im Laufe der Jahrhunderte zur Ergötzung besuchender Monarchen gedient hatten – alles strotzte nur so vor Reichtum und Einfluss. Sie bekam eine Gänsehaut. Der Mann, dem dieses Zimmer gehörte, war mächtig... und man machte ihn sich besser nicht leichtfertig zum Feind.

Doch wenn Pendleton Rosie hatte, dann wehe ihm.

Mit entschlossenem Schritt ging Marianne zu dem wuchtigen Schreibtisch. Der Globus auf der Schreibunterlage ratterte, als sie an der obersten Schublade zerrte. Zu ihrer Überraschung glitt sie auf. Sie verstand auch gleich, warum: In keiner der Schubladen befand sich irgendetwas Außergewöhnliches.

Sie schnaufte aus und überblickte das Zimmer. *Wenn ich Pendleton wäre, wo würde ich meine Geheimnisse verbergen?* Sie ging hinüber zu den zwei großen Porträts an der gegenüberliegenden Wand. Den vornehmen, gezierten Posen nach zu schließen war es ein Werk des beliebten Gesellschaftsmalers Sir Thomas Lawrence. In dem einen Gemälde ließ ihr Gastgeber den Arm auf einer griechischen Säule ruhen; im anderen saß seine Frau Mama, eine streng dreinblickende Matrone, unter einer Trauerweide. Marianne fuhr mit den Händen die Kanten der schweren Bilderrahmen entlang, fand jedoch keine offensichtlichen Mechanismen, keine verborgenen Geheimfächer hinter den Gemälden.

Verflucht, hier im Arbeitszimmer muss es doch einen Hinweis geben. Ich übersehe doch etwas...

Ihr Blick kehrte zur Weltkugel auf dem Schreibtisch zurück. Plötzlich erinnerte sie sich an einen Globus, den ein Verkäufer ihr einst andrehen wollte. *Darin ist ein Geheimfach, Milady, ein Tresor für Ihren edlen Schmuck.* Sie ging hinüber und kauerte sich so hin, dass sie den Globus aus nächster Nähe betrachten konnte. Sie studierte die Inschriften auf der papiernen Oberfläche, fuhr mit den Fingerspitzen die Linien nach. Ihr Herzschlag ging schneller, als sie eine schwache, fast unmerkliche Rille entlang des Nördlichen Wendekreises bemerkte. Sie drehte den Globus weiter, bis ihr Zeigefinger auf einer Kerbe landete. Einer Art Schließmechanismus.

Sie führte ihre Haarnadel ein... und hinter ihr öffnete sich eine Tür.

„Was tun Sie denn hier?"

Sie schreckte vom Globus zurück und wirbelte herum. Da stand Pendelton im Türrahmen und starrte sie mit kalten Augen an. Ihr Herz machte einen panischen Satz, während er die Tür hinter sich schloss und mit bedrohlichem Blick auf sie zukam.

„M-Milord", stammelte sie.

„Was zum Teufel tun Sie in meinem Arbeitszimmer?"

Sie sammelte sich hastig. Mit ruhiger Hand hielt sie die Haarnadel hoch und sagte gefasst: „Ich habe hiernach gesucht. Sie muss mir aus dem Haar gefallen sein, als Sie mir vorhin Ihr Arbeitszimmer gezeigt haben." Mit einem leichtherzigen Lachen schüttelte sie sich die Röcke aus. „Albern, dass ich so viel Aufhebens wegen einer Haarnadel mache, ich weiß, aber sie ist zufällig mein Lieblingsstück."

Pendleton blickte sie weiterhin starr an. „Wie sind Sie hier hereingekommen?"

„Die Tür war nicht abgeschlossen", log sie geistesgegenwärtig, „und ich wollte niemanden wegen solch einer Kleinigkeit behelligen, also dachte ich, ich sehe rasch selbst nach. Oh je, ich hoffte, ich habe keine Aufregung verursacht, Milord?"

„Das hängt davon ab, ob Sie die Wahrheit sagen."

Bei diesen schroffen Worten ihres Gastgebers ging ein Schaudern über sie. *Ruhig bleiben. Du hast deinen Kopf schon aus engeren Schlingen gezogen.* Sie leckte sich die Lippen und schlug die Augen zu ihm auf. „Die Wahrheit, Milord? Wie äußerst drollig von Ihnen." Sie brachte es fertig, neckisch zu klingen. „Warum würde ich denn lügen?"

„Ich weiß nicht. Aber dann wiederum kenne ich Sie ja kaum, oder?"

Seine kühle Bemerkung sandte ihr einen warnenden Schauder über die Haut. Er trat noch einen Schritt auf sie zu, und sie wich zurück. Die Schreibtischkante rammte sich ihr in den Rücken. Er erhob eine Hand, und als sie zusammenzuckte, flackerte Vergnügen um seinen Mund.

Du sadistischer Hund. Deine Gattung kenne ich. Aber von mir bekommst du keine Befriedigung.

Sie zwang sich, stillzuhalten, während sein Finger mit dreister Zudringlichkeit den Saum ihres Mieders entlangfuhr. Ihre Haut kribbelte, doch sie sagte leichtherzig: „Das ist ein Versäumnis, das wir bei meinem Besuch hier gewiss leicht nachholen können."

„Warum nicht jetzt gleich?" Pendletons Lächeln war verächtlich und hart, ebenso wie derjenige Teil seiner Anatomie, der nun grob an sie stieß. „Deswegen sind Sie doch hier, oder? Für ein wenig Amüsement."

„So vergnüglich wie das klingt, Milord, man könnte uns sehen. Der mögliche Schaden an meinem Ruf–"

„An Ihrem Ruf? Dieses Scheunentor können Sie ruhig offenlassen – die Pferde sind längst auf und davon." Er lachte schneidend, und einen

Moment lang fuhr sein Finger in ihren Ausschnitt hinein. Sie ballte die Fäuste. Sie wollte sich ihre Chancen nicht vermasseln, doch wenn Pendleton sie noch weiter bedrängte… „Sie kleine Intrigantin, wir wissen doch beide, warum Sie hier sind." Während sich ihr die Kehle zuschnürte, grinste er: „Ihre entzückende Fotze ist der einzige Grund, warum ich Sie hier dulde. Meine Gastfreundschaft ist nicht geschenkt: Man muss sich sein Brot schon brav verdienen."

Die Echse war aus ihrem gepflegten Panzer gekrochen, zeigte sich in ihrer schleimigen Hässlichkeit. Ein typischer Mann eben. Plötzlich schoss ihr Kent in den Sinn, und der Schmerz stach sie zwischen die Rippen. *Ich dachte, du wärst anders…*

Entschieden lenkte sie ihre Aufmerksamkeit zurück auf ihr Dilemma. Ihre Faust zitterte. Wie gern wollte sie dem Earl das anzügliche Grinsen aus dem Gesicht schlagen. Doch Pendleton verbarg etwas, da war sie sich sicher. Sie musste also mitspielen, sich ihm nähern.

Sie durchdachte rasch ihre Möglichkeiten. Sie hatte geschworen, zu tun, was auch immer nötig war, um Rosie zu finden, doch die Vorstellung, einen Mann anzufassen, einen anderen Mann als Kent an sich heranzulassen…

Zur Hölle mit Ambrose Kent. Er hat mich schwach und töricht gemacht – wo ich mir doch geschworen hatte, mich nie wieder täuschen zu lassen. Ich muss auf meinen eigenen Füßen stehen, darf mich auf niemanden verlassen.

„Nun? Ich habe nicht ewig Zeit", sagte Pendleton.

Sie öffnete die Faust und hob ihre Hand zu seinem Jackenaufschlag – als es klopfte.

Pendleton fluchte. „Verhalten Sie sich still", sagte er. „Die gehen schon wieder."

Die Tür schwang auf.

„Lugo." Mariannes Stimme brach fast vor Erleichterung. Sie zog hastig ihre Hand zurück. *Danke, mein alter Freund.* „Stimmt etwas nicht?"

„Eine Nachricht ist für Sie eingetroffen, Milady." Lugo begegnete Pendletons wütendem Blick, ohne mit der Wimper zu zucken. „Es ist höchst eilig und verlangt Ihre unverzügliche Aufmerksamkeit."

„Natürlich. Sie entschuldigen mich, Milord?"

Pendletons Augen glitten von ihr hinüber zu der imposanten Gestalt ihres Lakaien. Mit schmalen Lippen trat er einen Schritt zurück. „Es scheint, wir müssen unser Gespräch ein anders Mal fortsetzen. Aber täuschen Sie sich nicht, Milady" –er packte ihren Arm, als sie an ihm vorbeischlüpfen wollte, und drückte so fest zu, dass sie sich ein Winseln verkneifen musste– „wir beide kommen *bestimmt* noch miteinander überein."

Sie befreite sich aus seinem Griff. Obwohl ihr Herz raste, machte sie einen kühlen Knicks. „Guten Tag, Milord."

Gefolgt von Lugo verließ sie das Zimmer.

Kapitel 33

Ambrose verließ Wapping Station. Sein Herz war so schwer wie seine Schritte. Er sagte sich selbst, dass er nicht überrascht sein sollte; es war nur eine Frage der Zeit gewesen, bis sich Dalrymple seiner entledigte.

Das selbstgefällige Gesicht seines Vorgesetzten blitzte in seinem Kopf auf:

Mein alter Freund Sir Coyner von Bow Street hat mich besucht, und er hatte so Einiges über Sie zu sagen, Kent. Freilich hat mich nichts davon überrascht – ich wusste schon immer, dass Sie zu groß für Ihre eigenen Stiefel sind. Aber mit einer Verdächtigen ins Bett steigen? Dalrymples kleine Augen hatten vor Schadenfreude gefunkelt. *Das ist ja der Gipfel. Ich kann nicht dulden, dass solch abscheuliches Verhalten den Leumund der Thames River Police beschmutzt. Packen Sie Ihre Sachen, Kent – Sie sind hier fertig. Und Ihre Laufbahn auch. Wenn ich das hier erst einmal herumerzählt habe, werden Sie nicht einmal mehr als Schuhschwärzer Anstellung finden.*

Die Dämmerung färbte den Himmel über ihm blutrot. Ambrose stapfte voran. Sein Herz und Verstand lagen in Trümmern. Nun wusste er zumindest, warum Marianne geflohen war. Irgendwie hatte sie von seinem einmaligen Auftrag von der Bow Street erfahren. Sie hatte Sir Coyner damit konfrontiert, und der Amtsrichter musste es ihr bestätigt haben.

Zur Hölle, wie hatte Ambrose alles dermaßen verderben können? Seine guten Absichten – sein Wunsch, sowohl Marianne als auch seine Familie zu schützen – hatten ihn in Teufels Küche gebracht. Sein Stolz, sein Hochmut, zu glauben, er könne für alles Verantwortung übernehmen, hatte am Ende allen, die er liebte, wehgetan.

Er suchte fieberhaft einen Ausweg: Er musste Marianne finden, ihr irgendwie erklären, dass er ihr die Wahrheit deswegen verschwiegen hatte, weil er wusste, was sie darauf erwidern würde. Er hatte sie nicht verschrecken wollen, weil er sie beschützen, weil er ihre Tochter finden wollte. Anders gesagt... dass er sie belogen hatte, war nur zu ihrem Besten gewesen.

Er zuckte innerlich zusammen. *Verfluchte Hölle.*

Wie hatte er sich nur jemals eingeredet, dass dies ein guter Gedanke war?

Bei allem, was Marianne durch Männer erlitten hatte, konnte er es ihr nicht verübeln, dass sie ihn nun hasste. Dass sie nichts mehr mit ihm zu tun haben wollte. Verflucht, er wusste, dass er ihr Vertrauen nicht verdiente.

Er stopfte die Hände in die Hosentaschen. Vielleicht sollte er lieber Coyner besuchen und versuchen, mit ihm die Dinge zu bereinigen. Denn wenn er das nicht tat, war es um seinen Lebensunterhalt geschehen. Die Woge, gegen die er sich bislang gestemmt hatte, brach auf seine Schutzwälle ein. Er konnte das kalte, dunkle Wasser geradezu über seinem Kopf zusammenschlagen fühlen.

Wenn du es nicht tust, wird deine Familie leiden. Ähm, Vater, die lieben Kleinen – landen bald auf der Straße. Und es ist alles deine Schuld.

„Mr. Kent! Warten Sie!"

Die leise, hechelnde Stimme schnitt in seine erbärmlichen Gedanken. Er drehte sich um und sah einen kleinen, verlotterten Mann mit einem zerbeulten Hut auf ihn zueilen.

„Trout?", sagte Ambrose stirnrunzelnd. „Was kann ich für Sie tun?"

„Es jeht eher darum, was ick für *Sie* tun kann." Willy Trout sah sich um und sagte: „Ick hab jefunden, wonachse suchen."

Ambrose wurde steif. Hatte Trout wohl Skinner ausfindig gemacht, den Runner, der Marianne bedrängt hatte?

„Wo ist er?", fragte er angespannt.

„Wie Se sagten, Männer sin Jewohnheitstiere. Er hat nen Freund, der bei Bottom's End so een Verbrechernest betreibt. Jut jelegen in der Nähe seener Laster: Weiber und Trank." Kopfschüttelnd wischte er sich mit seinem verschlissenen Ärmel die Nase. „Er versteckt sich vor irjendwat, soviel is sicher."

„Warum sagen Sie das?"

„Hat seen Namen jeändert. Nennt sich jetzt Tanner." Trout verdrehte die Augen. „Was ick so höre, isser schreckhafter als ne Jungfrau in der Hochzeitsnacht. Also, wennse ihm besuchen wollen, nehmense sich lieber in Acht."

Skinner war derjenige, der sich in Acht nehmen musste.

Selbst wenn seine Beziehung mit Marianne unwiederbringlich beschädigt war, dies Eine konnte er noch für sie tun. Das Letzte, was er noch zu ihrem Schutz tun konnte. Er hatte sie einmal im Stich gelassen – das würde nicht noch einmal geschehen.

Er ballte die Fäuste.

„Bringen Sie mich zu diesem elenden Bastard", sagte er.

* * *

Bottom's End machte seinem Namen alle Ehre, denn es lag in einem der jämmerlichsten Winkel des Elendsviertels. Der Mantel der Nacht hatte sich noch gar nicht vollständig darum gehüllt, und das Laster blühte schon in der Fäulnis der Straßen.

Zuhälter mit berechnenden Gesichtern standen an jeder Ecke, während ihre Huren sich den Passanten anbiederten. Trunkenbolde stolperten in und aus den Tavernen, und der Gestank nach Fusel und Müll vermischte sich Übelkeit erregend im schwülen, drückenden Dunst. Im Gewirr der engen Gassen regte sich kein Lüftchen, gab es nichts Reines oder Frisches.

Von einer Seitengasse aus beobachteten Ambrose und Trout die Hinterseite des Lasterhauses.

„Skinner müsste jeden Augenblick rauskommen. Er hat nen festen Zeitplan", sagte Trout.

Pünktlich wie ein Uhrwerk schwankte eine Gestalt aus dem Haus. Er sah sich um, nahm offenbar nichts Bedrohliches wahr, und öffnete mit einer Hand seinen Hosenstall, während er sich mit der anderen an der Hauswand abstützte. Grunzend erleichterte er sich.

„Das ist er wohl?", fragte Ambrose voller Abscheu.

Trout kniff die Augen zusammen und blickte in die Finsternis. Er nickte.

Wortlos übergab Ambrose Trout einen Beutel Münzen.

Trout nahm das Geld nicht an, sondern tippte sich an die Mütze. „Det jeht aufs Haus, Sir. Dafür, det se meen Bruder jeholfen haben", sagte er leise.

„Das war doch nur meine Pflicht–"

Doch Trout war schon mit der Dunkelheit verschmolzen. Verwundert steckte Ambrose sein Geld wieder ein und richtete seine ganze Aufmerksamkeit auf Skinner, der immer noch kräftig bei der Sache war. Verflucht, wieviel hatte der Hanswurst denn getrunken? Skinner grunzte und schüttelte noch ein paar Mal, dann packte er sein gutes Stück wieder ein und schwankte Richtung Norden. Ambrose stellte ihm nach.

Skinner schlängelte sich eine Gasse voller Karren und Menschen entlang. Das Gewusel bot Ambrose leichte Deckung; wann immer Skinner stehen blieb und einen glasigen, gehetzten Blick um sich warf, drehte sich Ambrose einfach zu einer Warenauslage oder tat so, als redete er mit jemandem in der Menge. Dass ein Fremder sie ansprach, wunderte die Leute gar nicht, denn sie waren viel zu angetrunken. Ambrose wurde sogar mehrmals freundschaftlich auf den Rücken geklopft. Endlich bog Skinner nach rechts ab und verschwand zwischen den engen Behausungen.

Ambrose zählte bis zehn und folgte ihm dann.

Elende Gestalten schürten offene Feuerstellen, deren Rauch die Luft erstickte. Ambrose zwinkerte, versuchte durch den Dunst zu blicken. Er erhaschte eine Bewegung – den Mantelzipfel von Skinner, der die Treppen hinunter flatterte. Ambrose arbeitete sich an den Obdachlosen vorbei zu der Stelle, an der er Skinner verschwinden sehen hatte. Es war eine Kellerwohnung – in Ort für die Ärmsten der Armen.

Ambroses Muskeln spannten sich an, er stieg in noch tiefere Finsternis hinab. Er fasste seinen Holzknüppel fester, als er die verfallende Tür angelehnt vorfand. Er stieß sie auf. Seine Sicht wurde pechschwarz, seine anderen Sinne erwachten schlagartig, der Druck in seinen

Adern stieg – und er fühlte die Regung, ehe er sie sah. Er duckte sich unwillkürlich und trat mit dem Bein danach.

Er hörte Skinner fluchen und einen Körper schwer zu Boden poltern. Im nächsten Augenblick war Ambrose auf seinem Angreifer. Der kämpfte, wehrte sich mit beträchtlicher Kraft. Ein gewaltiger Hieb traf Ambroses Schulter, sein Knüppel flog durch die Luft. Ambrose hielt seinen Widersacher weiter am Hals fest. Keuchend hob er eine Faust und pflügte sie in Skinners Kiefer.

Der stöhnte und Ambrose schlug erneut zu. Und wieder.

Als der Kampfesgeist den Bastard endlich verließ, griff Ambrose nach der Pistole in seinem Stiefel und entsicherte sie. Das tödliche Klicken ließ sein Gegenüber wissen, dass er es ernst meinte. Er stand auf und hielt seine Waffe auf die ächzende Gestalt gerichtet, während er auf einem Tisch eine Lampe fand und sie anzündete.

Schatten züngelten an den Wänden der elenden Behausung. Ambrose sah Skinner zum ersten Mal richtig an. Wie er so zusammengerollt und wimmernd auf der Seite lag, ähnelte der Kerl mit der angehenden Glatze und den schweren Hängebacken eher einem riesigen Säugling. Ein dunkles Rinnsal kam ihm aus der Nase. Wut brodelte in Ambroses Adern, als er daran dachte, dass Skinner Marianne bedroht hatte, ihr zu nahe gekommen war. Sein Griff um die Pistole wurde fester.

Skinners knopfiger Blick weitete sich beim Anblick der Waffe.

„Tun Sie mir nicht weh, bitte", keuchte der Bastard. „Was auch immer er Ihnen zahlt, ich zahle das Doppelte. Bitte, tun Sie mir nur nicht weh."

Ambrose kniff die Augen zusammen. „Wovon zur Hölle redest du da?"

„Ich weiß doch, dass *er* Sie schickt."

Skinner leckte sich die Lippen, verschmierte dabei das Blut, das darauf getropft war. Er kam auf die Knie und Ambrose zielte auf sein Herz.

„Noch eine Bewegung und ich schieße", warnte Ambrose.

Ein flehender Ausdruck kam über Skinners Züge. Seine Haltung war eher unterwürfig als bedrohlich. „Ich sag es keiner Menschenseele, ich schwör's beim Grab meiner Mutter. Sagen Sie ihm, dass ich es nicht tun werde. Sein Geheimnis ist bei mir sicher."

Eine plötzliche Ahnung schlängelte sich Ambroses Rückgrat hinunter. „Wie heißt er?"

Skinner erzitterte, sein Blick schoss nach links und nach rechts. „Wollen Sie mich prüfen? Wenn jemand fragt, sage ich kein Sterbenswörtchen, ich schwöre es. Über ihn und Leach. Sagen Sie ihm, sein Name kommt niemals über meine Lippen. Bitte töten Sie mich nicht", schluchzte er.

Ambrose richtete die Pistole zwischen Skinners Augen,

„Zum letzten Mal, seinen verfluchten Namen will ich", sagte er.

Kapitel 34

Zwei Tage später nahm Marianne vom Lakai die Botschaft entgegen und schloss die Tür zum Gästezimmer. Sie überflog die wenigen Zeilen.

„Was steht drin, Milady?", fragte Tilda.

Marianne zerknüllte das Papier. „Pendleton will mich treffen. Auf einer Lichtung gleich hinter dem Waldstück."

Lugo, der neben Tilda stand, schüttelte seinen dunklen Kopf. „Es ist eine Falle, Milady. Viel zu gefährlich. Sie wissen doch, was beinahe im Arbeitszimmer geschehen wäre–"

„Ich muss aber hin", sagte Marianne, obwohl ihr Herz wild schlug. „Ich bekomme Rosie nicht wieder, indem ich mich vor Pendleton verstecke. Ich bin hergekommen, um sie zu finden – und das werde ich auch."

„Vielleicht sollten Sie es sich noch mal überlegen, Milady." Ungewöhnlicherweise stellte sich Tilda auf Lugos Seite. „Es muss doch anders gehen. Vielleicht kommen wir wieder ins Arbeitszimmer des Earls…"

Marianne schüttelte den Kopf. „Pendleton hat dort jetzt rund um die Uhr einen Lakaien aufgestellt. Und ich bin mir sicher, dass was auch immer er da in diesem Globus versteckt hatte, längst verschwunden ist. Nein, uns läuft die Zeit davon. Ich muss mich ihm stellen, ehe er zu viel Verdacht schöpft und mich hinauswirft."

Aus den kalten Blicken, die er ihr am Vorabend beim Essen zugeworfen hatte, schloss sie, dass er sie nicht viel länger dulden würde, wenn sie ihn weiter vermied. Er hatte seinen Zug gemacht, indem er sie auf die Wiese eingeladen hatte. Nun war sie an der Reihe… oder sie musste nach Hause gehen.

Entschlossenheit plusterte ihr Rückgrat auf. Sie würde nicht aufgeben. Aber eine Närrin war sie auch nicht. Seit sie im Arbeitszimmer knapp einer Katastrophe entgangen war, hatte sie sich ein neues Kalkül ausgedacht. Rückblickend war ihr bewusst geworden, dass es nicht gerade das Vernünftigste gewesen war, zu Pendleton zu kommen – und Schuld daran hatte ganz eindeutig Kent. Sein Verrat hatte sie aus der Bahn geworfen, hatte sie fahrlässig gemacht. Und obwohl sie nun die Gefährlichkeit ihrer Lage sehen konnte, gab es kein Zurück mehr.

Die Zeit für verführerische Ränke war vorüber. Sie musste sich Pendleton stellen und Stärke beweisen. Sie würde ihm keine andere Wahl lassen, als die Wahrheit einzugestehen.

„Sie können Pendleton nicht alleine treffen", beharrte Lugo.

„Ich gehe ja auch nicht alleine." Sie ging zum Schrank und holte ihre hölzerne Schatulle heraus, die sie unter ihren Unterröcken verborgen hatte. Sie öffnete den Deckel und holte die perlenbesetzte Pistole heraus. „Ich nehme einen Gefährten mit."

Lugo schüttelte den Kopf. „Und wenn der Earl Ihnen nicht sagt, was Sie hören wollen? Dann greifen Sie wohl zur Waffe? Dann erschießen Sie einen Lord des Königreichs?"

„Ich werde tun, was nötig ist", sagte sie gefasst.

„Oh, Milady", rief Tilda händeringend, „dafür könnten Sie hängen!"

„Mir bleibt keine Wahl." Marianne ließ die Pistole in die verborgene Tasche ihres kirschroten Rocks gleiten. Sieben Jahre trauerte sie nun schon, und konnte keine Minute länger ertragen. Ohne Primrose war ihr Leben nichts wert...

Und ohne Ambrose.

Dieser ungebetene Zusatz durchlöcherte ihre Sinne, entlud sich heiß und wund in ihrer Brust. *Lass dich gar nicht darauf ein. Denk nicht daran.*

„Doch, das haben Sie, Milady. Ich meine, eine andere Wahl." Lugo war unruhig, hüstelte in seine Faust. „Da gibt es etwas, was ich Ihnen sagen sollte."

Sie hatte das Gefühl, dass es ihr nicht gefallen würde, was auch immer es war. Sie hob eine Augenbraue, wartete ab.

Der Diener atmete schnaufend aus. „Sie könnten auf Mr. Kent warten. Er wird Ihnen helfen."

„Das haben wir doch bereits besprochen. Ich kann ihm nicht tr–" Etwas an Lugos drucksender Haltung ließ sie innehalten. In ihren Ohren begann es zu hämmern. „Was soll das heißen, auf Kent *warten*?"

„Ich habe ihn benachrichtigt", murmelte Lugo.

„Du hast *was*?"

„Nach dem Vorfall im Arbeitszimmer von Pendleton sah ich keinen anderen Ausweg. Sie sind nicht Sie selbst – nicht bei klarem Verstand." Er verschränkte seine kräftigen Arme. „Sie brauchen Hilfe, Milady, ob es Ihnen zusagt oder nicht. Ich habe die Botschaft vor zwei Tagen versandt. Mr. Kent sollte jeden Augenblick hier sein."

Verfluchte Hölle. Et tu, Lugo?

„Und wie soll mir denn bitte mit deiner Treulosigkeit gedient sein?", fragte sie in wütender Ungläubigkeit.

„Lugo wollte doch nur helfen–", hob Tilda an.

„Ich diene Ihnen, so gut ich kann", sagte Lugo mit zusammengekniffenem Blick, „und deshalb habe ich Mr. Kent benachrichtigt. In meinen Augen hat sich der Mann bewährt. Was auch immer Ihr gegenwärtiges Zerwürfnis ist, er hat Sie immer wieder beschützt. Und dennoch schwören Sie so leicht von ihm ab."

Das schmerzte. „Er war derjenige, der *mich* betrogen hat, der gelogen hat–"

„Mr. Kent erscheint mir nicht die Sorte Mann zu sein, der grundlos lügt. Warum überlegen Sie nicht erst einmal, was sein Beweggrund gewesen sein könnte?"

Trotz des verzweifelten Flatterns in ihrer Brust stählte sie sich. Sie hatte einen hervorragenden Grund, warum sie nicht über Kents zahllose mögliche Rechtfertigungen nachgrübeln wollte: Sie traute sich selbst nicht. Die erniedrigende, schändliche Wahrheit war, dass ihr schlechtes Urteilsvermögen in Bezug auf Männer ihr Untergang war. Sie hatte sich unzählige Male vom anderen Geschlecht anlügen und hintergehen lassen, und sie allein war daran schuld. Es war ihre Schwäche, ihre Achillesferse – und genau das hatte sie Primrose gekostet.

Und es wäre so leicht, Kent wieder zu erliegen. Sich seine Erklärungen anzuhören, ihm ihr schwaches, verräterisches Herz wieder zu öffnen…

„Für Hintergehung gibt es keine Entschuldigung", sagte sie verbissen.

Lugos Blick blieb standhaft. „Weil Sie ein gebranntes Kind sind, fliehen Sie gleich beim ersten Anzeichen von Rauch. Ihre Furcht beeinträchtigt in diesem Fall Ihr Urteilsvermögen. Sie wollen gar nicht wissen, von wem die Botschaft kam, die Kent mit Bow Street in Verbindung gebracht hat. Welchen Beweggrund–"

„Wer auch immer mir diese Botschaft gesandt hat, hat mir einen Gefallen getan! Dass Kent mich für die Bow Street ausspioniert hat, ist eine *Tatsache*. Sir Coyner hat es bestätigt."

Wie hatte sie sich nur wieder dazu hinreißen lassen, jemandem zu trauen? Scham krallte sich in sie, ihr Kopf dröhnte vor der Anstrengung, all ihre Versagen, all die Dämonen der Vergangenheit im Zaum zu halten. Doch ihre Klauen schlitzten sie dennoch auf, die Wahrheit sickerte finster durch.

Du dummes Luder! Das erregte Gesicht ihres Vaters, seine schwere Faust. *Du hast dir dein Bett gemacht, jetzt legst du dich gefälligst auch rein...* Dravens höhnisches Gesicht, seine Fingernägel, die sich in ihre Kopfhaut gruben. *Du bist nichts weiter als eine nutzlose Hure. Deine Tochter büßt für deine Sünden.* Und dann ihr Handel mit dem Teufel höchstselbst, Bartholomew Black: *Eenes Tages hol ick mir, wat mir zusteht...* Ihr schwirrte der Kopf, als die Gesichter von Skinner und anderen Männern in eines verschwammen... *Dumme Hure, du tust, was ich dir sage – füge dich mir...*

Niemals. Ihr Atem ging rasselnd in ihrer Lunge. *Nie wieder.*

Es wird so sein, wie ich es will. Oder gar nicht.

„Milady–"

„Ich hole mir meine Rosie wieder, und zwar jetzt sofort", sagte sie verbissen. „Nichts hält mich davon ab."

Sie rauschte blindlings an Tilda und Lugo vorbei zur Tür. Während sie den Flur entlang marschierte, wusste sie, dass die Hölle sie erwartete. Die hatte sie verdient, und diesmal würde sie sich ihr stellen oder dabei zugrunde gehen.

* * *

Ambrose raste durchs Gehölz, sein wacher Blick suchte die Laubbäume und die hohen Gräser nach einer Spur von Marianne ab. Lugo holte ihn keuchend ein.

„Wo zum Teufel ist sie?", schnappte Ambrose.

Der Lakai schüttelte den Kopf. Ambroses Besorgnis stand auch ihm ins Gesicht geschrieben.

Ambrose war vor weniger als einer Viertelstunde an Pendletons Gut angekommen und einem verstörten Lugo begegnet. Offenbar hatte Ambrose Marianne gerade verpasst. Sie sollte sich auf dem Weg zur Weide befinden, wo sie sich Pendleton stellen wollte. Doch keine Spur von ihr. Seine Brust zuckte vor Angst.

Sie ist in Gefahr. Ich muss zu ihr.

„Wir trennen uns." Ambrose konnte in der Entfernung Licht sehen, die klare Waldlichtung, die hier solch erstklassiges Jagen erlaubte. „Ich gehe nach Westen, Sie gehen an der Ostseite herum. Wir müssen sie finden, Mann."

Lugo nickte hastig und sie trennten sich wortlos.

Angst um Marianne pumpte Ambroses Blut, trieb seine stampfenden Schritte über den moosigen Waldboden. Es war zu still hier, zu abgeschieden. Bestens geeignet für einen Überfall. Seine Instinkte schärften sich, seine Sinne waren in höchster Bereitschaft. Durch die an ihm vorbeiziehenden Bäume sah er Rehe auf der Wiese. Sie stellten die Ohren auf, während er an ihnen vorbeihastete.

Wo zum Teufel bist du, Marianne?

Dann sah er sie. In der Entfernung zeichnete sich ihr beerenroter Gehrock hell gegen das Grün ab. Sie stand am Waldesrand, zwischen Licht und Dunkel, und die Furcht verlieh ihm eine ungeahnte Woge der Kraft. Er spurtete auf sie zu, schrie ihren Namen. Sie drehte sich um. Ihre Augen leuchteten hell in ihrem bleichen Gesicht.

„Fort mit dir, Kent", sagte sie.

Er blieb ein paar Schritte von ihr entfernt stehen. Sein Blick fiel auf die Pistole, die sie auf seine

Brust gerichtet hielt. Mit rasselnder Lunge sagte er: „Marianne, komm her. Lass mich erklären-"

„Ich sagte, *fort*. Ich will deine Lügen nicht mehr hören. Nun scher dich weg oder, so wahr mir Gott helfe, ich schieße wieder auf dich", zischte sie.

Er kam noch einen Schritt näher. „Dann schieß. Aber du musst mich anhören, du schwebst in Gefahr-"

„Das habe ich dir zu verdanken." Hochrot entsicherte sie ihre Pistole. „Ich weiß, dass du mich beschattet hast, ich weiß, dass alles zwischen uns nur eine Lüge war!"

Er hatte keine Zeit, mit ihr zu streiten. Er stürzte nach vorne, um ihren Arm einzufangen. Er verdrehte ihr rasch und zugleich behutsam die Hand – gerade genug, dass sie die Waffe auf den Boden fallen ließ. Sie fluchte, wehrte sich gegen ihn.

Er aber hielt sie fest und knurrte: „Coyner hat Rosie. Der verfluchte Amtsrichter hat dein Kind, hörst du mich?"

Marianne hielt inne, mit großen Augen: „Was?"

„Ich erkläre dir alles, aber erst müssen wir hier weg–"

Aus dem Augenwinkel nahm er eine Regung wahr. Sein Kopf zuckte in Richtung Wiese; sein Blick fiel auf eine Bewegung zwischen den Bäumen auf der anderen Seite der Lichtung. Das Sonnenlicht glänzte auf den Blättern und auf einem braunen Schopf...

„Coyner!", brüllte er.

Aus den Bäumen barst eine Rauchwolke. Ambrose stieß Marianne zu Boden, schützte sie mit seinem Körper, während der Knall das Vogelgezwitscher zerriss–

Eine gewaltige Wucht hieb auf ihn ein, warf ihn nach hinten. Er landete, blinzelte auf zum löchrigen Baldachin aus Laub, geblendet vom tanzenden Licht. Seine Ohren begannen zu klingeln, doch darüber glaubte er, seinen Namen zu hören. Licht strahlte über sein Gesicht. Seidener Sonnenschein und der Geruch nach Sommerregen. Das Laub wurde zu Smaragden, und er schloss lächelnd die Augen, ehe der Schmerz ihn in einem gewaltigen Rauschen fortraffte.

Kapitel 35

Gemeinsam brachten Marianne und Lugo Ambrose zurück zum Hauptgebäude. Im Foyer schenkte Marianne den entgeisterten Blicken der anderen Gäste keine Beachtung. Ihr Herz hämmerte, als sie sah, wie bleich Ambrose war, wie das Blut sein Hemd tränkte.

„Was zur Hölle geht hier vor?", fragte Pendleton herrisch, während er auf sie zuschritt.

„Jemand wurde angeschossen", sagte Marianne erstickt. „Wir brauchen ein Zimmer und einen Arzt, sofort."

Pendleton blickte kurz auf Ambrose, der über Lugos Schulter lag. „Den Teufel werde ich tun.

Was schert es mich–"

„Er wurde auf Ihrem Gut angeschossen. Von Gerald Coyner – den Sie, glaube ich, kennen?", sagte sie gefasst aber eisern.

Die Farbe wich aus dem Gesicht des Earls. Er erholte sich jedoch sogleich und bellte einem seiner Lakaien zu: „Bringen Sie den Mann auf ein Zimmer. Und lassen Sie den Dorfarzt holen."

Der Arzt kam kurz später an. Marianne hielt beim Bett Wache, während der Alte an Ambroses Arm herumgrub wie ein eifriger Bergmann auf der Suche nach Erz. Sie hielt Ambroses gesunde Hand fest, fühlte die stummen Schauder, die seinen Körper rüttelten. Hilflos wünschte sie sich, sie könnte irgendwie seinen Schmerz in sich aufnehmen. Nachdem er die Kugel entfernt und die Wunde mit Branntwein gesäubert hatte, holte der Arzt Nadel und Faden hervor. Schließlich verlor Ambrose das Bewusstsein – was nur gut war, wie der Arzt ihr versicherte.

Nun, als finster der Morgen dämmerte, teilte Marianne seine Einschätzung nicht mehr. Im Kerzenschein schimmerte Ambroses Haut feucht. Sein Stöhnen trieb ihr die Tränen in die Augen. Weil sie nicht wusste, was sie sonst tun sollte, flüsterte sie ihm beruhigend zu und wechselte den feuchten Wickel auf seiner Stirn. Sie biss sich auf die Lippen, denn der Stoff dampfte geradezu, war glühend heiß.

„Warum geht es ihm denn nicht besser?", fragte sie mit brüchiger Stimme.

„Der Arzt sagte, mit een wenig Fieber müssen wir rechnen", sagte Tilda von der anderen Seite des Betts. „Mr. Kent hatte nen Schutzengel, meine ich. Die Kugel hätte viel mehr Schaden anjerichtet, wenn se nüscht nur ins Fleisch jegangen wäre."

Schuld drang durch jede Faser von Mariannes Wesen. Während sie eine frische kühle Kompresse auflegte, verweilten ihre Finger auf Ambroses stoppeliger Wange.

Es war ihre Schuld. Da lag er nun, verletzt und leidend, ihretwegen. Er hatte sie schon wieder beschützt – oh Gott, er hatte eine *Kugel* abbekommen, die ihr bestimmt gewesen war. Warum hatte sie ihm keine Gelegenheit gegeben, die Sache mit Bow Street zu erklären? Warum war sie geflohen, anstelle sich ihren wahren Gefühlen zu stellen? Sie hatte sich davor gefürchtet, ihr Herz zu öffnen; nun lag es weit aufgerissen da und sie konnte sehen, was sich darin befand. Ein Schluchzen blieb ihr in der Kehle stecken.

Vergib mir, Liebster. Vergib mir, dass ich die größte Närrin war. Du kommst durch, du kommst durch, oder sonst–

„Ruhense doch ein wenig, Milady", sagte Tilda sanft. „Sie sitzen nun schon Tag und Nacht bei Mr. Kent–"

Marianne schüttelte den Kopf. „Ich weiche nicht von seiner Seite." *Nie wieder.*

Tilda seufzte. „Ich hoffe, Lugo kommt bald wieder."

Nachdem Ambrose versorgt war, war Lugo nämlich nach London aufgebrochen. Marianne hatte ihn geschickt, um die Kents und Hartefords zur Verstärkung zu holen, denn sie vertraute nicht darauf, dass Pendletons widerwillige Gastfreundschaft andauern würde. Ihre Furcht um Ambrose hatte sie dazu getrieben, etwas zu tun, was sie noch nie zuvor getan hatte: Sie hatte Helena geschrieben und um Hilfe angefleht. In ihrem Brief hatte sie ihr ihre Geheimnisse offenbart – ihre Affäre mit Thomas, Rosie, alles.

Sie betete, dass ihre Freundin die Dringlichkeit der Lage verstehen und sie nicht im Stich lassen würde.

Sie hörte Ambrose murmeln und lehnte sich besorgt zu ihm hinüber.

„Ja, mein Schatz? Ich bin hier", sagte sie und drückte ihm dabei die Hand.

Seine dichten Wimpern hoben sich zu ihr, sein Blick war benommen. „Coyner... Coyner hat Primrose... ich muss ihn finden..."

„Pst, Liebster, ganz ruhig." Sogar in diesem Zustand sorgte Ambrose sich noch um die Sicherheit ihrer Tochter. Gott, wie hatte sie je an ihm zweifeln können? Voller Schuldgefühle sagte sie belegt: „Wir finden Coyner. Der Bastard kommt nicht weit." Sie drückte ihm einen Kuss auf die Fingerknöchel. „Aber erst musst du dich ausruhen. Du musst gesund werden, mein Schatz."

Er zog eine harsche Grimasse. Seine vergrößerten Pupillen verdunkelten seinen sonst hellen Blick, und sie war sich nicht sicher, ob er sie überhaupt wahrnahm.

„Ein Narr war ich, zu lügen", sagte er mit dumpfer, kehliger Stimme. „Hatte Angst, du verstößt mich... wollte dich doch beschützen, dein Kind finden..."

Schlimmere Schuldgefühle, als sie im Augenblick empfand, gab es wohl gar nicht. Ihr Blick verschleierte sich. „Pst. Liebster. Ist schon gut. Ich verstehe."

„Hab gekündigt... nach fünf Tagen. Nach unserem ersten Mal zusammen." Seine Wimpern senkten sich, er verzog das Gesicht. „Hab *alles* verloren. Kann für niemand sorgen, nicht für dich, nicht für meine Familie. Es tut mir so–"

Sie legte einen Finger auf seine Lippen. „Nichts muss dir leidtun. Ich habe alles verdorben. Aber wir reden später, wenn es dir besser geht. Du musst dich erholen. Es braucht dich nämlich nicht nur deine Familie, weißt du." Ihre Stimme bröckelte ein wenig. „Ich brauche dich auch."

Sein Kopf wühlte sich unruhig ins Kissen und sie wusste, dass er der Wirkung des Opiums und seinem Schmerz nachgab.

„Ruh dich aus, Schatz", flüsterte sie. „Nicht überanstrengen."

557

Seine Wimpern waren wie dunkle Halbmonde gegen seine bleiche Haut. Sein Atem rasselte zwar, ging aber ein wenig ruhiger. Sie hielt seine Hand noch immer fest und wachte weiter über ihn. Und betete.

* * *

„Nach London, und zwar hurtig!", bellte der Gentleman, während er in die Kutsche stieg.

„Jawohl, Sir Coyner. Sofort." Der Kutscher ließ die Peitsche schnalzen und die Droschke sprang nach vorne.

Erst als das Gefährt Pendletons Ländereien hinter sich gelassen hatte, wagte Gerald Coyner wieder durchzuatmen. Er griff mit zitternder Hand nach seinem Taschentuch. Er tupfte sich das verschwitzte Gesicht ab, versuchte, seine wirren Gedanken zu ordnen.

Dieser verfluchte Kent. Er hat alles verdorben. Aber er kann Primrose nicht haben – sie ist mein!

Wie hatte das alles so kommen können? Er hatte Kent gewählt, weil er ein untertäniger Niemand war – ein Mann, der aufgrund seiner Ehrfurcht vor Recht und Ordnung eigentlich das beste Werkzeug hätte sein sollen. Ein Fußsoldat, treu und entbehrlich. Anstelle aber die Beweise zu erbringen, mittels derer man die verdammte Hure Draven zu Fall bringen konnte, hatte Kent sie stattdessen immer wieder *gerettet*. Und wozu? Um sich zwischen ihre gut abgewetzten Schenkel zu legen?

Coyner schüttelte sich vor Abscheu. Er hatte dafür gesorgt, dass der Apfel – seine süße, fast reife Frucht – in diesem Fall sehr weit vom Stamm fiel. Primrose war der Inbegriff von Reinheit und Unschuld. Beim Gedanken, dass er sie verlieren könnte, wurden seine Handflächen feucht.

Nicht nach alldem, was ich getan habe, nach all der Zeit, die ich ausgeharrt habe. Primrose gehört mir.

Die Wut vertrieb seine Furcht ein wenig. Er würde seinen Schatz niemals aufgeben. Tat es ihm leid, dass er nun sein altes Leben hinter sich lassen musste? Vielleicht. Doch er war ein anpassungsfähiger Mann; wenn er Eton und seine Mutter überstehen konnte, dann überstand er dies hier auch.

Der Gedanke an Vergangenheit wühlte in seinem Magen. Das Leben war so verdammt ungerecht. Pendleton, Ashcroft und Boyer konnten sich alles erlauben, während *er* sich abmühen und in Furcht leben musste. Diese drei Bastarde hatten Abscheuliches verbrochen, hatten vergewaltigt, Unzucht getrieben, sich am Elend anderer ergötzt. Coyners Einfall, die Datumsangaben auf den Rechnungsbelegen von Leach zu fälschen, war brillant gewesen: Sollte die Hure Draven nur die Sünden dieser Männer ans Licht bringen, Schande über sie kommen lassen. Falsche Fährten und *Gerechtigkeit*, besser konnte es doch nicht gehen.

Und dennoch war aus seiner List nichts geworden.

Stattdessen wurde *er* verfolgt, und wofür? Er wollte sich doch nur um seine Primrose kümmern. *Süße Blume, du allein verstehst mich. Ich beschütze dich, ich lasse nichts zwischen uns kommen.* Wenn es soweit war, würde Primrose nicht mehr sein Mündel sein, sondern seine ergebene, liebende Gemahlin. Er wurde steif, stellte sich ihren kleinen Körper neben seinem vor. Oh, wie er sich auf einen Neuanfang freute. Ein neues Leben, das allein von seinen Wünschen bestimmt würde.

Um es zu erreichen, musste er nun allerdings äußerst vorsichtig vorgehen. Für seine Flucht hatte er nicht viel Zeit – ein, zwei Tage höchstens. Im Augenblick hatte Lady Marianne alle Hände voll zu tun, ihren verletzten Liebhaber zu pflegen… Ärger stichelte Coyner erneut. Er hätte sie und Kent vielleicht beide erledigen können, wenn dieser hünenhafte Afrikaner nicht zu ihrer Rettung geeilt wäre. Sein Magen verkrampfte sich, er zwang sich, durchzuatmen. Wenigstens hatte er mit der Kugel vielleicht Kent den Garaus gemacht.

Von dieser Möglichkeit getröstet ließ Coyner seine Pläne Revue passieren. Er würde kurz in London halten, um das Nötigste zu packen. Dann würde er seine hübsche Blume aus dem geheimen Garten pflücken, wo er sie all die Jahre gehegt hatte. Zusammen würden sie dann in andere Gefilde reisen und diesen verfluchten, barbarischen Ort hinter sich lassen.

Die Vision seiner Zukunft an der Seite seiner kindlichen Braut beruhigte ihn.

Kapitel 36

Langsam wurde die Welt um ihn herum wieder scharf. Ermattet nahm Ambrose wahr, dass er in einem fremden Bett lag. Die Möbel waren vornehm, das zwischen den Vorhängen durchscheinende Licht bleich. Auf dem Stuhl neben ihm döste...

„Marianne?" Seine Stimme war heiser und undeutlich.

Ihr Kopf fuhr hoch. Sie zwinkerte ihn an, ihr Haar fiel ihr zerzaust über die Schultern. Ihr Gesicht wurde unscharf, dann sah er sie wieder klarer. Er versuchte, seine Benommenheit abzuschütteln. Er fühlte, dass seine Hand gedrückt wurde, und diese Berührung erdete ihn.

„Wie fühlst du dich?", fragte sie sanft.

„Wie der Leibhaftige." Er zog dabei eine Grimasse, denn die Worte schabten über seine trockene Kehle. Sein Schädel dröhnte, als ob er humpenweise billigen Fusel getrunken hätte, und als er sich bewegte, loderte Feuer durch seinen rechten Arm. Schwer atmend blickte er an sich herab und sah, dass sein Oberarm verbunden war. Da kam ihm alles wieder.

Die Jagd nach Marianne durchs Gehölz. Coyner. *Der Schuss*.

Furcht ließ ihn auffahren: „Geht es dir gut?", fragte er verbissen.

„Mir geht es gut. Nachdem du mich gerettet hattest, kam Lugo und schlug Coyner in die Flucht." Marianne schob ihn sachte in die Kissen zurück. Ihre weiche Handfläche legte sich auf seine Stirn. „Das Fieber hat sich gerade erst gelegt, mein Schatz, sei also vorsichtig. Hier, trink einen Schluck hiervon, aber nicht hastig."

Sie setzte sich neben ihm aufs Bett und hielt ihm ein Glas an die Lippen. Das kühle Wasser rann seine vertrocknete Kehle hinab, und er konnte nicht anders als gierig zu schlucken. Als er fertig war, tupfte ihm Marianne mit einer Serviette die Lippen ab.

„Wir müssen Coyner finden–", hob er an.

„Ruhig, mein Schatz. Du musst dich schonen."

„Coyner hat deine Tochter." Die Dringlichkeit der Lage klärte ihm den Kopf. „Er hat Leach angeheuert, um Primrose von Mrs. Barnes zu kaufen."

„Woher weißt du das?", fragte sie.

„Ich habe Skinner gefunden, und er hat mir alles erzählt", sagte Ambrose. „Als du ihn damals angeheuert hast, ist er Leach gleich auf die Spur gekommen. Er hat dem Anwalt wochenlang nachgestellt. Schließlich hat er Leach und Coyner bei einem Treffen belauscht. Er hat mitbekommen, wie der Anwalt Coyner um noch mehr Geld zu erpressen versuchte, dafür dass er über Rosies Kauf weiterhin Stillschweigen wahrt."

Marianne erbleichte. „Warum hat Skinner mir das nicht gesagt?"

„Da er zuvor schon für Coyner gearbeitet hatte, wusste Skinner, dass er es mit einem mächtigen und unerbittlichen Mann zu tun hatte. Deswegen ist Skinner auch verschwunden: Er hatte Angst vor Coyner. Davor, wie weit Coyner wohl gehen würde, um sein Geheimnis zu wahren. Coyner hat den Anwalt umgebracht, und das im Wald war auch er." Ambroses Kiefer verkrampfte sich. „Er räumt hübsch ordentlich auf."

„Du hast Skinner ausfindig gemacht... für mich?", fragte Marianne.

Ambrose zuckte mit dem Kinn. „Um den musst du dir keine Sorgen mehr machen. Um aber Coyner einzuholen, müssen wir handeln–"

„Ambrose, kannst du mir je verzeihen?" Erschrocken nahm er wahr, wie holprig ihre Worte waren, wie feucht ihre Wangen schimmerten. Mit gesenktem Blick sagte sie: „Ich – ich habe dich abscheulich behandelt. Ich war schrecklich zu dir, wo ich dir doch hätte vertrauen sollen. Wo du mir doch stets nur geholfen hast."

„Nein, mein Schatz", erwiderte er mit belegter Stimme und fasste ihre Wange mit seiner gesunden Hand. „Ich hätte dir von Anfang an die Wahrheit sagen sollen. Dass ich von Bow Street damit beauftragt worden bin, dich zu beschatten.“

„Und warum hast du das nicht?“, flüsterte sie.

„Als ich den Auftrag annahm, wusste ich nicht, dass du die Verdächtige warst. Nach unserem ersten Mal ging ich zu Coyner, um zu kündigen, aber der beendete den Auftrag von sich aus. Er ließ mich Geheimhaltung schwören, sagte, dass ich nie wieder Arbeit finden würde, wenn ich auch nur einer Menschenseele von dem Fall erzählte.“

„Ich verstehe. Du brauchtest dein Einkommen, um für deine Familie zu sorgen. Sie haben Vorrang, und das sollten sie auch“, sagte sie zittrig.

Er atmete aus. „Das war nur einer der Gründe – und spielte wohl eine kleinere Rolle, als mir lieb ist. In Wahrheit habe ich dir nichts gesagt, weil ich... ein Feigling war.“

Ihre Stirn legte sich in Falten.

„Ich wollte dir von Bow Street erzählen. Doch ich fürchtete, du würdest dich von mir abwenden.“ Er schüttelte den Kopf über seinen eigene Dummheit und sagte: „Ich wollte dich schützen, wollte dir helfen, Primrose zu finden, und ich wusste, dass du mir nicht mehr trauen würdest, wenn du die Wahrheit erführest."

„Weil ich so aufgebracht war?", sagte sie und biss sich dabei auf die Lippe. „Darüber, dass du den Gehilfen von Leach ohne mein Wissen befragt hast?"

„Und weil du mir erzählt hattest, wie du in der Vergangenheit hintergangen worden warst. Wie hätte ich erwarten können, dass du mir vertraust, nach allem, was du durchgemacht hattest?" Er atmete noch einmal durch. „Ich redete mir selbst ein, dass eine Täuschung bedeutungslos wäre, weil ich ja meine Verbindung mit Bow Street gekappt hatte und dich von jenem Augenblick an schützen würde. Doch eine Lüge bleibt eine Lüge. Und ich flehe dich um Verzeihung an, Marianne."

„Ich verzeihe dir", sagte sie ruhig. „Und wenn es nur deswegen ist, weil meine eigenen Sünden noch viel schlimmer sind als deine. Ich hätte mich nicht so töricht verhalten sollen – zu Coyner zu gehen, wenn ich doch dich hätte fragen sollen."

567

„Dich trifft keine Schuld. Wenn ich die Wahrheit gesagt hätte, hättest du gar keinen Grund gehabt, den Schurken aufzusuchen. Er hat uns gegeneinander ausgespielt."

„Unter welchem Vorwand ließ er mich beschatten?"

„Coyner behauptete, dass sich ein anonymer Auftraggeber an Bow Street gewandt hatte, um eine mutmaßliche Anarchistin beschatten zu lassen. In Wahrheit gab es keinen Auftraggeber – Coyner hatte die ganze Geschichte erfunden."

„Warum?", flüsterte Marianne.

„Ich glaube, er wollte dich einfach überwachen lassen. Wollte Auskünfte, um dich verleumden und jegliche Anschuldigungen gegen ihn selbst von sich weisen zu können, falls du je ihm auf die Schliche gekommen wärst. Ich glaube auch, dass er dir den Mord an Leach anhängen und sich auf diese Weise gleich zweier Ärgernisse gleichzeitig entledigen wollte."

„Hast du ihm denn geglaubt... ich meine, dass ich Anarchistin sei? Das hast du bestimmt, so wie ich mich verhalten habe, dich angeschossen hatte, und du mich kurz darauf auch noch bei Leach antrafst..." Sie senkte den Blick.

„Nachdem ich dich kennen gelernt hatte, wusste ich, dass du keine Anarchistin bist", sagte er.

„Wie kannst du das sagen? Ich habe so niederträchtige Dinge getan." Ihre Kehle regte sich. „Ich habe ein uneheliches Kind, ich habe mich selbst erniedrigt, und ich habe Dinge getan, die keine anständige Frau je tun würde."

„Und immer aus Liebe." Mit seinem Daumen wischte er die Tränen weg, die ihr lautlos über das Gesicht rannen. „Marianne, du bist die tapferste Frau, die ich kenne. Du hast überlebt, durch deinen Scharfsinn und Verstand und reine Willenskraft. Wie könnte ich dich und deine Hingabe zu deiner Tochter nicht bewundern?"

„Ich verdiene es nicht, dass du so gut zu mir bist", sagte sie und legte seine Hand auf ihre feuchte Wange. Der Ausdruck in ihren Augen war so reuig und sanftmütig, dass ihm der Atem ausblieb. „Du bist ein zu edler Mann für mich, Ambrose."

„Das Gegenteil ist der Fall. Marianne, ich–"

Stimmen und ein Trampeln auf dem Flur schnitten ihm das Wort ab. Die Tür flog auf und seine Familie kam in die Kammer geschwärmt.

„Ambrose!" Polly kam als Erste auf ihn zugestürzt. Marianne trat beiseite, um sie vorbeizulassen.

„Sei vorsichtig mit seiner Wunde, Polly", schimpfte Emma, die dicht hintendrein folgte.

„Es geht schon", versicherte Ambrose.

Polly stellte sich auf die Zehen und küsste ihm vorsichtig die Wange. „Ich hatte solche Angst um dich", gestand sie. „Lugo sagte, man hätte auf dich geschossen und—"

„Wie geht es dir?", fragte Violet, die versuchte, hinter den anderen beiden hervor zu spähen. „Brauchst du etwas? Wir haben etwas Essen dabei–"

„Er hat wahrscheinlich keinen Hunger, du albernes Mädchen. Wenn man Blut verliert, ist das Wichtigste, dass man genug trinkt. Das habe ich in einem medizinischen Buch gelesen." Vom Fußende des Betts sah ihn sein jüngerer Bruder mit einem ernsten Blick von Mann zu Mann an. Dann fügte er hinzu: „Die Mädchen haben sich rechte Sorgen gemacht. Aber ich habe ihnen versichert, dass du schon durchkommst."

Ambrose sah die besorgte Falte zwischen den Augenbrauen des Knaben und sagte sanft: „Da hattest du recht, Harry. Es geht mir ganz gut und ihr braucht euch nicht zu sorgen."

„Nun, da wir hier sind, kümmern wir uns um dich", sagte Emma.

„Vielleicht braucht unser Bruder ja am allermeisten Ruhe." Dies kam von Thea, die mit ihrem Vater ins Zimmer kam. Sie lächelte ihr sanftes Lächeln. „Du musst erschöpft sein, Ambrose."

Ambrose wollte gerade verneinen – als sich das Zimmer plötzlich zu drehen begann.

„Wir lassen ihn am besten allein." Auf seinen Gehstock gelehnt kam Samuel nach vorne und beäugte das Bett. Er sagte rau: „Hast du alles, was du brauchst, Sohn?"

„Ja. Marianne hat sich um mich gekümmert", sagte Ambrose.

Sechs Augenpaare richteten sich auf Marianne, die sich still in eine Ecke zurückgezogen hatte.

„Nun denn. Schön, den Jungen in guten Händen zu wissen", sagte Samuel.

Marianne errötete, ein wahrlich seltener Anblick.

„Danke, Milady", sagte Emma. „Du siehst aus, als könntest du selbst etwas Ruhe gebrauchen. Sag mir, was zu tun ist, und ich–"

„Ich bleibe." Mariannes Blick traf seinen und er sonnte sich in der smaragdgrünen Wärme, die seinen Schmerz gleich linderte. „Ich weiche nicht von seiner Seite."

„Vielleicht, Marianne, nimmst du das Angebot von Miss Kent doch für ein paar Minuten an?"

Die gepflegten weiblichen Töne kamen von der Tür. Überrascht blickte Ambrose hinüber und sah den Marquis und die Marquise von Harteford da stehen. Was taten die denn hier?

Lady Harteford, die sonst der Inbegriff von Höflichkeit war, schenkte ihm keinerlei Beachtung und sagte: „Ich glaube, wir beide haben etwas zu bereden, Marianne. Allein."

Hinter seiner zierlichen Gemahlin nahm der Marquis das Geschehen mit undurchdringlicher

Miene auf. „Geht es Ihnen gut, Kent?", fragte er ernst.

„Danke für Ihre Besorgnis, Milord", sagte Ambrose, noch immer verwirrt. „Ich hoffe, Sie sind nicht meinetwegen den ganzen Weg hierhergekommen?"

„Wir kamen auf Bitte von Lady Draven, und Dr. Farraday haben wir mitgebracht", sagte Harteford.

Als der Name des berühmten schottischen Arztes fiel, zuckte Ambrose zusammen. Obwohl er zweifellos ein begnadeter Mediziner war – Farraday hatte schon den großen Wellington selbst verarztet –, war er nicht gerade für seine sanfte Art bekannt.

„Nun, da Mr. Kent versorgt ist", sagte Lady Harteford mit einer seltsam eisernen Stimme, „finden wir am besten einen Ort, wo wir reden können, Marianne?"

Mariannes Wangen hatten ihre Farbe verloren. Sie straffte die Schultern, als ginge sie in eine Schlacht, und sagte zu ihrer Freundin: „Im Garten sind wir ungestört."

* * *

Pendletons Rosengarten war eine eindrucksvolle Anlage. Marianne führte Helena zum Pavillon ganz hinten, weit weg von neugierigen Blicken. Von ihrem Standort unter dem schrägen Giebeldach aus konnte sie das Haus und die sorgfältig angeordneten bunten Reihen von Rosenbüschen sehen. Im Garten regte sich nichts außer Schmetterlingen und surrenden Insekten. Zu dieser Stunde waren die Gäste alle noch im Bett.

Helena blieb stehen, ihre behandschuhten Hände klammerten sich an das Geländer des Pavillons. Unter der anmutigen Krempe ihrer Strohhaube glänzten ihre haselnussbraunen Augen vorwurfsvoll.

„Stimmt es, was du in dem Brief geschrieben hast?", sagte Helena angespannt.

Scham und Furcht vermengten sich grässlich. So lange hatte Marianne Geheimnisse gehegt – sogar vor dieser Frau, ihrer engsten Freundin. Jetzt gab es kein Verstecken mehr.

„Ja", sagte sie leise. „Ich habe eine Tochter, Helena."

„Und sie... sie ist von Thomas?"

Marianne schluckte. „Ja. Dein Bruder und ich... wir waren zusammen. In den Monaten vor dem Kutschunfall."

Die Marquise sah weg. Marianne wusste, wie schwer der Tod von Thomas Helena getroffen hatte. Sie war damals noch ein unschuldiges Mädchen gewesen, die ihren älteren Bruder vergötterte – die keine Ahnung gehabt hatte, was er und ihre Busenfreundin hinter ihrem Rücken trieben.

„Wie konntest du mir das verschweigen?" Die Krempe der Haube verbarg Helenas Profil, doch Marianne konnte sehen, wie steif ihr Rückgrat war, konnte die Entrüstung in ihrer Stimme zittern hören. „Wie konntest du all die Jahre kein Wort davon sagen?"

„Weil ich..." –Marianne war beschämt, dass ihre Stimme brach und ihre Augen brannten– „Ich konnte einfach nicht", sagte sie hilflos.

„Vertraust du mir so wenig?" Nun sah Helena sie an. Ihre Wangen waren fleckig rot. „Mein ganzes Leben warst du meine Vertraute. Ich habe dir *alles* anvertraut – sogar über mein Eheleben.

Doch du... hast alles für dich behalten. Glaubst du dich so weit über mich erhaben, dass ich deines Vertrauens nicht würdig bin? Es nicht wert bin, zu wissen, dass ich eine *Nichte* habe, um Himmels willen?"

Schuldgefühle dröhnten in Mariannes Schläfen. Sie schüttelte den Kopf. „Nein, Helena, es liegt nicht an dir. Es lag nie an dir. Verstehst du denn nicht?" Ihre Kehle wurde eng. „Ich... habe mich geschämt."

„Du hättest zu mir kommen können! Ich hätte dir geholfen!"

„Wie denn? Du warst doch noch ein Mädchen, als Thomas starb."

„Aber mein Vater hätte doch gewiss..."

„Dein Vater wusste über mich und Thomas Bescheid. Wir hatten ihn um Erlaubnis gebeten, zu heiraten." Demütigung wusch über Marianne hinweg, als sie sich an dieses schwierige Gespräch erinnerte. „Der Earl sagte, nur über seine Leiche würde sein Erbe ein Landei heiraten."

Helena starrte sie an. „Das hat Papa gesagt?"

In Wahrheit hatte der Earl von Northgate noch so Einiges mehr gesagt, was Marianne ihrer Freundin gegenüber nicht wiederholen konnte. „Du kannst deinen Vater fragen, wenn du mir nicht glaubst." Sie rieb sich hastig die Augen und zwang sich, fortzufahren. „Thomas starb an dem Tag, an dem er um eine Sondergenehmigung für unsere Heirat ersucht hat. Ich habe nie erfahren, ob er sie denn erteilt bekommen hat. Aber danach zu schließen, wie er im Regen nach Hause gerast ist – wie schnell die Kutsche laut Augenzeugen gefahren ist, als ihm die Pferde durchgegangen sind–"

Erschrocken hörte Marianne sich selbst schluchzen. Fühlte, wie es ihren Körper durchrüttelte. Doch sie fuhr fort. Die Tränen, die ihr Gesicht hinunterrannen, waren ihr einerlei. „Thomas hat nie von unserem Kind erfahren. Ich selbst bemerkte es erst Wochen nach der Beerdigung – auf die dein Vater mich nicht gehen ließ."

„Deswegen also warst du nicht da. Ich – ich habe mich immer darüber gewundert", flüsterte Helena.

„Wie hätte ich mich damals deinem Vater anvertrauen können? Er hielt mich für eine Hure, er hätte nie geglaubt, dass das Kind von Thomas war", sagte Marianne bitter. „Und er wusste noch nicht einmal, dass ich am Tod von Thomas zum Teil schuld war–"

Plötzlich schlangen sich weiche Arme um sie. Worte des Trostes anstelle von Vorwürfen und Hass. Und Marianne fühlte sich schmelzen, verlor sich in dem fruchterregenden Strudel der Gefühle, die sie all die Jahre zurückgehalten hatte. Die Empfindungen fluteten sie, und sie klammerte sich an ihre Freundin wie eine Ertrinkende an ein Stück Treibholz.

„Oh, Marianne", sagte Helena erstickt, „Wie konntest du dir nur für Thomas' Tod die Schuld geben? Es war ein Unfall. Du weißt doch, wie übermütig und unbesonnen der liebe Thomas war."

Frische Tränen stiegen Marianne in die Augen. Die Worte laut auszusprechen, Helenas Erwiderung zu hören, ließ sie endlich die Wahrheit sehen. Doch hatte sie den Schmerz so lange und so dicht bei sich getragen, dass er ein Teil von ihr geworden war.

Ihre Freundin seufzte. „Zumindest verstehe ich nun, warum du Draven geheiratet hast und ohne ein Wort verschwunden bist. Doch warum hast du es mir nicht nach Dravens Tod erzählt, als wir uns in London wieder begegnet sind?"

„Ich konnte es nicht ertragen, von meiner Schmach zu sprechen. Mit Thomas... und was Draven meinetwegen... meiner Primrose angetan hat..."

Mariannes Stimme brach erneut.

Als ihre Tränen versiegten, löste sich die Marquise aus ihrer Umarmung, um sie anzusehen, und Marianne bemerkte, dass die Wimpern ihrer Freundin mit Tränen benetzt waren. Die nussbraunen Augen – die denen von Thomas so ähnelten – flirrten vor Schmerz, aber auch vor Wärme. Etwas in Mariannes Brust löste sich, sie ließ einen Atemzug los, den sie all die Jahre unwissentlich angehalten hatte. Trotz allem, was sie getan hatte, war das Feuer der Freundschaft nicht erloschen. Irgendwie brannte es weiter, stark und echt.

„Ich verdiene dich nicht als Freundin", schniefte sie.

„Unsinn. Du warst mir eine größere Stütze, als ich sagen kann. Ich wünschte nur, du hättest dich getraut, dich auch auf mich zu stützen." Helena seufzte. „Doch was geschehen ist, ist geschehen. Nun müssen wir zusehen, dass wir deine Tochter und meine Nichte zurückbekommen."

Marianne drückte die Hand ihrer Freundin in unaussprechlicher Dankbarkeit.

„Erzähl mir den Rest, meine Liebe. Und dieses Mal", sagte Helena streng, „lässt du nichts aus."

Kapitel 37

Ambrose atmete zischend aus, während der Arzt den frischen Verband festzog.

„So, das wäre es", sagte Farraday mit seinem dicken schottischen Akzent. „Jetzt ist alles wieder in Ordnung, nicht wahr, mein Bursche?"

Der Arzt hatte zunächst geflucht, als er den Bizeps des Patienten untersuchte. Das meiste davon war unverständlich gewesen, doch Ambrose hatte das schottische Gebrummel schon ungefähr deuten können. Farrraday hatte darauf bestanden, die Naht wieder aufzutrennen – *sogar ein kleines Mädchen weiß doch, dass man so eine Wunde von innen heraus heilen lässt*, hatte er gebrummt – und die klaffende Wunde dann mit einer Salzlösung auszuwaschen.

Diese mehrfachen Spülungen waren nicht gerade angenehm gewesen. Obwohl er in seinem Beruf so allerlei Widerliches zu sehen bekam, wurde Ambrose bei der Erinnerung an das ganze Blut der Magen flau; und als er Harteford ansah, bemerkte Ambrose, dass es nicht nur ihm so ging. Der Marquis stand beim Fenster, bleich unter seiner eigentlich gebräunten Haut.

„Brauchen Sie sonst noch etwas, Kent?", fragte der Arzt mit gehobenen grauen Augenbrauen.

„Danke, Dr. Farraday", sagte Ambrose. „Sie haben schon mehr als genug getan."

In jenem Moment kehrte Marianne mit Lady Harteford in die Kammer zurück. Ambrose bemerkte an beiden Frauen fleckige Wangen und verweinte Augen. Dennoch kam die Marquise mit ihrem gewohnten warmen Lächeln auf ihn zu.

„Wie fühlen Sie sich, Mr. Kent? Ich muss mich entschuldigen; ich hatte es vorhin so eilig, dass ich Sie gar nicht nach Ihrem Befinden gefragt habe", sagte sie.

„Kent hat eine stärkere Verfassung als die meisten", fiel Farraday ein. „Es fördert offenbar die Gesundheit, wenn man tagein, tagaus die Themse entlangrennt. Ein paar Tage Bettruhe und er ist wieder ganz der Alte."

„Danke, Doktor." Marianne schenkte dem Schotten ein bezauberndes Lächeln.

Der Ärmste wurde unter seinen Koteletten rot. Er verneigte sich gekonnt, brummmelte etwas von Saubermachen, und eilte von dannen.

Marianne ging auf das Bett zu. Sehr zu Ambroses Verblüffung nahm sie seine Hand und hielt sie, vor aller Augen. In ihm strudelte die Sehnsucht, und obwohl er wusste, dass er kein Anrecht darauf hatte, was sie ihm da gab, fasste er ihre Hand ganz fest.

Der Marquis legte seinen Arm um die Taille seiner Frau. Seltsamerweise erschienen die beiden weder entsetzt noch entrüstet über die Tatsache, dass ihre wohlgeborene Freundin die Hand eines Polizisten hielt. Nein, Lady Harteford strahlte ihn sogar an.

„Marianne hat mir alles erzählt", sagte sie, „und für Ihre Mühen bei der Suche nach Rosie verdienen Sie höchstes Lob, Mr. Kent."

„Wir haben sie ja noch nicht gefunden", sagte Ambrose grimmig. „Wir müssen sofort auf die Jagd nach Gerald Coyner gehen."

„Sir Gerald Coyner, der Amtsrichter von Bow Street? Er hat die Tochter von Lady Draven?", fragte Harteford stirnrunzelnd.

„Wir erzählen dir alles", sagte die Marquise zu ihrem Gemahl, „doch zuerst müssen wir unseren Gastgeber befragen. Pendleton war zunächst einer der Verdächtigen in der Entführung von Primrose, und Marianne glaubt, er verbirgt etwas."

„Ich bin hierhergekommen, weil ich in Coyners Schreibtisch eine Einladung gefunden habe. Pendleton hat irgendeine Verbindung mit dem Amtsrichter", sagte Marianne.

„Pendleton kann uns vielleicht wichtige Hinweise über Coyner geben", stimmte Ambrose zu. „Lord Harteford, könnten Sie in der Zwischenzeit nach London schreiben und versuchen, einen Haftbefehl gegen Coyner zu erwirken? Ihr

Einfluss wird die Angelegenheit gewiss beschleunigen."

„Ich schreibe den Amtsrichtern unverzüglich", sagte der Marquis.

Die Marquise nahm ihre Haube ab und glättete sich die braunen Locken und das rosa Kleid. Trotz ihrer zarten Erscheinung glühten ihre braunen Augen vor Tatendrang.

„Nun gilt es, einen Earl zu verhören", sagte sie. „Wartet hier auf mich – ich bringe Pendleton hierher."

Als Pendleton eine Viertelstunde später mit Helena am Arm in die Kammer trat – oder besser gesagt, als er im beherzten Griff der Lady in die Kammer bugsiert wurde – schenkte er Marianne keinerlei Beachtung.

„Harteford, ich bin gerade Ihrer Frau Gemahlin begegnet. Willkommen", sagte Pendleton mit einem steifen Kopfnicken, „obwohl die Umstände natürlich bedauerlich sind."

Mit kaltem Ausdruck neigte der Marquis den Kopf.

„Also, Mr. Kendrick, oder?", sagte der Earl.

„Kent heiße ich", sagte Ambrose flach.

„Wie auch immer. Ich hoffe, es geht Ihnen besser." Die schmalen Lippen des Earl verzerrten sich zu etwas, was wohl ein Lächeln sein sollte. „Ich wäre schon früher vorbeigekommen – doch als Gastgeber ist man ja so eingespannt. Es ist immerhin meine größte Jagdpartie des Jahres."

„Tut mir leid, dass es Ihnen Umstände bereitet, dass ich angeschossen wurde." Marianne sah an Ambroses Kiefer einen Muskel zucken. Pendleton runzelte die Stirn.

„Nun werden Sie nicht gleich unangenehm, Sir. Darf ich Sie daran erinnern, dass Sie sich unerlaubt auf meinem Gut aufgehalten haben? Es ist nicht meine Schuld, dass Sie in die Schusslinie geraten sind – die Wiese gehört zu den besten Teilen der Jagdgründe. Sie hätten eben besser aufpassen sollen."

„Auf mich hat kein Jäger geschossen", meldete sich Marianne kühl zu Wort. „Mr. Kent hat mir das Leben gerettet und dabei sein eigenes aufs Spiel gesetzt. Wir beabsichtigen, den Schützen der Gerechtigkeit zuzuführen – also zeigen Sie sich lieber behilflich und sagen uns alles, was Sie wissen."

„*Ich*? Hätte mir irgendeiner Art Verbrechen zu tun?" Pendleton sah sie brüskiert an. „Wovon reden Sie denn da, Sie ungezogenes Ding?"

„Ich glaube, Lady Draven redet davon, dass Sie mit einem Mann namens Sir Gerald Coyner bekannt sind", sagte Helena.

„Und wenn schon? Dieser Neureiche hat sich eben einen Namen gemacht", sagte Pendleton hässlich. „Der Wichtigtuer ist irgendwo Amtsrichter oder so etwas."

„Wir ermitteln gegen Sir Coyner wegen Entführung und eines möglichen Mordversuchs. Im Zuge unserer Ermittlung kam Ihr Name immer wieder zur Sprache", sagte Ambrose.

Im Gegensatz zu Pendletons aufgebrachter Wut ging von Ambrose Kühle und Ruhe aus. Sogar im Bett, mit aufgeköpftem Hemd und Verband hatte er weitaus mehr Würde als der Earl. Durch Marianne kribbelte Stolz und Dankbarkeit, an seiner Seite zu sein. Trotz all ihrer Fehler, trotz ihrer Mühen, ihn von sich zu stoßen, war er ihr treu geblieben.

Ihr Herz zog sich zusammen. Wie konnte sie solch eines Mannes nur würdig sein?

„Sie haben ganz offensichtlich etwas zu verbergen, Milord", fuhr Ambrose fort. „Sie können entweder mit uns reden oder mit den Amtsrichtern – wie Sie wollen."

„Drohen Sie mir, Sie unverschämter *Niemand*? Bei Gott, ich lasse Sie hochkant hinauswerfen–"

„Sie hatten mit Reginald Leach zu tun. Der Anwalt führte Akten über seine Mandanten", sagte Ambrose.

Aus Pendletons Gesicht wich die Farbe.

„Es ist nur eine Frage der Zeit, bis wir herausfinden, was Leach für Sie getan hat." Harteford meldete sich mit kalter Stimme zu Wort. „Wenn Sie nun mit uns zusammenarbeiten, bleibt Ihr Geheimnis in diesem Raum. Andernfalls..." Der Marquis beendete seinen Satz nicht.

Das war nicht nötig.

„Sie *erpressen* mich?"

„Wir geben Ihnen eine Wahl", berichtigte Ambrose. „Ob Sie Ihre Machenschaften vor der öffentlichen Aufmerksamkeit bewahren wollen, liegt nun an Ihnen."

Die karierte Weste des Earls hob und senkte sich unter seinen zornigen Atemzügen.

„Kommen Sie schon, Milord, Ihr Geheimnis ist bei uns sicher", sagte Helena ungeduldig. „Jedenfalls viel sicherer als bei... der Fürstin Castlebaugh? Ich glaube, die ist gerade bei Ihnen zu Gast, und keine kocht Skandalsüppchen besser als Ihre Durchlaucht. Oh, wenn die davon Wind bekommt, dass Sie vielleicht mit dem Schuss auf Mr. Kent zu tun haben–"

„Also gut! Zum Teufel, ich sage es Ihnen." Pendleton starrte sie alle böse an. „Obwohl ich nicht weiß, was meine Verbindung mit Leach mit Ihrer Jagd auf Coyner zu tun haben soll."

„Das kriegen wir schon heraus", sagte Ambrose. „Nun, Ihre Geschäfte mit dem Anwalt, Milord?"

Schweigen spannte sich im Raum. Dann knurrte Pendleton: „Er hat mir bei Geschäften geholfen, die Grundbesitz von mir betrafen."

Marianne kniff die Augen zusammen.

„Was für Grundbesitz?"

„Ich besitze... Gebäude in Covent Garden und nördlich davon", sagte der Earl kurz.

Da dämmerte es ihr.

„Sie verfluchter Scheinheiliger", hauchte Marianne. „Sie verachten Kaufleute, Sie halten die Nase so hoch, dass es ein Wunder ist, dass Sie kein Nasenbluten davon bekommen. Und die ganze Zeit über stammte ihr Reichtum daher, dass Sie die Allerniedersten schröpfen. Was besitzen Sie denn da, Milord? Freudenhäuser? Fuselläden?" Der heftigen Gesichtsfarbe des Earls nach zu schließen hatte sie den Nagel auf den Kopf getroffen. „Sie sind also nichts weiter als ein Zuhälter und ein Schankwirt."

Pendletons Lippen waren bösartig zusammengepresst.

„Und Sir Coyner? Was ist Ihre Beziehung zu ihm?", fragte Ambrose.

Mit offensichtlichem Widerwillen sagte der Earl: „Er hatte von meinen Besitzungen erfahren und drohte, mich bloßzustellen, wenn ich ihm nicht Zugang zu höheren Gesellschaftskreisen verschaffte. Er war schon damals in Eton nur ein jämmerlicher Emporkömmling gewesen. Wir nannten ihn *Jericho* –– Gerry Co., verstehen Sie? – und da hätten wir ihn auch gerne hingeschickt." Pendleton grinste über seinen eigenen grausamen Witz.

„Sie kannten ihn von Eton?", sagte Harteford.

„*Gekannt* ist zu viel gesagt. Ich stand schon immer einige Stufen über ihm. In seinen Adern fließt ja nur ein zweifelhaftes Tröpfchen blauen Blutes."

„Ich glaube, seine Großmutter väterlicherseits war die jüngste Tochter des Comte Valois", fügte Helena hinzu.

Marianne bewunderte die Leichtigkeit, mit der sich ihre Freundin mit all den heimischen und ausländischen Titeln auskannte.

„Ein verarmter französischer Edelmann. Und Jerichos Mutter war Kaufmannstochter." Der Earl warf einen feindseligen Blick in Richtung

591

Harteford, der ungerührt zurückstarrte.
Pendleton fuhr höhnisch fort: „Der kleine Jericho
wollte immer Anschluss an mich und meine
Freunde finden. Dafür war er willens, alles
Mögliche zu tun, was uns stundenlange
Unterhaltung bot."

Marianne zuckte bei der sadistischen Freude
des Earls. Coyner hatte unter Pendleton und
seinen Gespielen zweifellos leiden müssen.
Hatte er deswegen eine Fährte zu dem Earl
gelegt?

„Einmal nahmen wir ihn mit ins Dorf. Da gab es
eine alte Tavernenhure, die für einen Schilling zu
haben war. Wir haben Jericho mit ihr in ein
Zimmer gesperrt", erzählte Pendleton und lachte
dabei hässlich. „Und sagten, wir würden ihn erst
wieder rauslassen, wenn es vollbracht wäre."

„Das ist abscheulich." Marianne ballten sich die
Fäuste.

„Unterhaltsam war es. Besonders, weil er es
nicht zustande gebracht hat. Die Alte sagte uns,
sein kleiner Soldat wollte einfach nicht aufrecht
stehen."

Lag in diesem entwürdigenden Vorfall die Wurzel von Coyners krankhaftem Verhalten? Oder hatten die Grausamkeiten seiner Schulkameraden nur eine bestehende Perversion verschlimmert? Mariannes Magen verdrehte sich vor Furcht um Primrose.

„Gehörten Boyer und Ashcroft auch zu Ihrem Rudel?", fragte sie.

„Woher wissen Sie das?"

„Sagen wir einfach, ich habe gut geraten." Marianne tauschte einen grimmigen Blick mit Ambrose aus. Alles fügte sich zusammen. „Haben Sie uns sonst noch etwas zu sagen?", drängte sie. „Wenn Coyner ein Kind entführte, wohin würde er sie wohl bringen?"

„Woher zum Teufel soll ich das denn wissen? Wie gesagt, war er kein Freund von mir." Wutschnaubend richtete Pendleton sich auf. „Ich habe Ihnen gesagt, was Sie wissen wollten – ich hoffe, ich kann mich auf Ihre Verschwiegenheit verlassen."

Es kostete Marianne all ihre Beherrschung, den Widerling nicht anzuspucken. Es würde ihr ja nichts nützen.

„Wenn Sie mich nun also entschuldigen, ich habe mich um meine Gäste zu kümmern." Er hatte seine Fassung wieder errungen und ging erhobenen Hauptes aus dem Zimmer – wenn vielleicht auch nicht mehr ganz so hoch wie zuvor.

Harteford sprach als Erster: „Pendleton ist ein fieser Schurke. Aber er hat uns nützliche Auskünfte gegeben."

„Wir wissen jetzt, warum Coyner die anderen verraten hat", sagte Ambrose mit zusammengekniffenen Augen. „Und wir wissen, warum er Marianne hierher gelockt hat. Er wollte sie umbringen und es wie einen Jagdunfall auf Pendletons Gut aussehen lassen."

„Wir müssen Coyner sofort finden", sagte Helena schaudernd.

„Dann brechen wir unverzüglich nach London auf", sagte Ambrose.

„In deinem Zustand kannst du nicht reisen." Marianne biss sich auf die Lippe, als sie ihren Geliebten ansah. „Du hast in letzter Zeit zu viel für mich getan. Ich kann nicht zulassen, dass du deine Gesundheit noch weiter gefährdest."

„Es geht mir gut", sagte er stur. „Und wir dürfen keine Zeit verlieren–"

„Marianne hat recht", bekräftigte Helena. „Sie können nicht reisen, Mr. Kent, zumindest nicht in den nächsten Tagen. Harteford, du fährst mit Marianne nach London zurück und nimmst die Suche in Angriff, nicht wahr?"

„Und du, Liebste?", fragte der Marquis stirnrunzelnd.

„Ich bleibe bei Mr. Kent und seiner Familie, bis er die Heimreise antreten kann. Und ich sorge dafür, dass Pendleton uns allen weiterhin seine Gastfreundschaft gewährt."

„Ich bin reisebereit–"

Marianne beschwichtigte Ambroses Einwände, indem sie ihm einen Finger auf die Lippen legte. Sie sah in seine widerspenstigen Augen und murmelte: „Bitte, tu das für mich. Ich könnte es nicht ertragen, wenn dir etwas zustieße, mein Schatz."

Ihre Worte beruhigten ihn. Sein Atem wurde flacher. In diesem stummen Austausch ließ sie ihn wissen, was in ihrem Herzen lag– auch wenn sie es nicht laut sagen konnte. Ihr Handel mit

Black kam ihr wieder in den Sinn, und ihr Magen zog sich zusammen. Die Zukunft lag so ungewiss vor ihr... sie musste sich erst um Rosie kümmern und dann erst um alles andere. In der Zwischenzeit würde sie Ambrose keine Versprechungen machen, die sie vielleicht nicht würde halten können. Das war das Mindeste, was sie tun konnte... für den Mann, den sie liebte.

Sie sagte leise zu Helena: „Du kümmerst dich gut um ihn?"

„Selbstverständlich", lächelte ihre Freundin.

Während Harteford seine Frau umarmte und sich flüsternd verabschiedete, neigte sich Marianne zu Ambrose hinunter.

„Ich werde dich vermissen", sagte sie zittrig.

„Ich dich auch, *Selkie*. Tu nichts Unvernünftiges, hörst du mich?" Sein Ton war streng, doch sein Blick warm. „Ich komme, sobald ich kann."

Seine gesunde Hand legte sich um ihren Nacken und zog sie zu einem Kuss hinab. Ihre Lippen berührten sich siedend heiß, stärkend süß. Diesen kurzen Augenblick lang sonnte sie sich in seiner Kraft, wissend, dass sie sie durch die schwierigen Tage vor ihr tragen musste.

Kapitel 38

Marianne schritt in ihrem Salon auf und ab. Sie wartete auf die Ankunft von Harteford. Er hatte sie am Vorabend nach Hause gebracht und versprochen, dass er sich am nächsten Morgen mit Neuigkeiten melden würde.

Sie sah die Kutsche vorfahren und eilte ins Foyer. Lugo öffnete und der Marquis kam herein. Er sah ernster aus als sonst.

„Gibt es Neues von den Amtsrichtern?", fragte Marianne. „Wo ist Coyner?"

„Coyner ist spurlos verschwunden", sagte Harteford. „Er ist nicht in der Bow Street erschienen. Die Amtsrichter haben seine

Dienerschaft bei ihm zu Hause befragt. Sie sagen, dass sie ihn zuletzt vor zwei Tagen gesehen haben, als er kurz erschien und dann ohne ein Wort wieder ging."

„Aber wo ist er jetzt? Wo ist meine Tochter?" Aus Verzweiflung wurde Marianne laut. „Kent hat mir den Namen einer Kontaktperson gegeben – bis heute Abend haben wir eine Liste von Coyners Besitztümern. Keine Sorge, wir finden ihn."

„Ich kann hier nicht Däumchen drehen und *warten*."

„Wir warten auch nicht. Wir gehen zu Coyners Stadtresidenz", sagte der Marquis. Dort habe ich nämlich ein Treffen mit Sir Richard Birnie vereinbart."

Sir Birnie, oberster Amtsrichter der Bow Street und einflussreicher Mann in Justiz und Politik, hatte den Ruf, schonungslos sachlich zu sein, wenn es um die Wahrung des Rechts ging. Im vergangenen Jahr war er wesentlich daran beteiligt gewesen, sie sogenannte Verschwörung der Cato Street zunichtezumachen. Birnies Ermittlungen hatten dazu geführt, dass einige der Anarchisten zum Tode verurteilt und andere in Strafkolonien verbannt worden waren.

Birnie verabscheute jeden, der sich in seinen Augen gegen die bestehende Ordnung auflehnte. Marianne erinnerte sich an Coyners Versuch, sie als Anarchistin zu brandmarken, und Sorge begann an ihr zu nagen. Ihr Ruf war nicht gerade makellos; die Unterstützung von Birnie zu gewinnen würde nicht einfach sein.

„Glauben Sie, er ist wirklich bereit, einem seiner eigenen Männer nachzustellen?"

„Birnie wird nicht zulassen, dass der Ruf der Bow Street Schaden nimmt. Wenn er Coyner für schuldig hält, wird er uns helfen", sagte Harteford.

Als sie bei Coyners behaglicher Residenz in Kensington anlangten, teilte der Butler ihnen mit, dass Sir Birnie bereits eingetroffen war. Sie wurden in den Salon geführt, wo der oberste Amtsrichter an einem ovalen Esstisch saß und eine junge Zofe befragte, die vor ihm stand. Als sie eintraten, erhob sich Birnie. Er war zwar klein und gedrungen, doch umgab ihn eine Aura der Würde. Sein dunkles Haar war mit Pomade in sorgfältige Wellen gelegt, seine Erscheinung war so gesetzt wie die, nun ja, die eines Richters eben. Marianne schätzte ihn auf Mitte dreißig, doch seine abgeklärte Art ließ ihn älter wirken.

„Guten Morgen, Lord Harteford. Lady Draven." Birnies Verneigung war eher ungeduldig als höflich.

„Es ist mir eine Freude, Sie zu treffen, Sir Birnie. Danke, dass Sie sich die Zeit nehmen, in dieser Sache behilflich zu sein", erwiderte Marianne.

„Wenn eine Sache den Ruf der Bow Street betrifft, dann nehme ich mir Zeit."

Birnies prüfender Blick sprach Bände. Er war willens, alles Nötige zu tun, um seine Behörde von jeglichen Freveln reinzuwaschen, doch blieb er ihr gegenüber misstrauisch. Oder vielleicht war er der Meinung, dass sie an ihrer Misere selbst schuld sei. Marianne stählte sich; es war einerlei, was Birnie von ihr hielt, solange er ihr nur bei der Suche nach Primrose half.

„Da ich frühzeitig hier war, habe ich die Ermittlung bereits aufgenommen. Das ist Lucinda, Sir Coyners Zofe." Unter seinen geraden Brauen sah Birnie das Mädchen mürrisch an. „Sie scheint sich an überhaupt nichts Sachdienliches zu erinnern."

Das überraschte Marianne nicht. Das Mädchen zitterte wie Espenlaub. „Lord Harteford, wollten Sie nicht mit Sir Birnie etwas besprechen? Vielleicht plaudere ich einmal allein mit Lucinda, während Sie Gentlemen reden."

Der oberste Amtsrichter runzelte die Stirn, doch Harteford begriff und wies in Richtung Tür. „Stimmt, ich wollte noch ein paar Einzelheiten durchsprechen. Nach Ihnen, Sir Birnie?"

Allein mit der Zofe zog Marianne einen Stuhl vom Tisch weg. „Vielleicht möchtest du dich setzen, Lucinda?"

„Jawohl, Milady", nuschelte das Mädchen.

Marianne setzte sich neben sie und griff nach der Teekanne.

„Etwas Tee?"

Das Mädchen nickte zögerlich.

Marianne goss zwei Tassen ein und gab Lucinda eine davon. Sie konnte kaum älter als sechzehn sein. Sie wartete, bis das Mädchen einige Schlucke getrunken hatte, dann schob sie ihr auch den Teller mit den Keksen zu. Nach einer kurzen Pause nahm die Zofe einen und vertilgte ihn.

„Arbeitest du schon lange für Sir Coyner, Lucinda?", fragte Marianne.

Die rötlichen Locken des Mädchens wippten unter ihrer Haube, als sie den Kopf schüttelte. „Nee, Milady. Würd ick nüscht sagen. Weniger als ein Jahr."

„Gefällt es dir hier, Lucinda?"

„Ick bin froh, ne Stellung zu haben, Milady."

Froh, aber nicht gerade begeistert, erriet Marianne. Dass das Mädchen Coyner nicht gerade treu ergeben war, würde hilfreich sein. „Wann hast du deinen Arbeitgeber zuletzt gesehen?"

„Vor zwei Tagen. Aber jesehen hab ick ihn ja nüscht" –die Stirn des Mädchens kräuselte sich– „hab nur vom Butler jehört, det der Herr wieder da is. Bevor ick den Tee hochbringen konnte, war er schon wieder weg, ohne een Wort, wann er wiederkommt."

Mariannes Hände ballten sich in ihrem Schoß. Es klang so, als hätte Coyner es eilig gehabt –

als ob er nur ein paar Dinge für die Flucht gepackt hätte. Sie musste mehr über ihn erfahren: seine Verhaltensmuster, wohin er womöglich gegangen war.

„Seit du hier arbeitest, was ist dir an deinem Herren aufgefallen? An seinem Kommen und Gehen?"

Mit Blick auf die Kekse zuckte Lucinda die Schultern. „Na, da isser wie jeder andere Gentleman wohl ooch. Kommt und geht, wie et ihm jefällt."

Die Finger der Zofe krochen auf den nächsten Keks zu und Marianne lächelte sie ermunternd an. „Folgte sein Verhalten einem bestimmten Muster?"

„Meistens hielt er sich in London auf. Aber jeden Monat isser für een paar Tage verreist", kaute Lucinda. Mariannes Herz ging schneller. „Hat aber freilich nie jesagt, wohin er geht."

„Du hast keine Ahnung, wohin er ging?", beharrte Marianne. Lucinda wischte sich die Brösel von den Fingern. „Geht mir ja nüscht an. Keener vom Jesinde wusste viel über den Herrn – außer dem Pferdeknecht vielleicht. Der ist aber schon so lange beim Herrn, seine Lippen sin versiegelt."

Da besagter Pferdeknecht Coyner ja gerade zur Flucht verhalf, brachte das Marianne nicht weiter. Sie dachte schnell nach und änderte ihre Taktik.

„Und wenn Sir Coyner zu Hause war? Was pflegte er da zu tun?"

„Nüscht viel. War eher een häuslicher Mensch. Verbrachte viel Zeit im Arbeitszimmer – manchmal hat er da drin sogar jeschlafen, gloob ick."

„Warum sagst du das?"

Lucinda sah sie schief an. „Weil seene Laken unberührt waren, wenn ick in der Frühe zum Bettenmachen reinjekommen bin."

Interessant. Marianne würde Coyners Arbeitszimmer noch erkunden müssen. „Und Besucher? Wer kam zu deinem Herrn zu Besuch?"

„Er lebte recht zurückgezogen. Hatte nüscht viele Freunde. Manchmal kam een Runner vorbei, aber immer beruflich." Lucindas Ton wurde wehmütig. „Diese Runners sind schon recht schneidige Burschen, nüscht wahr?"

Marianne unterdrückte ein Seufzen. Von der Zofe würde sie nicht viel mehr erfahren. „Danke, Lucinda", sagte sie. „Könntest du mir das Arbeitszimmer zeigen?"

Draußen im Flur traf Marianne auf Harteford und Sir Birnie. Alle drei folgten Lucinda zu Coyners Arbeitszimmer. Es war spartanisch eingerichtet und beengt, eine rechteckige Kammer von nicht mehr als fünf Metern Länge. Darin standen nur ein Schreibtisch und ein einzelner Sessel bei einer kleinen Feuerstelle. Die Wände entlang standen Bücherregale, was den Raum nur noch enger erscheinen ließ.

Marianne untersuchte das kleine Zimmer. „Lucinda sagt, Coyner verbrachte die meiste Zeit hier. Was tat er bloß?"

„Arbeiten? Lesen?", brummte Birnie, während er das Pult in Augenschein nahm. „Kann man einem Mann wohl kaum zum Vorwurf machen, oder?"

Marianne stellte sich neben ihn und sah nichts Ungewöhnliches auf der Schreibunterlage:

605

Neben einer gefalteten Zeitung und einem Tintenfass stand eine kleine Pferdestatue aus Messing. Sie öffnete eine Schublade und fand ein paar Stück Pergament und Schreibgeräte. Hinten im Eck lag ein zusammengeknüllter Papierball. Sie nahm ihn heraus und glättete ihn.

Sie las die zwei Sätze darauf laut vor: *„Zeige stets unermüdliche Tapferkeit. Die Unnachgiebigen bekommen ihre Gerechtigkeit.“* Sie hielt inne. „Was zum Teufel soll das denn heißen?“

„Die Worte eines ehrgeizigen Mannes“, sagte Birnie schulterzuckend.

Marianne ließ den Bogen auf dem Pult liegen und suchte mit dem Blick erneut die Kammer ab. Etwas an diesem beklemmenden Ort stimmte nicht. Er war zu klein, zu ordentlich – zu vollkommen für einen Mann mit so vielen Geheimnissen wie Coyner.

„Die Zofe sagte, er *schlief* oft hier“, sagte Marianne langsam. „Und wo denn, bitte? Hier steht noch nicht einmal ein Sofa.“

Harteford ging durch das Zimmer. Sie sah ihm an, dass ihm das Gleiche durch den Kopf ging wie ihr. Er blieb vor den Bücherregalen stehen, nahm ein paar Bände heraus, griff hinein, klopfte an das Holz. Es klang hohl. Mariannes Herzschlag beschleunigte sich.

„Hinter den Regalen könnte noch eine Kammer sein", sagte er.

Marianne eilte zu ihm, fuhr mit den Händen die Buchrücken entlang. „Wie kommen wir hinein?"

Zusammen begannen sie, die Bücher auszuräumen. Als die in Stapeln auf dem Boden lagen, untersuchten sie die Ritzen, wo die Regale an die Wand stießen. Sie fanden weder eine verborgene Klinke noch sonst einen Weg hinein.

„Dahinter ist etwas, ich weiß es", sagte sie immer verdrießlicher. „Wir brauchen die richtigen Werkzeuge, eine Säge oder einen–"

Ein krächzendes Geräusch schnitt ihr das Wort ab. Zu ihrem Erstaunen öffnete sich ein ganzer Regalabschnitt, schwang wie eine Tür nach innen. Ihr Blick schoss zum Obersten Amtsrichter, dessen Hand auf dem Messingpferd auf dem Schreibtisch ruhte. Er wand es noch eine Vierteldrehung weiter und die Lücke in der Wand ging noch weiter auf.

„Äußerst geschickt gemacht. Habe schon ein paar davon gesehen", erklärte Birnie.

Marianne holte Atem und schritt in die verborgene Kammer. Der Raum war dunkel, die Luft schwer. Ein leichter Blumenduft kitzelte ihre Nase, und während sie so ins Zimmer blinzelte, erkannte sie an den Wänden vage Formen. Hinter ihr ratschte ein Streichholz. Sie zwinkerte in die aufflackernde Helle hinein... und ihr Atem rauschte ihr aus der Lunge.

Schmerz, Entsetzen, Sehnsucht. Gefühle barsten aus der verschlossenen Schatulle in ihr, als sie die Porträts ihrer Tochter erblickte. Denn es war zweifellos ihr Kind – ihre eigenen blonden Flechten und grünen Augen glühten in wirbelnder Ölfarbe. Aus vier vergoldeten Bilderrahmen blickte ihr kleines Mädchen auf sie herab, in verschiedenen Lebensjahren festgehalten.

„Primrose", flüsterte sie brüchig.

„Allmächtiger", rief Sir Birnie dumpf hinter ihr aus.

Marianne ging zum nächstgelegenen Porträt – welches Rosie im Alter von etwa fünf Jahren zeigte – und fuhr mit zitternden Fingern das geschmeidige Relief der Ölfarbe entlang. Ihre Wimpern wurden feucht. Ihre Intuition – ihre mütterliche Weisheit – hatte recht gehabt. Ihr Kind lebte; ihr Kind brauchte sie.

Sie wandte sich an den Obersten Amtsrichter. „Glauben Sie mir nun?", sagte sie erstickt. „Coyner hat meine Tochter – hatte sie all die Jahre. Wir müssen ihn finden."

In Birnies Zügen stand das Entsetzen. Er räusperte sich und sagte: „Meine liebe Lady, wenn ich gewusst hätte, wozu Coyner fähig war…" Er verstummte kopfschüttelnd. „Ich versichere Ihnen, ich werde alles tun, was in meiner Macht steht, damit Sie Ihr Kind zurückbekommen. Bow Street steht Ihnen zur Verfügung. Und ich werde persönlich eine stattliche Belohnung darauf aussetzen, dass dieser niederträchtige Verbrecher gefasst wird."

„Die Thames River Police setzen wir auch darauf an", sagte Harteford. „Ich bin mit dem Obersten Amtsrichter bei Wapping Station bekannt, und ich bin sicher, dass er sich auch beteiligen wird, insbesondere, da Coyner ja einen seiner besten Männer angeschossen hat."

Wie sehr Marianne sich in diesem Augenblick Ambrose herbeiwünschte. Sie nickte unter Tränen.

„In der Zwischenzeit durchsuchen wir Coyners persönlichen Besitz nach Hinweisen auf seinen Aufenthaltsort", sagte Birnie.

„Danke Ihnen beiden", flüsterte Marianne.

Sie ging zu dem letzten Porträt. Nach Rosies Alter in dem Gemälde zu schließen musste es vor kurzem gemalt worden sein. Sie nahm eine kleine goldene Plakette am unteren Rand wahr und sah sie näher an.

Ihr Blut gefror zu Eis, als sie die Worte unter dem Bild ihrer Tochter entzifferte.

Lady Gerald Coyner.

Kapitel 39

Drei Tage später kam Ambrose in London an. Es war schon nach neun Uhr am Abend, als er und seine Familie das Haus betraten. Lugo begrüßte sie an der Tür und teilte ihnen mit, dass Marianne nicht zu Hause war, aber bald zurück sei. Ambrose sah seine Familie müde gähnen, also schickte er sie alle ins Bett. Er selbst blieb mit dem Lakai im Foyer.

„Ich bin überrascht, dass Sie schon wieder da sind", bemerkte Lugo. „Ist denn Ihre Verletzung verheilt?"

„Genug verheilt." In Wahrheit pochte Ambroses Arm teuflisch von der rüttelnden Kutschfahrt, doch der Schmerz kümmerte ihn nicht. „Wie geht es ihr, Lugo?"

Lugo berichtete ihm, was für Fortschritte sie soweit gemacht hatten. Es erleichterte Ambrose ein wenig zu hören, dass nun auch Bow Street und die River Police an der Suche nach Coyner beteiligt waren. Eine Frage trieb ihn allerdings immer noch um.

„Lugo, ich wollte Sie etwas fragen."

„Sir?"

Ambrose beäugte Mariannes treuen Diener, der groß und standhaft dastand – ein Soldat, wie er selbst eben auch. Er räusperte sich. „Warum haben Sie mir Nachricht gesandt, dass sie zu Pendleton gegangen war?"

„Ich kenne meine Lady nun schon eine Weile", sagte Lugo. „Und ich weiß, wenn sie sich übernimmt."

„Und Sie haben darauf vertraut, dass ich ihr helfe?"

„Sie haben sich immerhin für sie anschießen lassen, oder?"

Ambrose grinste. „Ja, und zwar nicht zum ersten Mal." Und nicht zum letzten Mal, wenn es sein müsste. Er würde Marianne bis zu seinem letzten Atemzug verteidigen.

„Es steht mir ja eigentlich nicht zu, aber ich finde, mit Ihnen kommt sie ganz gut weg." Ein Lächeln huschte über Lugos ebenhölzerne Gesichtszüge wie Quecksilber. „Für Sie ist ein Gästezimmer eingerichtet. Neben den Gemächern meiner Lady."

Ambrose wurde heiß ums Kinn. „Ja. Na gut."

Mehr brauchte er nicht zu sagen, denn es nahten Schritte. Er war mit ein paar Sätzen bei der Tür und riss sie auf. Mariannes erschrockener Blick traf seinen.

„Du bist wieder da", sagte sie zittrig. Ihr Blick fiel auf den dicken Verband unter seinem Ärmel. „Oh, Ambrose–"

Er zog sie nach drinnen und an sich. Ihr Haar roch nach Jasmin und Sonnenschein, und er hatte bis zu diesem Moment gar nicht bemerkt, wie sehr er sie vermisst hatte. *Alles* an ihr – ihren einzigartigen Duft, wie weich sie war, wie wunderbar sich ihr Körper an seinen schmiegte.

Sie atmete bebend aus, lehnte ihren Kopf an seine gesunde Schulter und schlang ihre Arme um seine Taille. Einen langen Augenblick lang hielten sie einander einfach fest. Aus dem Augenwinkel sah Ambrose, wie sich Lugo langsam und leise zurückzog.

Marianne hob den Kopf. „Lugo?"

Der Afrikaner blieb stehen und wandte sich um. „Ja, Milady?"

„Ich wollte nur sagen... danke." Sie lächelte ihn an. „Für deine Weisheit, mein lieber Freund. Dafür, dass du die richtige Entscheidung getroffen hast, während ich zu blind und stur dafür war."

„Und ich bin Ihnen ebenfalls dankbar dafür, dass Sie Ihre Herrin beschützt haben." Ambrose grinste den anderen Mann schief an. „Das ist eine gewaltige Aufgabe, der nicht jedermann gewachsen wäre."

Lugo kratzte seinen Kopf, druckste etwas herum und machte sich dann mit einem knappen Nicken wieder auf den Weg.

„Es kam mir vor, als wären wir wochenlang getrennt gewesen, Ambrose", sagte Marianne und legte ihren Kopf in den Nacken, um zu ihm aufzusehen. „Ich muss dir so viel erzählen. Wo ist deine Familie?"

„Sie wollten auf dich warten, doch sie konnten kaum die Augen offenhalten, also habe ich sie ins Bett geschickt." Ambrose drückte ihr einen Kuss auf die Stirn. „Lugo hat die Ereignisse der vergangenen drei Tage kurz zusammengefasst, doch ich möchte es gerne von dir hören."

„Gehen wir hoch." Die rauchige Note in ihrer Stimme erhitzte ihn von innen heraus.

Er räusperte sich. „Mein Zimmer oder deines?"

„Ich nehme mein Bad und dann komme ich zu dir", murmelte sie. „Wartest du auf mich?"

Warten? Nur eine Ewigkeit lang.

Er bot ihr still seine Hand und gemeinsam erklommen sie Hand in Hand die Treppe.

Kurz darauf kam Marianne in die benachbarte Suite, in der Lugo Ambrose so günstig untergebracht hatte. Mit einem schiefen Grinsen dachte sie, dass für den Afrikaner diese Geste einem beherzten Schulterklopfen gleichkam. Lugo hieß Ambrose gut – und der Lakai hieß nicht viele Menschen gut. Die beiden waren sich in ihrer schweigsamen Art wohl ähnlich, vermutete sie.

Die Belustigung verging ihr, als sie Ambrose auf dem Diwan vor dem Kamin liegen sah. Trotz seines verletzten Arms hatte er es bewerkstelligt, sich auszuziehen und den schwarzen Morgenmantel aus Seide anzulegen, den sie ihm hingelegt hatte. Sein Haar ringelte sich noch feucht von dem Bade, das er genommen hatte.

Als sie auf ihn zukam, erhob er sich sofort, und ihr Herz flatterte so bereitwillig wie das einer Debütantin. Verflucht, er war so *prächtig*. Sie bewunderte seine zähe, schlanke Figur und den langen, geschmeidigen Schritt, mit dem er sich ihr nun näherte. Sie konnte nicht anders, musste ihren Blick kurz auf dem Mantelaufschlag ruhen lassen, der so einen quälend schönen Ausblick auf seine Brust bot. Unter ihrem pfirsichfarbenen Morgenmantel spitzten sich ihre Brustwarzen bei der Erinnerung an die köstliche Berührung mit dieser rauen, behaarten Haut.

Er fasste ihr Kinn und sie schmiegte ihre Wange an seine hornhäutige Handfläche, labte sich an der Kraft, die in seiner Berührung lag. An der Ehrlichkeit, der Sänfte.

„Du siehst müde aus", murmelte er.

Ihr Polizist, so schonungslos ehrlich. Sie lächelte: „Wir haben uns tagelang nicht gesehen, und das ist das beste Kompliment, das dir einfällt?"

„Das war eine Beobachtung, kein Kompliment." Seine Lachfältchen verkniffen sich auf diese Art, die ihr so gefiel. „Eitelkeit, dein Name ist Frau. Aber wenn es denn sein muss", –mit einer Behändigkeit, die ihr den Atem stahl, riss er sie an sich– „*Hier* hast du dein Kompliment."

„Oh", seufzte sie. Sein unmissverständlicher Tribut drängte an ihren Bauch wie eine Eisenstange; ihre Schenkel zitterten.

„Ich glaube, dass ist das *größte* Kompliment, das man mir je gemacht hat."

„Und ich gedenke, dir die ganze Nacht lang zu schmeicheln." In seinem Blick spiegelte sich die traute Wärme des Kerzenlichts, seine

Mundwinkel gingen nach oben. „Doch erst müssen wir reden.“

Sie atmete aus. Ihr Blut summte. „Ja, das sollten wir.“

Sie gingen zum Diwan hinüber. Er setzte sie auf seinen Schoß und sie erzählte genau, was geschehen war, seit sie sich zuletzt gesehen hatten, einschließlich dessen, was sie in Coyners geheimer Kammer vorgefunden hatte. Sie erzählte Ambrose, dass sein Verbindungsmann Trout eine Liste von Coyners Besitzungen übergeben hatte; drei davon lagen zwei oder drei Tagesreisen von London entfernt. Runners und die River Police waren ausgesandt worden, um jedes Anwesen in Augenschein zu nehmen und Marianne erwartete, am folgenden Tag von den Spähern zu hören.

„Bist du dir denn sicher, dass Coyner nicht mehr in London ist?“, fragte Ambrose.

Marianne nickte. „Wenn er in der Stadt wäre, hätten ihn die Männer von Gavin Hunt gefunden. Hunt beherrscht die halbe Unterwelt von London, und Percy hat uns seine Dienste vermittelt.“

Ambroses Lippen zuckten. „Je höher sie sind, desto tiefer ihr Fall", sagte er. Er umarmte sie fester. „Scheint, dass wir erst abwarten müssen. Wie geht es dir bei alledem, mein Schatz?"

„Diese Porträts von Primrose zu sehen..." Marianne schnürte sich die Kehle zu. Jede Nacht seither hatte sie von ihrer Tochter geträumt. Hatte sich selbst dabei gesehen, wie sie einen finsteren Gang entlang dem Klang von Primroses süßem Lachen folgte, während Panik ihr wie Messer in die Brust stach, das Lachen in Schreie umschlug und sie nur brüllen konnte: *Ich komme. Warte auf mich...*

Sie blinzelte die Verzweiflung weg. „Ich kann sie nicht noch einmal im Stich lassen, Ambrose. Ich kann es einfach nicht."

„Wir nähern uns Coyner. Wir finden ihn." Mit den Daumen wischte Ambrose ihre Tränen weg. „Ich ruhe nicht eher, als wir ihn finden."

Kopfschüttelnd fragte sie: „Warum bist du so gut zu mir?"

Er berührte ihre Wange. „Du verdienst es, glücklich zu sein."

Seine Aufrichtigkeit ließ sie sie im Kern schmelzen wie ein Soufflé von Monsieur Arnauld. Sehnsüchte zitterten in ihr empor, doch standen noch so viele Hürden im Weg. Zuerst musste sie Primrose wieder bekommen. Sie konnte an ihre eigenen selbstsüchtigen Bedürfnisse noch nicht einmal denken, bis ihre Tochter wieder in Sicherheit war. Hoffentlich würde das bald der Fall sein – aber danach galt es dann auch noch, diese Angelegenheit mit Bartholomew Black zu bereinigen. Den Handel, den sie mit ihrer Seele besiegelt hatte. Ein Schauder ging über ihre Haut, als sie sich der Werkzeuge der Erniedrigung entsann, die er an seiner Wand hängen hatte.

Was auch immer sie sich wünschte, der Finsternis ihrer Vergangenheit entkam sie nicht. Es stand ihr nicht frei, jemandem ihre Treue oder Hingabe anzubieten. Ihre Zukunft blieb ungewiss, sie hatte nichts zu gewähren als immer nur den Augenblick. Doch sie brauchte Ambrose, seine Stärke und Wärme, obwohl sie keinerlei Anrecht darauf hatte.

Stattdessen also offenbarte sie sich Ambrose mit einem Kuss. Sie nahm sein Kinn und goss alles, was sie nicht sagen konnte, in diese gierige Begegnung ihrer Lippen. Die Sehnsüchte in ihrem Herzen brachen los, während seine Zunge ihre liebkoste, seine Hand wild in ihr Haar fuhr. Der Kuss wurde leidenschaftlich, als ob auch Ambrose die Zerbrechlichkeit des Augenblicks spürte und ihn einfordern wollte. Stöhnend kam sie auf ihre Knie und stieg auf ihn. Sie küsste seinen Kiefer, nagte an der zähen Sehne an seinem Hals, ihre Hände wanderten fieberhaft–

Er zuckte zusammen, ein Fluch zischte zwischen seinen Lippen.

„Verflixt, es tut mir leid!" Ihre Hand fuhr von seinem verletzten Arm zurück, den sie gedankenlos gepackt hatte. Wie konnte sie nur so unvorsichtig sein? „Alles in Ordnung? Habe ich dir wehgetan?"

„Es ist nichts. Mach weiter", sagte er.

Doch sie konnte sehen, wie holprig sein Atem ging. Schuldgefühle fluteten sie, strömten aus der Vergangenheit und aus der Gegenwart auf sie ein. Sie versuchte, sich von seinem Schoß zu winden, doch seine Hand klammerte ihre Taille.

„Lass mich los. Ich will dich nicht noch weiter verletzen", sagte sie erstickt.

„Du verletzt mich nicht. Aber das wirst du, wenn du noch weiter herumzappelst."

Sie hielt augenblicklich inne. „Ich tue dir weh?"

„Und wie." Seine Augen glühten wie flüssiger Bernstein. „Mein Schwanz schmerzt höllisch."

Die Wahrhaftigkeit seiner Worte stachen durch ihre Panik… buchstäblich. Sie nahm nun seine Männlichkeit wahr, die hart wie ein Schürhaken gegen ihren Unterleib drängte; nur ein wenig dünne Seide trennte ihr Fleisch von seinem. Lust überkam sie schaudernd. Und dennoch konnte sie weder ihre Besorgnis nicht unterdrücken – noch ihr schlechtes Gewissen darüber, wie sie ihn behandelt hatte.

Ambrose verdiente mehr. Er verdiente keine Frau mit einer schändlichen Vergangenheit und ungewissen Zukunft. Er verdiente eine anständige Frau, die ihn mit einem reinen, ganzen Herzen lieben konnte.

„Gewiss bist du erschöpft von der Reise." Sie senkte den Blick. „Du solltest dich nicht überanstrengen, während deine Wunde noch verheilt."

Sein Griff lockerte sich. Sie ergriff die Gelegenheit, von ihm herab zu rutschen und aufzustehen. Er beobachtete sie mit schwerem Blick.

„Du hast recht", sagte er schließlich. „Ich bin müde."

Ungeschickt versuchte sie, den Gürtel ihres Morgenmantels zu binden. „Nun, das ist nicht weiter verwunderlich–"

„Ich bin es müde, dass du dich vor mir versteckst. Dass du dich von deiner Vergangenheit gängeln lässt. Warum züchtigst du dich selbst, wenn du doch die tapferste Frau bist, die ich kenne?"

Ihr Blick verschwamm schimmernd. Warum las er in ihr wie in einem Buch?

„Alte Gewohnheit", sagte sie mit zugeschnürter Kehle.

Er musterte sie. „Da gibt es Abhilfe."

„Wirklich", sagte sie skeptisch.

„Ja, die gibt es. Aber du musst mir ausnahmsweise einmal zuhören", sagte er. „Und meinen Anweisungen folgen."

Sie hob die Augenbrauen. *Anweisungen?*

„Nimm den Morgenmantel ab", sagte er.

Die ruhige Anweisung ließ sie köstlich erzittern. Jede Faser ihrer Weiblichkeit erwiderte seine Autorität, den Hunger in seinen Augen. Wenn ihr stetiger, aufrechter Mr. Kent seine zivilisierte Haut abstreifte, konnte sie ihm nie widerstehen. Wehmütig stellte sie fest, dass sie ihm nicht widerstehen *wollte*. Ihre Finger schlüpften in den Knoten des Gürtels und lösten ihn. Die Seide glitt von ihren Schultern und häufte sich zu ihren Füßen.

„Du bist wunderschön, *Selkie*", sagte er. „Ganz und gar. Das weißt du, oder?"

Wenn er sie so ansah, *fühlte* sie sich schön. Nicht nur von außen – sondern auch von innen, wo die Hässlichkeit schwelte. Die Scham, die Schuld. Und so viel Reue. Doch er hatte diesen Teil von ihr gesehen und fand immer noch, dass sie es verdiente, glücklich zu sein.

„Komm her zu mir", sagte er.

Sie entschied sich, seiner Aufforderung nachzukommen. Ihre Nerven schlugen Funken. Wer hätte gedacht, dass es so aufregend sein könnte, einen Mann das Kommando übernehmen zu lassen? Ihm genug zu vertrauen, dass man sich seinen Aufforderungen unterwerfen konnte? Mit jedem Schritt verebbte ihre Zukunftsangst, während das warme Wohlwollen in seinen Augen sie einhüllte, während sie sich in die Gewissheit des Augenblicks sinken ließ, in dieses Jetzt, das alles bedeutete. Sie blieb knapp vor seinen großen bloßen Füßen stehen.

Er öffnete den Gürtel seines Morgenmantels. Die schwarze Seide öffnete sich, und beim Anblick seines Schwanzes leckte sie sich die Lippen. Er war groß, dick und schwer. So geschwollen, dass er nach oben deutete. Die breite Krone streifte ihm fast den Nabel. Die Muskeln ihrer Scham zitterten, während er sein eigenes Glied fasste und seine langen Finger es kaum umschließen konnten.

„Siehst du, wie hart du mich machst? Wie sehr ich in dir sein will?"

Seine Unverblümtheit stieg ihr heiß in die Wangen, ihr Geschlecht wurde feuchter.

„Ich will dich in mir", sagte sie.

Seine Nasenflügel bebten und sie sah seinen Schwanz in seiner Faust zucken. „Bist du denn nass genug für mich? Ich bin im Augenblick recht groß, und will deinem süßen kleinen Kätzchen nicht wehtun."

Ihr Atem ging schneller, als sie sich bewusst wurde, was er von ihr wollte. Sie liebte es, wenn an die Stelle seines sonst so besonnenen Blicks dieses herausfordernde, verwegene Glänzen trat. Absichtlich langsam führte sie ihre Hand zu ihrem Bauch. Sie fuhr den weichen Hang hinab und sah, wie seine Eichel in seinem Griff in Erwiderung anschwoll. An ihrem Geschlecht angelangt hielt sie inne, ehe sie mit dem Mittelfinger durch ihre feuchten Locken fuhr.

„Ich bin nass", sagte sie kehlig. „Völlig durchnässt für dich."

Mit bebender Brust sah er ihr zu, strich mit der Hand seinen Schwanz auf und ab. „Nur, um sicherzugehen, fass dich doch für mich an. Ja, mein Schatz, genau so. Du weißt doch sehr wohl, wie du mit deinem Kätzchen spielen musst, nicht wahr?"

Sie stöhnte, während ihre Finger um ihr eigenes feuchtes Fleisch kreisten, den lieblichen Gipfel fanden, wo sich ihre Lust sammelte.

„Hast du das zuvor schon getan? Dich selbst berührt und dabei an mich gedacht?"

„Ja", seufzte sie, „oh, Ambrose, ja."

„Gut. Ich möchte, dass es dir Lust bereitet, an mich zu denken." Er holte einen Pariser aus seinem Morgenmantel, legte ihn langsam an, ließ sie die Pracht sehen, die sie erwartete. „Wenn ich mich selbst bearbeite, dann denke ich nur an dich – wie süß und tapfer du bist. Wie ich jedes Mal vor Lust vergehe, wenn wir ficken."

Seine Worte brachten sie um ihre Beherrschung. Der Orgasmus traf sie, ihre Knie gaben nach. Er fing sie, zog sich auf sich. Noch ehe sie ihren Atem wiederfand, war sie schon über seine harten Schenkel gespreizt, seine Schwanzspitze drängte gegen ihren noch bebenden Eingang.

Allmächtiger. Er war so groß. So hart.

„Du bist schön, innerlich und äußerlich." Seine Augen brannten mit einer finsteren Flamme. „Sag es, Marianne."

„Ich... ich bin schön."

„Du verdienst es, glücklich zu sein", sagte er streng.

Sie schluckte. „Das tue ich. Ich weiß es."

„Und du gehörst mir."

Ein wehmütiger Atemzug. „Dir... heute Nacht."

Er sah sie eindringlich an. Seine Augen waren von kleinen Falten umgeben.

„Ich liebe dich", sagte er.

Schreck und Freude sprangen ihn ihr umher. Ehe sie etwas erwidern konnte, packte er ihre Hüften. Er stieß nach oben, während er sie gleichzeitig unerbittlich, fest nach unten zog. Sie schrie vor Lust auf, als sie so kühn aufgespießt wurde.

„Reite auf mir. Beweg dich auf meinem Schwanz, mein Schatz", knurrte er.

Sie gehorchte. Ihre Scheide bebte, während sie sich an seinen Umfang gewöhnte. Und an das

Glück, das in ihrem Herzen hämmerte. *Ich liebe dich.* Solch ein freigiebiges, bedingungsloses Geschenk. Wie sehr sie sich nach der Freiheit sehnte, es erwidern zu können. Ihre Brust pochte vor Gefühlen, sie kam auf die Knie, ließ sich dann vollständig auf seinen Schwanz sinken. Er stöhnte, als sie jedes Zoll von ihm nahm, mit ihrem Körper zeigte, was sie nicht in Worte fassen konnte.

„Irgendwie hab ich gewusst, dass es dir oben gefallen würde." Obwohl seine Stimme abgehackt war, zuckten seine Lippen vergnügt. „Lehn dich nach vorne, meine Liebe… das wird dir sogar noch besser gefallen."

Er legte seine Handflächen auf die Kante des Diwans hinter seinen Schultern, sie wiegte sich wieder auf ihm und keuchte, als Funken durch ihr Geschlecht stoben. Sie wiederholte die Bewegung, stöhnend, weil mit jedem Heben und Senken sein Glied an ihre Perle rieb. Seine Lippen schlossen sich um eine Brustwarze, leckten, saugten, und die Empfindungen schossen geradewegs in ihren Unterleib, verstärkten den fesselnden Genuss noch mehr. Besser konnte es gar nicht mehr werden, glaubte sie, bis plötzlich seine Hüften nach oben wogten und sein Schwanz eine ganz und gar köstliche Stelle stupste.

Vor ihren Augen tanzten Lichter. *„Ambrose, mein Gott–"*

„Verflucht, du klemmst mich ein wie ein Schraubstock", stöhnte er. „Ich halte es nicht viel länger aus. Komm für mich, mein Schatz."

Seine Hände packten ihr Gesäß, hielten sie auf seinem tobenden Schwanz gefangen. Er stieß immer wieder in sie hinein. Ihr Rückgrat schmolz, sie zerfloss in einem heißen Strom von Empfindungen. Ein Puls der Lust nach dem anderen ging ihr durch die Lenden, fing in ihrem Magen Feuer, und sie zerbarst, zersprang in funkelnden, glutheißen Scherben.

Starke Hände hoben sie auf, warfen sie auf die Kissen. Atemlos lag sie auf dem Rücken während Ambrose über ihr stand. Die Adern auf seinem Hals traten hervor, er riss sich den Pariser herunter und nahm seinen Schwanz in seine Faust.

„Willst du mich fühlen?", raspelte er.

Sie schwebte noch in der Nachglut und fühlte dennoch ein primitives Beben. Denn sie kannte die Antwort. Sie *darbte* nach seiner Hitze – wollte seine Essenz in ihre Seele aufsaugen. Seine Nasenflügel bebten, während sie ihre Brüste fasste und ein Tal zwischen ihnen bildete.

„Hier", flüsterte sie. „Komm hierher."

Er war großartig in seiner Lust, er war nichts weiter als schlanker, bebender Muskel, seine Augen durchdringend, auf ihre geheftet. Seine Leidenschaft brannte so hell wie ihre, leuchtend und schön. Ein, zwei, drei Striche und sein Rückgrat krümmte sich. Sein Gesicht verzog sich in einer harschen Grimasse. Er schrie auf, während sein Erguss aus seinem Schwanz geschossen kam und über ihre Haut regnete.

Ein Tropfen landete auf ihrer rechten Brustwarze, benetzte den empfindlichen Gipfel. Sie berührte die cremige Essenz und brachte ihren Finger zu ihren Lippen. Sie summte, als sein markanter Geschmack ihre Sinne erwärmte.

Er stöhnte ihren Namen, fiel neben ihr auf die Matratze und zog sie in seine Arme. „Du machst mir noch den Garaus, Frau."

„Vielleicht ist das Gegenteil der Fall. Und ich dachte, Sie wären ein netter Mann, Mr. Kent", murmelte sie.

„Hoffentlich nicht *zu* nett." Sie fühlte sein Lächeln an ihrer Wange. „Ich will Milady ja schließlich nicht mit meiner öden Art langweilen."

Kapitel 40

Am nächsten Morgen blickte Ambrose auf die Gruppe, die im Frühstücksraum versammelt war. Die Hartefords saßen an einem Ende des Tisches, während Miss Percy Fines und Gavin Hunt zusammen die Anrichte begutachteten. Percys Mutter saß auf einem Stuhl neben Ambroses Vater; die beiden schienen sich auf Anhieb gut zu verstehen. Samuel verfütterte Kekse an den fetten Mops auf Mrs. Fines' Schoß, während die gute Frau eingehend die bevorstehende Hochzeit ihrer Tochter erörterte.

Trotz des freundlichen Geplauders hing eine erwartungsvolle Stimmung im Raum. Mariannes Freunde waren hier, um ihr Hilfe und Beistand zu leisten; denn heute erwartete sie die Späher zurück, die zu Coyners Gütern ausgeschwärmt waren. Um das Wirrwarr zu begrenzen, hatte Ambrose Emma gebeten, ihre Geschwister irgendwo anders zu beschäftigen.

Marianne neben ihm stocherte in ihrem Teller herum. Er legte seine Hand auf ihre und drückte sie. Sie sah ihn an. Sorge verfinsterte ihren Blick.

„Alles wird gut", sagte er. „Wir finden Coyner schon, meine Liebe."

Ihr Kinn zitterte und sie nickte, klammerte ihre Hand um seine.

„Die Amtsrichter haben die Stadt durchsuchen lassen, also wissen wir zumindest schon, dass er nicht hier ist", sagte Harteford über seine Kaffeetasse hinweg.

Hunt schnaubte, während er für seine Verlobte einen Stuhl rückte. „Ein Haufen Charleys, was wissen die schon? Aber Harteford hat schon recht. Coyner hat sich aus dem Staub gemacht. Meine Männer haben London durchkämmt, und keine Spur von dem Bas–"

Mrs. Fines hüstelte hörbar.

Hunts vernarbtes Gesicht wurde rot, während er seiner zukünftigen Schwiegermama einen raschen Blick zuwarf. „Äh, will sagen, wir haben keine Spur von Coyner", nuschelte er und setzte sich hin.

„Wenn Mr. Hunt der Meinung ist, Coyner ist nicht hier, dann suchen wir lieber anderswo", sagte Miss Percy. „Mr. Hunt ist ja so gescheit, und er kennt jeden Winkel von London, nicht wahr, Sir?"

Das Lob seiner Versprochenen ließ Hunt noch stärker erröten, wenn das überhaupt möglich war. Er nickte schroff.

„Hoffen wir, dass einer der Späher gute Nachrichten bringt. Ich habe nachgedacht", sagte Lady Harteford, mit zusammengekniffenen Haselnussaugen. „Wenn ich der Schurke wäre, wäre mir ganz gewiss nicht wohl dabei, im Lande zu verbleiben."

Ambrose hatte schon den gleichen Gedanken verfolgt. „Sie erwähnten, Milady, dass Coyner Verwandte in Frankreich hat?"

„Die Valois, auf der Seite seiner Großmutter", erwiderte sie. „Ich habe selbst ein wenig nachgeforscht."

„Glaubst du, er würde meine Tochter nach Frankreich mitnehmen? Wie würde er denn ihre Gegenwart seiner Familie erklären?", fragte Marianne.

Schweigen vertiefte sich im Zimmer, während alle darüber nachdachten, welche möglichen Vorwände Coyner erfinden könnte... und was er in Wahrheit mit Primrose vorhatte. Ambrose ballte die Fäuste; er konnte es kaum erwarten, den Bastard in die Finger zu bekommen. Den grimmigen Blicken der anderen Männer nach zu urteilen ging es ihnen genauso.

Es klopfte. Marianne wirbelte in ihrem Stuhl herum, während Lugo öffnete.

„Jemand von der River Police ist da, Milady", sagte er. Johnno kam in den Frühstücksraum, seine Mütze auf seinen rotbraunen Schopf gezwängt. Die angestrengten Falten auf dem Gesicht des Flusspolizisten entspannten sich, als er Ambrose sah.

„Mr. Kent, gut, Sie zu sehen." Johnno kam eifrig auf ihn zu. „Ich und die anderen bei Wapping Station haben uns gefragt, wo Sie stecken. Wir haben von der Schießerei gehört und–"

„Wie Sie sehen können, geht es mir gut." Ambrose stand auf und schüttelte ihm die Hand. „Sagen Sie uns, was es Neues gibt, Johnno."

Der Blick des Flusspolizisten schoss zu Marianne, die nach außen hin gefasst auf dem Stuhl sitzen blieb. Doch Ambrose konnte die Besorgnis in ihrem bleichen Gesicht lesen, in ihren auf dem Schoß verkrampften Händen. Er betete, dass der Flusspolizist gute Nachricht brachte.

„Coyner hielt das Mädchen auf seinem Gut in Northhampton fest", brach es aus Johnno heraus.

Alle schnappten gleichzeitig nach Luft.

„Haben Sie sie?" Mariannes Stimme zitterte vor Anspannung.

Der Flusspolizist schüttelte den Kopf. „Nein, Milady. Leider nicht."

Ambrose legte einen Arm um Mariannes Schulter, während Lady Hartford scharf sagte: „Wo sind sie denn dann?"

„Geflohen." Johnno riss sich missmutig die Mütze vom Kopf und begann, sie in seinen

Händen zu wringen. „Der Verdächtige muss etwas mitbekommen haben. Ich habe die Dienerschaft befragt, und sie sagten, er sei am Vortag mit der kleinen Miss und ihrer Gouvernante abgereist." Er räusperte sich. „Soweit wir wissen, behandelt er das Mädchen wie eine Prinzessin. Die Dienerschaft glaubte, sie sei sein Mündel, und allem Anschein nach ging nichts.... Unsittliches vor sich. Zumindest wusste die Dienerschaft von nichts."

Marianne atmete schaudernd aus. Ihre Schultern sackten zusammen, als könnte sie sich nicht länger aufrecht halten. Ambrose hielt sie noch fester, flößte ihr seine Kraft ein.

„Es wird gut ausgehen", sagte er leise. „Bald haben wir sie wieder." Er wandte sich an Johnno: „Wo ist Coyner jetzt?"

„Der schmierige Aal reiste in Northhampton unter falschem Namen, und war uns bislang immer einen Schritt voraus", sagte Johnno mit finsterer Miene. „Zuletzt war er auf dem Weg nach Süden durch Hertfordshire. Caster ist ihnen noch auf den Fersen."

„Caster ist einer meiner Männer. Er versteht sich ausgezeichnet darauf, Verdächtige zu verfolgen", teilte Ambrose der Gruppe mit.

„Wir haben also entschieden, dass ich kommen und Ihnen Bericht erstatten sollte. Und herausfinden, ob Sie vielleicht eine Ahnung haben, wohin Coyner unterwegs sein könnte. Am besten wäre es, wir könnten ihm den Weg abschneiden", sagte Johnno.

Ambrose runzelte die Stirn. „Höchstwahrscheinlich Frankreich. Aber wir haben keine Beweise." Er sah Marianne an. „In Coyners Arbeitszimmer fanden sich keine Hinweise auf seine Absichten?"

Ihr grüner Blick schimmerte missmutig. „Wir haben nichts gefunden."

„Wir drei haben gründlich gesucht", sagte Harteford. „Lady Draven, Sie haben doch Coyners persönliche Gegenstände hierherbringen lassen, oder?"

„Ich habe schon alles sorgfältig durchkämmt", sagte Marianne.

„Ich sehe noch einmal nach. Mit frischem Blick", sagte Ambrose.

Marianne führte sie in den Salon. Die Gruppe versammelte sich um die offene Kiste auf dem Couchtisch. Ambrose wühlte durch den Inhalt. Er fand nichts als gewöhnliche Schreibwaren darin.

„Das ist so ziemlich alles", sagte Marianne.

Ambrose ging weiter durch die Gegenstände; verschiedene Federhalter, ein Tintenglas, leere Blätter Pergament. Er hob ein ledergebundenes Notizbuch auf, blätterte darin und fand nur leere Seiten. Er warf es beiseite und nahm ganz unten aus der Schatulle ein zerknülltes Blatt heraus. Sein Blut pochte plötzlich wild.

„Das hast du in Coyners Schreibtisch gefunden?", fragte er.

„*Zeige stets unermüdliche Tapferkeit. Die Unnachgiebigen bekommen ihre Gerechtigkeit*", zitierte Marianne, flach vor Hoffnungslosigkeit.

„Nun, Junge?", forderte Ambrose seinen Flusspolizisten auf.

Ein Grinsen ging über Johnnos Gesicht. „Heiliger Bimbam, er fährt nach *Dover*."

„Das meine ich auch." Befriedigung schwoll in Ambrose. „Geben Sie den Männern bei Wapping

Station Bescheid, und auch Sir Birnie bei Bow Street. Wir schnappen uns Coyner am Hafen."

„Jawohl, Sir." Johnno eilte davon.

„Ich verstehe nicht", brach es aus Marianne heraus. „Wie schließt du aus diesen Zeilen, dass Coyner auf dem Weg nach Dover ist?"

Ambrose wandte sich an sie. „Weil ich ein Flusspolizist bin, mein Schatz." Und verdammt, war er gerade froh, dass er sich in der Schifffahrt so gut auskannte. „Die *Unermüdliche,* die *Tapferkeit,* die *Unnachgiebige* und die *Gerechtigkeit* sind Passagierschiffe. Coyner muss sich diese Gedächtnisstütze aufgeschrieben haben, als er sich nach möglichen Fluchtrouten umsah, und den Zettel dann in der Eile vergessen haben."

„Diese Schiffe legen alle von Dover ab?", fragte Marianne benommen.

Ambrose nickte. „Die Ahnung von Lady Harteford war richtig. Coyner ist auf dem Weg nach Frankreich–nach Calais, um genau zu sein. Wir müssen ihn aufhalten, ehe er ablegt."

„Wir können meine Kutsche nehmen. Johnnos Ermittlungen nach ist Coyner noch mindestens zwei Tagesreisen von Dover entfernt. Wenn wir unverzüglich aufbrechen, kommen wir vor ihm dort an", sagte Harteford.

Ambrose sah Marianne an. „Kannst du in einer Stunde abreisen?"

„Gib mir eine Viertelstunde", sagte sie.

„Wir müssen erst nach Hause und die Kinder der Amme–", hob Lady Harteford an, doch ihr Gemahl legte ihr einen Finger auf die Lippen.

„Es ist zu gefährlich. Und in deinem Zustand auch viel zu anstrengend", sagte er bestimmt.

Die Marquise biss sich auf die Lippen. „Aber Primrose ist meine Nichte. Und Marianne braucht jede Hilfe."

„Mach dir darum keine Sorgen, Helena", meldete sich Percy zu Wort. „Marianne hat in Nick, Mr. Kent und Mr. Hunt genug Hilfe."

„*Ich* gehe auch mit?" Gavin Hunt hob die Augenbrauen.

„Aber freilich tust du das. Wie sonst könnten wir uns Marianne erkenntlich zeigen?"

„Wofür?", fragte Hunt.

Seine Verlobte sah ihn unschuldig an. „Wenn sie mich nicht beraten hätte, hätte es womöglich viel länger gedauert, bis ich begriffen hätte, dass ich mich in dich verliebt hatte." Sie fasste lächelnd sein Kinn. „Und wo wären wir dann hingekommen?"

Auch harte Kerle hatten ihre Schwächen.

Hunt murmelte: „Ich nehme meine eigene Kutsche. Geht schneller so."

Lady Harteford ging zu Marianne und umarmte sie. Ambrose sah, wie sie ihre Freundin einen Moment lang festhielt, wie blonde an braunen Locken zitterten.

„Du wirst vorsichtig sein, versprochen, Marianne?", sagte die Marquise unter Tränen. „Du sollst wissen, dass du nicht allein bist."

Marianne nickte. Ihr Blick fiel auf Ambrose.

„Das weiß ich schon. Ich bin nicht mehr allein." Ihr Blick schloss den versammelten Kreis ihrer Freunde mit ein. Sie sagte zittrig: „Mit eurer Hilfe bringe ich meine Tochter wieder heim."

Kapitel 41

Sie hob ihre behandschuhte Hand gegen die grelle Morgensonne vor die Augen überblickte die belebten Docks von Dover bei Tagesanbruch. Möwenkreischen und ans Ufer brandende Wellen erfüllten die Luft. Der silbrige Nebel der Nacht hatte sich gelüftet, und die gespenstischen Riesen am Pier erwiesen sich als gediegene, zum Ablegen bereite Schiffe. Die mächtigen weißen Kalkfelsen wachten über die ruhige See. Oben auf den Felsen stand die Festung, bereit, Angreifer abzuwehren.

Allerdings befand sich heute der Feind mitten im Hafen, und es galt, ihn an der Flucht zu hindern. Mariannes Magen verdrehte sich vor Verdruss:

Im regen Treiben von Gepäck und Reisenden war keine Spur von Coyner oder ihrer Tochter auszumachen.

„Haben wir sie vielleicht verpasst?", fragte sie voller Sorge.

„Sie sind hier." Neben ihr überwachte Ambrose die Lage. Es beruhigte sie ein wenig zu wissen, dass seinem wachsamen Blick nichts entging. „Die River Police steht an den Schiffen und überprüft die Passagierlisten. Die Runner bewachen alle Straßen aus Dover. Coyner kann nicht entkommen – wir finden ihn und Primrose."

Gestern Nachmittag waren sie angekommen und hatten sich mit den Kapitänen der vier Schiffe in Verbindung gesetzt. Nur die *Tapferkeit* und die *Unerbittliche* sollten heute ablegen. Sie hatten die Passagierlisten der beiden Schiffe durchgesehen, und freilich war kein Gerald Coyner darauf gestanden. Das wäre zu einfach gewesen, und Marianne erwartete auch nicht, dass der schlüpfrige Schurke es ihnen leicht machen würde.

Sie und Ambrose hatten aus den Passagierlisten der zwei Schiffe die Verdächtigen herausgesiebt. Zusammen reisende Väter und Töchter und –

dank Johnnos Auskünften über die Gouvernante – auch Trios mit weiblichen Reisegefährtinnen. Die Namen dieser Passagiere hatten sie den Polizisten mitgeteilt, die das Einsteigen überwachten.

Harteford und Hunt kamen auf sie zumarschiert.

„Hunt und ich haben bei den Geschäften am Hafen und in der Stadt nachgefragt. „Keiner erinnert sich an ein Mädchen, das auf die Beschreibung von Primrose gepasst hätte."

„So wie ich Coyner kenne, hat er sich nicht in die Öffentlichkeit gewagt. Er weiß doch, dass wir hinter ihm her sind", sagte Ambrose grimmig.

„Wenn er die Charleys bei den Schiffen stehen sieht, schreckt ihn das vielleicht ab", sagte Hunt.

„Meine Männer sind als Matrosen verkleidet", erwiderte Ambrose.

Hunt verdrehte die Augen. „Wenn Coyner einen Charley nicht auf eine halbe Meile riechen kann, dann ist er nicht halb so schlau, wie Sie ihn darstellen."

Besorgnis packte Marianne, denn sie musste Hunt beipflichten.

„Coyner wird es versuchen", versicherte Ambrose ihr. „Er hat nun keine Wahl mehr – er kann uns auf britischem Boden nicht ewig entkommen. Sein beste und einzige Chance ist es, gen Frankreich zu segeln."

Marianne nickte zittrig. Sie ließ den Schleier ihrer Haube hinab, und der milchig-weiße Stoff driftete vor ihr Gesicht, machte sie unkenntlich. Sie trug einen unscheinbaren Bombassin, um in der Menge verschwinden zu können.

„Gehen wir und finden meine Tochter", sagte sie.

Sie teilten sich wie geplant in Zweiergruppen auf. Jeder hatte eine Pfeife bei sich, um Alarm schlagen zu können, falls Coyner gesichtet würde. Harteford und Hunt umkreisten den Pier bei der *Unerbittlichen*, Marianne und Ambrose machten sich auf den Weg zur *Tapferkeit* an der westlichen Hafenwand. Wie sie sich der glänzenden Reihe von Schiffen näherten, zog Ambrose sie zur Seite und duckte sich hinter einen Stapel von Reisekoffern.

„Ich sehe Johnno und die Jungs, sie gehen gerade auf die *Tapferkeit* zu", sagte er leise. „Wenn du Coyner siehst, schlag Alarm, hörst du? Ich bin nicht weit, mein Schatz."

Weil Ambrose selbst zu leicht erkannt würde, würde er vom Deck eines nebenan liegenden Schiffes Wache halten. Von dort aus würde er sie beschützen. Wie er es schon seit dem Augenblick ihrer ersten Begegnung tat. Ihre Augen brannten. Er hatte ihr alles gegeben und keine Gegenleistung verlangt. Nicht einmal drei kleine Worte, die er ihr bedingungslos geschenkt hatte und an die sie sich selbst insgeheim klammerte wie ein bockiges Kind an ihre Puppe.

Ihre Kehle schnürte sich zu. „Ambrose?"

Seine Augen suchten weiterhin den Kai ab. „Ja?"

„Ich..." Sie schluckte. „Danke."

Ehe er etwas sagen konnte, hob sie ihren Schleier und küsste ihn. Dann wandte sie sich ab und ging festen Gangs auf das Schiff zu. Seine Gegenwart ankerte jeden ihrer Schritte, gab ihr Kraft, während sie sich aufmachte, ihre Tochter zurückzufordern.

In der Nähe der Landungsbrücke waren die Passagiere versammelt. Es tummelten sich Dutzende von Menschen – Männer, Frauen, Kinder. Zusammen mit den Glocken, die zum Einstieg läuteten, vermengten sich die Stimmen zu einem lärmenden Wirrwarr. Marianne hielt sich am Rande, versuchte, in jedes Gesicht zu sehen. Mit den breitkrempigen Hüten und Hauben, die derzeit in Mode waren, erwies sich das als unerwartet schwierig. Die kleineren Gestalten der Kinder verschwanden völlig im Meer drängelnder Körper.

Sie reckte den Hals, um den Kopf der Schlange zu sehen, wo Johnno und ein weiterer Flusspolizist in Seemannskleidern standen.

Sie hatten sich am abgeseilten Aufgang zur *Tapferkeit* aufgestellt. Als die Passagiere mit dem Einstieg begannen, musterten sie das Gesicht jedes Fahrgastes, während er oder sie die Fahrkarte vorzeigte. Da kam Marianne eine Idee. Sie ließ ihren Beutel auf die Planken fallen und kniete sich hin, um ihn wieder aufzuheben, was ihr eine bessere Sicht bot. Sie achtete auf die Schuhe – suchte nach einem Paar, das einem achtjährigen Mädchen passen würde. Da sah sie ein Paar brauner Stiefeletten in der richtigen Größe. Sie richtete sich auf und stürzte sich kopflos in die Menge. Empört Rufe ertönten.

„Also wirklich!"

„Haben Sie denn keine Manieren, Miss!"

Sie schenkte den Kommentaren keine Beachtung, kämpfte sich mit den Ellbogen hindurch. Beim Anblick einer kleinen Strohhaube blieb ihr der Atem stehen. Das Profil des Mädchens war hinter dicken goldenen Locken verborgen.

„Primrose?", sagte sie zittrig.

Das Mädchen drehte sich um und sah sie mit verwunderten braunen Augen an. „Wie bitte, Miss?", sagte sie.

„Pst, Hattie." Der Gentleman neben dem Mädchen verdrehte den Hals, sein gegerbtes Gesicht war misstrauisch, während er Marianne von oben bis unten musterte. „Habe ich dir nicht gesagt, dass du nicht mit Fremden sprechen sollst?"

„Entschuldigung, ich habe mich getäuscht", sagte Marianne.

Sie versuchte, sich zurückzuziehen, doch eine Welle eifriger Passagiere trug sie weiter. Sie kämpfte gegen den Strom an, versuchte, einen Blick auf weitere Kinder in der Menge zu erhaschen. Durch eine Lücke sah sie einen blonden Schopf... verflixt, der gehörte einem

Jungen. Ein schlichtes Seidenhäubchen mit Gänseblümchen blitzte in der Entfernung auf, doch lugten daraus braune Ringellöckchen hervor.

Verzweiflung stieg in ihr empor; so bekam sie nie eine klare Sicht, und aus der Menschenmenge konnte sie sich auch nicht befreien. Sie musste einfach ausharren und darauf vertrauen, dass Johnno und sein Kollege ihre Pflicht tun würden. Als sie vorne an der Schlange anlangte, zog Johnno sie beiseite.

„Noch hab ich sie nicht gesehen, Milady", flüsterte er. „Die Dreierfamilien auf der Liste sind bereits an Bord. Jetzt hab ich noch ein paar Väter mit Töchtern übrig – da, hinter Ihnen kommt gerade einer."

Panik krallte sich in Mariannes Inneres. *Bitte, lass es Primrose sein*.

Sie wandte sich dem Paar zu. Ihr Herz sank. Das braunhaarige Mädchen plauderte fröhlich vor sich hin, während ihr Papa – nicht Coyner – die Fahrscheine hinhielt.

„Keine Sorge. Da kommen noch mehr", sagte Johnno.

Aber als das letzte Duo – ein gewisser Mr. Yardsmith und seine Tochter Sally – von der Passagierliste gestrichen war, gruben sich Sorgenfalten um Johnnos Augen.

„Sie sind da drüben bei der *Unerbittlichen*. So muss es sein", sagte er bestimmt.

Marianne versuchte, sich gegen die Verzweiflung zu stemmen. Gegen die Furcht, die ins sie schwappte, die sie flutete.

Wo bist du, Rosie? Bitte... gib mir ein Zeichen. Hilf mir, dich zu finden.

„Bleib du hier und hab ein Auge auf die übrigen Passagiere", hörte sie Johnno seinen Kollegen anweisen. „Ich gehe mit Milady zum anderen Schiff rüber."

Sie nahm taub den Arm des Flusspolizisten. Sie steuerten durch die verbleibende Menge, die sich noch am Einstieg drängte. Da fing ein sonniges Stimmchen Mariannes Aufmerksamkeit.

„*Mademoiselle*, haben Sie denn je so ein großes Boot gesehen?"

Marianne kribbelte die Haut. Sie blieb stehen, blickte hektisch in die Menge. Sie konnte nicht ausmachen, wem die liebliche Stimme gehörte; sie reckte den Hals, spitzte die Sinne. Eine weitere Stimme mit einem schweren französischen Akzent driftete zu ihr.

„Pst, *ma petite*. Wir sind fast da."

Mit zuckendem Herzen drängelte sich Marianne in das Menschenknäuel. Sie hörte Johnno rufen, doch achtete nicht auf ihn, sie musste sehen, wo diese Stimmen herkamen.

Wo bist du, mein Schatz? Sprich mit mir, Primrose, sprich mit mir...

„Ich habe Hunger, *Mademoiselle*. Bekommen wir denn an Bord Tee serviert?"

Marianne boxte sich zu den singenden Tönen hindurch. Nur ein paar Schritte entfernt sah sie das Paar. Eine aufrecht gehende Frau hielt ein kleines Mädchen an der Hand. Ihr Kopf war unter einer großen Strohhaube verborgen. Marianne kämpfte sich voran, griff nach dem Arm des Mädchens.

Das Mädchen erschrak und wirbelte herum, klammerte eine Puppe an ihre kleine Brust.

Dunkelbraune Locken küssten ihre Stirn… doch diese Augen hätte Marianne überall erkannt. Grün wie der Frühling und goldgesprenkelt. Augen so hell wie die Hoffnung selbst.

„Primrose", flüsterte sie.

Die Augen des Mädchens wurden noch größer, ihre rosigen Lippen öffneten sich überrascht. „Woher wissen Sie, wie ich heiße?"

„Lassen Sie sie los!"

Die Stimme mit dem starken Akzent brach in Mariannes Träumerei und Primrose wurde ihr jäh entrissen. Die Französin stellte sich zwischen Primrose und Marianne. Angezogen von dem Drama, das sich da spann, bildeten die anderen Fahrgäste einen Kreis um sie herum.

„Lassen Sie sie in Ruhe." Unter dem dunklen Rand ihrer Haube funkelten die Augen der Frau Marianne böse an. „Haben Sie nicht schon genug angerichtet?"

„Sie ist meine Tochter. Mein kleines Mädchen. Geben Sie sie mir zurück", sagte Marianne mit brechender Stimme.

„Genug von diesem Unsinn! Ich weiß, was Sie getan haben, Sie Flittchen. Monsieur hat mir alles über Sie erzählt." Die Augen der Frau waren Schlitze in ihrem knochigen Gesicht. „*Putain*. Sie sollten sich schämen, Ihr Gesicht in der Öffentlichkeit zu zeigen." Marianne schluckte. Doch sie weigerte sich, sich noch länger von der Scham einschüchtern zu lassen.

Ihr Blick heftete sich auf das kleine Gesicht ihrer Tochter. Sie sagte sanft: „Ich bin deine Mama, und ich suche dich schon sehr lange. Bitte komm zu mir."

Die Frau wandte sich an Primrose und sagte scharf: „Hör nicht auf sie! Du und ich, wir steigen in dieses Boot, wie dein Vormund uns angewiesen hat."

Primrose blinzelte und blickte von ihrer Gouvernante zu Marianne. „Aber... er sagte, meine Mama sei tot." Das unsichere Beben in ihrer Stimme stach Marianne mitten ins Herz.

„Dass ich sein Mündel wurde, nachdem er mich von Mrs. Barnes gerettet hatte."

„Das stimmt auch. Diese Frau hier ist eine Verrückte. Achte nicht auf ihre Lügen", beharrte die Französin.

Mariannes Verstand raste. Wie viel sollte sie Primrose erzählen? Sie wollte die Unschuld ihrer Tochter schützen, denn – wie durch ein Wunder – erschien Primrose in der Tat noch unschuldig zu sein. Arglos und unbefleckt. Ihre Augen wanderten über die gesunde, strahlende Verfassung ihrer Tochter, und sie wusste: Was auch immer Coyner Schändliches mit ihr vorgehabt hatte, er hatte es noch nicht in die Tat umgesetzt.

Erleichterung erfüllte sie wie Sonnenschein, die Schatten wichen etwas zurück.

„Ich bin nicht tot, mein Schatz", sagte sie heiser. „Ein böser Mensch hat dich mir genommen, aber ich bin deine Mama. Unter dieser Farbe ist dein Haar eigentlich golden wie meines, nicht wahr?"

Primrose klammerte sich an ihre Puppe und nickte zaghaft.

„Und deine Augen", –Marianne hockte sich hin, damit sie und Primrose auf Augenhöhe waren– „sind doch grün wie meine, nicht wahr?"

Primrose atmete schaudernd aus. „Ja."

„Du hast ein kleines Muttermal. Es sieht aus wie eine Blume. Auf deinem linken Knie."

„W-Woher wissen Sie das?", stammelte Primrose.

„Weil", sagte Marianne erstickt, „ich das erste Jahr deines Lebens jede Minute mit dir verbracht habe. Bevor man dich mir weggenommen hat, warst du meine Welt. Und selbst danach..." –ihre Stimme zitterte, während sie um Fassung rang– „oh, mein Schatz, in den letzten sieben Jahren ist nicht ein Moment vergangen, in dem ich mich nicht nach dir gesehnt habe."

„Sie sagt die Wahrheit, kleine Miss." Marianne drehte sich um. Ambrose stand hinter ihr. Besonnen und beruhigend sagte er: „Ich bin von der Thames River Police. Wir haben deiner Mama dabei geholfen, dich zu suchen."

Primrose schlug die Augen auf, ihr Kinn bebte. Eine einzelne Träne rann ihre Wange hinab, und Mariannes Herz wand sich wie in einem Drehstock. Es war zu viel verlangt, wie sollte ihr Kind das alles nur verstehen–

„Mama?", flüsterte Primrose.

Ein Schluchzen blieb Marianne in der Kehle stecken. „Ja, mein liebes Kind. *Ja.*" Sie öffnete die Arme.

Die Französin stellte sich zwischen sie. „*N'attendez pas*", sagte sie zu Primrose. „Das sind alles Lügen."

Ambrose packte den Arm der Gouvernante und zog sie aus dem Weg. „Lady Draven sagt die Wahrheit. Sie sind diejenige, die man belogen hat. Wenn Sie nicht als Komplizin in einer Kindesentführung angeklagt werden wollen, sagen Sie mit jetzt, wo Ihr Arbeitgeber ist."

„Ich sage gar nichts", spie die Französin aus.

Mariannes Blick blieb auf ihre Tochter geheftet. Ihr ganzes Wesen zitterte vor Sehnsucht, Primrose in den Arm zu nehmen, ans Herz zu drücken. Doch sie fürchtete, dass das Primrose nur noch weiter verstören würde.

Also blieb Marianne stehen, wo sie war, mit geöffneten Armen und geöffnetem Herzen.

Ein paar Herzschläge vergingen.

Und dann, wie durch ein Wunder, rannte ihre Tochter auf sie zu.

Kapitel 42

Die Rückkehr nach London dauerte zwei Tage. Die ganze Reise über wachte Ambrose scharf über Marianne und Primrose. Der verfluchte Coyner war irgendwie entkommen. Ambrose hatte die Gouvernante befragt, und die hatte zugegeben, dass Coyner vorgehabt hatte, sie und Primrose in einem Hotel in Calais zu treffen. Sir Birnie hatte Runner zu dem französischen Hafen gesandt, um Coyner ausfindig zu machen. In der Zwischenzeit war Ambrose in höchster Alarmbereitschaft geblieben; sein Gefühl sagte ihm, dass es sich bei Coyner um einen Wahnsinnigen handelte, der das Objekt seiner Besessenheit so leicht nicht aufgeben würde.

Beim Anblick von Primrose und Marianne zusammen empfand Ambrose ein heftiges Bedürfnis, sie zu beschützen. Mutter und Tochter saßen nebeneinander auf den Sitzpolstern der Kutsche und nun, da die Farbe aus dem Haar der Kleinen herausgewaschen war, ähnelten ihre Köpfe zwei hellen, sich zugeneigten Blüten. Marianne beantwortete sanft Primroses Fragen. Immer wieder strich sie ihr mit der Hand übers Haar, als müsse sie sich vergewissern, dass ihre Tochter wirklich wieder sicher in ihren Armen war.

Ambrose wurde die Kehle eng. Bei Gott, er würde tun, was auch immer nötig war, um Marianne ein wohlverdientes Gefühl der Sicherheit zu geben. Zu gewährleisten, dass nichts und niemand sie und Primrose je wieder bedrohen würde.

„Sind wir fast da, Mama?", fragte Primrose zum zigten Male.

„Fast, mein Schatz." Über den Kopf ihrer Tochter hinweg sandte Marianne ihm ein Lächeln.

Eine süße, heftige Sehnsucht überkam Ambrose. Obwohl er sich keine Hoffnungen machen durfte, tat er es dennoch. Er beschwor sich selbst, seine

Zukunft einen Tag nach dem anderen anzugehen. Zuerst musste Coyner hinter Gitter gebracht werden. Dann, und erst dann, konnte er sich dem Thema nähern, was die Zukunft für ihn und Marianne brachte. Sie überzeugen, dass er ihr ein würdiger Gemahl sein konnte... und dem Kind ein Vater.

Schon nach der kurzen Zeit, die er mit Primrose verbracht hatte, vergötterte er das kleine Geschöpf bereits. Sie hatte die Schönheit und den Charme ihrer Mutter... und auch deren Willenskraft. Er hörte sanft lächelnd zu, während Marianne Rosie fragte, was sie denn gern in London tun wollte. Das Kind ratterte eine vollständige Liste herunter, von einem Besuch bei Astely's Amphitheater bis zum Kauf einer hübschen Haube, wie ihre Mutter sie trug. Gottlob schien es, dass Coyners größtes Vergehen an dem Mädchen – von ihrer Entführung einmal abgesehen – wohl darin bestanden hatte, sie nach Strich und Faden zu verwöhnen. Ohne eine strenge, feste Hand würde Primrose bestimmt ein verzogener Fratz.

„Und Mr. Kent wohnt auch bei uns?", fragte Primrose.

Ambrose wartete Mariannes Antwort ab. In stillschweigendem Einverständnis waren er und sie sehr bedacht miteinander umgegangen, seit sie Primrose gefunden hatten. In dem Gasthof, wo sie die vergangene Nacht verbracht hatten, hatten sich Marianne und Primrose ein Zimmer geteilt, während er nebenan untergebracht war. Für das kleine Mädchen war alles ohnehin schon verwirrend genug, ohne dass sie sich über die Beziehung zwischen ihrer Mutter und dem Polizisten, der sie beschützte, auch noch den Kopf zerbrechen musste.

„Möchtest du denn, dass er bei uns wohnt?", fragte Marianne.

Primroses Nicken wärmte Ambrose das Herz.

„Dann wird er das auch, nicht wahr, Mr. Kent?", sagte Marianne zu ihm.

„Wenn Miss Primrose das möchte", sagte er und neigte den Kopf.

„Und ihre Mutter", murmelte Marianne.

Begierde kräuselte sich in Ambroses Bauch.

„Die Familie von Mr. Kent wohnt ebenfalls bei uns", fuhr sie fort. „Er hat eine Schwester namens Polly, die in deinem Alter ist, und ich glaube, ihr beide werdet euch blendend verstehen."

„Ich hatte noch nie eine Freundin. Ich kenne keine anderen Kinder." Die heitere Zuversicht schwand ein wenig aus Primroses Stimme und ihre kleinen Hände klammerten sich an ihre allgegenwärtige Puppe.

„Du wirst Polly und meine anderen Geschwister gern haben", versicherte Ambrose ihr, während Mariannes Lippen sich zu einer steifen Linie pressten.

Um ihre Tochter nicht weiter zu verstören, hatte sie ihr das ganze Ausmaß von Coyners niederträchtigem Plan nicht offenbart. Sie hatte gesagt, Coyner hatte Primrose gestohlen, weil er ein eigenes Kind haben wollte. Auf Ambroses Drängen hin hatte Marianne sie auch noch gewarnt, dass Coyner ein gefährlicher Mann war – dass er vielleicht nach außen freundlich wirkte, ihm aber nicht zu trauen war und Primrose unter keinen Umständen mit ihm Kontakt haben sollte. Obwohl Primrose die Stirn gerunzelt hatte, hatte sie eingewilligt.

Sie gelangten an der Stadtresidenz an. Ambrose stieg als Erster aus, und nachdem er keine Anzeichen einer Bedrohung wahrnahm, begleitete er Marianne und Primrose ins Haus, wo seine Familie bereits wartete. Sie wurden von quiekenden Begrüßungen und dem üblichen Aufruhr empfangen. Bis sich der Staub legte, war Primrose schon zwischen Polly und Violet eingehakt.

„Dürfen wir Primrose ihr Zimmer zeigen?", fragte Polly.

„Wir haben es geschmückt", fügte Violet hinzu. „Emma hat im Garten gelbe Rosen geschnitten und ich habe die neuen Bettvorhänge mit aufgehängt."

Marianne lächelte. „Wie lieb von euch allen. Möchtest du mit ihnen hochgehen, Rosie?"

„Ja, bitte", sagte ihre Tochter mit glänzenden Augen.

„Ich komme gleich nach", versprach Marianne.

Nachdem alle gegangen waren, wandte sie sich an Ambrose.

„Was ist, meine Liebe?", fragte er.

„Ich weiß nicht. Primrose endlich hier zu haben ist wie ein Traum…" Sie verstummte, Schatten verfinsterten ihren Blick. „Oh Ambrose, nun ist sie doch in Sicherheit, oder?"

Er nahm Mariannes Gesicht in die Hände.

„Wir beschützen sie", sagte er. „Darauf gebe ich dir mein Wort."

* * *

Die nächsten paar Tage vergingen vor lauter Betriebsamkeit wie im Flug. Ambrose bestand darauf, dass Marianne und Primrose bis zur Festnahme von Coyner zu Hause blieben. Marianne stimmte dem zu… und zu seiner Verzweiflung ging sie stattdessen dazu über, die Welt in ihr Haus zu bringen. Tagein, tagaus prüften er und Lugo einen Aufmarsch von Schneidern, Schustern und Kurzwarenhändlern, die in den Salon paradierten. Marianne stattete nicht nur Primrose aus wie eine Prinzessin, sondern bestand auch darauf, dass den Kents die gleiche fürstliche Behandlung zuteil wurde.

Die Zukunft seiner Familie sah in der Tat genauso glänzend aus wie ihre neuen Knöpfe.

665

Gestern war der Amtsrichter Simpson von der Wapping Station gekommen, um Ambrose die Wiedereinstellung als Hauptaufseher anzubieten. Offenbar hatte man gegen seinen einstigen Vorgesetzten Dalrymple ermittelt und ihn wegen Amtsmissbrauchs entlassen. Ambrose und seine Männer würden fortan unter Simpson arbeiten, der Ambrose eine Gehaltserhöhung verpasste und ihn in der noch andauernden Suche nach Coyner als Verbindungsmann mit der Bow Street ernannte. Als er seinem neuen Amtsrichter die Hand schüttelte, gefiel ihm der aufrichtige Händedruck seines Gegenübers.

Dann am Ende der Woche überbrachte ein Runner mit dem Namen George Smythe noch mehr gute Neuigkeiten. Ambrose kannte Smythe von den Amtsräumen der Bow Street und irgendwie gefiel ihm der Kerl mit dem pomadigen Haar und der ausgefallenen Weste nicht. Wenig hilfreich war auch der Umstand, dass er Marianne schöne Augen machte, während sie die Botschaft mit dem Amtssiegel von Sir Birnie öffnete.

„Sind Sie schon lange bei der Bow Street, Mr. Smythe?", fragte Ambrose schroff.

„Ein paar Monate. Hab mir zuvor als Häscher einen Ruf gemacht." Smythe zwinkerte. „Aber die Ladies mögen lieber Runners, hä?"

Ambrose blickte finster drein, während Marianne ausstieß: „Mein Gott."

„Was ist?", fragte er.

„Sie haben Coyner." Sie hob einen schimmernden Blick zu ihm. „Sie haben ihn in Frankreich gefunden und bringen ihn nun zurück, damit er dem Gericht vorgeführt werden kann."

Knoten lösten sich in Ambroses Brust. Er öffnete die Arme und Marianne ging darauf zu, vergrub ihr Gesicht in seiner Brust.

„Das sind in der Tat gute Neuigkeiten", sagte er heiser. „Wann haben sie Coyner gefunden?"

„Vor drei Tagen", sagte Smythe. „Wenn man die Reisezeit einrechnet, müsste er Anfang nächster Woche in London eintreffen."

Ein Schaudern packte Marianne, und Ambrose zog sie noch näher an sich.

„Sir Birnie hat mir aufgetragen, Lady Draven zu einer offiziellen Aussage aufs Amt zu bringen. Er will alles vorbereiten, damit das Verfahren gegen

Coyner beginnen kann, sobald er ankommt", fügte der Runner hinzu.

Marianne atmete durch und straffte die Schultern. „Gut, ich komme gleich mit."

„Ich komme auch mit", sagte Ambrose.

Sie schüttelte den Kopf. „Ich möchte, dass du hier bei Primrose bleibst."

Als er versuchte, ihr zu widersprechen, legte sie ihm einen Finger auf die Lippen. „Bitte, Ambrose. Auch wenn Coyner gefasst ist, geht es mir besser, wenn ich weiß, dass du hier bei meiner Tochter bist."

Ambrose runzelte die Stirn. „Und was ist mit dir?"

„Ich nehme Lugo mit", sagte sie. „Es wird nicht länger als ein oder zwei Stunden dauern."

Ambrose zögerte. Widerwillig sagte er: „Du gehst nur zur Bow Street und kommst geradewegs wieder zurück."

Sie nickte.

Der Runner bot ihr den Arm. „Gehen wir, Milady?"

* * *

Eine Stunde später stand Ambrose neben seinem Vater auf der Terrasse. Seine Geschwister und Primrose waren ebenfalls da, sie alle sahen Harry dabei zu, wie er sein neuestes Experiment vorführte. Von außen sah seine Erfindung recht unschuldig aus: weiße, aneinander gereihte Papierröhren baumelten von einem Hutbrett.

„Hier seht ihr den chinesischen Feuerkracher", verkündete Harry.

Die anderen spendeten Beifall. Ambrose wisperte: „Glaubst du wirklich, dass das sicher ist, Vater?"

„Harry experimentiert schon seit Wochen. Er hat es bestimmt im Griff", flüsterte Samuel zurück. Lauter sagte er: „Nur zu, führ ihn uns vor, mein Junge."

Während Harry nach den Zündhölzern griff, klingelte es an der Tür. Ambrose war erleichtert: Marianne war zurück.

„Warte", grinste er. „Unsere Gastgeberin will das gewiss nicht versäumen."

Er marschierte ins Foyer, wo Tilda gerade die Tür öffnete. Die Zofe japste, während gleichzeitig ein Brüllen Ambroses Ohren erfüllte.

Da stand Lugo, wüst, sein Gesicht fast bis zur Unkenntlichkeit geschwollen. Blut triefte von einer großen Platzwunde auf seiner Wange.

„Es war eine Falle", sagte der Afrikaner heiser. „Die Botschaft war gefälscht. Smythe arbeitet für Coyner–"

„Wo ist sie?", knurrte Ambrose.

„Coyner hat sie." Lugo hielt ihm eine Botschaft hin. „Er sagt, wir müssen uns an seine Anweisungen halten... oder meine Lady muss sterben."

Kapitel 43

Marianne blinzelte, die Welt vor ihren Augen nahm langsam wieder Schärfe an. Es wurde finster. Wellen plätscherten. Ein Cutter lag vor Anker, neben dem Pier, auf dem sie auf der Seite lag, ihre Wange schwer gegen die unebenen Planken. Sie versuchte, sich zu regen, doch ihre Hände und Füße waren gefesselt. Da kam ihr alles wieder. Der Hinterhalt auf die Kutsche. Coyner und Smythe, die Lugo mit vorgehaltener Waffe niederprügelten. Es schnürte sich ihr die Kehle zusammen. *Gott, Lugo*. Sie hatte versucht, um Hilfe zu schreien, doch Coyner hatte sie mit einem Taschentuch geknebelt, und die giftigen Dämpfe hatten ihr das Bewusstsein geraubt.

Sie kämpfte gegen die Panik an. Versuchte zu denken. Wo war sie... wo war Coyner?

„Endlich wach?"

Ein Stiefel stupste sie, rollte sie auf den Rücken. Sie starrte zu dem Mann auf, der ihre Tochter fast vier Jahre lang gefangen gehalten hatte – der unsäglich schändliche Absichten gegen ihr kleines Mädchen gehegt hatte. Hass ergoss sich in ihren Adern, löste ihre Furcht auf.

„Damit kommen Sie nicht davon", sagte sie. „Kent spürt Sie schon auf."

„Genau das ist meine Absicht. Ich habe ihm sogar den Weg gewiesen." In Coyners Lachen schwang ein Wahnsinn mit, der ihr die Nackenhaare sträubte. „Sie sind ja der Köder. Und so bringt er mir meinen Schatz genau hierher."

„Sie gehört nicht Ihnen, abartiger Bastard", zischte Marianne. „Sie ist acht Jahre alt – ein *Mädchen*."

„*Primrose ist mein, nutzloses Luder.*"

Coyner packte sie beim Haar und zerrte sie hoch. Tränen des Schmerzes wallten hinter ihren

Lidern auf, doch sie weigerte sich, klein beizugeben, hielt ihren Blick fest auf ihren Widersacher geheftet. Coyners Augen waren wild und glasig. Von seiner Unterlippe triefte Speichel in seine ungleichmäßigen Bartstoppeln. Er sah aus und roch, als hätte er sich tagelang nicht mehr gewaschen. Ein Wahnsinniger am Abgrund.

Konnte sie ihn reizen, konnte sie die Oberhand gewinnen? Pendletons Offenbarungen über Coyner klangen ihr noch in den Ohren.

„Warum willst du denn überhaupt meine Tochter, *Jericho*?", sagte sie.

Seine Pupillen weiteten sich. „Nenn mich nicht so. Ich heiße Coyner. Sir Coyner."

„Nimmst du mit einem kleinen Mädchen vorlieb... weil du ihn bei einer Frau nicht hochkriegst?"

„Maul halten! Maul halten, du Hure!"

Seine Hände schlossen sich um ihre Kehle, doch sie keuchte: „Die Hure in der Taverne hast du ja nicht ficken können, oder? Du warst das Gespött von ganz Eton. Jeder weiß doch, dass du ein impotenter–"

Sein Griff würgte sie. Vor ihren Augen tanzten Funken.

„Sie sind hier, Sir!"

Coyner ließ von ihr ab. Sie fiel auf die Knie, ihre Lungen sogen Luft ein. Durch die Haarsträhnen, die ihr ins Gesicht gefallen waren, sah sie ein Boot nahen. Ambrose ruderte, begleitet von nur einem weiteren Mann, und zwischen ihnen saß ein kleiner blonder Kopf...

„Nein!", schrie sie. „Bring sie nicht her, Ambrose–"

Coyner ohrfeigte sie. Der Geschmack von Blut flutete ihren Mund, schwarze Wellen fuhren durch ihre Sicht.

„Knebel sie", knurrte Coyner.

Smythe erschien, hielt sie trotz ihres Widerstands nieder und zurrte eine schmutzige Stoffbahn um ihren Mund. Er zerrte sie wieder hoch, und Panik erfasste sie, denn das Ruderboot hatte angelegt. Ihre Tochter war in Coyners Reichweite.

Sie betete, dass was auch immer Ambrose vorhatte, gelingen mochte. Denn sie würde eher sterben, als ihre Tochter noch einmal in die Gewalt von Coyner geraten zu lassen.

* * *

Das Boot schlug gegen das Dock. Furcht und Wut verbrühten Ambrose den Magen. *Das ist meine Schuld. Ich habe Marianne gehen lassen. Wenn ihr etwas zustößt–* Doch der Zorn auf sich selbst war im Augenblick nutzlos. Später konnte er sich noch genug Vorwürfe machen, Marianne nicht beschützt zu haben. Nun galt es, für ihre und Primroses Sicherheit zu sorgen, und sich Coyner ein für alle Mal vom Hals zu schaffen. Coyner hatte diese Begegnung mit wahnsinniger, verzweifelter Genialität arrangiert. Der Bastard hatte als Treffpunkt diesen verlassenen Pier im Osten von London genannt, wo ihre einzigen Zeugen ein paar heruntergekommene Fabriken waren. Seine Botschaft war unmissverständlich gewesen: *Keine Polizei, nicht mehr als ein Fährmann, oder das Luder stirbt.*

Mit wunder Kehle blickte Ambrose Primrose an: „Bist du dir sicher, dass du das tun willst, Kleine?"

„Ja, Mr. Kent." Im Schein der Bootslampe zitterten die Lippen des Mädchens, doch sie hob entschlossen das Kinn: „Ich will meine Mama wiederhaben."

Ganz die Mutter.

„Tapferes Mädchen." Ambrose fasste sanft ihre Wange. „Du weißt noch, was wir vorhaben?"

„Ja", sagte sie und drückte ihre Puppe an ihre Brust.

Ambrose wandte sich an den wartenden Fährmann. „Johnno?"

„Jawohl, Sir. Auf Ihr Zeichen", erwiderte Johnno.

Ambrose klopfte mit den Fingerknöcheln an das Boot. „Warten Sie hier. Ich gehe zuerst."

Er trat auf die Planken. Sein Herz hämmerte beim Anblick von Marianne, die am Ende des Piers stand. Ihr Haar glühte gegen den violetten Himmel und die dunklen Gewässer hinter ihr. Er zählte außer Coyner noch sechs Schergen, die um sie herumstanden. Ein gediegener Cutter lag hinter ihnen vor Anker. Zweifellos hatte Coyner vor, mit seiner Beute einen schnellen Abgang durch die Themsemündung zu machen. Es beruhigte Ambrose ein wenig, zu wissen, dass die River Police den Schurken dort abfangen würde – doch wollte er ihn keinesfalls so weit kommen lassen. Oder zulassen, dass er Primrose anrührte. Ambrose griff nach seiner Pistole.

„Lassen Sie Lady Draven gehen, Coyner." Seine Stimme schallte über das Branden der Wellen. „Ich bin hier, wie Sie verlangt haben."

„Ich will Primrose sehen", schrie Coyner zurück.

Ambrose zuckte mit dem Kinn, woraufhin Johnno dem kleinen Mädchen beim Ausstieg auf den Pier half. Sie hielt mit einer Hand ihre Puppe fest, in der anderen die Lampe. Der Schein erhellte ihr Gesicht.

„Primrose, *mein Engel*. Hast du mich vermisst? Komm zu mir, süße Blume."

Obwohl er in der schattigen Dämmerung Coyners Gesichtsausdruck nicht sehen konnte, hörte Ambrose doch die fiebrige Leidenschaft in der Stimme des Bastards. Er hielt Primroses Schulter unwillkürlich fester.

Ich muss sie aber loslassen. Nur ein paar Augenblicke lang.

„Wir lassen beide zusammen los, Coyner", zwang er sich zu rufen. „Sie gehen gleichzeitig los."

Fluchend zischte Coyner einem seiner Schergen einen Befehl zu. Der Mann löste die Fesseln um Mariannes Knöchel, nicht jedoch die um ihre Arme oder ihren Knebel. Sie schüttelte verzweifelt, erstickt redend den Kopf. Coyner hielt eine Pistole auf ihren Rücken gerichtet.

„Geh los", bellte er.

Mit einem Stoßgebet ließ Ambrose Primrose los – die schwerste Tat seines Lebens.

„Ich bin gleich hinter dir", flüsterte er. „Vergiss das nicht, Herzchen."

Sie nickte und ging los. Ambrose drehte sich der Magen um, während er zusah, wie sich das Mädchen Schritt für Schritt aus seiner Reichweite entfernte. Wie er sie angewiesen hatte, ging sie im Gleichschritt mit ihrer Mutter. Seine Muskeln spannten sich vor Bereitschaft an, während sich die beiden in der Mitte des Piers immer näher kamen. Dann blieb Primrose unmittelbar neben Marianne stehen.

Jetzt, Kleines. Tu es jetzt.

Als ob sie seine Gedanken hören konnte, zog Primrose ihre Puppe dichter an ihre Brust. Es war eine subtile Geste, doch Ambrose sah, dass sie die Puppe über die Lampe in ihrer anderen Hand hob.

Und damit die versteckte Lunte unter dem Rock ihrer Puppe in die Flamme hielt.

Im nächsten Augenblick schleuderte Primrose die Puppe in Richtung Coyner. Ambrose hörte sie rufen: „Spring, Mama!", gefolgt von einem Planschen, ehe Harrys Feuerkracher in die Nacht barsten.

Coyner schrie erschrocken auf, doch Ambrose rannte bereits los, schoss mit seiner Waffe durch die Wand aus Rauch und chaotischen Explosionen. Hinter ihm trampelten Schritte und weitere Schüsse. Hunt und Harteford – die sich im doppelten Boden des Schmugglerbootes versteckt hatten – kamen ihm zur Hilfe.

Er duckte sich, konnte sich gerade eben mit einem raschen Blick vergewissern, dass Primrose und Marianne sicher im seichten Wasser des Piers waren. Er griff nach einer neuen Pistole von seinem Gürtel und feuerte weiter in den Rauch hinein. Er hörte

Schmerzensschreie, dann holten die anderen beiden ihn ein.

„Verflucht, Kent, lassen Sie mir doch auch ein paar übrig", sagte Hunt.

Der Rauch verzog sich und offenbarte die auf den Planken liegenden Leiber. Ambrose erspähte Coyner und zwei andere, die auf den Cutter zu robbten. Sein Blick kehrte zurück zum Wasser; Johnno war bei Marianne und Primrose angelangt und half ihnen ins Ruderboot.

„Es geht uns gut, Ambrose", rief Marianne zu ihm hoch. „Schnapp dir Coyner!"

„Bleiben Sie bei ihnen", sagte Ambrose zu Harteford, der zustimmend nickte. „Hunt, holen wir uns diesen Bastard."

Ein tierisches Lächeln ging über Hunts Gesicht.

Sich unter den Schüssen duckend und selbst das Feuer erwidernd stürmten sie voran. Seinen letzten Schuss gab Ambrose gezielt ab, und der Kerl am Steuerrad schrie auf und brach zusammen. Blut quoll aus seiner Brust. Noch zwei Widersacher galt es auszuschalten. Hunt sprang zuerst an Bord und nahm sich brüllend Smythe vor. Coyner stand beim Mast, versuchte hastig, seine Pistole nachzuladen. Ambrose stürzte sich auf ihn und kämpfte den Bastard auf das Deck nieder. Sie rangen miteinander, dann stieß ihm Coyner das Knie ins Magendreieck. Coyner gewann die Oberhand, eine Klinge erschien in seiner Faust und sauste in einem tückischen Bogen auf Ambrose herab.

Ambrose rollte zur Seite, doch die Klinge erfasste ihn, Feuer schoss durch seinen Arm. Mit einem wahnsinnigen Heulen hielt Coyner ihn fest und schwang das Messer erneut. Ambrose fing mit seiner gesunden Hand Coyners Arm ein, versuchte verkrampft, die glitzernde Stahlspitze von seiner Kehle zu halten.

„Primrose gehört mir!", schrie Coyner. „Ich bringe dich um, und dann diese Hure von einer Mutter!"

Das hättest du wohl gerne.

Mit erneuter Kraft brachte Ambrose seinen verletzten Arm ins Spiel. Gerade als Coyner mörderisch auf ihn herniederkam, packte Ambrose das Handgelenk seines Widersachers mit beiden Händen. Er ließ die Hand nach oben schnalzen, kehrte die Stoßrichtung des Messers um. Coyner schrie vor Schmerz auf und Ambrose nutzte den Moment, um sich zu befreien. Er war augenblicklich auf den Füßen, bereit, den Kampf ein für alle Mal zu beenden.

Coyner blieb bäuchlings auf dem Deck liegen.

Ambrose wartete ein paar Herzschläge lang. Dann stieß er den Mann mit dem Fuß. Seine Stiefelsspitze verfärbte sich dunkel. Mi einer Gänsehaut drehte er seinen Feind um. Das Heft des Messers ragte aus Coyners Brust hervor. Aus der tödlichen Wunde sickerte es scharlachrot.

Blut quoll aus Coyners Lippen. „Meine süße Blume...", japste er. Dann wich das Licht des Wahnsinns aus seinen Augen und sein Kopf fiel zur Seite.

Sekunden später gelangte Hunt bei Ambrose an und blickte auf den regungslosen Körper. „Fertig?"

Ambroses Blick suchte Marianne und Primrose auf dem Pier. Sie kauerten zusammen unter Decken, durchnässt und gewiss erschöpft. Doch beide waren in Sicherheit.

„Ja", sagte er erleichtert. „Endlich ist es vorüber."

Kapitel 44

„Ich habe da etwas für dich, mein Sohn", sagte Samuel eine Woche später.

„Was denn?" Ambrose, der gerade die Bücher seines Vaters in einen Koffer packte, hielt inne.

Am nächsten Tag würde er nämlich seine Familie zurück nach Chudleigh Crest bringen. Bow Street hatte ihm dafür, dass er Coyner gefasst hatte, eine Belohnung ausgezahlt, und damit hatte er die Schulden seines Vaters abzahlen und seiner Familie ein gemütliches neues Landhäuschen erwerben können. Er wollte ihnen beim Einzug helfen und dann wieder nach London fahren und zu seiner Stellung bei der Thames River Police zurückkehren.

Alles hatte sich in Wohlgefallen aufgelöst. Alles.. außer seiner Beziehung mit Marianne.

Seit Coyners Tod war Marianne völlig in ihrer Mutterrolle aufgegangen. Sie verbrachte jeden Augenblick mit ihrer Tochter. Tagsüber unterhielt sie Primrose und Ambroses Geschwister, nachts schlief sie im Gouvernantenbett in Primroses Zimmer. Sie legte ihre Ängstlichkeit nicht so leicht ab, und Ambrose konnte es ihr nicht verübeln. Wenn er sich an sie und Primrose auf diesem Pier erinnerte… verkrampfte sich ihm noch immer der Kiefer. Er hatte sich für sein Versagen noch nicht verziehen. Er schwor sich, künftig besser auf die beiden aufzupassen.

Doch was machte er sich denn eigentlich vor? Was träumte er da von einer Zukunft mit den beiden? Wollte denn Marianne überhaupt, dass er in ihrem Leben eine Rolle spielte? Im Leben ihrer Tochter? Die Wahrheit war doch, dass sie ihm nie mehr als den Augenblick versprochen hatte. Und angesichts der verstörenden Ereignisse der jüngsten Vergangenheit hatte er sie nicht drängen wollen, an irgendetwas anderes zu denken.

Er schnaufte aus. *Sei geduldig. Gib ihr Raum mit ihrer Tochter, sie braucht und verdient es. Kümmer dich zuerst um deine eigene Familie – dann kannst du mit Marianne über die Zukunft reden.*

Samuel hatte das Gesuchte aus seiner Tasche gewühlt. „Ah, da ist er ja. Komm her."

Ambrose ging zu ihm herüber und nahm seinem Vater die kleine Holzschatulle ab. Er öffnete den Deckel und sah einen Ring. Ein kleiner Smaragd blinkte munter in dem goldenen Ring, der ansonsten glatt und von der Zeit ermattet war. Eine vage Erinnerung kam ihm: an diesen Ring an einer zarten Hand, an eine liebevolle Berührung, die Furcht und Schmerz lindern konnte.

„Der… gehörte meiner Mutter."

„Ja. Er war mein Hochzeitsgeschenk an sie", sagte Samuel mit einem wehmütigen Lächeln. „Er hat uns viel Freude bereitet – nämlich dich."

Ambrose wusste nicht, was er sagen sollte.

„Als du mit diesem Dummchen Jane verlobt warst, wusste ich, dass du für diesen Ring noch nicht bereit warst. Aber jetzt bist du es. Gib ihn der Frau, die du liebst und die deine Liebe von ganzem Herzen erwidert."

Ambroses Hand schloss sich um die Schatulle. Gott, wie sehr er das wollte.

„Marianne hat in letzter Zeit viel durchgemacht", hörte er sich sagen. „Ich kann sie jetzt nicht um noch eine Veränderung bitten, die ihr Leben wieder völlig auf den Kopf stellt."

„Kannst du nicht... oder hast du Angst davor?"

Verflucht. Schulmeister Kent hatte seine geistigen Fähigkeiten in der Tat wiedererlangt. Marianne hatte Recht behalten, die Trauer seines Vaters hatte sich als Krankheit maskiert.

„Beides", gab Ambrose zu. „Unter anderen Umständen vielleicht, wenn sie nicht so viel höher gestellt wäre als ich–"

„Ich dachte, diesen Unfug hätten wir bereits besprochen. Denn das ist dieser Vorwand nämlich, nichts als grober Unfug. Was hat denn Klasse mit Liebe zu tun?"

Er erwartete nicht, dass sein Vater das verstand. Schließlich hatte Samuel sein Herz klugerweise an eine Frau verschenkt, die aus seiner Welt stammte. Er hatte seine Liebhaberinnen nie in eine Lage gebracht, die sie zwang, sich zwischen einem Leben als adelige Lady und als einfache Mrs. Kent zu entscheiden. Frau eines Wachtmeisters.

„Für mich gäbe sie Vieles auf", sagte Ambrose mit verkrampftem Kiefer.

„Und sie hätte so viel zu gewinnen. Liebst du sie denn so wenig, Sohn?"

„Ich liebe sie mit allem, was ich habe", sagte Ambrose ungestüm.

„Warum hast du dann Angst, sie diese Entscheidung treffen zu lassen?"

Denn... was, wenn sie nicht mich wählt?

Seine tiefste Furcht wurde ihm bewusst. Obwohl er durchaus glaubte, dass ihr etwas an ihm lag, hatte sie ihm nie gesagt, dass sie ihn liebte. Ihre Beziehung hatte sich inmitten von Tumult und Chaos entwickelt. Nun, da der Sturm vorübergezogen war, würde sie es bereuen, sich auf einen Mann wie ihn eingelassen zu haben? Nun, da sie seine Hilfe bei der Suche nach ihrer Tochter nicht mehr brauchte, wollte sie ihn denn noch? Nachdem er in seiner Rolle als Beschützer fast versagt hätte?

„Es geht nicht nur ums Geld." Er ließ die Schultern hängen. „Ich habe versagt, habe sie und ihre Tochter nicht beschützt. Wenn Coyner–"

„Niemand ist vollkommen, Junge, und je eher du das begreifst, desto besser. Letztlich hast du Marianne und Primrose gerettet, das ist das Einzige, was zählt." Sein Vater seufzte. „Wenn du darauf beharrst, immer Verantwortung für alles übernehmen zu wollen, dann bist du am Ende nichts weiter als ein Trauerkloß."

Ein Moralapostel, Gott steh ihm bei.

„Du kannst nur dein Bestes tun. Und alles andere?" Samuel zuckte mit den Schultern. „Damit lebst du einfach."

Ambrose wusste, dass nicht viel für seine Brautwerbung sprach. Konnte er sich denn Marianne anbieten, im Wissen seiner eigenen Mängel? Konnte er denn hoffen, dass sie ihn nehmen würde, wie er war, mit all seinen Unzulänglichkeiten?

„Ich hab dich doch nicht zum Zauderer erzogen", bemerkte sein Vater. Ambrose rieb sich den Nacken. Verflucht, er verhielt sich *tatsächlich* wie ein Narr. Er wollte Marianne – in seinem Bett, an seiner Seite, auf ewig. Warum suchte er dann also Ausflüchte, warum zögerte er die Qual hinaus? Entweder wollte sie ihn... oder eben nicht. Wenn sie es jetzt noch nicht wusste, würde Warten auch nichts mehr ändern.

Er steckte den Ring ein. „Ich rede mit ihr. Wünsch mir Glück."

„Viel Glück, mein Junge." Sein Vater tätschelte ihm lächelnd die Schulter. „Obwohl ich glaube, das brauchst du gar nicht."

Ambrose ging hinunter und begegnete auf dem Treppenabsatz Violet und Polly. Seine Schwestern hatten Primrose im Schlepptau.

„Guten Morgen, Mr. Kent", sagte Primrose mit Grübchen auf den Backen.

Bei dem hübschen Anblick der drei Mädchen mit ihren Ringellöckchen und Satinschleifen musste er lächeln. „Gleichfalls, Kleines. Wohin seid ihr denn so eilig unterwegs?"

„Wir gehen hoch und spielen Mikado." Violet verdrehte die Augen. „*Stell dir vor*, Primrose hat das *noch nie* gespielt!"

„Stäbchen aufzuheben ist ja auch nicht die einzige Art, sich die Zeit zu vertreiben. Gewiss hat Primrose sich anders unterhalten", tadelte Ambrose seine Schwester.

„Eigentlich nicht", brach es aus Primrose heraus, und ihr Gesicht wurde schwermütig. „Mein Leben zuvor... war schrecklich langweilig."

Ambrose wurde es eng um die Brust. Die kleine Primrose hatte so viele Veränderungen durchlebt; die schreckliche Episode am Pier hatte auch nicht gerade geholfen. Marianne hatte ihm traurig erzählt, dass Primrose oft nachts Alpträume hatte.

Während Ambrose um die rechten, tröstenden Worte rang, ihr versichern wollte, dass von nun an alles gut sein würde, fasste Polly Primroses Hand.

Mit der schlichten Beredtheit eines Kindes sagte seine kleinste Schwester: „Du hast ja jetzt uns, Rosie."

„Und wir sind *nie* langweilig", fügte Vi hinzu.

„Ich wünschte, ihr müsstet uns nicht morgen verlassen." Primroses Unterlippe zitterte. „Ich werde euch alle schrecklich vermissen."

Drei hoffnungsvolle Augenpaare richteten sich auf Ambrose.

„Geht nun spielen", sagte er unwirsch. „Wir reden später."

Die Mädchen hüpften davon zu ihrem Spiel und er ging weiter die Treppe hinunter, zum Salon, wo er Marianne zu dieser Tageszeit am wahrscheinlichsten vorfinden würde. Während er darauf zuging, hörte er weibliche Stimmen. Die von Marianne... und von Lady Harteford. Die Tür war angelehnt, und obwohl er nicht in den Raum blicken konnte, drang doch ihr Gespräch zu ihm.

„Ich bin froh, dass ich einen Augenblick allein mit dir habe, Marianne." Die Marquise sprach leise und ernst. „Wie geht es Primrose?"

„Wenn man bedenkt, was sie alles durchgemacht hat, würde ich sagen ganz hervorragend. Sie ist ein zähes kleines Ding." In Mariannes Stimme schwang offensichtlicher Stolz, doch sie bebte auch ein wenig. „Ich habe immer noch

Alpträume, was hätte passieren können, wenn es Coyner gelungen wäre…"

„Ist es aber nicht, und er ist tot. Das ist Gerechtigkeit", sagte Lady Harteford bestimmt. „Nun müssen wir unsere Aufmerksamkeit darauf richten, alles in unserer Macht stehende für Primrose zu tun. Hast du dir denn schon überlegt, wann du sie der Gesellschaft vorstellst?"

Obwohl Ambrose wusste, dass er die Ladies ungestört reden lassen sollte, hielt ihn die Sorge in Mariannes Ton vor der Tür gefangen.

„Es ist noch zu früh. Sie ist ein Bastard, Helena, und ich will nicht, dass sie wegen meiner Fehler leiden muss."

„Unfug. In der vornehmen Gesellschaft tummeln sich jede Menge uneheliche Kinder. Primrose ist die Enkelin eines Earls und Nichte einer Marquise, sie hat jedes Recht darauf, zur Gesellschaft zu gehören. Wie jeder andere im Übrigen auch."

„Ich will sie keinen Gehässigkeiten aussetzen", beharrte Marianne. Du weißt doch, wie grausam die sogenannte vornehme Gesellschaft sein kann."

„Fürwahr. Deswegen müssen wir uns gut überlegen, wie wir vorgehen."

„Du klingst so, als wüsstest du das bereits." Ambrose konnte geradezu Mariannes gelüpfte Augenbrauen sehen.

„Das tue ich. In einer solchen Lage muss man sich Verstärkung holen. Du, meine Liebe, musst nun die Einflussreichen umwerben."

Ambrose wurde steif, sein Blick sank auf seine abgetragenen Stiefel.

„Du weißt, wie ich diese Prahler hasse", widersprach Marianne.

„Gewiss aber hasst du mich oder Harteford nicht. Wir veranstalten ein Fest für Primrose und laden meinen Vater ein. Wenn es dir recht ist, zeigen wir aller Welt unsere Verbindung mit ihr und unsere Unterstützung für sie."

„Danke", sagte Marianne.

„Aber das reicht noch nicht. Du musst deinen Ruf bereinigen, meine Liebe. Keine Skandale mehr, kein Verkehr mehr mit den falschen

Leuten. Von nun an musst du dafür sorgen, dass du selbst von den Pedanten angenommen wirst. Nur so kannst du Primrose Zugang zu den besten Salons verschaffen."

Marianne nuschelte zustimmend und Ambrose biss die Zähne zusammen. Die Argumentation von Lady Harteford war höchst vernünftig. Die Umstände ihrer Geburt brachten Primrose Nachteile ein – sie lief Gefahr, von der vornehmen Gesellschaft verstoßen zu werden, wenn sie nicht unter dem Schutz eines guten Namens stand. Eines Namens, der nach Reichtum und Privilegien klang. Eines Titels.

Primrose Kent klang überhaupt nicht danach.

„Was mich auf die Kents bringt", sagte die Marquise zögerlich.

Ambrose wusste, dass er gehen sollte. Er lehnte sich noch näher an die Tür.

„Ich weiß, dass du sie vergötterst. Und Mr. Kent hat so viel für dich und Primrose getan. Aber was sind deine Absichten für die Zukunft?"

Ambrose wartete mit klopfendem Herzen ab. Er wusste, dass er seine selbstsüchtigen Wünsche aufgeben sollte. Er wusste, dass es das Beste für

Primrose wäre. Doch wenn ihm Marianne auch nur den kleinsten Funken Hoffnung gäbe–

„Ich kann davon jetzt nicht reden", sagte Marianne.

„Warum nicht?"

„Ich kann einfach nicht." Marianne seufzte – vor Abscheu? Vor Verdruss? „Es ist schwierig, Helena. Aber ich habe Ambrose nie belogen. Ich habe ihm keine Versprechungen gemacht, denn die Wahrheit ist…"

Sie hielt inne, und jede Faser seines Wesens spannte sich an, sein Atem stand still, seine Seele wartete.

„Die Wahrheit ist, ich kann sie nicht halten", sagte sie flach.

Die Worte schlugen ihn direkt in die Magengrube. Ehe er sich davon erholen konnte, hörte er Lugos Stimme im Flur rumpeln. Er fing sich wieder und entfernte sich vom Salon. Die Schatulle holperte schwer in seiner Tasche. Während er die Treppe hinaufging, schalt er sich selbst für die eigene Dummheit. Dass er sein Herz so leicht seinen Verstand ausstechen ließ. Dass er auch nur einen Augenblick lang geglaubt hatte, dass Träume Wirklichkeit werden konnten.

Kapitel 45

Das Morgenlicht schien gemächlich in den zartgrünen Salon, ganz im Gegensatz zu Mariannes Gemütszustand, während sie so mit ihrer Busenfreundin zusammensaß.

„*Warum* kannst du kein Versprechen gegenüber Mr. Kent halten?", fragte Helena. „Er liegt dir doch am Herzen, das weiß ich. Und er erwidert deine Zuneigung ganz offensichtlich. Harteford und ich sind der Meinung, ihr passt wunderbar zusammen."

Marianne biss sich auf die Lippe. „Ich werde es dir sagen, Helena. Doch du musst mir versprechen, Ambrose nichts davon zu erzählen. Jedenfalls noch nicht."

Helena hob zwar die Augenbrauen, doch nickte kurz.

Marianne schnaufte und vertraute ihr an, was sie Bartholomew Black schuldete. Als sie fertig war, starrte Helena sie mit großen Augen an.

„Gütiger Himmel, du hast Black versprochen, *was auch immer* er wollte?"

„Ich hatte ja keine andere Wahl. Er war meine einzige Hoffnung, Primrose zu finden. Ich bereue das nicht", sagte Marianne, obwohl ihr die Handflächen feucht wurden. „Und ich würde es wieder tun."

„Deine Hingabe für Primrose bezweifelt ja keiner, meine Liebe. Aber was ist mit deinem eigenen Glück?" In Helenas nussbraunen Augen spiegelte sich ihre Sorge. „Du verdienst es, weißt du."

Marianne zwinkerte die Feuchtigkeit weg, die ihr plötzlich in die Augen stieg. Ambrose hatte genau das Gleiche gesagt. „Oh, Helena, tue ich das? Verdiene ich denn einen Mann, der so gut und rechtschaffen ist wie Ambrose Kent?"

„Aber freilich tust du das! Warum würdest du überhaupt so eine Frage stellen?"

„Weil…"

Marianne musste sich wieder auf die Unterlippe beißen, um ihr Zittern zu unterdrücken. Verflucht, was war nur mit ihr los? Sie war doch *nie* so nah am Wasser gebaut gewesen, und doch hatten die Ereignisse der vergangenen Tage ihre Fassung zerbröckelt. In ihr öffneten sich unbekannte Schleusen. Sie fühlte Dinge, an die sie nicht gewöhnt war. Sie sehnte sich nach Dingen, vor denen sie sich fürchtete.

„Du kannst es mir sagen, Marianne. Du hast mir doch durch all meine Schwierigkeiten mit Harteford geholfen." Ihre Freundin ergriff ihre Hand. „Kann ich dir nicht auch in deinen Herzensangelegenheiten Trost spenden?"

Marianne erwiderte den Druck ihrer Hand. „Freilich kannst du das, Helena. Die Wahrheit ist… ich bin ganz furchtbar in Ambrose verliebt." Die Worte laut auszusprechen war, wie an einem losen Faden zu ziehen. Ihre Gefühle trennten sich in erstaunlicher Geschwindigkeit auf. „Er ist alles, was ich mir nur wünschen könnte. Er ist treu und standhaft, stark und doch zärtlich. Und nach allem, was er für mich getan hat…"

Ihre Wagen erröteten, als sie sich gewahr wurde, wie selbstverständlich ihr Ambrose geworden war. Er war für sie da gewesen, als sie ihn brauchte, hatte sie und ihre Tochter gerettet und Coyner ein für alle Mal besiegt. In der Woche seit Coyners Tod war er ihr eine Stütze und ihrer Tochter eine beruhigende, gütige Gegenwart gewesen. Und doch hatte er von ihr nichts gefordert. Nachts hatte er sich ins Gästezimmer zurückgezogen, und weil sie so mit Rosie beschäftigt gewesen war, hatte sie wenig an seine Bedürfnisse gedacht.

Erst als er ruhig seine Absicht verkündet hatte, seine Familie zurück nach Chudleigh Crest umzusiedeln, hatte sie bemerkt, wie sehr ihre Beziehung aus dem Gleichgewicht geraten war. Heftige, verwirrende Gefühle brachen über sie hinein. Sie wollte ihn so sehr und sie... hatte solche Angst.

„Es steht außer Zweifel, dass Mr. Kent dich liebt", sagte Helena. „Ich verstehe nicht, wo das Problem liegt."

„Was habe ich ihm denn zu bieten? Ich habe so viele Fehler begangen..." Marianne schluckte, zwang sich, ihre Ängste zu äußern: „Wie kann ich von ihm denn erwarten, dass er sich solch eine... beschädigte Ware aufbürdet?"

Helena starrte sie an. „Ich kann nicht fassen, dass du dich selbst gerade so bezeichnet hast."

„Aber es stimmt doch, oder?" Marianne hob ihr Kinn. „Ich sage doch schon immer alles, wie es ist. Ich habe einen Bastard, ich habe Dinge getan, die keine Lady je tun sollte. Und dann ist da noch meine Verpflichtung Black gegenüber, was er vielleicht von mir will..." Sie schauderte, konnte die grässlichen Möglichkeiten nicht laut aussprechen. „Kannst du denn ehrlich behaupten, dass ich die Art von Frau bin, mit der ein anständiger Mann sein Leben verbringen will – die er zu seiner Familie nach Hause bringen will, die seine Kinder großziehen soll?"

„Ich glaube langsam, ich kenne dich doch nicht so gut, wie ich dachte." Blinzelnd sagte Helena: „All die Jahre dachte ich, du bist diejenige mit Selbstvertrauen."

„Selbstbeherrschung ist eine hervorragende Maske für Unsicherheit", sagte Marianne krumm.

„Wie dem auch sei, wie kannst du an Mr. Kents Hingabe zu dir zweifeln? Du hast doch selbst gesagt, dass er dich immer wieder beschützt hat. Und wie er dich ansieht..." Helena seufzte von Herzen. „Und die Kents vergöttern sowohl dich als auch Primrose. Wenn ich euch alle zusammen sehe, sehe ich nur Harmonie. Keine Ungleichheit. Was ich sehe ist..."

„Ja?"

„Eine Familie", sagte Helena sanft.

Verflixt, das waren sie wieder, die verfluchten Tränen.

„Wirklich?" Marianne tupfte sich die Augen. „Du sagst das nicht nur, damit ich mich besser fühle?"

„Überhaupt nicht. Aber ich stimme dir zu, dass deinem Glück noch ein großes Hindernis im Wege steht."

„Black." Marianne sagte schaudernd: „Ich muss mich ihm stellen, Helena. Ich muss mich dieser Schuld entledigen, ehe ich zu Ambrose gehen kann."

„Bist du dir denn sicher, dass du Mr. Kent nicht davon erzählen kannst?", fragte Helena stirnrunzelnd.

Marianne schüttelte heftig den Kopf. „Black hasst die Justiz und Charleys ganz besonders. Ich kann Ambrose nicht so in Gefahr bringen. Außerdem kann er in dieser Lage gar nichts tun, und wenn er versucht, Black herauszufordern..." Sie würde nicht zulassen, dass Ambrose ihretwegen wieder zu Schaden kam. „Ich habe Black mein Wort gegeben und muss es halten."

„Du hast recht. Männliches Draufgängertum kann die Sache nur unnötig erschweren." Helena kaute auf ihrer Lippe. „Dann gehen wir gemeinsam und finden heraus, was Mr. Black will."

„Du kommst mit mir?"

„Selbstredend. Schließlich", sagte die Marquise mit einem Hauch Schabernack in den Augen, „wäre es ja nicht das erste Mal, dass du und ich gemeinsam ein Abenteuer erleben, nicht wahr?"

* * *

Mit Helena an ihrer Seite betrat Marianne den Herrschaftsbereich von Black. Diesmal erwartete er sie in einem prächtigen Frühstücksraum.

Er stand vom Kopfende der langen Tafel auf und wischte sich den Mund an einer Serviette ab. Heute war seine untersetzte Gestalt in einen altmodischen grünen Seidenbanyan gehüllt; statt seiner üblichen Perücke saß auf seinem geschorenen Kopf ein gelber Turban.

Er sah sie mit schmalen Augen an. „So früh hab ick noch keene Jesellschaft erwartet, sonst hätte ick mir anjemessen jekleidet."

„Es tut mir leid, dass ich störe, Mr. Black", sagte Marianne. „Aber ich muss etwas Dringendes mit Ihnen besprechen."

„Det hab ick doch schon mal jehört, oder?" Schnaubend blickte Black auf Helena. „Und wer ist sie?"

„Verzeihen Sie meine schlechten Manieren. Das ist meine Freundin, die Marquise von Harteford."

Helena neigte den Kopf. „Guten Tag, Mr. Black."

„Harteford, hä? Hab Ihren Herrn Jemahl mal jetroffen. Keen schlechter Kerl für nen Blaublütijen", sagte ihr Gastgeber. „Nun, wose schon beide da sin, setzense sich doch. Jenug zum Essen is ja da."

704

Helena setzte sich und hob an: „Danke, wir haben bereits gefrühstückt–"

„Ne Frau in Ihren Umständen muss bei Kräften bleiben." Black spießte mit der Gabel etwas Ei auf. „Sie essen ja für zwei, oder?"

Helena fiel die Kinnlade herunter. Mit roten Wangen blickte sie hilflos zu Marianne.

„Danke für Ihre Gastfreundschaft, Mr. Black. Wir bleiben nicht lang. Ich bin nur in einer Angelegenheit hier", sagte Marianne. „Und zwar meine Verpflichtung Ihnen gegenüber."

Black schlürfte von seiner Tasse. „Wat is denn damit?"

„Ich bin hier, um die Bedingungen zu besprechen."

„Ick bestimme die Bedingungen, nüscht umjekehrt."

Marianne holte tief Luft, setzte sich sehr aufrecht hin. „Ihr Bett teile ich nicht, Sir."

Black verschluckte sich. Bröckchen regneten aus seinem Mund, während er donnerte: „Sie teilen *mein Bett* nüscht, sagense?"

„Nein." Obwohl sie innerlich zitterte, sagte sie bestimmt: „Die Umstände haben sich für mich verändert, Mr. Black. Ich kann den Mann, den ich liebe, nicht betrügen. Sie müssen sich eine andere Weise überlegen, wie ich mich Ihnen erkenntlich zeigen kann."

„Wie zum Teufel kommense denn auf de Idee, det ick Sie vögeln will?" Er starrte sie an und wischte sich mit dem Ärmel seines Banynas den Mund ab.

„Oh. Nun… ich ging einfach davon aus… die meisten Männer…", stammelte Marianne.

„Na, da habense aber ne hehre Meinung von sich selbst, oder? Kleenet Luder!"

Er stieß sich vom Tisch hoch und marschierte zur Anrichte, wo er vor sich hinbrummelnd noch einen Teller befüllte. „Ick – een alter Lustmolch, der et mit jüngeren Frauen treibt. Man stelle sich det vor!"

Marianne und Helena blickten sich unangenehm berührt an.

„Sir", sagte Helena. „Wenn eine… persönliche Gefälligkeit Sie nicht interessiert, was möchten Sie *denn* gerne?"

Blacks Teller klirrte auf den Tisch. Er starrte beide finster an. „Ick sagte nie, det ick keene persönliche Jefälligkeit wollte."

Marianne schluckte. „Wie ich schon sagte, werde ich nicht–"

„Ach, reißense sich doch endlich zusammen. Ich rede doch nüscht von irgendwelchen Zirkusstücken im Bett." Black verdrehte die Augen zu seinem Turban hoch. „Könnt ihr jungen Stuten denn an nüscht anderet denken?"

Marianne errötete. „Und mit *persönlich* meinen Sie dann also–?"

„Meene Tochter Mavis kommt doch bald unter de Haube. Nach allem, wat se mit ihrem letzten Mann durchjemacht hat – und der Bastard soll in der Hölle schmoren – will ick, det et wat janz Besonderet wird. Ne Hochzeit, die ner Prinzessin jebühren würde."

Marianne sah ihn verständnislos an. „Und wie kann ich da helfen?"

„Na, sehense sich doch mal an." Black fuchtelte mit der Gabel in ihre Richtung. „Eleganz uff zwee Beenen, Sie wissen doch, wie man so wat macht, oder? Sie wissen, wo man det Allerbeste kriegt – und nur det will ick für meene Mavis."

„Sie wollen, dass ich... mit ihrer Tochter *einkaufen* gehe?"

Black runzelte die Stirn. „Nee, da jehört schon noch mehr dazu. Ick will, det se de janze Chose schmeißen, von Anfang bis Ende. Ick will de besten Speisen, de besten Gäste, de beste Musik – ick will de beste verfluchte Hochzeit, die de Stadt je erlebt hat."

Erleichterung und Freude sprudelten durch Marianne. Sie stand beseelt auf und ging zu Black hinüber. „Es wird das rauschendste Fest der ganzen Ballsaison, das verspreche ich Ihnen." Unwillkürlich lehnte sie sich zu ihm hinab und küsste ihn auf die Wange. „Danke, Sir!"

„Hörense bloß auf damit – ick sagte doch, ick bin keen Lustmolch." Obwohl Black sie verscheuchte, wurden seine Hängebacken doch rot. „Meene Mavis is en bravet Mädel. Könnte son paar vornehme Frauen in ihrem Freundeskreis jebrauchen."

„Wir freuen uns darauf, sie kennenzulernen", lächelte Helena.

Black nickte. „Nun, dann is ja allet jeklärt."

Marianne lachte... denn das war es in der Tat.

Und endlich war sie *frei*.

Kapitel 46

Nach dem Treffen mit Black kehrte Marianne nach Hause zurück. Sie brannte vor Aufregung und vor Eifer, Ambrose zu sehen und ihm ihr Herz zu offenbaren. Doch er war nicht da. Emma zufolge war er ausgegangen, ohne jemandem etwas zu sagen. Marianne wartete, ließ sich von den Mädchen beim Mikado und bei ‚Wolf und Schafe' ausstechen. Als Ambrose allerdings zum Abendessen auch nicht erschien, begann sie sich Sorgen zu machen. Nach dem Essen brachte sie Primrose ins Bett, ließ Tilda über sie wachen und machte sich auf die Suche nach ihm.

Sie begann bei Wapping Station, wo ihn den ganzen Tag über niemand gesehen hatte. Johnno schlug eine Kneipe in der Nähe vor, wo sie Ambrose aber auch nicht antraf. Letztlich ging sie zu seiner Wohnung. Sie klopfte an die abblätternde Tür, während sich ihr Magen verkrampfte.

Was, wenn er nicht hier ist? Was, wenn ihm etwas zugestoßen ist?

Beim fünften Klopfen öffnete sich die Tür.

Ambroses schlanke Gestalt erfüllte den Türrahmen. Sein Haar war zerrauft und auf seinem Kinn sprießten Bartstoppeln. Sein offener Hemdkragen offenbarte seine starke Kehle und einen flüchtigen Blick auf seine behaarte Brust. Seine Hosen hatten schon bessere Tage gesehen und seine großen, maskulinen Füße waren bar.

Gott, er war schön. Ihr Puls klopfte stärker.

„Was machst du hier, Marianne?", fragte er.

Sie blinzelte angesichts seines schroffen Tons. Es war nicht gerade die leidenschaftliche Begrüßung, die sie sich erhofft hatte. Ihre Zuversicht schwand ein wenig, doch sie sagte leichtherzig: „Du bist hoffentlich nicht gerade mitten in einem Rendezvous, oder? Ich kenne inzwischen all deine Schwestern, diese Ausrede klappt also diesmal nicht."

„Ich bin allein hier."

„Darf ich reinkommen?", fragte sie.

Seine Wimpern verschleierten seinen Blick. „Wenn du möchtest."

Mit steigender Beunruhigung folgte sie ihm in den beengten Raum. Ambrose verhielt sich... anders. Er hatte sie ja oft als *Selkie* bezeichnet, doch nun schien es, als wäre er aus seiner Haut geschlüpft. Seine übliche, ruhige Wärme fehlte, an ihre Stelle war diese schwelende Heftigkeit getreten, die sie immer so erregte... und auch ein wenig beunruhigte.

Doch in so einem Zustand hatte sie Ambrose noch nie erlebt. Als er bei anderen Gelegenheiten mitunter seine herrische Seite hatte durchscheinen lassen, dann war es immer beherrscht, gezügelt gewesen. Heute Abend schienen jedoch seine Selbstbeherrschung und Geduld aufs Äußerste strapaziert zu sein. Er war ein Mann am Abgrund, und zerknirscht dachte sie, dass sie ihn wohl am Ende zu weit getrieben hatte. Schlimmer noch, hatte er sie aufgegeben? Er hatte ihretwegen so viel erlitten. War er zu dem Schluss gekommen, dass sie all den Ärger nicht wert war?

Ihr wurde eiskalt. Sie leckte sich die Lippen und sah sich blind in dem spartanischen Zimmer um. Es war noch so wie bei ihrem letzten Besuch, außer, dass er sein Lager näher ans Feuer gerückt hatte. Eine Flasche Whiskey und ein Buch lagen daneben auf dem Boden. Gegen ihre eigene Unruhe ankämpfend las sie den Titel.

„Dante. Eine heitere Lektüre", sagte sie.

„Passend zu meiner Stimmung."

Als er dies nicht weiter erläuterte, sagte sie unbeholfen: „Wir haben dich beim Abendessen vermisst. Monsieur Arnauld hat deine Leibspeise gekocht, *Boeuf Bourguignon*."

„Mir war nicht nach Gesellschaft." Er steckte seine Daumen in seine Hosenträger und bohrte seinen mürrischen Blick in ihren. „Warum bist du hier, Marianne?"

„Ich... ich finde, wir sollten reden. Ehe du nach Chudleigh Crest abreist."

713

Was ging hinter diesem bernsteinfarbenen Blick vor? Sie hatte sich daran gewöhnt, seinen Ausdruck zu deuten, doch im Moment konnte sie ihn überhaupt nicht lesen.

„Dann sprich", sagte er.

Ihr Herz schlug in wildem Stakkato. „Wir sind in der letzten Woche nicht allein gewesen. Und es gibt Dinge zu bereden. Was unsere Beziehung betrifft."

Sein Mund presste sich zusammen. „Du hast recht. Beenden wir es also."

Beenden? Wie meinte er das denn?

Sie schluckte. „Wie viel hast du denn heute Abend getrunken?"

„Noch lange nicht genug." Die Bitterkeit in seinem seltsamen Lächeln zog ihr das Herz zusammen. „Nun, was wolltest du denn sagen? Oder soll ich es für dich sagen?"

„Du weißt, was ich dir sagen will?" Ihre Augenbraue hob sich.

Er erwiderte ihre Miene mit einem sarkastischen Blick. „Zunächst wolltest du mir danken, für alles, was ich für dich und Primrose getan habe."

„Das stimmt", gestand sie ein.

„Dann wolltest du mir sagen, dass du unsere Zeit zusammen genossen hast. Die Freuden, die wir geteilt haben."

Sein wacher Blick war herausfordernd, doch warum sollte sie die Wahrheit leugnen?

„Eine große Freude, will ich meinen", sagte sie sanft.

Er zuckte zusammen, als ob ihm ihre Worte körperliche Schmerzen bereiteten. Er straffte die Schultern, blickte ihr in die Augen. „Nichtsdestotrotz hast du Verpflichtungen. Du musst an deine Tochter denken." Er schlug die Wimpern nieder. „Und du willst mich daran erinnern, dass wir uns ja nie Versprechungen gemacht haben."

Ihre Kehle schwoll zu. „Das haben wir nicht?"

Sein Blick schnappte zurück zu ihr. „Spiel nicht mit mir, Marianne. Das steht dir nicht", sagte er unwirsch. „Wir wissen beide, dass du mir gegenüber keine Verpflichtungen eingegangen bist."

Der Schmerz in seinen schönen Augen tat ihr schrecklich weh. Und ihr wurde nochmals deutlich, wie mutig und natürlich heldenmütig er war: Er hatte ihr so viel gegeben – ihre Tochter, ihr Leben schlechthin – ohne zu erwarten, je etwas im Gegenzug zu erhalten. Schlagartig wurde ihr bewusst, dass sie es mit einem tief verletzten Mann zu tun hatte. Ihre Haut kribbelte vor Reue und Liebe... so viel Liebe.

„Aber *du* hast es", sagte sie zittrig. „Du hast dich mir gegenüber verpflichtet. Du hast mir deine Liebe erklärt, Ambrose."

Ein schwächerer Mann hätte seine Worte vielleicht nun zurückgenommen. Hätte behauptet, sie nur im Wahn des Augenblicks ausgesprochen zu haben, in der Leidenschaft dahingeplapperter Unsinn.

Ambrose schüttelte den Kopf. „Ich kann das nicht mehr. Ich kann nicht mehr für den Augenblick leben. Es war mein Fehler, dass ich dachte, ich könnte es." Seine Hände ballten sich. „Ich bin ein einfacher Mann, Marianne, mit einfachen Bedürfnissen. Und jetzt sehe ich, dass das, was ich will, mit dir nicht möglich ist."

„Warum nicht?", flüsterte sie und strecke die Hand nach ihm aus.

Er wich zurück. „Nein... tu das nicht. Es endet jetzt. Wir wissen beide, dass es so für Primrose am besten ist. Und für dich."

„*Du* bist das Beste für uns", sagte sie sanft. „Ich will dich, Ambrose."

Sein Gesicht zuckte. „Du kannst mich aber nicht haben, Marianne. Ich gebe mich nicht damit zufrieden, dein Bett zu teilen, wenn es gerade recht ist. Ich will – nein, ich *verdiene* – mehr."

„Du verdienst alles", pflichtete sie ihm bei. „Alles und mehr noch. Wenn du mich lässt, gelobe ich, dass ich alles tun werde, um es dir zu geben."

Er starrte sie an. „Was sagst du da?"

„Ich liebe dich." Seltsam, wie verkrampft sie sich an diese Worte geklammert hatte, die ihr nun so leicht von den Lippen kamen, in einem Schwall von Befreiung und Freude.

„Ich liebe dich so sehr, Ambrose", sagte sie mit fester Stimme. „Und wenn du mich nimmst, verspreche ich, den Rest meiner Tage damit zu verbringen, es dir zu beweisen. Du wirst es nie bereuen. Ich werde deines Namens würdig sein, wenn du ihn mir gewährst."

Sie sah das Feuer, den plötzlichen Funken Hoffnung in seinen Augen aufflammen. Doch seine Hände hingen immer noch verkrampft an den Seiten.

„Das kann nicht dein Ernst sein", sagte er. „Du musst an Primrose denken. Lady Harteford hatte recht: Deine Tochter braucht den Schutz von Reichtum und Titel."

„Du hast unser Gespräch gehört?", fragte sie stirnrunzelnd.

Obwohl er errötete, blieb sein Blick standhaft. „Ich habe genug gehört, um zu wissen, dass du nur die Wahrheit gesagt hast. Ich – ich kann dir und Primrose keine gebührende gesellschaftliche Stellung geben. Ich kann nicht für euch sorgen, nicht so, wie ihr es gewöhnt seid."

„Du musst nicht für uns sorgen. Ich habe Geld genug", sagte sie. „Und was Primrose betrifft, habe ich entschieden, dass ihr Glück wichtiger ist, als was die vornehme Gesellschaft von ihr denkt. Wir werden unsere Freunde haben und unsere Schmäher, so ist das Leben eben. Primrose wird gut beraten sein, diese Lektion früh zu lernen." Sie lächelte ihn wehmütig an. „Was sie braucht, ist ein Vater – einen guten, anständigen Mann, der sie beschützt und liebt."

„Ich habe euch aber nicht beschützt. Ich habe Primrose in Gefahr gebracht", entgegnete er erregt.

Sie sah ihn verwundert an. „Wie kannst du das sagen? Mit deinem klugen Einfall hast du uns beide gerettet. Du hast uns ein für alle Mal von Coyner befreit."

Er schluckte, und sie sah den Kampf zwischen seinen Prinzipien und seinen Wünschen. Zwischen dem, was er für richtig hielt und seinem eigenen Glück. Alberner Mann, begriff er denn nicht, dass es ein und dasselbe war? Schamlos spielte sie ihren Trumpf.

„Meine Tochter braucht dich, doch *ich* brauche dich noch viel mehr", sagte sie, und ihre Stimme bröckelte ein klein wenig dabei. „Ich will jeden Abend in deinen Armen einschlafen und neben dir erwachen. Ich brauche deinen Rat, auch wenn ich mich nicht immer daran halte. Ich will Freud und Leid mit dir teilen und ich brauche die Familie, die wir zusammen gründen werden." Sie blinzelte plötzliche Tränen weg. „Und am allermeisten, Ambrose, brauche ich, dass du mich liebst, wie ich dich liebe."

Ihr Atem ging schluchzend, als auf ihre Erklärung Schweigen folgte. Sie hatte ihr Herz offenbart; hatte es ihm ausgeschüttet, stand verwundbar und wehrlos da. Wenn er sie nicht wollte, wenn er sie nicht mehr liebte–

Ein Geräusch entkam ihm und plötzlich war sie in seinen Armen. Im Himmel. Seine Lippen forderten ihre, in einem Kuss, der völlig von ihr Besitz ergriff. Sie schluchzte fast vor Erleichterung. Sie klammerte sich an ihn, begegnete seinem Hunger mit ihrem eigenen, schlang ihre Arme um seinen Hals, musste seinem Körper so nahe sein wie seinem Herzen.

„Ich liebe dich", sagte er gegen ihre Lippen. „So verflucht sehr, Marianne."

Sie ertrank in Erstaunen. Die Wärme breitete sich in ihrer Seele aus wie Sonnenschein, löste die Öde der Vergangenheit auf und säte helle, schöne Blüten.

Sie schmiegte sich an seine Brust und sagte: „Du wirst es nicht bereuen, ich verspreche es. Ich werde von nun an so gut zu dir sein – die Gemahlin, die du dir erträumt hast."

„Himmel, das ist mir egal. Sei einfach nur mein."

„Ich kann es kaum erwarten, Mrs. Kent zu werden", sagte sie zittrig.

„Bist du dir auch ganz sicher, mein Schatz?" Die nur allzu vertraute Falte grub sich zwischen seine Augenbrauen. Ihr sturer, ehrenwerter Ambrose – wie sie ihn vergötterte. „Denn das wird Einiges für dich ändern. Selbst mit deinem Geld, verlierst du viel–"

„Und gewinne im Gegenzug noch viel mehr." Geschickt und flink fand sie die Knöpfe in seinem Hosenschlitz und öffnete sie. Sein Atem ging hart, als sie mit den Fingernägeln sanft über seine beeindruckende Länge fuhr. „*Viel* mehr, sollte ich sagen. Du gibst mir alles, was ich will, mein Schatz, daran besteht kein Zweifel."

Seine Augen blickten glänzend auf sie herab. „Ich soll dich also verwöhnen, so ist es also?"

„Wenn der Schuh – oder in diesem Fall, der *Schwanz* – passt."

Ihr Lachen schwappte über, während er sie in die Arme nahm und zur Feuerstelle hinüber trug. Er legte sie auf sein Lager und entkleidete sie. Unter dem Blick, mit dem er sie dabei ansah, fühlte sie sich wie eine Königin. Er streifte seine Kleider ab und sie wusste, dass sie die *reichste* Frau der Welt war. Der Schein der Flammen züngelte an seiner schlanken Gestalt und sie konnte kaum glauben, dass dieses köstliche männliche Wesen, dieser edle, liebevolle Mann ganz allein ihr gehörte.

Doch als er sich neben sie hinlegte, sah sie noch eine Frage in seinen Augen verweilen.

„Was ist, mein Lieber?", fragte sie.

„Als ich das Gespräch zwischen dir und Lady Harteford heute Morgen mitgehört habe, da sagtest du, du könntest mir keine Versprechungen machen." Er streichelte ihre Wange mit seinen Fingerknöcheln. „Was hat sich geändert?"

Verflucht. Black hatte sie völlig vergessen.

Sie sah Ambrose mit einem Augenaufschlag an und sagte: „Versprich mir, dass du nicht böse wirst."

„Dass du so anfängst, ist nicht gerade beruhigend. Erzähl es mir, Marianne."

Sie erinnerte sich daran, was sie sich vorgenommen hatte und erzählte ihm die Wahrheit über ihren Handel mit Bartholomew Black.

„Du hast *was*?" Er starrte sie ungläubig an.

„Kein Grund, sich aufzuregen", sagte sie eilig. „Ende gut, alles gut, wie man so schön sagt. Meine einzige Verpflichtung besteht darin, eine Hochzeit vorzubereiten – eine meiner leichtesten Übungen."

Er setzte sich auf. Seine Gesichtszüge waren wie aus Granit. „Darum geht es doch nicht. Black hätte alles Mögliche verlangen können. Wie konntest du nur so leichtfertig, so fürchterlich unverantwortlich sein–"

Sie war wahrlich nicht in der rechten Stimmung für eine Standpauke. Sie kam auf die Knie und fing an, Küsse auf sein hartes Kinn zu drücken.

Interessiert stellte sie fest, wie dort ein Muskel zuckte.

„Denk nicht, du kannst mich ablenken", sagte er mürrisch.

„Es gefällt mir, wenn du streng wirst." Sie leckte die harte Wölbung seiner Kehle.

„Deine List wirkt diesmal nicht. Wenn ich daran denke, in welche Gefahr du dich gebracht hast, was hätte passieren können–" Seine Stimme verfing sich. „*Allmächtiger*, Weib, was tust du da?"

„Ich nehme deine Herausforderung an", murmelte sie. „Bist du dir denn sicher, dass dich das hier nicht ablenkt... oder das hier?"

Er ächzte.

Und die Standpauke war vorerst verschoben.

Epilog

Sein neuer Mantel schützte ihn vor dem eisigen Winterwind, während Ambrose vom Besuch bei seiner Familie am anderen Ende der Straße zurückkehrte. Er öffnete das Gartentor zu seinem eigenen Landhaus; die quietschenden Angeln erinnerten ihn daran, dass sie bald geölt werden mussten und er lächelte wehmütig, als ihm die lange Liste der anstehenden Reparaturen in den Sinn kam. Als Marianne ihm sein Hochzeitsgeschenk vorgestellt hatte – ein Häuschen in der Nähe seiner Familie in Chudleigh Crest – war es bezaubernd urig und verwildert gewesen.

Er ging auf die gemütliche Behausung zu, die er während ihrer häufigen Besuche aus der Stadt mit Gemahlin und Tochter bewohnte. Nach der Hochzeit hatte er Primrose adoptiert und liebte sie wie sein eigen Fleisch und Blut. Seine Familie vergötterte sie ebenso, und heute Abend durfte sie bei ihnen übernachten, damit sie und seine Geschwister durch Harrys neues Fernrohr die Sterne betrachten konnten.

So sehr er Rosie auch liebte, die Vorfreude auf einen Abend allein mit seiner Frau brachte sein Blut zum Rauschen. Heute waren sie genau ein halbes Jahr verheiratet und er konnte sich an keine glücklichere Zeit in seinem Leben erinnern. Freilich ging nicht alles ohne Reibung vonstatten – sie beide hatten einen starken Willen und ihren eigenen Kopf – doch hatten er und Marianne die Kunst des Entgegenkommens gelernt. Rückblickend hatten ihre Querelen die Vertrautheit zwischen ihnen nur größer und tiefer werden lassen. Und ihr Liebesspiel nach einem Zank?

Ambrose bekam beim bloßen Gedanken daran schon einen Steifen.

Um ihre Monate zusammen gebührend zu feiern, plante Marianne ein Abendessen. Das allein war noch kein Grund zur Beunruhigung. Als sie ihm jedoch mitgeteilt hatte, dass sie vorhatte, selbst zu *kochen*, hatte er seine Zweifel nicht verbergen können.

„Da musst du gar nicht so überrascht schauen", hatte seine Gemahlin in ihrer herrlich herablassenden Art gesagt. „Wenn ich auf Männer schießen und über die *Beau Monde* herrschen kann, kann ich wohl auch ein paar Zutaten in einen Topf werfen."

„Aber warum willst du das denn überhaupt?" Er war wahrhaft verdutzt gewesen. Die Marianne, die er kannte, gab sich nicht mir gewöhnlichen Aufgaben ab. Dazu hatte sie doch ihre Heerschar von Dienern.

Sie hatte auf ganz untypische Art den Blick gesenkt. Dann hatte sie ihr Kinn gehoben. „Ich will doch behaupten, dass ich für dich sorgen kann, wie jede andere Frau vom Lande auch."

Ihm dämmerte, dass sie.... ihm *gefallen* wollte. Liebe und Lust war über ihn gewogt und er hatte nicht widerstehen können, hatte sie einfach in die Arme nehmen und auf ihr Bett werfen

727

müssen. Ihr kreischendes Gelächter war in lustvolles Stöhnen umgeschlagen, während er ihr zeigte, wie vollkommen er sie bereits als Gemahlin fand.

Zu seiner insgeheimen Belustigung war sie dann dennoch die Woche über mit Emma in der Küche in Klausur gegangen. Zutritt zur Küche war ihm währenddessen strengstens untersagt gewesen. Nun, als er den grauen Rauch aus der Vordertür quellen sah, stählte er sich. Was auch immer Marianne gekocht hatte, er gelobte sich im Stillen, es zu essen und zu behaupten, es sei das Beste, was er je gekostet hatte. Er ignorierte den beißenden Geruch, der ihm die Nase kitzelte und trat beherzt ein.

Allmächtiger Gott. Eine Rauchwolke stand im Vorraum.

Er hustete leicht und rief ihren Namen. Als keine Erwiderung kam, stellte er seinen Korb ab und ging sie suchen. Sie war nicht in der Küche, die aussah, als sei ein kleiner Orkan hindurch gefegt. Er zuckte; die Haushälterin würde am nächsten Tag wenig erfreut sein. Er ging in das kleine Esszimmer, wo ein Tisch hübsch mit Kristallgläsern und Servietten gedeckt war.

Silberne Speiseglocken verbargen die verschiedenen Gerichte. Er lüpfte eine – und stellte sie hastig wieder zurück.

Er ging an zwei gemütlichen Kammern vorbei und erreichte das Schlafzimmer. Er blieb an der geschlossenen Tür stehen. War Marianne aufgebracht? Bei seiner *Selkie* musste immer alles nach ihrem Willen gehen; Versagen lag ihr nicht. Seine Lippen zuckten. Falls das Fiasko des Abendessens sie verstimmt haben sollte, wusste er schon, wie er alles wieder ins Lot bringen würde. Er klopfte sanft.

Süßliche Töne baten ihn herein.

Er trat ins Schlafgemach und sein Verstand leerte sich, denn das Blut wich aus seinem Kopf und schoss ihm direkt in die Lenden.

„Du bist früher zurück als erwartet", sagte seine Gemahlin vom Bett aus.

Er stand gebannt da. Hinter ihr loderten die prasselnden Flammen des Kamins. Marianne lag auf der Seite auf roten Satinlaken, den Kopf auf eine Hand gestützt, ihr Haar in glimmenden Wellen über ihre nackten Schultern wallend. Sie trug das steife Schürzchen einer Zofe und, verdammt noch mal, sonst gar nichts. Ihre sahnigen Rundungen spitzten verspielt hinter dem gestärktem weißen Stoff hervor; der Saum der Schürze reichte gerade unter eine seiner Lieblingsstellen ihres Körpers, zeigte ihre langen, wohlgeformten Beine.

Er hatte in seinem Leben nichts derart Erotisches gesehen. Seine Sicht verschwamm ihm, verfinsterte sich vor Begierde. Er begann, sich die Kleider abzustreifen.

Sie lächelte ihn an, war so schön, dass die Bestie in ihm wild in ihre Richtung kämpfte. „Ich hoffe, du hast keinen Hunger. Wie du vielleicht schon ahnst, ist die Sache mit dem Abendessen nicht so abgelaufen, wie ich mir das vorgestellt habe."

„Zur Hölle mit dem Essen." Er warf seine Stiefel beiseite. „Mir gelüstet im Augenblick nach etwas anderem."

Sie rollte auf den Rücken und legte sich aufreizend auf die Kissen. Er zerrte so ungestüm an seinem Hosenbund, dass die Knöpfe auf den Boden klimperten. „Weißt du, was ich entschieden habe?", sagte sie rauchig.

Er stieg vollständig erregt aufs Bett, sein Schwanz strebte ihr entgegen. „Was, meine Liebe?"

„Es ist viel zu anstrengend, in allem herausragen zu wollen."

Obwohl ihm die Lust das Gehirn benebelte, grinste er. „Das findest du ermüdend, nicht wahr?"

„Man muss ja schließlich Prioritäten setzen, oder?" Sie zwirbelte eine Locke um ihren Finger. „Also habe ich mir die meinen überlegt."

„Hast du das?" Er kroch auf sie, ihre Körper berührten sich nicht ganz. Hitze staute sich lohend in der Luft zwischen ihnen. Er drückte ihr einen sanften Kuss auf die Beugung ihres Halses, genoss ihr erregtes Schaudern. Er zog sich zurück, zögerte seine Lust hinaus, solange er noch die Beherrschung dazu hatte, und fragte heiser: „Und zu welcher Entscheidung bist du da gelangt?"

„Dass ich meine heimischen Kräfte immer nur auf ein Zimmer richten sollte. Also, was soll es sein? Die Küche, der Salon oder" – ihr lebhafter

Blick schimmerte liebevoll und wissend– „das Schlafgemach?"

Er senkte sich zu ihr hinab und bewegte zur Antwort die Hüften. Sie schnurrte und er saugte das niedliche Geräusch in seinen Mund. Gott, wie er ihren Geschmack liebte. Er küsste sie gemächlich, nippte an ihren lustvollen Seufzern. Dann riefen ihn aber andere Freuden und er riss sich von ihren Lippen los, um von ihrem Hals zu kosten. Der Geruch ihrer parfümierten Haut steckte seine Sinne in Brand. Wollust pochte in seinem Blut, wuchs mit jedem Atemzug, und als er den Knoten an der verfluchten Schürze nicht erreichen konnte, kam er auf die Knie und drehte sie geschmeidig um.

Allmächtiger. Seine Nasenflügel bebten beim Anblick der bezaubernden Hinteransicht seiner Gemahlin.

Sie rieb ihre Wange an die Seidendecke und sagte kehlig: „Wollen Sie mich heute Abend wohl so haben, Mr. Kent?"

„Ich will dich haben, wie auch immer ich dich kriegen kann."

Er machte mit der Schürze kurzen Prozess und warf den Stoff beiseite. Ehrfürchtig fuhr er mit der Handfläche über ihr glattes Rückgrat, die elegante Kuhle entlang, und über die süße Rundung ihres Hinterteils. Würde er sich denn jemals an all den anmutigen Einzelheiten ihres Körpers sattsehen? Er hatte schon ein verdammtes Glück.

„Mrs. Kent", sagte er ernst. „Habe ich Ihnen in letzter Zeit gesagt, wie sehr ich Ihren Arsch verehre?"

Sie sah ihn kokett an. „Fürchten Sie nicht, mit solch derber Sprache meine Empfindlichkeiten zu verletzen, Sir?"

„Wenn dich das verletzt, dann will ich gar nicht wissen, was du hiervon hältst." Er griff nach ein paar Kissen und steckte sie unter ihre Hüften. So erhöht bot sie ihm köstlichen Zugang. Er betastete ihre zarte rosa Falte; ein Knurren stieg in seiner Kehle empor. „Ich liebe es, wie feucht du für mich wirst, mein Schatz."

Sie summte vor Freude. „Mmm. Das fühlt sich so gut an." Als er sie allerdings weiter sanft liebkoste, wurde sie ungeduldig. Mit rosigen Wangen sagte sie: „Oh, hör doch auf mit der

Spielerei. Ich bin schon durchnässt – *spute dich.*"

„Du weißt doch, ich bin ein geduldiger Mann", schalt er sie, „und in der Liebe bin ich nie hastig. Und du gehörst mir doch, oder, Liebste?"

„*Ambrose.*"

Bei der Drohung in der Stimme seiner Gemahlin verbiss er sich ein Grinsen und neigte sich herab, um ihren Honig zu kosten. Sein Name kam ihr wieder von den Lippen, doch diesmal als eifriger Aufschrei. Er leckte ihren Schlitz von oben nach unten, ihr Geschmack machte ihn süchtig, er wollte mehr. Er öffnete sie mit seinen Daumen, fuhr mit seiner Zunge in sie hinein. Sie begann sich stöhnend zu winden, an ihn zu drücken; schmachtete nach dieser, wenn auch noch so kleinen Durchdringung. Er fuhr mit seiner Zunge in stetigem Rhythmus ein und aus, griff nach unten, zupfte und rollte ihre geschwollene Perle.

Sie öffnete sich seinem Mund und die Freude, seine Frau kommen zu sehen, brachte ihn fast selbst zum Höhepunkt. Er atmete schwer, kam zwischen ihren bebenden Schenkeln auf die Knie und stupste seinen Schwanz an ihre Öffnung. Er sah so gerne dabei zu, wie ihr Kätzchen sich ihm öffnete, empfand eine unbändige Freude, wenn ihr Fleisch um seine geäderte Bestie herum aufblühte. Flammen züngelten an seinem Rückgrat, während er in sie sank, sich bis zum letzten Zoll in sie vergrub. Ihre behagliche Wärme pochte um ihn herum, in einem unmöglich tiefen Winkel. Es kostete ihn all seine Kraft, still zu halten.

„Alles in Ordnung, Liebste?", raspelte er.

„Bin mir nicht sicher." Wie sie gemächlich die Hüften verdrehte, war es beinahe schon um ihn geschehen. „Du musst mich schon ficken, damit ich das feststellen kann."

Mit einem lachenden Stöhnen leistete er ihr Folge. Er zog sich zurück und stieß wieder hinein, sein Hunger stieg mit jedem Stoß. Ihre Seufzer drängten ihn weiter, während er in sie hämmerte, seine Gefährtin, seine Liebe. Ihm verging das Sehen, sein Körper schmolz in ihrem Feuer. Es gab nichts Vergleichbares auf der Welt – nichts wie diese Hitze, dieses Verlangen, diese endlose Begierde.

„Ich liebe dich." Die Worte kamen tief aus seiner Brust, aus seiner Seele. „Mit allem, was ich bin, Marianne."

Sie drehte sich zu ihm um. Ihre glühenden Augen bestätigten alles, was in seinem Herzen lag. Er verlor sich in ihrer heißen Vertrautheit, im feuchten, rhythmischen Klatschen seiner Hoden gegen ihr Geschlecht. Er spielte mit ihrem Knoten, während er sie fickte, und als ihre Seufzer in süßem, vertrauten Crescendo stiegen, suchte sein taubenetzter Finger ihr schüchternes, gekräuseltes Loch, glitt ohne Scheu hinein, so wie es sie stets beglückte.

Sie schrie sofort auf. Sie zuckte um seinen Schwanz, um seinen Finger, und schaudernd stieß er sich so tief er nur konnte in sie, ehe ihre Muskeln sich verkrampften und ihn überwältigten. Ihr Höhepunkt melkte ihn, saugte den Samen mit gewaltiger, ekstatischer Wucht aus seinem Schwanz. Keuchend brach er auf dem Bett zusammen und zog sie an sich.

Er wusste nicht, wie lange sie vor sich hin dösten, doch er wurde einige Zeit später von einem sehr undamenhaften Magenknurren seiner Gemahlin geweckt. Lächelnd fuhr er mit einer besitzergreifenden Hand über ihre Hüfte.

„Hast du Hunger, meine Liebe? Emma hat uns einen Korb gepackt."

„Dem Himmel sei Dank für das Schätzchen", sagte Marianne kläglich „Ich bin am Verhungern."

Ambrose ging, holte den Korb und sie hielten auf dem Bett ein Mitternachtspicknick. Sie labten sich an gegrilltem Hühnchen, Gartengemüse und frisch gebackenem Brot, redeten über die Vergangenheit und die Zukunft. Anfang des Monats hatte Ambrose seine Kündigung bei Wapping Station eingereicht. Zu seiner eigenen Überraschung war er es leid geworden, ein Fußsoldat zu sein. Jetzt wollte er lieber nach seiner eigenen Pfeife tanzen. Ermuntert von Marianne hatte er sich entschieden, eine private Detektei zu eröffnen.

„Übrigens", sagte Marianne. „Ich habe etwas für dich."

„Ich dachte, wir hätten vereinbart, dass wir uns nichts zu unserem Jubiläum schenken", sagte er leicht beunruhigt.

Das war einer der Streitpunkte zwischen ihnen. Marianne genoss es, ihn mit... *Dingen* zu überschütten. Er freute sich zwar über die Aufmerksamkeit, doch es störte ihn, solche Gefallen nicht angemessen erwidern zu können. Seine Gemahlin hatte einen teuren Geschmack, wenn es um Firlefanz ging, und weil er sich weigerte, ihr Geld anzurühren, blieben ihm nicht allzu viele Möglichkeiten. Er schenkte ihr Gedichte und Kleinigkeiten, und obwohl Mariannes Blick bei jedem seiner Geschenke funkelte, wünschte er doch, er könnte ihr mehr geben.

Zum Glück hatte er den Ring seiner Mutter gehabt. Das war das einzige Geschenk gewesen, von dem er wusste, dass Marianne daran hing, denn sie nahm ihn nie ab. Der Smaragd blinkte ihn jetzt gerade an, während sie ihm eine Schachtel in der Größe eines Satzes Spielkarten überreichte.

„Es ist kein Geschenk für unser Jubiläum", sagte sie. „Mach es auf."

Er gab sich geschlagen, löste das Band und öffnete den Deckel. Ein elegantes silbernes Visitenkartenetui glänzte in einem Nest aus zartem Stoff. Er nahm es heraus und ließ seinen Daumen über seine eingravierten Initialen gleiten.

„Es ist sehr hübsch", sagte er. „Danke."

„Schau hinein", sagte sie.

Das Etui enthielt dicke elfenbeinfarbene Visitenkarten. Darauf waren mit schwarzer Farbe sein Namen, die Adresse seiner neuen Detektei und die Worte *‚Anfragen werden gerne entgegengenommen'* eingeprägt.

„Ich hoffe, ich habe genug davon anfertigen lassen. Du wirst solch einen Erfolg haben", sagte sie zuversichtlich.

Gefühle drückten ihm auf die Brust. Er wusste gar nicht, womit er solche eine Frau verdient hatte. Er stellte das Etui ab, lehnte sich hinüber und küsste sie mit allem, was er je gewesen war, nun war, und zu werden hoffte.

„Gern geschehen", sagte sie atemlos.

Er streichelte ihre Wange. „Du hast mir so viel gegeben, Marianne. Es beschämt mich, zu sagen, dass ich nichts für dich habe."

„Das stimmt nicht."

„Ich meine, nichts Gegenständliches", erläuterte er. „Du musst wissen, dass mein Herz und meine Seele dir gehören."

„Das ist gut zu wissen", entgegnete seine Gemahlin, „doch zusätzlich hast du mir neulich ein sehr beträchtliches und äußerst gegenständliches Geschenk gemacht."

Er sah sie verwundert an. „Den Ring meiner Mutter? Den habe ich dir doch schon vor Monaten geschenkt."

„Rate noch einmal, Schatz."

„Den Poesieband, den ich dir letzte Woche gegeben habe, ist wohl kaum beträchtlich gewesen", murmelte er.

Sie schlug die Wimpern zu ihm auf. „Muss ich denn mit dem Zaunpfahl winken, Mr. Kent?"

Verdutzt bejahte er.

„Nun, dieses Geschenk ist noch nicht angekommen, doch ich glaube, du hast während unseres Aufenthalts bei den Hartefords eine Anzahlung geleistet. Im Wintergarten?"

Seine Erinnerung raste zwei Monate zurück. Sie hatten Weihnachten auf dem Landsitz der

Hartefords verbracht, wo Marianne die Hochzeit von Blacks Tochter veranstaltet hatte. Und mitternachts allein im Wintergarten hatten sie–

Ihm fiel die Kinnlade herunter. „Du bist... guter Hoffnung?"

„Volltreffer, Mr. Kent." Ihre Augen leuchteten lachend auf. „In jeder Hinsicht."

Mit leicht zitternden Händen fasste er ihr Gesicht. „Wie fühlst du dich, meine Liebe? Brauchst du irgendetwas? Gibt es irgendetwas, was ich tun kann–"

„Lieb mich einfach, Ambrose", sagte sie schlicht. „Lieb unsere Familie. Mehr brauche ich nicht."

„Bis zum Ende meiner Tage", sagte er.

Er besiegelte sein Versprechen mit einem Kuss. Sie küsste ihn zurück. Die Fülle ihrer Liebe floss durch ihn und er wusste: Was auch immer ihre Zukunft bringen mochte, sie würde reich sein.

Ihre lasterhafte Leidenschaft (Mieder in Mayfair Buch 4)

Ein ungeschliffener Diamant

Charity Sparkler ist eine vernünftige junge Dame, die eine Torheit verbirgt: Sie ist in den Bruder ihrer besten Freundin verliebt, wohl wissend, dass der mondäne Lebemann die Zuneigung eines Mauerblümchens niemals erwidern wird. Doch als das Schicksal sie zusammenwirft, erfährt sie, dass Leidenschaft die größten

Gegensätze überbrückt ... und dass Liebe mehr als nur ein Traum sein kann.

Ein Mann wird zum Helden

Gentleman und Preiskämpfer Paul Fines bekämpft seine bösen Geister mit Boxen, Alkohol und Frauen. Als eine schändliche Tat ihn beinahe zerstört, begibt er sich auf den Weg der Besserung—und bringt dabei versehentlich den Ruf der spröden Freundin seiner Schwester in Gefahr. Der Ehre halber zu einer Zweckehe getrieben, entdeckt er zu seinem Erstaunen, dass die Lust ein Brautgemach einheizen ... und die Liebe ein abgestumpftes Herz heilen kann.

Eine Zweckehe wird unzweckmäßig

Während ein hässliches Entlein und ein geläuterter Lebemann um Liebe ringen, kommen Geheimnisse ans Licht, die ihre Zukunft bedrohen. Kann Charity ihm Untreue verzeihen und ihre eigene Schönheit erkennen? Findet Paul im Boxring Erlösung? Führen heiße Nächte der *lasterhaften Leidenschaft* zu einem märchenhaften Ende?

Danksagungen

Meinen Lesern und Fans ein riesiges DANKESCHÖN für all eure Unterstützung! Ich bin so dankbar, dass ich die Welt in meinem Kopf mit euch teilen kann. Wie die erste Tasse Kaffee am Morgen geben mir eure reizenden E-Mails und Kritiken Energie und treiben mich wieder an die Tastatur.

Mein Dank gilt auch Rob Jeffries und Joz Joslin beim Thames River Police Musem. Danke Ihnen beiden, dass Sie sich Zeit genommen haben, Ihre umfangreiche Expertise mit mir zu teilen. Sollte es in diesem Werk historische Ungenauigkeiten geben, so gehen die ganz auf meine Kappe. Meinem kreativen Duo Jenn Le

Blanc und Carrie Divine: Ihr Mädels seid ein echtes Dream-Team! Bücher beurteilt man eben doch nach ihrem sprichwörtlichen Deckel, danke also, dass ihr meine Cover so wunderschön gestaltet.

Meiner Schreib-Bande: Tina Folsom, du bist ein bodenloser Brunnen der Energie, Weisheit und Inspiration. Danke, dass du durch dick und dünn für mich da bist. Virna De Paul, danke für deine Kommentare zu meiner Arbeit, und dass du diesen turbulenten Weg mit mir gehst. Und Diane Pershing: Du findest stets die Schwächen und weißt, wie man sie behebt. Bravo!

Meiner Übersetzerin Amalie Hofmann: Danke dafür, dass du meine Arbeit elegant und durchdacht wiedergibst. Die Zusammenarbeti mti dir ist mir immer eine Freude.

Meiner Familie, die es mit einer kritzelnden Wahnsinnigen aushält: Ich küsse und umarme euch alle dafür. Meinem Mann Brian: Danke, dass du meine Romanzen im echten Leben inspirierst. Und dass du bis in die frühen Morgenstunden lektorierst. Und die Küche putzt, die Wäsche machst … die Liste geht weiter. Tausend Küsse! Und unserem kleinen Kumpel:

du bist unser Stern. Wir lieben dich in alle Ewigkeit.

Und zuletzt ist dieses Buch meiner Schwester gewidmet, die das Potenzial zwischen Marianne und Kent erkannt hat, noch bevor ich es gesehen habe. Danke, C., dafür dass du die beste Schwester bist, die man sich nur wünschen kann. Ich liebe dich!

Über die Autorin

Die internationale *USA-Today*-Bestsellerautorin Grace Callaway schreibt heiße, herzerwärmende, historische Liebesromane voller Spannung und Abenteuer. Ihr Debütroman schaffte es unter die Finalisten der Romance Writers of America®, Golden Heart® sowie auf Platz eins der National Regency Bestseller, und ihre weiterführenden Romane führen regelmäßig die nationalen und internationalen Bestsellerlisten an. Aktuell ist sie Gewinnerin des Daphne du Maurier Award for Excellence in Mystery and Suspense, des Maggie Award for Excellence in Historical Romance, des Golden Leaf sowie des Passionate Plume Award. Sie hat einen Doktorabschluss in klinischer Psychologie von der University of Michigan und lebt mit ihrer Familie und ihrem Adoptivhund in einem Tal nahe dem Meer. In ihrer Freizeit liebt sie es zu tanzen, in gemütlichen Restaurants zu essen und mit ihrem Sohn Abenteuer zu erleben, die auf dessen sonderpädagogische Bedürfnisse angepasst sind.

Erfahren Sie mehr über Grace:

Deutscher Newsletter:

https://gracecallaway.com/deutschernewsletter

Website: www.gracecallaway.com

facebook.com/GraceCallawayBooks

instagram.com/gracecallawaybooks